KUWEI
酷威文化
图书　影视

Modavi's Secret

莫达维的秘密

莫里 / 著

江苏凤凰文艺出版社
JIANGSU PHOENIX LITERATURE AND
ART PUBLISHING, LTD

目 录

前言

· · · · · · · · 01 · · · · · · ·

第一章　双胞胎

· · · · · · 001 · · · · · · ·

第二章　假男友

· · · · · · 025 · · · · · · ·

第三章　初次触电

· · · · · · 052 · · · · · · ·

第四章　深夜飙车

· · · · · · 087 · · · · · · ·

第五章　苏妹妹

· · · · · · 112 · · · · · · ·

第六章　杂志拍摄

· · · · · · 135 · · · · · · ·

第七章　销量碾压

· · · · · · ·165· · · · · · ·

第八章　红毯庆典

· · · · · · ·180· · · · · · ·

第九章　姐妹

· · · · · · ·208· · · · · · ·

第十章　《荒野大赢家》

· · · · · · ·222· · · · · · ·

第十一章　遇险

· · · · · · ·258· · · · · · ·

第十二章　澳大利亚

· · · · · · ·292· · · · · · ·

前　言

从我高中第一次对着 Word 软件敲下第一个故事，到如今即将步入三十岁，这十几年来我从未停止过创作。

这是我出版的第一部言情题材小说，对我有着非同寻常的意义。

我一直很喜欢和双胞胎有关的故事，尤其是"红白玫瑰"的设定，更是让我欲罢不能。小时候看《绝代双骄》，小鱼儿聪明古怪，花无缺温文尔雅；后来又在电视上看了好莱坞电影《天生一对》，林赛·罗韩一人分饰两角，演绎一对生活背景差异巨大的小姐妹；再然后，我接触了二次元，《仙剑奇侠传三》里有性感的红龙葵与娇羞的蓝龙葵，《犬夜叉》里有活泼的戈薇和端庄的桔梗……这些经典的双胞胎（类双胞胎）角色，从我很小的时候开始就填满了我的幻想。

《莫达维的秘密》在构思过程中，经过多次修改。最开始，我想写一对流量明星姐妹的故事，包括选秀、失明、复仇、生死离别等各种狗血桥段。但整个故事更像是段子集合体，一直无法揉捏成形。

直到某天，我突然灵光一闪，苏纪时和苏堇青两个角色同时出现在了我的脑海中。

霸气、豁达、自信的姐姐，是位地质学家。

温润、内敛、忧愁的妹妹，是位流量女星。

她们从小分开，又再次相遇……这个故事就这样出现了。

在创作这部小说的过程中，我得到了很多读者的垂青，谢谢你们愿意订阅这本小说，并且在小说出版后，把它带回家中，放在你们的书柜里。

同时，也要感谢出版社编辑的厚爱，能让这本书和大家见面。

最后也要感谢一下我自己，感谢我笔耕不辍，感谢我脑洞丛生，感谢我战胜了懒惰，完成了这个故事。

希望我们能在下本书再见。

——莫里

第一章 双胞胎

知乎。

分享你的人生。

【我的主页】

【性别：女】

【教育经历：博士在读】

【我关注的话题——地质学、美国留学、家庭、两性、健身、宠物、美食】

【我擅长的领域——地质学】

【我对以下话题不感兴趣，不要推送给我——娱乐八卦】

【邀请我回答的问题】

父母离异的孩子都会心里扭曲吗？

   ……谢邀。放屁。

有一个双胞胎兄弟姐妹是什么感觉？

   ……谢邀，我和妹妹已经十年没见面了。

单身十八年的你会觉得寂寞吗？

……谢邀，我已经单身二十八年了。生理需求有，心理需求没有。

出国留学这么多年，想家时是怎么排解的？

……谢邀，学地质的不是在勘探，就是在勘探的路上，我只想洗澡，没时间想家。

萌新第一次出野外，前辈们有没有什么经验可以传授？

多听话，多做事，跟着老师走，千万别掉队。一定要穿最舒服的鞋，注意防晒防虫。水不用带太多，背不动，口渴的时候润润喉就行了。女生要减少野外上厕所的次数，若有来例假的情况，要注意处理带血的卫生棉，谨防野生动物。

作为一个学地质的女生，你有想过转专业吗？

从来没想过。地球已在宇宙中存在超过四十五亿年，而我的人生只有短短不到一百年。白云苍狗，须臾而过，不敢奢望能在有限的人生里触碰到地球科学的大门，只要能距离它更近一些，便不负这一场大梦。

博士延毕是什么感受？

……谁邀的我？滚！

暑假的黄石国家公园，向来是美国人民最爱的露营之地。

黄石公园虽然名为"公园"，却横跨三个州，占地面积比中国上海还要大。它是世界上第一个自然公园，这里栖息着数不清的动物，更有着令人惊叹的地质景观。

不论春夏秋冬，黄石公园都有络绎不绝的游客。

而今天，这些游客当中又多了不少黑发黑眼黄皮肤的身影。

轮胎直径足有一百三十厘米的重型皮卡车越过山丘，横冲直撞地停在了著名的大峡谷观景台旁。

车斗内，十来个年轻学生东倒西歪地坐在那里，不少人已经被这颠簸的路况晃晕了。他们面色苍白，甚至有人已经抱着塑料袋吐了起来。

车门打开，驾驶座的位子上探出一双还沾着泥点的米黄色登山靴，鞋子的主人轻轻一跃，便灵巧地落在了地上。

苏纪时摘下墨镜，随手扔回车内。她两只手胡乱把及肩的碎发拢到一起，用皮筋随便一系，乱糟糟的发尾便被压在了草帽下面。她的大半张脸都隐藏在吸汗围巾里，只露出一双黝黑深邃的眸子，透着一股同龄女生少见的桀骜。

她浑身上下包裹得严严实实，袖口裤脚都用银色的反光带扎紧。她的双肩背包体积不大，水壶、地质锤、罗盘、放大镜就插在侧兜里，探手就能摸到。

等到苏纪时把自己收拾利落了，皮卡车斗里的那帮学生依旧没有缓过劲儿来。

苏纪时抱着双臂站在车旁，无奈地催促："赶快下车吧。"

学生们一个个脸色煞白，却谁都不敢抱怨，彼此搀扶着从高高的皮卡车里跳了下来。

这些十七八岁的孩子都是港大地球科学系的大一学生。港大财大气粗，国内其他高校做野外实习，都是送学生们去周口店、北戴河，可港大呢，直接把全体新生送来了美国黄石公园。港大的带队老师是地科系的副院长，水土不服进了医院。而苏纪时的博导老师为了帮朋友忙，便让苏纪时过来当几天"保姆"——让她这位地质老人，带着这群地质小孩们走完黄石公园。

可惜第一次出野外的学生们大大低估了野外实习的难度，还以为是来游山玩水、公费游美国的。于是一周之内意外频发，扭了脚的、晒脱皮的、被毒虫叮咬的、掉进湖里的、从山上摔下去的……

好在，这个互相折磨的工作到今天终于要结束了。

按照工作计划表，这次"黄石公园野外实习"的最后一个项目，就是让学生们观察大峡谷的火山岩，画出地质构造图。

户外没有桌子，这帮小鬼只能蹲或者趴在地上，一人拿着一个小本本，记录下眼前看到的一切。苏纪时则在他们身边不时走动，为他们答疑解惑。

她是博士在读生，指导这些本科新生绰绰有余。她每年至少有一百天以上的时间在野外，她去过沙漠、高原、溶洞，她的拼命程度令同组的白人男同学都自叹弗如。可惜，她运气太差，博士论文在完成之前出现了差错，只能遗憾延毕一年。

"苏老师，苏老师！"

苏纪时从沉思中被唤醒，不知何时，她已经被那群新生围住了。

她眨眨眼，晶亮的眸子从他们身上划过，问："怎么了？都画完了？"

"我们都画完了！"班长说，"苏老师，我们明天就要离开美国了，这几天谢谢您的照顾，我们拍张合影吧？"

在他们眼里，苏纪时这位临时老师实在太酷了。说她不修边幅吧，可她的地质背包永远收拾得整整齐齐，什么工具都能第一时间拿出来；说她性格火暴吧，可她在讲解专业内容时耐心细致，还主动向他们介绍了不少美国的风土人情。

野外日照强烈，为了防止晒伤，有经验的人都会将自己从头到脚裹得严严实实。苏纪时也不例外，学生们和她相处了几天，只看清了那双清透深邃的眼睛。

他们都很好奇，苏老师究竟长什么样呢？

苏纪时被他们吵得头疼，只能无奈同意了他们的要求。

她随手摘下草帽扔到旁边的草地上，解散头发，用手指疏通，姿态慵懒而又随意。紧接着，她又取下了蒙住大半张脸的围巾——

所有学生齐声倒吸一口气，呆呆看着那张本应该出现在广告牌上的精致脸孔，一时间全都愣住了。他们根本没有一点心理准备，就近距离承受了美颜暴击!

苏纪时:"你们这是在玩什么恶作剧吗?"

她知道自己长得还算不错,当年她在国内读书时有不少男生追求过她。但自从她学了地质学,没时间护肤没时间化妆,为了图方便,她干脆把头发剪短了——她又不是灰姑娘变身,哪来这么多人对着她闭嘴惊艳啊?

"不……不不……不不不……"班长揉揉眼睛,磕磕绊绊地说,"苏老师,你长得太像我的女神了……"

"你的女神?"

"就是苏瑾!苏瑾啊!"提起心头挚爱,班长兴奋得满脸红光,"苏老师你难道一点都不关注国内娱乐圈吗?我女神苏瑾是现在最红的流量小花,三年前刚一出道就拿下了最佳新人奖,今年二十六岁,甜美可爱清纯动人!"

"苏 jin?"苏纪时一愣,"名字就两个字吗?哪个 jin?还有,她才二十六岁?"

"王字旁的瑾!"班长一边说,一边又凑近了一些,"苏老师,你真的没有什么双胞胎妹妹在国内当明星吗?"

苏纪时被问住了。

她确实有个久未联系的双胞胎妹妹在国内。不过名字不对,年纪也对不上……总不能是几年没联络,她那个性格腼腆内向的妹妹就改了名字改了年龄,只身闯荡娱乐圈去了吧?

不可能,绝对不可能!

苏纪时不习惯和别人靠这么近。她退后一步,拉开了与那位班长的距离。

"撞脸而已,很正常的。"

她这么一说,几位同学又仔细瞧了瞧她的长相,对比起脑海里广告牌上的光鲜美人,这么一看确实多了几分差异。

那位流量小花苏瑾是位娇滴滴的瓷美人,眉似远黛,眼波如水,眼角下面还有一颗小痣。而苏老师的皮肤是很健康的小麦色，眉眼显得有些"凶"，眼角下面也没有美人痣。

同样的五官，长在苏瑾脸上，那是"精致"；摆在苏纪时老师脸上，就成了"英气"。

两人初看是有八分相似，但越看差异越大。若让两人站在一起，谁都能一眼分清她俩。

众人只把这件事当作一个有趣的插曲，热热闹闹地围在一起拍了合影。苏纪时一身利落装扮站在年轻的小毛头之间，完全看不出来比他们大了整整十岁，就仿佛是他们的同龄人。

这天晚上的欢送晚宴，苏纪时被这帮学生接连灌了好几瓶酒。短暂又漫长的野外实习结束了，大家想到这一周里的经历，酸甜苦辣一齐涌了上来，不少人都红了眼眶。

苏纪时不喜欢离别。从小她便知道，离别之后留给她的只剩下孤单。

她找了个借口匆匆离席，独自漫步在酒店的花园里，任由微风吹散她略略上头的酒意。

花园里的路灯像是坏了，昏暗的角落里只有树影憧憧。

若是往常，苏纪时肯定能早早察觉到危险，及时离开这种危险地带，可今晚的她却因为酒精变得格外迟钝，就这么摇摇晃晃地向着那片树影走去。

树影背后，忽然走出了一个中年男人的身影，他不知在那里等多久了，与夜色都融为了一体。

那是一个四十岁左右的亚洲男子，他穿着一身西装，笑容和善，看上去人畜无害的模样。

苏纪时晕乎乎的，因为她刚刚从一个满是华人的餐桌上离席，于是她下意识地以为这个亚洲男子也是港大派来美国的工作人员。

于是她抬起手，很爽朗地说了声"嗨"。

"你好，"男人彬彬有礼地说，"请问，是苏纪时小姐吧？"

"对。你是？"

"你好，我是方解。"

苏纪时蒙了："方……姐？"咋回事，她喝个小酒，咋就遇上了一个性别认知障碍患者啊？

方解注意到她脸色扭曲，连忙解释："当然，他们都叫我方哥。"

苏纪时心道：果然是性别认知障碍，这才一会儿工夫，这人都换了两个性别了！

方解见和她解释不通，干脆进入正题："苏小姐，我有件很重要的事情需要和你商量，这里不是谈话的好地方，麻烦你跟我们走一趟吧。"

苏纪时："哈哈哈，你这话听上去好像要把我绑架了。"

谁承想，方解居然真的一脸愧疚地看着她。

当一块浸满乙醚的手帕盖在苏纪时口鼻上时，她脑海中闪过了最后一个念头——她的地质锤呢？她要锤爆"方姐"的狗头！

等到苏纪时清醒时，她已经置身于万米高空中的私人飞机上了。

她在睁开眼睛的第一秒就想起了自己遭遇的事。身下是柔软的床铺，室内温度调整到了适宜的二十二摄氏度，一层薄被盖在她身上。她撩起薄被一看，她虽没有浑身赤裸，但也仅仅穿了一套运动内衣罢了。

而最为可怕的是，就在她床旁，正坐着一个彪形大汉！

那大汉身材健硕，隆起的肌肉快要撑破他身上的黑西装，他剃着圆寸发型，看上去凶煞无比。他的左手捧着苏纪时的脚踝，右手拿着一柄纤细至极的小刷子——正在给她涂指甲油！

苏纪时看着自己被粘上了立体花瓣的十个脚指甲，鸡皮疙瘩唰一下就冒了出来，抬腿就踹了过去！

那位肌肉美甲师根本没注意到她已经醒了，猝不及防地被她一脚踹到脸上，仰头就倒了下去。

壮汉噼里啪啦撞翻了一堆瓶瓶罐罐，这番动静惊扰了门外的人，卧室大门被飞快打开，一个熟悉的身影飞奔了进来。

"怎么了？"来人正是方解。

苏纪时迅速坐起身，一手拿被子裹住身子，迅速跳到角落里，厉声喝问："怎么了？这话应该我问吧？你们这帮绑架犯到底有什么目的？"

而这时，那位被她踹翻的肌肉美甲师也从地上爬了起来，一缕鲜血顺着鼻孔蜿蜒而下。他手忙脚乱地捂着鼻子，又要假装镇定，又要照顾受伤的鼻子，一时间场面颇为可笑。

苏纪时身处两个男人的"包围"中，却并不担心有性命之忧。

——除非他们有什么特殊爱好，否则没有人会随便掳一个女孩子回来做美甲的。

方解立即扬起一抹笑意，打算走怀柔政策："苏小姐，我们没有恶意……"

可惜苏纪时已经上过他一次当，这次说什么都不可能信他了。她警惕地望着他，同时用余光搜寻着屋内有没有什么趁手的工具。

忽然，她眼神一亮，注意到房间角落里，她的背包和被脱下来的冲锋衣都堆在那里。而在背包侧面，她的地质锤正插在那里！只要她找机会冲出去，摸到她的小锤锤，就能锤爆这俩人的狗头！

方解还在说："苏小姐，我们请你来，其实是想请你帮我们一个忙的。"

他话音未落，私人飞机突然遇到气流颠簸，方解没站稳，一个踉跄就跪到了地上。

苏纪时终于露出了一点笑模样："不错，这才是求人帮忙的态度。"

方解狼狈地想要站起来，没想到又是一个颠簸，他又跪了。

苏纪时道："你别起来了，就这么跪着说吧。"

她气场强大，明明浑身上下只穿着一套毫无女人味的运动内衣，却似身披华服，光芒四射，凛然不可靠近。

方解一时也没了办法。他哪里能预料到苏纪时居然是这么一个硬茬子，他还以为她们姐妹俩性格相似，被哄一哄就能听话呢。他毕竟不是真的坏人，这时也摆不出什么凶神恶煞的面孔，只能照着提前想好的台词说："我是你妹妹的经纪人……"

"我妹妹的经纪人？"这个答案，大大出乎了苏纪时的意料。电光火石间，她突然联想起那群学生仔说的话，便把一切都串了起来："是堇青？"

"是、是的。'苏堇青'小姐的艺名是'苏瑾'，她是我们寰宸娱乐的签约艺人。"他生怕苏纪时不信，赶忙掏出手机，找出自己陪同苏瑾出席各种活动的资料，展示给苏纪时看。

苏纪时沉默地接过手机，飞快地翻阅起来。这些资料有照片、有视频，甚至有她妹妹的微博账号。

虽然她们是双胞胎，但自从八岁时父母离异后，她们只见过寥寥数次。她完全不知道，记忆里那个温柔腼腆，总是跟在她身后牵着她衣角的小女孩，如今居然成长为这么一个耀眼的明星。

最后一段视频拍摄于几天之前。

苏堇青……不，应该说是"苏瑾"，出席某个晚宴活动。她身着银色的露背礼服，皮肤洁白似雪，细腰盈盈不足一握，长发挽成了发髻，碎发上还沾有如星辰般的晶亮碎屑。她脚下踩着月光，自红毯另一方翩然而来。

有粉丝热情地晃动着手里的灯牌，叫着她的名字，她便微微侧头向她们挥了挥手，染成了漂亮的粉红色的两瓣薄唇划开一道温柔的弧度，眼波如水，笑容清浅。

她想迈步向着红毯两旁的粉丝走去，可刚动了动脚，身后的经纪人方解就立即拦住了她，表情冷漠地说了些什么，看口型像是在说时间不够，让她不要浪费时间之类的。苏瑾眉头微蹙，脸上的光彩一瞬间黯淡下来，她低垂脖颈，如一只委屈的天鹅，跟在经纪人身后离开了。

小小的屏幕里，是另一个人的人生。光彩夺目，却也暗潮汹涌。

姐妹俩相貌相同，但苏纪时看着屏幕上熟悉的相貌，却觉得那么陌生。

苏纪时说不出来心里是什么感受，她把手机扔了回去，问："给我看这些做什么？你既然是堇青的经纪人，为什么要绑架我？"

"不是绑架、不是绑架……就是想请你帮一个小忙。"方解不敢再隐瞒，一股脑地把话倒了出来，"苏瑾虽然才出道三年，但她已经成为国内流量第一的当红小花！她当初和公司签的是五年的合同，现在还有一年半到期，可两个月之前，她突然说想离开娱乐圈！公司肯定不同意啊，我也劝过她好几次，甚至帮她砍了很多不必要的行程，她不愿意接的电影、综艺节目我都给拒了……可她、可她昨天留下一封隐退信，就失踪了！"

方解生怕她不信，赶忙从怀里掏出那封信，双手呈到苏纪时面前。"苏姐……"他下意识地用上了这个称呼，"这是她当时留下的亲笔信。我们把信送去做过笔记鉴定，确实是她的亲笔没错。"

苏纪时狐疑地展开信，只见信上只写了寥寥几行字。

致寰宸娱乐的各位领导、经纪人方哥、我的团队：

对不起，我走了。

当初进入娱乐圈是无奈之下的选择，承蒙贵人相助，让我误打误撞地有了如今的地位。

转眼三年过去，我越发觉得娱乐圈并不适合我。

我近年来所有收入所得都留在存折里了，烦请为我协商解约事宜。

请代替我，向粉丝们道歉。

也请代替我，向贵人致谢。

苏堇青

苏纪时："噗！"

多年未见，她这个妹妹的胆子倒是大了不少啊。不错不错，如此果断，颇有她苏纪时的风范嘛！

苏纪时把信扔了回去，问："她说的不是很清楚吗？她觉得娱乐圈太乱，退圈了。钱也没带走，都留给你们当违约金了。你们还找我做什么？"

方解眼泪都要下来了："她是赚了不少，但是只够赔公司的违约金啊！"他不知从哪里拿出厚厚一摞文件，全部甩在了床上，"这是洗发水代言合约，这是彩妆代言合约，这是钻石代言合约，这是综艺真人秀合约，这是央视晚会合约，这是电影客串合约，这是电视剧主演合约……苏姐，你知道你妹妹身上这些合约加在一起，违约金有多少吗？"

她大胆猜测："三……"

方解："没错！三十亿！"

苏纪时："我是想说三千万的……"

上帝啊，娱乐圈的金钱量级和他们苦哈哈的科研圈也相差太多了吧。她读博士这么多年，每个月只能从老板那里领一点点薪水，毕竟她的博导也不富裕，每年学校给他批的科研资金都要精打细算。别说三十亿元了，给他们三千万元，都够他们出多少篇SCI（《科学引文索引》）论文了？

苏纪时并不是读书读傻了的书呆子，她看看自己被精雕细琢还粘着花瓣的脚指甲，立即明白了方解打的什么主意！

"你不会是想让我代替我妹妹，当一年明星吧？"她觉得十分荒唐。

方解点头。

苏纪时又气又笑："方先生，难道董青没有告诉过你，在我们八岁的时候父母就离婚了吗？二十年来，我和她见面不超过五次。"

最近一次见面，还是在她们十八岁那年。那时苏纪时已经考上了美国知名学府的地质专业，苏董青来时，苏纪时刚从野外归来，灰头土脸，累得不行，根本没什么精力和妹妹尴聊。

之后几年，随着网络逐渐发达起来，他们两人多用电子邮件联络，后来变成了QQ、微信……只是两个人一个是大明星，私交被公司严格审查；一个是地质工作者，出野外经常"失联"……所以她们的联系并不频繁。

"我知道很多人会对双胞胎有浪漫的猜想，什么心有灵犀啊手足情深啊，可是这点根本不适用于我和她。我和她是两个完全独立的人，她遗留下的麻烦，我是没有理由帮她收拾的。"

方解确实是抱着"妹妹失踪姐姐顶上"的想法来的，但哪想到姐姐是个硬茬子，根本不好忽悠。

苏纪时又说："你们不要妄想让我来代替她了。有这个时间，你们不如去联系一下我母亲，她向来更喜欢集我妹妹，当年离婚时她选了董青。她一定知道董青去哪里了。"

谁想她话音刚落，方解的脸上瞬间涌现出一个毫不遮掩的惊诧表情，脱口而出："苏姐，你难道不知道你母亲已经去世了吗？"

瞬间，苏纪时大脑一片空白："你说什么？"

方解指着那封隐退信，小心翼翼挑选着最谨慎的措辞："三年前，苏瑾就是为了给母亲筹集治病的钱，才进入娱乐圈的。为了赚钱，她一直特别配合公司给她的所有工作。但是癌症这种事情……"

苏纪时靠在角落里，忽然觉得一股陌生的痛苦感从心底钻了上来。

因为自小和母亲、妹妹分别，她一直以为，她对她们是没有太多感情的。可是当她听到母亲去世的消息后，一种难以自制的痛苦从内心深处泛了上来。骨肉情深，血脉亲情，就像深埋在心底的一颗炸弹，在那一刻突然迸发，把她内心的防御全都炸碎了。

苏纪时用尽所有力气强迫自己冷静下来，她听到自己问："我母亲是什么时候去世的？"

"两个月之前。"

"也就是我妹妹想离开娱乐圈的时候？"

"对。"

苏纪时微微合了合眼："谢谢你把这件事告诉我。不过董青连母亲生病、去世这么大的消息都没有告诉过我，你也能明白我们两之间其实没什么联系吧？我是不可能为她收拾烂摊子的。"

见她如此坚定，方解实在没招了。

若是手足情深，姐姐为了妹妹的名声，顶替妹妹还有可能。可苏纪时性格刚烈，根本不可能配合他们的计划啊！

方解若不是走投无路，绝不会出此下策。他没了办法，只能带着那位壮汉美甲师离开了卧室，去给领导打电话请示接下来该怎么办。

而苏纪时则留在卧室里，默默把她那身被扒下来的冲锋衣重新套了回去。

她现在心里很乱，又有点空落落的。这大起大落之间，她整个人都懵了——比她第一次博士延毕时还要蒙。

妈妈得了癌症？

妹妹为了给妈妈治病，成了大明星？

妈妈去世了？

妹妹心灰意冷不愿意当明星了？

妹妹的经纪人把她抓来顶替妹妹？

这究竟是什么三流小说剧情啊！

苏纪时沉浸在震惊之中。刚巧私人飞机的卧室里有联网的电脑设备，为了转移注意力，她干脆上网搜起了妹妹的相关新闻。

她对娱乐八卦不感兴趣，明星只知道有名的那几个，从来没关注过最近几年国内的娱乐圈。哪想到随便打开一家网站，就看到头条写——女星苏瑾成为"美国××城市"旅游大使，即将出席活动晚宴。

苏纪时："……"

她调出飞机的航线图，果然，这趟飞机的目的地就是那座城市！

原来方解是打算赶鸭子上架啊……

苏纪时冷笑一声，点开头条继续看新闻。

新闻里配了很多张苏瑾的照片，有近期的精修照片，也有刚出道时的青涩照片。

然而，不管是杂志大片，还是路人用手机拍的模糊照片，每张照片里，苏瑾的身上都佩戴着一个极为显眼的饰品。

那是一块墨绿色甚至隐隐发黑的怪奇石头，形状并不规整，大概半个手指头那么长。石头的顶部打了个洞，用皮绳拴了起来，挂在了女孩洁白纤长的颈子上，刚好垂落在她的锁骨之间。

粉丝拍的私服照片里，永远能看到这块丑石头的身影。很多人都在猜测这块石头是什么东西，有记者询问过，苏瑾说是"很重要的人送的十八岁生日礼物"，于是当天就有报道称，"女星苏瑾谈起初恋面露温柔"。还有人信誓旦旦地说这是泰国那边求来的，和"养小鬼"一样，是女明星为了星途美貌供养的邪灵。

苏纪时："放屁！"

这些人也太脑洞大开了吧，苏瑾颈间那块看上去黑黝黝的石头，如果拿到强光下照射的话，就会看到它从内部透出莹绿色的光芒，如最幽深的井水，波光潋滟。

那并非什么价格昂贵的宝石……只不过是一块"玻陨石"罢了。

天外陨石落到地面，滚烫的温度使地表的靶物质熔融，凝结后便形成了玻陨石。因为玻陨石最早是在捷克的莫达维河被发现，所以它又被称为莫达维石。莫达维石分布极为广泛，北美就有着大片散落。

这块被打磨成吊坠的莫达维石，是苏纪时十八岁那年第一次出野外时，随手捡回来送给妹妹的纪念物。

私人飞机还有一个小时就要落地，飞机上的书房里，方解正在和公司老板打电话。

"杨总，我早就说过这条路行不通！"方解声音拔高，"苏纪时和苏瑾是两个人，咱们能瞒得过一时，还能瞒得过一世吗？而且现在苏纪时根本不配合，机场那边粉丝们都在等着了，苏纪时只要一出去，随便抓个人告诉他们真相，咱们公司就毁了！"

电话那头不知道又说了什么，方解连连摇头："真的不可能。苏纪时性格太硬了，她们是长得一模一样没错，但是我们不可能硬给她化妆，硬给她套上衣服，硬把她推上台吧？"

方解又苦又气："她不同意，我能有什么办法啊？！"

突然，一声巨响打断了方解的话。

他回头一看，只见苏纪时不知何时走出了卧室，身上还穿着那身灰扑扑的野外冲锋衣，一双眼睛却亮得犹如两盏明灯。她的背包被她扔到了地上，溅起一片尘土。

"谁说我不同意了？"苏纪时气场全开，大步走到沙发边坐下，双腿一跷，命令道，"过来，给我化妆。"

方解虽不明白她为何突然回心转意，但苏纪时能帮忙兜住这个烂摊子，总比向公众承认苏瑾失踪了要好！

为了保密，这次"绑架"苏纪时的行动，整个公司里只有三个人知道。一个是下命令的老总，一个是经纪人方解，还有一个便是被苏纪时一脚踢到流鼻血的猛男了。

也是直到现在苏纪时才知道，原来那位猛男并不是保镖，而是身兼美甲师、化妆师、造型师的全能人才。从苏堇青出道那天起，他便是她的专属造型师，而这次"大变活人"的任务，也由他来执行。

"苏……苏姐好。"猛男造型师身材像山，名字中也有个"山"字，大家都叫他阿山。

阿山鼻孔里还塞着止血的纸巾，他一手托起苏纪时的下巴，另一只手拿着一把修眉刀，小心地为苏纪时修眉。

姐妹俩是双胞胎，五官相同，唯有眉毛差别巨大。妹妹是柳叶弯眉，细细弯弯，眉峰在三分之二的位置便落了下去，眉尾下压，营造出时下最流行的"无辜感"。而姐姐呢，一双粗眉完全是野蛮生长，斜飞入鬓，英气十足。

阿山把苏纪时的眉毛仔细剃掉一小半，用棕色的眉笔勾勒出新的眉形，又用眉粉晕染填充……仅仅是动了眉毛这一处地方，苏纪时看起来就没有原来那么凶巴巴了。

苏纪时因为常在野外勘探，即使物理防晒做得再好，也难免会被晒黑。她的皮肤比苏堇青黑了整整两个色号，阿山用了小半瓶粉底，不仅把她的脸和脖子遮盖住了，甚至把手脚等一切会外露的皮肤都涂抹成了最白的颜色。

最后，阿山再在她眼角点上一颗美人痣——

"像！太像了！"

方解狂喜。

眉如远山含黛，肤若桃花含笑，只要苏纪时不说话，谁能看出姐妹俩有什么区别？

这次苏瑾被选为美国西海岸某城市的旅游推广大使，落地后就要出席他们的官方签约活动。阿山特地为她准备了一套黑色的吊带礼服裙，真丝制成的长裙柔滑似水，温柔地拥抱着她的身体，行走间在灯光下反射出各种色泽，分外吸睛。

然而谁也没料到，苏纪时无论如何都拉不上裙子拉链！

苏纪时绝对不算胖，她的体形在普通人里属于偏瘦的，但是她活动量大，故而一身精瘦肌肉。晚礼服的裙子卡在她腰上，她使劲一拉——

"啪"，拉链居然被她拽飞了！

拉链头甩出一条高高的抛物线，又一次打在了阿山多灾多难的鼻子上。

阿山后退一步，捂着鼻子："嘤。"

方解傻了，问她："你衣服多少号？"

苏纪时有点尴尬，答："吃多了是 4 号，吃少了是 2 号。"

这是美式尺码，若是换算成中国尺码，也就是 S 号。

方解要晕过去了："你妹妹穿 0 号。"

苏纪时："你看我哪里像 0 号了？！"

眼看飞机即将落地，飞机上根本没有第二套衣服可以拿出来让她替换，总不能让苏纪时穿着她那套破破烂烂的野外冲锋衣去见粉丝吧？！

可是唯一的一套礼服拉链被拽坏了，阿山虽然能用针线缝上，但是从背后看去，缝补痕迹相当明显……

就在几人愁眉不展之际，苏纪时盯着方解身上的西服，忽然开口："方解，脱衣服！"

晓琳已经在风中等了三个小时了。在她身后，便是这座海滨城市的市政厅，一小时之后的旅游大使签约仪式就要在这里举办。现在，很多国外旅游城市都愿意邀请中国艺人担当"旅游大使"。对于国内艺人来说，这是走上国际舞台的好机会，而对于国外城市来说，可以以此吸引到不少中国游客……这么双赢的合作，谁不想要呢？

虽然是夏季，但海滨城市的夜晚还是冷的。

晓琳抱着她的宝贝相机，挤在了红毯粉丝区的第一排。与周围其他狂热的忠粉相比，晓琳脸上见不到一点兴奋，她频频看表，百无聊赖地玩着手机。

她是一位前线站姐，不过她"狗"的明星根本不是苏瑾，而是另外一个偶像男团。像苏瑾这样清纯无辜的小白花设定，晓琳完全无感。

可是没办法，谁让晓琳欠了朋友一个人情！朋友就一个请求——"我女神苏瑾要去××城出席活动！你不就在那里留学吗？帮帮忙，给我拍几张女神的美照吧！"

如此这般，晓琳便出现在了红毯粉丝区上，等待着"女神苏瑾"的到来。

不知是谁喊了一句："群里有消息了！我基友去机场接机，已经接到瑾瑾了！"

立即有人接上："怎么样怎么样，有没有拿到瑾瑾的签名合照？"

"没有。"第一个人落寞地说，"我基友说，瑾瑾走得特别快，都没有和大家打招呼。"

大家听了，不约而同地静了一秒。对于追星的粉丝来说，追的便是一场可望而不可即的美梦。不过每个人心中还是会有万分之一秒的野望，奢求那颗闪闪发亮的星星能够降落到他们之间，即使只是留下一个微笑、一个眼神都好。

粉丝们只能打起精神，彼此安慰："这也不怪瑾瑾。肯定是她的经纪人方解！瑾瑾每次想和粉丝互动，都被方解拦下了。"

"对对对，肯定是方解的错！""都是经纪公司的错！""瑾瑾是无辜的！”“瑾瑾心里是有我们的！”

晓琳听了，在心底嗤笑一声，没有接话。她打开自己的单反相机，最后检查了一遍参数设定。这座旅游城市不大，苏瑾从机场到这里也就二十分钟路程，他们很快就能看到她了。

“不过，我基友说，今天瑾瑾感觉完全不一样！”那位粉丝又说，“我问她具体怎么不一样，她不说，只发过来满屏‘啊啊啊啊啊啊啊啊啊’，莫名其妙的。”

她这么一说，大家的好奇心都被钓了起来。就连晓琳都停下擦拭相机的动作，侧头思索了起来。

完全不一样？能是怎么不一样？

苏瑾出道三年了，一直走清纯玉女风格，像今天这种签约仪式，她肯定是穿正装晚礼服，猜都能猜到。

就在晓琳思索之际，忽然从市政厅大门内走出不少安保人员，手拉手组成了一道人墙，挡住了群情激动的粉丝们。工作人员告诉他们，再有五分钟，苏瑾就要来了！

这是最漫长的五分钟，也是最短暂的五分钟。

晓琳已经站到腰酸腿麻，她穿着短袖短裤，四肢都被冷风吹到发凉，起了一层鸡皮疙瘩。然而当那辆加长林肯轿车在粉丝们的欢呼声中停靠在红毯尽头时，她依然以最快的速度举起了相机，两只手托着重达好几公斤的镜头，把取景框对准了轿车的后门。

十秒钟之后，经纪人方解、助理兼造型师阿山的身影出现在众人的视线内。方解脸上带着一种莫名的激动与紧张，他紧绷着脸，快步绕行到后排车座旁。

然而不等他的手触碰到车门把手，车门突然被推开了。

瞬间，粉丝们足以掀翻黑夜的尖叫声与刺目的闪光灯同时亮起。

一双踩着高跟鞋的洁白玉足踏进了众人的视线之内，紧接着，苏瑾矮身从车厢内钻了出来。

她不知何时换了发型，原本长及腰臀的长发被削至肩膀，红唇紧抿，倚在车门旁，视线淡淡从红毯两侧的粉丝区域划过。

她好像在看所有人，又好像没看任何人。

那一刻，原本喧嚣的声音忽然停滞住了。仿佛被按下了什么静音按钮，粉丝们即将出口的欢呼声就这样卡在了喉咙中，喉结滚动，却连一个最简单的音节都无法吐露。

晓琳终于明白，为什么有人说"苏瑾感觉不一样了"。

眉眼还是那个眉眼，五官还是那个五官，可苏瑾就像从里到外换了一个人似的。

若说以前的她像一捧月光，那现在的她便是高挂在天空的耀阳，令人无法直视。

晓琳完全是凭借着本能在按动着快门，她整个人都已经被定住了，只能透过小小的取景器，去追逐着那个飒爽的身影。

正如接机的粉丝们所说，苏瑾没有和任何粉丝互动。她关上车门，目不斜视地踏上了红毯。

直到这时，大家才有精力注意到她今日的造型打扮。为了出席活动，她确实穿了一身丝制长裙，然而在长裙外，造型师又别出心裁地为她搭配了一件 oversize 的西装外套。外套肩部宽大，穿在她身上却不显得邋遢，反而复古感十足，腰际用一条棕色皮带系紧，勾勒出身材曲线。原本女人味十足的长裙，在外套与红唇的加持下，多了三分性感与英气。

她一直以来都很亲民，经常和粉丝合影、签名。可今天她却根本没有理睬两侧号叫得像是吞了扩音器一样的粉丝，昂首阔步地向前走着。

明明苏瑾踩上高跟鞋，身高也不足一米七五。方解、阿山都是身高超过一米八的男人，却要一路小跑才能跟上她的脚步。

在这一刻，晓琳觉得，她浑身上下唯一能动的部位，只剩下按快门的手指了。她像是中了木头人魔法一样，只能呆呆地看着那个英姿勃发的身影，与自己越来越近，越来越近，近到……

"啊！"

晓琳回忆不起来，那一切是怎么发生的。好像是某个激动的粉丝推了她一把，让举着相机的她失去平衡，眼看就要摔倒在地。

然而，就在这千钧一发的时刻，那个原本已经从她身前经过的身影突然旋身转了回来，素手一伸，揽住了差点摔倒的她！

沉重的镜头重重磕在了苏瑾的肩膀上，苏瑾眉头微微一皱，却没有责怪晓琳，而是道："小心。"

这是她今天在红毯上说过的第一句话。

苏瑾把崴了脚的晓琳托付给了安保，然后再次迈步向着前方走去。

晓琳抱着相机，呆呆地望着她远去的背影，不顾其他粉丝艳羡嫉妒的眼神，灵魂仿佛从天灵盖里飘了出来，化为无数粉红色泡泡，游荡在空气中。

妈妈！我要"狗"她一辈子！

苏纪时的亮相，惊艳了红毯内外的所有粉丝。

明明阿山已经竭尽全力地把姐妹两人画得难辨真伪了，可苏纪时一举手一投足，强大的气场便足以冲破那层伪装，震慑在场的所有人。

在工作人员的引领下，苏纪时带着两个跟班在休息室里坐了下来。

待无关人等一离场，苏纪时立刻原形毕露。她慵懒地靠在沙发里，两条腿交叠，得意扬扬地问："怎么样，没给我妹妹丢脸吧？"

上红毯前，方解怕她在粉丝面前露馅，特别叮嘱她不要和粉丝互动。哪想到苏纪时居然走了另一个极端，硬是靠着气势一路碾压过去，目不斜视，连一个微笑、一个眼神都欠奉。

幸亏受邀到场的媒体都是正规新闻媒体，没有什么八卦小报，否则明天"苏瑾耍大牌"的消息就会炸开了。

方解很愁，本来以为姐妹俩只要脸孔相同就好了，哪想到性格差这么多。他隐隐升起一种糟糕的预感——他用了三年给苏瑾立起来的"清纯小白花"人设，估计很快就要被姐姐扯碎了。

阿山说："之前我听过一句话，来形容双胞胎。"

苏纪时双手抱胸，问："什么话？"

阿山："初看是俩包子，细看褶子不一样。"

可不是嘛！

苏纪时和苏堇青就是一笼蒸出来的两个白白胖胖的大包子，唯一庆幸的是，粉丝们看到的包子是挂在宣传广告牌上的，十八个褶都能修成八个褶；现在换了新包子，就算他们觉得有些不对头，但在粉丝滤镜的加持下也不会多心。唯有每天跟在她身旁的人，才会发现包子的馅儿变了。

这次苏瑾受邀成为 ×× 城市的旅游推广大使，一会儿会在大厅有一个简短的新闻发布会，苏纪时要登台演讲、现场签约，流程大概半个小时。

演讲词是提前写好的，方解把演讲稿给她，苏纪时唰唰唰地翻了一遍，兴趣寥寥放在了一旁。

方解担心一会儿出问题，提醒她："苏姐，要不要准备一下？有读不顺的词咱们赶快查查。"

苏纪时用看"沙雕"的眼神看着他，方解才后知后觉的反应过来：苏纪时在美国留学十年，博士论文都写得出来，读个三分钟的演讲稿能有什么问题！至于当众演讲她就更不怕了，她以前跟着导师参加过国际地质学会议，导师上台演讲时，她还作为副手负责了其中一个部分。上千人的大场面她都见过了，这种几十人的小场合她更不会放在心上。

很快，签约仪式正式开始，工作人员过来请苏纪时登台。

苏纪时脚踩三寸"恨天高"，一袭真丝长裙如水般荡开波光，她整了整身上的西装外套，扬起一抹自信的微笑，蹬蹬蹬就踏上了演讲台。

她红唇轻启，流畅的美音自唇齿间流淌而出。三张纸的演讲稿她已经提前看过一遍，具体脉络已经成竹在胸，举手投足间毫无惧意。

当地新闻台全程直播，摄影师把镜头缓缓推近，从脚至头，把她挺直的身影全部收录进了画面中。她恰有所觉，眉头挑起，仿佛不经意间看向那黝黑洞深的镜头，眼波流转，似笑非笑。

很快，演讲稿便翻到了最后一页，在她诚意十足的致谢过后，整场演讲终于落下了帷幕。

苏纪时与站在身旁的市长握手签约，受邀到场的媒体不少，闪光灯犹如一张铺天盖地的网，把她紧紧包裹在其中。她颇为不习惯地侧头躲了一下，微微眯起眼，不由自主地想：原来这就是董青三年来的生活吗？被闪光灯追逐的日子，并没有想象中轻松。

待走下舞台，苏纪时才发现自己整个手心都汗湿了——即使她表现得再自信、再强大，她的心中还是隐隐有些慌乱的。她换上华服、登上舞台，当着所有人的面，冒名顶替成了另一个人！这是一场惊世骗局，而她正是局中人、阵中眼，自她决定加入的那一刻起，她就没有反悔的可能了。

舞台下，方解捂着脸，一脸纠结："糟了糟了……"

苏纪时："怎么了？"她看看身上，衣服没乱，妆没花，刚才的演讲没结巴，很成功。

方解："之前苏瑾参演一个中澳联合投拍的电影，因为英语口音问题，结果被群嘲……后来我们特地请了一个口语外教对她一对一辅导，终于让她练出了一口流利的英语，上个月她出席电影节，还被国外媒体称赞口音地道。"

苏纪时："这不是挺好吗？"

"好什么好！"方解都要哭了，"她的口语外教是英国人，特地学的伦敦腔！"

一口美式英语的苏纪时傻了，问："那怎么办？"

方解双手合十，开始胡乱拜神："能怎么办，只能祈祷看直播的黑子们注意不到口音变化吧。"

可能是方解的祈祷最终"感动"了上苍，当天直播结束后，苏纪时顺利登上了微博热搜榜。

不过，她登上热搜的原因既不是因为口音，也不是因为旅游大使的身份，更不是因为短发、气场、红毯，而是因为——

"苏瑾发胖严重，出席活动西装遮肉，难掩虎背熊腰！"

晕，她只比苏堇青重了十斤而已啊！苏纪时是健康的4码，然而在镜头的加持下，整个人却显得被吹肿了一样，于是黑子们踩住这个痛脚，大肆嘲笑她胖到变形。

苏纪时严重怀疑这帮键盘侠是喷水枪转世，见什么都喷。

苏纪时："Fuck."

阿山提醒她："好女孩不能骂脏话哦。"

苏纪时冷冷瞥他一眼，换成了上海话："册那。"

国内，凌晨两点。

EXP矿业集团下属某有色稀土公司的总裁办公室里，依旧灯火通明。

穆休伦摘下鼻梁上的眼镜，伸手捏了捏睛明穴，一阵疲惫感瞬间涌上了身体。可他还不能停下，时间紧迫，一旦他停下来原地休息，就足够他的其他兄弟往前再迈进一步了。

就在这时，办公室的大门被敲响了。

穆休伦扬声道："进来。"

私人秘书应声而入。

工作时，秘书很少会来打扰他。穆休伦从电脑前抬起视线，问："怎么了？"

秘书："刚才夫人来电话了。"

"凌晨两点打电话给我？"穆休伦冷笑一声，问，"又来关心我什么？"

"夫人问您今天怎么没有回家，我说您在会馆和朋友喝酒。"秘书恭敬地回答。

"嗯。"

为了哄骗这位名义上的养母，穆休伦不敢在她面前展露一丝一毫的野心，只能装成纵情酒色财气的纨绔子弟，以获取一点喘息的余地。

只不过，最近他的大动作频频，一连拿下几个大单，颇得父亲器重。

看来养母是坐不住了，这才深夜打电话来探听他的动向。

想了想，穆休伦问："我上次和苏瑾约会是什么时候？"

"上个月八号。"

"好，过几天把她约出来，她也该履行一下女友的义务了。"

提起"交往"三年的女友，穆休伦的语气却极为平静，听起来没有一点爱慕与深情在里面，更像是在谈论一个合作顺畅的商业伙伴。

秘书点点头，翻开工作表，在满满的会议安排里，见缝插针地为老板安排了一场浪漫的约会。气球、小提琴、旋转餐厅里烛光晚宴，相信苏小姐那么温柔的人一定会喜欢的。

"对了，"穆休伦甚少关注娱乐圈，所有消息自然有秘书帮他获取，"我女朋友最近怎么样？"

"您女朋友她……"秘书回忆刚刚摸鱼时在八卦网站上看到的新闻，斩钉截铁地答，"最近发胖了。"

第二章　假男友

苏纪时坐在电脑前，表情严肃，涂成朱红色的指甲在键盘上跃动着，敲击出一连串辞藻优美的英文句子。待最后一个标点符号落在屏幕上，她长舒了一口气，点击发送按钮，整个人终于松懈下来。

"苏姐，你在写什么？"方解其实有偷偷窥屏，但他实在看不懂，只能等苏纪时为他讲解。

苏纪时合上电脑，没好气答："还能是什么，给我导师写邮件申请长假啊。我是在读博士，手上还有论文没有完成，这种关键时刻我偏要回国待一年，我总要给学校一个不得不离开的理由吧。"

"也、也对。"方解问，"那你用的什么理由？"

苏纪时："实话实说。"

"啊？"

苏纪时："我跟导师说，我母亲去世了，我妹妹失踪了。我妹妹失踪前欠了一大笔钱，我要回国帮她处理债务。"

还真是实话实说，一句都没有作假。

其实苏纪时之所以答应这件荒唐的事情，她也是有一点私心的——她需要一段漫长的假期，停下脚步，想想自己未来要做什么。

她从十八岁那年开始，就立志把人生奉献给脚下的这片土地。无关国界、无关人种、无关民族，她的视野很大，大到可以拥抱整颗星球。

地质学是五大基础学科之一，包含有数也数不清的分支。她本科毕业后，专攻环境地质，用最直白的话来讲，就是研究"人与地质"的关系。她的同学们，毕业后有去矿上的、有去地震局的、有做农业的、有做城建的、有做环保的……还有像她的导师一样，立足宏观，著作无数，成为一位研究学者的。

从十八岁到二十八岁，整整十年过去，苏纪时却越来越迷茫。她不知道她的未来要往哪个方向走，是深耕于研究室，还是踏遍大好河山？

她内心的迷茫，导致她的博士论文迟迟不能完成，于是只能延毕……她正愁没有地方去散心，哪想到一个莫名其妙的机会就降临在了她面前！

——代替妹妹，当、明、星！

"苏瑾"和经纪公司的合约只剩下一年多，未来一年，苏纪时将以妹妹的身份活跃在娱乐圈中，直到合约期满……又或者，找到妹妹的踪迹，把那个跷家的小混蛋绑回来，让她老老实实地履行自己的职责！

只是这天地茫茫，苏堇青离开时又没有留下任何线索，他们又能去哪里找她呢？

三天后，知名女星"苏瑾"乘坐私人飞机，降落在北京国际机场。机场接机大厅早就被闻讯而来的粉丝们堵得水泄不通，就连 VIP 通道外都有不少粉丝在埋伏守候。

苏纪时这次回国，带的行李极其多。只是其他女明星随身带的行李都是包包衣服，而她呢，带的是她十年来积攒下的数不清的矿石样本，几大箱几大盒分门别类装好，沉重无比，就连阿山都提不动。

她刚一亮相机场，粉丝们瞬间激动起来。"苏瑾"因为形象清纯，向来很招男粉，男粉们浪起来那就没有女粉什么事了，他们高举着灯牌、手幅，大声叫道："瑾瑾！我们爱你！不管你是贫穷是富有，是年轻还是苍老，是胖还是更胖，我们都爱你！"

方解心里咯噔一声，叫苦不迭：怎么回事？好好的接机大军，怎么混进来几个黑粉啊!

方解觉得自己活成了一张"狗哥别生气"的表情包,他一把拽住苏纪时的胳臂,急声安抚:"苏姐苏姐,注意人设!"

就在这时,只见一个个子矮矮的女生领着一帮大块头保镖冲了上来,那气势活像吉娃娃领着一群凶神恶煞的罗威纳猎犬。"吉娃娃"在人群中左钻右钻,也不知怎的就钻到了苏纪时面前,她小手一扬,"罗威纳们"就用臂膀组成人墙,在汹涌的人潮中为苏纪时撑开了一条路。

她眼睛忽闪忽闪地,喜滋滋地道:"苏姐,你终于回来了!我想死你了!"

这次回国前,苏纪时用三天突击,背下了苏瑾身旁所有人的名字样貌。她一眼就认出了面前的女孩,点头打招呼:"小霞,辛苦你来接我了。"

"为苏姐服务,不辛苦!"

吴丹霞,女,二十岁,昵称小霞,是苏瑾出道至今的贴身助理。她开朗热情,机灵能干,一切事情都处理得妥妥帖帖。唯一问题在于她太咋咋呼呼,藏不住秘密,稍微有个风吹草动就嚷嚷得天下皆知。所以这次苏瑾失踪的事情,方解特地瞒住了她,生怕她坏事。

有小霞接应,苏纪时顺利杀出重围,离开人挤人的机场,登上了等候在外的保姆车。

小霞跟着苏纪时上了保姆车,双手托着腮,一脸崇敬地看着她,连连夸赞她的新发型好看,少了一分温婉,多了一分飒爽。

苏纪时对她印象不错,摸摸她的脑袋,随手从兜里掏出一块巧克力塞到了她手里,就像是哄万圣节来捣蛋的小朋友。而小霞特别吃这一套,拆了包装,兴高采烈地吃了起来。

离开机场后,保姆车一路平稳地向着苏瑾的公寓驶去。

苏纪时多年未回国,这十年北京发展极快,早已不是记忆里的模样。她饶有兴趣地望着车窗外的风景,关注着街边的小店、拔地而起的高楼大厦和路上行色匆匆的人群,怎么看都看不腻。

很快，车子拐进了三环畔的某高档社区。这是一座低密度高绿化的小区，距离热门商区还有一段距离，闹中取静，环境相当不错。车子停在了地下车库，苏纪时安安静静地跟在小霞身后，踏进了电梯。

这小区格外注重隐私，一梯一户，需要刷房卡才能启动电梯。

只见小霞掏出房卡，在电梯感应器上一刷，电梯内立即响起机械人声："欢迎回来，穆先生。"

穆先生？这不是她妹妹的住处吗，怎么户主姓穆？

苏纪时有些诧异，但转念一想，现在北京寸土寸金，明星又经常要在其他城市拍戏，要是每到一个地方就买套房子肯定不现实，所以这套房子肯定是转租来的。就是不知道原户主是何许人也，能买得起这么昂贵地段的房子，怎么舍得租给别人。

苏堇青的公寓很大，足有两百平方米，平时有家政会来打扫。除了卧室以外，还有专门的健身房、书房和衣帽间。当苏纪时推开衣帽间的门时，惊讶到整个下巴都要掉下来了。

这间衣帽间足有八十平方米，衣柜直通到顶，挂满了当季的新款服饰。目之所及，全是奢品大牌。苏纪时翻开价签看了一眼，又默默地放下了——清贫的"地质狗"真是经不起资本主义的铁拳摧残啊！另一面墙则整齐地摆满了品牌包包，暖黄色的灯光照射下来，给那些鳄鱼皮荔枝皮鸵鸟皮的包包镀上了一层闪闪发亮的金色。

苏纪时心想，若是把这些衣服和包都卖了，违约金至少能填上一些吧？

她正想着，方解忽然急急忙忙从外面进来了，他手里拿着手机，看样子刚通过电话。

对着方解一脸欲言又止的样子，苏纪时说："有什么事你直说吧。"

方解只得开口："苏姐，刚刚几个赞助商打来电话……"

苏纪时："嗯？"

方解小心道："他们看到接机图，发现你圆润了不少，很关心你的身材问题……"

毕竟镜头是有拉宽效果的，若是苏瑾长胖太多，绝对会影响广告效果。

苏纪时头疼不已，当明星怎么这么麻烦啊！胖胖胖！她这是肌肉，又不是肥肉，哪有那么好减啊？

没办法，谁让苏纪时现在是"苏瑾"呢？为了赞助商们送来的那一柜子衣服，苏纪时必须咬紧牙关减肥了。

方解早就准备好了一整套的减肥瘦身方案，三分练、七分吃，公司特地聘请了专业营养师，帮苏纪时调整饮食结构，争取一个月就瘦个十斤下来。

方解在制订瘦身方案之前，还特地问了她的意见："苏姐，你有什么忌口吗？"

苏纪时答："我忌素。"

方解可没听说过这世上还有天天吃肉就能瘦的女明星，但是鉴于苏纪时态度强硬，方解最终还是勉为其难地在营养减肥餐里添加了一样荤菜——鸡蛋。

苏纪时抱着大大的饭盒，低头看向里面寥寥无几的蘑菇、芦笋、菜叶、西红柿、黄瓜，还有可怜巴巴的半个鸡蛋，忽然笑了。

不是喜悦的笑，不是愤怒的笑，不是皮笑肉不笑，而是看破红尘勘透生死的笑。

苏纪时道："如果当女明星，天天只能吃这些的话，我要是苏瑾，我也跑。"

苏纪时曾经看过一篇报道，讲高原上的人如何"熬鹰"，说白了，就是让性格孤傲的鹰不吃饭不睡觉，把它硬生生熬到疲倦、熬到听话、熬到温驯。

苏纪时觉得自己就像一只被"熬"的鹰，温不温驯她不知道，倒是两颗眼珠子熬得闪闪发亮，晚上房间不用开灯，隔着五米她都能看清楚小霞在偷吃什么。

这天楼下有户人家在炖乌鸡汤，隔着好几层，那味道飘飘荡荡地灌进了苏纪时的鼻子里。她闻出了当归、百合、莲子，若是她再轻一点儿，就能顺着窗户飘出去，飞到别人家偷吃啦！

小霞见她减肥这么痛苦，只能想办法转移她的注意力。

小霞翻出了苏瑾参加过的综艺节目、拍过的影视剧，问她要不要看看这些"美好回忆"。

苏纪石欣然同意。

她一直很好奇妹妹这些年的经历，这二十八年，她一直生活在单纯的校园里，也很想看看光怪陆离的娱乐圈究竟是什么样子。

苏瑾出道至今三年半，所在的寰宇经纪公司是个名不见经传的小公司，方解当年还不是经纪人，而是"星探"，成天在街上溜达来溜达去，看到好看的女孩子就塞一张名片。因为行为很猥琐，没少被女孩子的男朋友追着打。

那时候苏堇青的母亲生病，正缺钱，她一个人打了好几份工，总是奔波在路上，结果就被方解瞄上了。方解巧舌如簧，很快就把天真纯洁的苏堇青哄上了"贼船"，为她改了年龄，改了名字，包装了新的身份，推到了娱乐圈的舞台上。

刚出道的时候，因为经纪公司没什么后台，堇青只能在乡土剧里客串只有几句台词的小角色，偶尔能登上几次综艺节目，充当花瓶，展示广告产品……

苏纪时点开了一个深夜综艺，这个综艺非常有名，以"下狠手""折腾"嘉宾为爆点，而这一期，苏堇青也有参加。

女孩化着淡妆，穿着一件并不合身的宽松 T 恤，笨拙地跟着其他美女嘉宾们玩躲避球游戏。她的长发被编成一条又黑又亮的粗辫子，在身后甩啊甩的，荡起一阵波浪。与从小就活泼好动的姐姐不同，苏堇青并不擅长任何体育项目，频频被球打到。

最后一次，那只球明目张胆地向着她脑袋砸过来，她措手不及被打个正着，仰面摔了下去，发出"砰"的一声巨响。可同组的女嘉宾们没有一个人伸手扶起她，而是嘻嘻哈哈追着球跑走了。

过了足足半分钟，苏堇青才独自从地上狼狈地爬起来。

她的头发乱了，衣领滑下肩膀，露出细腻的皮肤与精致的锁骨。女孩茫然地站在原地，低头看着被地面擦破的手掌。

屏幕上那个女孩身影孤零零地，化成小小的一团。

苏纪时下意识地伸出手，想要擦掉女孩并不存在的眼泪。直到她的指尖触到冰冷的屏幕，她才恍然意识到，女孩并不在她面前。

一股澎湃的火气涌上心头，苏纪时恨不得把这群满场乱窜的"母鸡"从屏幕里抓出来，一只只拔光鸡毛、扔进鸡笼，好让她们知道，她苏纪时的妹妹可不是这么好欺负的！

就在她暴怒之际，傻乎乎的小霞居然撞到了枪口上。

她从沙发后面冒出来，托着腮看着电视上的综艺节目，用一种梦幻般的口吻道："苏姐，你居然在看这个节目啊！真是好浪漫啊！"

苏纪时："浪漫？"

这小助理怕不是脑袋被球砸傻了吧，她妹妹都受伤了，还浪漫？

小霞说："是啊是啊。因为你在节目里受了伤，穆先生一怒之下收购了这家综艺公司，让节目组直接解散——这还不够浪漫吗？"

苏纪时一头雾水。

穆先生？穆先生是谁？

苏纪时忽然回忆起来，这套房子的主人就是"穆先生"！她原以为穆先生是房东，可这世上会有哪个房东，为了给房客出气，直接收购一家公司的？

越想越不对劲，苏纪时把小霞拎到身边坐下，一边给她喂零食，一边哄着她聊天。

小霞一点防备心都没有，很快就被苏纪时套出了话。

"穆先生是你男朋友呀！"

在小霞的叙述中，苏纪时很快拼凑除了这位穆先生的形象。这位穆休伦穆先生，是国内知名矿业集团 EXP 集团的继承人（之一），是个不折不扣的"矿二代"。他冷酷中有一丝温柔，严肃中有一抹体贴……就像小说里走出的总裁男主，虽然因为工作繁忙不经常和苏瑾见面，但他包办了苏瑾的衣食住行，就连那架私人飞机，也是穆先生的私产。

虽然小霞把这位穆先生叙述得处处优秀，可苏纪时比她大了那么多岁，还是从她的叙述里嗅出了一点不同寻常之处。

表面上来看，苏堇青确实在和那位穆先生谈恋爱，穆先生很"宠爱"她，甚至让她直接住进了自己的房子里。可整个家里怎么看不到一点"热恋"的迹象？就算两人不同居，这房子里好歹应该有些情侣物品或者亲密合影吧！

最主要的是，艺人谈恋爱，绝对不可能瞒过经纪人。

她妹妹有男朋友这种大事，怎么从来没听方解提过？

种种蛛丝马迹连在一起，苏纪时有理由相信，这个穆先生和苏堇青的关系，远不是男女朋友这么简单！

苏纪时向来憋不住话，她打发走小霞后，第一时间打电话给方解。

电话接通，方解的声音从电话那头传来："喂，苏姐……"

话没说完，就被苏纪时打断了。

她单刀直入，一点铺垫没有，开口便问："穆休伦是谁？"

方解哑口无言。

一秒、两秒、三秒……十秒……二十秒。

苏纪时掐着表，问："我给了你半分钟时间，你一句话都没说。怎么，是假话编不出来了？"

电波里，方解的哭腔模模糊糊传来："姐，苏姐，你听我解释，这事我不是故意瞒你……"

苏纪时打断他："别给我卖可怜，现在是我在问你话！你老实交代，穆休伦到底和我妹妹是什么关系？他们真的是男女朋友？"

方解踟蹰了半晌，声音颤颤说："其实他们和男女朋友差不多。"

"差不多？"

"就是签个合同，合同里规定要约会啊，吃饭啊……"方解吞了口口水，小声说，"然后穆先生会给苏瑾一些影视圈的资源。"

方解话说得很委婉，但苏纪时又不是十八岁的小姑娘，他话里话外透出的意思，还有什么听不懂的？

一对男女相遇，男人有财有资源，女孩年轻貌美又缺钱。一段你情我愿的关系，说"包养"谈不上，说"恋爱"更是没影的事情。

苏纪时只恨自己怎么没有多关心妹妹一些。若是在母亲生病时，她能知道消息，她能出一份力，她那看似温柔实则倔强的妹妹，是不是就不用忍受这样的羞辱？

苏堇青本可以有自己的人生，有自己的爱人，有自己的未来，但这一切，都被娱乐圈这个大染缸毁了。

她本可以，不做"苏瑾"的……

挂断电话，苏纪时宛如困兽，在屋子里一圈圈地走着。

昨日她还嫌这套公寓太大，一个人住空荡荡的；而现在，当她知道这套公寓是穆休伦用来"金屋藏娇"的房产，她的怒气就足够撑破这套房子了。

时间一分一秒过去，夕阳渐渐落下地平线。

苏纪时没有开灯，唯有月光从窗外漫入，在地上投映出一片银白色的小小月池。

她木然地坐在沙发中，半张脸藏于黑暗，而另外一半则留在月光之下。

就在这时，扔在地毯上的手机再次响了起来。

苏纪时低头一看，来电人居然又是方解。

"干什么？"她接起电话，冷冰冰地问。

方解干咳两声，小心地道："苏、苏姐，刚刚穆先生的秘书打来电话，想约明晚见面。你看……要不然我推了？"

"不用推。"

半晌，苏纪时给出了一个意料之外的答案。

她赤着脚，踩着月光，穿过空旷宽大的客厅，停在了书房门前。

房门"吱呀"一声被推开。女孩的眼睛已经适应了黑暗，她犹如一只在黑夜中捕食的野生动物，准确地拉开书柜门，从角落里拎出一只沉重的双肩背包。

足有十几斤重的双肩背包重重砸在地上，噪音却被地毯完全吸走。

女孩侧过颈子，用肩膀与耳朵夹住手机，腾出两只手从双肩背包里掏出了她珍爱的宝贝——一只小巧的、布满风霜的、被擦得闪闪发亮的地质锤。

"明天几点？我会准时到的。"

夏日的太阳，总要落得晚一些。

周五晚七点，人流匆匆，每个人脸上都带着"被工作毒打了一周终于迎来曙光"的笑容，奔赴在回家的路上。

与此同时，一辆豪华保姆车却逆着晚高峰车流，从城外向着城里进发。

保姆车四面车窗上都贴了单面透视膜，没人知道，这辆车里正坐着一位大名鼎鼎的娇客。

苏纪时面色平静，单手托腮，懒懒看着窗外的风景。这里毗邻CBD，几座楼宇外墙的 LED 屏幕上，正轮番播映着由苏瑾代言的洗发水广告。

伴随着悠扬的卡农乐曲，苏瑾对着镜头回眸一笑，黑发如波浪般散开，即使不加特效，也能在太阳下反射出绸缎般的光彩。最后的画面定格在她的笑容上，那笑容干净纯粹，宛如一朵挂着露水的百合，让人忍不住去嗅闻她的芬芳。

车窗玻璃反射出了苏纪时的脸庞，恰巧与广告上的清雅面容重合了。

两张一模一样的脸跨越空间、时间的界限，交融重叠；然而面孔后面的人，却有着天差地别的性格。

车厢里，鸦雀无声。方解坐在苏纪时对面，几次想开口，但却不知道说什么才好——他到现在都没明白，为什么苏纪时会答应去见穆先生。以苏纪时的性格，明明应该大闹一场才对啊，怎么配合度这么高？

方解看了一眼表，战战兢兢地提醒她："苏姐，再有二十分钟咱们就到餐厅了。"

晚餐约在北京最高处的旋转餐厅，那是北京最有名的地标性建筑，360 度全景观景平台会以很慢的速度缓缓旋转，带领宾客们俯瞰整座城市，坐拥无边夜景。

苏纪时收回视线，看向他，语气平静地说："我们都要见面了，可我对这位穆先生还没什么了解。你给我讲讲他的事情吧。"

方解赶忙把他知道的事情一股脑地倒了出来。

说实话，穆休伦真的是一位非常优秀的"金主"。他年轻、英俊、家世好，而且他对苏瑾异常宠爱，为她做过不少荒唐事。苏瑾拍戏，穆休伦就包下剧组所有员工的三餐，每天都有五星级酒店的外卖送到；苏瑾生日，穆休伦就包下全国上万块电影屏幕，在开映前播放苏瑾的生日短片……

苏纪时越听越不对，冷笑："这哪里是'宠爱'，明明是'捧杀'吧！"

就算是已经结婚的富豪与女星，也没有这样高调的。两人只是（表面上的）男女朋友，穆休伦如此高调，不正好把八卦杂志的目光往苏瑾身上引吗？

苏瑾出道三年多，明明出身十分普通，可是片约不断、曝光甚多，公众没少猜测她身后的金主究竟是谁。不过穆休伦家世显赫，像他这样的富家子弟，与女明星春风一度算不得什么大新闻，只要花些钱，都能安稳地压下来。

方解硬着头皮说："这次穆先生邀你见面，应该是商量续约的事情。"

"续约？"

"苏瑾和穆先生之间有个合约，合约为期三年，这个月月底就到期了。"

苏纪时笑了："续约？行啊。"

穆休伦要是敢把合约拿出来，那她就让他尝尝她的正义铁锤的滋味！

"穆总，这是续约合同，请您过目。"

轿车后排，正在闭目养神的穆休伦被私人秘书叫醒。他这几天又要应付养母又要忙于公事，睡眠时间不足十个小时。

他烦躁地睁开眼，接过秘书递过来的包养合同，随便翻了几下。

三年前，他终于有了自己的公司，然而养母对他十分忌惮，生怕他抢夺她亲生儿女的财产，所以总是给他使绊子。为了蒙蔽养母，穆休伦干脆做出一副纨绔子弟的模样，每天喝酒、泡吧，做尽一切荒唐事，并且，还"包养"了一位女明星。

包养合约写得极为详尽，两方的权利义务规定得清清楚楚，包括穆休伦可以为苏瑾提供多少资源、苏瑾要当多久的幌子。

三年合同期过，穆休伦对苏瑾这个合作对象十分满意，于是要求律师起草了一份续约合同。

不过，这律师是新入职的，这份新合同里有好几处写得不尽如人意。

穆休伦拿起笔，唰唰划掉了一条合约条款："这里，'乙方必须随叫随到，每月乙方需与甲方约会三次'——约会三次？还嫌我工作不够多吗？哪有时间同她约会？"

穆休伦翻了几页，又划掉一条："'约会内容由甲方规定，包括且不仅限于牵手、拥抱、接吻、过夜。乙方不得提出异议。'想和我接吻过夜？律师是不是被那女人收买了？"

穆休伦一边看一边删，正常的包养合约，金主一方恨不得压榨干净小明星的最后一滴血泪。但穆休伦却对于这些不屑一顾，他只要求苏瑾乖乖当一个花瓶女朋友，被他捧着，被他宠着，被他举起来当个挡箭牌，遮住其他人探究的视线。

他和她只是合作关系，越是冰冷的条款，越对双方有利。

毕竟，像他这样优秀、英俊、多金、成熟、知性、有才华、有能力、有智谋、有手腕……的人，要是再多一分温柔，苏瑾肯定会对他产生不切实际的幻想……吧？

保姆车穿破夜色，缓缓驶进了地下车库内。

不等方解为她拉开车门，苏纪时已经拎起裙角，款款走下了保姆车。

身旁，阿山如一只勤劳的大蜜蜂，粗壮的五根手指捏着一只还没有他手掌大的精致香水瓶，把细密的香水喷洒在苏纪时的头发上。

为了今晚这场约会，阿山特地为苏纪时选了当季秀场最热门的"仙女裙"。银灰色的抹胸连衣裙勾勒出苏纪时玲珑有致的身形，裙摆由数层轻纱组成，柔柔散开，银色的星辰散落在裙摆之间，一双修长笔直的长腿若隐若现。

阿山为她化了淡妆，齐肩短发用卷发棒微微烫了一下，营造出一种自然甜美的小女生感觉——当然，前提是她不说不笑不动。

最后，阿山又为她描了唇，叮嘱她："苏姐，我把口红给你装进包包里，吃完饭记得补一下口红哦。"说罢，他拿过放在一旁的爱马仕手包，打开内袋，把口红塞进去——只听"咚"的一声闷响，扁扁的手包里掉出了一个本不应该出现在这里的东西！

方解："苏、苏姐。"他挤出一个比哭还难看的笑容，"你能不能解释一下，为什么你的包里会有一把锤子？"

苏纪时浑然没有做错事被抓住的愧疚感，坦然道："还能是为什么？他敢欺负我妹妹，我当然要给他一个深刻的教训了。"

方解都快给这位姑奶奶跪下了，他怎么没发现，苏纪时是个隐藏的妹控啊？他头发都炸起来了："苏姐！穆先生再怎么说也是苏瑾的金主！你就算再生气，也不能锤爆金主的头啊！"

苏纪时眼神似波，淡淡扫过："谁说我要锤爆他狗头了？"她红唇荡起一抹笑意，"我是要锤爆他的龟——"

阿山惊叫："好女孩不能说脏话！"

然而苏纪时连头发丝都没颤一下，坚定地吐出了最后一个字："头。"

为了穆先生下半生的"性福"着想，方解没收了那根闪闪亮的地质锤。

女孩裹着一身星辰纱裙，娉婷地向着餐厅内走去。

方解躲在楼梯间，望着她逐渐远去的背影，长舒一口气，感觉一直以来高悬的心终于放下了。

他握紧沉甸甸的地质锤，打定主意，一会儿就把这个人间凶器扔进护城河里！

因为精神松懈，他并没有注意到，苏纪时的走路姿势有些不对劲。

苏纪时得意地拉低裙摆，遮住了吊带袜上的痕迹。

电视里的邦女郎，可以用吊带袜藏枪，那苏女王也可以用吊带袜藏个锤子。

穆休伦迟到了。

作为一个有着强烈时间观念的成年人，穆休伦把自己的时间表安排得格外精准，任何事超时一分钟都会打乱他的工作计划。可惜，这世上总有各种各样的不可控性，高速路上出了车祸，导致他与苏瑾的约会迟到了足足二十分钟。

旋转观景餐厅采取预约制，只有会员才可入内。电梯门刚一打开，等候在此的领位员立即迎了上来，恭敬地带着穆休伦走向了他提前订好的餐桌。

"苏瑾到了吗？"穆休伦问。

"苏小姐已经到了。"

苏瑾是如今流量排得上 top3 的当红小花，形象清纯甜美。然而这位娱乐圈小花却与富豪之子在这里秘密私会，若是传出去，不知有多少粉丝要哭瞎双眼。好在这里的侍者早就见惯了这种事情，眼观鼻、鼻观心，自然不会多嘴。

秘书预订的位子就在落地窗畔，沙发卡座柔软舒适，周围摆放了一圈错落有致的绿植，隔开了旁人的视线。

穿过曲径幽深的小路，转过最后一道弯，眼前的景象豁然开朗起来。

待看清眼前的情景，穆休伦脚步一顿，愣住了。

全景窗外，黑夜已经悄然降临这座城市。女孩坐在一条由星辰织就的纱裙里，单手托腮，百无聊赖地望着窗外的夜景。珍珠悬于耳畔，钻石饰于颈间，短发飘逸着点点银光，顾盼间潋滟生辉。万家灯火被她踩在脚下，却不及她鞋尖上的一点尘埃。

她虽面朝窗外，嘴里却流畅地报出一连串的菜名，让侍候在旁的侍者手忙脚乱。

只听她开口："空运来的澳大利亚龙虾有吗？选品相最好的，给我来一只。鲍鱼别拿五头六头的糊弄我，挑最大的，先来四只吧。冰岛生蚝来一打，挪威三文鱼来两客，至于帝王蟹深海虾你们看着搭配吧。都要最贵的——我们穆先生，有的是钱。"

穆休伦觉得今天的苏瑾，好像有哪里不太对劲……

穆休伦来不及细想，侍者已经发现了他的到来，赶忙半弯下腰，同他问好。

坐在窗前的苏瑾也跟着转过头来，看向了他。

奇怪的是，女孩的眼睛里透着一股全然陌生的审视感，仿佛她是第一次见到穆休伦似的，自下而上，慢慢地、一寸寸地，观察着他。

在那一瞬间，穆休伦简直怀疑坐在自己面前的是另一个人——但仔细看去，明明还是苏瑾的模样。

"好久不见啊，"女孩眼波流转，露出笑颜，好似一支在风中摇曳的桃花，"穆先生。"

"确实很久不见了，最近有些忙。"穆休伦强压下心中的违和感，落座于苏瑾对面。他细细观察着已经一个多月没有见面的"女朋友"，不由思索：怎么只是换了个发型，苏瑾的变化就这么大？

他哪里能猜到，坐在他对面的女孩，从里子到壳子，早就换成另一个人了。

若是光从外表来看,穆休伦的相貌即使拿到娱乐圈里也是十分吃香的。他五官端正英俊,肩宽腿长,量身定做的西装更凸显了他周身的气势。不熟悉的人会觉得他有些冷傲,正是无数小女生为之倾倒的"霸道总裁"类型的男人。

当然,在苏纪时看来,这不过是个人模狗样、妄图占妹妹便宜的垃圾家伙罢了。

藏在吊带袜里的地质锤蠢蠢欲动,若是他敢越雷池一步,苏纪时保证会用锤子敲开他的脑壳!

经过精心烹调的海鲜一道道端上桌,高脚杯里红酒散发着诱人的香气,然而坐在桌子两侧的人却都没有动筷的想法。

两人隔着餐桌遥遥相望,一个英俊成熟,一个甜美温柔,不论由谁来看,都是一对登对般配的小情侣。

待菜上齐后,侍者安静退开,把空间留给了他们。

静了足有半分钟,穆休伦终于开口:"苏小姐,我的时间很宝贵,那就直接开门见山了。"

"正好,我的时间也很宝贵。"苏纪时笑眯眯道,"穆先生有什么话,直说吧。"

穆休伦清了清嗓子:"这三年来,我和苏小姐合作很顺畅,现在合约期满,咱们也该考虑续约的事情了。"

来了来了!果然来了!

苏纪时表面上不动声色,餐桌下的手却已经隔着裙摆,摸到了吊带袜里那根硬邦邦的家伙。

这根扁嘴地质锤可是她的一级战友,陪伴她上刀山下火海,不知出过多少次野外。她一锤子下去,就算是火成岩,也会应声而裂。

穆休伦忽然觉得后背一寒,莫名其妙地打了个寒战。不过他没有在意,而是从随身的公文包里拿出了那一纸合约,态度坦然地推到了苏纪时面前。

合同足足有十几页，甲方一栏穆休伦已经签好字，乙方一栏还空着，等待着苏纪时落笔。

看上去……还挺正规？

苏纪时有些好奇，不由自主地接过了这份合同。

前面几页都是复杂的合作条款，苏纪时粗粗看了几眼，很快就翻到了后面的重点环节——双方的权利与义务。

条款8.1.1　甲方每季度需为乙方提供影视合作项目（A级）五部及以上、综艺合作项目（S级）一部及以上，其余时尚资源、媒体曝光若干。在乙方遭遇舆论风险时，甲方需为乙方聘请专业公关团队，维护乙方形象。

条款8.1.2　甲乙双方为互惠互利的合作关系，不得对公众（亲人朋友除外）公开彼此关系。

条款8.1.3　在甲方有社交需求时，乙方需以女友身份参与甲方的社交活动，配合甲方的一切秀恩爱行为，不得拒绝。

条款8.1.4　每月乙方需与甲方约会三次。

条款8.1.5　约会内容由甲方规定，包括且不仅限于牵手、拥抱、接吻、过夜。乙方不得提出异议。

其中，"每月乙方需与甲方约会三次"被完全划掉，改成"视甲方工作安排，每月乙方需与甲方约会一次"，"接吻、过夜"也都被划掉了。

苏纪时狐疑地从合约里抬起头，看向了坐在对面的穆休伦。

这真的是包养合同？

虽然苏纪时没见过其他金主，但通过常识她也能判断出，正常的金主不会给出这么优渥的条件。这合约里，苏瑾占尽便宜，而穆休伦又出钱又出力，只得到了一个花瓶女友而已。

别的女明星找金主，是找"干爹"，可穆休伦简直是送上门的亲爹啊——如果她不是万分确定她父亲还在人世的话，她都怀疑穆休伦是不是她亲爹的转世灵童了。

苏纪时指着被划掉的那几行，问："这些是……"

穆休伦道："那些都是律师自作主张，对我们的合作无益，我就给删除了。"最主要的是，过多的肢体接触，会让女方对他产生不切实际的幻想，所以他绝对不能留下来。

苏纪时完全不知道他的自恋想法，心里暗赞了一声——倒还真是个正人君子。

女孩藏在桌子下的双手，终于从锤子上移开了。她把合约推了回去，说："谢谢穆先生厚爱，不过这份合约恕我不能接受。"

"为什么？"穆休伦十分意外。两人合作三年没出过任何纰漏，这种互惠互利的新合约她肯定会很爽快地签名的，"难道这些条款你不满意？若是要改条款的话，那你就让你的经纪人和我的律师联系。"

他想了想，又补充道："我列出来的这些资源，在整个圈子里都算是条件十分优厚的了。你们没有太多讨价还价的余地。"

"不是。"苏纪时并不信任他，当然不会告诉他自己的真实身份。她避重就轻地答："我和经纪公司的合约还有一年多就期满了，这接下来的时间，我不想有太多曝光——我要离开娱乐圈。"

这答案太出乎他的意料了。

有哪个上升期的流量艺人，会嫌曝光太多的？她还那么年轻，居然就想退圈了？

穆休伦直言不讳："你是公众人物，退圈之后也会被闪光灯追逐的。"

苏纪时挑眉："没关系，我可以出国留学。"

她的语气如此郑重，一看就是计划许久了。见她去意已决，穆休伦也不多废话，干脆把合同收了回来——苏瑾无法再担当他的挡箭牌女友，他必须尽快物色新人了。

可要去哪里找一个像苏瑾这样，又安静、又乖巧、又不折腾的假女友呢？

这顿饭吃得很潦草，两个人都没怎么动筷。

只不过，穆休伦是没有食欲，苏纪时倒是发自内心地想吃——可是一想到回去不知道要在跑步机上耗费多久才能把一口龙虾肉的热量消耗干净，她就老实闭嘴了。

苏纪时望着这一桌无法进肚子的山珍海味，颇觉煎熬。她现在无比怀念半个月之前的生活，那时候没人管她的行走坐卧仪容姿态，她大可以一个星期不洗头，窝在沙发上一边写报告一边吃垃圾食品。哪像现在，还得为五十、一百的卡路里殚精竭虑。

根据合约，两人的每次约会都要在两个小时以上，这是做给外人看的，少一分一秒都不行。

苏纪时无聊至极，掏出手机戳戳。

每个明星都有两部手机，作为当红流量的苏瑾也是如此。一部是私人手机，另一部则用来联系公事。苏瑾离开时，只带走了她的私人手机，工作用的手机现在就落入了苏纪时手里。

幸亏这部手机是人脸识别的，若是指纹识别、瞳孔识别的，那苏纪时就要露馅了。毕竟就算是双胞胎，指纹和瞳孔也是独一无二的。

穆休伦忽然说："认识了这么久，还没有苏小姐的联系方式。"

话出口后，他顿觉自己是被鬼迷了心窍。三年前刚签合约时，他不愿意和苏瑾有太多牵扯，也怕手机丢失泄露信息，所以一直没有索取苏瑾的电话、微信号码。每次"约会"前，都是让秘书提前通知苏瑾的经纪人。

哪想到在合约结束前的最后一天，穆休伦却想要把她的名字留在自己身边。

苏纪时并不在意。她对这位"亲爹"金主印象不错，想着多个朋友多条路，大大方方地把工作用的手机号告诉了他，还主动发起了微信加好友申请。

两人正说着话，忽然一阵突儿的脚步声从通道那边传了过来。最先灌入耳膜的是高跟鞋落地的声音，尖细的鞋跟咚咚砸在地板上，如魔音穿耳，根本无法忽视；紧接着，另一组颇显沉重的皮鞋脚步声接踵而至，每走一步，皮鞋的主人都要气喘吁吁地呼出一口浊气，伴着女伴故作妖媚的笑声，一直传到了餐桌旁的"小情侣"耳朵里。

苏纪时一愣，她们的位置在餐厅里相对偏僻的角落，怎么还会有路人从这里经过？

再看穆休伦，男人脸色冰冷，放下手中餐具——看他的表情，他已经听出这两位不速之客的身份了。

正如他所料，几秒钟之后，一个滚圆痴肥的中年男人，臂弯里挂着一个娇媚可人的年轻女孩，出现在他们面前。

那中年男人又矮又胖，看上去五十岁出头，可发际线已经退到了脑袋后面。他穿着一身条纹棕色的休闲西装，领口、袖口都被塞得满满当当，仿佛他呼吸的幅度再大一些，就要把这身衣服撑破了。

至于依偎在他臂弯里的年轻女孩，看样子不过二十一二岁，妆容精致，身材惹火，脸上挂着与这个年纪格格不入的风尘世故。她明明倚靠在中年男人的肩膀上，眼神却像钩子，在给穆休伦抛媚眼呢。

中年男人腆着滚圆的肚子，站在桌旁，等着穆休伦主动向他问好。

可惜穆休伦并不把他放在眼里，中年男人被白白晾了半天，折了面子，只能强撑硬气，说："呦，这么巧啊，没想到在这儿遇到休伦了。"他的视线落在一旁的苏纪时身上，仿佛刚刚才看到她一般，极为夸张地说，"和小瑾约会呢？二舅没有打扰你吧？"

穆休伦没有起身，只微微颔首："没想到在这里遇到二舅了。"

说是二舅，其实是穆休伦养母那边的远亲，借着养母的名头在 EXP 矿业集团里谋了一官半职，现在名下挂着两个铁矿，颇有资产。因为养母厌恶穆休伦，连带着这些亲戚也看不上他，没少在集团里给他使绊子。

而这次，这位二舅听说穆休伦在这边会小情人儿，赶忙带着自己最可心的小女朋友过来耍威风。

穆休伦包养苏瑾的事情，在家族里算是人人皆知的八卦。二舅在电视上见过苏瑾，哪想到苏瑾本人比广告上还要耀眼夺目？

如果说，电视上的她是一支温润可人的白桃，那出现在餐桌旁的她，则是一支摇曳生姿的红樱，明明是同样的眉眼五官，却美得热烈奔放，美得……让这位二舅心里直痒痒。

他根本没想着避嫌，一双色眯眯地绿豆眼就粘在苏纪时身上，仿佛要用双眼把她身上的礼服剥开撕碎一般。

那种黏腻油滑的感觉，令苏纪时回忆起了曾经在野外遇到的沼泽——本身又臭又脏，还妄图把别人也拉下去，染得一身腥才好。

苏纪时被这种冒犯的目光盯着，不仅不闪避，反而扬起下巴，直直瞪了回去。

够辣、够辣！

二舅被那目光盯着，仿佛有一团火在五脏六腑里烧着，四处蔓延开来，由上到下，把他整个人都烧得口干舌燥，哪里还顾得上怀里千娇百媚的小女友啊！

反正苏瑾是被穆休伦包养的，不就是钱嘛，穆休伦能给的，他也能给！穆休伦不过是个不受宠的养子，那个破有色稀土公司，又能赚几个钱？哪像他名下有两座铁矿，一进一出，进入他兜里的钱不知够多少普通人奋斗十辈子的！

再说，穆休伦都包了苏瑾三年了，算算日子，也该腻了。

中年男人眼睛眯起来，好似已经看到了苏瑾乖顺地躺在他床上，任他予取予求的模样。

"小瑾啊……"他恬不知耻，居然直接当着穆休伦的面挖起墙脚，"你也跟休伦这么多年了，想没想过再往上走一步，换一个更好的平台？当然，好的平台，也得有东风送你才能上去……"话里话外暗示得清清楚楚，他，就是苏瑾未来的"东风"，只要苏瑾乖乖顺着他，想要什么没有呢？

他话音未落，他的小女朋友脸色唰地白了。她可是刚刚钓上这条大鱼啊！虽然别人钓的都是锦鲤，她只捞到了一条胖头鱼，但总比那些连泥鳅都没捞上的小姐妹好多了！好日子还没过上几天，鱼汤还没喝上两口，金主就瞄上了新人？不行，门都没有！

她忙揽住中年男人胳臂，拼了命的撒娇："老公！"

　　然而中年男人却一抬手，把胳臂抽了出来，用一种从来没有过的冰冷语气说："什么'老公'？'老公'也是你能叫的？"女孩委屈地咬住下唇，眼角已经挂上泪珠，可心里早就骂开了——死胖子，昨晚在床上你可不是这么说的！

　　这位二舅小眼睛紧盯着苏瑾的脸，在他看来，若是有人能叫他"老公"，那这个人选自然要是苏瑾这样的大美人才行！

　　自己的女伴被这样冒犯，穆休伦怎么可能忍下这口气？他皱眉看向这位便宜二舅，正要开口呵斥，话未出口，忽然小腿一痛——在餐桌布的遮挡下，苏纪时居然狠狠踢了他一脚！

　　紧接着，细高跟鞋死死踩在他的皮鞋上，还不解气地左右转了转——不用想，今晚回家，他的脚上绝对会留下一个青紫的瘀痕。

　　穆休伦闷哼一声，强忍住脚面上的疼痛，看向坐在对面的那位花瓶女友。

　　苏纪时双肘撑在餐桌上，还是那副巧笑倩兮的表情，双眼波光粼粼，宛如秋泓。

　　"这位……二舅……"她不知他姓甚名谁，干脆用二舅称呼他。她笑问："不知二舅今年高寿？"

　　她特意咬重"高寿"二字。

　　二舅听出来她语气不对，不快至极："什么'高寿'？我才五十二岁！"

　　苏纪时："五十二岁？不巧，我才二十六。"

　　二舅："怎么，你嫌我年纪大？我跟你讲，像你这种二十多岁的小姑娘没见识，五十岁正是男人最有魅力的时候，又有人生经历，又能给你提供优渥的生活，有什么不好？"

　　苏纪时相信，等到穆休伦五十二岁时，会是一个有魅力的成熟男人；但是这位胖大叔，从头顶稀疏的头发到耷拉出腰带的将军肚，浑身上下没有一个地方可以和"魅力"二字扯上关系，纯属自我感觉太过良好。

　　苏纪时摇摇头，答出了一个意料之外的答案："抱歉，我嫌您年纪小。"

二舅："什么？"

苏纪时微微一笑："我嫌您年纪太小，要是您今年九十高寿，我二话不说立即拿着户口本跟您上民政局。最好您再患个心脏病高血压脂肪肝中风偏瘫阿尔兹海默，这样等我一过门，您一蹬腿，您那万贯家财，不都是我的了吗？"

二舅："你！"

女孩抬起嘴角，如扇般的睫毛遮住眼中的嘲讽，根本没把这位二舅放入眼中："您找我实在是委屈了，我劝您还是往下继续找，二十六岁的算什么，二十的、十八的……努努力，您总有一天，能找到遗产继承人的。"

穆休伦实在忍不住，偏过头，用咳嗽声遮住了笑声。

他怎么从不知道，苏瑾还有如此伶牙俐齿的一面？她今天简直像换了一个人，气势大开，展现出了与荧幕上截然不同的霸气性格。这哪是什么温婉菟丝花？明明是一朵能吃人骨头的霸王花！

二舅气到浑身肥肉乱颤，伸出短粗的手指指向苏纪时的鼻子。

"苏瑾，好、好、好！你以为穆休伦能护你一辈子吗？别以为你是什么当红小花，我就奈何不了你！你信不信，我一句话，下个月，你的所有广告都要从公众视野里消失？"

这话完全是虚张声势，EXP矿业集团虽然有钱，但这位二舅只是一个边角小高层，他根本没有那么大的能量，能让当红流量艺人从公众视野中消失。他一时激愤上头，就想狠狠吓吓她，挫挫她的锐气。

哪想到苏纪时巴不得消失呢，她干脆利落地说："行啊，我身上违约金三十个亿，您要是真能把这三十亿补上，我保证回家就把您的照片挂在墙上，一天三炷高香！中元节给您点荷灯，清明节给您送寒衣，您看怎么样？"

二舅："你……"他就算没心脏病，现在也要被气出心脏病了。一旁的小女友赶忙贴上去，帮他顺气。

对方勃然大怒，可苏纪时毫无惧意。像这种有钱人，都顾忌面子，不会在公众场合撕破脸，就算真动手了……她吊带袜里的地质锤，今天还没派上用场呢！

穆休伦在旁边看了这么久好戏，不能再继续欣赏下去了。

他清清嗓子，装模作样地说："好了！这是什么场合，小瑾你怎么就没点分寸？怎么能用这种语气和二舅开玩笑？二舅年纪大了，和年轻人有代沟，听不懂咱们的笑话。"

又是"代沟"又是"年纪大"，穆休伦看似在批评苏纪时，其实句句都是在往中年男人的心窝上戳。

苏纪时虽然占了上风，但她并不恋战。穆休伦的台阶已经铺到了她脚下，她便楼梯走下来——转眼间，又是一朵可怜、弱小又无辜的清纯小花。

穆休伦叫来侍者结账，二舅和他的小女友就像两个透明人一样站在那里，被忽视得彻彻底底。

穆休伦起身时，彬彬有礼地向苏纪时伸出手。怔愣地神色在苏纪时眼中一闪而过，她立即就理解了他的意思：他们毕竟是"金主与金丝雀"的关系，有家族中人在场，总不能表现得像两个陌生人。

算了，反正合约到今天就结束了，就算她免费赠送一场返场表演吧。

她递出指尖，矜持地搭在男人的掌心中。与妹妹的柔荑不同，苏纪时因为常在野外摸爬滚打，她的双手很是粗糙，有不少伤疤，甚至还有几个茧子。

然而这一刻，穆休伦根本无暇顾忌这一点微妙的差异。女孩的小手躺在他的大掌中，他只需要收拢五指，就可以把她牢牢攥紧。

两只同样温热的手紧贴在一起，穆休伦稍一使劲，女孩便顺势站起身，挽住了男人的手臂。

她轻得像是一片叶，一朵花，一阵呼啸而至的风，穆休伦心里有种隐隐的预感——若他不能攥紧她，她便要从他的掌心溜走了。

穆休伦强压下这种莫名升起的奇异念头。他是前路艰难的豪门养子，而她是冉冉上升的年轻女星，他们只是再普通不过的合作关系……

而这种关系，到今天，就结束了。

他还可以找其他人签署合约，有什么必要非要把她留下呢？

然而与他矛盾的内心相比，他的身体倒是诚实多了——他长臂一伸，未经她允许，便揽住了她的纤腰。

苏纪时正是饿到脚步发虚的时候，她根本来不及抵抗，便一头扎进了男人的怀抱中。女孩纤瘦高挑的身体，恰好嵌入了男人的胸膛。隔着夏天薄薄的衣料，两颗跳动的心贴在一起，仿佛两片被打碎的半圆终于找打了严丝合缝的另一半。

在外人看来，这对小情侣是情难自禁、热情相拥。

然而在当事人心里，这一幕毫无浪漫可言——

苏纪时想：这返场演出究竟什么时候结束？

而穆休伦却想：奇怪，她双腿之间，怎么有个硬硬的东西在顶着我？

不等穆休伦再多感受一下女孩双腿之间那个突兀的凸起，苏纪时便先一步推开了他，退后一步，回到了安全距离以外。

穆休伦奇怪地看了她下半身一眼，但长裙飘逸，轻巧的薄纱蓬起一个恰到好处的弧度，让人根本看不清楚隐藏其中的奥秘。

应该是他想多了吧！

苏纪时完全不知道她裙中的秘密差点暴露，她抬手挽起耳旁的碎发，别在耳后，姿态温婉可人。

"咱们可以走了吧？"她问。

"嗯，时间不早了，我送你回去。"穆休伦只能暂时把疑问压下。

临走前，他做出了一个令人意外的举动——他叫来侍者，把几乎没动的菜肴全都打包了。

这还是苏纪时头一次见到吃饭要打包的霸道总裁，真是勤俭、环保又持家。

侍者倒是见怪不怪，手脚麻利地把所有菜都打包好，然后问穆休伦："穆先生，菜还是送到'太阳村'吗？"

"对。"男人点头，在账单上潇洒签下了自己的名字。

"太阳村"？

在听到穆休伦要把剩菜送到太阳村时，在旁边当了很久背景板的二舅忽然嘀咕了一句什么，眼神轻蔑地从穆休伦身上扫过，可穆休伦根本没有搭理他。

看来这个"太阳村"应该是一个和穆休伦有点渊源的地方。苏纪时暗暗记下这个奇怪的地名，打算回家后查一查这个地方究竟是做什么的，为什么穆休伦会把剩下的饭菜送到那里。

两人离开餐厅，一前一后走进了电梯。

电梯从顶楼的旋转餐厅直通向地下车库，每次约会后，都由穆休伦送苏瑾回去。

穆休伦体贴地为她拉开车门，看着女孩牵起裙角，坐进了副驾驶内。

车子启动。

一时间，整个车厢内只有音乐声飘荡着。

穆休伦忽然开口："三年合约期满，你今天是终于忍不住本性暴露了吗？"今天的苏瑾处处出乎他的意料，她本应该是柔弱的、乖巧的，可今天的她却浑身充满尖刺，把攻击当作最好的防御。

苏纪时理直气壮地答："因为以前的苏瑾消失了，现在坐在你旁边的是'钮钴禄·苏瑾'！"

穆休伦不知道今晚要笑多少次了。他左打方向盘，向着她所住的小区驶去："那行吧，'钮钴禄·苏瑾'，我就不送你进小区了，我送你到门口，下车时记得重重甩车门，这样他们才相信咱们真的不会复合了。"

"钮钴禄·苏瑾"同意了。

于是照着剧本，穆休伦把她送到小区门口，她下车、甩门，高昂着头，大踏步骄傲离开。

苏纪时走得潇洒又利落，银色的星辰长裙拖起长长的裙尾，她没有回头，没有停步，踏出的每一步都带着果断。

穆休伦熄了火，车子停靠在路边，看着她的身影越走越远，像是有什么东西也一并消失在自己的生命当中了。

他点燃一支香烟，并没有抽，而是看着明灭的火光在指尖之中一点点吞噬掉整根香烟。

他并没有很快发动车子，而是看着身旁空荡荡的副驾驶座，露出一个自己都没有察觉到的笑意。

忽然，他的视线凝固在了一个角落——某个闪闪发亮的东西掉在了副驾驶的座椅下。

它就像是灰姑娘遗留下的水晶鞋，即使公主与王子暂时分开了，但只要有水晶鞋在，他们终究会重逢。

只不过……

穆休伦弯下腰，满心疑惑地捡起了那个东西。

为什么"钮钴禄·苏瑾"，会随身带一个锤子？

第三章 初次触电

　　苏纪时直到第二天才发现自己的锤子居然落在了穆休伦的车上。锤子分量颇重，在吊带袜里藏了一晚上，把袜子的蕾丝边扯松了，所以才会在她起身时，顺着裙摆滑下来，落在了副驾驶座上。

　　她原以为穆休伦会问些什么，哪想到等了一天，这位前金主都没有给她发过消息。

　　难道是没看到？

　　也对，座椅周围的空隙那么大，说不定锤子滑到了下面，刚好躲过一劫呢？

　　苏纪时有点可惜。那只地质锤陪伴她多年，锤身上有不少磕磕碰碰，手持握柄的地方橡胶都裂开了，她拿布基胶带重新缠好，终究没舍得扔。这次她带着锤子防身，哪想到穆休伦意外地好说话，她宝锤没来得及出鞘，就稀里糊涂地丢了。

　　唉，算了算了，多想无益。

　　她想起昨晚"约会"时，众人提到的那个奇特的地名"太阳村"让她很是在意。

　　她打开搜索引擎，输入了"太阳村"三个字，再按下回车键——瞬间，密密麻麻无数搜索结果出现在了电脑屏幕上。

　　"太阳村，国际 NGO 公益组织下属福利机构，旨在为父母因刑入狱、无家可归的儿童提供必要的救助，保证其住宿、医疗及平等的受教育权利。"

苏纪时低声念出网页上的这行字。

原来太阳村是一个儿童救助站，部分犯人在入狱后，孩子无人照料，这些孩子不适宜去孤儿院，也没有亲戚愿意接受，若是放任下去，这些孩子只能流落街头，最终不是被冻死、被饿死，就是被其他的犯罪团伙哄骗吸收，成为社会隐患。

打开官网，孩子们的照片被挂在了头版上。在这里，他们可以吃饱穿暖，有干净明亮的寝室、有宽阔的操场，孩子们簇拥在生活老师身边，他们年纪不同，但笑容同样灿烂。

苏纪时又翻了几篇相关报道，发现有一些热心公益的企业、个人会定期向太阳村捐款。但是翻来翻去，她并没有看到EXP矿业集团的名字，倒是看到了一位署名叫"穆"的热心人士，而他的捐款位列榜单第一位，甚至比大部分企业的捐款数额还要高。

以企业的名字做公益，可以从国家拿到相应的税费补贴，所以企业们都很热衷捐助希望小学。但是穆休伦却以个人名义捐赠太阳村，真没想到……他还是个热心人。

就在苏纪时聚精会神地看网页时，书房门忽然被推开，经纪人方解走了进来。

方解："苏姐，你在看什么？"

苏纪时："哦，昨天和穆休伦吃饭时听到人提起了太阳村，我很感兴趣，就查查看。"

"太阳村？"方解啧啧两声，"你妹妹以前也经常去那里。"

方解走到电脑旁，调出个人捐赠名单来，果然，在个人捐赠列表靠下的位置，"苏堇青"这三个字混在一大片人名里，显得毫不起眼。

方解一边说，一边陷入了回忆当中："别看苏瑾捐助的现金不多，但是她为太阳村做了不少实事。太阳村的孩子父母大部分都是重刑犯、死刑犯，很多普通学生的家长会戴着有色眼镜去看待他们，觉得他们身体里流着罪犯的血，不愿意让自己孩子和他们一起读书、一起玩耍。于是苏瑾就利用自己的社会影响能力，亲自去教育局谈合作，还免费录制了很多公益广告，这才让教育局领导松口，同意让太阳村的孩子们就近入学。"

这段往事，苏纪时从未听过。不过苏董青从小就是个软心肠的姑娘，路边的小鸟受伤了，她都要带回家帮它包扎伤口。苏纪时听得津津有味，随着方解的叙述，仿佛她也被代入到了那段回忆当中，重新感受了一遍妹妹的心路历程。

姐妹俩之间足足隔着十年的光阴，苏纪时错过太多了。

苏纪时问："这么说来，董青就是在太阳村做公益的时候，认识穆休伦的吗？"

"是啊。"方解随口说，"穆先生没少往太阳村投钱，毕竟他就是太阳村出来的嘛。"

苏纪时："什么？"

方解一拍脑门："啊，这件事忘了告诉你了！这件事网上早就扒烂了——穆先生虽然姓穆，但他其实是穆家的养子。他的亲生母亲是重刑犯，具体犯了什么事不清楚，好像是因为重病在监狱里走了。穆先生是十二岁那年，被穆总和夫人领养的。"

"为什么领养孩子？夫妻俩不能生育吗？"

"正相反，穆总膝下还有两女一子，都健健康康的。"方解一摊手，"有钱人的想法，谁料得到呢。"

苏纪时本来还很奇怪，为什么区区一个娘家的"二舅"就能对穆休伦如此无礼，而穆休伦又何必非要包养个花瓶女友做摆设？这么看来，估计离不开"豪门斗争"那些琐碎杂事。

果然，豪门贵子不是这么好当的。

这么一想，她倒是对穆休伦多了些许同情。

她皱眉："不行，我需要'补'的东西太多了，要是昨天穆休伦多问我两句关于太阳村的事情，我肯定露馅。我妹妹就没有留下记录吗？不是说明星都爱搞个微博小号，记记心路历程之类？"

"没没没，这个真没有。"方解连连摇头，"现在粉丝眼睛太毒了，不管小号打几层码，都能给扒出来，我干脆就没让苏瑾注册微博，只有工作室账号负责发布她的日常动态。"

苏瑾走的是"人淡如菊"的仙女人设，仙女每天下凡就够辛苦的了，哪还有什么时间玩微博！

苏纪时："日记呢，日记总有吧？"

方解："日记？谁敢写日记？！去年圈里刚出了一件大事，某个当红男星的私生粉翻墙进了他的公寓，偷了他的日记本曝光出来！那个男星表面上是优质单身男，私底下劈腿劈成章鱼精，他那个小日记本里记了几十个女生名字，从年龄、出身到姨妈日期，还分门别类做得比图书馆索引还清楚！"

苏纪时："贵圈真乱。"

方解："承让承让。"

苏纪时需要的东西全都没有，只能走一步看一步，在这个圈子里瞎撞了。

提及此，方解又有话要说了。

"对了，苏姐，我今天来找你是有工作上门了。"他也不知从哪里变出足有竖直硬币那么厚的一本剧本，殷勤地说，"有个剧本是这样的……"

苏纪时看都不看，立即拒绝："拍戏免谈！"

她可以代替妹妹一时，但代替不了一世。代替董青参加一下品牌活动、拍拍杂志硬照也就罢了，代替她演戏？这是根本不可能的。

苏董青并不是科班出身的女演员，但她在圈子里待了三年多，早就习惯了闪光灯与摄像机。苏纪时这段时间恶补了妹妹演过的电视剧、电影，董青的演技称不上多好，但胜在自然、清纯、流畅，不会让观众出戏。

若是让苏纪时站到摄像机前，她完全生涩的反应绝对瞒不过剧组里上百双眼睛。

"苏姐，可是这个工作真的推不了……"方解愁眉苦脸道，"这个电影叫《神秘笔记》，是投资方为苏瑾量身打造的本子。其实前期拍摄都已经完成了，但是昨天导演那边打来电话，说有几个镜头出了问题，必须补拍——时间不长，就一个星期，不，五天！五天就能拍完！"

苏纪时充耳不闻。

方解化身成烦人的苍蝇，在苏纪时耳边不停地嗡嗡嗡。

苏纪时打定主意不理他，哪想到他就不走了，绕着她从早嗡到晚，嘴巴一刻不停。

一会儿是"苏姐啊你看天上飘过的云像不像摄影机？"一会儿是"苏姐啊你看这朵西蓝花像不像收音棒？"一会儿又是"苏姐啊你看这个床垫子像不像剧……"

他最后一个字尚未出口，苏纪时手中的地质锤已经重重砸下来，擦着他的双腿，险之又险地落到了他的两腿中央。

方解低头看看已经被一锤击碎的木椅，再抬头看看一脸冷酷的苏纪时，傻了。

方解："锤锤锤锤锤锤子哪里来的？"他不是已经把锤子没收了吗？

苏纪时笑道："五十一把、八十俩，你要几把我就有几把。"

方解冷汗直冒，但作为一个专业经纪人的责任心，还是促使他冒着生命危险，把剩下的话说完："苏姐，我知道你怕拍戏暴露了你的真实身份，但是你也要想想，这部戏你妹妹已经完成了 90%，难道你舍得让你妹妹前期的辛苦都白费吗？"

他本是死马当活马医，哪想到正是这句话，让苏纪时的内心出现了一点松动。

是啊……这是堇青的心血、堇青的作品。她确实不忍心，让妹妹的辛苦白费。

她们姐妹俩虽然性格大不相同，但唯有一点很相似——责任心。正是因为姐妹俩有着完全不负责任的父亲，所以她们自小做任何事情，都要争取有始有终、精益求精。苏纪时把这份钻研劲儿放到了学业上，而苏堇青则放在了工作中。

她是她的姐姐，她既然决定要代替她站在这个舞台上，那就不能在遇到挑战时退缩。

苏纪时："那好吧。"她勉强同意，"五天，一天不准多。"

剧组里都是和苏瑾有过长时间接触的人，她只能在剧组待五天，多一天，暴露的风险就更大一分。

"好好好！"方解点头如捣蒜，赶忙冲回客厅，把那本厚厚的剧本取过来。

这剧本是苏瑾用过的，边缘有些毛躁，属于她的剧情台词都被荧光笔仔细标注了出来。

剧本和小说的写作形式完全不同，苏纪时翻了几眼，看得云里雾里。

没办法，她只能问方解："这个《神秘笔记》究竟讲了什么？你先给我讲讲大概剧情吧。"

方解赶忙说："很简单很简单，这个故事发生在大学校园。女主角是个特别边缘特别透明的人，她在学校里受尽忽视，还被学校里的'大姐大'霸凌，就连她喜欢的男生都不用正眼看她。"

苏纪时的表情一言难尽：真不知道编剧是怎么对着她们这张脸写出'边缘''透明''受尽忽视'的？她读书的时候，排队表白的男孩子不要太多好嘛！

方解没注意到她扭曲的神色，还在继续讲解剧情："后来她得到了一本神秘笔记，意外发现，只要把这些同学的名字都写在笔记上，这些同学……"

苏纪时恍然大悟："都会死？"

方解咽了口吐沫："都会疯狂地爱上她。"

晕，原来不是《死亡笔记》，而是《恋爱笔记》啊。

正如方解所说，《神秘笔记》这部电影，确实是资方为了苏瑾这位当红小花量身打造的一部玛丽苏剧。

而且，它不仅玛丽苏，还"逆后宫"。

"什么叫逆后宫？"苏纪时听不懂了。

"古代后宫，都是娇俏可人的妃子们围着皇上团团转；而逆后宫就反过来，都是帅哥们围着女主角团团转。"方解认真解释，"而女主角要做的呢，就是永远善良、永远正直，即使遇到挫折困难也要满脸阳光灿烂。即使帅哥们都爱上她了，她也要保持本心，不被那些磨人的男妖精迷花眼。"

这部电影是一部都市背景的奇幻恋爱轻喜剧，剧情诙谐，带着点小女生都喜欢的天马行空奇思妙想，场景唯美又浪漫，最后结尾再升华一下——女主角最终决定不再依靠恋爱笔记的力量，把它放到了路边，等待下一个有缘人的来到。

电影预计赶在春节上映，又恰逢情人节，不论是家人休闲还是闺密相聚，又或是情侣约会，这种浪漫轻喜剧都会让人有掏钱买票的欲望。

这次补拍，其实是因为片中饰演"校园大姐大"的女艺人，在前不久因为酒后驾车撞人逃逸，上了广电总局的黑名单，她不仅自己面临牢狱之灾，还牵连了诸多广告商、影视方。没办法，《神秘笔记》的资方只能急急找来一个替补，把她的戏份重新拍一遍。

"大姐大"是一个很爱出风头的女生，她是富家千金，出入有豪车代步，出手阔绰，经常送小礼物给班上的同学。结果女主角无意间撞见她在学校无人的角落里，哭着给父母打电话，指责他们离婚后除了给钱再也不来看望她。女主角心生同情，但秘密暴露的"大姐大"却恼羞成怒，开始欺负女主角。

在电影里，"大姐大"前期经常欺负女主角，后期又因为神秘笔记的作用"爱"上了女主角，从而发生了一连串啼笑皆非的事，戏份还蛮多的。新演员已经补拍了不少剧情了，这次把苏瑾请回去，就是要重新演一遍两人的对手戏。

新的通告单已经发了下来，苏纪时翻了翻，发现第一天要集中拍摄女主角被欺负的几场戏。

女主角是一个不会反抗的圣母性格，没少吃苦头。台词不多，翻来覆去只有四句话："住手！""停下！""你这样有意思吗？""我从来没想过把你的秘密说出去。"

加起来还不到三十个字，苏纪时很快就背熟了。

转眼，就到了补拍的日子。

拍摄场地位于市郊，剧组租下了大学城的某座教学楼，趁着周末没课，抓紧时间在那里开拍。闻讯而来的学生们把教学楼大门堵得水泄不通，甚至还有趴在窗户上偷偷往楼道里偷窥的。

学生们都处于好奇心最旺盛的年纪，听到流量小花苏瑾居然来他们学校拍戏，大家都兴奋得不得了。学校东南西北几个大门多了不少埋伏的学生，每逢有校外车辆驶入，他们都要凑过去看两眼，看看是不是苏瑾女神驾到了。

与其他被工作人员铁臂拦在外围的同学不同，传媒学院播音主持系的班长梨娟带着一帮小姐妹，昂首挺胸地走向了教学楼的入口。

"同学，今天教学楼被我们剧组征用了，你们不能进。"穿着工作服的剧组工作人员拦下了这几名学生，在他的 T 恤胸口上，正印着剧组《神秘笔记》的 logo。

梨娟一笑，露出两颗小虎牙："师傅，我们是接到学校通知，过来当群演的。"

说着，她掏出了学生证。手掌大小的小卡片上，印着学校校徽和她的一寸照，"2018 级播音主持系"几个铅黑小字工整地印在卡面下方。

来学校拍戏，肯定少不了在背景里走来走去的学生。剧组提前联系了校方，让学校帮忙找十几个长相端正的学生来当群演，校领导干脆把这个宝贵的机会送给了传媒学院 18 级的新生——毕竟他们未来也是要面对镜头的，这次就当提早熟悉熟悉了。

工作人员验过几位同学的学生证后，带着她们走进了教学楼里。

今天拍摄的主要场地有三个：走廊、楼梯间与阶梯教室。平常熟悉的教室内，早已摆好了摄像机、补光灯，地上铺着运行轨道，工作人员在旁边来来回回，紧张地调试着各种设备仪器，每个人看上去都异常忙碌。

梨娟呼吸一滞，下意识地挽住了小姐妹的手。

小姐妹比她还要兴奋，几个小姑娘就像刚出壳的雏鸟，睁着圆溜溜的眼睛左看右看，想要把这难得一见的拍摄场景全部拷贝进脑海里。

负责指挥群演的副导演走过来，给她们安排座位，又与她们签订临时群演合同。梨娟哪里见过这种阵仗，心脏怦怦乱跳，纸上印着的字仿佛成了天书，她读了几遍都读不懂，干脆放弃，随便在最下方签上名字，交回给了副导演手中。

她忍不住问："苏瑾到了吗？"

副导演："苏老师很早就到了，你是她的粉丝？"然后他忙说，"小同学，拍摄过程中不能偷拍，也不能贸然去找苏老师合影，这些合约里都有写的！"

梨娟根本没有关注合约，哪知道自己签了什么。她赶忙摇头："我不是苏瑾的粉丝……我男朋友才是。"

"诶？这么一说，小同学你的眼睛长得倒是有点像苏老师啊！你男朋友不会是照着苏老师的样子找的女朋友吧？"副导演随口打趣。他事情多，收齐合约后就匆匆离开了，根本没有注意到，梨娟的表情有一瞬间的僵硬。

她身旁的同学偷偷瞧了她一眼，赶忙移开视线，怕刺激到她——梨娟的男朋友是体院师兄，本来郎才女貌很是般配，结果师兄有一次喝多了，透露出他其实是苏瑾的粉丝，找女朋友就是照着苏瑾的模样找的！

为了这事，梨娟和他吵得天昏地暗，摔摔打打闹个不停。大猪蹄子觉得她纯属无理取闹："就像你们女生把金城武当老公一样，我把苏瑾当老婆有什么问题吗？"

于是梨娟一气之下报名了这次群演——她倒要看看，真实的苏瑾究竟什么样！

她可是传媒学院的系花，明星上镜都靠化妆，苏瑾比她大那么多岁，站在一起，她就不信自己能落下风！

"阿嚏——"

苏纪时打了一个大大的喷嚏，吓到了正在给她专心致志梳理头发的阿山。

"奇怪，有谁在念叨我？"苏纪时喃喃，"不会是董青那个跷家的小混蛋吧。"也不知她现在去了那里,生活得好不好。

别看阿山块头大,其实他心思细腻得像个小姑娘。他惊魂未定地拍拍胸口,从地上捡起掉落的假发,碎碎念道:"苏姐,不要乱动了,辫子都被甩掉了。"

苏堇青长发及腰,苏纪时头发仅到肩膀,姐妹俩差了足有五十厘米。这次补拍《神秘笔记》,阿山为苏纪时设计了一个新发型——把她的头发左右分成两束,真发与假发编在一起,盘成发辫,保准观众看不出来差异。

镜中,苏纪时穿着一身浅蓝色连衣裙,转身时,裙摆飞扬,是满满的青春味道。一左一右两条麻花辫垂在胸前,飘逸的丝带编在发辫中,在发尾系成一朵轻盈的蝴蝶结。阳光透过高高的换气窗洒了进来,落在她的头顶,像是给她镀上了一层闪闪发亮的光环。

镜中之人,既是苏纪时,又不是苏纪时。

"她"温柔娴静,"她"心地善良,"她"是电影里走出的万人迷女主角。

苏纪时微微皱起眉,镜中的女主角也跟着皱起眉:"这哪里像丑女了?"

感觉这和之前走红毯的妆容没什么差别啊,只要她一笑,绝对是万人瞩目好不好!这副样貌去演"边缘透明人",一点说服力都没有啊!

阿山神秘兮兮说:"扮丑女,当然要拿出秘密武器啦——"

"是假龅牙对不对?"

"不是啦,是眼镜。"

阿山从道具箱里拿出一副黑框眼镜,架在了苏纪时的鼻梁上。

于是,镜中那个"长得很好看"的女主角,变成了"即使戴着黑框眼镜依旧很好看"的女主角。

苏纪时问:"同学排挤我,不是因为我太普通,而是因为我长得太美,他们自惭形秽,怕和我说话拉低我的档次吧?"

方解干巴巴地奉承她:"哈哈哈,苏姐你真幽默。"

剧本怎么写的,苏瑾当时就是怎么拍的。苏纪时作为临时救火员,没有什么多嘴余地，只能私下吐吐槽。只要她能在这五天里不露馅，那就可以烧高香了。

苏纪时化好妆，抓紧时间又看了一遍剧本。

今天要拍的第一场戏在教室里，女主角站在讲台上擦黑板，"大姐大"和她的小跟班在教室里高声谈笑，然后故意用粉笔头扔女主角。

苏纪时问："对了，我到现在还不知道谁演这个'大姐大'呢，不会是我妹妹以前认识的人吧？"

方解早已做好功课："你放心。这个新演员叫周晶，刚出道没多久，傍上了一个老板，那老板家里开矿的，就是不知道是煤矿还是铁矿，总之挺有钱的。"

这部电影抢在春节档上映，题材讨喜，票房绝对不俗。那个周晶能在这么一部注定会火的电影里出演如此重要的角色，她身后的老板一定砸了不少钱进来。

苏纪时一听，还有心思开玩笑："还真是巧了，苏瑾之前的金主也是个'矿二代'。"

话虽这么说，可是穆休伦身上没有丁点儿"家里开矿"的土豪气质。因为苏纪时学的是环境地质，研究的正是人与地质互相作用的关系，所以她没少和美国的"煤老板"打交道。那些做矿产资源发家的有钱人，往往学历不高，但是敢做、敢想、敢拼，也更乐于享受声色。

可是穆休伦看起来截然相反，他更内敛，一双眼睛深不见底，不知有多少谋算浸在其中。

这么一比较，那天在旋转餐厅见到的"二舅"，倒是更符合一般人对煤老板的印象。

他们几个正说着话，休息室外忽然响起了一阵喧哗声。

"周老师，您的化妆间我们安排在这边了。"门外，传来工作人员模模糊糊的声音。

"怎么在走廊尽头？那边阳光直射！我们周姐有紫外线过敏的！"这声音颇有些尖利，一听这狐假虎威的劲头，就能猜到是周晶的助理。

"实在不好意思，其他几间都当作仓库用了，堆了不少杂物，面积也小，不方便周老师使用。"工作人员连连道歉。

就在这时，另一道颇为倨傲的女声压过了众人的声音，傲然开口："这间不也是化妆间吗？我看这间大小位置正好，距离前面也近，我就用这间好了。"

这嗓音颇有些熟悉，说话间，脚步声便停在了苏瑾的化妆室外。

方解眉头皱起，心想这个叫周晶的十八线小艺人真是不知天高地厚，以为背后有个煤老板撑腰，就敢抢女一号的化妆间了？

他正要出去摆平这些杂事，苏纪时却抬手拦下了他，颇感兴趣地说："别，我倒要看看她敢不敢进。"

几分钟后，门口的喧闹声越来越大，虽然没有明着硬闯，但看样子门外的娇客是不肯善罢甘休了。

苏纪时冷冷一笑，直接走向门口，猛地拉开化妆室大门。

"我说外面怎么这么热闹，"她倚在门旁，眼尾扫过那个打扮得颇为艳俗的十八线小艺人，语气熟络而亲切，"这不是'二舅妈'吗？"

没错，这个耀武扬威的年轻女艺人，正是那日陪伴在"二舅"身旁的小女友！

苏纪时亲亲热热喊出的一声"二舅妈"，惊到了化妆室内外的所有人。

周晶不过二十出头的年纪，好不容易傍了个富贵老板，更是拼命打扮自己，恨不得把爱马仕专卖店穿在身上。明明是如此光鲜靓丽的一个小女生，偏偏撞上了"二舅妈"这个称呼，转眼间就成了村头洗衣服的邻家大娘，年代感蹭一下就上去了。

周晶又羞又怒，像她这样的小明星，哪个不想嫁入豪门飞上枝头？但被人称作"夫人"是一回事，被人称作"二舅妈"那就是另一回事！

二舅今年都五十多岁了，比她爸爸都大。她挽着他胳臂站在他身边时，不像是情侣，倒像是尊老爱幼的道德标兵。她也想像苏瑾一样，傍上穆休伦那样又年轻又多金的豪门贵子，可穆休伦又不瞎，怎么可能看上她？

剧组工作人员的一双双眼睛全部落在她们身上，可苏纪时却泰然自若，大大方方拉开门，说："要是早知道是二舅妈来了，我肯定第一时间出来欢迎。"她让开通道，"来，别客气，二舅妈赶快进来啊。"

她说话时，嘴角虽然是翘着的，可眼神却如刀子，眼瞳里清清楚楚地写着：你敢进吗？

被她盯着，周晶觉得自己仿佛是匍匐在老虎面前的小老鼠，别说挑衅了，她连逃命都迈不开腿。她眼珠滴溜溜乱转：不是说苏瑾和穆休伦已经玩完了吗，怎么她还有这么强的底气？周晶就是听说她现在没了靠山，才过来耀武扬威的。哪想到苏纪时开口的第一句话，就让她落了下风。

若是苏纪时能够听到她心里的话，一定会翻个白眼——她的底气从来不是靠男人给的，而是靠自己赚的！

周晶气场立即弱了下来，她高跟鞋一转，甚至不敢多看苏纪时一眼："不用了不用了，我本来以为这间没人，既然苏老师在，那我就去那间好了……"

她走路速度飞快，简直像脚底下装了火箭一样，瞬间就带着助理逃到了走廊那头。

苏纪时也不拦她，只是盯着她飞快逃窜的背影，高声说："二舅妈，一会儿片场见啊！"

待门一关，方解立即压低声音问："什么二舅妈？你什么时候有了这个亲戚？"

苏纪时简单讲了一下事情经过，似笑非笑："今天出来拍戏，锤子不在我身边；要是锤子在，我……"

方解赶忙打断她："就算锤子在，也不能锤人的！"

苏纪时："不锤人，我就是帮她的保姆车换块挡风玻璃。"

方解惊慌道："挡风玻璃也不行！"其他剧组里也有女明星闹不合的，闹大了不过挠脸抓头发，哪有像苏纪时这样，随身带把锤子，随时可以亡命天涯。"我可不想过几天看到你上了头版头条，写什么'知名女星抢锤砸车'……"

苏纪时却安慰他："你放心，我动手的时候，一定找个没监控的地方。"

方解头疼极了：这位苏姐姐，怎么就没有苏妹妹一半省心呢？

阶梯教室里，几位充当群演的学生正在无所事事地玩手机，梨娟摸出润色唇彩，借着手机屏幕的反光，给自己的双唇添加了三分颜色。

就在这时，群演副导演拿着剧本匆匆进门，他左右看了一圈，突然点到了梨娟和她身旁的小姐妹："就你们俩吧。"他示意她们站出来，"一会儿和两位演员老师搭一下戏，没有台词，很简单的。"

小姐妹兴奋不已，下意识地攥紧梨娟的手：她们不再是背景了！她们也能有镜头了！

别看梨娟表面镇定，毕竟只是个十八岁的小姑娘，其实心里早就开心坏了。她勉强控制住自己脸上的表情，问："导演，那我们一会儿要做什么？"

"很简单。"副导演给他们讲戏，"今天要拍的是，女配角联合自己的同学，排挤女主角。一会儿苏老师会站在讲台上擦黑板。周老师会站在这里和你们聊天，然后故意拿粉笔头扔苏老师，你们只要跟着笑就好。"

剧情很简单，她们两人很快就学会了。

五分钟之后，教室门口忽然传来一阵喧闹动静，有人搬着折叠椅，有人拿着扇子、杯子，还有人则背着化妆包，几个人年纪轻轻，一看就是给明星打杂的助理。

能用得起这么多助理的人，除了苏瑾不作他想。梨娟赶忙转向小姐妹，急切问："快看看我，我的妆没花吧？"

"没花没花。我们梨娟天生丽质，不比明星差！"小姐妹的话不是恭维，梨娟走在路上不知道有多少男生偷看她。

两人正小声嘀咕着，门外的大明星终于进来了——令人失望的是，被三个助理围绕的人，并非女神苏瑾，而是饰演女配角的周晶。

周晶名气不大，派头却大，被一群助理簇拥着，仿佛是什么大咖一样。

她有着现在最流行的"网红"长相，瓜子脸，尖下巴，鼻梁细窄高挺，睫毛能把天顶破了。美虽美，但只是个人造美女罢了。

周晶走到梨娟面前，上下打量了她几眼，阴阳怪气地说："呦呵，现在的群演长得都挺不错啊。"

梨娟有些尴尬，不知怎么接话，只能讷讷问好。

周晶根本不理睬她，转过头去和自己的助理说话，指桑骂槐："有些人真是不懂规矩，涂这么艳的口红，和谁抢风头呢？"

梨娟哪还听不懂？她躲到一边，四处寻找小姐妹的身影。只见她的小姐妹正背对着她，站在教室边缘不知道在捣鼓什么，她赶忙跑过去，急切地戳戳对方的腰，问："带纸巾了吗？我要把口红擦了。"

"小姐妹"转过身，极富有侵略性的香水味道扑面而来，仿佛置身于一望无际的玫瑰花海。

"为什么要把口红擦了？这不是挺好看的吗？"

这个陌生的声音是……

梨娟抬头一看，当即愣在原地——站在她面前的哪是什么小姐妹，明明是女主角苏瑾啊！

原来，她的小姐妹今天穿了一条蓝色连衣裙，梳着两束麻花辫，恰巧与苏瑾的扮相撞上了。刚刚副导演把小姐妹带走去换衣服，梨娟没注意到，傻乎乎地认错了人。

她呆立当场，一双眼睛瞪得圆溜溜的，不说话也不动弹。

苏纪时觉得这小姑娘有趣极了，故意逗她："怎么，不认识我？"

"不不不……"

梨娟怎么可能不认识她？苏瑾的广告铺天盖地，走在马路上，十个广告牌里有五个都是她的照片。在见到本人之前，梨娟固执地认为，是化妆师高超的化妆技术塑造出了这位清纯小花。可是当苏瑾本人走出屏幕，活生生地站在她面前时，她才发现自己是多么狭隘！

别人都说梨娟是八分美女，然而见到苏瑾后，她脑海中只有一个念头——满分其实是一百分吧？

苏瑾身姿笔直，却不显得拘谨，浑身上下透着一股自信与强大，她唇角带笑，顾盼间眼神熠熠生辉。即使只是被她的眼波扫到，梨娟便止不住地浑身发热，就像是一颗冰激凌，只敢小心翼翼地融化。

这世间有多少凡星，注定是要绕着太阳旋转的呢？

苏纪时自然不知道，就这么短短一个对视，她就莫名收获了一枚小迷妹。她问："你是群演吗？你还没告诉我，为什么要擦掉口红？"

梨娟"啊"了一声，像是中了摄神取念的魔法，恍惚回答："周老师说我的口红太艳了……"

苏纪时哪还不懂"二舅妈"在想什么。

"不用管她。"苏纪时说，"女孩子打扮得漂亮一些没错的。只不过……"

"只不过？"

苏纪时忽然伸出右手，出乎意料地托起了女孩的下巴。她身上澎湃而又霸道的玫瑰香气席卷而来，温热的大拇指在女孩唇边一擦而过，梨娟根本来不及反应，只觉得唇角一热，苏纪时便已经放开了她。

再看苏纪时的大拇指指尖上，留下了一抹殷红。

"不用谢。"苏纪时亲切一笑，"小朋友，你的口红没涂好，我帮你擦干净了。"

梨娟踩着飘忽的步子，一脸恍惚地回到了她的位置上。换了身新裙子的小姐妹见她魂不守舍，赶忙推推她，问："你脸怎么这么烫？"

梨娟摇摇头，说不出话。

就在这时，她兜里的手机响了起来，她拿出来一看，发现是许久不联系的男朋友打来的电话。

因为他酒后失言，梨娟已经有一个多星期没有理睬他了。他微信发了无数条，电话打了无数个，可是她一概不看不回。

小姐妹原以为这一次梨娟又会挂断电话，但是出乎意料的是，梨娟居然按下了接听键。

电话刚一接通，听筒内就传来她男朋友急切的道歉声："老婆对不起都是我的错！你的美是独一无二的！我以后再也不说你像苏瑾了！呜呜呜呜，老婆再过几天就是咱们一百天纪念日了，我给你准备了礼物，求你原谅我吧！"

梨娟微微一顿，柔声道："你给我准备了礼物？太巧了，我也给你准备了一份。"

男孩又惊又喜，忙问："什么礼物？"

梨娟："我送你一个前女友，好不好？"

"啊？"

"你是个很好的男孩子，只是……"梨娟长叹一口气，幽幽地道，"我现在才发现，谈恋爱太浪费时间了，耽误我追星。"

所有演员就位，拍摄正式开始。

别看剧本上只是简单几行文字，实际拍摄中，光是这一组画面，就要从不同角度、以不同景别拍摄好几次。所以一天下来，即使动作再快，也只能拍四五场戏罢了。

从取景器里看去，周晶站在画面左侧，两位临时群演站在她身边，簇拥着她。画面右侧便是讲台，穿着蓝裙梳着长辫子的苏纪时背对着她们，乖乖擦着黑板。

根据剧本的内容，一会儿就有一枚粉笔头砸在女主角身上，女主角赶忙转过身子，既生气又受伤地望着反派"大姐大"。

那个眼神极为重要，要像小白花一样楚楚可怜，惹人怜爱才好。

苏纪时没有任何表演经验，方解替她捏了一把冷汗，生怕她露出马脚。

出乎意料地是，苏纪时老神在在的，即使毫无经验，也不见丝毫胆怯。

经过这半个多月的冲刺减肥，苏纪时比在美国时瘦了许多，从背影看去，她身段苗条，吊带长裙下，一双肩胛骨犹如展翅欲飞的蝴蝶，薄薄的肌肉覆盖其上，线条真是美极了。

忽然，一颗小小的粉笔头扔在她身后，她动作一顿，疑惑地转过身，向台下看去。

台下，周晶耀武扬威地抬起下巴，挑衅地看着她，在她手里，攥着整整一把粉笔，就像是一颗颗小手雷，准确无误地扔向了苏纪时。

"Cut！"导演叫了停，把苏纪时喊到身边来，"苏老师，你这段演得不错……但是表情和眼神有点问题。"

苏纪时虚心问："什么问题？"

"你要更无助、更委屈、更柔弱一些。"

苏纪时无语，无助、委屈、柔弱？这三个词从未出现在她的身上。

没办法，苏纪时只能重来一遍。

结果第二次，又被叫停了。

导演说："苏老师，你的眼神里为什么有杀气？"

苏纪时："她欺负我啊，我当然想还手啊。"

然后是第三次。

导演还没开口，苏纪时自己认错："对不起，我刚刚不该皱眉的。"

接着是第四次、第五次、第六次……

苏纪时是个性格很强硬的人，她完全无法代入到主人公的内心中去，她实在不明白，女主角被人欺负成这个样子，怎么就不反抗呢？若是她遇到了这种事情，就算不当面锤回去，私底下也有无数种办法报复对方。

随着苏纪时的 NG 次数逐渐变多，教室里，充当群演的学生们议论声也越来越大。台下不乏苏瑾的路人粉，本来对这次拍摄充满期待，但随着一遍一遍地重复拍摄，大家的耐心逐渐下滑。

站在最后排的方解，听到有几个工作人员小声议论："苏瑾怎么回事？怎么表现得像第一次拍电影一样？"

方解心里直打鼓，不行，得想个办法了。

拍摄陷入不停 NG 的魔咒里，剧组上下的气氛越来越僵硬。而台下，充当群演的学生们表情也有些不自然，探究的视线投注在苏纪时身上，仿佛已经认定，她就是个长相漂亮的花瓶女星而已。

方解紧急叫停，和导演说了几句好话，说苏瑾昨天发烧了，身体刚刚恢复，有点不在状态。导演哪里听不出来他这是托词，但好歹松了口，给全体二十分钟休息时间，方解赶忙趁着空隙，把苏纪时拖回了休息室里。

一进休息室，苏纪时浑身的毛就炸起来了："我早就说过我一拍戏就要露馅！"苏纪时实在不适合做个演员，她不会演戏，也没有上过系统的演技培训班，不知道怎么用眼神、肢体、语言去表达感情。

苏纪时演不好，情有可原——但是"苏瑾"演不好，这就是天大的纰漏。

方解做了这么多年的经纪人，在这点上经验比她丰富。

"苏姐，你先别急，其实你比我想象中的表现要好。"方解先给她戴高帽，"很多人第一次站在摄像机前，就连动作都是僵硬的。至少你表现得落落大方，不会束手束脚。"

他又说："别看现在娱乐圈里明星这么多，其实真正会演戏的没有几个人。尤其那些唱歌跳舞出身的偶像，他们更不会演戏，但是粉丝想看、经纪公司想赚钱，于是就把他们往摄像机前面一推，硬让他们演。其实他们演来演去，人设都是雷同的——他们演的都是自己。"

比如某个偶像，现实生活中是个暖男情话王，那就给他安排一个温柔贵公子的角色；若他是逗比乐天派，那就给他安排一个话痨小太阳的人设……他们只需要在镜头前，把真实的自己演出来，就可以轻松完成任务，不会让观众觉得出戏。

其实，这部为苏瑾量身定做的电影，女主角的人设便是在苏堇青真实性格上，加以创作的。偏偏苏纪时和妹妹的性格截然相反，让她去扮演一个柔弱小白花，实在太难了。

"这样吧，苏姐，我给你出个主意。"方解说，"你就别想着去演戏了，你现在把自己的经历往这个角色身上贴……你有没有被其他人欺负过？你有没有什么时候感到过无助？你有没有什么时候觉得特别委屈？"

"没有、没有、没有。"苏纪时斩钉截铁，"我向来是有仇报仇，有怨报怨；刚去美国那阵儿，是遇到过几次种族歧视，但是我都当面锤回去了。"

"呃……那再往前呢？你还没出国的时候？"

"更没有了，我在学校很受欢迎的，想和我约会的男生能排到隔壁学校！"

"那就再往前、再往前、再再往前。不是非要来自于同学的，我只是想让你回忆一种无助又委屈的心态，苏姐，即使你再厉害，你总不可能一落地就有个铁脑壳吧？"

苏纪时眉头微皱："都说了我没……"她的话忽然掐断了。

她像是忽然想起了什么，表情有一瞬间的空白，仿佛有一种陌生的感情迅速涌入了她的体内。

方解同姐妹俩都相处了不短的时日，他一直很有自信可以分清她们二人——但是在这一秒，她们身上那种清晰的界限消失了。方解有些恍惚，忽然发现现在的苏纪时，实在太像她妹妹了。

"你说得对，我确实不是一生下来，就是刀枪不入的。"

一句话，故事便被她带入了过去的回忆中，"我和董青的父母，是在我们八岁那年离婚的。"

苏纪时的语速很快，仿佛她在看一部很无聊的电影，她拼命地快进，想要跳过中间枯燥的剧情。"我父亲是个很不负责的人，对他而言，结婚、生子，仅仅是为了完成人生里的某个阶段任务。时间到了，该结婚了，于是他遇到了我母亲；时间到了，该生孩子了，于是就有了我们。他感情稀薄，我们三个在他眼里，就像是摆在家里的漂亮洋娃娃，不需要交流。在他心中，最重要的人永远是他自己。

"可我母亲是个很浪漫的人。她是个音乐老师，从小教我们唱歌，还送我们去学舞蹈，每次从舞蹈班回来，她都会一手搂着妹妹，一手搂着我，亲亲我们的脸蛋，说我们是她最珍贵的宝贝……在八岁那年，她终于忍受不了丈夫的漠视，决定同他离婚。

"可是，"苏纪时重重吐出一口气，"可是在她走的那天，她告诉我们，她养活不起两个孩子——只能带走一个。"

听到这里，方解的呼吸声都轻了。

"我追在她身后，一直哭，一直问她为什么。我说我不怕吃苦挨饿，只要我们三个人在一起，我可以不要新裙子不要小蛋糕不要洋娃娃，我只想要她……可是她没有回头。"

在此之前，方解一直不明白，为什么苏纪时苏堇青姐妹俩的关系会这么生疏。即使父母离婚，身为双胞胎的女儿也不应该如此陌生啊。姐妹俩整整十年未见，甚至母亲去世的消息姐姐都不知道，回国后姐姐也不提祭拜的事情……

直到这一刻，才真相大白。

"那是我人生中第一次感到无助和委屈，也是最后一次。"苏纪时说完这一长串话，微微合了合眼，遮住了眼中的万般神色。

堇青有妈妈，可是她没有爸爸。她只能像沉积岩一样，用一层又一层的坚硬物质包裹住自己，耐尽高温，千锤百炼，最终炼成为了现在的她。

那份感慨来得快，去得更快。当她再抬眸时，光华尽敛，只剩下眼瞳深处一抹看不透的浓雾。

"放心吧。"她说，"等到一会儿开拍时，我会带着这种感情去演的。"

经过二十分钟的休整，等到苏瑾再次出现在片场时，演技简直可以用突飞猛进来形容。

同样的开场，当苏瑾转过身来后，她幽深的眼睛受伤地望着周晶，眉头微蹙，两排浓密的睫毛轻轻抖动——下一秒，一颗晶莹的泪珠自眼角滚落，摔在她的锁骨上，碎成了晶莹的花朵。

苏瑾这是嗑了什么霸王神药，也太会给自己加戏了吧！

坐在监控器后的导演惊喜极了，赶忙给摄像打手势，让他赶快把镜头推过去。苏瑾的五官天生精致，在化妆师的巧手装扮下，更带上了一种楚楚可怜的美感。而这颗意外垂落的泪珠，恰如从花瓣上滚落的泪水，激发了每个人心中最深切的保护欲，只想送上掌心，接住这片悲伤。

原本卡了许久的镜头，终于一条就过了！导演喜气洋洋，反复重复播放这个镜头，越看越喜欢。

至于坐在阶梯教室里的群演学生仔们，更是被苏瑾这滴眼泪折服了——谁说苏瑾不会演戏的！现在拖出去挨打半小时！瑾瑾小宝贝啊，你别掉眼泪了，你直接掉我怀里吧！

正当所有人都沉浸在那滴泪水中时，苏纪时却捂着脸，从讲台上迅速蹿了下来，一把拽起阿山就往休息室跑。

阿山晕头转向，觉得自己就是一只巨型风筝，被人拖在身后低空飞。

"苏姐，怎、怎么了？"他上气不接下气地问。

苏纪时："刚才哭得太开心，我眼角的那颗假痣，好像被我哭没了！"

上午的戏终于拍完，中午十二点，剧组准时停工休息。

工作人员、群演一人领了一盒饭，找个角落埋头吃了起来。

两荤一素，营养均衡，剧组的盒饭说不上多香，但辛苦了一上午，闻着空气中这飘香的油脂味，不知不觉让人饭量大增。

苏纪时坐在写有她名字的休息椅上，左看右看，察觉出不对劲儿来了。

苏纪时："方解，咱们几个的午饭呢？"

方解后知后觉地"啊"了一声："对啊，咱的午饭呢？"

就在他们几米以外的地方，周晶助理拿出提前准备好的营养午餐，饭盒一打开，用藜麦、牛油果、鸡胸肉、生菜、紫甘蓝组成的考伯沙拉，拼成了彩虹形状，造型精致。

周晶看了苏纪时一眼，假惺惺地问："哎呀，不会是剧组忘了给我们苏老师订餐了吧？苏老师的助理呢，出了这么大的纰漏，怎么没见她影子啊？"

今天小霞"姨妈痛"，苏纪时就没让她跟着，只带了方解、阿山两个人随行。按照常理来讲，在剧组拍戏都应该由剧组负责订餐，结果小霞不在，就没人过问这件事了。

方解赶忙去问剧组工作人员。

结果……还真没给他们订饭。

后勤也傻了：之前拍戏时，苏瑾从来不吃剧组盒饭，每到饭点，都有五星级餐厅的特供外卖送到，所以他们想当然地以为今天苏瑾也会开小灶。

苏纪时服了。之前苏瑾有穆休伦这个金主照顾，自然衣食住行都被人家给安排妥了；可是她苏纪时已经和穆休伦"分手"了，拍戏时，自然吃不到五星级酒店的外卖了。

见她表情不对，阿山赶忙提醒："好女孩不可以说脏话呦！"

苏纪时："我不说脏话。"她转向方解，"没定盒饭也不是什么大事。咱们不就在大学城里面嘛，找个学生帮忙跑腿，去食堂打几个菜。"

方解："好，那吃什么？"

苏纪时微微一笑："那就吃……黄焖鸡吧。"

阿山："这……"

苏纪时："或者大盘鸡吧。"

阿山："苏姐……"

苏纪时开始报菜名："烤鸡、炸鸡、红烧鸡、叫花鸡……"

她一边报菜名一边瞅着阿山，眼神里写着：看，我没说脏话吧。

方解被这一连串鸡砸下来，砸到头晕眼花，赶忙叫停："不行不行不行！苏小姐，苏老师，苏姐！你不要忘了你现在还在减脂期，这些东西你统统吃不了！"

方解的视线在教室里搜寻了一圈，叫来了刚才搭戏的小群演，请她帮忙去食堂打两个菜。

巧了，他选中的正是新鲜出炉的小迷妹梨娟。

方解问："你们食堂里有水煮菜吗？比如水煮菠菜、水煮西蓝花、水煮荷兰豆、水煮芦笋？"

小迷妹心疼起来："啊？苏老师中午就吃这个啊……"

方解怕落得一个虐待艺人的罪名，赶忙说："不是不给她吃肉！可是她在减脂，能吃的肉类有限。不过海鲜是可以吃的，比如白灼虾、清蒸鱼、烤三文鱼……"

苏纪时打断他："总之，我只能吃水煮的海鲜是吧？"

"对啊。"

"那行。"苏纪时从阿山皮夹里直接摸出一百块钱，转手塞到了小迷妹手里，"听见没有？就照我经纪人说的，给我买份水煮鱼吧。"

梨娟甜甜地道："唉！好嘞！"

大学城北门，一辆豪华轿车顺着主干道缓缓驶进了校园中。

大学城位于城北，于十年前正式落成，好几所知名学府把部分学院迁来这里，经过多年发展，大学城已经成为了北京有名的地标建筑。它面积广大，周边配套设施丰富，生活在这里的学生多达十几万人。

望着道路两旁熟悉的街景，坐在轿车后排的男人露出了一个怀念的笑容："没想到一转眼，都毕业这么多年了。"

"是啊，那时候你没少来蹭课，永远坐在第一排，思路跟着上、作业也完成得很好。结果我们查遍花名册，却没有你的名字。后来才知道，你不仅不是我们院的学生，甚至不是我们校的学生！"

男人身旁坐着一位头发花白的老先生。他头发虽白，却用发油梳得整整齐齐，一副金边眼镜架在鼻梁上，看上去很有老一代知识分子的风貌。他衣着虽不是什么名牌，却干净整洁，腿上放着一只皮制的棕色公文包，看上去年代久远，却没有什么破损，看得出主人很爱惜它。

"还要谢谢张院长手下留情，没有把我轰出去。"男人笑道。

"哪里舍得！"被称为张院长的老先生转头看向他，"休伦，其实你是个做科研的好苗子，可惜……不，也没什么可惜的，每个人都有各自前进的道路。你的路在商业上，我前几日还在报纸上看到你了，今年的'矿业集团百强'里，你的公司的排名比去年又进了几位。"

穆休伦谦逊地点点头。

穆家是做矿产生意的。几十年前，国家开始放开矿业开采许可，大力扶植民间资本，他的父亲和叔伯就是在那时候发家的。最开始，先是一个铁矿，然后发展到一片铁矿，紧接着是铬矿、铝矿、铜矿……

穆休伦是他们这一代年纪最小的孩子，又是一个地位尴尬的养子。他毕业时，家族企业的重要位子都被亲戚占据了，父亲只扔给他一家经营不善的小分公司。

所有人都以为他走进绝路了。哪想到他凭借在商业上的灵敏嗅觉，以及在地质学院旁听时培养出来的专业性，果断把公司的开采方向转型为有色金属及稀土，一举打了个漂亮的翻身仗。

随着业务逐渐扩大，穆休伦的名字也越来越常见于报纸和新闻节目了。

"院长，我这次回来就是来看看您几位，咱们就不聊工作上的事情了。"穆休伦主动转移了话题。

张院长笑了，眼角的皱纹都舒展开了："行、行！对了，你之前捐赠的实验设备都到了，一会儿去看看？"

穆休伦正要点头，忽然视线被窗外一群蜂拥而过的学生吸引走了。

十八九岁的新生最有朝气，呜嗡嗡呼朋引伴，同时向着远处的某栋教学楼狂奔。今天是周末，按理说并没有课要上，而且看他们的表情，也不像是去上课，倒像是……去看什么热闹。

穆休伦喃喃："他们这是去做什么？"

张院长人老心不老，老顽童一样挤挤眼睛，说："还能是做什么，追星呗。"

"追星？可是大学城里没有电影学院啊。"穆休伦皱眉。

张院长给他解释："昨天教务处发了通知，有个女明星来这里拍外景。叫什么……"他仔细想了想，"哦对了，叫苏瑾！哎呀我那个小孙子喜欢她喜欢得不得了，还嚷嚷着让我给他要个签名。大明星的关系，哪是这么好搭的？"

穆休伦清咳一声，道："若只是一个签名的话，我可以想办法。"

看在前金主的份上，苏瑾不会连这点面子都不给他吧。

片场内，享受完一顿"盛宴"的苏纪时瘫在休息室里，感觉这是她回国以来，吃的第一顿"饱饭"。

感谢大学食堂！

方解叹气："苏姐，这重油重盐的，你也不想想你吃一口，今天晚上要在跑步机上跑多久。"他劝她，"你吃之前，把羊肉放在水里涮涮行吗？"

苏纪时眼睛一亮："什么？涮羊肉？"

阿山夹起一只咖喱鸡翅根送到方解碗里："方哥别气，吃鸡吧。"

酒足饭饱，还未到下午场开拍的时间。

苏纪时摸着略略隆起的小肚子，一脸满足地靠在椅子上休息。一旁的方解满脸颓废，正拿着手机计算这一顿摄入了多少热量。

苏纪时劝他看开点："减肥总要张弛有度嘛。你看其他人减肥也不是天天吃素的，总要吃一顿'欺骗'餐的。"

"你这哪是欺骗餐，你这是诈骗餐！"

苏纪时这才发现，原来她的经纪人还挺有捧哏天赋的。

两人正说着话，一位扎着马尾的工作人员急匆匆赶来，她跑到苏纪时面前站定，小心翼翼道："苏老师……外面有位先生，说是你的朋友，想来探班。"

"朋友探班？"苏纪时和方解对视一眼，方解轻轻摇头，表示并不知情。苏纪时问，"是哪位先生？"

马尾辫："说是姓穆。"

她是负责打杂的小场记，今天的工作就是守在教学楼门口，堵住那些来看热闹的学生。就在刚刚，一位年长的老先生和一位风度翩翩的年轻男士穿过人群，走到她面前，递出名片，表示要来探班。

在剧组卖命，除了做好本职工作以外，一定要有"眼力见儿"，尤其不能随便给别人脸色看。娱乐圈里，身份显赫但是低调为人的大佬太多了。递给她名片的那位先生西装笔挺，冷峻矜贵，只是静静站在那里，就让人压力倍增。

若是其他人开口就说要见本剧女主角，马尾辫肯定不搭理；但是那位穆先生说他认识苏瑾，马尾辫立即相信了，忙不迭地跑来报信。

苏纪时："姓穆的？"她脑海中立刻出现了一个身影。他和她的包养合约早就失效了，之前苏瑾拍电影时，他都未曾来探过班，今天他搞什么七七八八的。

她想都未想，立刻划清界限："我不认识。"

光是看她无辜的表情，任谁也想不到她曾经被他"包养"过。

方解："咳咳咳。"

苏纪时瞥他一眼："嗓子不舒服？嗓子不舒服那就别说话了。"

马尾辫小场记以为自己闹了个大乌龙，尴尬地恨不得原地消失。怪只怪她太颜控，穆休伦气质佳、形象好，一身衣服看上去也很贵的样子……哪想到居然是个碰瓷的！

她赶忙道歉："不好意思苏老师，我现在就让他们离开。"

"'他们'？"苏纪时好奇地问，"来了两个人？"

马尾辫小场记赶忙点点头："不过另一位是个上了年纪的老先生，头发都白了。说是隔壁地院的院长，姓张。"

"地院？姓张的院长？"听到熟悉的专业名，苏纪时微低下头，喃喃沉吟了两句。突然，她双眼一亮，猛地站起身，忙问，"不会是张院士吧？"

这座大学城里有好多学校的分院，最为出名的便是 A 大的地球科学学院，简称"地院"。院长张教授是国内第一批"地质人"，一双解放牌胶鞋、一枚罗盘、一柄登山锤、一只放大镜，便是他们的所有装备。早期的地质学家们只能靠双脚去丈量脚下的土地，用双手去测绘万里河山。正是他们的辛苦耕耘，为中国的地质学发展奠定了扎实的基础。

苏纪时虽然在外求学，但她十分关注国内的地质学研究。张院士年事已高，只是地院的荣誉院长，他是第四纪领域的大牛，苏纪时万万想不到她能在剧组见到他！

"快把他请进来！"苏纪时忙说。

马尾辫小场记傻了："啊？您刚才不是说……"

"刚才是刚才，现在是现在。"苏纪时展颜一笑，恰如夏花盛开，"快去吧，别耽误我追星！"

门外，穆休伦立于台阶上，微微敛目。他穿着一身英式三件套西装，袖扣与领夹上都有钻石点缀，周身气度不凡，神情矜贵冷淡。正值夏季酷暑，可他身上却干净清爽，与不远处的年轻男学生们成了鲜明对比。

有几个女生偷偷举起手机，拍下了他的侧脸，嘀嘀咕咕地说："本来是为了看苏瑾才来的，没想到居然能遇到野生帅哥……这不会是剧组的演员吧？"

张院长恰好站在一旁，他听到女学生们的议论，笑着打趣自己曾经的学生："现在的流行词语越来越多了，听到没有，那几个学生，都叫你野生帅哥，倒是有趣。"

穆休伦视线轻抬，淡淡扫过那几个女学生，无所谓地道："叫就叫吧。"

张院长又说："我年纪大了，你们年轻人的话题我也不懂。像我那个顽劣的小孙子，才上高一，说的话我都听不懂，成天就知道瑾瑾、瑾瑾的……也不知今日能不能见上。对了，你怎么认识那位女明星的？"

穆休伦避重就轻地说："在一次公益活动上认识的。"

恰在此时，马尾辫小场记赶了回来，为他们打开门，很客气地说："张院长、穆先生，苏老师请你们进去。"

张院长十分惊喜，连连称赞："休伦，还是你有面子！"

穆休伦谦逊地回答："我和她认识很久了，只是要个签名而已，她不会不给我面子的。"

马尾辫小场记想：这位先生，你开心就好喽。

下午要拍摄的剧情，需要在走廊取景。学生群演们在指挥下走出了教室，乖乖排在走廊尽头，听副导演讲戏。

苏纪时怀里抱着剧本，可是心思却根本没在剧本上，而是频频往大门口看去。

当穆休伦和张院长拐过最后一个拐角时，第一眼便见到了女孩翘首以盼的身影。

长睫扇动，唇瓣翘起——就在那一瞬间，穆休伦清晰地注意到，女孩的眼眸被点亮了。

若说在旋转餐厅共度的那晚，她是潇洒而又爽直的豹猫；那现在的她，便像是一只等待春天的杜鹃鸟，双眸灵动，眨也不眨地盯着来人的身影。

同样的表情，穆休伦在很多女人脸上见过。他年轻、富有、能干，在很多女人心里，他就是一枚闪闪发亮的钻石，她们前仆后继地涌上来，又被他一一拒绝。

只是穆休伦从未想过，原来他也会在苏瑾脸上，见到同样意乱神迷的神色。

穆休伦不知该用什么语言形容这一秒的心情……难道她就这么想见到自己吗？

他停下脚步，特意和苏瑾隔开了一段很远的距离。

"好久不见了，苏小姐。"

他说话时，为表尊重，都是直视对方的双眼。然而女孩却根本不看他，眼神往旁边飘去。这一幕落在穆休伦眼里，便觉得她在"欲盖弥彰"，不好意思看他。

苏纪时哪里知道他脑补了些什么，她声音含糊，答得十分敷衍："是有很久没见了。"她眼神灼灼地盯着张院长，问，"这位老先生就是张院长吧？"

张院长满头白发，但精神极好，他彬彬有礼地伸出手："苏小姐你好，我的孙子是你的影迷，若是他知道我见到他的偶像，还和你握手了，他一定要开心疯了。"

啊啊啊啊啊！

苏纪时在心里发出足以震碎火成岩的大叫，能和自己的偶像握手，她才要开心疯了好吗！

张院长的手饱经风霜，满是老茧，这是一双真正属于地质人的手。苏纪时感受着指尖触碰到的粗糙皮肤，心里满是遗憾。

为什么她现在偏偏是"苏瑾"呢？她恨不得把剧本一扔，找间教室，好好和张院长请教一下他上个月发表的那篇第四纪地壳论文啊。

穆休伦见她一副失魂落魄，甚至都不敢和自己对视的样子，清咳一声，说："苏小姐，你方便给张院长的孙子签个名吗？"

"签名？呃……"

苏纪时还未回答，站在人群之后的方解已经开始拼命摇头了。

不行不行，绝对不行！苏纪时和苏堇青虽然是双胞胎，但是字体完全不同！苏瑾的签名请人特别设计过，最后一笔画成了一个大半圆，最后还有个桃心点缀。同样的签名，由苏纪时的手中写出来，却完全变了形态，铁画银钩，一笔一画间皆是澎湃的英气。

还桃心呢，别把人心脏挑出来就不错了。

见苏纪时表现得十分为难，张院长和善地为她找了个台阶："是不是不方便？我有听我孙子说，你们明星不能随便给粉丝签名的，经纪人那边会有问题。"

方解心道：经纪人没问题！是当事人有问题！

穆休伦也道："苏小姐，就当帮我一个忙，不行吗？"

在穆休伦的视角里，只见苏瑾"含情脉脉"地看了他一眼，又飞快地低下了头，轻声道："那好吧。"

苏纪时从本子上撕下一页纸，紧张地落下了第一笔——

她是张院长孙子的偶像，可张院长也是苏纪时的偶像啊！

苏纪时怎么忍心让自己的偶像失望，不就是签名嘛，她都练过那么多遍了，绝对不会露馅的！

笔走游龙，一气呵成。

苏纪时不敢放飞自我，从落笔的第一画开始，她脑中就紧紧绷着一根弦，告诉自己绝对不能露出马脚！可惜字迹就像武功招式一样，同样是独孤九剑，令狐冲和风清扬的风格便截然不同；苏纪时落笔时的力度、笔锋的风向，尤其是最后一笔收尾的弧线，都与苏堇青有着肉眼可见的区别。

方解哪有勇气直面这等车祸现场，下意识地捂住眼睛，只敢从指缝偷偷偷窥。

苏纪时浑然不觉自己这一手洒脱字体已经把她暴露了七七八八，她颇为满意地对着签名欣赏了几秒，又大大方方地低下头，在结尾的桃心处，印上了一枚唇印。

她今天只化了淡妆，为了彰显剧中女主人公的清纯温柔，阿山特地给她选择了一支橘粉色的润色唇膏。女孩丰盈的嘴唇与签名纸一触即分，一枚还带着香气的淡色唇印，便永远地留在了那里。

不仅如此，苏纪时还详细问了张院长孙子的名字，在签名上方写了一句 to 签，勉励他好好学习。

签完名，苏纪时尤不满足，问："张院长，咱们合张影吧？"

在迷妹心里，能和爱豆肩并肩站在一起合影，这是多么了不起的殊荣啊！

她极为主动，倒是搞得张院长有些不好意思了。他的小孙子沉迷追星，没少叨叨苏瑾的后援会有多难进、签名照有多难搞，别的小孩子考试考到年纪前十，都想要新手机、新游戏；可是张院长的孙子，考到年纪第五，唯一的愿望就是希望爸妈能同意他去前线接机！张院长本以为像苏瑾这样有名的新生代艺人，一定会有大牌脾气，哪想到她如此平易近人。

张院长欣然同意，整整衣冠，站到了苏纪时左侧。

苏纪时扬起灿烂的笑容，手捧签名，正要和自己的爱豆靠得更近一些，忽然眼前一暗，一个高大的身影贴近了她的右侧。

苏纪时向右侧瞥去，恰好对上了男人的双眼。

穆休伦见她双眼圆瞪，意外的多了几分傻气，他轻笑一声，反问："不是说要合影吗？"

苏纪时心想：又没说要和你合影，你凑什么热闹啊？

不过伸手不打笑脸人，苏纪时还是勉勉强强站在了 C 位，与她的爱豆以及莫名闯入镜头的前金主，留下了一张珍贵的合影。

方解用手机替他们照了相，拿去给苏纪时看。

苏家姐妹天生长了一张适合上镜的脸，五官立体，双眸含情，是修图软件也修不出来的精致美丽。在苏纪时左侧，张院长满头银发，精神矍铄；而她的右侧，穆休伦神色沉沉，也不知在想什么。

苏纪时伸手摸摸屏幕上穆休伦的身影，心想：虽然这家伙煞风景地钻进了镜头里，不过没关系，到时候她就把照片一裁，任谁也看不出她身边还站了个多余的路人甲。

然而这一幕落在穆休伦眼里，便有了新的解读方法——瞧，她摸他照片的样子，是多么"含情脉脉"啊。

在他们不远处，周晶又嫉又妒地望着这边，内心的好奇就像是猫爪一样，都快把她抓烂了。

这究竟是怎么回事？苏瑾不是和穆休伦 say byebye 了吗，怎么穆休伦会来探班？站在苏瑾身旁的那个老头又是谁，笑得褶子都飞了，又是签名又是合影……不会是穆家的长辈吧？

周晶在二舅身旁待了不短时日，见过不少穆家人，可就算她想破脑袋，也想不起穆家有这么一号人。她眼睛毒，看老头身上的衣服虽然干净但略显陈旧，袖口、肘部都磨损了，手里提的公文包也老旧得很，实在不像是富可敌国的穆家人。

然而穆休伦和苏瑾对那老头的态度又那么亲切恭敬，那老头的身份一定不凡。

想到这里，周晶赶忙整整衣裙，扬起一份过于殷切的笑脸，踩着小高跟，哒哒哒地走了过去。

"苏老师，穆先生，你们聊什么呢？"她语气热络得要命。

她向来是个自来熟，她停在穆休伦面前，恨不得直接贴过去，当一块吸铁石。

穆休伦哪会记得她？他表情冷冷，问："您是哪位？"

周晶丝毫不觉得尴尬，挤挤眼睛，声音千娇百媚："穆先生真是贵人多忘事，就是那晚，咱们在旋转餐厅……"

苏纪时直接打断了她的表演，对穆休伦抛出几个字："她，二舅妈。"

穆休伦想起来了，他似笑非笑："我那位二舅还没离婚呢，这个二舅妈看着好眼生啊。"

周晶不吭声了。

她算是明白了，这两人就算分手了，也是站在同一条战线上的！

不过她此番过来套近乎，主要是为了探探那老头的身份。她转向张院长，笑得如沐春风："还没请教，这位老先生是……"

张院长向来谦虚："鄙姓张，只是隔壁学院的一个普通教书匠。"

教书匠？周晶眼珠一转，那就是个大学老师喽？

穆休伦补充了一句："张教授是国内最著名的第四纪研究学者，他的著作举世闻名。"

"第四季？哎呀太巧了。"周晶脸皮极厚，丝毫不顾忌在场的其他人怎么想怎么看，"张教授，咱们太有缘了！第四季不正是冬季，我就是冬天出生的！"

她话音未落，苏纪时便"扑哧"一声笑出了声。

不仅如此，苏纪时的笑声越来越大，一点不留情面。都说在娱乐圈混，要时刻谨记"做人留一线，日后好相见"，可苏纪时却截然相反，留什么一线，遇到蟑螂不碾死，还等着它繁殖吗？再说，身为一个地质人，苏纪时实在无法忍受有人在她面前班门弄斧。

苏纪时直接戳穿了真相："二舅妈，张院长研究的第四纪，是地质年代划分概念，就和侏罗纪、白垩纪一样。第四纪是地球 46 亿年生命中最新的一段，自 260 万年前至今，都被称为第四纪。"

这种基础定义，对于任何一个地质人来说，都是信手拈来的皮毛。然而对于圈外人来说，她说的这些完全是听都未听过的天方夜谭。

周晶恨不得穿越回十分钟以前，她老老实实待着不好吗，干吗要来惹这个冤家！

张院长很惊喜："苏小姐，没想到你还喜欢地质学？"

苏纪时何止喜欢！地质学的浪漫，哪是外行人能懂的！她恨不得把此生交给沧海，赋予高山。提起出野外，别的学生都要怨声载道，觉得又苦又累；然而苏纪时却享受这份辛苦，苍茫世界，尽在脚下，与广阔天地相比，人，只是一颗再小不过的尘埃。

可是这些话，苏纪时却不能说。

因为现在的她，是"苏瑾"——苏瑾自出道之日起，一直都走的是小仙女路线，小仙女是吃花喝露的，热爱文学、热爱艺术。而提起地质学，大家想到的都是矿山石头，灰头土脸，和苏瑾的定位截然相反。

她只能避重就轻地答："我看过几本地质学的书，挺感兴趣的。"

不行，她回头要和方解商量商量，给苏瑾立个"地质学爱好者"的人设，要不然以后做什么事都束手束脚的，太不方便了。

苏纪时与张院长一见如故，一老一少极为投缘，若不是副导演来催，苏纪时真恨不得和张院长再聊上三小时。

无奈拍摄任务太紧了，所有无关人等都要清场，于是苏纪时只能遗憾地把张院长送到了门外。

结果一转头，发现穆休伦还站在她身后。

苏纪时："你怎么还没走？"

穆休伦问："为什么我要走？"

苏纪时："没听见吗，无关人等都要离场。"

"我不是无关人士。"

苏纪时一脸茫然。

穆休伦以为她在装傻，故意问她："你难道没看过这部电影的招商手册吗？"

"啊？"

"我是这部电影的投资人之一。"

做戏做全套，之前穆休伦包养苏瑾时，拿出不少钱去捧她，综艺、影视、时尚……穆休伦这个金主十分负责，给她码了不少资源，好在苏瑾争气，不出两年，名气便如日中天。穆休伦的养母在他身边安插了几个人手，见他确实在苏瑾身上"挥金如土"，这才放心。

可这些，苏纪时是真的不知道。

　　她脑子转得快，立即算明白了这笔账：别看穆休伦在苏瑾身上花了很多钱，但他又以投资人身份参股苏瑾出演的综艺和电影，左手倒右手，这钱不就又赚回来了吗！

　　果然是商人，算得也太精了！

　　她低垂着头，默默在心里骂脏话。然而从穆休伦的角度看去，女孩脖颈纤瘦，又黑又长的头发垂在脸颊两侧，仿佛一朵含羞的花朵。

　　他想，究竟哪个才是真实的苏瑾呢？"分手"那晚，肆意潇洒的人是她；而现在这个看到他就含羞带怯的人，也是她。

　　想到这里，穆休伦特意提起一件事："对了。你那天从我车上下来时，落下了一个东西……"

　　苏纪时"噌"一下抬起头，立即问："我的锤子你还留着？"

　　她还以为他会把它直接扔了！

　　"在我回答你的问题之前，苏小姐，你能不能先告诉我，你来见我的时候，为什么会带着一柄地质锤？"穆休伦挑眉。

　　穆休伦大学时去地院蹭过不少课，自然也认得出地质锤的模样。一体成型的全钢锤身布满风霜，它一头扁平，一头鸭嘴，足以和市面上的普通锤子区别开来。

　　苏纪时没什么好遮掩的，直接回答："我怕你对我动手动脚，所以带个锤子防身，有什么问题吗？"

　　"这个借口倒是有趣。"穆休伦称赞道。

　　"真不是借口。"

　　"好，我信。"穆休伦怎么可能会信！

　　在他心里，已经对苏瑾的所有反常行为有了一个先入为主的偏见：她先是出乎意料地拒绝了包养续约，临走时故意落了一把锤子在他车上，今天对他的恩师如此客气，又私下偷偷在看地质学书籍……种种迹象串联在一起，唯有一个理由可以解释——

　　穆休伦想：苏瑾啊苏瑾，你为了引起我的注意，可真是煞费苦心啊。

第四章 深夜飙车

苏瑾虽然只在这个破剧组待了四天，但她却觉得自己的心灵遭受了无数次暴击。

时时刻刻担心演技掉线也就罢了，最主要的是要和那个恶心人的周晶朝夕相对，每多看她一眼，苏纪时内心的怒气值就上升一分，再继续相处下去，她保不齐哪天就要找个没有监控器的角落，敲碎周晶的保姆车挡风玻璃了。

周晶这人惯会见风使舵。想当初，她以为苏瑾被金主抛弃了，就敢跑到苏瑾面前耀武扬威；结果当天下午穆休伦就来"探班"，周晶立即调转了船头，开始跪舔起她来。

用小霞的话来说——周晶的主业不是当演员，应该是抱大腿才对。

剧中女主角和女配角的互动很多，下戏后，她只要一有时间，就往苏纪时面前凑。每天苏纪时抵达和离开片场时，周晶都要巴巴地凑过来问好，就连中午午饭她都让自己助理多做一份营养餐，不管苏纪时要不要，都主动送到她面前。

因为取景都在校园内，来来去去都少不了学生们围观。不少不明就里的围观群众看到她们俩的"互动"这样频繁，还以为俩人私交很好呢，赶快拍下照片、视频上传微博，连连夸赞她俩"姐妹情深"。

还姐妹呢，她苏纪时只有一个姐妹！

好在，忍来忍去，五天的拍摄日程一晃而过，只剩下最后一天要重拍几个夜景。

苏纪时在心中给自己打气，只要熬过最后一场，她就可以杀青了！

这段故事发生在电影接近结尾的地方：女主角慢慢体验到了《恋爱笔记》给自己带来的种种好处，决定把校草的名字写到笔记上。在笔记的作用下，校草果然爱上了女主角，然而恋爱笔记是有期限的，等期限到时，校草对女主角的爱情也消失了。女主角打扮得光鲜亮丽去和他约会，结果听到他决定分手的消息，她哭着走在路上，差点被摩托车撞到——千钧一发之际，有个人拉住了她，她抬头一看，意外发现救她的人，居然是"大姐大"！

这段夜景没在大学城内拍摄，而是选在了四环边上的某个商区。

剧组提前和市政那边打了招呼、交了昂贵的街道租赁费，这才租下了这个十字路口。

苏纪时上次回国已经是十年前的事情了，那时候，这片地方还是一片待拆迁的小平房，哪想到十年过去，变化这么大，高楼大厦拔地而起，商场顶部悬挂的巨幅广告，有好几幅都印着苏瑾的脸。

回国不到一个月，不知不觉中，苏纪时已经习惯在电视上、杂志上、户外广告上，看到"自己"的脸。她和苏堇青有着一模一样的面容，唯一不同的，就是堇青眼角有一颗小小的泪痣。虽然堇青性格软，但她并不爱哭，那颗泪痣就像是落在湖面上的桃花瓣，点缀了她的笑容。

"堇青……"她抬头望着楼宇上的广告牌，轻声喃喃，"你究竟去哪儿了？"

"苏姐？苏姐！"小霞伸手在她面前挥了挥。

苏纪时转过头看她："怎么了？"

小霞："这是这一场的服装，剧组还在调设备，咱们先换衣服吧。"

"好。"

夏天黑得晚，商业区又是堵车重灾区，直到晚上十点，这一区域的路人才被疏散完毕。摄影组急匆匆在马路上架设摄像轨道，其他人也各司其职，在调摄不同的设备。街角，二十几个群演倚靠在路边补眠，今晚肯定要拍通宵，他们能偷懒就偷懒，抓紧时间补眠。

苏纪时登上保姆车，很快换好衣服。今天的服装是蝙蝠袖 T 恤配黑色牛仔短裤，脚踩一双运动鞋，一双长腿暴露在镜头中。苏纪时的双腿又直又长，肌肉紧实，线条极美，可惜唯一的问题在于肤色偏黑。她常在野外勘探，即使全身上下做好了物理防晒，然而炙热的阳光还是能透过布料的边缘，晒伤皮肤。

阿山把一盒粉饼扔给小霞，两个人通力合作，给苏纪时所有裸露在外的肌肤打上一层粉底，遮盖住她偏深的肤色。

小霞一边涂粉底一边嘟囔："苏姐，我之前就想问了，你去美国参加几天活动，怎么突然晒得这么黑啊？这都一个月了，居然还没养回来！"

苏纪时没吭声，阿山也装聋作哑。

过了一会儿，方解也进来了，他见三人还在忙活，赶忙催促道："你们抓紧时间，外面设备都调试好了，周晶也就位了，就差你了，别让人抓到把柄说你耍大牌。"

几人正说着话，突然间，只听剧组的方向传来一阵喧哗之声——

"八万？不可能，你们这是狮子大开口！"

"老板，你也不看看我们这儿有多少个兄弟，这么多张嘴要吃饭！"

"五哥，这样吧，我给这个数，就当请哥儿几个吃饭了？"

"这才几毛钱？就这点毛毛雨就想把我们打发了？人呢，把家伙拿过来！"

"你们、你们想干吗？我们随时可以报警！"

"报警，报啊！我们奉公守法好公民，一没打人，二没砸你东西。大路朝天各走一边，你们只租了这一块地方，马路上的其他地方那可是公家的地方！我们普通市民想在马路上做点什么，碍不着你们吧？"

"可你们也……"

副导演的话音还没落下，堪称震耳欲聋的神曲就响彻了整个片场。

"就让我送你九十九朵玫瑰花！"

那神曲洗脑效果极强，而且又是用超大分贝的喇叭进行功放的，苏纪时哪里听过这种土嗨歌曲，一瞬间就被这奇妙而诡异的节奏带偏了。

不只是她，保姆车里的其他三个人都下意识捂着耳朵，不想让神曲侵蚀他们脆弱的脑神经。

方解一边找耳塞一边怒骂："真是走到哪里都有这帮蝗虫，贪得无厌的家伙！"

旁边的阿山和小霞也跟着点头，看样子对于他们来说，这件事已经是司空见惯的小事了。

可是他们见过，苏纪时没见过啊。

苏纪时拉住方解，皱眉问："这群人是做什么的？放这么大声音的歌，一会儿还怎么拍摄？"

"他们就是为了干扰剧组拍摄！"通过方解的解释，苏纪时终于弄清了事情的真相。

原来，他们遇到了外景剧组最常遇到的情况——打劫。

没错，就是打劫。

剧组在拍深夜外景戏时，需要提前租赁场地。场地租赁费十分昂贵，若是再加上剧组一天的员工工资、演员片酬、机器损耗等，这一个晚上的花销就是一个天文数字。

而这些拦路打劫的流氓团体便瞅准了这个时机，来到剧组进行勒索。若是剧组不同意，他们就会寻衅滋事，有时候是大喇叭放音乐，有时候是用激光笔照演员，无赖至极。

这种团体甚至连黑社会都称不上，只能算是一些不入流的地痞而已。可偏偏是这些跳蚤一样的小地痞，却能牢牢叮在他们身上，喝剧组的血。

苏纪时皱眉："为什么不报警？"

方解说："以前也有剧组报过警，但是报警的话，前后浪费的时间更多。又要做笔录，又要进局子，对于剧组名誉损失太大，那些八卦狗仔可不管你是被骚扰还是被袭击的，只要你进了局子，那你就等着花更多的钱请水军洗热搜吧。"

所以，如果地痞们勒索的钱在剧组能够承受的范围内，剧组都会选择咬咬牙割肉。

可是偏偏，这次来的地痞们鼠胆包天，听说这个剧组有流量小花苏瑾，便狮子大开口，翻倍勒索！

剧组不肯当冤大头，场面顿时僵住了。

苏纪时听完了所有的来龙去脉，心里一股火气"腾"一下就涌上了头。

"一群混蛋。"苏纪时冷笑连连，二话不说就要下车，"给了他们一次钱，他们只会胃口越来越大。明明剧组里这么多工作人员，若是团结在一起，想要教训几个混混还不容易？偏偏养着这些蛀虫，是不是等到蛀空大树之前，他们都不会觉得自己有哪里做错了？"

同样的事情，苏纪时在出野外时，遇到过好多次。她孤身一人上路，有时候遇到小山寨，总是免不了地痞路霸的纠缠。他们见她是一个小姑娘，有时候要财，有时候劫色，苏纪时从未后退过一步。

她导师曾经说她，"处事不够圆滑"，但苏纪时觉得，保持自己的棱角，比变得圆滑更加重要。

"苏姐！"方解吓了一跳，他和阿山一左一右拦住她，"你你你你你别冲动啊！你一个女的，怎么打得过外面那十几个地痞？"

"谁说我要打过十几个人了？"苏纪时自有一套应战方式，"他们的头不是叫'五哥'吗？只要照着他一个人下手就行了。那群流氓不过是仗着人多势众罢了，要是有真胆子，他们就该砸东西，而不是放神曲。你信不信，把五哥扒光了往澡堂里一扔，他的金链子就要飘起来，胳膊上的文身也会被搓掉？"

方解顺着窗户缝往外瞄了一眼……

呃，五哥胳臂上那头狼，怎么越看越像一只拧巴的哈士奇？

苏纪时趁机推开方解，坦坦荡荡走下了保姆车。

阿山伸手一捞，蒲扇大的手掌却与她刚打了粉底的胳臂一蹭而过，徒留下五个黑指印。

"方解，我知道你在担心什么。"苏纪时回眸看过来，月色下，女孩长身鹤立，飒爽的短发划过耳际，神色张扬肆意。

保姆车旁，拍摄时要用的摩托车停靠在那儿，车头上扣放着一只纯黑色的头盔。

"放心。"女孩取下头盔，抬腿跨上摩托车，"我不会让他们知道我是'苏瑾'的。"

晚上十点，对于其他上班族来说，他们早就应该下班回家，换好居家服舒舒服服地瘫在沙发上了。然而对于穆休伦来说，一周之中他至少有五天会在公司加班，即使不加班，他也宁可在公司多待几个小时，而不是回家看养母脸色。

五年前，穆休伦硕士毕业回国后，接手了穆家扔给他的一家小公司。EXP 矿业集团家大业大，旗下控股的子公司有二十多家，然而分给他的小公司却连年亏损。穆休伦在接手公司后，放弃原有的资源，转而去做有色金属生意。

这步棋走得很险，穆家上下几十口人都在等着看穆休伦笑话，觉得他既没有政府关系，也不懂酒桌文化，根本不可能做出成绩。哪想到他居然绕过层层封锁，在来华建厂的外资汽车集团的招标会上，一举夺魁、一战成名，拿下了一个大单！然后是第二个单、第三个单、第四个单……

穆休伦没有止步于此。

汽车行业对不锈钢需求量极大，而有色金属镍是生产不锈钢的最重要原料。镍集中在菲律宾、印尼两国，最近几个月，穆休伦带领海外投资部没日没夜地加班，终于在上个星期，收购了印尼当地的一家镍生铁公司。这样一来，开采、冶炼、进口……这一整条线都被串起来了。

穆休伦非常爽快，给员工放了七天带薪假，今晚海外投资部在一家酒吧开庆功宴，据说要喝通宵。

"穆总，今晚的庆功宴您真的不去吗？"秘书恭敬问道。

"不了，还是和以前一样，你代表我去庆功宴上露个脸。"穆休伦随手把刚批阅完的文件放到了右手边，"我去了，他们肯定没心思玩了。"

"怎么会呢？"秘书争当舔狗，"别看他们经常在嘴上抱怨加班多，其实那些小年轻都特别喜欢您呢！还说如果搞个《企业家101》，一定给您投票、打call，助您高位出道，成为组合里的门面担当！"

"嗯，我知道。"穆休伦头都不抬，语气平静，"我刚刚的意思是，如果我去酒吧，他们肯定只顾着看我，谁还会想着玩？"

秘书：妈呀，他这个舔狗当得太不称职了，哪有老板亲自下场舔自己来得到位！来得舒爽！

不过穆休伦说的也是实情，他的长相即使放在娱乐圈里，也属于上乘。他刚和苏瑾签订包养合约时，有一次两人约会被狗仔拍到，狗仔不知他底细，还以为他是谁家新推的艺人，写了一篇令人啼笑皆非的"S姓小花私会翘屁帅男"的小八卦，被粉丝撕成渣。

秘书还要开口说什么，突然间，一道堪称噪音污染的音乐轰鸣声突然窜出，伴随着音乐一起而来的，还有一道男声声嘶力竭的嘶吼——

"我要送你九十九朵玫瑰花！"

神曲一出，洗脑效果绝伦。

秘书："楼下的路被封锁了，好像是有剧组在拍戏。"

穆休伦："拍戏？我看不像是拍戏，倒像是在跳广场舞。"

他起身走到落地窗前，低头向下望去。

他们公司租下了这栋写字楼的一到五层，而拍戏的那段路，正好在他们公司楼下。从五楼俯瞰，路面上的一切动静都清晰可见。

正如秘书所说，整条街道都被隔开了，两辆保姆车停在稍远的地方，周围搭了一个小棚子，看样子是工作人员的休息区。而现在，二十多个小混混顶着五彩缤纷的头发，如苍蝇般聚在一起，止堵在摄像机前。

为首的几个人推着一只巨大号的音响，正接连不断地播放着神曲。

几个工作人员正在和那群小混混交涉，其中一个人手里拿着一叠粉艳艳的纸币。不远处，群演们三三两两聚在一起，正在看好戏。

穆休伦立即推断出，这群小混混们是在打劫，若剧组不满足他们的要求，他们就要干扰拍摄。

穆休伦懒得管这些杂事，然而那大分贝的喇叭确实影响了他的工作。

他沉声吩咐秘书："报警。"

然而就在下一秒，突然有一阵更为刺耳的声音压过了重音喇叭——

油门轰鸣，车轮摆尾碾过柏油路面，循声望去，一辆摩托车自街道那头，踏着喧嚣而来！

车身上，一位身材曼妙的女骑士伏低身子，向着小混混聚集的方向冲了过去。

当危险来临的那一刻，所有人的第一反应绝对不是挺身应对，而是转身就跑！小混混们也不例外，他们本来就是一群乌合之众，眼睁睁看着一辆摩托车向着他们奔袭而来时，他们脑中一片空白，下意识地迈开步子，四散而去！

可惜，两只腿的人哪里跑得过两只轱辘的车？

在五彩斑斓的头发中，女骑士立即瞄准了其中最光亮的一颗"卤蛋"脑袋，她二话不说轰开油门，再次向着那个身影冲去。

被摩托车撵着跑的光头正是地痞头子五哥，他膀大腰圆，没跑几步路就累得呼哧呼哧，每跑一步，脖子上重重的金链子就敲打在胸口上，但他这时候根本顾不上疼了，他只想知道，这辆莫名其妙窜出来的摩托车究竟是怎么回事！

这突如其来的发展，让剧组上下所有人都惊住了。副导演手里还拿着厚厚一沓"保护费"，他本想尽快打发走这群地痞流氓，哪想到突然有一辆摩托车杀了出来？

而且……那摩托车越看越眼熟。

副导演僵硬地转过头，颤声问场记："我是看错了吗……那车……不是'馋了吗'赞助的吗？"

"是、是啊，您没看错！"场记差点咬到舌头，"'馋了吗'花五百万买了个植入广告，这就是今天白天送过来的车！"

明蓝色的车身、正方形的储物箱，还有那印着 logo 的头盔，那辆气势汹汹夺路而来的摩托车，而是业界知名外卖品牌"馋了吗"的送餐车！

经过改装的送餐车性能逆天，平日里总在马路上横冲直撞，简直就是外卖界的重装坦克。

而这辆神车到了女骑士手里，更是发挥出了百分之二百的优势，追在那群小混混身后，把他们撵得嗷嗷直叫！

这条街并不长，不过瞬息的工夫，光头五哥已经从街这头跑到了街那头，他使出了吃奶的力气拼命捣着两条小短腿，凭这份冲劲儿，即使去参加奥运会也能为国争光了。

然而，人的潜能终究是有限的，当最后一分力气用尽，他双脚一软，直接摔了个狗啃泥！

身后的摩托车紧追不舍，油门声近在咫尺，再有一秒就要从他身上压过！

"女侠饶命！"他就地一滚，肥圆的大脸从柏油路面上蹭过，地面上粗糙的石子划破了他的皮肤，胳膊上的哈士奇文身也被磨花了。

他顾不得自己狼狈的模样，瘫坐在地上，失神地望着那辆在他身前险之又险停下的摩托车，吓得浑身上下抖如筛糠。

他不过是小村子出身的小地痞，初中没上完，和一帮同样辍学的兄弟四处打工，结果没几天就因为聚众打架被工厂开除了。后来他们到了大城市，心思野了，便想走邪路，学别人"混社会"，于是他去二手市场花了五百块钱买了个八手音响——哪想到滋润日子没过几天，就遇到了硬茬子！

这女煞星究竟是怎么回事，一句话不说开着摩托车就冲过来？如果他跑慢一点，如果她刹车的速度再迟一点，那她不就要直接从他身上碾过了吗？

"女、女侠，小五有眼不识泰山！不知道这片有您罩着！我、我下次不敢了！我上有老下有小，还有这么多从村里出来和我混口饭吃的兄弟，您大人有大量，绕过我一次行吗？我们走、现在就走！"

说着，他跌跌撞撞要从地上爬起来，可惜双腿软如面条，别说站起来了，他没尿裤子就算不错了。

看着光头地痞如此蠢态，女骑士发出一声轻笑。

"我不叫'女侠'。"虽然有头盔阻隔，但女声依旧清脆爽利。

光头地痞赶忙双手抱拳，就差跪在地上磕头了。"那请教您的大名？"

"我叫'祖宗'！"

不等光头地痞反应过来，女骑士突然调转车头，排气筒喷出烟灰色尾气，刚好喷了他满脸。

紧接着，那辆摩托车又顺着原路奔了回去，一个摆尾停在了依旧兢兢业业放着神曲的大喇叭前。

副导演看着这位神秘来客，只觉得后背一紧，汗毛倒竖："您您您您您您好……"

神秘女骑士理都未理他，她单脚撑住车身，左手探入后面的储物箱，就这么摸啊摸啊，然后就在众目睽睽之下，摸出了一把闪闪发光的锤子。

隔着头盔，她只瞥了一眼，便立即推算出这只八手音响最为薄弱的受力点。只见她手起锤落，看着小巧却精工打造的地质锤重重击打在那一点上——音响应、声、而、碎！

究竟发生了什么？

其实，她是借了利器之便。她手中的地质锤由铬钒钢铸就，只要找准受力点，一锤下去，再坚固的岩石到了她手下也会劈裂。厚重的岩石尚且如此，那只破旧的音响不过是 PVC 外壳，哪里有什么抵挡之力？

然而这一幕落在其他人眼里，却像是看到了神迹一样——这个看似瘦弱的女孩子，动作就像是蜻蜓点水一样，只不过拿着锤子轻轻敲了一下，那个足有半人多高的音箱……就变成了一地残破的碎片？

当做完这一切后，那位神秘女骑师把锤子往储物箱里一扔，再次轰开油门，向着远方驶去。

自始至终，没有留下只言片语。

众人看着她绝尘而去的背影，足足盯了有半分钟，方才如大梦初醒。

"还等什么！快去追啊！她把赞助商的道具骑走了！"导演大喊。

于是一群工作人员傻乎乎跑去追摩托车。等他们赶到时，那辆立下汗马功劳的摩托车就停在路口拐角处，头盔挂在车把上，然而车身上已经空无一人了。

十分钟后，受惊过度的小花苏瑾在经纪人和助理的陪同下，从保姆车上走下来，娇滴滴地问："发生什么事了，刚才怎么这么吵？"

方解瞥她一眼，心想，这位姑奶奶的演技，只有在这一刻才达到了巅峰啊。

没有人发现，就在旁边的那栋办公楼里，某位深夜加班不回家的总裁，目睹了事情的一切经过。

那位神秘女骑士就像一阵绚烂的飓风，突然出现，又突然消失。

在她走后，片场终于渐渐宁静下来，如果不是在场几十双眼睛共同目睹了这一切，估计每个人都会以为自己在做梦吧。

幸亏苏纪时驾车时，特地在戏服外又套了一件外套，再加上路灯不够亮，所以才能蒙混过关……若是让剧组里其他人知道她就是那位踩着祥云而来的盖世英雄，那就要乱套了。

"周老师呢，要开拍了，她人呢？"副导演抓来一个小场记。

小场记哭丧着脸说："周老师不下车，助理说她受了惊扰，需要时间休息！"

副导演抓狂了，但周晶背后是有人捧着的！别看她现在只是个不出名的四五线小艺人，可金主为了她可没少花钱，副导演哪里敢得罪，只能苦着脸去请她。

苏纪时刚刚也"怕"得不敢下车，只是她是装害怕，而周晶是真害怕。

谁让周晶亏心事做太多了呢？她年纪轻轻，过早进入这个圈子，被浮华迷了眼睛，为了上位出名，她使尽浑身解数，终于勾搭上了"二舅"——至于在二舅之前，她到底睡过几个有钱男人，她自己都记不清了。

最开始那群小混混找上来时，她还以为是她睡有妇之夫的事情败露了，正室派人来打小三了！她吓得花容失色，尖叫一声就蹿回了自己的保姆车。她紧紧靠着助理，车外一有风吹草动，她就掐人家胳膊，直把小助理的胳膊掐得青紫……现在麻烦解决，她依旧惊魂不定，恨不得今晚就收工回家，等过几日再选个好日子开拍。

剧组耽误一天，那损失的钱可不是个小数目。就算二舅能给她补齐这些钱，可这么多人的工作时间哪里凑得齐？

副导演连忙带人上了她的保姆车，好话说尽，终于把这位姑奶奶劝下来了。

待所有演员准备就绪，最后一场终于正式开拍了。

那辆"馋了吗"送餐车已经成了剧组的吉祥物，它（的骑士）刚刚可是救剧组于水火啊！在开拍前，导演特地来到摩托车面前，虔诚地摸了摸它，甚至拿出开机仪式时的祭天流程，给它点了一根烟——

苏纪时目瞪口呆地看着导演把那支点燃的香烟放在了车大灯上，一直到香烟燃灭，才算礼成。

真有趣。

不知道是不是有"摩托车大神"的加持，这一晚上的戏拍得特别顺利。本来导演还担心两位娇滴滴的女艺人受惊后，会不会影响拍摄进度，哪想到苏瑾状态很好，拍戏时全情投入（因为她想早点拍完早点回家睡觉），配合度甚至比前几天还要高。有苏瑾在旁做对比，周晶也不敢消极怠工，只能打起精神配合她。

于是等到这一晚上的戏份拍完，还不到早上三点呢！

要知道，所有工作人员都做好了要通宵的准备，哪想到区区几个小时，就把所有工作都做完了！

当最后一条拍完，场记傻了，统筹呆了，副导演愣了……剧组的其他工作人员也茫然地站在原地，像是一群无所事事的小蜗牛。

来盯场的制片主任笑了，骂他们："平时一个个挺机灵的，怎么到这时候没反应了？还愣着干吗，杀青了！"

哦……对对！他们杀青了！

其实《神秘笔记》这部电影早在三个月前就杀青了，后期制作都在进行中了，要不是饰演女配角的演员突然上了广电总局的"黑名单"，也不会让周晶跳进来当替补。这场补拍虽然前后加起来也没费多少时间，但是所有工作人员都由衷地觉得，二次拍摄实在是太累了！

这个累，不是体力上的累，而是心理上的累。

周晶这个网红脸小明星各种蹦跶，颐指气使，明明还没有上位呢，就一副正宫娘娘的派头。而苏瑾呢？苏瑾根本就没有理她，就如一只母狮不会去注意路边打洞的老鼠。

每天看着周晶蹦跶来蹦跶去，她不累，其他人都替她累。

好在，这个工作，今天终于结束了！万岁！

"苏老师！"

一道甜腻的女生响起，正和助理说话的苏纪时下意识地转过头去——只听"咔嚓"一声相机轻响，苏纪时回眸的神态便被手机屏幕捕捉了。

而举着手机偷拍的人不是别人，正是周晶！

只见周晶伸长左臂，高举手机，右手贴在脸颊上，微微侧头，做出了一个卖萌的表情。她的头像占据了手机屏幕一多半的位置，而在她身后的另一小片区域，则留给了回眸望来的苏纪时。

苏纪时："你做什么？"

周晶厚脸皮说："当然是合影留念呀。"

她知道她若是直接找苏瑾求合影，苏瑾肯定不会答应。于是她特地使了诈，骗苏瑾回头，趁机按下快门键。

周晶的小算盘打得很好，她知道苏瑾长得比她好看，毕竟苏瑾的脸是纯天然、无添加，做表情比她自然得多。女演员们深谙表情管理，但是任何人在回头时，都没办法控制自己表情的！

所以她才特地选了这么一个时间，想偷拍下苏瑾的丑态，哪想到……哪想到即使是这样突如其来的袭击，苏瑾回眸时，依旧美得动人心魄。

屏幕上，女孩红唇微启，眼中满是惊异的神色。挂在耳间的耳坠像是一串落入人间的星辰，随着她的转身，耳坠在空中划出一道炫银色轨迹。她的假发刚拆掉一半，利落的齐耳短发混杂着波浪般的长卷发，呈现出一种不修边幅的美感。

周晶望着屏幕上自己的大脸，再看看后排苏瑾的小脸，心里那股嫉妒的小火苗啊，抑制不住地噌噌往上冒。

算了，现在不是计较这些细枝末节的时候。

周晶咬咬牙，立即点开美颜软件，把自己修了修，然后迅速上传了微博。

@周晶亮晶晶：收工啦！《神秘笔记》正式杀青，虽然只和苏瑾小姐姐短暂相处了五天，但是和她一见如故，飙戏飙得特别开心！【微博配图】

想了想，她尤不满足，又在后面增加了红色桃心、粉色桃心、黄色桃心。

她若想在娱乐圈里成名，光有金主捧可不够，还要学会蹭热度。现在苏瑾正当红，就让她蹭个姐妹情深的热度吧。

虽然现在已经半夜三点多了，但是这张照片刚一发出去，立即引发了夜猫子们的疯狂点赞。

周晶那边微博刚一发出去，不出几分钟，立即就爬上了热门榜单的尾巴，想必等到第二天白天，大批苏瑾粉丝睡醒后，这条微博又要被顶上热搜了。

苏瑾没有个人微博，小霞负责掌管工作室的微博账号。

不仅如此，小霞身为助理，还会定期和大粉头联络，组织官方应援，等等。周晶刚发了合影，不出三分钟，小霞便知道了。

她轻车熟路地登上@苏瑾工作室的账号，点开周晶的微博，大拇指正要按下转发键——突然被苏纪时拦下了。

苏纪时皱眉："你做什么？"

小霞被她的黑脸吓了一跳，结结巴巴答："转、转发互动啊？"

之前苏瑾拍完一部剧，都会和合作演员互关，在宣传期还会经常互动。

然而苏纪时根本不想让周晶这种人蹭自己热度，她把右手一摊，小霞只得乖乖把手机奉上。

苏纪时手指轻轻点了几下，原本躺在互关列表里的周晶，立刻就解除好友关系了！

苏纪时给她留了两分面子，没有直接拉黑她，但对于"伸手不打笑脸人"的娱乐圈来说，除非两方闹得太僵，很少有人会取关另一个艺人。

微博带有提醒功能，苏纪时刚一把周晶拖出关注列表，工作室的上百万粉丝立即收到了消息推送！

距离她几米外的周晶，也在同一时间收到了同样的消息。

周晶一怔，转头向苏纪时看去。

路灯昏暗，夜色沉沉，然而苏纪时就像是一个天生的发光体，即使站在人群之中，光芒依旧不可直视。

周晶嘴唇动了动，问："苏瑾，你为什么把我取关了？"

苏纪时坦然作答："手滑。"

原来是手滑。

周晶心里一松，刚想说什么，又被苏纪时直接打断了："我是说——之前关注你，是手滑。"

"二舅妈，你微博上写'和苏瑾飙戏飙得很开心'，什么戏，戏精的戏吗？"

苏纪时一句反问，便把周晶怼得说不出话来。

周晶是很"单蠢"的人，她之前觉得苏瑾被金主抛弃了，就想踩她一脚；现在看苏瑾好像和金主还有联系，又巴巴过来抱大腿……苏纪时不想让这种人蹭她热度，打脸打得干脆利落。

一线小花的气度？合作演员的颜面？和那些没用的东西相比，还是自己舒坦更重要一些。

周晶傻站在那儿，一张脸又红又白。她这波热度不仅没蹭到，等明天那些吃瓜群众醒了，她被苏瑾取关的事情，就要闹得人尽皆知了！

她想装个傻，开口请苏瑾把她加回去，但苏瑾却根本不接她的话茬，带着一众助理、化妆师，头也不回地走上了自己的保姆车——从始至终，连一个眼神都欠奉。

苏纪时回到保姆车里，闭眼让阿山为自己卸妆。

不知是不是因为熬夜拍戏，精神还处于亢奋状态，明明身边的其他人都已经困得直打哈欠了，而苏纪时依旧精神奕奕，根本不知疲倦。

忽然，苏纪时的手机"叮咚"一声，一条微信跳到了屏幕上。

看看时间，现在才四点半多一点点，也不知是哪个夜猫子突然找她。

然而答案出乎意料——发来微信的人，居然是已经好久不见面的穆休伦！

这位前金主实在奇怪，开拍第一天就去探班，拍摄杀青后又卡着时间给她发微信，简直像时刻监视她一样。

苏纪时早就想和他划清界限了，可是对方却总是能找到机会，一次又一次地出现在她面前。

苏纪时点开微信，空荡荡的聊天对话框里，只有一个奇怪的表情符号。

Mr. 穆:【锤子】

苏纪时实在弄不懂他要说什么，只能选择场外求助。

她看向身旁座位，小霞正坐在那里，撑着脑袋昏昏欲睡。

苏纪时问她："小霞，如果有人突然给你发个'锤子'是什么意思？"

小霞迷迷糊糊答："锤子？在我们那里，锤子是骂人话。"她是地道重庆人，当北漂好几年了，"比如'你懂个锤子'，就是在骂'你懂个屁'！"

阿山原本躺在后排正在补觉，瞬间，他的"脏话雷达"又开始运作了。他挣扎着醒来，振臂高呼"女孩子不能说脏话"，然后又迅速歪脖睡着了。

苏纪时无语望天。

所以早上四点半，前金主给她发个锤子，是要对她性骚扰吗？

苏纪时觉得不是。

于是她回复了一个问号。

　　Mr. 穆：【锤子】
　　Dr. 苏：？

男人的回复来得非常快。

　　Mr. 穆：【摩托车】
　　Dr. 苏：？
　　Mr. 穆：【音响】
　　Dr. 苏：……

仿佛还嫌不够似的，穆休伦又来一张照片。照片是俯拍的，镜头里正好装下了整个片场的所有细节，这足以说明，几个小时之前发生的事情，都被男人清清楚楚地看到了！

苏纪时一愣，迅速拉起车窗上的遮光板，视线投向了外面的街道。

夏天天亮得早，远远望去，天边已经破晓，暖红色的太阳自街道尽头升起，浅橙色的阳光落在了她的保姆车上。街道上，剧组工作人员忙着收拾道具，沉重的摄像机是最先被运走的，几个人手里拿着扳子，正在拧轨道上的螺丝。

　　周围，高楼林立。数不清的写字楼挤在这片核心商业区里，苏纪时抬头看了一圈，也找不出穆休伦究竟藏在哪座楼里。

　　　　Dr. 苏：你想做什么？

　　　　Mr. 穆：不做什么。

　　　　Mr. 穆：只是突然想起来，你落在我这里的锤子，还没还你。

　　　　Mr. 穆：不如找个时间，共进晚餐？

　　苏纪时可不觉得他有这么好心。

　　她看看表，发现时间已经快到五点了，现在还不是上班高峰，街道上见不到行人的踪影，只有负责洒扫街道的保洁员在辛勤工作。

　　　　Dr. 苏：共进晚餐就不必了。

　　　　Dr. 苏：约个早饭可以。

　　　　Mr. 穆：现在这个时间，好餐厅可订不到位置。

　　　　Dr. 苏：吃个早饭去什么好餐厅？

　　　　Dr. 苏：哪儿没有卖手抓饼和小笼包的？

　　虽然隔着屏幕，但是穆休伦简直可以想象出苏瑾不屑一顾的表情。

　　算了，反正是她提出要吃路边摊的，她一个当红艺人都不怕被路人认出来，他替她担心什么呢？

　　五分钟后，保姆车驶出了商业区，停在了一个不起眼的街角。

　　为了掩人耳目，苏纪时特地约了穆休伦在这里见面。

　　方解听说她要单枪匹马去见穆休伦，分外担心，就像眼睁睁看着女儿要飞走的老母亲，那眼神啊，愁得都要化成实质了。

苏纪时想了想，觉得她身为一个形象好气质佳人气旺的女明星，在天蒙蒙亮的时候和一个男人见面吃早餐，若是被媒体拍到了，肯定又要写什么"S姓小花与翘屁帅男共度良宵，甜蜜吃早餐"的狗屁玩意儿了。

她忙说："你不用担心，我就是去见他一面，不会同他乱搞的。"

"我不是怕你乱搞，"方解说，"我怕你乱吃。"

苏纪时狠狠甩上车门走了。

穆休伦的豪车停在路边，他倚在车门旁，指尖夹着一支烟。他昨晚在公司忙到十二点，直接在休息室里睡下了，他向来浅眠，只休息了几个小时就起身了，哪想到在楼下拍戏的剧组还没有离开。从楼上俯瞰，苏瑾的保姆车变成了一个白白扁扁的方盒子，仿佛两支手指就能拿捏住。

他说不出究竟是什么心理——可能是一时冲动吧——他给她发了微信，主动约她见面。

然而当他真的抵达约定地点后，被清晨的微风一吹，那股淹没了他理智的浪潮，又迅速褪去了。

他是太闲了吗？

穆休伦嘲笑自己：苏瑾的真实性格究竟是什么样，关他什么事？她可以在粉丝面前装成弱不禁风的小可爱，私底下露出张牙舞爪的真面貌，他为什么要在意？再说了，他又不是不知道苏瑾偷偷暗恋他，这么贸然约她见面，不就给了她希望呢？

想到这里，他立即决定给苏瑾发微信取消见面。

然而不等他掏出手机，身后便传来了女孩清脆动听的声音："穆先生，久等了。"

没想到她来的这样悄无声息。

穆休伦下意识地转过身，待看清女孩的身影后，他手指一松，原本夹在指尖的香烟立即滚落在地，袅袅青烟瞬间就被夏风吹散了。

明星出街，为了防止偷拍，总要遮遮掩掩全副武装，口罩、眼镜、帽子，缺一不可。

然而苏纪时一身清爽，只穿了一身最简单的T恤运动裤，及肩的短发随便扎了个小揪揪，周围还有碎发四处乱翘。

天色大亮，早起的上班族来去匆匆，地铁保安打着哈欠拉开了防盗门，扫地的老大爷扛着扫把经过……然而没有一个人注意到与他们擦肩而过的苏瑾。

——因为苏瑾脸上，贴着一张老虎图案的面膜呢。

穆休伦不是没见过女生贴面膜，可是面膜不应该是白色的吗，怎么这个面膜上印着一只老虎？威风凛凛的虎头十分逼真，服帖地贴在苏瑾的脸上，牢牢遮住了她的每一片皮肤。

若不仔细看，还以为她是戴着一张老虎面具走在路上呢。

苏纪时知道他要问什么，坦然回答："若是一大清早就戴着墨镜什么的，太引人注目了。我不想走到哪里就被拍到哪里，所以干脆贴面膜遮一遮。"

穆休伦："难道你现在不引人注目吗？"

话音未落，一个上班族打扮的女生提着包包从他们身边飞速跑过，一边跑一边看表，看样子是要追公车。而她的额头上，正顶着一个粉红色的夸张发卷，头帘牢牢地粘在发卷上，即使她跑得这么快，也不见一丝晃动。

苏纪时耸肩："看，我不是最引人注目的吧？"

两人没有开车，步行在周围逛了逛，很快找到了一个早餐店。

早餐店面积不大，但是距离地铁站很近，所以有不少食客来往。店里坐满了，店家就在便道上摆了桌椅，桌面擦得干干净净，一笼筷子摆在桌子正中，旁边还放着自取的酱油、醋、辣椒油。

贴着老虎面膜的苏纪时大大方方找了一个临街的座位坐下了，穆休伦犹豫了一下，看看椅子确实干净，于是勉为其难坐下了。

他环顾四周，这摊位上有不少年轻的上班族，对于社畜来说，每一秒赖床的时间都至关重要，于是这摊位上有好几个女生一边吃饭一边化妆，一碗滚烫的小馄饨吃完，再抬起头时，一个蓬头垢面的女生已经变成一个干练的"白骨精"了。

这么一对比，苏纪时脸上的老虎面膜，也不是那么难以接受了。

苏纪时拍了一晚上的戏，正是饿到前胸贴后背的时候，她早就把方解给她的叮嘱抛在脑后，唤来老板，点了半屉小笼、一碗豆浆、两根油条、三个麻团还有四只蒸饺。

点完了，她把塑封的菜单往穆休伦面前一推，道："自己点自己的啊。"

穆休伦："刚才点那么多都是你一个吃的？"

菜单是 A4 打印的一页纸，东西不多，上面一层油，摸上去滑得溜手。穆休伦虽然是穆家不受宠的养子，但也从未在清晨于这种路边摊上吃过东西，他仔细看了几遍，还是拿不定主意，最后只点了一屉烧卖和一碗小米粥。

豆浆是现成的，店家在早上三点就起来忙碌，榨豆子、熬豆浆，每天光是黄豆就不知要消耗多少。店家很舍得原料，不像别家豆浆稀汤寡水，他家豆浆豆香四溢，整条街道都闻得到，不少街坊邻居一大早就拿着家里的锅碗瓢盆来这里排队买豆浆。

很快，豆浆端上了桌。

苏纪时要了一碗原味的，浆汁浓醇，没有糖粉破坏它原本的味道。苏纪时去找店家，单独又要了一份紫菜虾皮葱花榨菜，用酱油、辣油一拌，往豆浆里一倾，就做成了一份在北方吃不到的咸豆浆！

待滚烫热乎的油条炸好了，她又开心地把油条撕成小块，投到了咸豆浆里。酥脆的油条吸满了汁水，咸辣多汁，别提多香了！

穆休伦冷眼旁观了全程，看她吃得津津有味，遂点评："咸豆浆？这种怪东西，也就你吃得下去。"

苏纪时根本没理他，相反，她还把咸豆浆喝得吸溜吸溜的。

没过一会儿，穆休伦要的小米粥也出锅了。

小米粥用大锅熬煮出来的，金黄色的小米粒被煮得软烂又粒粒分明，店家拿起一只浅口大碗，用长柄大铁勺豪迈地舀了整整一勺。小米粥格外黏稠，明明已经略略高出碗沿，却不往下滴，摇摇晃晃端上桌，色味香浓。

一柄软软的塑料小勺插在粥上，穆休伦尝了一口，眉头皱了皱。

他把桌上的调料盒挨个打开看了一遍，终于找到白糖，然后想都未想就舀了一大勺，"哗"地全部倒进了小米粥里。

搅拌开，又尝了尝。还是皱眉。

于是又舀了第二勺糖。搅拌开，又尝了尝。还是皱眉。

直到加了第三勺，那碗小米粥都要被他改良成糖拌小米了，他才终于舒展开了眉头。

苏纪时这时才从自己那碗咸豆浆里抬起头，嘲讽道："穆先生，你居然喝甜的小米粥，你真幼稚。"

这场对决，两败俱伤。

苏纪时这才知道，别看穆休伦外表看上去满满的霸道总裁范儿，其实嗜甜如命。也不知这么爱吃糖的他，是怎么保持身材的。

而穆休伦也发现，苏瑾居然难搞又毒舌，她的真实面目远不如屏幕上的那样温柔亲切，简直像是两个完全不同的人。

他和她都没有说话，埋头苦吃了一阵。

苏纪时因为脸上贴着面膜，不方便张嘴，只能在吃饭时，悄悄掀起面膜的下缘，露出尖尖的下巴和一双朱红色的薄唇。她们姐妹俩的唇形很有特点，都是唇角微微往上翘的，唇纹不深，唇珠却格外圆润。

说实话，她左手掀开面膜、右手吃饭的样子实在太怪异了，然而这么搞笑的场景，穆休伦却看得目不转睛。

明明之前"包养"了她三年，可穆休伦对她的了解几乎等于没有；这一个月只见了三次面，可她在他面前展现出来的真实模样，却格外多。

忽然，穆休伦注意到对面桌上，有两个年轻女孩一直频频向他们这里张望，视线一直盯在苏瑾身上。她们俩点的东西不多，没一会儿就吃完了，两个人拿好包包，长头发的女生去付账，短头发的女生却绕到他们这桌旁边，左转转、右转转，一看就是别有用心的模样。

不会是她认出了苏瑾，想要偷拍照片吧？

穆休伦立即黑脸，面前的那晚小米拌白糖也顾不上吃了，开口呵斥她："你做什么？"

那女孩被他气势汹汹的质问吓了一跳，浑身一抖，颤声道："我、我不是……我就是想问问这个小姐姐，脸上的面膜是什么牌子的，我觉得挺有趣的……"

苏纪时笑到差点把豆浆打飞了。

苏纪时的面膜都是赞助商送的，她把牌子告诉了短发女生，女生赶忙掏出手机记下来，千恩万谢地走了。

长发女生正在摊位旁等着她，见闺密回来了，赶忙挽住她的胳臂，问："你问到牌子了吗？"

短发女生："问到了！那个面膜是××牌的，我已经加到购物车里了……小姐姐人挺好的，就是她男朋友脾气好差，还吼我，太没风度了！"

长发女生一听，连连摇头："他穿着一身西装就以为自己是大老板了呗，说不定就是个卖保险的，那么有趣的小姐姐，怎么就找了这么一个男朋友啊！"

两人一边聊天一边走远了，她们以为自己声音很低，但是恰巧有一阵风，把她们的议论传到了苏纪时和穆休伦耳边。

穆休伦低头看看自己一身高定西装，想想这全套衣服加起来足够买几个早餐店，陷入了长长的沉默。

这顿饭拖拖拉拉吃了半个多小时，两人几乎没怎么交谈。

穆休伦没提他看到她飞车砸音响，苏纪时也没有提她落在他那里的地质锤。

仿佛，他们真的是一对交往多年的男女朋友，通宵工作后，结伴来到早餐摊，吃一顿丰盛无比的早餐。

见他们快吃完了，一个五十多岁的大娘领着系红领巾的小孙子凑过来，问能不能拼桌。

苏纪时欣然同意。

他们占据的是一张足够四个人同时就餐的小方桌，然而桌旁只有三把椅子，大娘心疼孩子，就让小孙子先坐下了。

穆休伦见状，起身让座："您坐吧。"

大娘和他推辞了一阵，最终还是坐下了。她连连称赞他："小伙子，你可真是个好人！看你穿西装，你一定是大老板吧？像你这样心善的大老板，生意一定做得好！"

穆休伦谦逊道："谬赞。我不过是卖保险的罢了。"

这顿早饭，吃到最后也没吃出个子丑寅卯来。

一个当红明星、一个矿业贵子，就在这么一个称不上干净的早餐铺里，在彼此嫌弃的眼神中共进了丰盛的一餐。

他嫌弃她喝咸豆浆，她嫌弃他吃甜小米粥。

在这一刻，两个人的想法发生了奇妙的重叠——"我和他 / 她根本没有共同语言！"

吃饱喝足，苏纪时的困劲儿也上来了，她昨晚拍了一整夜的戏，神经一直紧绷着，现在终于松懈下来，疲倦感就像热水表面的小气泡，咕嘟咕嘟往外冒。

穆休伦秉承着绅士风度，问："我送你回去？"

"不用了。"苏纪时拿起手机晃了晃，"叫了车，五分钟就到。"

穆休伦便点点头："那就好，我只是客套一下。"

苏纪时："您的社交礼仪可真是满分。"

"没办法。"穆休伦实事求是地说，"卖保险可不容易。"

两人视线在空中交锋，忽然同时笑了出来。

她看了眼表，问他："你不是老板吗，这才几点，就要赶回公司？"

穆休伦平常绝对不会把自己工作上的事情说给外人知晓。可苏纪时问了，他居然自然而然地接了下去："前几天刚拿下印尼那边的一个镍矿，还有得忙。"

说完，他才想起站在他面前是一位娱乐圈明星，而不是这个行业内的朋友，怕是自己说的东西她根本不懂。他正要解释，却听女孩开口："为什么不去菲律宾买？菲律宾的红土镍矿品质更高，你想要镍生铁，2%

以上的才合用吧？"

她说的数据只有内行人才懂。穆休伦一阵恍惚，下意识答："菲律宾和日本有合约，2%以上的红土镍矿只能直供日本。而且印尼能给更好的税收减免，两者相权，首选印尼。"

他毕竟是个商人，看重的更是经济利益，到手的税补十分优厚，即使印尼镍土品质差一些也可以用数量补齐。

苏纪时不懂这些商业上的事情，她只是纯粹从地质矿物角度出发提出问题，现在得到了解答，她便点点头，不再深究。

倒是穆休伦心里越发肯定了当初的猜测——看，苏瑾果然是对自己情根深种，连他公司的事情都这么了解，想来一定在偷偷关注他。

苏纪时根本不知道面前的霸总又在脑补些什么，若是知道了，估计会直接把锤子砸到他脑壳上，好好治治他的异想天开。

很快，她叫的车子便到了。

临走前，苏纪时忽然想起来："对了，你说要把我的地质锤还给我……锤子呢？"

穆休伦答："没带。"

"确实没带。"穆休伦说，"锤子我留在家中了，若是约好吃晚饭，还有时间取。你突然说要现在见面，我确实没做准备。"

苏纪时想想，爽快道："那下次见面的时候记得拿上。"

"嗯。一定。"

于是就这样稀里糊涂，莫名其妙，曲折离奇，又理所当然地约好了下次见面的时间。

而两个当事人，都不觉得这有什么不对劲。

待苏纪时回到家中，才恍然意识到了问题所在。

怎么回事？明明说要和前金主划清界限，结果却一次又一次地见面……若是让革青知道了，肯定会笑出声的吧。

第五章　苏妹妹

九月，北半球阳光正好，秋高气爽，而南半球的澳大利亚，却是另一番景象。

北领地（Northern Territory）地处澳大利亚中北部，占地面积足有澳大利亚国土面积的五分之一，比西藏面积还要大一圈。然而北领地人口却只有 25 万人，走在路上，随处可见皮肤黝黑、山根高挺的澳大利亚土著居民。

在北领地的北部，坐落着澳大利亚最大的国家公园——卡卡杜（Kakadu）。

这里靠近赤道，一年只分为旱、雨两季，光照强烈，极为炎热。这里除了有历经两万年仍然保存完好的山崖洞穴原始壁画以外，更为出名的，便是它的湿地生态系统。

简单来讲，湿地可以看作有着成片浅水区的低洼平原。水是所有动物的生命之源，植物、动物、昆虫都可以在湿地上栖息繁衍，组成一个完整的生态链。

卡卡杜国家公园的湿地区域内，数万种生物和谐共处，可惜这么棒的自然景色，能欣赏的人寥寥无几。

究其根本，北领地又大又荒芜，而卡卡杜国家公园的自然风光，在游客眼里根本比不上悉尼、墨尔本、堪培拉。好不容易有了假期，谁愿意往潮乎乎的沼泽里扎，被蚊虫叮得浑身是包呢？

"鳄鱼喂完了！"

宾妮提着一只空桶，肩膀上扛着一根两米多长的铁杆，摇摇晃晃地下了船，迈进了冷清的游客服务中心。

她体型偏胖，四十多岁，一头棕发削得短短的。澳大利亚炙热的阳光在她的身上留下了无数晒斑，洋溢着一种健康又自信的美。她已经在这里工作十五年了，专门负责黄水潭（yellow water）的游船项目，那可是整个公园里最热门的项目了！八万只咸水鳄栖息在整片水域，每天，宾妮都要带着游客们踏上游船，深入咸水鳄的老巢，时不时还要准备几块鲜肉，"勾引"鳄鱼出水。

顺着游客服务中心的小门走进去，便到了工作人员休息区。与干净整洁的前厅不同，员工休息区面积不大，沿着墙边摆了一圈桌子，上面堆满了奇奇怪怪的东西，有新鲜的猪肉、不知名的花草、采集回来还没来得及做成标本的小野兔尸体，以及压在这些东西下面的厚厚几摞文件资料。

刚一开门，两只大蝴蝶就迎面撞了上来，那两只蝴蝶翅展超过餐盘，颜色缤纷，宾妮吓了一跳，赶忙往旁边一躲，蝴蝶就灵巧地从她身边飞了过去。

"我的鸟翼蝶！！"屋里，传来了男孩的一声悲鸣。

脚步声随之响起，艾德文哭丧着脸追了出来，他瘦得像一根竹竿，将近两米的身高顶着一头乱糟糟的红发。他抬头望着越飞越远的鸟翼蝶，悲伤地说："好不容易才诱捕到的，怎么就跑了呢？"

"不就是蝴蝶吗，再抓就是了。"宾妮随手把空桶和铁杆塞进墙角。

"这不一样！"艾德文垂头丧气。他是加拿大人，千里迢迢跑来这里"受苦"……不对，来这里研究蝴蝶。他要为他的博士论文做资料采集，而这已经是他拿到的第二个学位了。

休息室里的气味可不算好闻，几个负责做鸟类迁徙资料的小混蛋把他们的臭靴子扔在地上，弄得满屋都是一股生化武器的味道。而来自俄罗斯的伊万诺维奇，不顾墙上的明文规定，正在上班时间喝伏特加！

宾妮年纪最大，就像是他们的大家长。她熟悉这里的每一个人，就像熟悉自己的孩子一样。

她环顾一周，发现少了一个人："林呢？林怎么不在？"

"林出去巡逻了。"艾德文做了个打枪的手势，"他去了黄水潭，你没遇见他吗？"

"没有。"宾妮神色郑重地摇了摇头。

咸水鳄在卡卡杜国家公园以外的地方基本绝迹。于是，有不少胆大妄为的偷猎者，偷偷潜入国家公园，伺机偷猎。林是他们所有人中枪法最好的，他极少和其他人配合，每次都独来独往，仅凭一个人去追击那些可恶的偷猎者。

所有人都在猜测林的来历。

伊万诺维奇说，林的身手那么厉害，说不定同自己一样，是个退伍兵。

而艾德文说，林博闻广识，什么话题都能跟上，看起来见过不少市面。

宾妮却觉得，他更像是一个四处游历的旅人，觉得哪里好，便留下来；当这个地方留不住他的时候，他就会走了。

"好了，先不说他了。"宾妮叉着腰，怒气冲冲地环顾着小小的休息室，"我今天早上临走前说的话你们没听到吗？！今天会来一个新的志愿者！你们怎么就不知道收拾一下这个狗窝啊？又脏又乱，我看连咸水鳄都不想住！"

因为人手严重缺乏，所以卡卡杜公园一直在对外招募志愿者。可惜这里环境太恶劣，做志愿者又没有工资拿，又没有移民分可以赚，应征的人寥寥无几。即使来了，也往往做一段时间就跑了，留下来的人都是一些没有追求的闲散人士。

他们现在的员工，没有一个适合做讲解介绍工作的，伊万诺维奇性格差，英语更差，林沉默寡言自带距离感，而艾德文根本就是个书呆子！

所以这次招募志愿者，他们特地要求对方语言表述能力极佳，最好还会多国语言。

"志愿者？"伊万诺维奇懒洋洋的掀起眼皮，"以后所有的书面工作都可以推给他了吧？"

"不是'他'，是'她'！"宾妮说，"一个年轻女孩，母语是中文，英语很流利。"

"中国人？"伊万诺维奇不怎么感兴趣，"中国的旅行团从没有来过这里，没有人需要听讲解——我严重怀疑，林会不会是北领地唯一的中国人？"

宾妮没有理他，继续说："她的个人简介上还写，因为之前的工作原因，她还能用日语、韩语、粤语做简单沟通。"

艾德文："哇，她以前是翻译吗？"

"说不定。"

"那……她长得好看吗？"问完这句话，艾德文的脸已经红到脖子了。

宾妮摇头："面试的人不是我，但是听说那个女孩长得很漂亮。"

伊万诺维奇不屑地嗤笑了一声，根本不相信宾妮的说辞。这世界上哪会有这么完美的女人？热心善良，会多国语言，还年轻漂亮？就算是做梦，都做不出这么荒诞的内容吧。

休息室里的诡异臭味还在扩散，桌子上摇摇欲坠的文件和垃圾堆成小山，艾德文在和伊万诺维奇吵架，而宾妮正在教育其他几个想要偷懒的懒蛋……

小小的休息室就像一个混乱的菜市场，没有一个人注意到门外响起的脚步声。

咕噜咕噜、咕噜噜。

行李箱的轱辘划过地面，　双平底运动鞋停留在休息室门前。

女孩穿着一条清凉的吊带连衣裙，乌黑的长发齐齐落在腰间。纤长的脖颈上，一枚由皮绳牢牢拴住的玻陨石坠在锁骨之间。

她悄悄从大敞的门中探进半颗脑袋，无奈休息室里的人都在各忙各的，没有人发现她的到来。

她借机观察起她的新同事来。

在复杂的娱乐圈里沉浮三年，女孩早就练就了一套炉火纯青的识人本领。她之所以选择来卡卡杜，一方面是因为她想做湿地志愿者，另一方面便是为了逃避繁华，逃避纷乱，逃避过去。

她想找回曾经的自己。

北领地是整个澳大利亚最地广人稀的地方，不用担心会在这里遇到中国游客，从而暴露自己的身份。

悄悄观察了一圈后，女孩在心里给未来同事打了10分，她喜欢和热情直爽的人打交道，因为这会让她想起万里之外那个与她血脉相连的姐姐。

她定了定神，深吸一口气，抬手敲了敲门板。

"Excuse me？"

下一秒，噪音骤然消失，室内的六双眼睛在同一时间转向了大门，落在了她的身上。

那些眼神里有兴奋、有尴尬、有意外……更多的，是浓浓的惊艳。

女孩早已习惯了被人注视的滋味。

她脸上未施粉黛，素颜清丽，笑起来犹如一捧泉水，缓缓流过心田。

娴熟的英语脱口而出："各位好。我是新来的志愿者——我叫苏堇青。"

这位从天而降的苏妹妹，就像一颗投入深海里的粉色炸弹，炸翻了所有潜伏在海底的雄性生物。

伊万诺维奇收起了他的酒壶，艾德文理顺了他的乱发，搞鸟类研究的几个浑小子屁滚尿流地把臭靴子踢到了桌子底下。

宾妮看看她，再看看他们，不得不感叹一句，《动物世界》真是把雄性动物的习性研究得太透彻了。

苏堇青笑眼弯弯，掩住唇角的笑意，问："请问我的办公桌在……？"

众人的视线瞬间投向墙角，就在最不显眼的角落里，一个堆满杂物摇摇欲坠的桌子瘸着腿站在那里。只听"啪"的一声，一只还没来得及做成标本的野兔尸体从最顶端滑了下来，重重地摔在了地上。

全体静默三秒，又在接下来的几分钟里上演了一场"生死时速"。

所有男员工都疯狂地冲向了那个破桌子。"我来收拾！""不不不我来！""这张桌子就在我旁边，当然是我负责！""要是你想负责你早收拾利落了！你这个伪君子！""这只死兔子究竟是谁的！"

宾妮无奈地摇摇头，感慨万千地在心里骂了一句"boys"。她看向苏堇青，面对这个看上去温温柔柔的小姑娘，她身体里的母爱细胞一阵泛滥："别管他们了，他们占了你的桌子，就要负责给你收拾干净。苏，我带你去认识一下其他部门的同事，顺便给你介绍一下咱们负责的区域。"

苏堇青欣然同意。

她轻装出行，只带了一只行李箱和一个双肩背包，她把东西留在办公室里，跟在宾妮身后走出了休息区。

整个卡卡杜国家公园占地面积极大，它是澳大利亚第一大、世界第二大的自然公园。黄水潭其实只是整片流域的一条支流，然而因为这里的自然环境最好，故而这里栖息的咸水鳄也是最多的。

咸水鳄是陆地上现存最大的鳄鱼，最大的可以达五六米。这种鳄鱼在亚洲地区很少见，但在黄水潭里触目皆是。它寿命极长，在北领地首府达尔文市的私人动物园里，有一只人工饲养的咸水鳄已经八十岁高龄，到现在也不显老态，性情凶残。

"不过野生的嘛，五十多年就算长了。"宾妮从码头寻了一只小汽艇，"你来的时间很巧，刚好赶上了日暮巡航！"

黄水潭在日出与日暮时皆有巡航项目，游客可以乘上大船，一边欣赏美景，一边寻找鳄鱼的踪迹。

苏堇青踏上摇摇晃晃的小汽艇，坐在了宾妮身旁。

日暮时，太阳西垂，暖暖的阳光洒在滩涂上，吸引一众鳄鱼爬到岸上，懒洋洋地晒太阳。

快艇从它们身边经过，鳄鱼闻声睁开眼睛，竖瞳里带着野兽才有的冰冷与恶视，宛如死神的凝视。人类在如此近距离的范围内观察它们，而它们也在同一时间审视着这些闯入者。

"你为什么想来湿地当志愿者？这个工作可不容易，又辛苦，又累。"宾妮问她，"看那些臭小子的表现你就应该知道了，这里很少有女孩子会来，尤其是像你这样漂亮的女孩子。"

苏堇青抬头望向夕阳，阳光给她的侧影勾勒出一圈毛茸茸的金边，女孩声音柔柔，如春水漫开："那漂亮的女孩子应该去哪里呢？"

"被打扮得闪闪发光，装进盒子里，摆在货架上吗？"苏堇青轻声道，"因为长得太漂亮了，所以每个人都会在你面前停下，隔着橱窗对你指指点点，一举一动都被无限放大、被扭曲解读。他们不需要漂亮的女孩子有任何自我，他们只希望你做个精致的芭比娃娃。

"可芭比娃娃当太久了，我会忘了自己也是人了。"

"抱歉。"宾妮颇为尴尬地说，"我不是这个意思。我只是觉得……抱歉，我刚才的话是不是触动了你的伤心事？"

"应该是我说对不起。"苏堇青也说，"是我太敏感了，我知道你没有恶意，只是希望我能够考虑清楚。"她停了停，"不过我在来之前，已经充分了解这项工作的艰辛和困难之处，我有信心可以克服。"

宾妮点点头，没再继续这个话题。

每个来卡卡杜做志愿者的人，都有自己的故事，很多人是为了逃避社会，才想来野外寻找"桃源乡"。野生动物的生存法则更赤裸，弱肉强食的生活虽然残酷，但也简单。

宾妮问："你不想拍拍照吗？"

今天气温高，这一路行来，趴在滩涂上的鳄鱼实在不少。远处还有少见的澳大利亚水牛慢吞吞迈着沉重的步子走过去，它身上停了五六只水鸟，把它妆点得像是一棵行走的圣诞树。

"不了，我没带相机。"

"手机呢？"

苏堇青摇头："我不用手机。"

"这可真少见。"宾妮很诧异，"我儿子一直嚷嚷想要新款手机，说要上网玩游戏交朋友，还说拍照效果好。　"

苏堇青没有接话。就在不久以前，她工作室里的新款手机堆成小山，任她挑选，她顺应圈里规则，一部工作用，一部私人用。然而工作用的手机，一有风吹草动就会被媒体打爆；而私人用的那部，她唯一想联系的人，已经不在人世了。

她的私人手机里存了很多和母亲的合影。那时她以为照片可以留住母亲的时光，但是当母亲离开后她才知道，真正的丧亲之痛，绝对不是区区照片就可以安抚的。

相反，每一次开机，每一次面对母亲的笑颜，对于她都是一种深入骨髓的折磨。

真正的爱是留在心里的。

自母亲离世那日起，她每一天都过得浑浑噩噩，她的灵魂被困在了她的肉体内，她几乎每时每刻都在呐喊都在哭嚎，可是身边的所有人都听不到。方解小霞阿山听不到，那些粉丝们听不到，围着她转的工作人员也听不到。

她曾想过求助，可是向谁呢，谁愿意听芭比娃娃诉苦呢？她曾想过要不要联系双胞胎姐姐，可是她们已经十年没有见过面了，她知道，苏纪时一直对于当初父母离婚时妈妈选择了她而耿耿于怀，她根本无颜在姐姐面前张口讲述自己的痛苦。

于是她"出逃"了，那日起，她一直避开人群，没有上过网，没有联系过任何人，在北领地机场，她最后一次开机翻阅了和母亲的合影，然后她便把那部手机永远地留在了那里。

记忆犹如日暮时的太阳，缓缓下沉，很快就落入了地平线之下。远方的天空只剩下一点点余晖，最后一点橙色也要退场了。

汽艇在黄水潭上巡航了一圈，停在了另一处码头。码头的不远处是这一区域的游客服务中心，宾妮拿着文件下船送资料，她让苏堇青留在船上，不要乱动任何按钮。

苏堇青点头答应了。

她在船上无所事事地坐着，发呆看风景，这是以前的她完全不敢奢求的悠闲。

忽然，不知怎么回事，只听极细微的一声"啪"，原本挂在她颈上的皮绳猛地断开，拴着玻陨石的项链迅速滚落下来，她反应不及，那只极其具有纪念意义的玻陨石落在了小船边缘，紧接着便是一弹，直接滚出了船沿，落入了水中！

苏堇青心里一紧，根本来不及细想，下意识就要伸手去捞那枚项链！

而就在这千钧一发之际，一声枪响自遥远的水岸那边响起，下一秒，子弹破空而来，险之又险地擦过了船头，抢在女孩的指尖之前，落入了水中！

潜伏在水底的鳄鱼被空包弹惊扰，傲慢地甩了甩足有身子一半长的大尾巴，慢悠悠地离开了。

苏堇青这才意识到自己做了什么蠢事。

她忙收回手，向着远处堤岸看去。

一个皮肤被晒得黝黑的男人立在水草间，白色泥土涂抹的痕迹覆盖在他脸上，这在当地土著文化里，代表着神祇对人类的祝福。

男人声音沙哑，语气格外严肃，熟悉的中文自他双唇间流淌而出："苏瑾，如果我是你的话，我绝对不会把手伸进去。"

"苏瑾，如果我是你的话，我绝对不会把手伸进去。"

综艺节目上，几位 MC 紧张兮兮地劝说着苏纪时："真的好可怕哦！里面的东西超级可怕的！"

排在苏纪时前面的两位女嘉宾都在他们的"劝说"下放弃了，甚至有一个女孩子刚把手伸进盒子里，就吓得梨花带雨地弃权了。

苏纪时在镜头照不到的地方翻了个大白眼，她完全是强忍着不耐烦，陪这些智商不超过六年级儿童水平的 MC 们做游戏。

这个游戏说来简单，就是在镜头前摆一个单面透明的盒子，观众和主持人可以看到盒子里的东西，而参加游戏的嘉宾看不到。嘉宾需要把手伸进盒子里，摸出盒中的东西，然后报出名字，答对了就能加一分。

第一次听说这个游戏的苏纪时感到无语，这难道不是学龄前小朋友玩的触觉感知游戏吗？

每个人对未知的东西都会害怕，但这是综艺节目，盒子里绝对不会放太过出格的东西。之前让大家惊吓连连的一般都是活物，比如前面那个被吓哭的女嘉宾，摸到的是一只试验用的小白鼠。

台下的方解频频给苏纪时打手势、做口型，让她表现得"害怕一点""再害怕一点"，苏纪时全当没看到。

她挽起袖子，撩开盒子上的幕布，面无表情地直接把手捅了进去。

唔……水。

唔……石头。

唔……有什么滑腻的东西从她手边蹭过去了。

MC 惊叫连连，同场男嘉宾露出不忍直视的表情，女嘉宾们更是瑟瑟发抖地抱在一起，台下的观众惊呼声一浪高过一浪。

唔……是鱼吗？

不，不是。

苏纪时出手如闪电，一把抓住那滑腻的玩意儿。

然后伸手一捏——

"呱！"

苏纪时冷静地把手抽出来，慢条斯理地在遮箱布上擦了擦手："青蛙，活的。"

在场的女嘉宾被活蹦乱跳的小青蛙吓得花容失色，苏纪时则被她们的尖叫声吵得脑仁嗡嗡疼。

苏纪时真不觉得青蛙有什么可怕的，哪个理科生高中的时候没做过解剖青蛙的实验呀？

她刚到美国求学的时候，馋牛蛙馋得要死。但是美国人不吃这玩意儿，她跑了好几家中国生鲜超市，才买回来五斤。店主说，若是帮忙宰杀扒皮，人工处理费一公斤加收三美元，苏纪时为了省钱，自己拎着小桶，把活蹦乱跳的牛蛙全都运回了家。

现在她看着这瘦瘦小小蜷起来还没她拳头大的青蛙，眼神中带着一股悲天悯人的怜惜——加起来还没二两肉，还不够塞牙缝呢。

等到节目录制完，观众们纷纷摸出手机，悄咪咪向场外基友剧透节目现场的精彩环节，而提到的最高频的一个词，就是"青蛙"！

于是，这期节目还没拍完，苏瑾的名字就和青蛙捆绑在一起，如坐了火箭一样直窜上天，瞬间冲上了热搜的前几位。

网上没有图透，只有文字透，配上一串语焉不详的"苏瑾真是牛啊！"更是激起了吃瓜群众的好奇心，越是这样欲露还遮的剧透，越是让大家心里痒痒。

只是综艺节目录制时都有保密协议，节目还没播出之前，是不允许在社交媒体上透露节目具体的拍摄内容的。于是没过一会儿，热搜便被撤掉，结果这样一来反而更引人注意了。于是乎，这一期还未播出，就已经吊起了所有人的胃口，大家都迫不及待地想知道，在这期节目里，苏瑾和青蛙到底有什么不可说的故事？

而作为当事人的苏纪时完全不知道这些议论，她只有一个想法——蛙蛙那么可爱，好想吃蛙蛙。

节目一直录制到了后半夜。苏瑾的保姆车从电视台驶出，静悄悄地在马路上飞驰着。

苏纪时威逼利诱，终于强迫方解让她"开荤"，带她去吃现在城里最时兴的"牛蛙火锅"。

托了她的福，小霞、阿山也能一起蹭吃蹭喝。他们选了鼎鼎大名的天心火锅店，总店二十四小时营业，就连凌晨两点，店内依旧有不少老饕食客，手中拿着长长的木筷子，对着沸腾的火锅大快朵颐。

大门口的迎宾墙上挂了一溜名人合影，影帝、影后、歌王、流量明星……应有尽有。苏瑾这位当红小花的到来，没有引起丝毫轰动，领位员态度自然地走过来问好，领着他们去了二层包间，全程没有多看她一眼。

苏纪时已经很久没被当作"普通人"看待了，她问方解："这家店怎么有这么多明星光顾？"

方解："这家店很有名气的，背后的投资人是戛纳影帝江子城。"

"所以大家都是看在影帝的面子上来的？"

"也不全是啦。其实这个'天心火锅店'，以前叫'天心影视公司'，也是在娱乐圈混饭吃的。后来开不下去，公司被一个大集团收购了。老板和老板娘就拿着钱，转来开火锅店，结果赚翻天！"方解羡慕地咂咂嘴，"这才几年的工夫啊，分店遍地开花。"

天心影视公司改头换面成为天心火锅店，这个华丽转身堪称业界传奇，不知道有多少人嫉妒红眼。

在娱乐圈这个复杂的染缸里，挣扎求生的小公司太多了，很多混不下去的，最后都倒闭了，像天心这样能改组做餐饮的，一百个里都不一定能出一个。

就拿苏瑾的公司来说吧，在她成名以前，他们那个鸟不拉屎的小公司旗下只有三位艺人；苏瑾成名以后，更是倾全公司之力栽培她一个人。于是不知不觉间，这家小经纪公司就成了苏瑾的专属工作室，运作形式类似于艺人工作室。

苏纪时一边咂摸着牛蛙腿，一边问："那我一年之后退圈了，你们怎么办？也做餐饮？"

方解："餐饮就算了，老板说不想转行，想签新人。"他给苏纪时挑了一筷子青菜，"等到新人选好了，就要麻烦苏姐你多多带他了。"

苏纪时对此无所谓，实验室里向来是老手带新人。

她从来不怕"教会徒弟饿死师傅"，师傅永远是师傅，你爹永远是你爹。

没过多久，苏纪时的经纪公司开始招募新人了。他们没有去专业的艺术院校招募，而是决定诚招"素人"。用他们的话来说，素人就像一张白纸，他们可以尽情书写，那种不谙世事的纯洁，就是观众最想看到的。

苏纪时："你们当初就是这么骗我妹妹的吧？"

方解："咳咳，娱乐圈的事，怎么能叫骗呢？"

只是市面上的帅小伙都被各大公司搜罗了，经纪公司找了一圈，只能找到一些歪瓜裂枣。最后公司另辟蹊径，跑到那些短视频软件上找干净漂亮的美少年。

可惜十个美少年里，有九个都把美颜效果开到了顶级，去掉滤镜，全成了路人甲。星探把他们约来公司面谈时，一个个都是行走的马赛克，硬是挑不出一张适合上镜的脸。

选新人的事情急不得，只能暂时放下。

苏纪时本以为公司把精力挪到了新人那里，自己就能偷得几分闲，哪想到在家躺了几日，忽然接到方解的电话。

"苏姐，周二晚上有个广告商请咱吃饭，我明天让小霞给你把衣服首饰都送过去啊。"

"不去。"苏纪时立即拒绝了，"你让我拍戏、上综艺我都上了，但是陪人吃饭，免谈。"她冷冰冰问，"你这是给我安排了陪聊卖笑的工作？"

"哎哟我哪儿敢啊！"方解赶忙叫屈，"我发誓，真的就是普通应酬！之前苏瑾代言了一款汽车，厂商觉得合作很顺畅，想和你再续约两年。可是咱们现在不是不能续约吗，人家就想和你当面聊聊。这家厂商很有诚意，提价了两次，那个价格我都替你动心……你就算拒绝人家，也要当面委婉拒绝比较好吧？"

方解的理由拿得出手，苏纪时想了想，最终还是同意了。

很快就到了周二。

汽车厂商约在一家中式私房菜馆见面，据说一天只供应八席，每一日的菜单都不固定，由主厨根据当日采买到的新鲜食材，来确定当日的菜色。

私房菜馆是由一座老四合院改建而成，里面绿树荫荫，丝幔飘飘，配上小桥流水的人工造景，别有一番雅趣。当夜幕降临后，还有水雾缓缓散开，客人行走在廊桥内，犹如踏入仙境一般。

阿山特地为苏纪时搭配了一套具有中国元素的时装，真丝质地的盘扣掐腰小衫，配上一条拖曳至脚面的鱼尾裙，勾勒出女孩丰腴动人的曲线。她耳畔、颈间、手腕上都点缀着秀气的珍珠饰品，在灯光下，散发着温婉的光芒。

这次赴宴，苏纪时只带了经纪人和助理两人。

穿过曲曲折折的回廊，服务生轻轻叩响门扉，拉开了包厢的大门。

刚一开门，冻得人瑟瑟发抖的冷空气便从室内翻滚而出，走在后面的小霞浑身一抖，鸡皮疙瘩瞬间冒出来了。

苏纪时瞥了眼空调显示温度——十六摄氏度，现在已经快到秋天了，晚上开这么冷的空调，不怕感冒吗？

她来不及多想，坐在屋内的人已经高声招呼开了。

"苏瑾！苏女神！你可终于来了，迟到这么多，是不是要先罚酒三杯啊？"开口的是个满面赤红的男人，他衣衫不整，西服挂在椅背上，衬衫大大咧咧解开了好几个扣子，露出了肥腻的躯干。再看他面前的桌上，酒瓶空了大半，几个凉菜都有翻捡过的痕迹，看样是已经吃过一轮了。

苏纪时眉头轻轻一皱，对方约的是晚上七点见面，她还特地提前十分钟到，哪想到对方已经自行开宴了。

方解正要开口，坐在那个酒鬼身旁的两个人赶忙按住他："黄总，黄总您先坐。是咱来早了，不是苏老师来晚了。您先醒醒酒，有什么事咱们一会儿再谈。"

苏纪时立即看懂了这三个人之间的人物关系：两个干实事的员工，

外加一个屁都不懂就会吹牛的老总。

不知道请她来赴宴的,究竟是那两位员工,还是那个别有用心的老总?

来都来了,总不好直接转身离开。

苏纪时强忍着反感,坐在了圆桌对面,距离那位黄总最远的地方。

方解和小霞也察觉出来形势不对了,赶忙一左一右紧紧挨着她坐下。方解伸手在她胳臂上画了"20"两个数字,意思是,待二十分钟就尽快离开。

那两个负责商务洽谈的经理也是满脑门汗。这位"黄总"是空降来的老板亲戚。他们这家车企成立只有二十年,虽然钱包厚,但是公司文化并不深厚,内部派系林立,打来打去弄得乌烟瘴气。黄总就是派系斗争失败,被发配来了市场营销部,做一个小小的总监。

偏偏这老家伙记吃不记打,老实了一段时间,又开始蹦跶,想要插手市场部的工作。这不,也不知道他从哪里听说,他们今晚要宴请苏瑾,居然厚着脸皮直接跟来了!

苏瑾女神性格温柔脾气好,可别被这老家伙占便宜了!

苏纪时强忍不耐,坐在宴席一隅,左耳进右耳出地听着方解和甲乙两位经理打太极。

甲经理说,他们公司特别希望能和苏瑾续约,如果代言费不满意还能再商量。

乙经理问,是不是有其他竞品也在接触苏瑾?他们的车子性能最好,市场占有率怎么怎么高,故障返修率怎么怎么低,代言了他们的车子绝对不会出问题。

方解自然是一连串客套话:没有没有,哪里哪里,贵公司产品有口皆碑,但是我们苏瑾最近想减少代言活动,专注提升自己……

桌上的菜肴换了一轮,甲乙经理极其擅长应酬,两人一个主攻一个助攻,把场面话说得客气又得体。

再看方解，不愧是苏瑾的专属经纪人，推杯换盏间，每句话都说得滴水不漏，硬是找不出一点毛病。

这还是苏纪时第一次参加应酬，她老老实实做个花瓶，笑得脸都要僵了。她不禁想，以前董青参加这种聚会时，是不是同她一样，脸上在笑，脑袋里却在开小差？

酒过三巡，菜过五味，方解也喝了七八杯了。他脸色微红，这点小酒他还没看在眼里。

他举起酒杯，诚挚地道歉："谢谢贵公司这么看得起我们，这次即使不能合作，咱们未来还是朋友！"

说着就要一饮而尽。

"等等。"那位一直没说话的黄总突然开了口，"我们公司开出这么高的价码，你一句'谢谢'就够了？"他一双眯眯眼，皮笑肉不笑地挪到苏纪时身上，那视线宛如实质，黏腻地从苏纪时身上一点点舔过。"而且怎么就你一个人在说啊，这位苏小姐是哑巴？"

苏纪时哪听不出来，他是冲自己来的？她早就看他不顺眼了，肚子里准备了千百句骂人话，可以让他听听自己究竟是不是哑巴！却在这个时候，方解的左手借着桌子的遮掩，牢牢地按住了她的右手臂。

方解脸上还是一副笑模样："我们苏瑾性格腼腆，不善言辞。没能和贵公司合作，她心里也很遗憾，这不，让我代表她，给各位道个歉。"

黄总却根本没把他的话听进耳朵里。他在开席前已经喝了不少酒了，现在正是酒精上头的时候。高浓度的酒精冲毁了他的理智，他想到自己好歹也是公司总裁的亲戚，却因为内斗失败被贬来这种部门，现在连一个逢场卖笑的女明星都敢不给他好脸色看……

"道歉难道就是上下嘴皮子一碰吗？"他一边哼哼，一边把面前的白酒扔到转盘上，使劲一推，酒瓶就转到了苏纪时面前，"拿出点诚意来吧，苏小姐？"

苏纪时敛起笑容，面沉如水，一双黑白分明的眼睛直直落在了黄总身上。

冰冷。

黄总素来喜欢看女人挣扎，尤其是漂亮女人的挣扎。他不以为意，笑嘻嘻道："这么严肃干什么？苏小姐，忘了说，我可是你的粉丝呢。大明星可不能板着脸，给我笑一个啊。"

这种根深蒂固的酒桌文化，向来是苏纪时最为厌烦的。尤其当有女性在场时，不论这位女性的地位如何、能力怎样，仿佛都沦为了男性的陪衬。比如今晚这场宴席，他们明明是谈合作、促交流，是天平两端完全平等的甲方与乙方，然而在黄总心里，她是可以任意欺压的玩物，只能陪酒卖笑。

气氛一时间僵住了。

见苏纪时不动，小霞赶忙站起身帮忙缓和气氛："黄、黄总，我是苏姐的助理，苏姐今天身体确实不舒服。这杯酒我代她喝了。"

说着，她就要去拿酒杯。

助理代明星喝酒，向来是酒桌上的潜规则。

黄总乐呵呵道："你喝？你喝也行。不过苏小姐喝，一杯；你这个小助理喝，那就三杯。"

摆在小霞面前的可不是普通的一个小口杯，而是用来喝啤酒、喝饮料的大杯子！这么三杯白酒灌下去，她非要胃穿孔不可。

甲乙经理也想不到这位黄总这么能闹腾，拼命想要把这个话题岔过去。乖乖！他真把自己当皇亲国戚了，好好的一场商务晚宴，全被他毁了！

黄总丝毫不知道自己有多讨人厌，他向后倚在座椅靠背中，一条短粗的腿搭在另一条短粗的腿上，他从西服上衣里摸出一盒香烟，这可是从迪拜带回来的金箔烟，贵得很！

"小姑娘，你慢慢考虑，我有的是时间。"他抽出一根烟，先拿到鼻下嗅了嗅，深吸一口气，飘飘然道，"我抽根烟，你们不介意吧？"

说着，他已经拿出镶钻打火机，把玩了一圈，拢起手，打算点火了。

突然，一道清脆爽利的女声自桌那边传来："我介意。"

黄总一愣，点烟的动作停下了。

他抬头一看，发现说"介意"的人，正是进包厢之后一句话没说过的苏瑾。

黄总："呦呵，苏瑾。今天就让我教教你规矩——男人问'介不介意我抽烟'，你们女人只能有一个回答，那就是'不介意'。男人问你意见是客气，你别把客气当真。好歹年纪不小了，别这么不懂事儿。"

如此大言不惭的一席话，听得苏纪时怒极反笑。美目流转，潋滟生辉，女孩耳畔的珍珠耳饰微微晃动，在灯光下反射着惑人的光芒。

她轻轻拿起面前斟满白酒的杯子，酒水微微晃荡，从杯口溢出一点点清澈透明的液体，散发着浓醇的酒香。

她抬眸看向桌对面的油腻男人，轻声问："那黄总，我泼杯酒，你也不介意吧？"

"什……"

话音未落，苏纪时抡圆手臂，酒杯便以破空之势，狠狠向着黄总砸了过去！

黄总傻坐在那里，根本来不及反应，一杯白酒兜头泼来！大半白酒洒在他脸上、身上，还有一点落在他手上——而他手上还拿着一只打火机！

白酒遇火就燃，瞬间，那一杯白酒就化成了灼灼的火焰！

苏纪时突然发难，谁能想到？

明明她从始至终表现得温婉内敛，哪想到一出手，就把黄总变成了烤肥猪！

方解目瞪口呆，小霞也傻站在那里不知所措。

他们满脑子只有无限循环一句话：好爽！

不、不对！现在不是爽的时候，再不救火，这就要出人命了啊！

其实他们完全就是多虑了。苏纪时动手前，有仔细评估过现况，她并非有勇无谋之辈，那杯白酒遇到火后，虽然会着火，但很快就把其中的酒精燃烧殆尽。这点小火苗看着吓人，但如果不管它，没一会儿自己就会灭了。苏纪时只是想给黄总一个深刻的教训，可不想把自己下半生送进牢狱里。

可是在场的几人完全没有处理这种事情的经验，只会一阵吱哇乱叫，整个包厢里仿佛变成了一个大型养鸡场，所有人都在满地瞎跑，伴随着一声更比一声高的鸡叫。

苏纪时心中叹气，踱到包厢门口，从门后摸出小型灭火器，简单拧开旋钮，对准黄总，按下开关——只听一声闷响，喷射出来的乳白色泡沫迅速淹没了黄总，蔓延在他身上的火苗眨眼就被压下，而黄总也因为那巨大的冲击力被推了一跟头，脚底打滑，扑通一声就坐在了地上！

在满地的泡沫海洋中，黄总顶着一头白色泡泡，满脸呆滞地瘫在那里。而他的嘴里，还叼着那根价格昂贵的金箔烟……

从苏纪时泼酒、着火、再到灭火，前后不过几十秒而已。

这几十秒，若是放在平时，眨眨眼就消逝掉了；然而在这间包厢里，这一分钟仿佛被拉长到无限长，每一个人的每个表情都凝固成了永恒。

"苏、苏瑾……"黄总上下牙不停在打战，他现在的模样狼狈不堪，又可笑至极，"你居然敢对我动手？"

"哦？"苏纪时莞尔一笑，美目扫过桌面，随手拿起桌上的餐刀，心中暗自可惜没有更趁手的工具。

方解吓出惊天男高音，手脚并用地扑了过去："苏姐你干什么，杀人是犯法的！"

就在他的双手即将触碰到苏纪时身体的那一刻，苏纪时已然弯下腰，手起刀落，居然出乎所有人意料地，把身上的鱼尾裙割开了！

鱼尾裙美虽美，但双腿可活动空间极小，走路时便是真真正正的"莲步轻移"。苏纪时直接把裙子从一侧割开，双手一撕，直接开衩到大腿根部，完全解放了双腿。

然后，她便风风火火地走到黄总面前，一脚踹向了黄总胸口："动手？我还动脚呢！"

廊桥九曲，烟渚浮沉。

对于这私房菜馆里造设的人工美景，穆休伦并未看到眼中。今日他带着秘书来赴宴，而请客的人，是国内知名的不锈钢和发动机企业。

穆休伦刚开始做有色金属生意时，在国内处处碰壁，没有人敢得罪EXP企业，自然不敢给他一张订单。可是随着穆休伦接连拿下国外数个汽车企业订单，又在前不久收购了印尼知名镍矿，他的身价跟着水涨船高。

商人都是逐利的，闻商机而动，昨天还对穆休伦爱答不理，今天就开始跪舔了！

两家企业特地派出了公司内最能喝的两位经理老崔和老董，势必要在饭桌上把穆休伦的订单拿下！

几人顺着回廊往前走着，他们定的包间在最深处。

这个私房菜馆修建的格外精致，回廊曼曼，一步一景。

可就在他们走过一座假山时，忽然从几步外的一个包间里，传来了一阵刺耳喧哗声。

男人嘶哑的吼声差点掀翻屋顶："苏瑾，你不要不知好歹！"

穆休伦的脚步顿住了。

苏瑾？难道是……他认识的那个苏瑾？

紧接着，嘈杂的各种噪音纷然而至，夹杂在其中的，还有几声尖叫。

穆休伦来不及多想，立即奔向了那个包厢，一脚踹开了包间大门！

出乎意料的，一个肥头大耳的老男人满身泡沫地倒在地上。与此同时，一只红底高跟鞋踩在他胸口，女孩长裙侧开，露出一片春光。

屋内，还有群众演员甲乙丙丁四人，仿佛拿了假剧本一样，瞠目结舌，不知该如何收场。

穆休伦："苏瑾，这……"

刚刚他远远听到声音，本以为苏瑾受了欺负，哪想到赶到一看，发现情况正好相反。

苏纪时听到熟悉的声音，回眸一看，见是熟人，随即露出一抹笑意。

她挽起颊边散落的发丝，素手一勾，别在耳后，态度自然犹如在询问天气："穆先生，这么巧，来吃饭啊？"

苏纪时在包厢里的一番所作所为，最终还是惊动了店家，服务生匆匆赶到，看到屋内一片狼藉，皆是目瞪口呆。

苏纪时语气淡定："多少钱，我赔。"

"赔钱？我让你赔命！"黄总在甲乙两位经理的搀扶下站起来，灰头土脸，却气势汹汹，"苏瑾你以为你是个什么玩意儿，你就是个烂货、是个贱人！我要告你，我要告死你！你等着接法院传单吧！我要让你的名声在娱乐圈变臭，我要让所有人都知道你就是个臭婊子！"

苏纪时毫不在意，侧头问方解："让他闭嘴要多少钱？"

方解一脸为难："这个……"

这事如果闹到警察面前，只能算是一个小小的民事纠纷，可苏瑾是当红女星，要是进警局了，名声肯定会受影响……哎，不过方解也没脸说她，事情发生的时候他还鼓掌叫好来着。

就在他头疼要怎么打发掉黄总这只缠人的老狗时，原本跟在穆休伦身后的两人忽然向黄总走了过去。

黄总见到两人，表情瞬间凝固住了。

"董、董老板，还有崔老板，你们怎么在这儿？"黄总浑身颤颤。

站在他面前的两人，他可是认识的！董总和崔总都是上游厂商的负责人，和他们公司有很深的贸易往来关系。他以前在正式场合见过几面，都没搭上话，哪想到现在这么狼狈的模样，全被他们看到了！

就像董总和崔总要仰仗谈一鸣的鼻息一样，在这条食物链中，黄总是位于最底层的人。

董总和崔总对视一眼，齐声道："老黄啊，借一步说话。"

他们嘴上客气，可是一左一右架起他的动作，可一点不客气。黄总几乎是被两人拖着离开，也不知去商量什么去了。

十分钟之后，黄总叫人传了话——他和苏瑾在包厢里发生的冲突都是误会，就不劳烦警察同志了！至于餐厅的赔偿，他也一并付了！

是他有眼不识泰山，得罪了苏瑾小姐，还希望苏瑾大人有大量，不要怪罪他……

至于黄总本人，根本就没出现在他们面前，直接夹着尾巴，灰溜溜地从后门溜了。

苏纪时又不傻，刚才那两人明显是穆休伦的跟屁虫，这件事能顺利压下去，肯定和穆休伦有关。

她微微颔首，声音清脆："穆先生，谢谢帮忙。"

"不谢。"穆休伦心底觉得有些好笑，当初包养苏瑾时，他几乎没费什么心神，只要负责出钱就好了。哪想到包养关系结束后，他倒开始履行金主职责，莫名其妙地被她开发出了除了"掏钱"以外的其他功能。

也不知这世界怎么这么小，距离上次吃早餐不过几天的工夫，居然这么快又相遇了。

穆休伦想起刚刚包厢内混乱的场景，没忍住心底的好奇："刚刚究竟发生了什么事？"

究竟什么事值得苏瑾如此大动干戈，不仅用灭火器喷了黄总一身，最后还一脚踹在了他胸口上？

"小事。"女孩巧笑倩兮，"他想抽烟，我不让。"

苏纪时忽然想起来，那日吃早饭前，还见到他指尖夹着一根烟："对了，我记得穆先生也爱抽烟？"

穆休伦神色未变，坚定作答："我不是，我没有，你记错了。"

这场混乱的晚宴过后，方解送苏纪时回家。

临走前，方解特地避开小霞，叮嘱她："黄总那件事，虽然咱们自己也能解决，但终归要麻烦不少。穆总帮你扫了尾，一定要好好谢谢他。我知道你不想再和他有什么牵扯了，但该还的礼一定要还清了，要不然总欠着他人情，今后也是个麻烦事。"

苏纪时同意了。

不过拿什么还人情呢？

苏纪时想了想，决定还是送实用的东西。

小霞兴致勃勃要替她选:"像穆总这样的成功人士,送镶钻的东西总没错。"

苏纪时:"你要知道,钻石其实是一种从火山里喷发出来的结晶碳矿物,它昂贵的售价其实是钻石商给它做的包装。把石炭放在高压高温的环境,可以做出来纯度更好的人造钻石。"

小霞气得直跺脚:"苏姐,你这人怎么一点都不浪漫啊!这是钱的问题吗?这是身份的问题!你难道没有注意到,穆总的表是镶钻的,领带夹是镶钻的,就连别在衣兜里的钢笔也是镶钻的?"

哇,可真骚包!

苏纪时不耐烦道:"这也镶钻,那也镶钻,那他的锤子也镶钻了吧?"

小霞听懂了,脸红了。

还好阿山不在,要不然又要振臂高呼"好女孩不能说脏话"了。

最后,苏纪时还是听从了小霞的建议,选了一个镶钻的礼物送了穆休伦。

她选的,是一根镶钻的电动牙刷。

最终穆休伦没有使用这根宝贵的镶钻牙刷,他怕硌牙。

第六章 杂志拍摄

那晚，苏纪时给了黄总一个难忘的教训，黄总回去之后大病一场，听说病好后，连烟都戒了。

不仅如此，他生怕苏瑾和穆休伦这阴阳双煞再对可怜弱小又无辜的他下手，他为了表示道歉的诚意，又特地拿出了一本时尚杂志《绅士格调》的内页访谈资源，作为赔礼。

周六一早，方解便抵达苏瑾的住处，接苏纪时这位大祖宗去外景地拍广告。

从早上开始，方解的眼皮就不停狂跳，预示着有什么糟糕的事情就要发生。

他还特地在眼皮上贴了一片纸片，想要"镇"住妖魔鬼怪，苏纪时见状大笑，说他封建迷信。

方解据理力争："这不是封建迷信！我的预感向来很准确的！"

苏纪时云淡风轻地问："那你预感到我妹妹失踪了吗？"

苏姐总是有办法一句话噎住别人。

方解颇为委屈地说："我怎么觉得你脾气越来越不好了，总是怼我。"

苏纪时冷笑道："有科学研究表明，长时间保持低油低脂断糖的生酮饮食，会让人脾气暴躁，情绪失调。我现在全靠最后一丝理性在控制着自己，你最好祈祷今天拍摄时没有人会撞到我手上。"

方解瑟瑟发抖，赶忙又剪了一片小纸片贴在眼皮上。

为了在镜头前充分展现身材，苏纪时这一周的饮食被控制得极其严格。每天就是红薯紫薯玉米配上各种水煮蔬菜，偶尔加餐吃一颗鸡蛋，都算是罪大恶极。

小霞为了帮她换换口味，自告奋勇为她做了粗粮面包。粗粮面包里一丁点儿精面粉不加，纯粹用各种粗粮制作而成，横切面看得人密集恐惧症都要犯了，一口咬下去，仿佛有砂纸顺着喉咙往下滑。

小霞问她好吃不好吃。

苏纪时诚恳地说："这刑具还挺有创意。"

真是人前光鲜亮丽，人后吃糠咽菜。

待苏纪时终于费力地咽下一片粗粮面包后，她的保姆车也在同一时间抵达了外景地。

这一期的拍摄主题是"海洋狂想曲"，外景地选在了市外某豪华度假村。这里有一个非常漂亮的露天泳池，环境私密，设施很新，非常适宜明星来此拍摄泳池大片。泳池里除了清透见底的水以外，还投入了上千个海洋球，深蓝、浅蓝、乳白色的海洋球轻飘飘地浮在水面上，随着一波又一波的人工浪潮，那些漂亮的海洋球互相碰撞，营造出充满童趣的场景。更有几只甜甜圈形状的救生圈混杂其中，随随便便用手机一拍，就是网上最流行的"ins 风打卡圣地"。

杂志提前给到的样片里，泳装是上下分体式的，下身是白色短裙，上身则是一件超短款的海军风上衣。深蓝色的海军领飘荡在身后，衣服下摆包裹住女孩丰盈的胸部，整体造型俏皮又性感。

然而当小霞去找服装助理领衣服时，却得到了一个惊人的答案——"啊？苏老师的拍摄主题不是换成别的了吗？"

小霞："不可能啊，昨天我还和你们策划确认过，就是'海洋狂想曲'呀！"

服装助理拿出工作单，又检查了一遍，指着上面的白纸黑字说："您看这儿，我们早上接到的通知，'海洋狂想曲'换成另一位老师了！"

就在小霞和服装助理扯皮的时候，同一时间，方解也接到了杂志策划的道歉电话。

他赶忙给杂志主编打电话质问原因。电话里，对方连连道歉，说是策划那边沟通出了问题，把同一套企划发给了两位艺人。另一位艺人提早到了现场，已经上完妆了，而落后一步的苏瑾只能去拍另一套主题。

而第二套主题的创意，比"海洋狂想曲"逊色得多。

方解怒极反笑，问："是谁抢了我们苏姐的主题？"

策划含含糊糊地说："也不能说是抢……"

"我问名字。"

策划赶忙说："是徐雅丹徐老师。"

方解挂了电话，脸色瞬间难看起来。他随手把眼皮上两张纸片撕下来扔到垃圾桶里，心想果然是封建迷信。

你不去找妖魔鬼怪，妖魔鬼怪扑上来找你。

苏纪时问他："这个徐雅丹是谁？"

方解回答："是个傻子。"

苏纪时用颇为震惊的眼神看着方解。

方解："怎么用这种眼神看着我？"

苏纪时实话实说："第一次听你骂脏话，有点震惊。"

她转头看向阿山，见那位"脏话测试仪"并没有启动，便也跟着问："她怎么傻了？"

于是方解迅速把她们之间的恩怨迅速倒了出来。

娱乐圈是最势力的地方了，惯会把人分成三六九等。

去年年中，有家权威娱乐周刊，把最近几年所有活跃的新生代女艺人搞了个人气大排名，各种数据拼在一起，综合考虑人气流量、曝光率、代言身价，最终评出了"四小花旦""八大美人""十二金钗"，热热闹闹做了一期特辑。

苏纪时："往下是不是还有个'二十四节气'？"

"你给我严肃点儿。"方解恨铁不成钢地说，"苏瑾去年拿到了'四小花旦'之首，就连男明星那边也没有可以和她对打的流量艺人。"

苏纪时问："那个徐雅丹也是'四小花旦'？"

"没错。"方解神色严肃，"不仅如此，她俩同期出道，路线相似，没少被放在一起比较。"

徐雅丹今年事业运极旺，接连两部电视剧双网破二，担当女一号的电影更在暑期档里狂揽十亿票房，她又马不停蹄地上综艺、接代言、炒绯闻，曝光率极高。

然后，她的骚操作开始了。

先是拉踩通稿一篇又一篇地出，每一篇都要把苏瑾放在 PK 榜的第一位，PK 来 PK 去，每次苏瑾都在她的通稿里丑态毕露。

接着是在各大媒体上隔空喊话，颁奖典礼穿相似款引起话题，超低价抢代言……甚至苏瑾和哪个男艺人走得近一点，她立即凑上去狂炒 CP。

简单来讲，不仅她脑子有病，她的经纪团队更是病得不轻。

方解用一种电脑游戏画外音的声音提醒苏纪时："这要是放在游戏里，你俩就是命中注定的宿敌。"

苏纪时不屑道："行啊，等她拿出屠龙宝刀来砍我，我就原地爆炸，然后吐出一地金币、装备和升级经验，看她敢拿不敢拿。"

这次也是巧了，徐雅丹和苏瑾同时受邀拍摄《绅士格调》的内页，结果策划那边出了纰漏，让两位艺人拿到了同一组企划。

她是一线流量，她也是一线流量。

她是当红小花，她也是当红小花。

论名气不相上下，论奖项势均力敌。

杂志社谁都不想得罪，那就委屈那个脾气好的吧。

苏瑾性格温柔，和她合作过的媒体都知道她好说话。就算有时候顾忌不到，偶有怠慢，她也笑笑原谅。

所以，这次杂志社才敢硬着头皮先斩后奏，直接把"海洋狂想曲"送给了徐雅丹。

　　他们难道不知道这样会伤害苏瑾的感情吗？他们当然知道，只不过他们抱着一丝侥幸，认为苏瑾不会计较。

　　阿山嗫嚅问："苏姐，那咱还拍吗？"

　　苏纪时问他："如果是我妹妹，你觉得她会拍吗？"

　　"应该会吧……"阿山挠挠头，"这事虽然挺让人恶心的，但你妹妹脾气好，就算生气，也不会放在心里。"

　　"太巧了。"苏纪时道，"我这人不仅脾气不好，还特别记仇。"

　　她向来喜欢当面打脸、迎头痛击。

　　她吩咐方解："你现在去给我要资源，我只要一线杂志以上的人物专访，而且必须抢在这期《绅士格调》之前出刊——跟他们说，若是能协调出本月的封面，尺度多大都没问题。"

　　苏瑾从出道之日起，就一直走清纯路线，甚至连比基尼都没拍过。可以想象，若是方解透出风声，绝对会有无数媒体为之疯狂。

　　方解赶忙跑到安静的角落码资源去了，阿山低头收拾化妆箱，苏纪时清闲下来，无所事事地玩手机。

　　忽然，休息室外隐隐约约传来了一阵说话的声音。

　　"徐老师，谢谢您的厚爱，可我一直在苏姐身边做事，暂时没有换公司的打算……"小霞的声音透着一股敷衍与勉强。

　　"小霞，我这是为你好，你在苏瑾身边做了这么久了，像你这么能干的姑娘，总不可能甘愿一辈子都做一个小小的艺人助理吧？我们团队现在正缺人手，就想吸收像你这样有经验的人才，你来了就是执行经纪，这对于你自己的职业道路也有帮助。"说话的是一道嗲声嗲气的女声，她故作温柔体贴，可挖起墙脚来毫不手软。

　　"真的不用了。"小霞都快被逼到墙角去了。

　　"这是我经纪人的名片，你要是想清楚了，给他打电话。"徐雅丹递出一张带着香风的浅蓝色名片，她身上穿着一会儿要拍摄的海军风泳衣，丝绸浴袍罩在身上，勾勒出她盈盈不足一握的腰肢。"你看，哪个艺人不是至少有三五个助理？一个负责片场跑腿，一个负责照顾日常生活，一个负责联络工作。苏瑾把三个人的工作量全都压在你身上，你一天才能睡几个小时？"

她话音未落，走廊尽头的休息室大门突然打开了。

苏纪时倚在门边，嘴角勾起。

"承蒙徐老师关心。"苏纪时道，"小霞的工作量是寻常助理的三倍，可是她不愿跳槽，自然有她的道理。"

徐雅丹一对细眉高高挑起，僵硬的山根突兀地矗立在脸上："什么道理？"

小霞赶忙蹿到苏纪时身后，小心探出脑袋，答："因为苏姐给我开的工资，是别人的五倍呀……"

苏纪时："没钱还想从我这儿挖人？她跳过去做什么，你卖艺的时候负责给你敲锣吗？"

"你……苏瑾，你……"

"我什么我？艺术不分贵贱，沿街卖艺也是卖，在镜头前卖笑也是卖，卖弄心机也是卖……就不知徐老师是哪个'卖'了？"苏纪时问得意有所指。

徐雅丹像是硬吞了一口全麦面包，噎得她直翻白眼，想吐又吐不出来。

她和苏瑾的路线太相似了，名气、能力又不相上下，盘子里的蛋糕就这么大，谁多吃了一口，另一个人就只能少吃一口。

徐雅丹平日没少和苏瑾争食。

对于她的挑衅，以往苏瑾都是一笑置之，可苏瑾越表现得云淡风轻，徐雅丹就越看不上她，觉得她"装清纯""装豁达""装小仙女"。

哪想到，今天苏瑾直接褪下了小仙女的外皮，赤裸裸地露出了里面的大魔王本色。

"这样吧。"苏纪时笑得如沐春风，"徐雅丹，你不是爱拍吗？那我把两个主题都送给你。"

"你什么意思？"徐雅丹没听懂。

"我的意思是，这种看人下菜的杂志社，我多待一秒都嫌恶心。"说罢，苏纪时推开徐雅丹，带着自己的团队头也不回地走了。

苏纪时说走就走，根本没给任何人反应时间。

栏目负责人一听，腿瞬间就软了！不是说苏瑾苏女神性格温柔好说话吗，怎么这样都能翻脸？要是苏瑾真的走了，这临时去哪里找人顶上？不仅所有员工的辛苦都白费，这期杂志肯定就要开天窗了！

负责人急急忙忙追到停车场，终于抢在保姆车发动之前，把苏纪时一行人拦下。

负责人言辞恳切："苏老师，我知道您心里有气。当初发邮件时，我们没有做二次确认，导致两位老师的企划重复；今天拍摄前，也没有及时和您沟通，直接把主题给了徐老师……千错万错都是我的错，我一人承担后果！"

保姆车的车窗玻璃贴了单向膜，他对着漆黑一片的玻璃，根本看不到车内人的表情。

当人面对未知时，恐惧、惊慌、紧张、无力……种种负面情绪都会放大。

负责人越想越心焦，若是他不能把苏瑾留下来，待回到杂志社，他就要面临总编的怒火、同事的奚落。

想到未来的场景，他重重打了个寒战，手掌不停敲击着窗户，语速越来越快："苏老师，您消消气吧。我们的摄影团队是无辜的！他们一大早就过来准备了，您看，您的衣服我们都整理好了，布景也搭完了，就在隔壁棚，您难道舍得让大家白做一天吗？"

这是打定主意要道德绑架了。

他都这么诚恳地道歉了，若苏瑾不下车，那就是她耍大牌，不体谅其他工作人员的辛苦付出。

忽然，他手掌下的车窗玻璃轻轻一震，轻微得几乎听不到的机械转动声响起——玻璃缓缓下落，一双深邃的美眸隔着车门，平静地望向了他。

"苏老师……"他心中大喜，以为苏瑾被自己说服了，他故意卖惨，"您原谅我了？"

然而坐在车厢内的苏瑾并没有正面作答，反而问了一个风马牛不相干的问题："你工作多久了？"

"啊？"负责人下意识回答，"五年了。"

女孩一笑粲然："五年？要是你只做了五天，那我可以原谅你。你都工作这么久了，还妄想把自己的纰漏转移到别人身上，实在是太天真了。"

方解对外放出风声，表示苏瑾愿意与媒体合作，拍摄一期大尺度的封面写真。唯一的要求，就是必须当期出刊。

这个条件实在苛刻，一线时尚杂志只有四家，封面档期排得很满。

但苏瑾实在太火了！她是如今最受瞩目的流量女星，出道将近四年，一直走甜美清纯路线，身为玉女代言人的她，不知令多少男孩魂牵梦萦。

然而自从苏纪时回国后，出现在公众场合的她，身上的气场隐隐变了，态度落落大方，神采飞扬，显得格外自信。这种自信，是从灵魂里透出来的。举手投足间，仿佛这世间的一切，都在她的掌控之中，仿佛这世间的所有人，都要臣服于她的脚下。

嗅觉敏感的娱记们都意识到——苏瑾要转型了！

在这种关键时刻，哪家杂志若是率先刊登了苏瑾的大尺度写真，那还用愁销量吗？

至于封面档期……只要想挤，还是能挤出来的！

经过一番厮杀，最终，一线时尚杂志《真我》的企划脱颖而出。

《真我》进入中国市场已经有二十五年了，他们合作过的女星就如恒河之沙，数不胜数。苏瑾去年也登上过《真我》的封面，不过不是单人写真，而是与其他两位女星一起，合拍了一个专题。

现在实体出版行业难做，即使是一线时尚杂志，也要面对逐渐下滑的销量。每期封面都是一场创意大比拼，他们面对的购买人群不仅是粉丝，更是千千万万的"路人"。好看的封面人物、精彩的内页专题，才是吸引人掏腰包购买的根本动力。

为了不浪费这次合作，主编连夜召集了所有编辑，召开头脑风暴，一连写了三个企划案。

既要露，又不能过于露骨；既要纯，又不能过于纯情。

这份企划，将是苏瑾的转型之作，她要跨越那道无形的栏杆，给观众展现出一个不同以往的"真我"。

第一个企划案，是在贝壳里沉睡的美人鱼。妖娆的鱼尾掀起波浪，红唇带着少女才有的娇憨动人。

苏纪时翻了翻，评价："我是迪士尼公主吗，是不是还要和观众合影？"

第二个企划案，是生活在大自然里的精灵。她栖息在山野，独自面对危险。

苏纪时兴趣寥寥，挑刺道："我就不明白了，谁在野外生活的时候，只穿比基尼啊？"

第三个企划案……

第三个企划案直接被方解藏起来了，他想趁苏纪时不注意，偷偷扔进回收站里。

可他越是欲盖弥彰，苏纪时就越是感兴趣："你藏什么？拿出来。"

"这个真不行。"方解连连摇头，"就算你要突破尺度，也没必要牺牲这么多。"

苏纪时眼波流转："'突破尺度'是我自己要求的。难道你觉得，光靠美人鱼公主和比基尼精灵，就能在销量上碾压《绅士格调》和徐雅丹吗？"

《真我》是女性时尚杂志里的 No.1，《绅士格调》则在男性时尚杂志里独占鳌头。两本杂志隶属两个不同的传媒集团，隔空打擂，彼此较劲。

苏纪时叹了口气，拿出了最认真的态度："方解，我知道你是为我好，但有些决定我想自己做。"

面对气势惊人的苏纪时，方解在她手下向来走不过三个回合。

没办法，他只能把最后一套企划案传到平板电脑里，拿去给苏纪时看。

这最后一套企划案，尺度最大，但也兼顾了性感与纯洁这两个截然相反的词汇。

这个企划的主题是复制世界名画，简言之，就是让苏瑾在镜头前模仿世界名画的动作，拍摄一组写真摄影。而他们选中的名画，现存于考文垂博物馆，改编自历史上有名的赋税事件。

相传，在 11 世纪中叶，一位伯爵决定向人民增加赋税。他的妻子、美丽善良的戈黛娃夫人眼见民生疾苦，恳求涨幅不要加重人民负担。伯爵大怒，他要求戈黛娃夫人赤裸身躯骑马走过城中大街，仅以长发遮掩身体，假如人民全部留在屋内，不偷望她的话，伯爵便会宣布减税。于是第二天清晨，戈黛娃夫人裸身骑马走向城中，百姓们自发地躲避在屋内，令她不至蒙羞。

数百年后，一位画家用他精湛的画笔，描绘出了这一幕场景。

在空荡荡的街道里，戈黛娃夫人羞涩地垂下头，她虽不着片缕，但同时，她也象征了圣洁与伟大。

苏纪时瞳孔微缩，视线落在这幅《马背上的戈黛娃夫人》上，久久没有言语。

连续三天的昼夜加班后，《真我》杂志社的编辑部内，到处弥漫着一种倦怠的气息。

实习编辑舒舒一头栽倒在办公桌上，桌角胡乱堆着几只加大号咖啡外卖杯，凝固在杯底的液体呈现出一种颓唐的深棕色。

桌面上，各种资料堆叠在一起，几乎要把舒舒淹没了。

《真我》是月刊，每到出刊前一周，编辑部处处都是哀鸿遍野、人仰马翻，编辑们全靠一口仙气在吊着，为了与时间赛跑，有些编辑直接睡在公司，把咖啡当一日三餐。而这期杂志他们又迎来了新的挑战——站在流量顶端的苏瑾首登封面！

为了这个封面新企划，整个编辑部都被调动起来了，像舒舒这样的实习生，本来是没资格参与封面会议的，但头脑风暴嘛，自然是人越多越好。

几场会议结束，舒舒困得不行，赶忙抓紧时间补觉。只是趴着睡觉总归睡不踏实，迷迷糊糊间，她依旧能听到外界的说话声。

她桌上东西多，刚好把她的身影遮得严严实实，而对面工位上正在聊天的两个老编辑，完全没有注意到她的存在。

"苏瑾的团队怎么突然转性了？之前不是连泳装都不让拍吗，怎么这次同意这种企划？"一个编辑问。

"谁知道？"另一个人回答，"不过听说是她自己强烈要求的，说要'颠覆自我'。"

"也是，现在清纯小花的路线不好走。你看去年那个选秀，第二名不就号称'小苏瑾'吗？今年年初的模特大赛，也有个'小苏瑾'……圈子里的'小苏瑾'那么多，她要是再不转型，未来难道要做'老苏瑾'吗？"

时尚编辑的消息最是灵通，你传我、我传你，别说苏瑾这样的流量明星了，就算是影帝、影后，她们也敢在背后分享八卦。

"对了，这次封面的三个主题，她选了哪一个？"

"还不清楚呢。"第一个编辑摇摇头，"我猜应该是美人鱼吧，清纯又可爱，就连比基尼也是贝壳的样子，露的不算多。"

"我倒是觉得精灵的创意很不错，哪个女孩子不喜欢耳朵尖尖的精灵啊？……总之选什么都不可能选那个《马背上的戈黛娃夫人》！"她讽刺道，"这种创意都敢上报，舒舒哪里来的胆子啊？"

"实习生嘛，不怕得罪人。"

"真当苏瑾是什么十八线野模啊，裸身骑马，人家还要不要人设了？"

你一言我一语，在他们口中，像舒舒这种初出茅庐的大学生，就该老老实实地在编辑部打杂，少开口、多动手，在会议上乖乖做会议记录，干吗偏要出风头，提什么不切实际的创意？也不知道主编怎么想的，居然真的通过了那份企划，还和另外两份一起打包送到了苏瑾那边……艺人团队看到后，一定会觉得很冒犯吧？

就在她们低声谈笑的时候，丝毫不知道，她们的讽刺之语全都被当事人听到了。

借着桌上杂物的遮挡，舒舒把脑袋深深扎进了臂弯里，藏起自己泛红的眼眶。

她知道，新人在编辑部里永远是最底层的存在，像她这样的实习生，如流水似的哗哗来、哗哗走，她从来没奢望过自己能一鸣惊人，可在内心深处，她还是有那么一点点的期盼，期盼自己的辛勤工作，能够被赏识、被肯定。

可她毕竟太年轻了，脸皮薄，底气又不足，面对办公室里两位前辈的嘲讽，她甚至没有勇气站起来，与那两人当面对质。

她怎么这么没用啊……

舒舒恨不得把自己缩成一小团，就在众人眼皮底下消失才好。

偏偏就在这时，编辑部的大门忽然被推开了。服化部的副主编匆匆走进来，涂着蓝紫色夸张眼影的眼睛从编辑部里一一扫过，随即提高音量问："舒舒呢？人呢？"

原本正在嚼舌根的两位编辑猛地一静。

舒舒没有办法，只能顶着一双红肿的双眼，自办公桌后站起来。

副主编见她一脸失魂落魄，问："你怎么……算了，没时间废话了。你赶快去洗把脸，补个妆，五分钟后带着笔记本去会议室。"

舒舒茫然："是要我做会议记录吗？"

"做哪门子会议记录！"副主编催促道，"苏瑾和她的团队到了，在正式拍摄前，她提出要和做企划的人亲自面谈。"

"啊?"舒舒的大脑没转过来。

"别啊了,你怎么还没听明白,那三份封面企划,苏瑾最终选了《马背上的戈黛娃夫人》!"

接下来的两个小时,是舒舒此生经历过的最不可思议的两个小时。她就像是被仙女教母选中的灰姑娘,又像是第一次接到猫头鹰来信的哈利·波特,她完全不敢相信,自己那个异想天开的企划,居然真的被苏瑾点中了。

她是不是耗尽了此生的所有运气,才能换来这次宝贵的机会?

她踩着飘忽的步子,游魂似的飘进了会议室里。

在走进会议室前,她脑袋里一片混乱。她曾想过,会不会这一切都是梦,她实在太累了,于是她在桌上睡了一个漫长的午觉,在梦里,她可以和自己放在心里喜欢了很久的偶像一起合作。

可是当她抬起头,看到长长的会议桌那边,那个优雅卓绝的身影时,她突然意识到这不可能是一个梦。因为以她贫瘠的想象力,无法在梦境中捏造出这么一个灵动翩然的精灵。

舒舒从来没有告诉过任何同事,其实她是苏瑾的粉丝。

因为在她心里,一直觉得追星是一件"私事"。她默默关注苏瑾的作品,她赚钱买苏瑾代言的产品,她会在苏瑾生日时,去她的官方粉丝会盖楼,留下一句祝福……

都说追星,追的是一场可望而不可即。苏瑾是站在顶端的当红流量,而她只是一个在时尚圈奋勇挣扎的小虾米,但是她一直在努力向上游,她希望有朝一日,她能够通过自己的努力站在苏瑾面前,骄傲地说一声"我是你的粉丝"。

而如今……她成功了。

舒舒像是钻进了一支七彩万花筒里,她不知道自己是怎么压住过速的心跳,尽量完整地叙述自己的创意理念,并展示了自己提前做好的PPT 的。

苏瑾坐在主位上,手边放着纸笔,她的经纪人和杂志总编一左一右坐在她身旁。她听得很认真，而且针对拍摄内容提出了很多关键性问题。她并不是来走过场，更不是什么漂亮的花瓶，她会思考，她懂美学，她提问时言简意赅，讨论时更是字字珠玑。

舒舒想，原来这就是苏瑾，原来这才是苏瑾。

她喜欢屏幕里，那个温柔体贴的她，也喜欢屏幕外，这个犀利理性的她。

她曾以为，所谓追星，是一群生活在普通世界的地球人，抬头仰望，去寻找天上的那颗星；直到现在她才明白，其实是天上的太阳，洒下一片温暖，伴她前行。

两个小时的会议时间一晃而过，他们细化了拍摄内容，很快就敲定了具体的拍摄时间。

异常顺利。

总编带着舒舒，把苏瑾和她的经纪人送到了出版社大楼外。他们在艳阳下等了一会儿，苏瑾的保姆车很快停在了他们面前。

上车前，苏瑾主动伸出手，递到了舒舒面前。

"你叫舒舒？"苏瑾语气爽朗，她的赞赏发自真心，"年纪小小，灵感就这么充沛，了不起。有机会的话，期待能和你再次合作。"

舒舒呼吸一滞，胸腔内那个跃动的器官突然加速，催促着她表露心声。

"那个……苏老师，其实我是您的粉丝。"她想，这可能是最后一次和自己的偶像近距离接触的机会了，"您肯定不记得了，今年年初的时候，后援团组织去横店探班，结果遇到暴雨，我们被困在机场了。您让助理给我们送了伞和热奶茶，还让司机开车把我们送到酒店。那把伞，我到现在还留着。"

苏瑾的温柔体贴并非表面人设，而是她内在的教养。

"苏瑾老师，我……"舒舒深吸一口气，鼓足勇气，坚定地说出了埋藏许久的话，"我喜欢你！"

话音刚落，经纪人方解和杂志总编的脸色，瞬间变得异常精彩起来。

两人眼睛圆睁，像是她说了什么不可思议的话一样。

舒舒反应了好几秒，这才意识到自己刚刚的话有多少歧义。她的脸轰然通红，赶忙结结巴巴地补充："啊、那个，我不是那个意思！我说的喜欢，是粉丝对偶像的喜欢！其实我有男朋友，我是说……我从你出道开始就一直在关注你的作品，我……"

"谢谢你的喜欢——"苏瑾唇角轻抬，就连天边的太阳也不敌她的魅力，"我也很喜欢我自己。"

同一时间，一辆豪华轿车静静地在公路上行驶着。

穆休伦倚靠在后排，闭目养神，耳边听着秘书汇报未来一周的工作。

"周二晚上有市政府的招商晚宴，周三要和印尼工厂的代表开个电话会议，周五中午和海关的两位关务监督会面……"秘书的记事本翻过一页，"至于周日，您有个家庭聚会。"

"家庭聚会？"穆休伦眼皮微掀，声色冷冷，"不去。"

"这个……夫人特地打电话来，说她有一位远房侄女自海外学成归来，要给她开洗尘宴。"

"什么洗尘宴。"穆休伦讽刺道，"不就是想在我身边安插一个女人？"

"那夫人那边我怎么回绝比较好？"

穆休伦："就说我周日已经有约，要去和 Linda Hu 约会。"

"Linda Hu？"

"若我养母问起，你就说 Linda Hu 皮肤雪白，黑发如瀑。她出身高贵，父母皆是名流巨星，我与她在中国澳门相遇，对她一见倾心，特地把她接来北京，在郊外置办房产，金屋藏娇，几乎每周都要去探望。"

秘书没有回话。

穆休伦黑眸幽深，不耐烦地问："有什么问题吗？"

"呃，是个有问题。"秘书体贴地问，"穆总，您是不是最近工作太累，每天回家面对空荡荡的房子，产生什么不切实际的幻想了？"

"Linda Hu 不是人啊，它是您养的一匹纯血统赛马啊。"

转眼，很快就到了拍摄外景的日子。

《真我》杂志联系到位于市郊的一座马场，这里是北京最有名的马场，设施齐全。这里不仅有专业的跑马道，还有一望无际的绿色草坪，足够让马儿撒欢奔跑。它们不仅为专业的赛马提供训练场所，还会为有钱的富豪们代养马匹。

总编通过私人关系，不仅借来了场地搭建户外摄影棚，更让马场场主打开了马厩大门，允许苏瑾亲自去马厩内挑选马匹。

马场场主自豪地说："这个马厩里的马匹，他们的主人全是北京内有名的富豪，不在乎这几万块的广告费，一听说苏瑾小姐要在这里选马儿出镜，都慷慨表示随您挑选。"

这顶马棚位于草场旁边，占据了水草最丰美的一块位置，马儿有专业马倌伺候，定时遛弯、练腿、梳毛、游戏，一匹匹体态健硕，身姿英武。

"您看这匹，父系是英系纯血马，今年八岁，曾在中国香港连续拿下两届马会亚军。"

"还有这匹，它的兄姐皆是冠军竞速马，他的主人是您的影迷，若您选了这只，他希望您能赏脸吃一顿晚餐。"

"这匹骝色的怎么样？它同名画里的一模一样，也是黑尾红身，是匹性格温顺的骝马。"

"或者这匹？阿富汗培育的品种，金色背毛，汗液里带有红色素，是传说中的'汗血宝马'。"

"您若想选两匹的话也可以，'power attack'和'开心太阳'是退役的中国澳门竞速赛马双料冠军，它们的主人是您的同行，影帝江子城。它们年纪虽大，但是很有默契。"

在马场场主的带领下，苏纪时自马棚前一一走过，马倌们赶忙放下手中的活计，恭敬地向她问好。身后，方解、小霞、阿山还有几位杂志社编辑都挑花了眼，觉得这匹健壮，那匹又足够漂亮。

方解小声问苏纪时："苏姐，我忘了问，你会骑马吗？"

苏纪时道："会，当然会。我出野外时，有时候车子开不出去，只能骑马上山。"

方解为难道："可是你妹妹不会啊。"

苏纪时："不会难道不能学吗？难道我妹妹还晕马吗？"

行吧。

马棚里一共有着十二匹宝马，每一匹都风姿绰约，而且有着非常高的服从性。见苏纪时来了，他们并未表现出任何攻击性，都温顺地甩甩长尾巴，乖巧无比。

苏纪时从马匹前慢慢走过。她确实骑过马，但是她骑的马都是农民们自己繁育的普通马儿，论品相绝对无法和这些高头大马相比。而现在站在马厩里的马儿每一匹都可以送出去参加选美大赛，乌黑的眼，柔顺的背毛，健壮有力的四肢，漂亮的背肌……每一匹都带着非同一般的魅力。

然而看来看去，苏纪时总觉得差了些什么。

苏纪时问："这是所有的马儿了吗？"

马场场主点点头。

就在这时，马厩外忽然传来一阵哑声嘶鸣，伴随着清脆的马蹄落地的声音，一匹全身洁白、唯有鬃毛乌黑的马儿，踏着极为轻快的步子，从马厩外蹦跳着走了进来。

是的，不是优雅的踱步，不是疾驰的狂奔，而像一只撒欢的小狗，蹦蹦跳跳地闯进了马厩里。

苏纪时眼前一亮："这匹马……"

马场场主恍然："这是一匹荷兰温血马，它也是一匹退役赛马，但不是竞速赛马，而是——"

苏纪时："'盛装舞步'。"

盛装舞步，又称马场马术，是一种极具观赏性的竞技项目。与竞速赛马不同，它并不看重马儿的速度，而更看重在花样马术表演上的服从性与灵活性。对于不了解盛装舞步的人来说,第一次见到马儿蹦跳的样子,都会以为是小奶狗的灵魂装进了马的身体。

"没错。"马场场主介绍,"她是最棒的'盛装舞步'选手——它叫Linda Hu。"

苏纪时眼前一亮,立即道:"我选它!"

"恐怕不行……它的主人是穆休伦先生。"

而穆先生,出了名的爱马,绝对舍不得让别人坐上Linda Hu。

马场场主说:"Linda Hu已经十五岁了,去年刚刚退役。穆先生从中国澳门雇专机把它运回来,对它格外宠爱,几乎每周都要来探望。"

Linda Hu像是能听懂他在说什么一样,很骄傲地打了个响鼻,喷薄的热气扑到了苏纪时的脸上。

苏纪时对它一见倾心。

苏纪时慢慢靠近,轻轻探出手,Linda Hu矜持地垂下头,允许这个漂亮的女孩抚摸自己。

它在这里得到了极好的照顾。乌黑柔亮的鬃毛被打理得油光水滑,长长的垂落在背脊上,即优雅又精致。它颈部修长,微微拱起,背部强壮且平直,尤其是四条腿上的肌肉,线条修长有力。

苏纪时一寸寸抚摸着它的颈子,感受着手掌下蓬勃的脉动。

不光是苏纪时喜欢Linda Hu,Linda Hu也很喜欢苏纪时。它停在苏纪时面前,不肯进马厩,一味地用长长的脑袋亲昵地摩擦着苏纪时的侧脸。

见一人一马这么有默契,编辑们也颇为心动。

毕竟在各种童话、传说里,白马可是最有仙气的代表了!想想看——女孩身骑白马,自林中缓缓而来,乌黑卷曲的长发遮掩住漂亮的胴体,眼神坚定而果敢……

主编已经想好这期的卷首语怎么写了!

主编迫不及待拉住马场场主:"老王,我们拍摄真的很需要这匹马!而且苏老师和马老师这么有默契,若是换成其他马,我怕马儿不够配合。

穆先生那边，能不能帮我们交涉一下？"

要说主编就是主编，说话特别妥帖。娱乐圈里，称呼艺人都用"老师"，她干脆把马儿也叫"老师"。

马场场主果然被洗脑，胸膛高高挺起，自认为了 Linda Hu 老师的首秀，还是要试一试借马的。

"我丑话说在前头，穆总真的很宝贝这匹马，我觉得八成不会同意。"

"那不还有两成的机会嘛！"

无奈，马场场主只能照办。

不过穆休伦的电话他是没有的，平常都是穆休伦身边的秘书代为联络这些杂事。

电话响了足足一分钟，那头才想起了秘书熟悉的嗓音。

今天是周末，穆休伦被叫回主宅参加所谓的洗尘宴，秘书好不容易得了一天周末，正躺在床上和被窝缠绵呢，就被一通电话打扰了清晨好梦。

秘书也是有脾气的好吗？他是穆休伦的秘书又不是穆休伦他妈，怎么什么屁事儿都要找他？

秘书接起电话，问："什么事？"

马场场主说："是这样的，有一个时尚杂志来马场拍封面，艺人想借 Linda Hu……"

"不借不借。"秘书立即道，"我们穆总低调，不想靠马儿出名。"

"可是……"

"没什么可是！"秘书斩钉截铁说，"你知道 Linda Hu 小姐在我们穆总心中是什么地位吗？前些天他还同我说，它是他金屋藏娇的女朋友！你会把你的女朋友借给别人吗？"

"穆总真这么说？"

"千真万确。"秘书满口跑马车，"就算穆总结婚了，也舍不得让 Linda Hu 做小。到时候娶了老婆，她还要叫它一声姐姐呢！"

马场场主没话说了，只得挂下电话。

153

秘书想，自己真是专业、老辣又聪明，三言两句，就把妄想骑马儿的小明星打发走了。

可是他哪里知道，马场场主一直开着免提功能，于是整个马厩的人，包括苏瑾工作室、杂志社编辑、以及十几位马倌，全都知道穆休伦要让一匹马当正房太太了。

众人面面相觑，又一同望向 Linda Hu，对它肃然起敬。

主编犹豫一阵，问："苏老师……要不换一匹马算了？"

苏纪时五根青葱般的手指从马颈上缓缓下滑："不换。我和穆总恰好有几面之缘，借马的事情，我去同他讲。"

穆家主宅里，气氛格外压抑。

空旷漂亮的花园里，穆休伦专心欣赏着面前娇艳欲滴的玫瑰，尽力忽视身旁喋喋不休的年轻女郎。这位年轻女郎是穆夫人的远方侄女，在欧洲留学，读艺术设计专业，性格浪漫，有着不符合年龄的天真。

她刚回国几天，就被妈妈拎过来相亲，而相亲对象是穆家来路不明的"养子"！

对于这位养子的传闻，她听过很多——穆老总裁和太太琴瑟和鸣，婚后恩爱，然而就在二十年前，穆老先生却从"太阳村"领回来一名男孩，说要收为养子。

那可是太阳村啊，太阳村是什么地方？那些孩子的父母都是罪犯、都在服刑，孩子没人养，才会被扔到太阳村。穆老总裁又不是不能生育，他膝下有两子一女，年龄虽小，但都展现出了过人之资，为什么还要收养？再说，就算他纯粹为了发善心，也完全没必要从太阳村收养啊。

但是穆老总裁一意孤行，最终还是把穆休伦领回了家。

那时候穆休伦年纪很小，刚从太阳村来到穆家时，说话带有浓重口音，英语连二十六个字母都认不齐，于是，他被送到私立学校"学习"。上流社会圈子不大，他的出身很快就人尽皆知了：所有人都知道，他是福利院出身；所有人都知道，他是罪犯的孩子；所有人都知道，他性格孤僻脑筋愚笨……

等到他再次出现在社交舞台上时，已经是他成年后的事情了。

彼时，穆休伦已经成长为一个冷漠内敛的人物。他一身华服，手中酒杯荡漾着暗红色酒液，清冷矜贵地站在人群之外，所有人都被他的气度所吸引，却没有一个人敢靠近。

他的五官已经完全长开了，俊眉鹰眼，长身鹤立——任谁都看得出来，他的长相，极为肖似穆老总裁！

每个人都在悄悄议论，其实穆休伦不仅仅是穆家的养子，其实他是……

有些话不用说得太清楚，懂得人自然会懂。

对于这次名为"洗尘"实为"相亲"的宴会，年轻女郎避之不及。

她本来只当作一项任务，打算随便吃顿饭就赶快离开，哪想到穆休伦的外貌气质完全出乎她的意料，与她想象中的煤老板截然不同。

这让她内心的小鹿顿时狂飙上一百八十迈，原本不情不愿地相亲任务，立即转变成主动出击。

"穆……我叫你休伦哥好不好？"女郎娇羞地问，"你的公司具体是做什么的啊？"

"挖矿，洗矿，卖矿。"穆休伦敷衍作答。

虽然说得粗俗，但穆家就是做矿产起家的，穆休伦的有色稀土生意也逃不开这几个环节。

女郎对矿产方面一窍不通，接不上话，只能尴尬地转移话题："休伦哥你工作这么辛苦，平常怎么放松？我学姐下周举办小提琴独奏会，送了我两张前排 VIP 票，你有没有时间？"

穆休伦本要答"没时间"，但想了想，这样拒绝不够明确，不如说得再粗俗一点："我对高雅音乐不感兴趣，业余爱好是看女团跳大腿舞。母亲没同你说过吗？我之前同一位女明星交往过很长一段时间。"

女郎颤声问："是哪种交往？"

穆休伦意有所指道："我在床下出钱，她在床上出力，就是这种

'交往'。"

女郎脸色通红，不敢再问下去了。

穆休伦终于可以安静享受一个人的寂静时光。

现在是晚夏与初秋交际的日子，花园里，夏天的花儿还没有开败，秋天的金黄已经渐渐漫了上来。他站在阳光下，漠然欣赏着眼前的风景，脑中却在想着公司里的生意。

这次洗尘宴着实没趣，他决定在午饭前就离开。毕竟，每次他出现在餐桌上，一桌的人都没有胃口吃饭了。

就在他出神之际，手机忽然响了起来，一条微信被推送到了屏幕上。

而找他的人，正是刚刚被他造谣"出力"的女明星。

穆休伦想，怎么这么巧，刚一想到她，她便发来消息。

他点开微信，下一秒，瞳孔猛地缩紧。

——那是一张完全出乎他意料的照片。

照片中，他的爱马 Linda Hu 站在草场旁，黑色的鬃毛与尾毛被编成精巧的长辫，无数鲜艳的小花点缀其上。金黄色的阳光洒在它纯白色的背脊上，让它化身成一匹背负着太阳而来的神马。

它微微侧着头，把下巴搭在女孩的肩膀上，足以盛下宇宙星空的双眸里，透着信任与亲昵。

而苏瑾几近赤裸，身上仅穿了一套轻薄的白色比基尼。蓬松卷曲的假发一直垂落到胸口，遮住了那两团雪白丰盈。

她赤脚踩在草丛中，蜜色的腰肢在阳光下尽情展现着魅力。她的四肢并非软绵绵的，肌肉线条清晰流畅，同其他美得千篇一律的女明星相比，她的身上，多了三分"韧"与"劲"。

穆休伦愣住了。

Dr. 苏：【分享照片】

Mr. 穆：你怎么和 Linda Hu 在一起？

Dr. 苏：穆先生，我和你女朋友一见如故。

Dr. 苏：我想邀请它和我一起拍摄杂志封面，行不行？

Mr. 穆：我女朋友？

Dr. 苏：你放心，我不会对它做什么的，毕竟我男朋友还在你手里。

Mr. 穆：你男朋友？

Dr. 苏：对啊，我的锤子。

穆休伦用他此生最快的速度，从位于北京西山的穆家老宅，一脚油门杀到了城北的马场。

他也说不清他究竟是想做什么——总不能说，他是想亲眼看看他的"前女友"是怎么骑"现女友"的吧？

可他还是去了，心情格外复杂。

他这个花花公子当得可真名不副实，不论是前女友还是现女友，居然都是打引号的。

在路上，他特地抽出时间给秘书打了个电话。

彼时，秘书原正窝在电脑前推塔，哪想到塔还没推倒，他就被老板一个电话推倒了。

穆休伦阴森森问他："高岭，你能不能管好你的嘴巴？"

高秘书立即叫屈："老板，我很有职业操守的！公司的商业机密进到我的肚子里就绝对不会吐出来，放在革命时代我也能登上小学语文课本了！"

"你没说？你没说为什么苏瑾会知道 Linda Hu 是我女朋友？"

高秘书机灵得很，立即把前因后果想清楚了，他一拍大腿，"哎呀妈呀！原来今天借马拍封面的人是她！"

他赶忙把事情经过和盘托出，发誓自己绝对不是私下传老板八卦。

高秘书表忠心："穆总，我现在就去马场！"

穆休伦没好气地问："你来马场做什么，拍摄已经开始，Linda Hu 同她'一见如故'，你去了也就能看个马尾巴。"

"正房夫人和偏房太太情同姐妹，不争不抢，这种豪门三角恋设定连印度都拍不出来，我当然要去现场亲眼见证啦。"

穆休伦问："你是不是嫌公司福利太好、工资太高、工作太少、假期太长了？"

高秘书的家距离马场很近，当穆休伦的豪车踏着烟尘冲进马场时，秘书的小特斯拉也跟在他屁股后面开进了大门。

马场占地面积将近一百亩，以现在的地价来看是一个很不得了的数字。

一进大门，映入眼帘的便是跑马用的专业赛道，几匹受训的马儿正在这里练腿。穆休伦喜欢马，平日来时都要在这里停一停，同骑手们聊聊天、说说话。可今天他无暇他顾，目不斜视地顺着石子路向着后方的草场驶去。

草场西边的空地上，架起了一个临时的工作棚，工作人员出出进进，看起来异常忙碌。

就在工作棚的一隅，有一个开放式的化妆间。落地镜子前，蜜色肌肤的女孩背对着众人，正静静观望着镜中的倒影。

现在正是晚夏与初秋交接之际，郊区的气温比室内低了好几度。其他工作人员都穿着长裤长袖，唯有她，身上只有几片窄窄的遮挡住关键部位，可她却没有因为畏惧寒冷而缩成一团，依旧站得笔直，舒展，挺拔。

三四名工作人员围在她身边，正在小心地为她整理仪表，有人在给她的长发里编进鲜花，有人跪坐在地上，为她护理指甲。

她被众人环绕着，就像是群星拱卫着太阳。

穆休伦并没有发觉，他的呼吸声不由自主地放轻了。矗立在镜前的倩影仿佛带着魔力，他胸腔内那个跳动的器官忽然轻了一分，仿佛被一只巨大的磁铁牵引着，吸向了她的方向。

这种意乱神迷的状态持续了多久？

可能是五秒，可能是十秒，当他意识到的时候，他已经走进了工作棚内，距离苏瑾仅仅有一步之遥。

苏纪时率先从镜中看到了他的身影。

她抬起手臂，懒懒打了声招呼："穆先生怎么来了？"

穆休伦想，我怎么来了？我是来兴师问罪的，你怎么能不经过我允许就骑我的爱马，谁给了你恃靓行凶的底气？然而他的嘴巴却像是有自己的意志："我来参观拍摄现场有什么问题吗？就算要清场，我是马的主人，我是不会走的。"

高秘书不知从哪里冒出来，他脸红红地盯着苏纪时身上的比基尼，也跟着说："我是马的主人的秘书！就算要清场，我也是不会走的！"

杂志社派过来的工作人员足有二十多人，多他们两人不多，少他们两人不少，方解叫人搬来一把椅子，请穆休伦坐在场外观赏。

穆休伦把视线投向了宽阔的草场，Linda Hu 的黑色鬃毛与鲜亮的花朵编在一起，柔柔地垂在颈旁。与人类不同，马儿的瞳孔是横长形的，若是凑近了看，像是一道深不见底的峡谷。而现在，它就在用那双峡谷般的眼睛，好奇地看着将要和它共同拍摄杂志的人类女孩。

通常来讲，一匹赛马的马主、骑师、马倌三者并不相同，Linda Hu 有过三任马主、五位骑师，照顾它的马倌更是数不胜数，它早已习惯了人类的亲近，但是眼前的女孩却让它感到有些许的不同。

马儿是分辨不出来人类的美丑的，但是它能嗅到她身上的花香，感受到她释放的善意。

女孩抬起手，轻轻贴在它的侧脸上，然后顺着它的喉革慢慢下滑，手指勾起，挠了挠它的下巴。

Linda Hu 看着近在咫尺的人类女孩，长而浓密的睫毛扇了扇，忽然出乎意料地做了一个动作——只见它柔顺地垂下头，下巴轻轻贴近脖颈，从侧面看去，它整个脊背都呈现放松而自然的状态。

看到这一幕，马场场主小声惊呼："它居然主动受衔了！"

"受衔"（on the bit），就是马儿"接受衔铁"。衔铁指的是马嘴中的牵引铁器，骑手手中的缰绳连接着这块衔铁，骑手通过拽引缰绳，把指令传达给马儿。

有些马性格傲气，并不接受陌生骑手的驱使。不论骑手怎么拽缰绳，马儿都会"避衔"，也就是通过扭头、抬头的动作，与骑士手中的缰绳对抗，不服从命令。

穆休伦从上一任马主手里买下 Linda Hu 后，把它从温暖的中国澳门包机运回了北京。Linda Hu 不喜欢气候干燥、四季分明的新住处，刚开始没少耍脾气。只要穆休伦一骑到它背上，它就使尽全身力气避衔，还是最近才渐渐变得听话起来——哪想到，这个脾气傲娇的"现女友"，居然主动在他"前女友"面前受衔了！

穆休伦也感到了讶异。

身后，贴心的高秘书打开手机，点开音乐 App，为他点播了一首歌曲："明明是三个人的电影，我却始终不能有姓名……"

穆休伦冷声道："高岭，我现在发现，你不是嫌假期太长，是嫌命太长。"

高秘书赶快把手机关上了。

苏纪时翻身上马，动作干净又利落。海藻般的长发披散在身上，遮住了大片春光，唯有四肢、腰腹袒露在镜头之下。她驱使着马儿，先在宽阔的操场里奔跑撒欢，培养默契，然后又向着镜头的方向慢步走来。

慢步和快步是盛装舞步里最基础的动作，但是要做得标准、漂亮可不容易。镜头里，Linda Hu 踏着轻巧的步子，四肢轮流触地，每一步都像是提前计划好的一样，步距等长。提步时，它前腿折出一个漂亮的内勾，在镜头下，尽显优雅。

摄影师被这一人一马激发出了无限灵感，快门声连绵不绝，一下接着一下。

负责这次拍摄的摄影师在业内很有名气，之前也和苏瑾有过数次合作。当他得知这次的拍摄主题后，他替苏瑾捏了一把冷汗，认为以她的性格，肯定很难在镜头前放开。

哪想到，今天的苏瑾居然给了他这么大的惊喜！她简直像换了一个人，在镜头前肆意散发着她的魅力。透过相机上那小小的窗口，他仿佛看到了一团明媚的火焰，向他席卷而来！

然而……这些照片美虽美，可距离原作的意境，实在太远了。

那幅名画《马背上的戈黛娃夫人》里，戈黛娃夫人是羞涩的、内敛的、谦逊的；苏瑾太"放得开"，反而遗失了那一抹含蓄。

栏目主编也发现了问题所在，她赶忙拦下苏纪时，把摄影师的意见传达给她，让她尽量贴合原作，为读者们呈现出那种圣洁又含蓄的美丽。

这可真是触及苏纪时的知识盲区了。

苏纪时没有演技，想"演"出那种羞涩，是绝对不可能了；而她又没有办法把自己代入一千年以前，去体会那时候的贞操与道德观念……她骑着马儿在镜头前走来走去，结果一次表现得比一次糟糕。

不是笑得太开、就是愁得太苦；她的眼神不对，她的眉毛不对，她的嘴角不对；她脸上的五官就没有一个摆对了角度。

明明开局这么顺利，结果越拍越抓不到感觉，刚开始工作人员还耐着性子陪她找感觉，但一个多小时过去了，这种期待逐渐变成了一种焦躁感。

这个主题……苏瑾真的能拍好吗？

明明是她自己选的主题，为什么却搞砸了，这就叫不自量力吧？

苏纪时敏锐地觉察出了气氛的变化。她从小在学习上就一直拔尖，从没都是年级的前三名；然而复杂的娱乐圈却让她遭遇滑铁卢，只要一牵扯到演技，她就沦落为了不折不扣的差生。

一时间，气氛有些冷凝。

然而就在这时候，在场外静静观看许久的穆休伦忽然从椅子上站起身，向着苏纪时走了过去。

见到主人来了，Linda Hu 用蹄子蹭了蹭脚下的小石块，没躲开，也没有表现出多少亲昵。

穆休伦停在它面前，抬头仰望着它背上的女孩。

穆休伦问："苏瑾，你的演技为什么退步这么多？"他特地成立的影视投资公司，参股了苏瑾的每一部上映的作品，故而，他对苏瑾的演技也有大概的了解。

苏纪时端坐在马背上，累得浑身上下所有肌肉都在打战。骑马看着帅气，其实是一项需要调动全身肌肉的运动，她的马术只是平平，她在马上拍了这么久，劳累程度不亚于她在野外暴走一天。

身体疲惫，再加上心情沮丧，苏纪时气极反笑："因为我不是苏瑾，我是苏瑾自小分别的双胞胎姐姐，苏瑾失踪了，于是我就被方解绑到这里来代替她。"

穆休伦称赞道："这个理由听上去蛮幽默的。"

苏纪时一时无语。

穆休伦："怎么了？"

"没事。"苏纪时强打起精神，"我拍了这么多遍都拍不过，你女朋友陪着我一直在这里转悠，你是不是心疼了？"

穆休伦听到她又提起'女朋友'，颇有些尴尬。他想声明它不是他女朋友，又觉得自己小题大做。他只得说："我是来教你演戏的。"

苏纪时惊讶："你会演戏？"

"嗯，我在家里那群亲戚面前，每天都需要演戏。"穆休伦也不知自己为何要对着苏纪时说出这番话，只能当自己一时鬼迷心窍了吧。

他轻咳一声，继续说："我有一个小技巧可以教给你——当你不知道该怎么表现想法，该如何做出相应的表情时，你只要保持'面无表情'就好了。"

苏纪时没有办法，只能死马当活马医。

于是再接下来的拍摄中，苏纪时放松脸上的每一块肌肉，不做任何表情，同时微微敛目，遮住眼神里的华彩。她与妹妹差别最大的便是眼神，董青如水，而她似火。

她本以为这种投机取巧的操作没有办法糊弄过摄影师毒辣的双眼，哪想到却迎来了一连串快门声。

"Perfetto！"摄影师大着舌头喊了一句不伦不类的意大利语，他立即蹿到旁边的电脑前，把实时导入的相片展开到最大，着迷地观赏着每一个细节，"苏瑾，我从你身上看到了文化的延续！你在和一千年以前的灵魂在对话，你完美地展现了她的一切，又加入了自己的见解！我在你身上看到了她的圣洁与美，又看到了属于你的弧光！是的，你的光是橙红色的，从她的白光里透出来……"

穆休伦淡淡地道："相信我，粉丝的戏只会更多，他们会替喜欢的明星脑补出一万字心理活动的。"

苏纪时"开窍"后，拍摄进度突飞猛进，不到下午三点，就完成了拍摄任务。

她穿着轻薄的比基尼，在早秋的凉风中骑了数个小时的马，浑身上下早就被吹得透凉了。

她翻身从马背上下来，等在一旁的小霞赶忙抖开袍子，披在她身上把她裹紧，又奉上一杯热姜茶，让她驱散身上的寒意。

苏纪时只稍作休息，就跑到一旁去看拍摄效果。这一天，摄影师不知按了多少下快门，高清套图自动上传到电脑中，他迅速翻阅着这几百张照片，很快就从中挑选出了二十张效果最佳的，打包后发到了编辑部的工作群。

在正式刊登前，这些照片还会做细化的修整，到时候会和采访稿一并整理好，发给方解做确认，然后才会刊登。

这一步确认是尤为重要的，艺人工作室对艺人形象把控的极为严格，一张照片来来回回重修七八次是业内常见的情况。尤其是那些做过整容的艺人，在摄影灯光下，脸部线条的走势非常生硬，不是这里猛然抬高，就是那里猛然变窄，都需要靠后期修图调整过来。

还好苏家姐妹天生丽质，即使修图，也只是修修皮肤的小瑕疵罢了。

今天的拍摄，不仅苏纪时辛苦，Linda Hu 也倦倦的。马倌赶忙把它牵回马厩，拿来上好的马草喂食。

Linda Hu 的马鬃、马尾上还系着繁复的辫子，多彩的花朵穿插在

163

黑色的鬃毛之间，马倌一时有点为难，舍不得把它解开。

穆休伦看到了，说："那就别解开了。"

马倌欢天喜地地应了，又偷偷拿出手机和马儿合影。

苏纪时走到穆休伦面前，同他道谢："穆先生，谢谢你允许我骑Linda Hu。"

穆休伦不知从哪里变出一小罐药霜，递到了苏纪时面前。那罐子里装着翠绿色的凝胶，颜色通透，带着一股很清新的青草香气，摸上去凉凉的，在指尖上一抹就化开了。

苏纪时不解："这是什么？"

"你的腿不是磨肿了？"穆休伦语气有些不快，"骑马要穿护具，你光腿在马鞍上磨了这么久，红成那副样子，你助理的眼睛是摆设吗？"

苏纪时眼睛在那药膏上转了一圈，笑问："她的眼睛当然不是摆设——可穆先生，你为什么要盯着我双腿之间看？"

穆休伦他被莫名戳中痛脚，又不知如何反驳，只能摆出一张冷脸，说："不要就算了。"

苏纪时立刻把那药膏接了过来，揣到了袍子的口袋中。

这次，换他占据道德上风了："苏小姐，你可是有'男朋友'的人。你就这么收了前金主的礼物，怎么同它交代？"

"没关系的。"苏纪时笑眯眯说，"我'男朋友'拥有一项全世界男人都缺乏的好品德。"

"什么品德？"

"屁话少。"

第七章 销量碾压

徐雅丹这几天总是心神不宁。

她是如果娱乐圈四位流量小花之一，走到哪里都千呼万应、众人簇拥，钱是一麻袋一麻袋地赚，戏是一部一部地演，她事业顺遂、财运亨通，按理说不应该有什么烦心事才对。

可实际上，她心中一直有根刺，狠狠扎在那里，时刻都在提醒她它的存在。

——苏瑾。

苏瑾这个名字是三年前突然出现在圈子里的。刚出道的时候苏瑾确实走过一阵弯路，那时的她，就和现在大批大批涌进娱乐圈的小姑娘们没什么两样，青春、懵懂，如一片白纸一样干净，还很漂亮。不过能进娱乐圈的女孩，漂亮仅仅是最基本的要求，如果找不到登天的楼梯，终有一天会泯然众人。

但是苏瑾很快就找到了。她的资源越来越好，她的曝光越来越多，长眼睛的人都知道，苏瑾身后一定有人力捧。而当苏瑾声名鹊起之时，和她路线相似的徐雅丹就显得越发尴尬起来。

仔细算起来，徐雅丹其实比苏瑾还小两岁呢。不过她十八岁考进电影学院时就签约出道了，所以光论从艺经历，徐雅丹是不折不扣的"前辈"，结果在圈子里混了这么多年，居然还是被苏瑾压了一头！

徐雅丹不甘心，徐雅丹的经纪公司更不甘心。

于是绵绵不断的拉踩通稿一篇接着一篇发，代言综艺影视更是自降身价去抢，势要和苏瑾比个高下不可。只是之前斗法都是隔空打嘴仗，这次徐雅丹当面截和了苏瑾的内页造型，终于给自己出了一口气。

哪想到，向来好脾气的苏瑾居然不肯吃这个哑巴亏，直接带着团队走了！

"至于吗？"徐雅丹不屑道，"我只是抢了她一套造型而已，另一套造型也挺好看的啊，瞧她那委屈的，指不定回去就抱着金主哭呢。"

就连《绅士格调》的编辑也觉得苏瑾小题大做，到了这个地步，他们仍然没有意识到自己究竟做错了什么。

结果没几天，时尚圈内部就传出了一条新闻——苏瑾的经纪人正在四处给她码资源，争取上四大刊当期封面，怎么配合都没问题，只有一个要求，出刊日一定要比《绅士格调》早！

这个消息的来源真实可靠，绝不是什么捕风捉影的小道八卦。

徐雅丹傻了，《绅士格调》也傻了。

《绅士格调》是男性时尚杂志的 No.1，但男性时尚杂志的销量，本身就比女性时尚杂志要低。虽然他们自诩"新一线"，但说到底，还是不够给四本一线期刊当洗脚婢的。

苏瑾这是杠上了？为了拍摄现场一个鸡毛蒜皮的小事，这么较真儿，值得吗？

值得不值得，当《真我》本期销量统计出来后，所有对此有疑问的人，都安静了。

《真我》的出刊日是二十五号，往常都要提前五天下印，这次为了苏瑾的封面套照，硬是把下印日期生生拖了两日，这才赶在死线前，把杂志送上了印厂。

苏瑾头一次拍摄尺度如此惊人的写真，可以想象，当杂志摆上报刊亭时，会引起怎样的热潮！

《真我》把这期封面主题列为最高机密，不允许有任何编辑透露出去，甚至连苏瑾是本期封面人物的事情，都一直死死瞒着。

于是，就在某个看似普通的夜晚，所有把苏瑾列为特别关注的粉丝们，同时接收到一个消息——你的小宝贝 @ 苏瑾工作室 发布了一条新微博，快来看呀！

当她们点开微博后，迅速被那张出乎意料的照片夺去了所有呼吸！

白马静静地矗立在原野中央，微微颔首，仪态优雅。在它的脊背上，坐着一个浑身赤裸的女孩，乌黑的长发与鲜花交织，散落在她的肩头。长发遮住了大半胴体，只留下身侧一抹惊人的白皙。

苏瑾侧过脸，望着镜头，也望着镜头后的观众。她的表情格外平静，那双眼眸带着一种惊人的魔力，在等待每个人的解读。

这张照片的尺度极大，向来以清纯示人的苏瑾，居然裸身骑在马上！然而没有人会从她的身上解读出淫秽的含义，只能看到她的纯真、她的坦荡、她的干净剔透。

这张照片便是本期《真我》所选的封面，方解很有心机，除了这张图和一个预售链接外，什么废话都没有说。

每个人的反应各不相同。

粉丝："我变成了一只会'啊啊啊啊啊'的土拨鼠，彩虹屁是留给大大们吹的，我只要负责掏钱买爆就好了！"

路人："苏瑾这是转型了？封面也太美了吧，虽然很久没看时尚杂志了，为了这图还是掏腰包吧。"

黑："虽然这张照片真的很美，但是我绝对不可能承认她美的！"

苏纪时："把草场修成草原、比基尼修成裸体，我都能理解——可他也没必要把我 P 得这么白吧？"

清晨，大学城的"情人湖"畔，传媒学院播音主持系的大一新生们正在师兄师姐的带领下，大声朗诵着发音基础教材。

新生们困得东倒西歪，小声抱怨为什么上了大学还有早读课。而在一个没人注意的角落里，梨娟拿出手机看了一眼时间，又心神不宁地把手机收回了兜里。

"梨娟，你今天怎么回事，每隔两分钟就要看一次表。"室友冲她眨眨眼睛，小声揶揄，"怎么，和前男友复合了，这是准备约会去？"

"别瞎说。"梨娟立即说，"我早就和他说清楚了，和他谈恋爱太耽误我追星，我要把有限的大学生活投入到无限的舔狗事业当中去！"

梨娟小小的瓜子脸上透着一股认真："今天是《真我》的发售日！本期封面是我们瑾瑾的写真！"她双手交叉，如梦似幻地说，"瑾瑾挑战自我，致敬名画，那张照片你们看到没有？圣洁又高贵，根本让人生不出一点淫邪的想法，那是真正的艺术，那是换上画框就足以摆在博物馆里的艺术品！"

自从苏瑾上个月来他们学校补拍《神秘笔记》之后，梨娟迅速从一名路人黑倒戈成了坚定的苏瑾吹，她不仅在把手机、电脑的桌面都换上了苏瑾，还开始捣鼓直播，在微博上分享"苏瑾仿妆""苏瑾同款穿搭"，这才一个月的功夫，俨然成了粉圈的小"大大"。

不过她并不是无脑吹，因为苏瑾确实担得上如此盛名。

就说这次的杂志封面吧，杂志的官方微博刚一把高清图放出来，整个微博就引发了海啸一般的震动。

这次《马背上的戈黛娃夫人》的致敬企划，绝非是小圈子的狂欢，不管是营销号还是路人都参与到了转发之中。仅仅这一张照片，便让她"出圈"了：很多不关注国内偶像明星的二次元粉丝、欧美日韩圈粉丝，也纷纷下场，一边转发一边惊叹，说"苏瑾的存在，让梦想走进了现实"。

照片中的她，犹如刚刚诞生的维纳斯，又如从海底走出的小美人鱼，坦然地在镜头前展示着自己美好的胴体，乌黑的长发散落在身前，金色红色粉色橙色的花朵点缀其中，与身下马儿的鬃毛遥相呼应。

每个人都从中解读出了不同的寓意，每个人都在惊叹她给大家带来的惊喜。

仅凭借一张杂志写真，苏瑾的名字就空降热搜，连续霸榜两天，等到杂志预售开启后，这股风潮更是愈演愈烈！官方网站的销量节节攀升，每按一次刷新，销量总额都在往上疯狂跳动。

两万、三万、五万、十万……第一次预售关闭，第二次补量开启，第三次补量开启……

不仅苏瑾的粉丝们一掷千金，成摞地把书抱回家中，更有无数路人惊艳于苏瑾的表现，也跟着凑热闹买书。男孩子们买一本，放在枕边，把她当作梦中情人；女孩子们买一本，剪下她的照片，作为督促自己减肥的动力。

一直到昨天晚上，第三次补量关闭了，仍然有不少后知后觉的路人嚷嚷着没买到。

等到好不容易熬到早课下课，梨娟顾不上去食堂吃早餐，把教材往室友怀里一扔，急匆匆向着校门口奔去。

室友在她身后叫："梨娟，你干什么去啊？"

梨娟答："我买的预售下周才能发货，我先去校门口的报刊亭抢一本《真我》的现货去！"

哪想到她话音刚落，班里的男孩子们眼神徒然亮了。

"梨娟，你去买《真我》啊？""好同学，不和你客气了，帮我带一本！""我也要我也要，给我买两本，我一本看，一本……嘿嘿嘿。""去你的，当着班花的面儿说什么浑话呢？梨娟，你甭理他，记得给我带一本！"

早在两天前，校门口的报刊亭上就已经挂出了本期的宣传海报了。苏瑾身骑白马，如太阳女神一般，骄傲、坦然、优雅地望着所有人，哪个血气方刚的男孩子能够忍受这种诱惑？每次从报刊亭前经过，他们都舍不得走，非要多看几眼不可。

一本时尚杂志不过二十块钱，谁都出得起，可让他们亲自去报刊亭买一本女性时尚杂志？不不不，还是算了吧。

你一言、我一语，到最后，班里每个男孩子都在梨娟这里下了"订单"，就连带他们晨读的师兄也厚着脸皮过来凑热闹，请梨娟捎回来一本。

梨娟这才知道，原来他们班有这么多隐藏的路人粉！别看他们平常并不怎么关注苏瑾的作品，但是面对美人美图，哪个男人还会保有理智呢？

梨娟身上肩负着全班所有人的希望，她统计好一共要买多少本后，立即骑上自行车，向着学校门口飞驰而去。

然而当她风驰电掣地赶到报刊亭后，却发现老板正踮着脚，把一块小黑板挂在门头上。

小黑板上用醒目的黄粉笔写了一行字大字——《真我》卖完了！别问了！

怎……怎么会？

梨娟看看表，现在还不到八点，第一堂课还没开始，大学城里一多半的学生都在床上睡懒觉，谁会和她抢？

报刊亭老板见梨娟一脸失魂落魄地盯着小黑板，便知道她也是苏瑾的粉丝了。自从两天前，他挂上本期杂志的宣传海报后，每天至少要有十几个人来问杂志什么时候到货。别看这个报刊亭不大，但它开在学校门口，往来人极多，售卖量相当大，老板这次特地翻倍进货——哪想到刚一开门，就全卖光了！

"小姑娘，你来晚啦。"老板指着不远处一群穿着运动服的男孩，"看到没有，全是体院的！就这帮大小伙子，一个个都跟强盗似的，我的书还没从车上运下来呢，他们就全都买走了！"

梨娟定睛一看，那个走在最前排、喜气洋洋地举着《真我》杂志的体育生，不正是她的前男友吗？混蛋，分手了还要和她当情敌！果然谈恋爱就是会耽误她追星！

梨娟气红了眼，只能蹬起自行车，赶忙奔向大学城里的其他报刊亭。大学城足有十几万人，报刊亭数不胜数，这家卖完了，总不能别家也没货吧？

结果呢，她跑了一家又一家，搜刮完全部库存，也只有寥寥三本而已，别说拿回去给班上那群饿狼了，就光她们寝室几个小姐妹，都不够分。

而同样的事，何止在这一座大学城里发生！

从北到南，从东到西，所网上到线下……几乎所有人，都被这波热潮席卷了。

不是没有人尬黑，不是没有人唱衰。

有不少学生家长对着苏瑾的写真指指点点，说她太暴露，居然不穿衣服拍杂志封面，这是什么糟糕风气？尤其那些 1:1 的大海报挂在报刊亭上，小孩子们看到了，会被带坏的！还有苏瑾的资深黑子，对着她的照片品头论足，说她修图修到妈不认，摄影师拍照时肯定愁秃头，还编排她不知廉耻睡遍杂志社上下所有人……

对于这些难听的言论，苏纪时全部一笑置之。

"这世上傻 × 千千万，不过没关系，只要喜欢我的人永远比讨厌我的人多一个，那就够了。"

阿山闻言，再次振臂高呼："好女孩不能说脏话！"

苏纪时道："还要我提醒你多少次，我根本就不是个'好女孩'啊。"

她桀骜，她孤高，她自信爆棚，她从来不是普遍意义上的"好女孩"，可那又怎么样？她就是这样，苏纪时就是这样。

方解刚刚接到杂志社总编的电话，发行部已经统计出来了本期销量，这个数字不仅是本年度最高，更是直接创下了最近五年的顶峰记录！这个惊人的数字，在实体书销量严重下滑的现在，堪称一场奇迹。

方解兴奋不已："苏姐、阿山、小霞，你们猜猜这期《真我》印量有多少？"

《真我》是月刊，一期印量固定二十万，此前印量最高峰是去年的《二十周年豪华特辑》。

小霞猜了一个最稳妥的数字："五十万？"她瞪大眼，"五十万肯定有了吧？"

方解笑着点头："高点儿。"

阿山立即道:"六十万!六六大顺!"

方解:"再高点儿!"

小霞和阿山对视一眼,齐声道:"八十万!"

"没错!"方解大喊道,"截至昨天,总计线上线下销量八十八万!虽然没能达到百万,但这个数字,绝对称得上前无古人后无来者了!"

见他们三人发自内心地替自己开心,苏纪时在旁边怔怔看了一会儿,忽然忍不住,也跟着笑了出来。

由于性格原因,苏纪时对娱乐圈完全不感兴趣,有看娱乐八卦的时间,她不如再去研究一下矿石的成因。她一度坚信,以"苏瑾"的名字闯荡娱乐圈,纯粹就是替妹妹收拾烂摊子。再加上她入圈只有不到两个月光景,但各种奇葩见了一个遍,这更加剧了她对娱乐圈的厌烦。

可是当她自主选择了一个拍摄主题,全情投入地完成了一项工作,最终取得了之前不敢想象的好成绩……在这一瞬间,她被一种巨大的满足感与成就感所包围。

这份荣耀,不单单属于她。更属于她的团队、她的合作伙伴、她的粉丝。

是所有人的共同努力,缔造了这个神话奇迹。

都说娱乐圈是造梦的地方。

苏纪时现在懂了。

其实这里也没有那么糟糕……对吧?

见苏纪时一直不说话,只浅笑着望着他们,小霞疑惑地问:"苏姐,难道你不开心吗?"

"开心,我当然开心。"苏纪时说,"我上次感觉这么开心,还是我发表的论文被引用达二十次的时候。"

小霞没听懂,茫然道:"论文?苏姐你什么时候写过论文啊?"

坏了!方解想,小霞还不知道现在的苏纪时根本不是曾经的苏堇青,这难道要露馅吗?

谁想苏纪时眉毛也不动,一本正经答:"在梦里写的。"

小霞扑哧笑出了声，撒娇道："苏姐，你好幽默哦！"

方解赶忙擦擦头上的虚汗，抢先转移了话题："行了行了，咱们继续说公事。"他把手机调出来，翻了几页，翻到了一个新下载的 App，"是这样的，《真我》杂志除了有实体刊以外，还有一个电子刊。只是之前电子刊没做起来，知道的人不多，趁着这次苏瑾的拍摄引起这么大的轰动，《真我》借机向公众又推了一波电子刊。电子刊里不仅有可以保存到手机里的高清大图，还有幕后花絮——就是你在马场骑马时，和 Linda Hu 的一些小互动。"

苏纪时兴趣寥寥，问："然后呢？"

"然后吧……"方解道，"这个电子刊也是需要真金白银购买的，绑定微信，一份刊物五块钱，土豪粉丝可以多买。"

说着，他挑出了土豪打赏榜。

"苏姐，你看土豪榜第一名，那个买了五千份电子刊的账号，眼熟不眼熟？"

苏纪时好奇地垂下眸子，看向了金光闪闪土豪榜——

唔，微信名叫"Mr. 穆"，是挺眼熟的。

苏纪时镇定地说："可能是同名同姓，刚好撞上了。"

方解痛心疾首："别胡扯了，名字一样，难道头像也能一样吗？"

"Mr. 穆"的头像是一座漂浮在海面上的巨大冰山。海天交接，一道海平面划分了蔚蓝与幽青的界限。冰山虽大，但露出来的仅是实际体积的小小一角，真正的本体掩藏在海平面以下，无人能够得知它的全貌。

苏纪时反问："就算确实是穆先生本人，那又怎样呢？"

"那又怎样？"方解抓心挠肺，"苏姐，这话应该是我问你吧？你现在究竟和穆总是什么关系？要是真在谈恋爱，一定要告诉我！"

"这个真没有。"

"可你看看，你拍戏时，他去探班；拍完戏还一起去吃早餐；后来在私房餐厅也是他帮忙打扫战场；更别提这次借马给你了……"方解一条条罪状数出来，越说声音越大，"我该用什么形容词来形容你们？暗通曲款，还是藕断丝连？"

苏纪时有时也觉得奇怪，明明她和穆休伦不应该有任何联系了，但总能阴错阳差地产生交集。而且在数次接触过程中，他一次又一次地刷新了苏纪时对他的观感，苏纪时眼中的他，霸气又幼稚。听上去十分矛盾，但谁让穆休伦是个爱吃糖的霸道总裁呢？

不过嘛……这时的穆休伦在她心中，仅仅能算作"稍微有点熟的熟人"而已。

苏纪时问："方解，你每年能从我这里拿多少钱？"

方解说了一个数。身为经纪人，苏瑾的每个合同，方解都能抽到一笔不少的佣金，这笔钱放在三线城市，都够他买五六七八套房了。

苏纪时点点头："你手里有这么多钱，现在你花二十五块钱请小霞吃一顿麦当劳，就代表你想泡她吗？"

小霞："啊？"

方解："呃……"

苏纪时："电子刊五块钱一套，五千套不过两万五千块钱而已，这笔钱还抵不上旋转餐厅里的一瓶红酒。以穆休伦的身价，花两万五千块泡一个女明星，这是在寒碜谁呢？"

有理有据，使人信服！

方解一时被苏纪时震住，越想越觉得苏纪时说得有道理。

倒是小霞犹犹豫豫地，细声细气地问："可我觉得穆总对你很好啊，你俩到底为啥分手啊？难道真没一点复合的可能性？"

这话被阿山听到，顿时虎目圆睁，怒斥她："小霞啊小霞，平常你一副忠心耿耿的模样，没想到现在露出了马脚——敢情你是个 CP 粉啊？"

小霞赶忙捂住嘴巴："不不不，我真的是唯粉！偶尔嗑嗑 CP 而已！你信我，我就随便嗑嗑，圈地自萌。"

阿山不依不饶："什么'圈地自萌'，你这圈的是地球吧？你都舞到正主面前了！别嗑过期血糖了，咱苏姐已经和他解绑了！CP 狗真情实感遭天谴，明白不？"

小霞头一次感受到粉圈暴力，汪的一声哭了。

两人吵架，苏纪时在旁边一句没听懂。

方解心里还是惴惴不安，再次确认："苏姐，你俩真的……"

苏纪时："真的，真的。"她平平淡淡道，"那天在草场你都听到了，穆总现在喜欢马了，我用了这么多年进化到两脚行走，不是为了掺和人家跨越物种的凄美爱情的。"

苏纪时指了指土豪排行榜："你信我，这笔钱穆总绝对是给 Linda Hu 花的，和我一点关系也没有。"

苏纪时语气太过笃定，方解被她唬得一愣一愣的。原本心里那点不确定，渐渐也消失了。

也对，苏家姐妹虽然漂亮，但穆总之前包养了苏瑾这么久，都没有发生任何计划外的感情。总不可能换了一个人，穆总就被吸引了吧？

而且，穆休伦都把"女朋友是只马"这种荒唐话拿出来当挡箭牌，想必，是真的对苏瑾无意吧？

方解放下心来。

一周后，《真我》的电子刊销量逐渐稳定下来，排行榜上，前三名都是苏瑾各省市后援团的账号，后面几位则被经常出现的土豪粉刷屏。

至于第一任霸主"Mr. 穆"早就不知道被踢到哪个角落去了。

苏纪时说："你看吧，我早就说过，穆休伦那两万五千块钱就是花着玩的。"

结果她话音刚落，再一刷新，排行榜上又出现了惊人的变化——消失许久的"Mr.穆"手指动动，又砸下一笔巨款，再次力压苏瑾各大后援团的官方账号，问鼎土豪榜。

方解幽幽道："现在，你还觉得穆总这钱，是花着玩的吗？"

穆休伦的钱，当然不是花着玩的。

可要问他为什么脑袋一热再热，买这么多无甚用处的电子期刊，他自己也说不清楚。

自从《真我》出刊后，讨论热度居高不下，力压市面上同期所有时尚月刊，苏瑾的这套写真，也横扫无数公众号，成为本年度最佳成片No.1。

穆休伦的公司里，有不少女性职员，他在午休时，"偶然"听到茶水间里几位女职员在聊这期杂志，后来又"偶然"得知实体书售罄、"偶然"发现App上有电子刊售卖。

于是他就很"随意"地下载了App，很"随意"地找到电子刊，很"随意"地点击购买。

这么便宜，先买个五千套吧。

这可是Linda Hu的第一套写真集，他身为主人，当然要支持爱马了！

等到第一笔钱付出去后，他才发现这个App内部居然还有土豪榜，看到自己的微信账号堂而皇之地挂在榜首，他眉毛拧起来，觉得格外麻烦。

若是让苏瑾那个女人看到了，怕不是要以为，自己是为了她才买这些没用的东西吧？

算了，钱都花出去了，也收不回来。若苏瑾真问起来，他便嘲笑她想得太多，他明明是为了支持爱马，关她什么事？

结果一晃几天过去，等到穆休伦忙完工作，重新想起这件事时，才发现微信里的那个账号，根本没联系过他。

穆休伦点开App一看，发现自己居然掉出土豪榜单了。

于是穆休伦想也未想，又扔进去一笔钱。

刷新后，Mr.穆顶着一个冰山头像，空降第一，风光无限。评论区顿时浮现出无数小虾米，激情讨论起这位神秘的Mr.穆究竟是谁，看上去是个很有钱的男粉，可怎么从来没在粉丝圈里听说过？

大家讨论来讨论去，也没能扒出Mr.穆的真实身份。而那个知道Mr.穆真实身份的人，却在他的联系人列表里静静躺着，没有言语。

如果非要用一个词来形容穆休伦现在的感受，那就是"不开心"吧。

穆休伦想，这绝对不是自己小肚鸡肠，谁被忽视了，会觉得开心？

心情不愉的穆休伦把手机扔进抽屉里，叫来秘书，冷声吩咐工作。

"高岭，通知所有总监以上级别员工，现在去会议室，开明年第一季度的战略会议。"

高秘书翻了翻日历：不对啊，这还没到十一月呢，开什么明年的战略会啊！本季度的汇报PPT还没写完呢，他刚刚在来的路上还看到投资部的老大为了几个数字在薅头发！

可老板既然有要求，那就只能硬着头皮执行。

高秘书问："那我去发会议邀请，这个会……三个小时？"

穆休伦看了眼抽屉里的手机，说："五个小时吧。"

老板，老板你怎么回事？您不是一直以高效著称吗？什么会要开五个小时，难道您打算再收购一座矿吗？

结果事实证明，穆休伦的野心，绝不是一座矿山就能填平的。

在会议上，这个刚刚拿下了印尼镍矿的年轻商人，向在座的心腹们透露了他接下来的商业计划：他早已不满足复制穆氏矿业集团的老路，去做什么"矿老板"，他决定扩大他的商业版图，向着新能源领域进发！

一提起新能源，很多外行人第一个想到的便是太阳能、核能。但实际上，在民用市场里，高镍电池才是风头最劲的新能源。

高镍电池是电动汽车的蓄电池核心。就像普通燃油车离不开汽油一样，电动车的驱动离不开电，电池中镍元素的多少，决定了电池的容量。

穆休伦不打算贸然进入蓄电池产业，电池属于高污染产业，国家早已限制了新工厂设立，而现存的工厂大多是国家控股，并不欢迎私人资本进入。但是，他可以往前走一步，去当上游厂商——生产"镍中间品"，也就是"电解镍"和"硫酸镍"！

他这一步冒了极大风险，可高风险也代表着高回报。

这一场会议从原定的五个小时，延长到六个小时、七个小时、八个小时……领导层各抒己见，每个人都有顾虑，但最终，都被穆休伦逐一说服。

当这场令人筋疲力尽同时又让人酣畅淋漓的会议开完，下班时间早就过了。时钟迈向十二点，几位总监、总经理一边抱怨，一边拿起公文包迅速跑掉了。

高秘书也被这一下午的信息量砸得头昏脑涨，毫无形象地倒在办公桌前，问："穆总，我看您不用做电池生意，您电力太充足了，四十八小时超长待机！不像我，充电两小时，工作五分钟，一没电就要去找充电宝。"

穆休伦问："充电宝？"

高秘书答："就是找一些能让自己放松的东西，比如撸猫、撸狗、撸游戏。"

穆休伦皱眉："什么叫'撸'？这词可真难听。"

高秘书赶忙解释："很正经的意思啦，有点像'玩'。具体很难解释，反正一切让身心放松的对象，都可以用'撸'字。"

穆休伦似懂非懂地点点头。

有来有往，高秘书问他："那穆总，你没电的时候怎么充电？"

就在穆休伦开口之际，安静了整整一天的手机忽然发出了一声嗡鸣——是微信提示音。

穆休伦绝对不知道，他拿起手机的速度有多快；他更不知道，自己在看到微信的那一刻，嘴角向两侧拉起一道弧线，紧皱的眉毛瞬间抚平。

屏幕上，一个熟悉的名字跃然其上。

Dr. 苏：【转账 -10 万】

Dr. 苏：粉丝冲榜，穆先生就别掺和了吧？

Mr. 穆：我给我女朋友投的，有问题？

Dr. 苏：没问题。

Dr. 苏：祝您和您女朋友早生贵子。

Mr. 穆：谢了，不过我喜欢闺女。

好不容易占据一次上风的穆休伦，心情好极。

他放下手机，见高秘书眼巴巴地瞅着他，想了想，回答："你问我怎么充电的？我撸人啊。"

高秘书："什么？"

第八章 红毯庆典

　　在这期《真我》上市前，没有人能想到，会有一期时尚杂志因为封面引发这么大的热潮。

　　不管你喜欢不喜欢苏瑾，不管你买没买过时尚杂志，只要你会上网，随处都能看到与此相关的讨论帖。在这番热度碾压下，同为"四小花旦"的徐雅丹清新泳装登上《绅士格调》的消息，被压得毫无声息，连片水花都没溅起来。

　　不只是这期《绅士格调》大受影响，就连第二个月月初出刊的几本杂志销量都有所下滑——有苏瑾珠玉在前，其他封面女郎又有什么看头？

　　借着这股东风，又有无数时尚期刊向苏瑾的经纪公司发来邀请函，力邀苏瑾拍摄封面，甚至连另外三家一线杂志都坐不住了。

　　苏纪时因此忙得团团转，一周七天，恨不得有五天都驻扎在摄影棚里。她的存在激起了无数灵感，曾经苏堇青没有尝试过的造型，苏纪时全部尝试了一个遍。

　　短发朋克、西装总裁、深海人鱼、冷血刺客……甚至还有杂志用后期 CG，把苏纪时和机械融合在了一起，而这期"机械姬"主题的写真，也引起了又一轮的疯抢热潮。

　　一时间，苏瑾的曝光率又一次突破了新高，大街上，随处可见苏瑾的广告和宣传海报。

有黑子酸溜溜说："呦呵，走哪儿都能看到这一张脸，这全网推的架势，不知道的还以为拿了影后呢。"

立即有粉丝反驳："有时间嫌弃我们瑾瑾曝光多？不如心疼一下你正主糊穿地心，连三线杂志都没得上。"

黑子能说什么呢，只能哭着回家找妈妈去了。

因为苏纪时最近风头极劲，又有不少珠宝、服饰、腕表等厂商向她抛来橄榄枝，请她代言。价格开得极高，完全是千金求一笑了。

只是苏纪时对这些代言兴致缺缺，直白道："这种代言都是两年起步，两年后我早就回美国挖土去了，到时候合约没法履行，你们打算从哪个深山老林把我妹妹找出来？"

方解："呃……"

"这种长效合约以后不要往我面前送了，我不会签的。"她眼神淡然，语气却坚定无比，"方解，你可能忘了咱们最开始谈过什么。我进娱乐圈，只是为了帮妹妹善后，帮她履行完这最后一年的合约后，我就会离开。我知道你和公司上层，一直都抱着一丝侥幸，希望我在合约期满后继续留下来，继续做'苏瑾'，继续延续这份辉煌，但很抱歉——不可能。"

方解顿时语塞。

他脸上火烧火燎得疼，完全没想到苏纪时会如此一针见血，根本不给他留一点遮羞的余地。

他承认，他确实有私心。他在签约苏堇青之前，甚至连经纪人都算不上，只是一个最底层的星探。这么多年过去，苏瑾成了圈子里最引人瞩目的新星，身为她的经纪人，他哪里甘愿眼睁睁看着这朵小花凋零？

经过这段时间的接触，他发现苏纪时其实很好说话，给她安排的工作她虽然嘴上会抱怨，但全部高效完成了，甚至取得了意想不到的好反响……他抱有一丝奢望：当苏纪熟悉了现在奢侈、高调的生活后，真的还能回归枯燥清冷的研究室里，背起她的装备，踏踏实实做一个地质学者吗？

但苏纪时现在的回答给了他答案——她从未变过。

"苏姐，对不起，我只是……"方解尴尬地不知道说什么好。

苏纪时无意让他难堪。

她很快转移了话题，给了他一个台阶下："行了，你今天找我什么事？又有工作来了？"

"对。"方解赶快拿出邀请函，"下周六就是'V时尚'年度盛典了，这个晚宴苏瑾每年都要出席。不过这次不一样，主办方给我透了消息，今年'年度时尚艺人'的奖项颁给你了！"

国内的野鸡颁奖典礼数不胜数，然而"V时尚"年度盛典可不一样。它是国内规模最大的时尚典礼，到今年刚好是第十届。它横跨时尚、娱乐、体育、投资等诸多领域，届时，无数名流都会盛装出席。不仅如此，在晚宴后，还会举办一场小型的慈善拍卖会，所得善款会全部捐献出去。

"V时尚"年度盛典规模盛大，每年能够受邀出席的嘉宾不到两百人。其余两百张入场函，则会被赞助商瓜分，邀请他们的代言人、推广大使一起出席。

苏瑾刚出道的第一年，拿到的是赞助商给的邀请函；第二年、第三年，她是堂堂正正受邀出席，不过没有拿奖，仅为陪衬；而今年，她在《真我》总编的力荐下，登上了"年度时尚艺人"的候选名单，经过主办方的内部评定，决定把这个奖项颁给她！

听到这个消息，整个公司都沸腾了。

小霞激动得热泪盈眶，阿山更是兴奋地三天三夜没睡好觉，一头扎进了时尚部，开始为苏纪时筛选礼服、筹备造型。

艺人出席典礼时，礼服都是向各家高档时尚品牌借的。不过以苏瑾的名气，不需要"借"，自然有无数品牌的公关主动打来电话，愿意为她提供当季秀款。

苏纪时见大家如此亢奋，有些不解："这又不是什么演技奖，一个'年度时尚艺人'你们怎么这么重视？"

方解答："你以为这个奖项，是你长得好看、穿衣服有品位，就给你的吗？当然不是，这个奖本质上是一个'人气奖'。它代表你是新生代艺人中，最具有话题性和影响力的人！以后其他艺人再想拉踩时，就要好好掂量掂量了。"

他特地强调了"其他"二字，但看样子对徐雅丹总是在通稿里"艳压"苏瑾的事情相当不满。

见大家都这么拼命，苏纪时也被大家勾起了对这这场盛典的兴趣。

这可是她第一次出席时尚活动呢。

"等等！"方解忽然意识到了一个大问题，"苏姐，你知道红毯要怎么走吗？"

"怎么走？"苏纪时低头看脚，"用脚走啊。"

方解头痛地揉揉额角："看来，你需要一场紧急特训了。"

走红毯听上去并不难：明星盛装打扮走上红毯，挥挥手、点点头，摆几个端庄的造型，再去采访区和记者聊几句，最后在展板前签名留念……

但深究起来，每一步都暗藏玄机。

明星如云，如何排好出场顺序？每个明星能在红毯上停留多久？是和别人一起走，还是单独走？采访时间是多久，签名合影是多久？在红毯上遇到塑料姐妹花了要不要打招呼？万一摔倒了怎么办？……

林林总总都是问题。

苏纪时听得头昏眼花，她这才知道，在电视上看得光鲜亮丽的红毯秀，其实有这么多不为人知的复杂内情。

红毯秀的嘉宾顺序是提前拟定好的，所以绝对不能迟到，更不能在红毯上拖延。若是迟到的话，这名艺人的位置就要重新排序，很可能会被扔到二三线小明星堆里；若是拖延的话，红毯安保人员会毫不客气地请你尽快离开。

方解说："你排在第十五位出场，因为你是今年的年度时尚艺人，所以在你上红毯之前，主办方会为你清毯。"

又是一个没听过的词。

苏纪时问："什么叫清毯？"

方解为她解释："红毯很长，有时候，上一个艺人还没有离开红毯，下一个艺人就已经踏上红毯了。所以整条红毯上经常会有两、三位艺人同时出现，当所有艺人都聚集在拍摄区和采访区时，就会特别影响拍摄效果。主办方为了表示对大咖的重视，在大咖踏上红毯前，安保会把前面的人都请走，把整条红毯都留给大咖。"

在电影节上，历代影帝、影后出场前都会清毯。而那些只演过几年戏的流量艺人，往往会乱哄哄地一窝蜂踏上红毯。

"V 时尚"年度盛典主动提出为苏瑾清毯，这代表了他们对苏瑾的重视。但同时，对于苏纪时来说，这也是一个极为艰难的挑战。

想想吧，她将身着奢华礼服，拖曳着鱼尾似的裙摆，款款走上那条星光大道。数百家媒体会把镜头对准她，捕捉她的一颦一笑。她要在直播镜头前和媒体侃侃而谈，她要在签名版前留下她的墨迹……她踏出的每一步都要经过周密的计算，轻巧如鹿，娉婷如鹤。

而这——显然是现在的苏纪时，很难做到的。

苏纪时的走路姿势很有个人风格，英姿飒爽，大步流星。别的女明星走红毯那是"比美"，而她呢，那叫"比武"。

方解特地请来礼仪老师，对苏纪时进行突击训练。

为了避免麻烦，请的礼仪老师是一位俄罗斯人，年轻时学过芭蕾舞，现在依旧身材纤长，走路时好似一只天鹅。

那位天鹅老师拿出一本厚厚的书，让苏纪时顶在头上，走路时保持双肩不动，就连回头时也要轻缓慢行，举手投足很是端庄。

都说名师出高徒，苏纪时跟着这位天鹅老师特训了一段时间，出师时也走得有模有样了。

苏纪时想象自己脚下踏着红毯，她牵起不存在的裙摆，轻巧地转了一圈，嘴角轻挑，笑得妩媚："方解，我现在像天鹅了吗？"

方解实事求是地说："天鹅不像。"

"那像什么？"

"像鹅。"

"其实像鹅也挺好的，至少战斗力强啊。"

奇怪，怎么同样的仪容姿态，苏纪时就能走出这么六亲不认的步伐呢？

转眼就到了周六。

时尚盛典于晚上七点开幕，然而苏纪时中午就从公寓出发，去公司化妆做造型。

礼服提前由试衣模特试过，直接按照苏纪时的身材比例调整好，该收的地方收，改放的地方放。

苏纪时纤瘦高挑，但并不是现如今娱乐圈里流行的"纸片人"。她浑身上下最美的便是背部，两片肩胛骨犹如蝴蝶翅膀，徐徐展开，薄薄的一层肌肉覆盖其上，多一分就显得魁梧，少一分就显得羸弱。

阿山特地为她挑选了一套露背晚礼服，那是一条湖蓝色的长裙，层层叠叠的轻纱从肩膀倾泻而下，堆叠在腰际，整条裙子仿佛由天山上最清澈的一捧泉水织成，在灯光下显露出一层淡淡的波光。真丝质地的晚礼服轻盈地贴在她的身上，裙摆如鱼尾般散开，点点银光洒在裙摆，美得惊心动魄。

苏纪时一眼就爱上了这条裙子，勉强原谅了方解中午不让她吃饱饭的罪过。

齐肩短发被编成环冠，紧紧盘在脑后，银质橄榄叶编在发丝之中，与耳畔的珍珠耳饰遥相呼应。待苏纪时做好妆发，小霞捧着裙子走过来，帮她踏进了裙中。随着拉锁缓缓升至最高点，镜子里，女孩款款转身，蜜色的裸背呈现在众人眼前，收割一片惊艳视线。

什么叫艳压？这才叫艳压啊！

方解立即打电话联系公关部，让他们准备好十篇八篇通稿，等红毯一结束，立即甩出去，势要轰炸所有吃瓜路人的眼球。

阿山退后两步，满意地看着自己的杰作，感动得热泪盈眶："苏姐！你信我！等你走上红毯，所有人都会被你迷得像被摄魂怪吸走了灵魂！"

苏纪时："言重了姐妹。"

而小霞呢，则是轻手轻脚地捧起一只细长的首饰盒，兴奋地说："苏姐，还有这个……"

盒子上，印着一家著名奢侈品牌的 logo。这是一家来自意大利的钟表及珠宝制造商，创办于十九世纪，它的创办者曾经为英国女王打造过冠冕。经过两百多年的发展，这个品牌早已成了上流社会人人钟爱的饰品，男式腕表、女式钻饰，皆是地位和品位的象征。

这家珠宝商格调极高，向来不屑于与小明星打交道，即使是最红的流量明星，也只能作为"推广大使"，代言其中某一款产品罢了。

而苏瑾身上，就背着这家品牌的推广合约。她代言的"心语"系列，是一整套心形切割的钻石饰品，包括项链、手环、戒指等。

所以当小霞捧出首饰盒时，苏纪时先入为主地认为，盒子里躺着的必定是心语系列的饰品。

结果当盒盖打开后，呈现在苏纪时面前的，却是一套熠熠生辉的蓝宝石颈链！

湖蓝色的宝石与苏纪时身上的礼服遥相呼应，她倒吸一口冷气，赶忙问方解："这多少钱？"

方解掐指一算，无所谓道："还行吧，二线旅游城市一套湖景房。"

苏纪时倒吸了一口凉气。

方解叹了口气："本来想给你借一套一线城市学区房的，可那套被影后团队抢先借走了。"

苏纪时忙说："够了够了。"

娱乐圈的钱不算钱，一条漂亮的项链就够雇两个她这样的博士生为导师整整打工十年。

细细的蛇骨链在颈前交叉，蓝宝石吊饰并未悬挂于颈前，而是向后悬坠在裸背上。随着她的走动，那抹冰蓝色在腰窝上方轻轻摆动，没有任何人会舍得把视线移开。

苏纪时望着镜中那个贵不可攀的自己，忽然有些分不清，站在镜子前的究竟是谁了。

现在的她……是苏纪时，抑或苏瑾？

一百天以前，她还是个背着罗盘、在地质公园的滩涂上打滚的穷学生；而现在，她却站在金钱垒砌的高坡之上，与那些娱乐圈的顶尖人物谈笑风生。

当两个完全不同的世界重叠时，是碰撞，还是融合？

她想，董青一定也曾迷茫过吧。

"苏姐，咱们得走了！"小霞欢快地犹如小麻雀般叽叽喳喳的声音传来，"再晚辛德瑞拉就赶不上舞会了！"

辛德瑞拉？

苏纪时莞尔一笑，抬手碰了碰眼角那颗本不存在的泪痣——灰姑娘变公主，她可不就是辛德瑞拉嘛。

"V 时尚"年度盛典的举办地，在北京内最负盛名的一座艺术区。

艺术区距离苏瑾公司不远，直线距离不到八公里。那边毗邻商区，每天下班高峰都堵得要命，方解怕迟到，特地提前两个小时出发。

保姆车拐上主路，以五十迈的速度，向着目的地稳稳行驶着。

"快看快看！"小霞忽然兴奋地指着前方的一辆铁灰色保姆车说，"那是影帝江子城的车！"

谁？

方解闻言向那方向看了一眼，点头道："确实是。"

苏纪时茫然问："你们难道有透视眼吗？他们都没下车，你们隔着车门就知道里面坐得是谁？"

小霞得意地说："这有什么难的，能出席这种场合的大咖，来来回回就这些，记下他们的车型和车牌号很简单的！"

苏纪时拍拍手："当艺人助理实在是委屈你了，你更适合当狗仔。"

接下来的半小时里，小霞的眼睛就像探照灯一样，从路上唰唰扫过，嘴巴里紧跟着报出了无数艺人的名字。苏纪时对娱乐圈的情况完全不清楚，左耳进右耳出，嗯嗯啊啊地附和着，并不走心。

随着目的地越来越近，苏纪时终于从小霞嘴里听到了一个熟悉的名字。

"真晦气。"小霞眼睛里冒着小火苗，隔着窗户，气鼓鼓地瞪着他们车旁并驾齐驱的一辆香槟色保姆车。"怎么在这儿遇上徐雅丹了啊。"

阿山消息灵通，赶忙分享八卦："我那天在化妆间听人讲，徐雅丹这次拿的是赞助商的邀请函，'V时尚'官方根本没给她发邀请！"

"嚯，flop（下降）得太快了吧！"

就在这时，那辆香槟色保姆车的车窗忽然降了下来，露出了一张浓妆艳抹的脸。徐雅丹长相明明也是清秀派的，但最近准备转型，所以她的团队特意把她往成熟艳丽的方向打扮。美虽美，却显得有些用力过猛，失了原本的自然。

苏纪时也跟着把车窗降下来。

徐雅丹笑眯眯道："这么巧，居然在这里遇到了苏老师。"

苏纪时也笑眯眯说："是啊，我要不来的话，徐老师还怎么艳压我呀。"

也是巧了，今天徐雅丹也穿了一身蓝色礼服，透过半遮半掩的车窗，苏纪时仅能看到她上半身的造型，风格大胆性感，想必她的团队很是下了一番苦功。

两人之间的关系连"塑料姐妹花"都谈不上，趁着堵车的工夫，你眼望我眼地对视了一阵，然后同时悻悻地升上了车窗。

苏纪时让司机尽快甩开另外一辆保姆车，无奈现在是晚高峰期间，所有车子都被粘在了马路上，两辆车都被堵得动弹不得，最远距离都没有超过五米。

眼看时间一分一秒过去，车子却只动弹了几十米，方解表情焦躁，手机响个不停。

主办方的对接策划给方解发起了夺命连环call，问他们到哪里了，七点的红毯活动，最晚六点四十分必须抵达。

方解苦笑："我们就在门口了！这个路口堵了半个多小时了，车子太多，实在过不去。"

挂下电话，方解头痛地揉了揉太阳穴。

他反复刷新手机上的地图软件，然而不论哪条路，都堵得紫红紫红的："还有二十分钟，必须想想办法了。"

其实路程不远，直线距离不到两公里，但这条路七拐八扭，一路上光红绿灯就有六七个。

渐渐地，这股焦躁席卷了所有人。

这么大的场合绝对不能迟到！苏纪时是本年度的年度时尚艺人，她若她错过了红毯，那就成了天大的笑话了。

"那还等什么？"苏纪时当机立断道，"只要按时抵达不就好了吗？走，咱们打个'蹦蹦儿'去。"

方解连连摇头："坐蹦蹦儿？不行不行，要是狗仔们看到了，要怎么写你！"

苏纪时反问："是赶不上红毯更严重一点，还是被狗仔看到更严重一点？"

方解只能承认，还是前者更重要。

苏纪时雷厉风行，她换上一双舒服的运动鞋，一手拎着镶嵌着施华洛世奇的高跟水晶鞋，一手抱着长长的裙摆，小心走下了车。

秋夜风凉，她从温暖的车里闯入夜色中，裸露在外的肌肤迅速泛起了一层小疙瘩。

小霞六神无主地跟在她身后，结结巴巴问："那、那我去找辆蹦蹦儿……"

她的尾音被秋风打散了，落在空气里，居然真的让一辆风驰电掣的小蹦蹦儿停了下来。

蹦蹦儿司机是位四十多岁的大姐，大姐认出了苏纪时，惊讶地喊："你……你是！你是广告牌上的那个谁！"

"对，我是那个谁。"苏纪时虽然左右手都提满了东西，却不显得狼狈，她笑盈盈问，"大姐，去前面那个艺术区，多少钱？"

她连问了两遍，大姐才如梦初醒地"啊"了一声，大声说："十块……不，五十！"

小霞跺脚："怎么就五十了？从这儿到艺术区还不到两公里，平常八块钱都多了！"

大姐很精明："可平常也没有明星坐蹦蹦儿啊！"

小霞无法反驳。

大姐语气犀利地教育她："小姑娘，这叫供求关系不平衡，这方圆两公里只有我一辆蹦蹦儿，走过路过不能错过！今天那个艺术区是不是有活动？你老板穿得这么漂亮，要是迟到了，那就不好看啦。"

小霞："我没带那么多现金，微信转账可以吗？"

大姐做成一单生意，指了指车身上张贴的二维码："扫吧。"

小霞正要掏手机，忽听身后响起了一个急切的男声："等等！她出多少，我们翻倍！"

紧接着，便是两道沉重的脚步声奔了过来，两名高壮的男人直接挤开小霞，凶神恶煞地挡在蹦蹦儿前。

小霞眼尖，一眼就认出了他们正是徐雅丹身旁的保镖！

原来，不光苏纪时的保姆车被堵在了马路上，徐雅丹也没能幸免。本来她并不着急，想着就算迟到，也有苏瑾"做伴"，哪想到苏瑾居然直接带着助理去马路旁拦蹦蹦儿，一点偶像包袱都没有！

在"迟到"与"出丑"之间权衡了几秒，徐雅丹立即决定，她要和苏瑾抢这辆蹦蹦儿！

她绝对不能迟到，绝对不能被苏瑾甩下！

真是太可笑了，两个当红小花不抢宝马、不抢豪车，却要抢一辆三轮车，这要是让哪个八卦杂志知道了，绝对要用整版来嘲笑她们了。

其实这辆蹦蹦儿空间很大，如果不带助理的话，坐两位女星绝对没问题。可徐雅丹的保镖不带任何商量口吻，上来就说要"翻倍"，恶意满满，令人作呕。

小霞天不怕地不怕，杏眼圆瞪，撩起袖子就要手撕这俩马仔。

可是不等她开口，苏纪时却给她使了个眼色，让她安静。

只见苏纪时转向那两名保镖，语气轻巧："哦？你们要翻倍出钱？可我刚和这位司机大姐谈好，我出一千，让她在十分钟之内把我送到。"

司机大姐震惊地甩头看她。

保镖想都未想，立即说："那我们就出两千！"

司机大姐又震惊地甩头看保镖。

苏纪时："你以为我苏瑾是什么人，难道我出不起两千吗？我出一万！"

保镖："我们徐姐出两万！"

苏纪时微笑："我出五万。"

保镖咬牙："我们徐姐出十万！"

司机大姐的脑袋甩来甩去，都要甩出脑震荡了。

苏纪时又添了一把火："那我就出十五万。"

保镖又不傻，隐隐感觉出来苏纪时在给他们下套，哪个蠢货会花这么多钱，只为了让一辆蹦蹦儿载她一程？然而徐姐给他们下达的指示是，无论如何一定要从苏纪时手里抢过这辆车，绝不能让司机载她去现场。

眼看保镖们陷入两难之中，苏纪时故意用一种嘲讽的语气说："这就不行了？你们徐老师好歹也是当红女星，一个代言就好几千万，没想到连这点钱都出不起呀。"

保镖被她一激，哪还有理智可言，立即大声嚷道："三十万！三十万就三十万！"

"好！"司机大姐热泪盈眶，直接从驾驶舱里蹦出来，语无伦次地说，"三十万，三十万这车归你们了！"

等等，是不是有什么事情不大对？

小霞望着蹦蹦儿撒欢远去的影子，又想笑，又想哭。

她笑的是，苏姐居然用一辆破蹦蹦儿坑了徐雅丹三十万；哭的是，破蹦蹦儿走了，她们要怎么去会场！

马路上堵得水泄不通，一辆辆车子就像被粘在粘鼠板上一样，动也不动。

眼看就剩最后十五分钟了，两公里路，难道要她们跑过去吗？

苏纪时站在路边，一手挽着长长的裙摆，一手拎着高跟水晶鞋，修长的小腿裸露在寒风中，却没有丝毫颤抖。

"苏姐，这可怎么办啊"小霞眼窝浅，话还没说两句，就啪嗒啪嗒掉下了金豆子。

"这有什么可哭的？"苏纪时笑她，"大不了换一种交通工具呗。"

小霞努力开动脑筋："那我去开一辆共享单车，可你的裙摆……"

"不用啦。"苏纪时摇摇头，转身向后走去。

小霞顺着她的视线看去，只见在不远处的路灯下，有一群刚刚放学的高中男孩，正背着书包好奇地望向这边。也不知他们在那里站了多久了，有人手里拿着手机，借着袖子的遮掩，偷偷摸摸地偷拍苏瑾，却不知道屏幕的反光已经泄露了一切秘密。

见苏瑾向着他们走来，高中生们吓了一跳，不知道该走、还是该留。那个举着手机偷拍的小男生更是紧张到满脸通红，赶忙把手机藏在袖子里。

这……这可是苏瑾啊！

高中生们用眼神交换着满满的兴奋与浓浓的不安。对于这群正处于青春躁动期的少年来说，苏瑾就是枕旁的美梦。

而现在，他们梦中的女神就停在他们面前，她眉目舒展，浅笑嫣然。

"打扰了。"苏纪时问，"我的南瓜马车坏了，能让我搭一下便车吗？"

而她手指的方向，正是几名高中生脚下，绘满涂鸦的长板滑板。

密闭的车厢里，淡淡的檀香味顺着加热器缓缓散开。

穆休伦已经看完三份报告、开完两场视频会议，然而车子移动距离不超过五百米。

坐在他对面的高秘书看了眼时间，有些为难地说："看来七点的红毯开幕式赶不上了。"

"既然赶不上，那就不去参加好了。"穆休伦合上第四份报告，不怎么感兴趣地说，"这个时尚盛典，和我有什么关系？下次这种没意义的请柬，你直接帮我拒了。"

高秘书苦笑："哪里拒绝得了？这份请柬可是穆夫人送来的，她还特地嘱咐我，说你不要在工作上那么辛苦，多出去社交一下……"

穆休伦讽刺地笑了。

他知道穆夫人视他为眼中钉，而他也对整个穆家好感全无。

但是在外人面前，他们不得不做出一副母慈子孝的假象，但假的终究是假的。

之前几年，还在暗中蓄力的穆休伦，为了敷衍穆家人，特意和苏瑾签订了包养合约。他装出一副沉迷于女色的样子，闹得家中人尽皆知。

如今，他羽翼逐渐丰满，不再受穆家桎梏，干脆放开手脚，在商场上一展身手。他接连做的几项大生意，让养母对他大为忌惮。

这不——她急忙送个什么时尚盛典的门票过来，据说会有很多明星到场，这是想让他继续沉迷温柔乡呢。

穆休伦对此毫无兴趣，只想在宴会上露个脸，然后尽快离开。

哪想到光是在路上，就消耗了这么长时间。

他耐心耗尽，正打算让司机调头回家，忽见窗外闪过一抹湖蓝色倩影。

那道身影行进的速度极快，仿佛踩在云端，"嗖"一下就从他眼角飘了过去！

高秘书惊叫："苏、苏、苏、苏……"

穆休伦镇定补充："苏瑾。"

高秘书疯狂点头："是是！是苏瑾！穆总，你看到没有，刚刚有个高中生踩着滑板，载着苏瑾飞过去了！"

接下来，像是要印证他的话一样，又有三道眼熟的身影从窗外的自行车道上飞驰而过。

分别是高中生甲带小霞、高中生乙带方解、高中生丙带阿山……

四道飞影速度极快，远远的，只能听到落在队尾的阿山，声音嘶哑——

"苏姐！别飞那么快！别忘了你身上还有一套湖景房呢！"

滑板飞驰。

虽然主干道上堵得水泄不通，但自行车道上却没什么人影。

男孩脚下踩着长长的滑板，它的尺寸远长于一般的滑板，防震性能极好，即使过减速带，也感觉不到一点颠簸。长板最先在国外兴起，很多年轻的街头达人，会用长板"刷街"，还会在长板上做各种飘逸漂亮的惊险动作，就像是在长板上跳舞一样。

男孩就是在网上看到了有人分享国外长板达人的视频，心中才升起了对长板的兴趣，他和他的小伙伴们苦练长板技术，虽然现在还做不出那些惊险刺激的板上动作，但带人已经相当娴熟了。

哪个长板少年，不在心中幻想着有朝一日，用滑板载着心爱的女孩，在街上飞驰呢？

哪想到，他心爱的女孩还没有约到，他，他却约到……

他偷偷往身后瞥了一眼，又赶快收回了目光。

是苏瑾！真的是苏瑾！那个拍了巧克力广告、钻石广告、洗发水广告、口红广告、手游广告的苏瑾！

湖蓝色长裙的裙摆被她挽在臂弯里，她一手拎着水晶鞋，一手搭在男孩肩膀上，连发丝都是那样的鲜活灵动。

她活生生的，但又美得格外虚幻，他不禁怀疑，这一切是不是某个荒诞梦境的延续。否则，娱乐圈当红女星，为什么不好好在电视里待着，而是降临在马路上，要搭乘他的"便车"呢？

夜风中，男孩呼吸声极为沉重。他一脚踩住滑板，另一脚狠狠蹬地，长板又向前疾驰了一大截。

他才刚上高一，身高和同年级男生相比算是矮的，然而一米七二的个头，已经比身后的乘客高出一点点了。

盈盈五指搭在男孩的肩膀上，轻轻攥着他的校服。明明隔着几层衣服，可男孩却觉得肩膀滚烫，那只柔荑像是有魔力一般。

少年现在特别后悔，怎么上语文课、老师点评满分作文时，他没有认真听讲呢？现在他想找出一句话形容自己的感受，居然都找不到！

难道他要说，她就像摄魂怪一样，把他的灵魂都吸走了吗？估计这世上没有女明星听到这句形容会觉得开心吧。

滑板降速，拐过最后一个街角。

三百米外，一片灯火辉煌。

他知道，今天那里要举办什么时尚活动，班里的女生都疯了，一整个下午班级群都闪个不停，那时的他万万想不到，他居然会和遥远的明星产生交集！

眼看就要到达目的地，滑板少年一边保持平衡，一边偷偷掏出手机，点开了录像模式。

因为仓促，他直接使用了号称"照妖镜"的前置摄像头，自以为神不知鬼不觉地竖起屏幕，想要记录下这传奇的一刻。

可他刚刚抬起手臂，苏瑾便从他肩膀后面探过头，语气玩味："偷录可不对哦。"

男孩哪想到会被抓包，脚下一抖，差点直接从滑板上摔出去。

"小心！"苏瑾扶住他，"小同学，你要是摔倒了，我怎么办啊？"

他们两人可站在同一块长板上。长板速度快，不好操控，若是失去平衡摔下去，那两人都会受伤。

男孩又羞又窘，结结巴巴说："我不是故意的，我就是想……"

他的声音被风声吹散，他只能羞赧地埋下头，继续奋力蹬地。

"我都说了，偷录是不对的。"苏瑾微微侧头，她的五官格外精致，长眉英气，眼角的泪痣却又带着妩媚，这让她的身上混合着两种截然不同的气质。"但是……如果我取得同意的话，那就没问题了。"

她冲着镜头粲然一笑，明媚的笑容足以照亮夜色——也足以让青春期少年的心，不受控制地乱了分寸。

男孩被那一笑慑到，大脑一片空白，只剩下两个字在脑内循环：完了！

他哆哆嗦嗦把手机揣进兜里，心中只剩下一个信念，他绝对不能辜负女神的期待，绝对不能让她迟到！

会场门外，灯火辉煌。只能在电影里见到的豪车缓缓驶进园区大门，马路上直接立起了围栏，不在受邀名单上的人，是没有资格靠近这里的。无数痴心的粉丝等候在大门外，他们举起手幅、灯牌，希望偶像能够感受到他们的热爱。

除了粉丝以外，还有一些得不到入场邀请函的三流媒体蹲守在这里，只要来一辆车，他们就啪啪啪啪猛拍一通，配上几句似是而非的套路话，至少能抢在官方通稿出炉之前，博得一些点击。

小刘所在的"草莓视频"就是其中之一，员工加上他一共只有八个人，而刚刚跳槽两个月的他，已经算是元老级人物了。

秋夜风凉，他套上了长袖卫衣依旧被冻的打喷嚏，他看看那些只穿着吊带抹胸裙的女明星，不得不感叹一句"做什么都不容易"。

但转念一想，他这个一个月只能赚几千块的人，有啥资格去心疼这些一个月赚上千万的明星啊！

"奇怪，怎么苏瑾和徐雅丹还没到？"身旁另外一个娱记工作室的狗仔翻了翻拷贝来的名单，"苏瑾第十四个出场，徐雅丹二十六，早就应该到了啊。"

又有人说："你看那边堵车堵的，指不定要迟到呢。"

小刘没有接话，因为他的注意力，都被向着会场疾驰而来的一个蹦蹦儿吸引走了。

那蹦蹦儿在马路上横冲直撞，带着一股一往无前的意志，仿佛开的不是三轮摩托，而是一台机动高达。它灵活的身姿在车流里扭成了S型，不惧任何交通法则，仗着个头小，硬是从两辆车的夹缝里冲出了一条路！

小刘眼尖，远远便见到模糊的车窗里，透着一抹醒目的蓝色。

什么人会在秋风萧瑟的夜晚，只穿一条蓝色抹胸裙出现在会场附近？

小刘心念一动，立即抱着相机，以百米冲刺的速度冲了过去！

车内的人，自然是徐雅丹了。

徐雅丹只在没出道之前，坐过这么 low 的交通工具。享受了这么多年出入豪车接送后，她被养得身娇肉贵，哪里受得了一点苦？不过坐了这么一小段路，她就被蹦蹦儿颠得浑身都要散架了。

她本想找个就近的地方让蹦蹦儿停下，担心被粉丝看到自己狼狈的样子。可是司机大姐为了那三十万元的酬劳，殷勤至极，坚持要把她送到大门口。

她好说歹说，终于让司机在辅路上提前停下——哪想到她跌跌撞撞地从车上下来时，却被闪光灯瞬间包围了！

"拍什么呢、拍什么呢？谁让你拍了？！"挤在同一辆车里的经纪人连忙出手阻拦。

小刘充耳不闻，快门按个不停，他又不傻，"当红小花徐雅丹乘三蹦子出席'V 时尚'盛典"，这种有图有真相的窘闻，一看就能进热搜前五啊！

黑夜里，闪光灯刺目的亮光吸引了其他狗仔的注意。瞬间，那些原本守在大门口的狗仔，寻着肉腥味，哗啦啦奔向了这里。

徐雅丹毕竟是四朵小花之一，面对这些三流媒体的长枪短炮，她很快镇定下来，扬起一抹营业专用笑容。

"没想到被媒体朋友们抓到了。"她脸上的笑容像是用尺子量过，多一分会显得虚假，少一分又显得生硬，"那边堵车堵得好严重。人家不想错过这么重要的活动，没办法，只能坐蹦蹦儿啦。"

她语气轻快活泼，不知道的人，哪里听得出来她心底的厌烦？

但她必须在媒体前保持形象，干脆将计就计，把自己塑造成"为了不错过工作，干脆选择三蹦子出行"的"亲民"偶像，说不定还能收获一波路人好感呢。

然而她的算盘注定是要落空了。

滑板飞驰，穿着高中校服的男孩载着一道湖蓝色的倩影，自他们身边擦肩而过！

所有狗仔皆怔愣当场，他们不可置信地望着那道潇洒至极的背影，几乎同时转过身，扛着相机追着他们跑走了！

他们哗啦啦地来，哗啦啦地走，徐雅丹只享受了一秒众星捧月的待遇，便眼睁睁地看着那群狗仔队把她丢在原地，追着更大的一块肉跑走了！

她站在破破烂烂的蹦蹦儿前，成了彻头彻尾的大笑话！

"苏——瑾！"她也认出了滑板上的身影，她万万想不到，被她抢了车的苏瑾，居然还能靠这种办法博取所有人的注意！

她狠狠咀嚼着这个名字，一张俏丽的小脸变得格外狰狞。

滑板降低速度，缓缓停靠在园区外。

门卫见一个穿着校服的毛头小子居然停在这里，赶忙上前轰人："小同学，这里可不是学校，不是你随便玩……"

话没说完，门卫便像是被噎住了一样，目瞪口呆地望着少年身后——

苏瑾挽住裙角，轻巧一跃，款款地站在了他面前。

明明是当红女星，她却一点都不"顾忌形象"，大咧咧地把水晶高跟鞋提在手上，笔直修长的双腿在寒风中裸露着。

不仅是守在门口的安保人员愣住了，就连埋伏在大门外等着见偶像的粉丝们也傻眼了。

今天到场的明星众多，守在这里的粉丝更是数不胜数，他们各有各的爱豆，在苏瑾来之前，他们本来正在激情安利、互相 battle，可这一刻，所有人都像是被按下了消音键，只知道傻张着嘴，全身僵直。

苏瑾粉丝后援会的站姐们更为可笑，她们举着沉重的相机，高倍镜头捧在手里，可没有一个人想起按快门。

一会儿的生图要怎么吹？别人家的偶像是"顾盼生姿，仙女下凡"，她们的偶像是"乘风破浪，直挂云帆济沧海"？

这是什么路数，这是工作室安排的彩蛋吗？

其他人怎么想，苏纪时根本没有在意，她先向载她过来的高中生真诚道谢，又迎向保安，爽朗问道："我的请柬在经纪人手里，他在后面，没跟上来——不过我这张脸，也不需要请柬，对吗？"

门卫如梦初醒，忙说："对，对对对！苏老师快请。"

他让开身子，赶快示意其他安保打开大门。

然而就在他们说话的工夫，那群原本围着徐雅丹的狗仔们已经追了上来，他们可和傻乎乎的站姐们不同，隔着老远就举起了拍照设备，甚至有狗仔一边气喘吁吁地跑，一边兢兢业业地做视频直播。

他们可比拿了入场券的同行幸运多了！两位当红小花，一位不顾形象坐蹦蹦儿出行，一位更是乘坐滑板抵达！

两者相比，一个笨拙狼狈，一个轻灵肆意——今晚的头条，有了！

在狗仔的带动下，守在门口的粉丝们也反应过来，在这一秒，不管他们"狗"的是谁，他们都不约而同地举起手机，拍下了苏瑾茕茕孑立的身影！

眼看大门口就要被包围了，苏纪时眉头微蹙，有心想要避开过多的关注。

上天像是听到了她内心的愿望，就在这时，一辆具有流线型车身的豪华商务车，破开惊天的声浪与汹涌的人潮，缓缓停靠在苏纪时身旁。

苏纪时觉得这车有点眼熟。

后车座降下一道窄窄的缝隙，高秘书露出一双小眼睛，对着苏纪时眨眨，又眨眨。

高秘书都在了，那车里的人究竟是谁，不言而喻。

高秘书小声道："苏小姐，媒体这么多，先上车吧。"

苏纪时立即拒绝了："不用，我走进去就好。"

高秘书乐了："大门距离主会场可不近呢，您不是要参加红毯礼吗，迟到了就不好了。"

高秘书话音刚落,车内就隐隐传来另一道冷淡到不近人情的男声。

"高岭,不要多管闲事。"

高秘书心想,对对对,是我屁事多,也不知是谁让司机停车的。

车内灯光昏暗,穆休伦只闻其声,不见其人:"苏小姐愿意走就让她走进去。"

苏纪时二话不说,拉开车门便坐了进去。

她动作极快,众人只见车门开了一个小缝,身着礼服裙的女孩便矮身坐了进去。

狗仔们距离车子还有几米距离,别说看清车内坐的是谁了,连车内坐了几个人他们都没看清!

但他们有种预感,那辆车子的主人绝对和苏瑾关系匪浅!从出道到现在零绯闻的苏瑾,终于在今天露出一点点"马脚"。

明明是大好的八卦素材,硬是从手心里溜走了!

豪车静静启动,如一尾灵巧的游鱼,迅速消失在园区里。

园区外,狗仔们吐沫横飞,在和留守在公司的同事们汇报消息;粉丝们聚在一起,如一群分享冬储粮的麻雀,叽叽喳喳不停。而那个脚踩滑板的高中少年,情不自禁地伸手摸了摸肩膀,仿佛苏瑾手心的温度,还留在那里。

所有的议论声都留在身后,车子平稳地向着主会场驶去。

车里都是"熟人",苏纪时没有假客气、假寒暄,第一时间踹掉脚上的运动鞋,把一双玉足踩入高跟鞋内。

苏纪时不喜欢高跟鞋,还是更怀念陪她征战五湖四海的登山靴,可谁让高跟鞋就是女明星的"战靴"呢,她当明星的这两个多月里,踩过的高跟鞋比她前半辈子都多。

车内开了一盏小顶灯,在她俯身穿鞋时,浅黄色的灯光便洒在她的背脊上,用一层薄薄的阴影,勾勒出她骨肉匀停的身体。那套价值数百万的蓝宝石链饰躺在她的腰窝里，说不清哪个更诱人一些。

太奇怪了。

穆休伦想，明明那日拍写真时，苏瑾每一寸肌肤，他都悄然巡视过了——可怎么现在，他的双眼还是情不自禁地黏在她身上呢？

当苏纪时换好鞋起身时，男人尚未来得及收回的视线，和她撞在了一起。

穆休伦："咳。"

他欲盖弥彰，抢先问道："多日不见，没想到苏小姐已经落魄到这个地步，连辆代步的保姆车都没有。"

苏纪时道："保姆车有，可保姆飞机没有——交通堵塞，遇到好心人，搭便车而已。"

穆休伦会错了意，以为她说的"好心人""搭便车"是指的自己。

他轻哼："我可从未允许你搭便车。"

苏纪时觉得他口是心非的样子十分有趣，不知他在她妹妹面前，也是这幅"金主"脸孔吗？

她故意道："你是没同意——但我是 Linda Hu 的闺密，女友闺密有难，难道不该出手相助？"

穆休伦挑眉："你是它闺密？你经过它同意了吗？"

苏纪时反问："那你是它男朋友，你经过它同意了吗？"

穆休伦冷声吩咐："司机停车，让她下去自己走。"

高秘书迅速给司机使了个眼色，于是司机对老板的要求充耳不闻，默默把车开到了目的地。

"V 时尚"年度盛典的红毯环节，设在主会场外。

红毯分为几种不同的形式。

有些红毯秀，会直接把摄像机架在明星下车的地方，从车门打开的第一秒开始，明星便要摆出最佳的姿态，以迎接相机后的无数双眼睛。

有的红毯秀，允许粉丝入场；有的红毯秀，记者必须身着正装；有的红毯秀，采访区和摄影区完全分开……

而"V时尚"年度盛典的红毯秀，选用的是国内最常见的一种形式。

红毯极长，明星提前从车上下来后，可以先在原地等候一会儿，整理一下衣服。待调度确认顺序后，明星再登上"红毯起始区"，从这里开始，才会有摄像机追踪明星的一举一动。

接下来，明星会在主办方的logo墙前停下合影、签名，与主持人进行简单互动，最后进入采访区，回答媒体的问题。

这套流程方解同苏纪时翻来覆去讲过多少遍，生怕她哪里出了纰漏。

穆休伦是以投资人身份出席的，他拿的请柬与苏纪时的并不相同，他不需要走红毯，而且他也无意把自己的隐私暴露在公众面前。所以，他只让司机把苏纪时送到了红毯下车区。

见车子停下，机灵的工作人员立即走上前来，拉开车门，另一只手挡在门框上，谨防艺人碰伤。

苏纪时拎起裙摆，低头钻出了车厢。高跟鞋载着她，款款迈入夜风之中。

缓缓关闭的车门，阻隔了男人沉静的视线。车内独留一缕馨香，分不清是她发丝上的香气，还是她天生的体香。

"谢啦。"苏纪时隔着车窗，随意地摆了摆手。

车窗上贴着一层黑色的阻隔膜，让车外的人看不清车内的情况，苏纪时自然不知道，当她转身离开时，穆休伦的双眼一直落在她的背影上，久久未曾言语。

车内，高秘书眼观鼻、鼻观心，装作一团空气——他领这么高的工资，不是用来补偿加班时间的，而是因为他最会猜老板的"心情晴雨表"。

穆休伦平时是"晴空万里"，公司赚钱就是"艳阳高照"，回穆家就是"乌云密布"，遇到苏小姐呢，那就要下雨了。

只是这个雨，不是"狂风骤雨"的雨，而是"雷声大雨点小"的雨。

口不对心。

高秘书有种预感，过段时间，这雨就要变成"太阳雨"。

当雨过之后，不就要出彩虹了吗？

苏纪时在红毯等候区等了一会儿，方解、阿山、小霞终于匆匆赶到。

他们三人是坐其他高中生的长板来的，只是那三个孩子水平不怎么样，弯道跑急了，差点摔跤。

苏纪时问："那几个孩子没被媒体为难吧？"

门口都是狗仔队，小孩子没有应对经验，若是他们有心套话，估计孩子们的祖宗八代都能被扒出来。

"放心吧，一个个机灵得很，还不等狗仔'封锁'他们呢，人家一蹬滑板，早跑了。"方解问，"倒是你，我在门口听说，你是搭了一辆便车进来的？是哪个艺人吗？"

"不是。"苏纪时道，"是仙女教母。"

"啊？"

不等方解问清楚，工作人员匆匆赶来提醒他们，红毯已经清场，接下来，就要轮到苏瑾出场了。

眼看摄像机就要扫过来，三人赶忙围在苏纪时身旁，从头到脚做最后一遍 check（确认）。

礼服，check！

高跟鞋，check！

妆容，check！

发型，check！

"湖景房"，check！

一切都是最完美的状态，灯光聚焦在她面前，光晕炫目，一个充斥着金钱、美梦、欲望的世界，在她面前徐徐展开。

苏纪时身姿笔挺，唇角笑意渐收。

她提步迈上红毯，裙摆抖开，如一汪澄清的湖，又好似碧蓝的天，匍匐在她的脚下。

宴会主会场内,已有不少嘉宾就座。

红毯结束后,艺人们便被直接引导进会场内。因为是晚宴,故而会场内已经摆好一桌桌西式简餐。

不过到这种场合,没人会动筷,都是来社交的。

相熟的艺人三三两两地聚在一起,悄声交流着圈内秘闻。若是运气不好,遇到关系不睦的,便用假笑以对。

助理们拿着相机,喊着"X老师、O老师,看这里!",然后按下快门,拍下姐妹情深的照片,精心修图后发到社交软件上,吸引一波粉丝彩虹屁,看上去格外和谐。

忽然,不知从哪里爆发出一阵讥笑,仔细看去,原来他们手里都拿着手机,正在对着网上的新闻指指点点。

这场时尚盛典有无数吃瓜群众在关注,只是正经大媒体写新闻比较谨慎,那些十八线小媒体就没有那么多顾虑了,怎么吸睛、怎么标题党、怎么耸人听闻怎么写,狗仔们抢先披露出盛典的种种盛况,自然吸引了一大批流量。

在这些新闻里,徐雅丹乘坐三蹦子参加盛典的窘闻,绝对是最吸睛的一个。

"徐雅丹怎么回事?就算赶不上了,也不能坐蹦蹦儿来啊。"不知是谁在说话。

"真是丢了西瓜捡芝麻,宁可迟到,'逼格'不能掉啊!"有人说的粗俗直白,但话糙理不糙。

这里聚集着娱乐圈里最顶尖的一批人,三线以上的艺人齐齐到场,再加上身旁的助理、经纪人,无数张嘴传播着消息,很快,徐雅丹身着礼服,笨拙地从蹦蹦儿上走下来的照片,便传得人手一份了。

"这个……是苏瑾?"忽然,有人指着一段发表在短视频App上的视频,好奇发问。

视频是自拍视角,男孩年纪不大,看上去十五六岁的样子,他的额角还有几粒青春痘,带着一种天然的、从来没有过度包装过的青涩。

他脚下踩着长长的滑板，随着他左脚蹬地，长板迅速地向前蹿出一长段路。他嘴唇紧抿，视线乱瞟，故作随意地举起手机，慌张地把镜头对准了身后的乘客。

可惜，他偷拍的举动立即被身后人发现。女人自他身后探出头，眸中波光潋滟，红唇皓齿，即使只是惊鸿一瞥，也美得动人心魄。

"偷拍可不对哦……"女人轻笑，"不过，如果取得我同意了，就不算偷拍了。"

短短十几秒的视频，以男孩满脸赤红、慌乱地藏起手机作为结束。

这个视频拍摄得格外粗糙，不仅镜头晃动，取光也仅仅只有路边的路灯，然而在这么糟糕的镜头下，苏瑾却没有一秒"颜值崩坏"，依旧维持着无可挑剔的仪态。

这视频仅仅上传了十几分钟而已，可是点赞量却一路飙升，以现在的增长趋势，想必二十四小时就会破百万。

做明星的不好在这种场合大肆八卦，然而助理们全无顾虑，小声交换着彼此的情报，真情假意、实话谎言，娱乐圈里的小道消息总是传得最快的。

"视频上这男孩是谁？他们公司的新人？"

"好像就是一个路人学生，门口的粉丝和狗仔都看到了。"

"这是炒作吧？"

"应该是。能想出这种出场方法，苏瑾可比徐雅丹机灵多了。"

"这辆车子是怎么回事？不是她的保姆车吧？"

"我去打听一下，有没有哪家媒体拍到车牌？"

暗潮汹涌。

穆休伦眼眸半合，看似不感兴趣地把玩着手机，其实注意力已经被那些窃窃私语吸引走了。

他想，这绝对不是他有意探听——而是关于她的一切消息，都故意撞进他的耳朵里。

就在大家悄声分享八卦之时，悬挂在会场内墙上的屏幕，正兢兢业业业地转播着红毯上的盛况。而尤为巧合的是，现在被无数摄像机追逐着的人，正是苏瑾。

湖蓝色的礼服勾勒出她窈窕高挑的身形，苏瑾从礼仪小姐手里接过金色的水笔，抬手在签名版上留下了漂移洒脱的签名。

当她背过身时，骨肉匀亭的脊背便展现在所有人的视线中，衣料垂坠，层层叠叠地搭在腰际。她的瘦，并非"山峦嶙峋"，而是犹如枝条上的春色，带着一种蓬勃的生命力。而那枚价值连城的蓝宝石挂坠，便悬挂在蜜色肌肤正中，随着她的每一步走动，折射着莹莹之光。

礼堂内的所有人，不论是看得上她、还是看不上她的，在这一刻，都被她所吸引。

屏幕里，传来主持人的声音。

"苏瑾，来，请和镜头前的粉丝打声招呼！"主持人已经提前知道了她是年度时尚艺人的得住，故而对她极为热情，"最近你的时尚品位越来越高了，你的几套写真就连我这个女生都有收藏。来参加这次'V时尚'年度盛典，你有什么时尚秘诀要和我们分享吗？"

镜头前，苏瑾低下头沉吟了几秒："没有。"

"真的没什么秘诀。"苏瑾笑笑，"每天都觉得自己很美，怎么打扮都时尚。"

主持人干笑，赶忙为她圆话："哈哈哈，苏瑾真是幽默。那么'有自信最美丽'，就是你送给大家的时尚秘诀吗？"

"嗯。"苏瑾道，"在我看来，这世上没有丑陋的人。你知道晶洞吗？"

"呃……不知道。"

"晶洞是自然界中非常常见的一种结晶矿物。最开始，它只是火山喷发后在火山岩中留下的一个小小气泡，经过几千年乃至数万年的埋藏，外部矿物渐渐渗透进已经石化的空腔中，最终在空腔内部，形成晶簇，也就是一丛丛的水晶，甚至还有可能是价值连城的玛瑙、玉髓。"

苏瑾双手合拢，仿佛掌中正捧着一只沉沉的晶洞，"从外表来看，这些晶洞只是再普通不过的顽石，它们表面并不光滑，往往是灰色、褐色、土黄色的——只有真正热爱它们的人，打开它们，才能看到绚烂的内在。"

苏瑾抬眸看向镜头："我希望镜头后的每个观众，都能发现自己内心深处的美。这世界上可能会有两个长得一模一样的人，但不会有两个一模一样的灵魂。"

穆休伦坐在场内，抬头看着大屏幕上的转播。

他出神地想：这世上不可能找到第二个人，会与她一样美了。

确实。这世上，可能没有人能够靠整容，整得同苏瑾一模一样。

但穆休伦并不知道，与苏瑾天生长得一模一样的人，不仅有，而且那个人的名字，也叫"苏瑾"。

第九章 姐妹

万里之外。

澳大利亚北领地，卡卡杜国家公园。

"该死的！这个网络信号增幅器一定是假货！"

窄小的员工休息室内，爆发出一连串咒骂。平日里温驯腼腆的加拿大青年艾德文一脸"凶恶"地瞪着笔记本电脑的屏幕，屏幕右下角阶梯状的信号标志，只剩下可怜巴巴的一格。

卡卡杜哪里都好，人少、动物多，安静而寂寞，对于不愿意和人类打交道的社恐人士来说，绝对是梦想中的世外桃源。

可世外桃源也要联网啊！

艾德文是个不折不扣的宅男，他的时间除了花在永远写不完的博士论文上，就是花在多姿多彩的互联网中。

可惜卡卡杜国家公园幅员太广阔，根本不是适宜的人类居住地，生活在这里的除了动物以外，只剩下数量有限的工作人员。在这里架设信号塔的花销太大，成本根本收不回来，所以踏入卡卡杜，就代表放弃了繁华的网络世界。

艾德文趁着休假，驱车几百公里，跑到首府达尔文市买了一只网络信号增幅器，然而不管他怎么调试，这里的信号依旧只有微弱的一格。

视频，打不开。

新闻，看不了。

八卦，没办法分享。

倒是发邮件和导师联络，还挺方便的……

艾德文的碎碎念充斥了休息室的每个角落，只是没有人理他。宾妮都四十多了，家里养的两个小崽子喜欢上网，可她却看不懂网上的信息；伊万诺维奇这个老兵痞上网就是为了看俄罗斯大美妞跳大腿舞，上不了网，那就多喝点酒在梦里看……

艾德文实在太需要人声援了，他的视线在休息室里转了一圈，移向了背对着他的某个窈窕的背影。

玻璃窗前的位置视野绝佳、采光最好，从前一直被伊万诺维奇霸占，可是在两个月前，他却主动把位置让给了新来的志愿者，那股殷勤劲儿真是让人没眼看。

"苏，你……难道你不上网吗？"艾德文鼓起勇气问道。只说出这么一句寒暄，他的脸已经涨得通红了。

被他唤到名字的女孩自书里抬起头，她不疾不徐地用一枚书签做好标记，然后才转过身，一双笑眼看向了顶着一头自来卷的年轻男孩。

"我不上网。"她说，"我带了很多书，这些书就可以满足我了。"

明明她年纪也不大，但兴趣爱好却和现在的年轻人完全不同。

艾德文一直觉得这位新来的志愿者太特别了。这位叫苏堇青的中国女孩活得"与世隔绝"，她不上网，不用手机，也不见她联络朋友家人。几个月之前，她拎着一个小小的行李箱来到这里，所有人都以为像她这样娇贵的女生是无法适应卡卡杜的枯燥生活的，没想到她不仅留下来了，还适应的格外良好。

艾德文还记得，她第一天到这里时，一头长发披散在腰际，那是他从未见过的某种黑色，在阳光下闪闪发亮，就连碧凤蝶的翅膀也无法媲美。

可是从第二天起，为了方便行动，女孩便用一根木簪把头发盘了起来——中国人可真神奇，他们可以用细细长长的小木棍吃饭，还能用同样的小木棍挽住头发。

艾德文把视线收回来，只敢盯着脚尖前的一小片地面："我也喜欢看书，可是上网也很有意思啊。网上会有很多书上没有的消息，还能看看视频什么的。"

"我对那些都不感兴趣。"苏堇青的声音不大，"摄像机掌控在别人手里，它记录下来的，从来不是最真实的人生，而是经过包装、经过筛选的一小段故事。那段故事可能很有趣、可能很感人，但它终究是包装过后的商品。"

艾德文有时候觉得，苏堇青有着远超于她年龄的成熟。她明明看上去像是一朵娇嫩的花，可她做的事、说的话，却像是一支坚韧的藤，紧紧地包裹住她自己。

艾德文还想说什么，忽然，挂在墙上的闹钟响了起来——晚上七点，黄水潭日落巡航的时间到了。

"抱歉了苏，这段日子都要麻烦你了。"宾妮坐在轮椅里，她右脚上缠着一圈绷带，上周她从船上下来时，扭到了脚，医生说她至少要休息二十天。

每到傍晚，黄水潭的日落巡航都是必不可少的一项工作。来卡卡杜国家公园玩的游客，可都盼着乘船跨越黄水潭，去欣赏滩涂上晒太阳的咸水鳄呢。

这片区域只有他们几个员工，原本日落和日出巡航都由宾妮负责，但是她受伤后，只能把工作分摊到其他人头上。

艾德文是个社恐，让他给游客做导览简直能要了他的命；伊万诺维奇更不用说，光头刀疤配文身，浑身凶神恶煞，比水里的咸水鳄还可怕。

于是她最终决定，每天日出与日落的巡航，都交给苏堇青来负责。

本来宾妮还有些担心，哪想到刚来了三个月的苏堇青，不仅流畅的背下了导览词，而且面对那么多双注视着她的眼睛，她一点都不怯场，态度落落大方，仿佛天生就活在别人的目光焦点里。

"没关系宾妮，能帮上你的忙，我很乐意。"苏堇青起身，取下挂在墙上的工作证、手台对讲机，迈步离开了休息室。

　　码头上，一艘足以乘下一百人的游览船停靠在那里。

　　船舱是开放式的，船板四周的护栏又密又高，以防止有游客不慎跌入水中。

　　船身扁平，吃水很浅，踩上去摇摇晃晃有些危险，不过这种危险，也是黄水潭巡航的乐趣所在。

　　黄水潭流域广阔，为了方便管理，便划分出了不同区域，由不同的工作站负责。现在船上的游客们，都是从上一个区域来的，他们正兴致盎然地趴在栏杆上，拍拍照、赏赏景，用镜头记录下来这里美好的一切。

　　苏堇青整理好身上的制服，走向了码头。

　　卡卡杜的员工制服是最经脏的土黄色，基本上没有什么设计感可言，就像是八十年代的劳保制服一样。这套衣服穿在其他人身上，活像是套上了一个丑陋的大麻袋，风一吹，麻袋就被吹得鼓鼓涨涨的。

　　然而再丑陋的衣服，穿在苏的身上都能显出一种非同寻常的风情，她骨架瘦削，是天生的衣架子，宽大的上衣下摆系在盈盈不足一握的腰际，长发盘在头顶，格外清爽宜人。

　　她快步走向了游船，黝黑的眸子扫过三三两两聚集在甲板上的游客，脑中则在默背着游览解说词。

　　然而当她的视线落在在船尾时，她的动作突然停滞了。

　　瞳孔紧缩，表情凝固，她僵立在甲板上，那副模样活像小动物遇到了天敌。

　　然而让她露出这般神色的人，并非有三头六臂的青面阎罗，而是一个看似再普通不过的华人家庭。

　　一家五口聚在船尾，老人和善，夫妻恩爱，孩子乖巧听话。然而他们口中时不时吐出的中文，足以让她这三个月以来为自己建立起来的防御高墙瞬间瓦解。

　　她以为离开故土，退出娱乐圈，躲到这个几乎没有外来人的世外桃源，就可以独自享受寂寞。然而这个突如其来的华人家庭，却打乱了她的一切计划。

他们会不会认出她？他们会不会把她的照片发在网上？经纪公司知道她在这里，会有多生气？那些被她留在原地的粉丝，能不能原谅她的不告而别？

苏堇青的手紧紧握住扶手，强迫自己不要被脑中突然涌现出来的无数杂念侵蚀。

"苏瑾，你不用胡思乱想。"忽然，一道沙哑的男声在他身后响起，"我刚刚已经替你打听过了，那户侨胞是移民第三代了，和以前的亲戚朋友几乎没有联系，不可能认出你的。"

男人的话便是最好的定心丸，苏堇青紧绷的身体一寸寸放松下来，从男人的角度看去，刚好可以看到她脖颈后侧，那一块小小的骨头凸起。

苏堇青转身望向他。

男人有着亚洲人少见的壮硕体型，他身高接近一米九，肌肉精壮，下巴留着一层薄薄的胡须，头发削的极短，露出青色的头皮。因为经常在湿地里游荡巡视，他皮肤晒得格外黝黑。他的眼皮总像是睡不醒一样遮住一半眸子，然而苏堇青却无法忽视他眼底藏着的那股讥讽冷意。

"说过多少次，我不叫苏瑾。"身材娇小的苏堇青在他面前，必须仰视才能看清他的脸庞。"我是苏堇青，我也只会是苏堇青。"

是的。早在两人第一次见面时，这个名叫"林"的神秘男人，已经认出了苏堇青。

苏堇青在申请卡卡杜国家公园的志愿者岗位前，并没有预料到，这里居然会有一位同她一样，来自于中国的志愿者。

林的英文水平并不高，甚至比伊万诺维奇还要差一点。然而整个卡卡杜，却没有人胆敢不尊重他。毕竟，他曾单枪匹马，挑掉一整个偷猎集团，并且从他们手里，救下了整整一艘船的咸水鳄！

男人走到哪里，都要带着他那杆气枪，然而现在，他的手里却提着一根细细长长的竹竿，竹竿一头是一根尖锐的金属利刺，样子很像中国古代的"长枪"。

只是这柄长枪并不是用来当武器的，而是作为投食鳄鱼的工具。等到游船行驶到水潭中时，这支长枪便会穿上血淋淋的鲜肉，放到水中吸引池中鳄鱼跳出水面，抢夺鲜肉——这便是巡游里最惊险刺激的是"鳄鱼跳"项目，宾妮并不放心把"鳄鱼跳"交给文静瘦弱的苏堇青，干脆把林派上了船，让两个人搭配工作。

于是每天黄水潭的日落巡航中，游客们都会看到两张年轻的亚洲面孔。一个言笑晏晏，负责给大家讲解，一个铁面冷清，负责惊险刺激的鳄鱼跳。甚至还有不明就里的游客，在下船前偷偷问他们是否是情侣。

可惜，两人的关系远没有他们想象的那样亲密无间。

反而有些水火不容。

"苏瑾，你否认是没用的。"林嘲讽，"看到船上有几个可能认出自己身份的人，就吓得连路都不会走了。怎么，你是打算让我把你抱过去吗？"

林脾气不好，甚至可以说是很差。而脾气很差的林，每天都要怼苏瑾。

"我不知道你为什么要来卡卡杜，也不想知道原因，但你已经休假这么久了，也是时候回去了。"

"我为什么要回去？"苏堇青反问，"我踏入圈子，是因为走投无路；而我离开圈子，则是因为我想找到一条更适合我的路。"

母亲离世后，最后一个让她待在娱乐圈里的理由，也消失了。她想做回苏堇青，那个曾经被她在心底埋藏了三年的苏堇青。她细腻，却又刚强；她柔弱，却又倔强。她从来不是经纪公司手里那个被打扮得漂漂亮亮的布娃娃。

"苏瑾"已经消失了，她离开时，连一分不属于她的钱都没有带走。

她来到卡卡杜，一方面确实需要躲避人潮，而最重要的是，她确实喜欢湿地志愿者这份工作，虽然辛苦劳累，但她甘之若饴。

只是，在某些夜深人静的夜晚，她的心底也会油然升起一阵愧疚，为那些帮过她、也爱过她的粉丝。

若是可以的话……她其实很想知道，她走后，他们还好吗？

不知不觉，苏堇青居然把这句心里话说出了口。

林的眼眸里闪过一丝不易察觉的微光："原来你也会惦记粉丝？算我……算他们的喜欢还有点价值。"

男人握紧身旁的甲板扶手："若是你想上网的话，那就去找艾德文吧。"

这一晚的落日巡航，苏堇青频频走神，因为心中存了事，故而美景在前，她也无暇欣赏。她几乎是凭借着本能，背诵着所有的导览词。

好在游客们并没有察觉出她的不在状态，所有人的注意力，都被夕阳下的黄水潭吸引走了。

"接下来，我的搭档将为大家带来刺激惊险的'鳄鱼跳'项目，各位游客请远离栏杆，拍摄时不要把身体部分伸出去，谢谢合作。"

苏堇青关上扬声器，默默让出船头的位置。

林迈步走出船舱。为了方便在湿地里行动，他向来只穿迷彩作训服，园区发下来的统一样式的外套被他随便系在腰间。天气炎热，他干脆把T恤衣袖卷到了肩膀，汗水顺着臂上肌肉的沟壑向下流淌，很快就被太阳烤干了。

他一手提着满桶鲜肉，另一只手举着一根细长地带着尖刺的竹竿。与和善温柔的苏堇青不同，林唇角紧抿，表情冷硬，足以拒人千里之外。

他向来不擅长和游客们打交道，员工守则里的"面对游客必须保持微笑"的条款，他从来没有执行过。

奇怪的是，他并没有收到过任何投诉——苏堇青曾经和艾德文讨论过这个话题，他们一致认为，可能在游客心里，像鳄鱼跳这么血腥恐怖的项目，一定要由冷冰冰的壮硕男人来表演吧。

林在船头站定，他先隔着护栏，仔细确认了一下哪片水下鳄鱼较多。然后他便从铁桶中拿出一大块新鲜滴血的肉，把肉穿到了竹竿顶部的利刺上，就像钓鱼前需要把鱼饵挂在鱼钩上一样。不过鱼钩是弯的，而竹竿顶部的利刺却是直的。

在准备工作就绪后，男人把那根竹竿直直送向水面，因为竹竿长度有限，那块鲜肉便高悬于水面之上，距离水面至少还有一米的距离。

船长早已熄灭了发动机，扁平的游船飘浮在静谧的水面上，只有远处水草丛里会飘来几声水鸟的嘶鸣。

暗沉的血液顺着鲜肉，一滴滴砸进水面，很快就融进水里，再不见任何踪影。

"这下面真的有鳄鱼吗？"不知哪个游客问，"看着挺安全……"

"嘭！"

只听一声巨响，一条足有四米多长的巨型咸水鳄破开水面，长长的尾巴在水中一搅，身子跃入半空之中，一口咬住了尚在滴血的生肉！

它虽然体形硕大，但动作格外灵敏，游客们还来不及反应，便见一抹绿黑色突然冲入视线里，然后又在地心引力的作用下，重重落回水中，激起冲天大浪！

站在前排的游客甚至被水溅湿了裤子，可这时没有一个人能注意到这些细枝末节。

——这，就是黄水潭上，最为惊险，也最让人印象深刻的"鳄鱼跳"！

游客们的惊呼一声高过一声，林完全不受影响，沉默地继续"钓鳄"。

一块块鲜肉被穿在竹竿上、被投入水中，而那些贪婪又残暴的咸水鳄们，便一次又一次跃出水面，张开血盆大口，一口吞噬。

男人面无表情地重复着投食的动作，仿佛围绕在船周围的猎食者们，不过是一群再普通不过的野狗罢了。

直到最后一块鲜肉被投食完毕，那些顶级猎手才意犹未尽的散去，然而，还有一些体型超越五米的"大家伙"并未远离，而是沉入湖面下，仅把鼻子和眼睛露在水面外，狭长的竖眸注视着游船的方向，让人不寒而栗。

对于它们而言，那些肥硕的鲜肉仅仅是饭前甜点，而每日开船惊扰它们休息的"两脚兽"，才是真正的饕餮盛宴。

只可惜……

游船重新开动，船长拉响汽笛，这艘由两脚兽铸就的钢铁怪兽破开湖面，缓缓驶离了鳄鱼聚集的区域。

林站在船头，视线落在那群贪婪的野兽身上，双眉逐渐收紧。

游船停靠在岸边，游客们迈着发抖的腿，战战兢兢地走下了甲板。

直到踏上坚实的地面，确定这里不会再有鳄鱼从脚下冒出来，所有人不约而同地长舒了一口气，终于从刚刚那种生死一线间的状态恢复过来。

"没想到鳄鱼居然这么灵活！快看我的鞋，还带着一股湖藻味！"

"上帝，这才是真正的'鳄鱼跳'！你看到它们跃出水面时的样子了吗，就像一头恐龙钻了出来！"

"妈妈，这里的鳄鱼比动物园的大好多，我下次还要再来看它们！"

游客们津津有味地讨论起刚刚见到的精彩景象，更有人迫不及待地走向码头的纪念品销售中心，打算买些合法经营的鳄鱼皮零钱包什么的，带回去送给亲人好友。若是胆子够大，外区的餐厅还会提供鳄鱼肉美食，供游客们一饱口福。

苏堇青在确认最后一位游客下船后，便跟着人群一同离开了。

然而她未走两步，就被熟悉的中文叫住了。

"嗨，苏领队，你是中国人吗？"

叫住她的，正是刚刚下船的华裔家庭，年轻女人看起来三十出头，娴熟地在英文和中文之间切换。

"北领地这边这里很少见到黄皮肤的亚裔！我们看到你觉得好亲切，能不能合张影？"

说着，家里的男主人便举起了相机，而那个看上去不过六七岁的孩子，已经兴高采烈地抱着自己的鳄鱼玩偶，腼腆地钻到了苏堇青身边。

苏堇青做了一周多的临时导游，这还是头一次遇到游客主动要求同她合影，偏偏还是说中文的游客！她深知"苏瑾"这个名字在国内的知名度，虽然现在这几位侨胞没有认出来来，若是她们把合影发布在国人常用的社交软件上，说不定就……

"姐姐，姐姐！我好喜欢鳄鱼，我以后也要像你一样，每天都开着大船，载着好多好多人，在黄水潭上看鳄鱼！"孩子的童言稚语最是可爱。

苏堇青低头看向那个小男孩，只见他的眼睛里带着纯粹剔透的崇敬与亲切，这种晶晶亮的目光，令她不由自主地回忆起了，那些在机场里通宵排队、只为了见她一眼的执着粉丝。

她不忍心拒绝孩子的请求，然而她却是不能同他合影……

就在她陷入两难境地之时，早已离开的林忽然转身走向了他们。

这个从未在游客面前说过一句话的男人，突然开口了："苏导游不方便合影，但我可以。"

他手上还拿着钓鳄用的钓竿和盛放鲜肉的水桶，衣服下摆几乎全被湖水打湿，手上还沾有浓浓的鲜血气息。

他这副模样，若是走在大马路上，只会被人误以为是冷酷杀手，然而在刚刚观看完鳄鱼跳表演的小朋友眼中，这个叔叔可是一位了不起的大英雄！

小朋友立即"倒戈"了，他完全忘了刚刚他还抱着苏堇青不撒手，现在他迅速跑到林身旁，不顾他身上淋漓的鲜血，贴得近近的，脸上扬起了一个露出八颗牙齿的傻笑。

林很不喜欢拍照，面无表情已经是他能在镜头前做出的唯一表情。

好在小朋友就喜欢他这股酷酷的气质，缠着他同他拍了好几张照片。

苏堇青心里微微一暖，向他投去了感激的视线。

待送走那个华裔家庭，俩人结伴向着员工休息室走去。

两人一个寡言、一个腼腆，一路上并未有太多交谈。

苏堇青为刚刚的事情道了谢。

林说:"不谢。"

简简单单两个字,之后又恢复了沉默。

在半途中,林被伊万诺维奇劫走了。伊万诺维奇痞痞地叼着烟,背着两人的气枪,招呼林去巡视周边。

这样一来,苏堇青又剩下孤身一人了。而这种寂寞,正是她现在急需的。

上船前,林对她说的话,让她产生了不小的摇摆——她离开时走的决绝,一手斩断了所有回头路,势要和"苏瑾"永别。

从进入娱乐圈的第一天起,她心中就承担着极大的心理压力,她从未想过有一天她会被放在聚光灯下,有无数人拿着放大镜对大的指指点点。但她想到病重的母亲,还是咬牙坚持下来了。

可惜……最终却是她的母亲没能坚持住。

一面是刻骨铭心的丧亲之痛,一面是身为公众人物被时刻挤压的私人空间,那时的她就像被两面墙紧紧夹住,而能够让她喘息的余地越来越小。

不知有多少个夜晚,她彻夜难眠,只能靠药物强迫自己入睡。她想叫,却叫不出来,她想哭,又哭不出声。仿佛她浑身上下所有的器官都停摆了,只剩下一颗无时无刻不在绞痛的心脏。

她几次向经纪公司提出隐退、提出赔偿,可却换来了所有人的不理解。于是她走了,一走了之。

她来到了卡卡杜,这个人烟稀少的世外桃源。

可在三个月的时间溜走后,她心中油然升起了一阵愧疚。

娱乐圈虽然复杂势利,但粉丝们对她的爱,是真实的。她的不告而别,会对他们产生多大的伤害呢?

她知道有很多人会把粉丝称作"脑残粉",可是她想,喜欢一个人又有什么错呢?

想到那些可爱的面孔,想到那些真心支持她的人,苏堇青陷入了深深的愧疚当中。

正如林所说，为了这份沉重却真实的爱，她必须去"看看"他们了。

回到休息室后，苏堇青向网瘾少年艾德文借电脑用。

艾德文吓得从椅子上掉了下来。

"苏……你、你怎么突然想用电脑了？"艾德文瞪大了那双浅灰色眼睛，脸上的雀斑都透着一股好奇。

苏堇青没有解释，只微笑以对。

她一笑，艾德文就晕晕乎乎地不知道今夕何夕了。他赶忙让出电脑，贴心地为她打开搜索引擎，告诉她："这里网络很差，时灵时不灵的，要是上不去了你就叫我！"

苏堇青道谢后，落座在电脑前。

她望着熟悉的空白一片的网页，深深呼出一口气，颤抖着双手，打下了两个词——"苏瑾""隐退"。

当她按下回车键之前，她却犹豫了。她不知道自己的心理状态，究竟能不能承担住即将到来的信息潮。

到了这一刻，她才明白，自己其实只是个懦弱的普通人而已。

艾德文在她身后探头探脑，偷瞄她的电脑屏幕，本来想看看她要搜些什么，却没想到她打下了四个方块字。而他唯一会的中文，只有"你好""再见""我爱你"。

他只能蔫头耷脑地把视线移开，专心盯着女神的侧脸。

只见苏堇青在打完那串文字后，出神地望着搜索栏，手指悬停在回车键上，停滞了好久好久。

然后，她深深呼出一口气，果决地按了下去。

下一秒，铺天盖地的信息纷涌而来。苏堇青呆坐在电脑前，眼神怔怔地望着屏幕上的消息。

——没有、没有、没有。

作为国内娱乐圈里最有人气的新生代艺人，苏瑾隐退的消息绝对会炸翻所有网络。

然而网上没有任何一则新闻，可以和这个词汇联系在一起！

即使娱乐圈再怎么健忘，也不可能留不下一点痕迹吧？

不仅翻遍全网都没有苏瑾隐退的新闻，更为可怕的是，直到前几天，还有通稿满天飞！

这正常吗？这当然不正常！

苏堇青只觉得手脚发冷，她坐在电脑前，却仿佛跌入了一个无底的黑洞当中。

她甚至开始怀疑，曾经在娱乐圈沉浮三年多的经历，是否只是自己的臆想，是她为了抚慰自己而编造出来的一场幻梦。

但很快，她便定下心神，把那些不切实际地想法扔出了脑海。

她立即点开了一则短新闻，仔细阅读起来。

这则新闻是娱乐圈里最模式化的写作套路。

　　昨日傍晚，苏瑾低调现身北京机场，一身飘逸风衣搭配牛仔裤马丁靴，尽显帅气利落。

　　小编发现，苏瑾自从剪短头发后，风格大变。原本清新甜美的国民妹妹，变身帅气御姐，衣服也是尽可能走极简中性风。不愧是拿下"V时尚"大奖的艺人，真是行走的时尚 icon（偶像）啊！

　　苏瑾本次行程虽然保密，但小编已经探听出，她此行将要前往南方，拍摄《荒野大赢家》，这档真人秀综艺由苹果台推出，云集众多大咖，投资高达几千万，更请来专业人士，带领各位明星踏上征途……

因为网络极差，苏堇青按了无数遍刷新，等待了十几分钟，终于以几 KB 的速度，刷出了那张机场照。

照片上，女星苏瑾头戴帅气猎兔帽，帽檐压低，却遮不住波光潋滟的双眼。她美得格外嚣张，红唇紧抿，如一轮熠熠生辉的太阳。在她身旁，无数举着手机的粉丝围着她打转，她目不斜视，穿越人群，衣摆被风带起，潇洒而又性感。

"苏……这是你们国家的女明星吗？她长得好像你啊！"身后，传来了艾德文懵懂的提问。

苏堇青望着屏幕上，那张与自己完全相同但气质截然相反的脸孔，刚一开口，泪水就滚出了眼眶。

"不……是我长得像她。"

第十章 《荒野大赢家》

方解这段时间每天都忙得焦头烂额，一直在给苏纪时码资源。

苏纪时警惕道："码什么资源？可别再给我接什么剧本，我不演！"

"不是剧本、不是剧本……"方解赶忙解释，"是一个非常有趣的综艺。"

"综艺？什么综艺？"

方解讨好地说："这综艺是我精挑细选的，你保证喜欢。"

"哦？"

"是野外求生——可以带锤子哦。"

难道方解以为，区区一个可以携带锤子的野外求生综艺，就会吸引苏纪时加入吗？

他还真料对了！苏纪时二话没说，立即开始收拾行囊，恨不得第二天就飞到综艺节目录制现场。

方解赶忙按住她拎包的手："苏姐！苏姐你别急！这只是一个初步邀请意向，咱们这边同意了，他们节目组还得联系其他嘉宾啊，等都谈妥了，还得定时间，前前后后最少也要三个星期。"

苏纪时："为什么要请其他嘉宾？"

方解："当然是为了节目精彩好看啊，要是只有一个明星，不就没有趣味性、互动性和竞技性了吗？"

苏纪时茫然道："可是《荒野求生》不就只有贝爷一位嘉宾吗？"

"祖宗！这是'类似'综艺！哪见过真把一个偶像艺人空投热带雨林的啊！这节目预计要请五位嘉宾，每个人身后有两个跟拍摄影，还有跟组策划、导演、收音、队医、其他工作人员，就算嘉宾不带助理，这个团队至少要有三十个人。"

娱乐圈弄虚作假也太严重了。

三十个人组团去春游——这哪是什么荒野求生，这是"快乐大本营"吧！

但能出去放风就比困在国内要好一百倍了。

很快就到了节目录制的日子，苏纪时精神奕奕，踏上了征途。

"这人是不是有病！都打了多少个电话了！"

印度尼西亚雅加达国际机场 VIP 候机室内，小霞焦虑地做着出发前的准备工作，偏偏手机响个不停，吵得她头疼不已。

"行了，你还是坐下来休息会儿吧。"苏纪时闲适地坐在沙发中，正翻阅着当地的报纸。在她身旁的空地上，放着一个体积不大的登山包，现在已经被塞得鼓鼓囊囊了。

"谁打的电话，怎么不接？"

小霞答："还能有谁，骚扰电话呗。坐标归属澳大利亚，接起来又不说话，只能听到那边一直沙沙响，烦死人了。"

小霞身为艺人助理，她的电话要保持二十四小时开机，很多时候，工作邀约、应酬邀请都会打到她这里。她手机里的联络人有上千个，至于有她电话的人，那更是数不清了。所以她干脆在手机里安装了防骚扰软件，如果遇到可疑电话，她就干脆不接听了。

"澳大利亚的骚扰电话？我也接到了。"方解接话，"不停地打不停地打，接起来又听不清说什么，我就直接拉黑名单了。"

几人都没把这个奇怪的"骚扰电话"放在心上，在娱乐圈里，这种低级恶作剧屡见不鲜。甚至有黄牛恶意贩卖明星身边人的电话，之前小霞就被骚扰地换了三次电话，看来这次又要换新的了。

"先不说那些了，小霞，你给苏姐准备的东西也太少了吧？你看看其他人都带多少东西，你这个小包还没别人一半大！"方解压低声音，"这个《荒野大赢家》可是'荒野求生'类综艺，你就算再敷衍，也不能就带这么个小包啊。"

早在一个多月前，《荒野大赢家》节目组就给方解递了邀请函，邀请苏瑾参加这个"国内第一档野外冒险真人秀"。这档节目是由综艺电视台苹果台和美国 Discovery 频道联合推出的一个节目，借鉴了国外的先进经验，邀请特种部队士兵担任教官，带领几位明星进行一场险象环生的野外探险。这档综艺不仅会在国内上星，到时候还会在 Discovery 亚太频道播放。对于艺人来讲，是一个很好的提高知名度的机会。

只是真人秀向来被誉为"照妖镜"，很多原本公众形象很优秀的艺人，在上真人秀后，因为过分任性、娇气，没有生活常识，而引起路人的反感。但也有一些三线、四线的艺人，明明是充当绿叶的，结果因为在真人秀里表现的格外抢眼，最终抢走了红花的风头。

这个综艺已经筹备了一年多，投资高达数千万，计划将飞到国内外六个人迹罕至的地区进行实地取经拍摄。拍摄过程刺激有趣，而且还配备有专业的直升机援助队，方方面面都有保证。

早在上半年，这个综艺邀约就递过来了，但是方解考虑到苏堇青的性格，认为她不适合这个综艺，就给拒绝了。哪想到计划赶不上变化，苏纪时代替妹妹空降娱乐圈，这位全新的苏女神对拍戏一窍不通，站在摄像机面前只能尬演。艺人拍不了戏，那唯一保持曝光的途径，只剩下真人秀了。刚巧这个真人秀又是苏纪时感兴趣的类型，方解赶忙联系节目组，硬是把苏纪时插了进去。

节目台本提前给了过来，第一期将在有千岛之国美称的印度尼西亚拍摄。印尼横跨赤道，是典型多雨高温的热带雨林气候，全年温度都在三十摄氏度以上。

现在已是十一月，北方早已入冬，几人从北风刺骨的北京飞来，上机前捂得严严实实，刚一落地，便被印尼的艳阳晒到浑身发烫。

节目组的工作人员赶忙把他们引到了 VIP 休息室里，休息室已经有几位艺人提前到了，大家聚在一起聊聊天、拍拍照，把收拾行李的事情都留给了自己的助理。

直到这时方解才发现，苏纪时居然只带了一个小登山包！

再看 VIP 室内其他艺人，每个人除了两个大行李箱之外，还准备了一个巨型登山包，就是那种"驴友"常见的装备，光看体积就能猜到重量绝对不轻。

小霞委屈道："方哥，不是我不给苏姐收拾，是她不让！她说自己能收拾好，结果就收拾了这么一个小背包……"

其实苏纪时的背包绝对称不上小，只是和其他人动辄半人高的大包相比，确实有些寒酸。

可这个背包大有来头——这是她当初被方解和阿山从美国"绑架"回来时，随身携带的野外包！

与其他艺人簇新的登山包不同，这个野外包因为用了好几年了，所以看上去灰扑扑的，背带、包身都有磨损痕迹，好在并不影响使用。

包身是很低调的棕灰色，用的是降落伞布，防水轻便，包外有六个小兜，常用物品分门别类收藏其中，苏纪时甚至不需要解下背包，反手就能摸到她需要的东西。除此之外，苏纪时还特地带上了她珍爱的锤子，再不用用，锤子不生锈她都要生锈了！

正如小霞所说，这次行李是苏纪时亲手收拾的，根本没让小霞插手。小霞也不知从哪个网站上搜了"去野外要带什么"的问答帖，打印出来一个长长的清单，打算把那上面列出的一百多种东西都给苏纪时带上。

苏纪时无奈，决定还是自己收拾。

毕竟，出野外她就是行家。

管它是戈壁沙漠、雪山冰川，还是潮湿闷热的热带雨林，她都亲身经历过。

身为一个地质老人，苏纪时别的本事没有，让自己别死在野外的本事，还是很娴熟的。

她只消瞥一眼其他人的背包，就知道他们带了多少没用的破玩意儿。

常见药品是要带，但没必要带一个大药箱吧？

衣服穿一套带一套就够了，光内衣裤就装了一周七套，这是要去维密走秀吧？

帐篷睡袋确实需要，可是防风防寒等级那么高图什么？他们去的是雨林，不是雪山！

苏纪时懒懒扫了一眼休息室里的其他艺人，毫不掩饰眼神里的不屑。

她说："方解，我带的东西自己有数，带太多了背不动。"

这话听上去像是偷懒、敷衍，但她说的却是地质人周知的大实话。

野外徒步考察一天行进二十公里，负重那么多，艺人又不是特种兵，难道真以为走到后面还有力气？

东西一定要精简，只拿最需要的东西，否则到时候受罪的是自己。

苏纪时还记得自己第一次出野外，去日照强烈的荒野山丘，她特地备了两大瓶一升装的矿泉水，结果其他师兄师姐携带的只有她的一小半，她很好奇，难道其他人不会渴吗？后来她才发现，师兄师姐们只在最口渴的时候才喝水润喉，一方面减少上厕所的次数，一方面减轻携带水的重量。那次出野外，苏纪时成了最拖后腿的一个人。

不过这种事，其他人不需要知道，她也懒得解释。

谁想，她和经纪人说的话，居然被候机室里其他艺人听到了。

众人交换了一个心照不宣的眼神，心想：苏瑾可真是娇气，这可是野外真人秀，就算是在镜头前做做样子，也不能背那么小的包啊。

又等了一会儿，最后一位艺人终于抵达。这季《荒野大赢家》的综艺，邀请了五位艺人及两位特种兵出身的野外导师。

见所有艺人都到齐了，节目组导演带着几组 follow PD（跟拍摄影师）——介绍给艺人。

分配给苏纪时的是一个三人小组，一个扛摄像机的主摄影，一个作为替补交接的副摄影，还有一个负责机动协调的策划。其他小组的设置也差不多。

等到双方熟悉了，拍摄正式开始。

第一镜就在机场候机室里，总导演将在这里宣布他们此行的目的地——印尼一共有一万八千多个岛屿，艺人们只知道节目将在印尼拍摄，但具体在哪个岛屿，并不清楚。

只见总导演拿出一块小黑板，小黑板上贴了五张贴纸，每张贴纸下是一个字，连起来便是岛屿的名字。

为了营造气氛，导演特地一个一个揭开贴纸，每揭开一个贴纸，都会引起艺人们的兴奋讨论。为了增加趣味性，最先猜出岛屿全名的艺人，还能获得特别奖励。

首先揭开的是最后一个字——"岛"。

艺人们笑成一团，来自中国台湾的男艺人立即举手抗议。

"喂喂喂，导演你是故意的吧，我们还不知道是岛？你揭开一个岛，算什么提示呀。"

导演也知道自己过分了，赶忙揭开排在第一位的字——"苏"。

苏？

说起印尼岛屿，还是"苏"字开头的，当然是最负盛名的旅游之岛了！

立即有人抢答："是苏门答腊岛对不对？"

苏门答腊岛因为盛产黄金，古称金岛、金洲，自古就和中国通商。这里是是久负盛名的旅游岛屿，可惜 2004 年的一场海啸，夺去了这座繁华岛屿的八万人口，经过十几年的休养生息，这座岛的旅游业才重新发展起来。

听说节目组这次来印尼拍摄，得到了印尼官方的大力支持，他们想要扶持当地旅游，选择苏门答腊岛也是意料之中。

谁想，节目总导演居然摇摇头，否定了这个答案。

"咱们《荒野大赢家》可是野外冒险节目！苏门答腊岛都被开发得很完善了，哪里能找到人烟稀少的地方？"他环视一圈，见大家都不说话，便说，"既然大家都猜不出来，那我就再揭……"

"苏拉威西岛。"苏纪时双腿交叠，单手托腮，红唇微张，浅笑着说出了答案，"世界第十一大岛，位于巽他与太平洋岛弧的汇合带，岛中部是险峻山区，河网密布，是最好的野外探险之地。"

总导演没接上她的话。

苏纪时："对不对？"

总导演忙说："对、对！"

他下意识地把汗津津的右手在裤缝上蹭了蹭。难不成哪个策划向苏瑾透露了录制地点，怎么她连这么个名不见经传的岛屿都知道？

印度尼西亚苏拉威西岛，对于很多普通人来说，确实是个根本没听过的地名。

苏拉威西岛并非靠旅游成名，而是因为岛上的珍贵矿产。印尼最有名的红土镍矿，其中80%的储藏量都集中在苏拉威西岛上！这里最高可出品品位在2.0%的红土镍矿，吸引无数海外投资商来这里建厂投资。

印尼……镍矿……

苏纪时眉头轻皱，心想：不会这么巧吧？

作为抢先猜出此行目的地的人，苏纪时获得了节目组准备的一项大礼——在正式出发前，她可以和随行人员一起享受最豪华的五星级酒店总统套房，而其他艺人只能住普通的商务标间。

方解把她送到酒店后就连夜飞了回去。他在国内还有不少事情要处理，现在最紧要的工作是筛选新人，这样等到苏瑾正式退出娱乐圈后，新人能立即顶上，撑起他们这个风雨飘摇的小公司。最近他们公司正在广撒网招新，方解一天就要面试六七个。故而，这个足够十几人住的总统套房，最终只有苏纪时和小霞两个人享用了。

本来苏纪时连小霞都不想带，她实在不明白为什么野外求生还要带助理。

"苏姐，我很有用的！"小霞赶忙表忠心，"我会生火、做饭、支帐篷、洗衣服，你背不动的东西我帮你背，放心，我就站在 follow PD 后面，不会被拍到镜头里的！而且这是节目组默许的，你没看其他艺人至少都带两个扛东西的男助理吗？"

苏纪时头疼："这 XX 哪儿是全明星野外求生，这是全助理野外求生吧？"

小霞刚要说话，忽然她手机响了一声。

她低头一看，是留在国内大本营的阿山发过来的消息。

小霞读微信："苏姐，阿山说他刚才打了个喷嚏，问你是不是又说脏话了。"

苏纪时把手机拿过来，按下语音对讲键，一字一顿对阿山说："对，你苏姐我 XX 又说脏话了。"

发完这条微信，苏纪时干净利落地把阿山拉进了黑名单。

小霞哭笑不得："苏姐，这是我微信。"

这话提醒了苏纪时，于是她又掏出自己的微信拉黑了阿山。

以后他们就用鸽子联系吧。

阿山："嘤。"

舒舒服服地休整一晚后，所有艺人于第二天一早在机场集合，从这里转乘岛内航班前往苏拉威西岛。

正如小霞所说，其他艺人都带了多位助理，再加上节目组分配来的拍摄小组，每个艺人身后都带了一大班人，比小学生春游还整齐。

这档综艺节目一共有五位嘉宾参加，节目组邀请时，遵循了"一个大流量＋一个实力派＋一个过气三线＋一个搞笑咖＋一个体育明星"的固定公式，每个人的特征都很鲜明，力争人设不重复。

在去程的飞机上，苏纪时很快就和大家熟悉了。

她苏瑾就是不折不扣的流量担当。实力派是一位三十五岁的前辈，严长辉，老干部路线。过气三线陈刚玉，偶像组合出身，还没大红呢组合就解散了。来自中国台湾的搞笑咖叫伟经，最会活跃气氛，是万能绿叶，也就是捧哏。

至于最后一位体育明星秦丘，则有点特殊——他出身奥运冠军世家，年仅十六岁就夺得了全国飞碟射击青年组亚军，却在十七岁因伤退役，后又通过某选秀节目出道，现在已经成为初露锋芒的偶像艺人。他们这五个人里，要论粉丝量级，苏瑾是当之无愧的第一，秦丘则排在第二。

至于两位野外生存教官，用的是行动代号，一个叫海教官，一个叫江教官。

飞机很快降落在苏拉威西岛，在这里所有人将要转乘大巴车前往此行的目的地。

哪想到刚一上车，海教官就拿了一个小筐，要求大家交出所有通信设备。

不光参与拍摄的艺人要交，就连跟随拍摄的助理也要交。

众人面面相觑，最终还是苏纪时带头交出了身上的手机、iPad、智能手表，又让小霞乖乖交出了其他设备。

秦丘紧随其后，也把身上的所有设备都逃了出来。

最大牌的两位流量艺人都表现得如此配合，其他三人自然不好意思唱反调，赶忙跟着交出了电子产品。

其实在这深山老林里，即使把设备留给他们，也根本收不到信号。节目组早就准备好了 GPS 定位器、手台无线电等设备，一一发给他们，并且教导他们怎么使用。

除此之外，每个小组还分到了一台长得酷似"大哥大"的设备，小霞没见过，好奇地盯着看。

"这是卫星电话。"苏纪时同她解释，"不通过移动网络信号，而是靠卫星定位，只要你在地球上，信号就永远不会断。"

小霞又开始拍马屁了："苏姐你懂的真多。"她看了眼卫星电话，期待地说，"也不知道能不能用上。"

小组策划立即警惕地看了她一眼，双手捂住大哥大，忙说："助理老师你别立 flag，这玩意儿还是一辈子用不上的好。"

等几个小组收拾完毕，大巴车也慢悠悠地驶出了城市，向着山区进发。

东南亚小城市的基础设施建设和中国相比还是有很大差距，很快，平坦的马路便消失了，脚下变成了乡村小路，到后来，连乡村小路都没有了，只剩下格外颠簸的小路。

苏拉威西岛中部是起伏不断的丘陵，山林密布，人烟稀少。岛东南西北都是相对发达的城市，但彼此之间很少靠陆路联通，都是走水路。故而岛中央几乎就是一片未经开发的原始森林，大巴车穿梭其中，惊扰起无数飞鸟。

忽然，大巴车猛地一颠，底盘不知撞上了什么，整个车子发出一声闷响，直接停了下来！

车上工作人员面面相觑，赶忙跟着司机下车检查大巴。哪想到这一检查就检查了足足二十分钟，一堆人聚在车尾，打开后盖，对着发动机指指点点不停，只见浓烟滚滚，看着格外不妙。

几位艺人、助理都趴在窗户上看他们忙活，小声交谈，也不知在分享什么情报。

唯二留在座位上没动的人，只有苏纪时，还有坐在她后面那排的秦丘。

别看秦丘经历跌宕起伏，其实他年纪还小，前不久才刚刚过完二十岁生日。

他见苏纪时一动不动，好奇搭讪："苏老师，你怎么不去看热闹啊？"

苏纪时听到声音，懒懒掀开眼皮瞅他一眼："我又不会修车，凑什么热闹？"

其实苏纪时是会的，毕竟她独自出野外时，皮卡车遇到什么问题都要自己解决。不过她可以会，"苏瑾"却不能会，所以她干脆留在这里闭目养神。

　　她说完话，本来想继续休息，可她发现秦丘正眼巴巴地看着他，一副小狗求关注的模样。

　　苏纪时想了想，暗摸着小朋友估计是需要她把话题抛回去，于是她问："你呢，你为什么不下去？"

　　小鲜肉果然笑出八颗牙齿，语气奶乖奶乖的："因为想和苏老师聊天呀！"

　　苏纪时："谢谢，不炒 CP。"

　　"不不不，苏老师你误会了！"秦丘忙说，"其实我是你的粉丝，从我进入娱乐圈开始，就一直想和你合作，没想到能有机会在《荒野大赢家》遇到你！我是看你的片子长大的！"

　　掐指一算，苏瑾出道三年半，秦丘现在二十，若是十七岁开始追星，倒也……勉强能算是看苏瑾片子长大的。

　　秦丘生怕她不信，犹如报菜名一样巴拉巴拉报出了所有她参演的作品，报完了还星星眼瞅着她，等着她表扬。

　　面对迷弟期待的目光，苏纪时只能矜持地点点头。其实他说的那些作品，她都没看全，若是秦丘缠着她讨论剧情，那她就要露馅了。

　　当小霞看完热闹回来时，就见秦丘和苏纪时"相谈甚欢"，男生帅气潇洒笑容甜，眼睛里一闪一闪的全是小星星，那模样真是让人心折。

　　小霞脑袋里的雷达立即竖起来了，她赶忙把苏纪时拉到一旁，小声提醒她："苏姐苏姐，那个秦丘看你眼神怪怪的！他比你小这么多，不会是想要炒 CP 吧？"

　　"瞎说什么？"苏纪时无所谓道，"我们差着辈分呢。"

　　"那个小朋友是我的迷弟，见到偶像有些兴奋而已。"

　　可小霞却不这么想，她可是一个隐性"穆苏"粉，对其他妄想在她CP 里横插一脚的人，都带着天然的警惕心。

　　谁说差着辈分就不能搞 CP 啦？

　　当初杨过怎么勾搭上小龙女的？还不是危机时刻日久生情？

　　穆总你快来吧！有男妖精倒贴我们苏姐啦！

又过了一会儿，大巴车还是迟迟未开动，车上开始逐渐弥漫一种焦躁的气氛，

小霞小声问："苏姐，你怎么不担心啊？"

苏纪时："担心什么？"

"要是车坏在半路，你说咱这节目还录不录啊？"

"当然录。"苏纪时笑笑，"你就等着吧。一会儿总导演就会上车告诉我们，车子坏了，所有人步行前往营地。"

"呃……"

"这里前不着村后不着店，通信设备也被收走了，就算艺人想退出都走不了了。"

小霞弱弱道："苏姐，你把节目组想得太坏了吧。"

苏纪时："你不如再检查一下自己的包包，把能带的装好，不能带的就留在车上。"

苏纪时料事如神，果不其然，十分钟之后，总导演一脸歉意地上车道歉，说车子坏了，之后的路必须靠双腿行进。

好在营地就在五公里以外，只要他们抓紧时间，绝对能在晚饭前抵达。营地旁有一条小河，若是到的早，还能有时间垂钓。

陈刚玉眼前一亮，忙说："好啊好啊，有鱼吃真是太好了。晚上我给大家露一手，一鱼三吃，包你们满意！"

她年过三十，可惜星路暗淡，这次好不容易有了露脸的机会，自然不惜余力地表现自己。

在场的三位男艺人很给面子，很捧场地鼓鼓掌。

两位教官催促他们尽快下车，于是大家不再磨蹭，赶忙背起自己的登山包走了下去。

节目刚开录，即使明星们再怎么娇气，登山包都要自己先背一段路。

除了苏纪时以外，其他人的背包都大到可怕，这么大的背包，就连男艺人背着都摇摇晃晃，仿佛随时都要摔倒。

两位教官交换了一个眼神，悄悄摇了摇头。但是当他们把视线转向

苏纪时，见她只背了一个中等大小的背包，穿着一身轻便透气的长款冲锋衣，脚下踏着一双野外作训鞋，不由得眼前一亮，很是满意。

在这么闷热的丛林里，如果为了图凉快，穿短袖短裤很容易被蚊虫叮咬，穿过厚的长衣长裤又容易中暑，苏瑾这套装扮刚刚好。

等到正式出发后，轻装上阵的苏纪时并没有走在队列的最前面，而是走在队伍的后方，速度不紧不慢。

其他艺人都聚在两位教官身边，一边走一边同教官们套近乎，争取多几个镜头。

秦丘特地落后一步，摇着尾巴蹭到苏纪时身边，语气讨好又亲昵："苏老师，我看你东西带的不多，不过没关系，我带的很全，要是需要什么，管我要就好！"

说完，他眼睛一转，又大胆补充一句："有什么事，我来保护苏老师！"

苏纪时怜悯地看了他背后的大背包一眼，心想，你还保护我呢，就你这腰围二尺一的小身板，不如先保护一下你自己呢。

正如苏纪时所料，不到半个小时，走在最前面的陈刚玉率先败下阵来。她身材娇小，背着足有自己体重一半多的大背包在丛林里爬上爬下，实在太为难她了，很快，她就把背包扔给了助理，一个人气喘吁吁地跟在大部队最后。

第二个认输的是老干部严长辉，他年纪是最大的，平常疏于锻炼，根本没什么体力。

第三个是来自中国台湾的经纬，他当奶爸多年，平常没少背着孩子上蹿下跳，体力比大部分人都好。

至于秦丘……

小朋友累得像狗一样，大张着嘴，呼哧呼哧直喘，偏偏还不服输，不知从背包的哪个兜里摸出了一支折叠登山杖，居然撑着那根登山杖，一瘸一拐的往前蹭。

两位教官无奈至极，他们在接这个任务之前，就想到了艺人的体力可能很差，但是没想到……居然会这么差。

最让人意外的是。看上去最有可能甩大牌掉队的苏瑾，居然从始至终没有叫过苦累，背着那个沉甸甸的小包，一直跟在教官身后。而且看起来，她的精神状态相当好，也很会分配体力，脸色红润，从始至终保持着极高的警觉心。若不是提前知道她是女明星，他们都要以为她是一个很有野外探险经验的专业人士了。

江教官小声道："我看那个苏瑾，能够坚持到最后。"

海教官摇摇头："不一定，咱们刚走了两公里，你可别忘了，后面还有个'陷阱'呢。"

想到节目组特地在前方道路上设置的考验，两位教官在心中默默为他们点上了蜡烛。

下午两点，一架小型私人专机缓缓降落在苏拉威西机场。

舱门打开后，独属于热带地区的湿热空气席卷而入，站在门旁的高秘书深深吸了一口气，油然升起一种扔下工作去海边冲浪的冲动。

可惜，他此行来印尼并非度假，而是陪同大老板出差的。

穆休伦越过他，踏出了舱门。

就在停机位旁，一辆低调的黑色商务轿车已经等候在那里。司机恭敬地站在一旁，等待着这位远道而来的客人。

这次前来印尼，穆休伦是受当地政府邀请，前来洽谈镍矿开发的种种事宜。

早在十几年前，印尼为了振兴本国工业，一刀切叫停了红土镍矿出口。直到去年才放开窗口，允许部分企业来印尼投资，但条件格外苛刻。穆休伦为此走了不少关系，终于撬开关卡，顺利拿下矿山，并且收购了数家工厂。

可是现在，单纯的镍生铁项目已经无法满足他的野心，他打算投奔镍电池新能源领域，只是这一步要迈出去，少不了政策支持。

穆休伦计划要在这里停留三天——三天内，他势要把税率优惠谈下来。

当地政府也很看重这位来自中国的年轻商人，对他格外客气。不仅派专车接送，还送来一位精通中文的"中国通"来做地陪。

从机场到酒店的路上，穆休伦眼帘轻合，闭目养神。车内凉风阵阵，吹散了户外的炎热。

前排，那位"中国通"正在和高秘书你来我往的客套。

中国通说："穆总、高秘书，你们来的真是巧了，今天上午，刚好有几位中国明星来这里拍综艺节目。"

"哪个明星？"在外人面前，高秘书向来装得格外正经，其实他每天睡前都要刷娱乐八卦，从一线到十八线，就没他不知道的。他装模作样问，"我对明星不了解，只知道几个有名的。"

中国通："我想想……最有名的是个女明星，叫苏瑾，您两位听过吗？"

中国通："没听过？"

高秘书来不及答话，坐在后排的男人已经睁开了眼睛，视线透过后视镜，望了过来："听过。"

高秘书心想，何止听过啊，我们穆总差点就睡过了呢。

就在穆先生享受当地政府的殷勤招待之时，"差点"被穆先生睡的苏纪时，正在苏拉威西岛中部的山区艰难求生。只是她的麻烦并不是来源于复杂的山区环境，而是来自于同组的其他嘉宾。

"我真的走不动了！"队伍后方，突然传来了一声抽泣。只见陈刚玉靠在助理身上，身子摇摇晃晃，仿佛随时都要晕过去。

不仅是她，就连三位男艺人都脸色发白，而替他们拎包的助理们也要坚持不住了。

众人已经在山林中行走了两个半小时了，然而前进的距离不到三公里。不怪他们脚程慢，实在是这片原始山林环境复杂，一路行来，几乎没有看到人类活动痕迹。

因为气候适宜，苏拉威西岛非常适合植物、动物生存。一棵又一棵的参天大树密密排列着，树冠高大，参天蔽日。袋貂、眼镜猕猴等动物在树枝上穿梭，耳畔都是鸟儿叽叽喳喳的声音。

刚开始，几位嘉宾还有心思欣赏美景，可是走着走着，大家的脑中只剩下一个念头——到底什么时候能休息？

涉水，攀树，爬山，大家逐渐意识到，《荒野大赢家》这个节目，是在玩真的！

"是啊，休息一会儿吧。"严长辉最为年长，气质沉稳，他看向两位教官，自嘲道，"这跋山涉水的，我这个大男人都撑不住了，更别提她们两个女……"

话未说完，他抬眼见到不远处身形轻灵的苏瑾，突然噎住了。

只见苏瑾随手把背包甩在地上，几下子便攀上了一个足有三米多高的山坡！那山坡几乎是直上直下的，偏偏她找到了最适宜的攀缘点，手脚并用，很快就顶上了顶峰。从背后看去，她的动作即敏捷又舒展，根本看不出有一点疲惫。

她就像一只正在狩猎中的母豹，登高远眺，眼中流光四溢，气质飒爽："往那边走吧。"她一手握着罗盘，一手指向远方，"再走五百米就是一个小山坳，旁边还有水源，刚好可以休息。"

两位教官默默无言，掩藏住眼神中的惊讶。苏瑾指的方向正是他们之前来踩点时，确定下来的休息区！节目组在做筹备时，便料到以艺人的体力根本无法坚持长途跋涉，所以特地让两位教官寻找一个可以中途休息的地方。即使陈刚玉没有提出要休息，教官也会主动把他们领过去的。

当然，节目组没有那么好心——在休息区里，他们特别设置了一个"陷阱"，当艺人们松懈之时，陷阱就会启动，绝对让他们措手不及！

确定了休息区的位置，大家终于有了盼头。

陈刚玉咬咬牙又站了起来，在助理的搀扶下，努力向着目标走去。伟经和严长辉年龄相近，两人很快结成同盟，给彼此鼓劲。至于男妖精秦丘，则又奔向了苏纪时，像只求偶的夏蝉一样，滋儿哇滋儿哇一通献殷勤。

"苏老师，你好厉害，那么陡的山坡一下就飞上去了。"

"不厉害，熟能生巧。"

"苏老师，你手里的这个指南针看上去和我们的不一样啊。"

"这不是指南针，这是罗盘。"

"苏老师……"

苏纪时头疼地看了一眼跟在身边的大男孩，心想养狗到底有什么好？成天围着腿边转悠，卖萌耍赖求关注，好歹也是一百多斤的人呢，怎么这么不成熟？

"别叫我苏老师了。"她说，"你比我小几岁，就叫我姐吧。"

"好。"秦丘停下脚步，低头看她。他身高足有一米八五，苏纪时站在他面前，只堪堪到他胸口。男孩长得俊朗帅气，今天为了上节目，特地抓了个蓬松精神的发型，露出饱满光洁的额头。他的嘴角向左右两侧扯开，隐藏在深处的两颗小虎牙跳了出来。他声音清朗，光是听着就让人耳朵通红，"苏姐姐。"

跟在后面的小霞："咳咳咳！"

滴滴滴，CP警察要出动抓人啦！

苏纪时瞥了眼默默记录一切的摄像机，立即道："别那么客气，叫'苏姐'就成。"

"不行。"大男孩摇摇头，委屈地说，"大家都叫你'苏姐'，我这个头号粉丝就显不出特殊来了。"

苏纪时见他一片赤诚，不忍打击他，想了想，说："你想特殊也行——不如，你以后就叫我'苏大姐'吧。"

小鲜肉一下被噎住了。

苏纪时两手一摊，笑意盈盈："怎么样，够特殊吧？"

众人疾行了一段路，终于抵达了休息区。

这里有一小片空地，周围有一圈散落的岩石，非常适合坐下来歇歇脚。紧邻着空地旁，便是一条缓缓流淌的河道，因为地势原因，河道在这里拐了个弯，聚成了一片小小的湖泊。说是湖泊，不过是比一般的泳池大些，湖水并不清澈，水藻在湖底飘摇，不少鱼儿穿梭其中，身姿灵活。

陈刚玉明明累到不行，却又嫌石头上满是青苔，不肯坐下，硬是强撑着站在一旁，等她的助理把石头擦干净、铺好隔湿垫后，才肯落座。

其他三位男艺人没他这么讲究，直接席地而坐，登山包扔在一旁，一个个都累得东倒西歪。经纬甚至夸张地躺倒在落叶上，四肢张开，呈大字形瘫在那里，委屈地向导演组抗议。

严长辉从助理手中接过保温杯，啜饮了一口枸杞茶，缓了缓，问："咱们中午吃什么？"

忙活到现在，大家都没吃东西。工作人员的随身包包里带了压缩饼干、肉罐头和饮用水，他们的午餐可以这么凑合，但是艺人们的午餐不能这么随便。

为了拍摄效果着想，导演组要求艺人们的每顿饭，都要吃的"丰盛""美味"，最好能就地取材，吃些野味什么的。当然，"野味"只能是合法野味，不能吃保护动物。

他们身边就有一条河，不用想，今天的午饭就是鱼了。

经过讨论，五位艺人分成两组，一组两人去拾柴火，一组三人去捕鱼。

拾柴火的工作相对简单，后期剪辑肯定不会有什么镜头，不如捕鱼新奇有趣。伟经、陈刚玉立即表示要加入捕鱼小组，并且热情邀请秦丘加入他们。

谁想秦丘摇摇头，异常坚定地说："不，我要和我偶像在一起！"

陈刚玉好奇地问："你偶像是谁？"

秦丘答："我偶像是苏……苏大姐！"

苏纪时毫不尴尬，坦然点头："对，我就是苏大姐，苏大姐就是我。"

男艺人是新晋流量，女艺人是当红小花，孤男寡女凑成一对去做任务……若是放在其他综艺里，就算两人真的清清白白，后期也能"剪"出一段甜甜蜜蜜小恋曲。

　　可是秦丘和苏纪时的关系太扑朔迷离了，赶路过程中，他们总凑在一起说话，陈刚玉本来以为两人是计划好了要炒姐弟恋……但现在看来，这是社会主义姐弟情？

　　搞不懂，真是搞不懂。

　　最终，分组结果定了下来。陈刚玉、经纬、严长辉组队捕鱼，苏纪时则和秦丘一起去拾柴火。

　　苏纪时不在乎镜头多少，她只想赶快完成任务，吃上一口热乎饭。

　　周围都是山林，遍地都是掉落的树枝，可惜大部分树枝都不适合用来生火。

　　能引火的木柴，必须干燥、粗细均匀。两人在周围转了一圈，终于找到一段刚刚断裂的树枝，没有受雨水侵蚀，非常适合引火。

　　只是这段树枝是整片从树上脱落的，枝丫散开，顶端还连着层层叠叠的树叶，像块巨大的地毯，满满铺了一地。

　　树枝太沉，就算他们两人一起托也拖不动，必须拆成一臂长的小段才能带回去。

　　秦丘上脚就踹，一边踹还一边发出"嘿呀""嘿呀"的号子声。

　　跟在后面的两台摄像机一丝不苟地记录下了新晋小鲜肉对着树枝拳打脚踢的蠢样。

　　苏纪时头疼，问他："你靠脚踹要踹到什么时候？你的包那么大，难道就没带什么工具？"

　　秦丘停下来，开始埋头翻包。别看秦丘在粉丝眼里是个"霸气贵公子"，可私下里的他就是个加大号的"蚕宝宝"。他少年时在射击集训队学习，出道后又有经纪人负责操心他的一切，自理能力几乎没有，就连出来旅行都是助理帮忙收拾的行李。

　　他翻了半天，最终在登山包的最下层，翻出了一把多功能瑞士刀，展开之后，还没有他手掌大。

　　他捧着那小小的刀柄，格外兴奋地说："还真有诶！"

　　"算了。"苏纪时道，"还是我来吧。"

"那怎么行!"秦丘认真起来,"你是女孩子,砍柴这种事情当然要男人负责!"

——明明苏瑾官方年龄二十六岁,可在他眼里,她还是个"女孩子",而他刚过完二十岁生日,俨然是个"大男人"了。

苏纪时无暇同他废话。瑞士小刀能用来做什么,这是砍树啊还是给它挠痒痒啊?

她没有卸下身上的书包,而是直接反手拉开右侧的长兜,把手探了进去——下一秒,一柄靛蓝色包身、银灰色锤头的全钢地质锤,就出现在了她的手里!

苏纪时手腕一转,那柄锃新瓦亮的地质锤便在她手中灵活地转了几圈,又稳稳地落入了她的掌中。

没错,为了这次《荒野大赢家》的录制,苏纪时特地带上了一柄小巧的14oz(盎司)地质锤。一般野外勘探采集岩石样本,都是用20~24oz的中号锤,而她这次为了减轻负重,只带了一柄小锤。锤子虽小,但也足以应付各种情况。锤头一边为方头,适合敲、击;一边为扁形鸭嘴,适合撬、劈。

苏纪时已经多日没有同自己的"男朋友"好好亲热了,她感慨地抚摸着锤身,一想到今日就可让它大展身手,她顿觉豪情万丈。

众人望着她的身影,一阵恍惚。

只见她敛目颔首,神情肃穆,她手握小锤,傲然站在参天蔽日的大树之下,姿态翩然,仿佛一位女侠手持仙剑,迎面而来。

秦丘茫然地问:"你为什么随身带着锤子?"

苏纪时轻抬手肘,又猛地落下——扁形鸭嘴头重重击打在枝丫上,树枝犹如豆腐,一触即裂。

她望着脚下散落一地的薪柴,微微一笑:"因为锤子可比男人靠谱多了。"

二十分钟后,苏纪时与秦丘一人抱着一捧柴火回到了河边。

　　两人很快把柴火架成了堆，助理们帮他把折叠小锅、打火工具拿出来，只要等鱼处理好，就可直接开火做饭了。

　　又过了一会儿，捕鱼小队满载而归。

　　他们总共抓了七条鱼，最大的不过半斤多，一个个地上活蹦乱跳。

　　虽然鱼抓了不少，可三人都格外狼狈，湖水看着清浅，其实深度足足到腰部。陈刚玉因为身材娇小，整个胸部以下都湿透了，即使天气炎热，她也被冻得瑟瑟发抖，她的助理赶忙拿着大浴巾把她裹好，簇拥着她换衣服去了。

　　陈刚玉是团队里的"厨艺担当"，她一走，没人知道这几只活鱼该怎么处理。

　　伟经和严长辉两个人都结婚多年，家中有爱妻、保姆操持三餐，根本没下过厨，眼看这些鲜鱼如此精神，甚至一蹦一蹦地向着湖水跳去，顿时慌了手脚。

　　严长辉赶忙向两位教官求救。

　　教官摇头："刚刚捕鱼就是我们帮你的，已经违反节目组的规定了。"

　　伟经期待地看向秦丘："小丘，你会杀鱼吗？"

　　"不不不！"秦丘一边摇头一边后退，"我都没见过活鱼！"

　　眼看三个大男人被几条鱼弄得手忙脚乱，苏纪时从柴火堆旁站起来，扔下背包，手握小锤，缓步踏来。

　　只见她左手压住鱼身，右手手起锤落，只听七声连响，每一锤都准确地击中小鱼的头部，七条鱼轻而易举地就被锤子砸晕了过去！

　　接下来，苏纪时倒转锤身，改为用鸭嘴扁头刮鳞去鳃，几个回合之间，那几条鱼就被处理得干干净净，全身上下都变得光溜溜的了！

　　三个大男人目瞪口呆，他们头一次知道，锤子居然还能有如此骚操作……

　　"我早说过，"苏纪时抬眸看向他们，"锤子可比男人靠谱多了。"

　　陈刚玉换好衣服，匆匆赶了回来，她还未站稳就忙不迭地道歉："对不起、对不起，我来做鱼……"

结果她定睛一看，只见七条鱼已经被处理得干干净净，一根手指粗的树枝从鱼嘴里穿进去，然后又从鱼尾部位穿了出来，贯穿鱼身，稳稳地立在了火堆上。

众人围着炙热的篝火，眼巴巴地瞅着烤制中的河鱼，肚子咕噜噜直叫。

"刚玉，你回来啦？"严长辉向旁边挪了挪，腾出一个位置，示意她坐下，"这鱼一会儿就烤好了，咱们这顿就来尝尝苏瑾的手艺。"

陈刚玉惊讶道："这是苏老师做的鱼？"

"不是。"苏纪时没有邀功，平静接话，"苏老师只负责杀鱼，做鱼是康师傅的工作。"

"康师傅是哪位师傅？"

苏纪时指向一旁垃圾袋中的几个干瘪的调料包："就是那个做方便面的师傅。秦丘带了十几袋方便面调料包，我直接拆开抹在鱼上了，省得再用一堆瓶瓶罐罐调味。"

苏纪时一边说一边暗想：没想到秦丘还有点用，直接带调料包调味，方便快捷也不占地方，等到以后她出野外，这个创意可以借鉴。

严长辉、伟经的裤子也湿透了，不过他们是男人，没那么多讲究，再加上丛林里温度高，没一会儿他们的裤子就干了。

又等了一会儿，烤鱼烹制好了。这些生长在湖水里的野生河鱼个头不大，每条仅比手掌长一些，肉质格外鲜嫩。鱼皮烤得焦黑，一口咬下去能听到牙齿咬破脆皮的轻响，鱼肉洁白细致，犹如蒜瓣，一碰即散，不带任何鱼腥味，在舌尖上一抿，鱼肉便滑开了。大家走了这么久，早就饿到前胸贴后背，有新鲜鱼肉在前，哪里还顾得上什么仪态包袱，一个个埋头狂吃，吃完了还要吮吮手指，回味鱼肉的甘甜。

"这可真是我吃过的最新鲜的鱼了！"伟经主持过一档美食节目，这时自然不遗余力地吹嘘起鱼肉的美味，"这里的鱼全是野生的，刺虽然多，但是非常细。鱼肉本身是带着鲜味的，不是那种海鲜的腥，而是一种淡淡的咸味，配合上小丘给的调料包，真的太好吃了！"

摄像师拉近镜头，专门给了几人吃鱼的特写镜头，热腾腾的鱼肉消逝在唇齿间，想必看到这一幕的观众肯定要馋得嗷嗷叫了。

多余的两条鱼都给了教官。毕竟这一路行来，若不是有教官开路压阵，他们肯定走不到这里。

待众人休整完毕，拍摄继续进行。

艺人们勉力背上登山包，差点被重量压塌身子。

严长辉看了背着小包、手持地质锤的苏纪时，苦笑："刚开始看苏老师东西带得少，还担心你准备不周全，哪想到苏老师反而是最周全的一个。"

苏纪时得意地笑笑，手里花式舞着锤柄，转得风生水起。

众人继续前行。

因为人数众多，惊扰了不少动物，体型小的早就远远避开了，倒是有些不怕人的中型动物凑到路旁，借着茂密植物的遮挡，好奇地望着他们。

这一路走来，他们看到了很多稀少的热带动植物，若不是时间地点不对，苏纪时真想抄起她的小锤锤，掘几块漂亮的石头回去。

陈刚玉渐渐适应了赶路的节奏，一边走一边气喘吁吁问："还有多久能到驻地？"

海教官看了眼 GPS，答："不到两公里了。"

队伍内传来小小的欢呼声。两公里路，在平坦的大马路上二十分钟就能走完，但这里山路崎岖，时不时还有粗壮的大树倒下，阻拦他们的脚步。

他们又咬牙走了半个多小时左右，终于抵达了一座陡峭的石山之下。

石山将近百米高，近乎直上直下，经过日晒雨淋，火山岩裸露在外，只有顶峰有些零星的植物生存。

伟经傻眼了，忙问："驻地呢？"

海教官答："翻过山就是了。"

怎么翻？这里没有任何保护措施，他们都是身娇肉贵的明星，徒手攀山，若是一步踏错摔下来，那可不是闹着玩的！

严长辉皱眉，问："就没有别的路吗？"

"有的。"江教官抬手指向旁边的羊肠小道，那路并不平整，看样子是被什么大型动物踩出来的，"绕山过去也行。"

"那咱们就……"

教官憨厚一笑："可是绕山，就要多走三公里。"

空气猛地一滞，所有人面面相觑，不可思议地望着肤色黝黑的教官，脑中仿佛有无数弹幕在同一时间迸发出来。

这是故意的吧？这一定是节目组故意的吧？！这一路有多艰难就不说了，眼看着就要到驻地，却要多绕行三公里？明明希望近在眼前，结果却发现目标忽然又被拿远了，这落差谁受得了！

没错，这一切当然是节目组故意的。

明星在野外摸爬滚打，弄得浑身泥泞，观众刚开始看还会觉得有趣，但看多了重复的内容就不会感兴趣了。所以节目组特地设置了这么一道"心理陷阱"，在艺人们自以为胜利在望的时候，把他们一击打入谷底。

说实话，这招真是太缺德了。

在身体的极度疲惫下，还有谁能顾得上偶像包袱？若是遇上心理脆弱的艺人，被他们弄哭也是极有可能的、

果不其然，伟经把背包一甩，席地坐下，脸色不快："不走了不走了。本来以为能好好休息一下，怎么平白又多了三公里？这是要走到太阳下山吧？"

秦丘蹲在山脚下，头低垂，不说话，只默默地拔着满地野草，看样子正在气头上。

严长辉年纪最长，性格平和，见大家都垂头丧气地，他心底也不舒服，只能强打精神安抚大家："没关系，距离落日还有几个小时，咱们就在这儿好好歇歇，一会儿再出……啊！小陈，你怎么……别愣着了，快给小陈拿纸啊！"

苏纪时循声看去，只见陈刚玉抱着腿坐在一块大岩石上，不声不响，

眼圈却已经红了。她今天其实正处在生理期，又是下水摸鱼，又是野外跋涉，早就累得浑身酸软了。唯一支撑她走下来的念想，就是回到有水有电的驻地后，可以好好洗个热水澡放松一下，哪想到节目组却玩了这么一手，坑了所有艺人！

但工作毕竟是工作，这节目名叫《荒野大赢家》，顾名思义，卖点就是明星们在野外受苦受累。他们拿着片酬，有了曝光，若是一路舒舒服服的，那也没有观众埋单啊。

从始至终，苏纪时一直静静站在一旁，没有说话。她早就习惯了高强度的野外作业，别说在森林里再徒步三公里了，就算再徒步十公里她也能坚持。

她绝不会因为自己体力好，就看不上娇滴滴的陈刚玉——术业有专攻，陈刚玉的长处在于唱歌跳舞，而不是在环境恶劣的野外摸爬滚打。

但让她一直这么哭下去也不是办法。

镜头中，三位男艺人都围在陈刚玉身旁哄她开心，可陈刚玉像是被点了哭穴一样，眼泪怎么也停不下来。

苏纪时默默走上前，接过秦丘递过来的纸巾，指尖抖开带着香味的手帕纸，轻轻压在了陈刚玉的眼角。

"别哭了，"她轻声道，"再哭体力就没了。"

在野外，切记流血流汗不流泪。因为哭泣是最消耗体力的活动，不仅会让体内水分快速流失，更会大幅度消磨意志，让人对自然心生畏惧，失去了挑战的勇气。

陈刚玉睁着一双红彤彤的兔子眼看她："可是我就算不哭，也走不动了……"周围全是摄像机围着，她知道她这么一哭，等到节目播出后，绝对会有无数键盘侠骂她是"大龄作精"，仿佛女人年过三十，就要统统变身女强人，再也没有撒娇、委屈的权力。

"那就不'走'。"苏纪时淡淡道，"真要绕路三公里的话，估计咱们到营地太阳都下山了。不就是一座小山嘛，翻过去就是了。"

这山在外行人眼里，确实陡峭，但在地质老人苏纪时眼中，并非无路可循。

"放心吧。"苏纪时托起陈刚玉的侧脸，大拇指擦过她滚落的泪珠，语气自信傲然，"有我在，绝对不会让你出危险的。"

山体陡峭，苏纪时头上戴着防护头盔，头盔顶端固定着一台小小的摄像机。

她腰间别着那柄不离身的地质锤，手脚并用，向着上峰攀去。山体上只覆盖着薄薄一层土，有土的地方，就有青苔、杂草，食草动物身姿敏捷，蹭蹭几步蹿上了山顶，一边吃着野果，一边好奇地看着这个漂亮的人类，在山崖间寻路。

印尼位于印度洋板块、太平洋板块、亚欧板块交汇之处，在板块碰撞下，无数岛屿被抬升起来，这才形成了如今的千岛之国。岛上多活火山，每隔一段时间就要喷发一次，而他们现在正攀爬的这座小山坡，就有着明显熔岩流过后复又凝固的痕迹。

类似的地貌苏纪时曾经探寻过，故而她不慌不忙，手里抓稳岩石，身子几乎贴到了崖壁上，每一步都走得格外谨慎。

若是前方没有合适的落脚点，她便掏出锤子，直接用鸭嘴头凿出一块小凹陷，以供自己攀爬。

在她身后，其他几位艺人犹如一群笨拙的幼崽，亦步亦趋地追随着她的脚步。

在哪里落脚、在哪里放手、在哪里使力……刚开始，众人爬得战战兢兢，生怕一不留神就滚下了山崖。

苏纪时见他们畏首畏尾，回忆起了第一次带新生出野外时的窘况。不过和那些十八九岁的毛头小子相比，几位艺人可要懂事多了。

"别看脚下，"苏纪时朗声道，"抬头看我。"

这里不好跟踪拍摄，于是摄制组拿出了提前准备好的头盔，每个艺人头顶都带着一台小小的 GoPro，可以记录下来他们的一举一动。

陈刚玉位于队伍的第二位，就跟在苏纪时身后。苏纪时的每一个举动，她都认认真真地复制完成。眼见最较弱的她都能跟上苏瑾的脚步，其他三位男艺人也不甘示弱，生怕被两位女将落下。

本来两位教官并不想让两个女孩子打头阵，哪想到苏瑾身姿灵活，完全不需要他们辅助，已经带领着其他几位艺人，爬到了半山腰。

一步紧跟着一步，苏纪时为了照顾身后的拖油瓶们，特地放慢了动作。即使这样，还是有人跟不上，差点踩空。

好在这座山丘本身不算高，等到所有人攀上山顶时，他们才用了半个小时而已！

放眼远眺，青山绿水，郁郁葱葱。这山一面陡峭，另一面陂势平缓，山脚下的驻地近在咫尺——不敢相信，他们居然真的成功了！

秦丘站在峭壁旁，看着他们一路走上来的痕迹，心有余悸。

天啊，他以前只爬过国内那些有台阶、有缆车、有栈道的景点山区，哪里爬过这种野山？他用手比画了一下距离，嘴里喃喃嘀咕："为什么导演组把我的手机没收了？害得我连自拍都没有办法。"

他声音不大，可依旧被站在他身旁的伟经听到了。

伟经是搞笑综艺咖，面部表情丰富，只听他加油添醋、挤眉弄眼道："我们小丘真是个活宝，我们这些大哥大姐只想睡觉，你居然还想自拍！"

青春期的男孩最是自恋。秦丘不怵，据理力争道："我长得这么好看，当然不能浪费这张脸啦！"

说罢，他直接从头顶摘下迷你摄像机，拿在手里，伸长手臂，拍下了自己与峭壁的合影。

拍完后，他看了眼屏幕，尤嫌画面不够好看，想了想，他向着悬崖的方向又移了一步，蹲下身，单手比 V，笑得阳光灿烂。

谁想，悬崖周围的石块格外容易松动，他蹲下后，身体的所有重量都击中在了前脚掌——只听一声脆响，他脚下的石块突然开裂，身体一晃，失去平衡，他下意识地想要伸手伏地，结果却摸了个空！

"啊！"陈刚玉一声惊叫，眼前的一幕吓傻了她。

伟经、严长辉反应迅速，立即冲了过去，然而有个身影比他们所有人都要快！

早在石块断裂的一刹那，身材瘦弱的苏瑾便扑了过去，然而体重只有九十多斤的她哪里拉得住一个大男人？

她重重倒在了地上，然而双臂却悬于崖外，两手合握，紧攥锤柄——在危机时刻，她第一个想到的便是用锤子延伸手臂长度，这才堪堪拉住了秦丘！

好在崖下就是一块凸起的落脚点，秦丘狼狈地趴在山壁上，两只脚踩着那块坚硬的磐石，一手扒着山壁上的野草，一手则后怕地攥住了锤头。

秦丘抬头仰望，只见救他的女孩几乎大半个身子都探出了山崖，她眼神明亮，眉头紧蹙，明明手背都被蹭破了，可她却坚持不肯松手。

是他连累了她。

"我……"

"你不是活宝。"苏纪时艰难从嘴角挤出一句话，"我看你个龟儿子是活腻了！"

秦丘呆呆望着这位被他誉为女神的前辈，即使被她骂得狗血淋头，也没有眨一下眼。

他的心跳声为什么这么大，这是不是传说中的"救命之恩当以身相许"啊？

太阳落山前，大部队终于顺利抵达山脚下的驻地。说是驻地，其实不过是一片临水的平缓坡地，据说这里是山区居民入山打猎时开拓的休息区，地面已经提前夯实，还有两座简易小竹楼立在那里。

此行五位艺人，三男两女，按照性别分配宿舍。虽然小竹楼很破，但好歹是个有顶的房子，比直接躺在阴凉的地面上可好多了。

只是艺人可以睡床，他们的助理就没有那么好的待遇了。

工作人员指着北边的一小片空地，说："各位助理老师，这里就是你们的休息区了，一会儿麻烦你们把帐篷扎在这儿，我们的摄像头不会往这里拍，大家尽量不要出现在镜头前。"

不知是谁的助理问："你们不帮忙扎帐篷？"

工作人员好脾气地笑笑："抱歉，我们手头的工作也很多，就麻烦各位助理老师自己动手了。"

艺人助理在娱乐圈一直处于一个非常尴尬的地位，用一个比较通俗的比喻，他们就像古代贵妃身旁的"大太监""大丫鬟"。他们的身价全看跟的"主子"，一线明星的助理，自然要比三线明星的助理高一头。不过，虽然外人尊称他们一声助理老师，但总归没那么重视。

几位助理面面相觑，只能低头搭帐篷。好在这里地面平整夯实，不需要再费心除草捡石了。

其他艺人都带了两个以上的助理，团队分工合作，很快就搭出了帐篷的雏形。

小霞也不甘示弱，她向来一个人当三个人用，自诩绝对不比其他助理差。然而当她真的开始动手时，却发现帐篷搭建比她想象中的难多了。

这几根杆儿是什么东西？帐篷上的系绳是干吗用的？门在哪里？哪里来的网？拉链怎么连？充气防潮垫的阀门呢？

对于菜鸟来说，再怎么号称"傻瓜式"的帐篷，在没有老手的带领下也很难撑起来。小霞对着几片软趴趴的防水布愁到头秃，真想直接认输，晚上干脆裹着睡袋，幕天席地的凑合一晚算了。

她想向周围人求助，但其他人不知是真没看到、还是装没看到，居然没有一个人主动伸出援助之手，任由她一个小姑娘围着不成形的帐篷团团转。

小霞自尊心高，她知道其他人都在等着看她笑话，那她更要硬憋着一股气非要自己捣鼓出来不可。她可是一线女星的助理！放在以前，那可是正宫娘娘身旁最得力的大丫鬟，走到外面可是代表着苏瑾的脸面，怎么可能对几块破布认输？！

"行了，我来吧。"

就在这时，她身后响起一道清爽的女声。

小霞倔强道："没事，我一个人也可……啊，苏姐？"

没错，空降来此的人，正是苏纪时。

苏纪时已经换上了一身休闲服，手背、手肘上的擦伤已经处理好，涂了薄薄一层药，又用防水绷带缠好。她趿拉着人字拖，手中的小提篮里装着毛巾、香皂，看样子正打算去洗澡。

驻地有个简易洗澡间，节目组在山脚下找了个天然凹洞，外面挂上防水布帘，顶上再放两个灌满水的大塑料桶。塑料桶经过一天的暴晒，里面的水被晒得滚烫，可以直接用来洗漱，方便极了。

只是这样的洗澡间只有一间，陈刚玉先进去了，苏纪时就溜达过来看看小霞，哪想到正好看到她对着帐篷犯愁的窘样。

"苏姐，你辛苦一天了，你就别……"

"等你帐篷搭起来，你苏姐头发都白了。你老实待着去。"苏纪时直接把小霞拽到了旁边一根倒下的巨木上，让她坐好，然后转身踩着人字拖回到了帐篷前。

搭帐篷这种小事，她早就记不清搭过几百回了，就算把她的眼睛蒙上，她也能轻松完成。

她随便瞥了一眼瘫在地上的那几片破布，扒拉了一下，拣出主杆，快速拼接在一起，然后按部就班的把帐篷布撑了起来，形成一个饱满的拱形。

她的到来，让其他艺人助理都震惊地停下了手里的工作。

从来只听说助理跑前跑后为艺人操心的，哪见过艺人空降亲手为助理搭帐篷的？

就算是位了塑造亲民的人设，也没必要跑来没有摄像机的助理区啊？

苏纪时完全没有理睬周围那些或明或暗的视线，短短五分钟，技艺娴熟的她已经把帐篷完全搭好，就差最后一步了。

帐篷因为自重很轻，往往风一吹就被飘走，所以最后必须用 L 型的铆钉把四角固定在地面里。

眼见苏纪时素手纤纤，从地上捡起那几根大钉子，呆愣了许久的小霞赶忙跳起来，急急忙忙说："我来我来，我去找锤子……"

苏纪时道："不用。"

"可是地面这么硬，徒手怎么把钉子插下去啊……"

苏纪时挑起嘴角："只要心中有锤，手中就有锤。"

话音落下，这位当红一线女星拿过提篮里的毛巾，把那块拳头大的肥皂包在毛巾里，扎紧收口，手臂一甩——

这个异常简陋的"锤子"，居然真的把钉子砸进了泥土里！

苏纪时不紧不慢地起身，走到另一角前，故技重施，又把第二个钉子砸进了土里。

然后是第三锤、第四锤……

等到她搭建完整个帐篷，整个休息区鸦雀无声，所有助理都目瞪口呆地僵在原地，用一种憧憬的目光看向这位不走寻常路的当红女星……以及她手里可以用来当凶器的肥皂与毛巾。

"行了。"苏纪时拍拍手站起来，用脚尖踢了踢帐篷，以证明它坚固完好，"你好好休息吧。我估计陈刚玉洗完澡了，我先走了。"

小霞如坠云端，恍惚道："苏姐你慢走……"

等到苏瑾的背影消失在众人视线中，助理们忽然一拥而上，迅速围住了尚未回神的小霞。

这个说："霞姐，苏老师对你可真好，我头一次见到这么关心助理的艺人，平常她也这样吗？"

那个说："听说苏老师就你一个助理，平常是不是忙不过来啊，要不要找个人帮你分担工作？"

还有人酸溜溜问："苏老师性格这么爽快，给工资是不是也爽快？我那天听徐雅丹老师的助理说，苏老师给你的工资是其他助理的五倍呢。"

刚刚还被当作透明人的小霞，瞬间成了烫手的香饽饽。当助理的，谁不想跟个好说话、性格又不矫情的艺人啊！

在今天的节目录制中，苏瑾就表现出了可靠干练的一面，让人眼前一亮。但大家只当她是在镜头前"立人设"，哪想到在摄像机拍不到的地方，她也表里如一。

面对蜂拥而至的问题，小霞应接不暇。与此同时，在她的内心深处，还有一种奇怪的、无法用语言说清的莫名感觉。

——苏老师一直对你这么好吗？

是啊是啊。苏瑾虽然是当红小花，可是一点没有架子，对她就像对朋友一样，"请""谢谢"总是挂在嘴边，温柔又和善。然而不知道什么时候开始，苏瑾变了，她依旧对她很好，但她再也不"温柔"了，而是变成了一个很有进攻性的、很"锋利"的人。

就拿搭帐篷这件事来说，若是以前的苏瑾，肯定也会主动伸出援手。但在帮忙之前，她会说"我来帮你吧"，而不是"你一边待着去"。

太奇怪了。

真的太奇怪了。

小霞是苏瑾的贴身助理，不仅公事上替她分忧，私事上也是当之无愧的一把手。

苏瑾性格上的巨大变化，粉丝们、媒体们只当是"人设变了"，以为她开始转型，从国民妹妹走向成熟姐姐。

然而小霞却清楚知道，苏瑾的变化有多么突兀。

曾经的苏瑾，温柔似水；现在的苏瑾，则是一壶烧开的滚水！剧组深夜遇到小混混勒索，她单枪匹马用锤子赶走他们；饭局上遇到油腻的广告商，她一杯酒泼过去不留丝毫面子……更别提今天跋山涉水，她没有喊过一句哭累，这些磨难在她眼里就像是毛毛雨一样。

这些绝对不是曾经的苏瑾会做出来的！

一只小白兔会在一夜长出利爪吗？

这当然不可能。

一个大胆而荒谬的猜测在小霞的内心升起，可刚冒了一个头，就被她压下去了。

不要胡思乱想了！苏姐就是苏姐，怎么可能被其他人代替？这又不是写小说！

小霞心中像是有两个小人在打架，在理性与感性中摇摆不定。

偏偏在此时，营地那头传来了一阵喧闹声，尖叫声一浪压过一浪，不知是谁喊了一句:"快！别让蛇跑了！"

循声看去，只见地上游荡着一只足有一米多长、手腕粗细的大蛇，身形犹如闪电，从草丛里一晃而过！

两位教官拔足狂追，然而野蛇极为熟悉地形，很快就隐秘于草丛之中！

一会儿，东边喊:"它在这儿！"

一会儿，西边叫:"啊啊啊啊啊啊啊啊有蛇！"

全剧组上下三十多个人，被一条蛇撵得嗷嗷直叫，几乎要掀翻所有帐篷。

在这些求救声中，小鲜肉秦丘的声音尤为突出:"糟了！它往浴室去了！"

小霞脑袋嗡的一声，这时她再也顾不上心中的种种疑虑，拔腿就向着浴室狂奔。

简易浴室没有门，只有一道布帘隔在外面，一条长长的水管从岩石上连下来，恰好留出了一道空隙。

浴室外，刚洗完澡的陈刚玉花容失色地倒在地上，她惊恐地望着浴室的方向，脸色雪白。

那条慌不择路的大蛇与她擦肩而过，她现在大脑一片空白，连完整的话都说不出来，唇角挤出几个破碎的词组。

"苏……苏老师……还在……蛇……"

小霞眼眶一热，立即就要往里冲。

两位教官连忙拉住她，忙说:"你现在不能进去！会惊到蛇的！"

小霞语带哭腔:"可苏姐还在里面啊！"

"你放心，那蛇不是毒蛇，就是个头大。但是……"

教官面露难色。现在在浴室里的人是一线女星，他们两个大男人总不能直接闯进去吧，要是看到什么不该看的，那就太影响她的清誉了。

他们一时陷入了两难的境地。他们不敢弄出太多噪音，怕惊扰猛蛇；又怕耽搁太久，让苏瑾受伤。

营地内外，一片寂静，众人屏息望着紧闭的浴室门帘，默默祈祷，希望苏瑾能够"机灵"一些，慢慢穿好衣服走出来，千万不要慌张。

可惜，他们的祈祷落空了——

只听门帘内传来一阵霹雳乓啷的巨响，随之而来的，还有巨蛇发动攻击时的"嘶嘶"声！

小霞忍不住，热血涌上大脑："苏姐！"

两位教官再也顾不得别的，同时冲向了浴室，在他们身后，是满脸焦急的秦丘。

就在他们的手即将触碰到门帘的那一刻，那轻飘飘的门帘忽然从内掀开了。

喷薄的雾气从内涌出，一道窈窕高挑的身影踩着那犹如神仙特效一样的雾气，娉婷地立在众人眼前。

只见苏瑾额头带着一层薄汗，头发微湿，身上衣衫整齐，呼吸略显凌乱。

而那条引得所有人惊叫连连的巨蛇，正生死不明地搭在她的右手腕上！

长长的蛇身垂落在地，苏瑾右手紧紧掐着它的七寸，右手则拎着毛巾与香皂制造而成的"凶器"。

不久之前，苏瑾就用这个"无锤胜有锤"的家伙把四根铆钉砸进了土地里。而现在，她又用同样的操作，制服了一条凶猛的野蛇！

浴室外，所有聚集在此的工作人员全部失去了眨眼的能力，他们的视线不停在蛇与女孩之间转来转去。

拍什么综艺啊！凭苏瑾的身手，就算把她一个人空投到无人区，她也能活下来好不好？！

他们《荒野大赢家》节目组不如原地解散，重组成《荒野苏瑾》算了……

苏瑾面对这一双双呆滞的眼眸，轻笑一声，美目流转，自众人身上划过。

她扬起手臂，问："这蛇不是受保护动物吧？"

海教官如梦初醒的"啊"了一声，又仔细看了两眼，确认到："不是，就是野生的体型大些。"

"那就行。"苏瑾颔首，把那蛇扔到了厨艺担当的陈刚玉面前，"晚上大家可以加餐了。"

拜苏瑾"英勇抓蛇"所赐，这天晚上，节目组的所有员工都吃到了一碗滚烫的蛇羹。

陈刚玉厨艺极佳，硬是用营地有限的调味料烹制出了一锅色香味俱全的蛇羹。

当然，扒蛇皮、去蛇头、挤蛇肠的工作全都交给了两位教官负责。

大家围着篝火，呆滞地回忆着一天跌宕起伏的经历。

明明综艺刚录制了一天，可这天高潮迭起，发生的事情都足够剪三集了……

而被他们当作"一切不可思议的源头"的苏瑾，却悠闲地坐在火堆旁，半眯着眼睛，享受着忙里偷闲的时光。火花下，她美得妖异，那张精致的脸庞增添了一份缥缈难寻的神性，就连直视都算是一种亵渎。

小霞偷偷起身，找了个冠冕堂皇的借口从策划手里要回了手机。

她避开人群，走到了营地外一片无人的角落，尝试数次，终于拨通了电话。

"喂……是方哥吗？"

寂静的森林里，小霞的倒影被月光投在地上，很快又被黑暗淹没。

"录制很顺利，没有什么问题。但是，我有件事情想要和你说。

"这件事我其实察觉很久了，只是之前一直没有证据，我还以为是自己多心。可是今天发生的一切事情，让我意识到我的猜测是真的。

"方哥，我没生病，你不要打断我。我发誓我接下来说的每一句话，都是我深思熟虑的结果。

"我一直跟在苏姐身旁，她的变化我全看在眼里。"小霞深深吸了一口气，"你难道没有发现，她从美国回来后，性格大变……就像变了一个人一样吗？

"方哥，你和阿山一定也发现了，对吧？

"我不傻，我有眼睛，会看，我有大脑，会想。

"我知道这件事很不可思议，但刨除了所有不可能的选项之后，只有这个理由能够成立了……"

小霞听到了自己的喘息声，就像一辆破旧的、随时随地都会散架的二手拖拉机发出的声音。

她闭上眼睛不去看头顶温柔的月光。

"我怀疑，苏姐被人魂穿了。"

林间信号不好，方解的声音听上去沙沙的。

"吴丹霞，我怀疑你没长脑子。"

第十一章　遇险

小霞被方解劈头盖脸臭骂一顿。

"你知道跨国电话多少钱吗？你知道我在这边有多少工作吗？你知道我看到你电话打过来心脏都骤停了以为苏瑾出事了吗？你知道我耐着性子听你叨叨五分钟却听到这么荒诞的猜测我气到血压都升高了吗？"

他越骂，小霞越颓唐。只见她蹲在草丛里，把自己蜷缩成小小一团，对着月光下自己的影子，委屈而无助地拔起了脚边的野草。

方解尤不解气，干脆没收了小霞看小说、看网剧的 VIP 账号，让她老实反省。

小霞垂头丧气地对着电话道歉，那声音听着，像是下一秒就要枯萎了。方解听到她的喃喃道歉声，忽然心软了。

苏瑾出道后，小霞就做了她助理。小霞学历不高，但是做事麻利，不论什么事情一教就会，最主要的是没那么多歪心思。要知道，很多助理做的时间长了，胆子大了、野了、飘了，甚至有爬到艺人头上作威作福的；像是私下收受回馈、中饱私囊的事情，更是屡见不鲜。

可是小霞这姑娘一片赤诚，兢兢业业，像只小蜜蜂围着花骨朵一样，一天二十四小时都围着苏瑾嗡嗡转。在这种朝夕相处之下，她发现了苏瑾的巨大变化，第一时间向经纪人汇报，可谓忠心耿耿了。

她的出发点是好的，就是……脑洞太大。

"狸猫换太子"的事情，总瞒着她也不是长久之计。想了想，方解决定向她稍稍透露一些口风。

于是，方解说："苏瑾的变化确实很大。但这又不是拍电影，哪有什么'穿越''重生'？你还是想一想现实生活中会发生的实际案例吧。"

他徐徐善诱："长相还是那个长相，但是性格截然不同。那么这说明，苏瑾可能是双……"

小霞振臂高呼："双重人格！"

方解气急败坏地道："吴丹霞同志，我看你不适合当明星助理，还是转行去当编剧助理吧。"

小霞和方解私下里交流了什么，苏纪时不得而知。

她只是发觉，在节目录制的后半程，她身后的"跟屁虫"突然多了起来。

小霞寸步不离地跟着她也就罢了，秦丘、陈刚玉两个人究竟中了什么邪？

《荒野大赢家》第一期录制时间长达六天，五位艺人在印度尼西亚的密林里共同生活，除了野外探险以外，还要分组游戏。可每次游戏开始前，秦丘和陈刚玉两个人都争着同苏瑾在一组，不管编导怎么劝，他们都像是加大号的橡皮泥，硬要粘在她身边。

陈刚玉拖长声音："女孩子当然要一起行动啦！苏瑾真的很可靠，和她在一起我才能安心。"

秦丘眨眼卖乖："苏姐就像是我的亲姐姐一样，而且她之前在悬崖边救了我，我还没报答她呢！"

两个拖油瓶年纪羞了十几岁，偏偏性格都像孩子一样，两个人你瞪我、我瞪你，谁都不肯从苏瑾身旁离开。

于是乎，苏瑾每天都要带着两个硕大的拖油瓶，在密林里来去奔跑。

节目组设定的任务都很刁钻，两个人主动要求帮她分担工作。

苏纪时二话没说，把他们拎到一块巨石上坐好，不知从哪里抓出了一把葵花籽，一人分了一捧。

"你俩不添乱，就是对我最大的帮助了。"苏纪时丝毫不顾忌摄像机在场，说出的话格外不客气。可以想象，等这期节目播出后，苏纪时的这句狂傲之语，绝对会成为她的巨大"黑料"。

可谁让她有狂的资本呢？

她出野外时早就习惯了恶劣的地质环境，不论是爬树淌水滚泥地，在她眼里都是不值一提的小事。当另外一组的艺人还在犹豫如何下手时，她早就刷刷刷取得了三人份的材料了。

她就像是带人上分的钻石王者，秦丘和陈刚玉完全是一路躺赢，稀里糊涂地就拿到了小组冠军。

到后来，两人逐渐适应了废柴生活。每天早上摄像机打开后，苏纪时一路狂奔出门做任务，陈刚玉负责生火做饭、秦丘负责劈柴扫地。等到苏纪时凯旋后，热茶、热饭都会在第一时间端到她面前，身旁还有一对俊男美女围着她讲笑话。

另一组的艺人酸溜溜说："苏老师，我看你别回去了，留在这儿做山大王吧。你看，压寨夫人和狗头军师都替你准备好了。"

苏纪时爽朗一笑，同自己队员开玩笑："你俩谁是压寨夫人，谁是狗头军师啊？"

陈刚玉和秦丘对视一眼，眼里小火苗噌噌噌往上冒。

谁是压寨夫人，谁是狗头军师？——自然是他／她（她／他）了！

很快，节目录制便到了最后一个环节。

最后一个任务尤为辛苦，这一次，所有艺人将要在日出后从营地启程，目标是在日落前，攀上一座高约三千米的小火山。

当然，这个三千米仅仅是从山脚到山顶的垂直落差，考虑到这一路的地形地貌，他们至少要一刻不间断地爬十几个小时以上。"火山冲顶"是当地非常热门的旅行项目，很多游客都会选择在这里进行极限挑战，攀上火山顶峰后安营扎寨，欣赏火山日出的盛景，第二天再回程下山。

本来两位教官因为陪同他们一起完成任务的，可是他们临时接到上级通知，要回国参加任务，故而两人连夜飞回了国内，剩下的最后一项任务只能让明星自己完成。

天蒙蒙亮，他们一行人便扎好行李，背着沉重的"龟壳"向着山顶进发。

两位教官走后，节目组特地聘请了当地的一位土著导游，替他们介绍这座火山的情况。

印度尼西亚是世界上火山最多的国家，它处于三大板块交界处，地壳运动频繁。一方板块俯冲、一方板块抬起，使得交界处形成向上隆起形成山脉与岛屿。印度尼西亚不光是千岛之国，也是火山之国，领土内有四百多座火山，光是在苏拉威西岛上就有几十座。

最主要的是，他们今天要攀爬的，是一座活火山！

远远望去，火山顶部有渺渺白烟，轻缓地冲向天际。导游见怪不怪，用口音浓重的英语向他们反复说着"safe、safe"。

"这哪里安全了！"小霞紧张地缩到苏纪时身后，怕得眼圈都红了，像个史莱姆一样抖啊抖。她脑洞大开，充分发挥了她胡思乱想的优势，夸张地说，"苏姐，你说一会儿会不会'嘭'的一声，岩浆爆发，把咱们都给淹没了呀！"

苏纪时耐心同她解释："你说的那种，叫普林尼式喷发。"

小霞："普……啥？"

苏纪时："这座火山是典型的斯通博利式喷发。"

小霞："斯……啥？"

苏纪时："前者就是灾难电影里所呈现的，那种岩浆滚滚、烧死一切的效果，曾经的庞贝古城，就是因此消逝的。至于后者嘛，具有周期性，每隔一段时间喷发一次，喷发时火山灰非常大，方圆几公里伸手不见五指，虽然可怕，但不至死。"

想了想，她又补充了一句："当然，被火山灰迷了眼睛，一头掉进沟里，那就另说了。"

妈妈，还是好可怕！

苏纪时曾经跟着老师考察过加拿大的几座火山，还写过一篇关于玄武质火山岩的论文。只是气候环境不同，那些火山植被覆盖率不高。不像印尼，植物生长得格外高大，遮天蔽日，林中鸟兽啼鸣，时不时就有小动物从草甸里窜出来，吓他们一跳。

这次的攀山挑战，格外消磨人的体力与意志。

除了苏纪时以外，节目组上上下下几十人全都累得精疲力竭。比艺人更辛苦的是随队拍摄的 follow PD，摄像师们两两一组，扛着重达二十多斤的摄像机，追逐着艺人们的身影，他们身后早就被汗水浸湿了，还未被太阳晒干，又有新的汗液浸了上去，不怪有人开玩笑，说自己就像是一只盐渍咸鱼。

"是啊，咱们所有人都是咸鱼，只有苏姐，是一条美人鱼……"秦丘不忘见缝插针地吹彩虹屁。

严长辉年纪最大，手持两根登山棒，即使有挑夫帮他拿行李，他也累到直不起腰来了："苏瑾，你不累吗？"

苏纪时也很累，但这种累她早就习惯了，深入骨髓的野外考察经验让她比其他人都擅长分配体力。

她提醒大家："这座活火山会一直飘着火山灰，越往上，大家越要戴好口罩，捂住口鼻，千万不要嫌热。"

很多人误以为"火山灰"和"烟灰"是同一种物质，其实它们完全不同。烟灰溶于水，可以自我降解；而火山灰是火山喷发时，岩浆碎裂而形成的火山碎屑物中，直径小于两毫米，越小越容易被吸进肺部，可能会引发哮喘等疾病。

大家被她"吓"到，赶忙拿好提前准备好的布巾遮住口鼻。

可惜有个别人不听劝，等到晚上时，整个鼻孔都被火山灰搞得黑溜溜的。

本来，他们计划在日落前，抵达火山口下缘五百米的地方扎帐篷，第二日一早"冲顶"看日出。可惜节目组错估了大家的体力，经过前几日的野外求生，大家早就没有长途跋涉的能力了。太阳一落山，几位艺人当机立断开始"耍赖"，说什么都不肯走了。

总导演拿出海拔测量仪看了一眼，发现他们居然才走到了山腰……

不光艺人体力告罄，follow PD 更是倒下了好几个，放眼望去，一个个半死不活地瘫在地上，脚上、手上、肩膀上全是血泡。

总导演又不是黄世仁转世，和几位节目策划商量了一下，决定更改计划，就在此停下。到时候后期特效做得唯美一些，配上抒情的配乐，"半途而废"也能被包装成"退一步海阔天空"。

再过一天，这趟旅程就要宣告结束了。

经过这么多天的共同生活，几位艺人也从刚开始的生疏逐渐变得熟悉起来。

都说共同旅行可以看清一个人的品格，而共同野外求生还要更进一步——让他们在晃晃悠悠的吊桥上，发现各自隐藏的闪光点。

原来，在网上被骂作"大龄嗲精"的陈刚玉，其实做得一手好饭菜。

原来，刚开始闯了无数货作的"粉宝男"（粉丝的宝宝）秦丘，可以成长得这么迅速。

原来，大前辈严长辉看上去是个老干部，其实满脑子罗曼蒂克，见到星空都要拍下来给老婆看。

原来，经常在节目里插科打诨的搞笑艺人伟经，本人性格可靠内敛，镜头里外差距极大。

就在苏纪时在心中默默点评着这些同伴时，她并不知道，对于所有人而言，她才是此行最大的"惊喜"。

谁会相信，一个流量小花居然有这么强的野外求生能力？都说真人秀最能暴露艺人的本性，但他们敢打赌——没有人，会不喜欢苏瑾的"本性"！

上能爬树摘果子，下能蹚水摸鲜鱼；一柄地质锤舞得虎虎生风；不娇情、不娇气，雷厉风行，言谈爽朗……她不需要抢镜头，镜头自然围着她转！

这天晚上，大家安营扎寨后，在空地上升起篝火，享受了一段来之不易的轻松时光。有人低声交谈、有人放声高歌，反正这里是无人区，随他们怎么闹怎么吵，都不会扰民。

这里缺衣少食，自然没有什么好酒好菜。

苏纪时坐在篝火旁，手里捧着一瓶矿泉水，静静地望着篝火下众人的笑脸。

现在已经是十二月了，再过不久，就要跨过新年了。

拍摄《荒野大赢家》的这段日子，对于别人来说是苦是累，但是对于她来说，是难得是美好回忆。这里的一切都让她回忆起了自己的学生时代——虽然只过去短短几个月，但对于她来说，却恍若隔世。

就在不久以前，她也曾和老师同学们徒步攀上火山，只为了测量产状；他们也曾围聚在篝火旁，讨论地质圈内的某个重大发现……

其实娱乐圈里不光是尔虞我诈的陷阱，也有真心待她好的朋友。只是，在他们眼中，她永远是"苏瑾"，而不是"苏纪时"——可能，这就是妹妹想要逃离的原因之一吧。

夜深了，大家终于熬不过身体上的疲惫，互道晚安后回了自己的帐篷。

小霞自然和苏纪时住在一起，临睡前，策划通知他们，明天早上六点起床，吃过早饭后便可以下山。山下有节目组的大巴接送，预计晚上十点抵达机场，启程回国。

苏纪时挑眉："你们的大巴终于修好了？"

策划挠挠头，不好意思说："果然瞒不过苏老师的眼睛。"

其他几位艺人这才知道，原来第一天突遇的"大巴故障"，其实是节目组设置好的考验！

大家围住总导演一顿猛揍，总导演被敲得满头包，频频告饶。

第二天一早，苏纪时是最先醒来的。

她拿过表一看，不过早上五点多而已。

营地里传来此起彼伏的呼噜声，苏纪时睡不着，干脆起床洗漱。

她一动，小霞便醒了。小霞迷迷糊糊揉揉眼睛，打了个哈欠，像小尾巴一样跟着她飘出了帐篷。

苏纪时说："你回去再睡一会儿吧。"

小霞明明困得直打摆子，依旧固执地摇摇头："不、不睡！苏姐去哪儿，我去哪儿！"

苏纪时无奈，只能任她跟着。

这里地处赤道，早上晨雾稀薄，温度是最舒适的二十摄氏度，清风一刮，凉爽宜人。

整个营地都被那层淡淡的薄雾所包裹，看上去如在云端，仙气十足。

小霞一下来了精神，拿起相机左拍拍、右拍拍，幼稚的像个出来踏青的幼儿园小朋友。

就在她撅着屁股拍摄草丛里的一朵小花时，忽然觉得鼻尖一凉，她茫然抬头看去，只见细密的雨丝从天而降，打在她的脸上、身上，带来了阵阵清凉。

"下雨了！"她惊喜地叫，"在印尼待了将近一个星期，没想到咱们临走前，终于下雨了！"她欢呼道，"这是不是苏拉威西岛在欢送咱们啊？"

她回身寻找苏纪时的身影，想要和她分享这个美好的小事——然而苏纪时的神情，却和轻松沾不上一点关系。

只见苏纪时双眉紧缩，神色严穆，仰头注视着近在咫尺的活火山，整个身体绷得极紧，仿佛一支拉满的步弓，随时都要离弦而出。

小霞茫然地顺着她的视线看过去——只见昨晚还冒着轻缈白烟的火山口，如今却滚起了浅灰色的烟雾！而在那烟雾之中，还有点点火光在往外跃动！

"小霞！"苏纪时厉声吩咐，"叫醒所有人，咱们立即下山！"

她一字一顿道："这不是普通的雨，这是'火山雨'。"

在热带地区，当火山活动频繁时，火山口滚烫的上升气流，会影响周围聚集的云朵。在冷热交替下，就会在火山周围下起"火山雨"！

也就是说，短短几个小时之后，这里就会迎来一场火山喷发！

即使是最温和的斯通博利式喷发，也会掀起巨大的烟浪，若再不走，滚滚而下的火山碎屑流就会淹没他们！

短短十几分钟之内，所有人员都被粗暴地叫醒，一脸茫然地聚集在营地中心的空地上。

"这才五点多，怎么起得这么……"秦丘光着膀子被他的助理从帐篷里提溜出来，脑袋上头发乱翘，犹如一丛鸡窝。他一边抱怨一边打着哈欠，但是当他的视线落在不远处的火山时，他所有的抱怨都被吞进了肚子。

"天哪，我是没睡醒吗？"他惊叫，然而在场的其他人都无暇回答他。

就如同凉水入油锅，无法抑制的恐惧在人群之中蔓延开来。

中国幅员辽阔，地貌复杂，然而火山却只有寥寥几座，大多分部在东北与藏南地区。而且自中华人民共和国成立以后，这些火山几乎没有苏醒过！对于中国人来说，"火山爆发"这种地质灾害，只存在于国际新闻里，他们只能根据灾难电影里的场景，去想象火山喷发后的恐怖景象。

而现在，他们就站在一座活火山的半山腰，再过不久，这座火山就要爆发了！

"这是你们节目组的责任！为什么选了这么危险的地方！"伟经气急败坏，热血冲头。他才刚做了爸爸，他的女儿还没有学会走路，难道他就要永远的离开她了吗？

不仅艺人们着急，工作人员也乱成一片。跟组拍摄格外辛苦，若不是为了那点可怜的加班费，谁愿意千里迢迢跑来丛林历险？

左边嗡嗡嗡、右边嗡嗡嗡，所有人都在互相推诿，不知应该向谁讨个说法。

就在群龙无首之际，营地中心突然爆发一声刺耳巨响，骇住了营地上的所有人。

空气凝固，鸦雀无声。

只见在人群的包围之中，苏纪时手持地质锤，昂然立在原地。而在她脚下，是一团被锤成碎片的石块，想必她刚刚就是用这个方法吸引所有人注意的。

"都给我闭嘴！"女孩精致的脸庞紧绷着，一双眸子亮得吓人。她的视线从面前那三十多张脸上划过，滚烫的视线中带着一种神奇的力量，把那些冒出头来的恐惧、胆怯、慌乱逐一碾碎。

"下面的话我就说一遍，有问题也不准问！"

她气场全开，她是经验丰富的地质工作者，虽然地质灾害并非她的专精领域，但她的知识储备，绝对比在场所有人加起来还要多。

苏纪时知道，她绝对不能慌——现在，她就是主心骨，若是连她都慌了，还有谁能把这群人安全地带离危险区域？

她声音朗朗："火山喷发就像地震一样，没有科学手段可以百分百预测。咱们昨天上山时，它还在正常地冒白烟，谁会知道它今天就爆发了？！节目组不知道，土著居民不知道，当地政府也不会知道！咱们能够提前几个小时发现火山喷发的迹象，已经是上天保佑了。难道你们要把这来之不易的几个小时，都浪费在互相指责上吗？"

她的话掷地有声，仿佛几个响亮的耳光，重重地扇在了所有人脸上。

众人你看看我、我看看你，都觉得有些害臊。节目组里，三分之二的人都比苏瑾年龄大，偏偏在这么关键的时刻，他们居然需要一个小姑娘来主持局面。

苏纪时没有理睬众人欲言又止的表情，继续说："每个人立即回帐篷收拾东西！穿长袖长裤运动鞋，戴口罩，带上通信设备、药品、干粮和饮用水！若是有防身小刀的也要带上，其他的东西都不要带！咱们现在是逃命，不是搬家！"

她低头看表："十分钟之后咱们就下山，火山随时有可能爆发。"接着，她估算了一下这里到山顶的距离，又远眺脚下的草甸，"咱们不能再耽搁了，至少要退到火山半径三公里以外的平原上！"

她一声令下，所有人作鸟兽散，迅速冲回了自己的帐篷，拿出在超市里抢购打折年货的劲头，拼命往背包里填充着需要的物品。

没有人质疑，为什么苏瑾会成为"领导者"——就连最年长、人生经验最丰富的总导演也被她一嗓子吼到夹尾缩脖，只知道埋头整理行囊。

旁边的当地导游本想一个人逃跑，被苏纪时当机立断地按了下来，好话说尽，又许了无数好处，终于让他同意给他们领路。

好在，这次爆发的只是一座不起眼的小火山。火山灰、火山碎屑流的影响范围有限，只要他们能抓紧时间逃命，就不会有性命之虞。

但最大的问题在于，这里植被茂密、地形复杂，他们昨天从日升爬到日落，才抵达这里……他们真的能在火山爆发前，撤到山脚下吗？

"穆总，穆总！快醒醒！"

一阵激烈的拍门声打破了海边度假村的宁静。高秘书声音沙哑，一下又一下捶打着房门。他手里拿着备用房卡，然而穆休伦睡觉前有反锁房门的习惯，高秘书划了好几下，都没能进门。

身后的两位黑人保镖立即把他拽走，抬腿就要拽开房门——关键时刻，房门从内拉开，门缝后，出现了穆休伦神色郁郁的脸庞。

他一直工作到凌晨，四点钟才睡下，没想到刚合眼一会儿，就被高岭的惊叫声吵醒了。

"高岭，飞机不是上午十点的吗？"他语气烦躁，缺少睡眠带来的头痛让他的起床气到达了巅峰。

他本来只计划在印尼待三天，哪想到当地省长远比他想象的胃口要大。对方不仅索要真金白银，还妄想染指他的镍矿，意图拿到股份！穆休伦自然寸步不让，他自己的产业连穆家人都不能插手，更何况拱手让给外人？这么一耽搁，他便在苏拉威西岛待了整整五天，他昨晚终于在宴会上搞定了贪婪的省长，于是他安排了专机，今天上午回国。

"不……穆总，现在飞机起飞不了了！"经常嬉皮笑脸没个正形的高秘书，这时脸色变得煞白，"咱们现在要往内陆转移——海啸就要来了！"

"什么？"

穆休伦瞳孔猛缩，刚刚的困倦瞬间消逝无形。

他向窗外瞥去——度假山庄屹立在海岸边，风景秀丽怡人，而他下榻的是其中最昂贵的套房，地势最高，可以清晰俯瞰几百米外的海岸线。

而现在，明明应该是涨潮的时候，海岸线却违反常理地退到一公里之外，岸边全是被潮汐推上来的搁浅的死鱼，天上海鸟乱飞，一场灭顶大难已经奏响了前奏曲！

现在还是清晨，但是海滩上已经聚满了蜂拥的人群，他们背向海洋、疯狂逃窜。这是天灾！天灾！当海啸袭来时，"人定胜天"不过是一句安慰自己的谎言。

有汽车的开汽车、有摩托的开摩托……但更多的游客，只能依靠自己的双脚，一边哭一边奔跑着。明明是一场度假之旅，谁能想到会遇到呼啸而至的海啸扯碎了他们的假期？ 2004 年，印尼苏门答腊岛的一场海啸夺去了二十二万人的生命，难道那场灾难今天又会重演吗？

高秘书语速极快："海底火山爆发引发了这场海啸，官方十分钟之前发布了海啸预警，最快四十分钟后海啸就会冲上海岸，海岸线五公里以内都是危险区域，咱们要立即往山上走！"车子已经停在楼下，随时都可以出发。

"四十分钟？够了。"穆休伦轻敛双眼，注视着楼下四散而逃的游人、居民，"给车队队长打电话，让他们把大巴开过来，帮忙疏散游客。"

"什么？"

为了方便开采运输，红土镍矿一般都位于海岸线二十公里左右的山区，穆休伦的镍矿也不例外。他的矿规模很大，雇用了很多工人，前几天，他刚刚购买了二十辆大巴作为矿区工人的班车，只是因为办理牌照还需要时间，所以那些大巴暂时停在岸边的停车场。

每辆大巴荷载五十人，但这种人命关天的时候，一百个人绝对能挤下！八个轮子的大巴车总比两条腿的人跑得快，二十辆车，就是数千条人命。他又不是冷血的机器，怎么可能眼睁睁地看着这些鲜活的生命消逝在他眼前，尤其在他有能力救他们的时候？

高秘书连连摇头：“不可能，这不可能的！穆总，就算你想救人，也要想想实际情况！这可是海啸，车队司机肯定早就跑光了，谁会因为你一个电话就开车回来救人？”

“我的电话叫不来人，那我的钱呢？”穆休伦神情肃然，“若是肯来救人，一个司机奖十万美元，若是因此身故，再追加五十万。”

当地人均 GDP 极低，就算是受过高等教育的白领，一个月工资也不过五六百美元；而对当地的底层居民来讲，十万美元，一家五口一辈子都赚不到！

重赏之下必有勇夫，十分钟之后，崭新整齐的大巴车停靠在了海岸边，二十辆，一辆不少！大巴车大门敞开，蜂拥而至的游客迅速挤爆了车厢。

在他们的带动下，居然有很多私家车也停了下来，主动援助游客！当地盛行皮卡，方便运货，只见一辆辆皮卡车的后斗里，都挤下了十几个人。就在几分钟之前，这些人的表情还是灰暗一片的，他们以为自己就要命丧于此，可是现在，他们脸上都带着“生”的希望！

“出发。”

越野车内，穆休伦回望身后浩浩荡荡的车队，按下了手台对讲机的通话键。

车队起步，他们背向即将袭岸的大潮，开足马力，向着内陆山区飞驰而去。

“再坚持一下！”

眼看随队的小策划腿一软就要扑倒，苏纪时眼疾手快地挽住了她的胳臂。

从山腰到山脚这一路，他们不知道跌了多少跟头。脚下几乎没有成型的路，都是之前的游客、林中野兽踩出来的。上山时他们受尽苦头，一个落差三十米的陡峭土坡就要爬一个多小时；然而下山时，他们根本顾不上心中的恐惧，干脆直接从坡顶滑了下来。

手上、脸上的轻微蹭伤，完全没时间清理。身后就是即将爆发的火山，谁还有心思去管那一点点划痕啊？

苏纪时和导游走在队伍的最前方，遇到什么危险，她先上；遇到什么困难，她先过；她身姿笔挺，就像波涛里指路的灯塔，只要看着她的背影，心中就倍感安心。

忽的，脚下的山地突然震动起来，这波震动并不剧烈，就像是一头扑倒在柔软的床铺上，轻轻弹动了一下——是地震！

所有人的神经即刻绷紧，不约而同地回身望去，只见高高的火山口上，冒出的灰烟越来越多，而那些崩裂而出的火焰越来越大。锥形的山体下仿佛掩藏了一个充满气体的气球，眼看它膨胀得越来越大、表皮都要撑破，而刚刚的地震就像是戳破气球表皮的针尖——

"嘭！"

只听一声闷响，脚下又是一震，只见火山口突然冒起冲天黑烟！

黑烟瞬间蹿升上一百多米高空，肉眼可见的橙红色的岩浆顺着火山口喷溢而出，顺着山坡滚滚而下。岩浆所过之地，滚烫炙热的洪流席卷了无数植被，山口顶峰都被那层炙热所覆盖。

然而，那岩浆仅仅行进了几百米，就突兀地停了下来，上千度的高温很快冷却成了黑灰色的泥浆。

一路摸爬滚打好不容易冲到山脚下的众人瞬间松了一口气。

"这……这火山爆发的威力，也太小了吧。"陈刚玉的声音软弱地冒出来，"煮粥的时候扑锅了，都比它的动静大。"

"我看它就是打了个嗝！"秦丘懊恼地说，他的头发支棱在头顶上，偶像小鲜肉的形象全毁了，"要是早知道火山爆发的威力这么小，咱们跑什么跑啊，一大早什么东西都没带就冲下来，我连袜子都穿错了。"

众人附和起来。之前听说火山即将爆发，他们脑中瞬间闪现出灾难电影里的无数片段，还以为今天一定会命丧于此了。哪想到这座火山喷发时，居然没有一点"地动山摇"的迹象，让他们的担心，都成了笑话。

总导演闻言点点头，想到被他扔在营地中那些价值上百万的摄影器材，心头滴血。一台摄像机就有二十斤重，撤退时，他让摄像师把所有内存卡都拆下来了，不过这些轻飘飘的小卡片，哪里有摄像机贵重！

总导演见这次爆发没造成什么实质性的危险，遂提议："要不然，咱回去？"

"回什么回！"苏纪时一声厉喝，让整个队伍重归宁静，"火山爆发和地震一样，不是一波结束的！地震有余震，火山喷发也会一波接着一波！刚刚那只是先头兵，谁也不知道下一波有多大，究竟什么时候会来！"

仿佛是在印证她的话，脚下余震不断，与此同时，火山顶上的黑烟越来越浓重，如一匹遮天蔽日的黑绸，遮住了整片天空！

接下来，一声如空雷乍响的声音自头顶响起！黑烟自火山口喷涌而出，瞬间蹿上了近千米的高空！！而这次，岩浆也如被炸开一样，直接飞溅出来，混合着火山灰落在山腰上，与翻涌的热气、山石一起，形成了可怖的"火山碎屑流"！

火山碎屑流绝对是火山爆发的第一大杀手，肉眼望去，就像是浓稠的泥浆，可它的杀伤力远超一般的泥石流。它的来势摧枯拉朽，短短几分钟，就能从山顶滚到山腰。

夺命的不仅是碎屑流，冲上天际的火山灰向着四周溢散，很快又在重力作用下落回大地。它的速度甚至比前者还要更快，远远望去，只见无尽浓烟席卷而来，如一张可怖的大嘴，等着吞噬他们！

火山灰只是细碎的粉尘，量少并不致死，但是大批量吸入肺中，绝对会引发粉尘肺病，扼住呼吸。历史上葬身于火山脚下的庞贝古城，绝大部分人并非死于岩浆，而是因为吸入过量火山灰，窒息而死的！

"快跑！"苏纪时大喊，"这片树林后就是马路，大巴车在那儿等咱们！"

节目组原定今日回国，故而提前安排好了接驳的大巴车，可以把所有人运回临近的机场。下山前，她特地联系了司机，许以重金让他留在原地待命。刚刚在山坡上，众人已经看到了大巴车的影子，只要他们跑得快一点，就能逃过死神的魔掌！

在这一刻，求生的欲望盖过了身体的疲惫，所有人甩下身上的负重，迈开双腿向着远处奔去。

五十米、八十米、一百米。

两百米、三百米、五百米……

近了，近了！

冲出树林，他们距离大巴车就剩下最后的一百米了！

然而他们万万没想到，阻隔在他们面前最后的一关，居然是一道深约三米的人造沟渠！修建林间马路时，为了防止大型动物误闯公路，引发交通事故，故而在马路两侧都挖了沟渠，而现在，这沟渠却似天堑，阻挡了他们逃命的脚步！

好在，熟悉当地环境的导游为他们指明了一座"土桥"——不知是哪个村民砍断了几颗竹子，扎在一起形成了细窄的土桥，土桥很不结实，容易晃动，一次只能承担一个人通过。导游一马当先跳了上去，几步就蹿过沟渠，抵达了公路。

大巴司机打开车门，拼命按着喇叭，催促他们尽快上车。

三米虽然不深，但摔下去肯定要伤筋动骨。可是这一刻，没人还能顾得上脚下的深沟，眼睛全部盯着那辆大巴车——盯着生存的希望！

所有人一个接着一个地跳上了竹桥，迅速向着桥对岸跑去。

苏纪时主动压阵，小霞忠心耿耿本想留下来陪她，然而苏纪时却强硬地把她推上了竹桥。

等到最后一个人也上了大巴车，黑烟已经到了近在咫尺的地方。自然环境的恐怖威力，在这一刻展现得淋漓尽致。

尖叫声此起彼伏，小霞哭着大喊："苏姐，你快过来！你快跑过来！"

苏纪时摒弃一切杂念，迅速跳上了竹桥，然而她还是晚了一步——不等她站稳，从身后奔袭而来的黑烟张开漫天巨网，一口把她吞没！

浓烟弥漫，遮住了所有视线。

当苏纪时从摇晃的竹桥上跌落时，短短几秒间，她的精神仿佛穿越了时间与空间，回到了十年前。

十年前，她终于考上梦寐以求的学府。

十年前，她揣上地质三宝，茫然而兴奋地开启了第一次野外考察。

十年前，青涩的她，在篝火旁听着教授的谆谆教诲。

——"作为一个地质人，你要永远牢记：在自然面前，人类终究是渺小的。"

望着远方灰黑色的天际，坐在副驾驶座上的高岭，没忍住爆发出一连串脏话。他算是明白什么叫祸不单行了——原以为只要他们跑得够快，海啸就追不上他们，哪想到迎面撞上了汹涌而来的火山灰！

他们从西部海岸启程，几十辆大巴车组成的车队轰轰烈烈向内陆进发，大巴车后则是十几辆载人皮卡车，这么一个显眼的大车队，成了路上最引人注目的风景。

车队的目的地是镍矿矿区，那里地势平坦开阔，又有配套的基础生活设施，可以暂时安置几千人。眼看就要抵达，哪想到不远处的一座火山突然爆发了！

海底地震震断了通信线路，火山预警和海啸预警姗姗来迟，高岭瞪眼看着手机推送的英文信息，一字一句翻译成了中文。

"这上面说，什么什么火山于几点几分突然爆发，提醒所有居民紧急避难，撤出火山方圆三公里以外……"方解赶快拿出电子地图，在上面寻找着矿区的信息。

"还好还好。"他长舒一口气，回头对坐在后排的穆休伦道，"穆总，您的镍矿距离火山还有段距离呢，火山灰会飘过来，但影响不大。"

话是这么说，但是看着天际那黑压压的一片粉尘，高岭的心情也低落下来。光是这么远远看着，仿佛就能感受到自然带来的巨大威慑力，不敢想象火山爆发的那一刹那，站在山脚下的人会是多么绝望呢？

"那就好。"穆休伦说，"一会儿到了矿区，把他们都安置在临时宿舍里，和工人们挤一挤。食堂和医务室，也向他们免费开放，至少要撑到官方救援到来。"

高岭正要应答，忽然，车厢喇叭里忽然传来一阵刺耳的嗡鸣声，直吵的人眉头大皱。

"怎么回事？"穆休伦问。

"应该是频道里哪个司机误操作了。"高岭忙说。

在这种大型车队里，一般都会安装有车载对讲机，接受范围足有五公里，可以和手台对讲机配合使用。

对讲机通过调频来确定通话频道，即使在没有网络通信信号的地方，也能保证收发稳定。

而他们这辆 SUV 里，就装载着一台特制的车载对讲机，它是车队里所有对讲机的"老大"，负责调度车队所有人员。

高岭按下对讲键，用娴熟的英文下达命令，让大家打起精神来，最后一公里的路程绝对不要出事故！他们每一车都承载着上百条人名，绝对不能疏忽大意！

然而不等他的话说完，频道内忽然又响起了刚刚那阵刺耳的厉声，就像话筒无意中靠近音响那样，直吵得人太阳穴疼！

最可怕的是，伴随着那道噪音，还有一个断断续续的女声一同响起……

"有人……我在……help！"

高岭浑身一激灵，他们车队里可没有女司机的！更别提会说中文的女司机了！

现在是大白天，闹鬼绝无可能，那唯一的理由显而易见——对讲机串频了！

虽然理论上来讲，对讲机的频道有上千种可能，不同频道之间互不干扰。但是在极端的自然环境下，大气中的电磁发生变化，对讲机串频完全有可能！

因此可以推断出，这个正在频道内向他们求助的人，随身携带的手台意外连上了他们的频道，刚刚听到的一连串噪音，就是她那边在调试频道时发出的！

若用两个字来形容这次遇险，苏纪时只能送自己两个字——命大。

当黑烟吞没她的那一刹那，她脚下一滑，从高高的竹桥上跌落，她脑中瞬间闪过无数幅画面：她的导师、她尚未完成的博士论文、她失踪的妹妹……还有在"代替"妹妹的这几个月里，遇到的形形色色的人。

刀子嘴豆腐心的方解、外表猛汉内心少女的阿山，还有刚刚眼睛都吓红了的小霞……令她本人都感到意外的是，最后一个出现在她脑海中的，居然是穆休伦。

然而不等她想清楚，她便在黑尘的裹挟下，重重坠入了沟渠之中！

意料中的疼痛并未到来，身下并非坚硬的泥土地，而是湍急的河水——

原来，刚才他们在土桥上向下望时，见沟底是一层腐叶树枝，就先入为主的以为那是实打实的地面。却没想到，腐叶之下便是溪流，表面平静，其实水底流速很快。

这种暗潮汹涌的溪水，若是在别处遇见了，绝对是坑人没商量的阴影杀手；然而在这时，却成了救命的法宝！

苏纪时立即被溪水卷走，一下就被冲出了数百米，把头顶的黑烟迅速甩在了身后。

接下来，溪水并入小河，小河又并入更大的河……

苏拉威西岛岛内河网密布，内陆河短而浅。若是掉入河中，四肢扑腾反而容易呛水受伤。苏纪时当机立断放松身体，双腿并拢上身绷直，两臂抱在胸口，一只手按压住口鼻，闭眼，调整呼吸……然后她便维持着这样的标准姿势，被河水一路送出了危险区域！

还好，她经过的地区地势平缓，没有瀑布，否则她从落差大的地方冲下来，那就要命了。

很快，河水簇拥着她冲上浅滩，她滚倒在地，重重咳出口里的水，抱着湖边的大树坐倒在地。

即使理论经验和实战经验再怎么丰富，这次遇难，也绝对排的上人生经历的 top 5 了！

远远眺望，火山灰被狂风扬上天际，重重复重重，灰色尘埃遮天蔽日，一团一团的烟云铺满了视线所及的所有地方。就连送她逃出生天的湖水里，也浮了一层灰色的碎屑。以她的经验来说，这火山灰至少要在天上飘五六天，辐射至少十几公里，还会影响通讯、交通……

她来不及后怕，为了避免撞上四处奔跑的野生动物，她立即翻身爬上树，找了个可以隐蔽身形的枝丫休息。

她先检查了一下身上的伤口，好在都不严重，一些细微的擦伤和剐伤已经不渗血了。

不过河流把她的背包冲走了，她的药品、应急食物，乃至她向来不离身的地质锤，都一并消失了。

身上唯一剩下的，只有挂在腰间的手提对讲机，也不知道进水后还能不能用。

她甩了甩水，尝试着联络了小霞他们——意料之中的，并无回复。

她早就被河水冲出十万八千里了，手台辐射范围有限，尤其在这种极端天气里更受影响。

想到她坠落那一刻小霞绝望的表情和通红的双眼，苏纪时微微叹了口气——那傻丫头，也不知道能不能逃过一劫，千万不要固执地在原地等她啊。

没时间伤春悲秋，苏纪时很快决定自救。

她现在所处的是无人山区，又没有任何定位装置，靠自己走出无人区完全是天方夜谭。

既然走不出去，那她就要叫人来救。

不过在此之前，还是先要填饱肚子，补充体力才好。

她翻身下树，捡了石块、树枝、树藤，捆绑在一起，做成简易的石锤。其实她本身想做斧子的，可惜在湖边翻找半天，也没能找到合适的石片。再加上她用惯了锤子，做一柄防身锤也好。

接下来，她就用这柄锤子，锤死了一只落入她陷阱的野鸡。

开膛破肚拔毛放血，苏纪时眼都不眨，小鸡这么可爱，当然要吃。

黄泥一裹，埋进火堆下，在等待两只叫花鸡熟的几十分钟里，苏纪时洗干净手，开始研究那只手台对讲机。

对讲机上有一根粗天线、两个旋钮，旋钮就是调节频道的。

苏纪时放弃了原本的频道，开始尝试调频。每调出一个频道，她便用中文、英语以及只会基本对话的法语、西班牙语，重复着自己的求救。可惜的是，一次次的尝试，全部失败了。

她清楚地知道，频道的可能性有上千种，即使频道正确，因为距离原因收不到信号也是白费功夫。

可是，在苏纪时的信念中，从来没有放弃这条路。一次失败，那就尝试十一次，一千次失败，那就尝试一千零一次。

若是到电量耗尽前，她也没能找到救援的话，那她就靠自己走出去！

好在，上天向来偏爱信念坚定的人。

在她不间断尝试了一个小时后，她的手台里，终于传出了断断续续的英文！

是车队！

她听出来了，是一辆车队从她周边经过！

她立即打起精神，反复重复着求救的话。

"收到请回复，收到请回复。我是一名中国游客，我在火山爆发时与朋友走散了，请求救援，请求救援……"

四国语言轮番使用，苏纪时语速越来越快。她不知道，这次串频是单方还是双方的；她也不知道，频道那方的人会不会有所图谋；她更不知道，对方会不会在这么危险的时刻派人搭救……她只是不想放过任何一点生存的希望！

她松开对讲键，屏息望着手里的对讲机，期待着电波那边的人，能够收到她的消息……

十几秒后，听筒里，传来一道磁性的男声——

"苏瑾，是你吗？"

字正腔圆的中文，因为电波而微微失真的嗓音，男人的语气里带着一抹藏而不露的急切。

苏纪时犹豫了两秒，刚刚那阵喜悦突然消退了三分。这深山老林的，好不容易调出一个频道，却撞上了仅凭声音就能认出她的狂热粉丝？

就算是三流狗血小说都不敢这么写吧。

她迟疑答复："呃，我是苏瑾，请问你是谁？"

事实证明，三流狗血小说远比她想象的还敢写。

"我是你前男友。"

一个小时之后，一辆浑身泥泞的 SUV 越野车轧穿原始丛林，稳稳停靠在了苏纪时面前。

车门打开，笔挺的西装跃入女孩的视线。男人走下车子，那双纯手工打造的小牛皮鞋踩入泥土腐叶之中，可穆休伦却顾不上脚底的泥泞，几步便来到了苏纪时面前。

苏纪时正在挖坑——把吃剩的厨余就地掩埋，是每一位地质人应有的良好习惯，她抬眼看了眼穆休伦，语气说不上是惊喜还是遗憾："原来真的是你啊。"

穆休伦表情一滞，嘴角紧抿，反问："不是我还能是谁？"

难不成苏瑾除了他之外，还有好几个前男友？

"我还以为是锤子成精了。"苏纪时拍拍屁股从地上站起来，指着脚边的湖水说，"我掉进水里的时候，锤子被冲走了。"

"根据童话故事里的套路，这时候就应该有个白胡子的神仙老爷爷从水底冒出来，问我，丢的是金锤子还是银锤子呀？"苏纪时两手一摊，"我会告诉他，我丢的既不是金锤子也不是银锤子，是个又粗又长又硬的大锤子。"

这话说得相当暧昧，但偏偏苏纪时的表情又格外正经。

穆休伦猜不透她到底想说什么，只能顺着她的话答："看来苏小姐的愿望实现了。'锤子'现在来找你了。"

苏纪时上下打量了他几眼，表情透着几分嫌弃："哎，这好好的'锤子'上面，怎么长了个男人啊？"

穆休伦转身就走："那好，那你就等一个没长男人的锤子游泳来救你吧。"

"别别别！"苏纪时见玩笑开过头了，赶忙拎起她那个进水的对讲机追上了他，"穆先生辛苦了，穆先生高风亮节，为人民服务！"

穆休伦斜睨了她一眼："穆先生不为人民服务，穆先生就为你服务。"

苏纪时没话说了。

苏纪时从来不是嘴贱的人，她刚刚是故意借着开玩笑，想要缓解一下暧昧的气氛——她迷失在无人区中，连个精确坐标都没有，放眼望去，天上是皑皑火山灰，脚下是茫茫丛林。穆休伦仅凭电波估算她的位置，硬是在一个小时之内就找到了她！要知道，这里刚刚发生了海啸和火山爆发，哪个男人会为了前女友做到这地步？更何况，他们之前并不是正经恋爱关系，而是一纸合约勾连的甲乙双方。

不，不对，穆休伦和她妹妹才是"甲"和"乙"，她这个路人丙就是误闯进这个故事里的替身演员，你看哪个片尾字幕会写把文替、武替的名字写上去啊？

想到这里，苏纪时微微低下头，掩藏住脸上的表情。

她不想欠他太多，省得以后她退圈时，徒增牵扯。

车内，高秘书见顺利找到苏瑾，长舒一口气。

身为秘书，自然要懂眼色、会"来事儿"，尤其要替沉默寡言的老板好好在女孩子面前邀功！他开口就是一串马屁："苏小姐，我们可终于找到你了！这附近地形太复杂了，穆总怕找不到你，连保镖都轰下去了，换了一位当地导游，在这周边足足转了七八圈，才找……"

穆休伦眼神冰冷地瞪了他一眼。

高秘书立即改口："呵呵，穆总看这附近风景不错，出来兜风，没想到这么巧，苏小姐你在这儿野炊啊？"

穆休伦："再废话，你下车走回去。"

高秘书："嘁！"

又在路上颠簸了半个多小时，苏纪时在浑身骨头被颠碎之前，终于抵达了穆休伦名下的镍矿。

很多人一听到"矿"字，便以为所有矿都藏在地下，要像挖煤一样，深入地下几十米、几百米，开采难度极大，还要时刻冒着矿坑塌陷的危险。然而红土镍矿正好相反，它是一种表层矿藏，矿床裸露在地表外，上面覆盖着一层大概五十厘米厚的腐殖土，只要拂开那层腐殖土，便会露出红褐色的矿床。

用一种更通俗更有画面感的方法来描述——这才是真正的遍地黄金。

穆休伦名下的镍矿范围极大，他圈出了一块休息区，在这里修建员工宿舍、医疗室、食堂等配套设施，没想到误打误撞，却在这时候派上了用场。

苏纪时在停车区见到了二十辆大巴车。当穆休伦的车子停下后，灾民们迅速涌了上来，用磕磕绊绊的英语，向穆休伦献上了无尽的谢意。

这些灾民来自于不同国家，他们有些是西海岸的原住民，有些是去那里旅游的游客，还有在那里做小生意的商人……当灾难来袭时，只要慢一步，他们就会葬身大海！

一位阿嬷忽然双膝跪地，想要向穆休伦下跪磕头，热泪顺着她脸上深刻的皱纹一滴滴落下。她老了，跑也跑不动了，当听到海啸警报时，她以为自己今天就要死在那片海滩上了。是这位来自中国的年轻商人救了她，不仅为他们提供了逃难的车子，还开放自己的产业为他们提供庇护，这份恩情她永远不会忘记！

穆休伦赶忙扶住她，没有让她跪下去。

他并不认为自己是她口中的救世主——他只是做了一个有良心的人应该做的事情罢了。

隔着车窗，苏纪时看到难民把穆休伦层层围住，若不是有保镖护航，穆休伦就要被他们淹没了。每个人的脸上都带着劫后余生的庆幸，在这一刻，不管他们来自哪个国家，有着什么样的发色肤色，他们都在用相同的语言，表达着心中的谢意。而被众人簇拥着的穆休伦，身上那层冷冰冰的气势也融化了。

他仿佛带着光一样。

苏纪时的目光不知不觉在他身上落了很久很久，高岭从前排转过头来，意有所指地问："苏小姐，我们穆总……挺不错吧？"

苏纪时收回视线，答："是挺不错。"

可再"不错"，又和她有什么关系呢？

因为海啸震断了海底通信电缆，一直到日暮西垂，苏拉威西岛也没能恢复通信。

苏纪时急着同节目组联系，她担心小霞那个傻丫头在她失踪后，会做出什么不理智的事情来。

穆休伦让高岭带她去了办公区，那里有一台军用无线电设备——在苏拉威西岛，只要能搞定省长，不管是枪支弹药还是其他违禁品，都能轻易买到。

多亏了这个神器，苏纪时与大部队失联整整十个小时后，终于联系上他们了！

正如苏纪时所料，在她掉下深沟后，小霞奋不顾身想要救她。她不要命，可是其他人却不能看着她不要命。她被大巴车司机强硬地拽上了车，一路疾驰狂奔，终于甩脱肆虐的火山灰。那是真正的生死时速，只要稍微慢一点就会被火山灰吞没。

他们一路飞驰抵达了政府设置的安置区，安置区划在火山半径四点五公里外，原本是个不起眼的小镇，现在已经被转移而来的其他村民填满。小霞哭个不停，一双眼睛哭成了桃子，执拗地想要回去找她，总导演派了几个身强力壮的 follow PD 守着她。

在得知苏瑾性命无忧后，总导演原本提着的心终于放下了。在逃亡的一路中，若不是苏瑾撑起了他们全队人，恐怕他们早就因为内讧，倒在山腰上了！

只是……

"抱歉啊苏老师。"隔着模糊的电波，总导演语气中的尴尬与愧疚依旧清晰可闻，"我们不是故意丢下你不管，只是在那种情况下……"

"谈不上什么'抱歉'不'抱歉'的。"苏纪时说，"飞机起飞前的安全提示都说了，若是遇上突发险情，要先顾好自己，才能帮助他人。那时候我已经掉下去了，就算你们真冲上来救我，除了给我陪葬，也起不到任何作用。"

出野外，总是要经历生死磨难。苏纪时从踏上这条路的第一天开始，便做好了万全的心理准备。

她笑："我还要谢谢你们帮我劝住了小霞。要是她傻乎乎地冲回去了，我还得想办法救她。"

总导演讷讷地道："应该的，应该的……苏老师你放心，等到回去后，这件事情我会第一时间上报电视台。你救了我们这么多人，我说什么也要给你争取一个黄金时段的人物专访，配套的所有宣传物料都会到位。等到第一期综艺播出时，你放心，你的镜头一定……"

"不用了。"

"啊？"

"导演，这是天灾。"苏纪时眼眸微合，语气徐缓，"我不想用别人的苦难来给自己立人设。"

三天后。

在苏拉威西岛北部，有一座环境优美、人口稠密的小城——美娜多。

美娜多因为独特的断层结构，拥有着格外丰富的海底资源，曾被《国家地理》选为"全球十佳潜水点"，甚至位列帕劳、大堡礁之上。作为被上帝眷顾着的城市，美娜多每年都会迎来诸多游客。

小满便是其中之一。

她是一位资深潜水迷，趁着年底，她一口气请了所有年假，飞来美娜多潜水游玩。然而她哪里能料到，她刚落地美娜多，苏拉威西岛就在同一时间遭遇了火山喷发与海啸侵袭！

所幸，海啸登陆点在岛的西海岸，火山喷发则是在岛中部，这两个地点距离美娜多都有上百公里，她的安全暂时不受影响。

然而，冲天而起的火山灰影响了飞机航班，而海啸又影响了当地通讯，直到这天上午，电视机、手机才重新有了声影。

第一次直面天灾，即使小满再心大，这时也难免惴惴。

昨晚，她参加了当地举办的祈福活动。上千人聚集在地标建筑"飞天基督"下，默念祷告，期盼伤亡降到最低。

因为通讯截断，所有受灾地区的消息，都是口口相传的。有人说浪头高达十米，西海岸死了数千人；有人说火山灰铺满了周边二十公里，不知烫死了多少村民……消息越传越离谱，小满吓得不敢合眼，只要一入睡，就会有无尽的噩梦缠上她。

好在，今天上午，通讯终于恢复了。

小满起床时，青旅的休息区里已经聚满了人。电视声音开到最大，每个人都在聚精会神地看着屏幕，关注着新闻报道。

他们看的是印尼当地的国际新闻台。摄影师乘坐直升机，镜头俯瞰整片受灾区域。

正如那些传闻中所说，如皑皑白雪般的火山灰铺满了山脚下的所有村镇，现场一片死寂，可以看到牛、羊的尸体倒在路旁。好在灾民们都提前转移走了，他们现在正聚集在政府安置点，这里会为他们提供帐篷、衣服和必要的食物。

记者深入安置点进行采访，她先采访了政府工作人员，又给了几个镜头给排队领食物的村民。令人意外的是，长长的队伍中，忽然出现了几个中国人的身影。

虽然同样是黑发黑眸的亚洲人种，但中国人的外貌和印尼当地土著还是有明显区别的。尤其那几个中国人，气质格外特殊，看上去并不像是来这里旅游的背包客。

记者立即追了上去，拦住了其中最年长的男人，把话筒伸到了他面前。

"您好，我是印尼国际新闻台的记者，请问你们是来自中国的游客吗？"

"啊……"年长男人面对镜头，颇有些尴尬，他的英语带着典型的中国北方口音，"我们不是游客，其实我们也是电视台的。"

"你们也是新闻记者吗？"

"不、不是。我们来这里录制综艺节目，本来打算前天离开的，结果下山途中遇到火山爆发，若不是我们有位成员经验丰富，恐怕……"话音戛然而止。估计年长男人觉得丢脸，不愿多说，匆匆摆手离开了。

青旅内，围坐在电视机前的人们迅速把炙热的视线投注在小满身上，好奇地问："小满，这几个人都是你们中国的明星吗？"

小满仔细回忆了一下镜头里出现的人物，迟疑地说："应该不是吧？可能是工作人员。"

最近有综艺节目组来苏拉威西岛录节目吗？她平常还挺喜欢关注娱乐八卦的，但是很多综艺行程是保密的，她想破了脑袋也想不出是哪个倒霉综艺撞上了这种事。

好在，大家的注意力很快就被接下来的新闻吸引走了。

内景主持人把镜头切换到了西海岸——房屋倒塌、海浪滔天，一波又一波的海洋垃圾被冲上了海岸，仿佛是海底世界对人类社会的一场血淋淋的报复。

看着那些被白色泡沫推上来又卷走的残骸，小满重重打了个寒战，心脏仿佛也被扔进了深渊中浸泡。每次她潜入海中时，总会在海底见到很多垃圾。

多彩的珊瑚礁、灵动的游鱼，它们本应该生活在清透的海水里，然而不知道从什么时候起，它们的家园都被人类造物占领。

小到塑料袋，大到金属废物，这些垃圾一寸又一寸地侵占着海洋，它们无法被降解，只能几百年、上千年地在洋流中漂浮。而每当海啸发生时，海洋就会裹挟着这些肮脏的东西，冲上海岸，报复傲慢的人类。

小满想起她的潜水教练递给她的传单——加入海洋保护组织，保护你所爱的海洋！

当时她觉得这些事情与自己无关，她是来度假的，又不是来拯救世界的。她潜水是为了拍出美美的照片，为什么要费心捡拾海洋垃圾呢？

但是这一刻，她忽然意识到自己有多么肤浅。海洋是地球的一部分，人类也是地球的一部分，就算能力有限，她也要去做。

航拍镜头从海岸线上略过，青旅内一片寂静。

镜头外的新闻配音缓缓加入。

"本台得到消息。在此次海啸登陆前，一位中国籍客商提供了二十辆大巴车，帮助运送灾民，几千人顺利被转移到了安全地带。正是因为这位中国商人的帮助，使得此次海啸伤亡人数降到最低！现在，灾民们就在这位中国商人提供的场所里休息。昨日，政府派遣的医疗救援队抵达了这里，同时，陆续有其他区域的灾民转移过来。现在，就让我们来采访一下这位中国商人。"

中国商人！居然是一位中国商人！

在很多当地人心目里，中国商人来这里，就是来"赚钱"的。他们哪里会想到在天灾到来之前，却是一位中国商人派遣了大巴车，运送了那么多的灾民！

听到这里，小满身体里仿佛有一阵热流淌过，一种与有荣焉的骄傲油然升起。

她不禁抬起头，身体微微前倾，恨不得再靠近一点，让她能够听清楚接下来的采访。

很快，镜头切换到了外景地。

镜头里，一位身穿西装、气质斯文的眼镜男出现在镜头中。他皮肤白净，身材瘦削，看着有一点油滑……他就是那位好心的中国商人吗？奇怪，他看上去可不像是个"大老板"。

果然，在接下来的采访中，眼镜男自称是"穆总"的秘书，因为穆总低调，故而让这位秘书来代替他简述当时的情况。

这位高秘书口才极好，英文流利醇熟，几句话之间就把当时的情景描写的险象环生，同时又不着痕迹地赞扬了一番他的老板穆总是多么果决、英勇、有担当，最后又用一种云淡风轻地语气说："我们穆总非常感谢车队司机的配合，以私人名义奖励这些司机一人十万美元。"

用来表达惊叹的不同语言同时迸发出来，他们眼神灼灼地看向小满，问她："你们中国商人都这么有钱吗？我也可以去给他开车！小满你认不认识他，把我介绍过去吧！"

小满赶忙摇头："我可是穷游住青旅呢，哪里认识什么中国大老板！"

像这样年轻、有善心最主要还很有钱的男人，可千万不要长得太帅——若是长得太帅，这得多么优秀的女人才配得上啊？

不等小满收回思绪，电视里突然传来了一阵急切的呼叫声。

只见背景中，一位护士急匆匆地从挂着红十字的帐篷中飞奔出来，大声呼叫："志愿者，献血志愿者有吗？急需 AB 型血，AB 型！两百毫升！"

护士没有注意到，在她身旁五米外就是印尼国际新闻台的直播，而她的喊声，也打断了正在进行中的采访。

镜头前的记者一愣，下意识地回过头，向着那位护士看去，摄影师立即推进镜头，把那位护士焦急的神色收录下来。

当天灾降临时，血库储存的血液很快就会告罄，如果没有志愿者们义务补充，抢救就没法继续下去。小满还记得十年前四川地震时，街头出现了很多献血车，热心市民们大排长队，为了灾区捐血。

小满就是 AB 型血，她从那时起就坚持锻炼身体、定期献血，听到镜头里护士急切的呼求声，她恨不得穿越过去，奉上自己的一捧热血。

然而，有人比她反应更快——只见一位身材高挑的年轻女郎从远处飞奔而来，她一边跑着一边挽起袖口，露出一截莹白细腻的小臂。

"我是 AB 型。"她眉目如画，神色坚毅，看不到一点畏惧，"我来。"

女孩与护士都不知道，这一幕被直播镜头忠实地记录了下来，通过电波传达给无数守候在电视机前的观众面前。

这些观众里有身在印尼的外国人，更有东南亚其他国家的同胞，还有……同小满一样，来自中国的游客！

"啊！"小满一声惊呼，捂住了嘴巴。

她认识镜头里的女孩——娱乐圈里的顶尖流量艺人，苏瑾！

苏纪时雷厉风行，撩起袖子就往献血帐篷的方向走。哪想到还没走几步，便被一道男声拦住了。

"苏瑾，站住。"

回头一看，是大忙人穆总。

只听穆休伦沉声道："你瘦成这样，是献血还是献命？"

瘦？

苏纪时一愣，低头看向自己细瘦骨感的手腕，后知后觉地意识到，她现在已经不是一年献两次血依旧活蹦乱跳的野外女魔头苏纪时了！她是苏瑾，每天吃糠咽菜连大米都要数着粒吃的女明星苏瑾！

有句网络黑鸡汤是这么说的："好女不过百，不是平胸就是矮。"

曾经的苏纪时体重刚刚好卡在一百斤，既不平胸又不矮，身材玲珑有致，肌肉紧实皮肤细腻，谁见了都要夸一声"美"。结果进了娱乐圈，她却莫名其妙地成了胖子，在镜头的拉伸效果中，她看上去虎背熊腰，格外壮实。

方解为此操碎了心，特地给她制订了一系列的瘦身餐，耗费了足足四个月，终于让她的体重掉到女明星应该有的数字——而这个数字，是在国际公认的献血标准体重线之下的。

他们两人之间说的是中文，护士听不懂，只看到刚刚还同意献血的苏瑾突然停下了脚步，皱着眉头一副为难的样子。

　　护士以为她后悔了，正要劝说，哪想到穆休伦直接走过来，直接用英语说："她体重太轻了，没办法献血。"他微微停顿了几秒，又问，"急缺 AB 型是吗？"

　　苏纪时："你不会说，你正好是 AB 型，要替我献吧？"

　　要真是这样的话，不就又欠了他一个人情吗？这样的话还不如自己献呢！

　　谁想，穆休伦却摇摇头，道："我是 O 型，但我知道还有谁是 AB 型。"

　　说完，他招手把高岭叫了过来。

　　高岭被打断了采访，一脸莫名的小跑到上司面前，狗腿地问："穆总您有啥吩咐？"

　　穆休伦："高岭，我记得你就是 AB 型？采访完了没什么事情，你去献个两百毫升吧。"

　　高岭大惊失色："不不不，穆总，我之后其实还有很多事要做！"

　　穆休伦："带薪年假给你一周。"

　　高岭二话不说撸起袖子，双眼放光地对护士说："我觉得自己满腔热血无处发挥，两百毫升根本无法表达我的决心，不如你抽个四百吧！"

　　高岭读大学时，每年流动献血车都会开进校园。学校为了鼓励学生献血，所有参与献血的学生都可以拿到 0.1 分 GPA 的奖励，别看分值不高，但是对于保研党、出国党、评奖评优党来说，这 0.1 分的作用太大了。高岭为了成绩单漂亮一些，每年都要上两次献血车。所以，他并不怕献血——但他怕亮晃晃的针头。甭管是打针、打吊瓶还是扎针灸，他看到那玩意儿就腿软。

　　帐篷里，高岭紧张地坐在躺椅上，他手肘内侧已经被涂上了消毒酒精与碘酒，黄黄一片，护士拿出一次性的针头、胶管、血袋，在一旁做准备。

　　一看到那又粗又长的针头，高岭就下意识地错开了眼，不敢细看。

　　苏纪时陪在一旁，见他表现的如此恐惧，以为他是第一次献血，有些愧疚地安抚他："高秘书，你别紧张，我陪你说说话就好了。"

高岭刚想说不用，没料到苏纪时居然塞过来一颗削好的苹果。

只见苏纪时的脚边不知何时多了一小筐苹果，每个苹果足有拳头大，看着格外诱人。她不仅锤子用得好，刀子用得也很好，一柄最普通的小刀在她指尖转了几圈，苹果便乖乖褪去了外衣，苹果皮被削得又细又长，从始至终没有断开过。

高岭受宠若惊，赶忙接过苹果咬了一口，护士见他被分散了注意力，立即把针头扎进了他手臂里。

高岭一声闷哼，于是苏纪时又递过来一杯加了蜂蜜的水。

高岭看看苹果，看看水，再看看站在一旁穆休伦的脸色，试探地说："苏小姐，我忽然觉得有点热。"

正如他所料，苏纪时起身转了一圈，没一会儿扛进来一台电风扇。

穆休伦的脸色更难看了。他几步走过去，接过苏纪时手里笨重的电风扇，语气沉沉："他是替你献血，又不是替你生孩子，你忙里忙外地做什么。"

苏纪时没听出来他在生气，理所当然道："我献不了血，难道还不能帮献血的英雄做些事吗？"

高岭一边咔嚓咔嚓啃着苹果，一边热泪盈眶地想：天啊，我成了英雄了！不得了不得了，我要给自己鼓一次掌！

采血其实用不了多长时间，高岭因为身材瘦高，所以最终护士只采了两百毫升。献血的那只手因为要一直保持不动，很快指尖就变得冰凉了，苏纪时提前准备好一只灌满热水的塑料瓶，塞进了他的手心里。

于是这次献血结束后，高岭不仅没有觉得头晕眼花，反而觉得神清气爽。

他开始喜滋滋地盘算来之不易的七天年假要去哪里挥霍，忽然眼前晃过一道身影，只见穆休伦脱下西装外套扔到了他怀里。

男人一手解开衬衫袖扣，几下便把浆洗得笔挺洁白的袖口挽到了手肘之上。他肤色偏深，小臂肌肉紧实，因为经常锻炼，他手肘内侧的血管格外明显，呈现出一种健康的青色。

他长腿一迈，直接坐进了躺椅里，左臂搭在扶手上，语气笃定地对护士说："我也要献血。"

说完，他眼神状似无意地从苏纪时身旁的苹果篮里掠过。

苏纪时小姐装作没看懂。

接着，穆休伦又干咳两声，清清嗓子，装作一副口渴的模样。

苏纪时小姐装作没听见。

两人的眼神拉锯战，护士小姐完全没有注意到。她见又来了一位献血志愿者，喜出望外地问："您也是 AB 型？"

穆休伦："不是，我是 O 型。"

护士遗憾地收起针管："哦，那请您离开吧，我们不缺 O 型血。"

高岭想：我不能笑、不能笑，我要是笑了，别说年假泡汤，工作也不保！

苏纪时倒是毫不客气，放声大笑起来。

她丝毫没有什么"女明星"应该有的偶像包袱，笑得眼泪都溢了出来，明眸皓齿，犹如一抹灿烂的春光。

穆休伦被折了面子，明明该生气的，可是看到她笑得这么开怀的样子，忽然又觉得肚子里的郁闷都消散了。

以前他"包养"她时，从来不见她做出任何出格的表情、出格的动作。相比较之下，还是现在的苏瑾，更有趣些。

第十二章 澳大利亚

　　某著名娱乐八卦网站内，聚集的吃瓜群众多达几十万。娱乐圈里一有什么风吹草动，他们跑得绝对比中国香港记者还要快。

　　只是这个网站是匿名形式的，所以经常真料和假料齐飞，毒唯和黑子对掐。

　　而这天晚上，一个帖子飘到了论坛首页——有人观看了印尼官方新闻台对这次印尼海啸加火山爆发事件的报道，居然在新闻里看到了苏瑾的身影！

　　节目里，苏瑾主动卷起袖子走向了献血屋，这一幕让无数观众动容。

　　有粉丝涌到了《荒野大赢家》栏目组的微博下，询问事件的真相。

　　几小时之后，《荒野大赢家》栏目组发布了关于本次突遇火山事件的公告。官方直接贴出了印尼国际新闻台的灾后采访报道，证实节目中出镜的人，确实是节目组的工作人员。而在视频里最后冲出来主动要求献血的女孩，也确实是与大部队走散的苏瑾。

　　网上的吃瓜群众，砸碎了一片瓜田。

　　不论网上的吃瓜群众怎么闹腾，这些纷纷扰扰的八卦消息也传不到信号时断时续的苏拉威西岛。

　　因为火山爆发和海啸登陆的原因，当地的通讯、交通都受到了很大影响，直到震后第四天，苏纪时才终于和走散的大部队汇合。

穆休伦特地派了一辆大巴车，去镇上的安置点接回了节目组的所有工作人员。那个小镇本就贫苦，全村也找不出多少好房子，派去的政府人员把房子都优先安排给了本国受灾群众。于是这几天，节目组里的人只能挤在一座军绿色的帐篷里，不论男女性别、不论身份高低，晚上全部挤在一张大通铺，稍有风吹草动就会惊醒，根本无法好好休息。

和那个临时安置点相比，穆休伦提供的宿舍不知道好了多少倍：有门有窗有房顶，屋内还通电，有集体浴室、公共厕所……这种简易宿舍放在几天前，他们都不会放在眼里；可是现在住进去，却让他们恍惚间产生一种五星级酒店的感觉。

其他人都忙着洗澡、整理宿舍，小霞却顾不得那些事，急急忙忙冲到苏纪时面前，上上下下看了她半天，一边傻笑一边掉眼泪。

"苏姐……"小霞喜极而泣，"你、你没事就好了！你掉下去的时候，我还以为你……"

苏纪时笑起来，抬手抹净她的眼泪，哄她："这话都说了多少遍了？区区三米的小河沟，摔不死我的。行了，别哭了，要是让别人看到了，还以为我这个大明星压榨小助理了呢。"

小霞吸着鼻涕，眼珠被泪水浸的又黑又亮："只要苏姐你没事，我一辈子都愿意被你压榨！"

苏纪时却说："你才几岁，就说'一辈子'？"

先不说她不可能做一辈子明星，小霞也不能一辈子当个小助理啊。就算工资开得再高，助理也仅仅是打杂的，未来往执行经纪人、经纪人、经纪总监方向发展，才是一条正经道路。

苏纪时在娱乐圈里的每一天，都是在用倒数计时计算。可她身边的傻丫头小霞，却带着懵懂与热情，像个小尾巴一样追在她后面，盼望她能越飞越高。

苏纪时有些头疼，究竟什么时候才能遇到一个好时机，把事情的真相告诉小霞呢？

中午，大家吃过饭，开始商量回国事宜。

总导演和几位策划、编导围坐在小桌旁，面前是所有的艺人。节目组突糟天灾，电视台的电话都快被打爆了，有其他新闻频道想要来采访，有粉丝来追问偶像的安慰，还有经纪公司、保险公司无数工作人员急需对接。

在网上，《荒野大赢家》节目组被困的事情已经引爆了无数个"hot"，不管打开哪个网站，到处都是讨论这件事的热帖。

所有人巴不得现在就回国，但问题在于，现在根本回不去啊！

因为火山灰四溢的原因，苏拉威西岛上的机场已经关闭数天了。根据现在掌握的消息，明天下午机场终于要重新开放。

苏拉威西岛是个诡奇的K字形，北、中、南各有一个小型国际机场，可以飞抵周边的马来西亚、新加坡、文莱等国，然后再从那里转机回中国。可现在一张通往新马文三国的机票已经被炒上了天价，而且有价无市，根本买不到。

他们讨论航班问题时，并没有避讳几位艺人，甚至主动问他们，有没有什么私人关系，能够弄到回国的机票。

众人面面相觑，纷纷摇头：他们要是有关系，还至于困在这里吗？

小霞双手合十，默默祈祷，恨不得天降一辆飞机，能带着他们"嗖"的一声，飞回遥远的大公鸡怀抱。

"为什么不去澳大利亚？"

忽然，人群之后传来一道清亮的嗓音。

众人下意识回头看去，只见苏纪时就坐在人群边缘，一手托腮，一手把玩着一块随手捡来的石头。那石头形状并不规则，浑身上下黑漆漆的，然而那种黑却是通透的、清亮的，猛然看上去，简直像是一块玻璃。若是有懂行的人在，就会知道，这块石头并没有外表看上去的那样平平无奇，这其实是一块火山玻璃——也就是岩浆喷出后，迅速冷却收缩形成的玻璃质结构岩石。

女孩素白纤长的五指把玩着那块火山玻璃，语气懒散。

"若是光论直线距离，印尼和澳大利亚的距离更近。从这里飞回国内，算上转机时间需要整整十个小时，可是飞到澳大利亚最北端的北领地，只需要两个小时。"她笑道，"到了澳大利亚，还怕买不到回中国的机票吗？"

对啊！

她的话一下点醒了大家。

因为印尼是一个亚洲国家，所以大家潜意识便觉得，从印尼往北飞，才是回国的唯一途径。然而实际上，印尼地处赤道，它距离南半球的澳大利亚更近！虽然稍稍绕了一点路，但更稳妥、更简单。

编导立即起身："那好，我立即联系航空公司，买下飞澳大利亚的机票！"

"不用这么麻烦。"

又是一道令人意外的男声响起。只见穆休伦身着一套笔挺西装，步履款款，从会议室外推门走入。他身高腿长，气势惊人，如一柄锋利的长刀，挑开了压在他们头顶的黑幕。

他停在苏纪时身旁，一只手恰好搭在了她身后的椅背上。这个动作看似随意，可落在众人眼中，两个人距离格外亲密，就好似男人把女孩置于自己的怀抱之中。

"不用这么麻烦。"他又重复了一遍，语气随意得仿佛在谈及天气，"我后天恰巧要去澳大利亚，我的私人飞机可以载你们一程。"

苏纪时抬眸看他，似笑非笑："哦？这么恰巧？"

穆休伦语气笃定："就是这么恰巧。"

嗯，看来是真的很恰巧。

面对屋内众人探究的视线，穆休伦丝毫不慌，表现得十分镇定。若是有人想知道他究竟去澳大利亚做什么，他可以瞬间说出个子丑寅卯来。

只要苏纪时问了，他就有一百万个"恰巧"去澳大利亚的理由砸出来。

可是苏纪时没问，其他人，居然也没问。

于是如此这般，众人定下了后天上午的行程，开始埋头收拾回国的行李了。

私人飞机座位有限，除了穆总和他的随行人员，只能再搭乘十二位乘客。节目组内部商量了一下，把这十二个名额让给了五位艺人和他们的助理，导演和总策划也跟着一同上了飞机。

当飞机起飞的一刹那，短暂的失重感迎面而来。苏纪时倚在窗边，俯瞰着脚下的这座小岛，她的眼神带着审视、带着遗憾、带着热爱。这座地质构造独特的 K 字形小岛，在中部最凸出的山脉地带，覆盖了一层浅浅的灰色，而在它西部沿海地区，则是布满了被海浪扑打过的伤痕。

自然之力，可怕至极，瑰丽至极。

飞机上的其他几人则是惧怕地望着那些残骸，他们没有苏纪时的那双属于地质学家的眼睛，他们只能看到惊涛骇浪，看到遍地狼藉。

小霞坐在苏纪时身旁，不敢看窗外的土地，只能盯着私人飞机看。

这架私人飞机是穆休伦的私产，在穆休伦"包养"苏瑾的那几年，很大方的把飞机借给苏瑾用过很多次。想当初，苏纪时被方解和阿山绑架时，一睁眼，便躺在这架飞机的卧室里。

小霞身为助理，自然也蹭过几次私人飞机坐，对这里的一切都很熟悉。等到飞机平稳飞行后，小霞便解开安全带，开心地去后面的吧台取饮料喝。

舷窗外艳阳高照，苏纪时觉得有些刺眼，便把遮光板拉了下来。

忽然，她余光一暗，一个身影在她身旁落座。

苏纪时侧头一看，意料之中，是穆休伦。

苏纪时挑眉："不好意思，这里是我助理的位置。"

穆休伦道："不好意思，这是我的飞机。"

于是当小霞端着零食和饮料回来后，惊讶地发现自己的位子居然被人占了。可她一点都没表现出来委屈，而是兴高采烈地端着东西换了个位置，格外狗腿，真不愧是一条隐藏在唯粉群里的 CP 狗。

其他人目睹了穆休伦的换座行为，眼观鼻、鼻观心、屏气凝神，整个机舱内蔓延着一种暧昧而安静的氛围。

唯有秦丘眼神落寞，倒真像是一只失宠的小狗一样，耳朵尾巴都垂下来了。

陈刚玉旁观了这么久，敏感地察觉出了他的失恋弧线，轻声安慰他看开点。穆总有颜有钱还有善心，同苏瑾是天作之合、地造一双，秦丘除了年纪轻之外还有什么能和人家大老板比？

秦丘小声说："我看不开，我想发泄。"

陈刚玉年纪比他大了整整一轮，看他就像看个不懂事的小弟弟，她问："你想怎么发泄？"

秦丘："我想花钱发泄。"

陈刚玉想，粉丝们叫他一声"妈妈的亲亲宝贝儿子"可真没叫错。这不就是个乖儿子吗？别的男艺人遇到不如意的事情，抽烟喝酒打架飙车。他呢？花钱发泄，真是又环保又节能。

陈刚玉说："花钱挺好。赚的钱不就是用来花的吗？咱们一会儿到了机场，姐姐陪你在免税店购物好不好？"

哪想秦丘摇摇头，说："我想买的东西免税店没有。"

"你想买什么？"

秦丘长叹一口气："我想买理财产品。"

"呃……"

"一失恋就花钱，一生气就花钱，一难过就花钱……花来花去都是冲动消费，不如把这笔消费花在理财产品上，这样既消费了，还能让钱越变越多。"秦丘眼神闪闪，"陈姐，你觉得怎么样？"

陈刚玉："我觉得你在放屁！"

经过短暂的两个小时航程后，穆总的私人飞机缓缓降落在澳大利亚北领地首府的达尔文国际机场。

落地后，穆休伦就要和他们分开了。

分别前，几位艺人在总导演的带领下，特地来向穆休伦道谢。若是没有他出手相助，他们肯定没有办法这么顺利地飞回国内。

穆休伦语气淡漠："举手之劳。"

可他的眼神却穿过人群，落在了站在最后排的苏纪时身上。

待道谢的人群散开后，苏纪时走到他面前，忽然伸出半握的拳头，矜持骄傲地递到了他面前。

穆休伦目光疑惑地盯着她的拳头看了半晌，也默默伸出拳头，和她的拳头轻轻碰了一下。

苏纪时："穆先生，我没想和你碰拳。"

穆休伦："嗯？"

苏纪时："把手摊开。"

于是穆休伦便听话地把手置于苏纪时的拳头下，摊开了手掌。

下一秒，只见女孩手指一松，一颗黑色的宝石如坠落的星辰，在重力的感召下，落入了男人的掌心中。

穆休伦瞳孔一震，略带讶异地望着那颗通透的黑色造物。

色泽似玻璃，触感却又像是石头……

"火山玻璃。"苏纪时轻声道，"这颗火山玻璃是在你捡到我的那个湖里发现的，现在，我把它送给你了。"

望着女孩娉婷的身影越走越远，穆休伦收拢手指，把那颗黑色的剔透矿石藏进了衣兜里。

高秘书不解地问："穆总，你干吗不直接把苏小姐送回国内啊？偏偏要绕一圈，送到澳大利亚？"

穆休伦冷冷道："我为什么要特地送她回国？我只是恰巧来澳大利亚办事，顺便捎带她一程而已。"

高秘书心道：行吧，您开心就好。

回国的航班安排在两小时之后，好在达尔文机场人流量不算大，这几位中国艺人赶路时格外低调，并没有引起其他人的注意。

他们换好机票，坐在 VIP 候机室里等候登机，彬彬有礼的服务员为他们送上甜点、饮料，供他们消磨时光。

到了这里，他们终于能够联上网了！大家迫不及待地掏出自己的电子设备，飞快地连上机场 Wi-Fi，着急地浏览起网上的消息。

在这些帖子中，"苏瑾"这个名字出现的频率绝对是最高的。当新闻记者去采访时，她主动要求献血，这一幕感染了很多人，不管是粉丝、还是路人，都被她的行动所折服。虽然有人质疑他是自我炒作，但更多的人相信她的为人，感慨她舍己为人的勇敢。

总导演把那段采访精华反复看了很多遍，打趣苏纪时："苏老师，你那天还说，不让我用天灾帮你炒作。你看，现在不用炒作，你的美名已经让很多人知道了。"

苏纪时颇为苦恼的澄清："这事是个乌龙……我当时确实是想献血的，但是体重不够，没有献成。"

总导演道："可至少你有这个心意。你要知道，很多人是不敢献血也不愿献血的。现在，有你这个偶像做榜样，想必有很多人会勇敢走上献血车的。"

几人正说着话，忽然一位服务人员走了过来，手里拿着一只最新款的苹果手机，递到了苏纪时面前。

只听那人欣喜道："这位女士，你的手机遗留在这里很久了，没想到今天又碰到你了。"

苏纪时一愣："什么？"她从未来过北领地，怎么可能会有手机落在这里！

"你是不是认错人了？"

"没有认错。"服务员摇摇头，"北领地的亚洲人很少，会来 VIP 室休息的那就更少，当时你把手机落在了桌上……你看，这手机的锁屏照片，不就是你吗？"

一边说着，服务员立即唤醒了手机，白色的大苹果标志一闪而过——正如他所说，手机的锁屏照片上，正是苏纪时与一位年长女性的合影。

照片中，"苏纪时"的一头长发用簪子挽起，眼神如水，笑容里带着一股含而不露的柔情。在她身旁，一个身穿青绿色病号服的温婉女子坐在阳光下，因为化疗，她原本如云的秀发已经掉光，而她的鼻间，还佩戴着一截用来吸氧的胶管。

她与她的五官格外相似，不论是谁看了，都能轻而易举地猜出照片中两人的血缘关系。

猝不及防之下，苏纪时一眼便撞入了这张合影之中。她呼吸一窒，那一瞬间，仿佛失去了喘息的能力。

照片里的人，是她日夜思念又无法再相见的脸孔。可她万万没有料到，会在此时、会在此地重逢。

身旁的秦丘听到他们的谈话，好奇地探过头来，一眼便看到了手机锁屏上的照片。

"诶？"秦丘惊叫，"苏姐，这是你和你母亲吗？"

"嗯。"苏纪时的嗓音仿佛含在了喉咙间。

没错，照片里的人，正是"苏瑾"和"苏瑾的母亲"。

为什么妹妹的手机会遗失在这里……难不成，她现在就在澳大利亚？

不等苏纪时细想，她的手就像是有自我意识一样，接过了递到她面前的这支手机。

这款手机搭载了最先进的面容识别功能，可惜再智能的系统也分辨不出来双胞胎的微妙差异，手机屏幕自动解锁，直接跳转进了系统页面。

主屏幕上空空荡荡的，除了系统自带的几个 App 以外，苏堇青并未安装其他多余的东西。这样一来，主屏幕上的背景图片，便不加遮掩地呈现在了苏纪时面前。

背景是一张褪色的老照片。

照片摄于二十年前。漂亮的花坛前，一对年轻夫妻站在那里。男人高大英俊，女人娇小美貌，明明是一对男才女貌的佳偶，可是两个人的笑容却分外勉强，仿佛是打碎后又被强力胶粘在一起的镜子，任谁都能看出来他们之间的貌合神离。

照片中除了夫妻俩以外，还有一对样貌相同的双胞胎，姐妹俩一个穿着短裤白衫，一个穿着连衣裙，明明她们年纪尚小，可五官明媚精致，完全就是两个美人胚子，未来必定光彩照人。

两个小淘气鬼都玩疯了，长长的发辫垂在肩头，汗湿的头帘贴在额际，她们腻在女人身边，你挽着妈妈的手、我搂着妈妈的腰，争相向妈妈撒娇。和她们娘仨相比，被称为"爸爸"的男人仿佛是这个家庭中的外人，有些疏离地站在她们身边。

屏幕外，苏纪时垂下眼帘，指尖静静地摩挲着这张背景照片。

她认识它。

还记得，那是她八岁的某一天，放学后，爸爸妈妈忽然说要带她们出去玩。那天明明不是假日，更不是谁的生日，可爸妈却非常慷慨，不仅带她们去吃了刚开业不久的肯德基，还去公园里玩了一个小时，等到姐妹俩玩到忘乎所以之际，妈妈忽然告诉她们——他们夫妻俩决定离婚了。

姐妹俩对视一眼，对此毫不惊讶。谁说孩子都是小傻瓜？她们即使年纪小，但也懂得什么是爱。父母总是争吵、爸爸夜不归宿、妈妈彻夜哭泣……谁的家里会是这样的啊？

若是妈妈为了"家庭完整"，勉强和爸爸生活在一起，那才是错误的呢。

妈妈决定离婚，姐妹俩举双手支持。她们天真地想：太好了，以后家里没有讨厌鬼爸爸，只有她们母女三人了！

可惜，她们的母亲只是一个再普通不过的小学副科老师，以她微薄的薪水，离婚之后，仅仅能养活一个孩子。这样一来，势必有一个孩子必须留给她们的父亲。

一个是乐观外向的小太阳，一个是腼腆文静的小月亮。女人踌躇很久，最终选择带走苏堇青。

她认为，她把苏纪时"留下"了。可苏纪时认为，这叫"抛弃"。

离婚后，女人回来探望过苏纪时很多次，但是倔强的苏纪时一直避而不见。

　　她执拗地想，如果妈妈不要她，那她也可以不要妈妈。

　　一晃二十年过去，苏纪时长大成人，有了自己的事业，也终于脱离了自己的原生家庭，当她再回首静思母亲当时的选择，她逐渐能够理解，为什么母亲会选择妹妹，而不是她。

　　可是，"理解"很容易，"原谅"却很难。

　　苏纪时没有想到，时隔二十年，居然又能再次见到这张照片。回忆仿佛一张巨网，让她无法挣脱地掉进了那个旋涡里。

　　她不明白苏堇青为什么要把这张照片设为桌面，这有什么意义呢？

　　想到这里，苏纪时心中腾地涌起了一阵无名火气。

　　旁边的秦丘察言观色，见她一脸愤懑，便摇头摆尾地凑过来，问她怎么了。

　　苏纪时担心他看到屏幕上的合影，立即按灭手机屏幕，揣回兜里："没什么，想起一些不开心的事情而已。"

　　澳大利亚地广人稀，留在这里找人无疑是下下策，她现在没时间在这里耽搁，还是把手机拿回去慢慢研究吧。她相信，手机里一定会有妹妹留下的线索。

　　又过了一会儿，广播通知登机。节目组给所有艺人买了头等舱，给随行助理买的商务舱，不过苏纪时不缺那点钱，便给小霞临时升舱，把她换到了自己身边。

　　等到飞机起飞后，小霞马不停蹄地拿出平板电脑，开始码起回京后的资源。

　　"苏姐，刚刚我和方哥通了个电话。因为咱们这次拍摄历程太跌宕了，吸引了很多媒体、粉丝的注意，所以落地之后肯定会有粉丝来接机，媒体也绝对会到。如果遇到记者提问，你别像之前那样怼他们啦，能回答几个就回答几个，毕竟大家都很好奇咱们这次的经历。"

　　小霞看着平板电脑："还有八家媒体发来了采访申请，苏姐你看后天……"

"不去。"苏纪时打断她，"后天我另有安排。"

小霞茫然地问："什么安排？"

苏纪时的左手伸入兜内，指尖慢悠悠摩擦着妹妹的手机。手机没有带壳，光亮的银漆被磕碎了一角，摸上去有些刺手。

"小霞，你还记得我母亲的陵园在哪里吧？"

"记得啊。"

苏纪时眉眼微合，遮住瞬间的萧瑟倦意："那好，后天我去扫墓。你们几个不用跟着，给我叫辆车就好。"

从她回国至今，她一直有意避讳这个话题。

她从来没有过问过，母亲究竟得的什么病、她的葬礼如何举办、她在哪里入土为安。苏纪时甚至觉得，自己确实是个狠心的女儿。

可是当她今天收到妹妹的手机后，忽然发现——她的内心，其实一直在逃避母亲已经逝世的真相。

但是现在，她忽然想去母亲沉睡的地方看一看。

经过十一个小时的漫长飞行，一行人终于在第二天上午，回归了祖国的怀抱。苏纪时在飞机上舒舒服服地睡了一觉，精神格外好。

飞机舱门打开，属于北京独有的雾霾味道在冷风中迎面而来。廊桥内，几位经纪人提前等在那里，见艺人们出来了，赶忙狂蜂一样围了上去。

"苏姐！"方解冲在第一位。他停在苏纪时面前，拉着她仔仔细细看了好几眼，生怕她哪里磕了碰了伤到了，"顺利回来了就好！"

苏纪时笑笑："放心吧，我和小霞都没出危险。"

"什么啊！"小霞立即拆穿了她的谎言，手舞足蹈地向方解叙述起了当时的种种危机情况。

她从苏纪时在荒岛上的表现开始说起，又说到苏纪时是怎么发现火山爆发，当机立断带着大家逃离的。她说的声情并茂，配合上丰富的表情和肢体动作，像极了六一儿童节上做汇报演出的小学生。

因为之前信号不畅，方解并不清楚具体发生了什么，他只能从新闻报道中，去拼凑灾难降临的情况。直到现在他才知道，原来实际发生的事情，比他想象的还要波澜壮阔。

"停停停。"苏纪时赶忙打断了她的演讲，"没什么好吹嘘的，事情都过去了。"

小霞却瞪大了眼："哪里过去了？这事儿我会记一辈子的！苏姐你放心，等我老了，从小霞变成老霞了，我还会把这个'苏姐飞跃火山勇救三十六人'的传奇讲给我孙子听！"

一行人边说边往外走。

苏纪时侧目看了看围在身边的保镖，问："怎么来了这么多人？"

之前她也经历过粉丝接机，标配一般是四位到六位安保人员，按照东南西北四个方位护好她，剩下两个在旁机动待命。哪想到这次回国，方解居然一口气带了八位保镖，其他艺人的保镖人数只多不少。黑压压一群保镖围着他们往外走，触目所及之处，全是黑色的西装墨镜。

在即将踏出接机大厅的那一秒，方解深吸一口气，小声道："戴好墨镜。"

"什……"

下一秒，感应门应声而开，铺天盖地的欢呼声蜂拥而来！

刺目的闪光灯从四面八方包围住了他们，连绵不绝的快门声响起，苏纪时即使已经做好了完全的心理准备，依旧被粉丝们的热情吓住了。

机场里究竟聚集了多少人？三千？四千？不，绝对不止！

机场紧急调来几十位保安，手拉手组成人墙，隔开了群情激动的粉丝们。冲在最前面的粉丝举着手幅、礼物，站在后排的粉丝则高高举着灯牌。抬头看去，连二楼三楼的栏杆旁，都是粉丝们翘首以盼的身影。人头攒动，他们大声喊着偶像们的名字，甚至有人激动的落下泪来。

这次的海外遇险，牵动了所有人的心。即使节目组公告说艺人们没有受伤，可粉丝不亲眼看看，还是放不下心来，要知道，他们不仅仅是她们的偶像，还是她们的"老婆""老公""女儿""儿子"呀。

到家后，工作马不停蹄地接踵而来。他们被困印尼多日，积压的工作堆成小山,更别提为了蹭热度而来的媒体了。

苏纪时却没理会日程表上满满的工作计划,硬是腾出一天时间,独自去了母亲的陵园。

方解得知苏纪时的计划后,脸上的诧异不加掩饰。

苏纪时问:"怎么了?"

"呃,我以为苏姐你和令堂的关系不好,没想到……"

"确实不好。"苏纪时说,"可是我回国这么久了,也是时候去祭拜她了。"

趁着小霞不在身边,苏纪时问他:"你给我详细讲讲堇青和我母亲的事情吧。"

其实她心中一直有诸多好奇,但她之前都刻意压制住了。她想把自己的人生和妹妹彻彻底底地分开,可意外得到的那部手机,却让她心里长久压抑住的疑问爆发了。

在她的要求下,方解只能把他知晓的一切都告诉了她。

其实方解知道的也不多。苏母罹患的是乳腺癌,查出后积极做抗癌治疗。可惜苏母体弱,很快癌症就复发了,那时候,可以选择的只有靶向药物。苏堇青就是在那个时候踏入了娱乐圈,可惜初出道的她并没有得到太好的机会,每月只能从公司领取微薄的固定薪水,后来,她在常去的太阳村里结识了穆休伦,于是……

"今年春天,你母亲的病情突然恶化。可是堇青那段时间工作极多,差点没赶上见你母亲最后一面……这点,确实是我这个经纪人的失职。"方解神色愧疚,"后面的事情你都知道了。"

陵园位于城郊,一片依山傍水的地方。苏纪时特地选了一个工作日,着一身素衫,低调地前往陵园。

这片陵园位置极佳,造价不菲,苏母的墓位于半山腰上,周围被一圈长青松树环绕。墓碑并非国内常见的"碑"式,而是精巧地修成了一本打开的书,寓意着苏母生前是一位教书育人的老师。

书页左侧,端庄的金字刻下了苏母的芳名;而在书页右侧,则是两个并排的名字。

　　——孝女苏纪时敬立
　　——孝女苏堇青敬立

　　苏纪时完全没有想到，在母亲的墓碑上，妹妹居然特地给自己留下了一个位置。

　　她两手空空的来，没有带任何祭品。她垂眸站在墓碑前，勉力翻找着二十年前的记忆，可却赫然发现，她对妈妈的记忆居然只剩下几个零星的片段了。

　　这就是时间的力量吧。

　　苏纪时找了个石凳坐下，静静整理着心中翻涌的思绪。

　　初冬的寒风呼啸着飞过，苏纪时颤抖着把羽绒服的拉链拉好。究竟是谁规定的女明星不能穿秋裤？

　　忽然，她的手碰到了兜里一个硬硬的东西，她掏出一看，发现是那部属于妹妹的手机。

　　唤醒手机后，苏纪时没有去看锁屏和桌面上那两张照片，而是快速进入系统软件，开始一个软件一个软件查找妹妹留下的蛛丝马迹。这部手机没有安装任何第三方软件，甚至连 QQ、微信这类通信工具都没有添加。

　　苏堇青最常使用的三个软件，是相机、记事簿、浏览器。

　　相册里的照片多达数千张，苏纪时快速浏览了一遍，大多是妹妹和母亲的合影。除此之外，还有不少药方的截图，可惜苏纪时看不懂。

　　浏览器里，有个专门的文件夹，放名医专家的资料。还有一些癌症温暖论坛，帮助患者家属分享自己的经验。

　　而最后一个，就是记事簿了。

　　苏纪时有种预感，她想找的东西，一定就在记事簿内！

　　果不其然，记事簿里居然密密麻麻有数百条记录。每条记录按照时

间整理好，从远及近，有些是陪伴母亲看病的心得，但是更多的，是苏
堇青的日记！

苏纪时立即按照顺序点开了。

【2015 年 × 月 × 日】

太累了，一天只能睡四五个小时，可是依旧接不到正经通告。
今天在车展上站了十五个小时，下班前被合影的游客揩油，我推了
他一下，结果被扣了三天的工资。

【2015 年 × 月 × 日】

三疗第八天，第三个周期结束。妈妈说，感觉没有两年前第一
次化疗时那么痛苦。我知道她在骗我，她不想让我担心。

【2015 年 × 月 × 日】

六疗结束。化疗的作用越来越小，升白针每次打下去都让妈妈
非常痛苦。

【2016 年 × 月 × 日】

妈妈哭着说她不要治了，太痛了，她真的坚持不住了。我们都
没有料到这次复发会这么来势汹汹。医生说，必须用靶向药了。

【2016 年 × 月 × 日】

钱，钱，钱。

【2016 年 × 月 × 日】

妈妈这么多年来一直惦记着姐姐，我也想见她。可我真的不知
道，到底应不应该把妈妈生病的事情告诉她。

【2016 年 × 月 × 日】

这周我给姐姐打了几个电话，都无法联系上她。可能这就是天
意吧，她现在应该在出野外吧。不知道她在哪片星空下呢？

【2016 年 × 月 × 日】

有时候很羡慕姐姐。她比我坚强无数倍，从小她就是我的英雄，
我的榜样。我经常会想，如果当初妈妈选择的是姐姐，是不是一切

都会不一样？可这种话我也只能在心里想想了，妈妈和姐姐都不想听到的。

【2016 年 × 月 × 日】

为了钱，有些东西也是可以舍弃的吧？

【2016 年 × 月 × 日】

穆先生是我的贵人。在拿到合约的前一秒，我还在为自己的堕落感到羞耻；看完合约后，我怀疑穆先生是来送温暖的。

【2017 年 × 月 × 日】

名气来得猝不及防，我很害怕，我真的是粉丝们眼中的那个人吗？

【2017 年 × 月 × 日】

工作太多了，现在一个月甚至抽不出一天时间去医院陪妈妈。不过妈妈说，在电视看到我的时候特别开心，为了让妈妈更多多见到我，我还要多接戏呀。

【2017 年 × 月 × 日】

又一个靶向药产生耐药了。

【2017 年 × 月 × 日】

耐药。

【2017 年 × 月 × 日】

这是第几个耐药了？妈妈快要坚持不住了。

【2018 年 × 月 × 日】

我快要坚持不住了。

【2018 年 × 月 × 日】

妈妈像是预感到了什么，从两个月前就开始给我织毛衣。其实现在早就没人会穿这种大红色的毛衣了，可是妈妈说，她想给我留下些东西。她在病床上给我织了两条围巾，可惜毛衣还差一只胳臂没织完，她就再也拿不起毛衣针了。

【2018 年 × 月 × 日】

今天上台前，眼泪突然滚出来了，心慌得不行，我和方解说，我必须回去，我妈一定出事了，我必须回去！算我违约好了，不管赔多少钱，我必须赶回去！

方解被我吓到了，想想也是，他第一次见我这么大声说话。

幸亏我赶回去了。

【2018 年 × 月 × 日】

弥留之际，我一直陪在妈妈身边。

在我记忆里，她一直是个很美很温柔的女人。她会帮我和姐姐编头发，给我们亲手做裙子，还会教我们唱歌跳舞。

可是她逐渐变成了眼前这个我不认识的人。她的头发没了，皮肤变得好白好白，淋巴肿得不成样子。可我知道，她是我妈妈。

这个病太痛了，她要么在昏迷，要么就是疼得大叫。每次她哭的时候，我都陪她一起哭。

妈……我想用我的生命换你的时光，只希望你离开的脚步能慢一些。

可能是回光返照吧，在最后的时刻，她居然睁开眼看向了我。

她好像感受不到痛了，重新变回了那个温柔的妈妈。

我已经多久没有看到她的笑容了？

医生说，让我多陪她说说话，不要让她睡着。

于是我同她讲："妈，我回来了。"

妈妈伸出枯槁的手，摸我的头，摸我的脸，告诉她她有多爱我，说我不在的时候，她一直在想我。

我听了她的话特别难受，我一直想努力赚钱治她的病，总是没日没夜地拍戏、上通告，却忘了陪伴她才是最重要的。

我不敢在她面前哭，怕她难过，只能一直笑着陪她说了很多很多话。

说到后来，她累了。

她的声音越来越低，脸上的光也要消失了。

她说:"我的乖女儿啊,妈妈累了,想睡了。"

我说:"妈,你睡吧,我守着你。"

然后。

她合上了眼帘,说出了在人世间的最后一句话。

她问我。

"纪时,你妹妹呢?"

原来,她以为我是姐姐。

原来,她刚刚说的所有话,都是说给姐姐听的。

妈,我也和你一样很想她。

可是陪你走过生命最后一段路的人,是我啊。

【上册完】

Modavi's Secret

莫达维的秘密

莫里 / 著

江苏凤凰文艺出版社
JIANGSU PHOENIX LITERATURE AND
ART PUBLISHING, LTD

目 录

第十三章　穆家

· · · · · · · · · · 001 · · · · · · ·

第十四章　妹妹回来了！

· · · · · · · · · 035 · · · · · ·

第十五章　双倍苏瑾，双倍快乐

· · · · · · · · · 057 · · · · · ·

第十六章　追求

· · · · · · · · · 095 · · · · · ·

第十七章　可可托海

· · · · · · · · · 111 · · · · · ·

第十八章　姑娘追

· · · · · · · · · 130 · · · · · ·

第十九章　三行情书

· · · · · · · · · 151 · · · · · ·

第二十章 穆家倒台

· · · · · · · · · · ·172· · · · · · · · ·

第二十一章 回到美国

· · · · · · · · · · ·191· · · · · · · · ·

第二十二章 人渣父亲

· · · · · · · · · · ·221· · · · · · · · ·

第二十三章 真相揭露

· · · · · · · · · · ·243· · · · · · · · ·

番外一 苏纪时的石

· · · · · · · · · · ·268· · · · · · · · ·

番外二 拉斯维加斯

· · · · · · · · · · ·271· · · · · · · · ·

番外三 北极

· · · · · · · · · · ·278· · · · · · · · ·

番外四 实习爸妈

· · · · · · · · · · ·283· · · · · · · · ·

番外五 醒春

· · · · · · · · · · ·297· · · · · · · · ·

第十三章　穆家

苏纪时怔怔望着手机，直到屏幕自动熄灭，才后知后觉地眨了一下眼睛。

眼球格外干涩，苏纪时木然地捏了捏睛明穴，心中的无数句感慨最终只化为了一声长叹。

她不知该怎么形容自己现在的心情。就像一座看似坚不可摧的华丽城堡，其实窗户缝隙无法百分百闭合，无孔不入的寒风总会钻进其中。而现在的她一时无法分辨，这些隐藏在手机里的日记，究竟是把那扇窗户推得更大了，还是把它关得更严了。

她的母亲，她的妹妹，还有她自己……因为二十年前的一个决定，她们三人的命运一直勾连着，而在二十年后，又以一种全新的方式书写下去。

苏纪时没有放任自己沉浸在这份钝痛中，她关上手机，眼不见为净地把它塞到了里层衣兜里。

她在母亲的墓前又停留了一段时间，直到太阳渐渐西垂，寒鸦声声催促她离去。暖融融的夕阳照亮了墓碑，苏纪时与苏堇青的名字，被同时铺上了一层金色。

女孩掸了掸衣摆，拢好大衣，低声道："再见。"

然后她转身顺着来时的路，踏过石阶远去。

陵园建于城北的山区，燕山山脉在这里画上了休止符。北京的冬季格外萧瑟，即使是有专人维护的私人陵园，在冬季也见不到什么优美的景色，只剩下一片枯枝落叶。

因为这片陵园专为富商、政府要员、名人服务，故而格外注重隐私，不像别的陵园那样，放眼望去全是整整齐齐的小墓碑，不论何时去都能看到有人祭拜亲人。苏纪时从半山腰上下来时，没有遇见一个人，陪伴她的只有林间的飞鸟。

石阶拐向另一个方向，苏纪时的高跟鞋载着她，也向着新的方向前进。

因为她一直沉浸在自己的思绪中，所以忽略了林中响起的不自然的沙沙声。

"苏小姐，留步。"

一道突兀沙哑的声音响起。

苏纪时一愣，抬头一看，只见两个壮得好似阿山的男人立在她面前！明明太阳已经下山，可两人却穿黑色西装、戴墨镜，生怕别人看不出来他们心怀不轨。

苏纪时定了定神，问："请问两位是？"

黑墨镜并未正面回答问题，只说："我家主人想请您一叙。"

苏纪时简直要给他们鼓掌了！

深山、老林、黑衣保镖，还有什么"主人请您一叙"，上次方解给她递过来的狗血连续剧就有相同的剧情，后面进展到男主妈妈递给女主一张一千万元的支票让她离开自己的儿子，女主以"真爱"为名拒绝了金钱……于是苏纪时也以"智障"为名拒绝了剧本。

想到曾经被自己扔出大门的剧本，苏纪时没忍住笑了出来。

明明站在她面前的两个保镖又高又壮，光是一条胳膊就比苏纪时的大腿还要粗，苏纪时非但不怵，反而特别放松。

她笑问："'主人'？怎么，大清亡了一百年了，还有人想复辟呢？"

保镖一时接不上话来。

苏纪时："雇主就是雇主，甲方就是甲方。你们签的是劳动合同，又不是卖身契。"

苏纪时觉得这些人真是有病。这可是陵园，在这儿装神弄鬼的，就不怕半夜有"人"去他们床头蹦迪？

她现在正是心情最郁结的时候，偏偏对方一头撞在了她的枪口上，她自然不肯放过怼人的机会。

苏纪时柳眉一挑，拿出带新生的严厉劲儿，喝问："再给你们最后一次机会，到底谁找我？"

那两个保镖长得又高又壮，本以为拿住她这么一个娇滴滴的女明星易如反掌，哪想到苏纪时完全是个硬茬子，不仅没有表现出任何惧色，反而昂首立在他们身前，像极了骄傲的豹猫在戏耍愚蠢的看门犬。

两人对视一眼，想起主人……不，老板的吩咐，迟疑了一阵，还是退步了。

"苏小姐，我们老板姓穆。"

苏纪时抱有一丝期望地问："穆休伦？"

保镖摇头："是穆休伦少爷的母亲。"

苏纪时依旧不死心，心想剧本归剧本，生活归生活，她又没生活在九十年代的乡土剧里。

她再次确定："穆夫人不会提前准备好了一张一千万支票，想要羞辱我吧？"

保镖摇头："当然不是。"

苏纪时放下心来："那就行，麻烦告诉穆夫人，我不觉得我们有什么见面的必要，我和穆休伦早已分手，现在的关系只是朋友圈点赞之交而已。"

保镖甲说："您误会了。"

保镖乙说："我们夫人说，一千万只是首付款。"

果然啊，有钱人对金钱的概念，是一口气要补三年税的穷鬼编剧们想象不出的。

可穆夫人为什么要出这么大一笔钱，见她一面？

想到这里，苏纪时好奇心大起，笑眯眯道："谁说点赞之交不是交？既然穆夫人想见我，那我就走一趟吧。"

穆家作风老派，穆夫人嫁人后就冠了夫姓。一晃四十年过去，除了夫妻俩吵架的时候，她再也没听旁人念过她的娘家名字。而夫妻俩仅有的几次吵架，都和那个来路不明的养子有关。

一想起穆休伦那越长越肖似穆民德的样貌，穆夫人倒映在玻璃窗上的脸，越发扭曲。

曾经她也以为自己嫁给了爱情，哪想到男人的真心只有几年保鲜期。她为穆民德生育了两女一子，培养成了人中龙凤，可她换来了什么？

本以为，出身粗鄙的穆休伦根本无法适应豪门生活，哪料到他完全是在韬光养晦！明明前几年还在女明星床上厮混，为那个叫苏瑾的小艺人争风吃醋，结果一转眼，他却接连做成了几件大事！若不是前几天她的二表弟在国际新闻上看到了高岭，她都不知道穆休伦居然在印尼拿下了那么大一座镍矿！

他究竟还有多少秘密在瞒着穆家人？

一想到这些天的饭桌上，穆民德谈起穆休伦时不加掩饰的称赞态度，穆夫人心里便燃起了一片恨的火焰。穆民德成婚晚，前不久刚刚庆祝了他的六十五岁大寿，他在酒会上透露，他决定七十岁之前便"退休"，逐渐把家族企业传给下一代。

至于传给哪个孩子，他特意说，他对几个晚辈"一视同仁"，绝对没有什么传子不传女、传亲不传侄的坏规矩，只要是他穆家人，不管是谁都可公平竞争！即使是他的养子穆休伦！

那场生日晚宴，穆夫人几乎咬碎了牙，才勉强自己维持住端庄的笑容。穆家那些侄亲都是一群扶不起来的阿斗，她根本不担心他们会对自己的儿女产生威胁。然而穆休伦——那个顶着"养子"名义的人，又有什么资格去争夺穆家的财产？

回忆到这里戛然而止，车窗玻璃被敲响，穆夫人一怔，忙抬眼望去——只见车门外，那位女明星苏瑾双手插在风衣兜内，姿态放松随意。

"穆夫人，你找我什么事？"她道，语气绝对称不上热络。她未施粉黛，双眸晶亮剔透，内里带着一抹幽光，在眼瞳深处流转。

像穆夫人这样的豪门贵妇，其实社交范围和爱好都很狭窄，平日交往的都是其他贵妇人，像苏瑾这样脸蛋光鲜的年轻女星，她是从来不屑交谈的。

几年前，她从二表弟那里得知穆休伦包养了一个女艺人，她便找了简单调查了苏瑾一番，柔弱、清纯、楚楚可怜……这就是她对苏瑾的全部印象了。

哪想到，现在站在她面前的苏瑾就像是变了一个人，气质冷冽骄傲，身板站得笔直，哪里还有什么清纯小花的柔顺模样？

穆夫人心中闪过一丝不快，心想这种卖笑的小明星，以为自己有了几分小名气，就敢摆谱了？还是说，她只有在面对金主时，才会露出温顺的一面？不管是哪种猜测，都让她从心底升起一种扭曲的自豪感，把她高高托起，让她可以站在道德的制高点上，去贬低苏瑾的人品。

当然，她的这番想法绝不会呈现在脸上。

穆夫人嘴角的笑容恰到好处，她打开车门，雍容吩咐："进来。"

"不用了。"苏纪时却止步于车门外，视线从高处落下，"我的司机还在那边等我，我赶时间，有什么事还是请穆夫人直说吧。"

穆夫人哪想到苏瑾居然敢用这种态度对她！但想到她所谋划的一切，她只能强忍怒气，迅速进入正题。

"苏小姐，"她道，"我请你来，是想让你帮我一个小忙。"

"哦？"

穆夫人打开支票夹，拿出提前备好的支票，款款递到了苏瑾面前。她做了四十年的豪门贵妇，已经记不得多少次用同样的动作去打发那些她看不上的人，但这一次，绝对是她付出最多的一次。

她不愿露出弱态，脸上依旧挂着那副高高在上的笑容："这张支票，就当我的见面礼。"

苏纪时视线从支票的金额上面飘过，微微一哂，道："一千万的见面礼？穆夫人这么大方，不知想要我做什么事？"眼波流转间，就连女孩眼角的美人痣都增添了一份潋滟，"难不成……是让我离开你的儿子？"

"不。"穆夫人不疾不徐吐出她的来意，"正相反，我要你和穆休伦复合。"

即使是苏纪时，也万万料不到穆夫人居然有此打算。

穆夫人继续："苏瑾，我知道你们一直藕断丝连。"

啊？

"他一直对你这个金丝雀余情未了，你也对他这个金主旧情难忘。"

苏纪时：我怎么不知道？

"否则，你们不会借着拍综艺的机会，跑去印尼私会。"

苏纪时：穆夫人，你这从火山里抠糖的本事，究竟从哪儿学的？

穆夫人并未注意到苏纪时越来越差的脸色，径自说道："而我的要求，就是你回到他身边，然后……"

苏纪时问："然后？"

穆夫人扬起一抹端庄的笑容。即使她保养再好，也已年近六十，眼角的皱纹层层叠叠，像极了被冰山侵蚀过的地貌。

只听穆夫人缓缓吐出了她的最终目的："记住他都见了什么人、处理了什么工作、制订了什么计划——然后告诉我。"

苏纪时终于懂了：哦，原来这是要我当商业间谍啊！

"苏小姐，不知道你意下如何？"

见苏瑾盯着那张支票，久久没有言语，穆夫人不知她究竟在想什么，干脆催着她表态。

苏纪时觉得这位穆夫人实在有趣，不过这种"有趣"是贬义的"有趣"。

她碰都没有碰那张支票，视线挪开，似笑非笑："穆夫人，既然你都说，穆休伦对我'旧情难忘'，我对他'余情未了'，为什么你会认为区区一张支票就能收买我？你就没有想过，我们是相爱的吗？"

"相爱？"这个答案完全出乎了穆夫人的意料，不过她只愣了一秒，便用嘲讽的语气反问，"怎么可能，就算他只是个私……养子，穆家也绝对不会允许他娶一个女明星进门。再说，你以为我不知道你爱他什么吗？"

苏纪时想了想，觉得穆休伦此人，除了傲慢、自恋、脾气大、爱给自己加戏以及经常压榨下属以外，还是能勉强算作一个有魅力的男人的。但是她思来想去，确实不明白，自己能"爱"他什么。

于是苏纪时"不耻下问"："那请问穆夫人，我爱他什么？"

穆夫人理所当然道："你当然是爱他的钱啊！"

真是简单粗暴的答案。

苏纪时万万想不到，自己有朝一日，也会成为别人眼中为了"钱"而曲意逢迎的女主角。不过穆休伦和苏瑾的关系确实因为一纸包养合约而起，穆夫人的此番猜测十分合乎她自己的逻辑。

苏纪时没恼，视线重新落在那张轻飘飘的纸片上。

她莞尔一笑："穆夫人真说对了，我确实爱钱。"她两指一夹，从穆夫人手里轻轻抽过那张千万支票，一双美目流连在那一串"0"上，"不过你想让我帮你做事，这个价钱可不够。"

穆夫人心下一松，一边讽她贪婪一边庆她肤浅。穆夫人端起架势，笔直端正地靠坐在后排座椅内，大半张脸笼罩在车内灯光下，而嘴角的寒意则藏在了黑暗中。

"我懂。"她说，"苏小姐你是娱乐圈一线女星，你肯为我冒风险，我自然会拿出诚意。"

说罢，她使了个眼色，一旁的保镖立即从兜里抽出一张空白支票，托在掌心，双手呈到了苏纪时面前。

苏纪时视线在那张空白支票上转了一圈，却并未接过。

"苏小姐，"穆夫人道，"数字随你写。"

苏纪时说："不用了。"

"你无须客气。"

"我不是客气。"苏纪时傲然道,"数字框位数不够,写不下。"

这张空白支票最高位是千万,苏瑾居然说不够写……这可真是狮子大开口了!

穆夫人以为她是故意作弄自己,冷笑道:"我看你年纪不大,心眼到不少。"

苏纪时答:"比不上夫人您,年纪大,心眼也多。"

两人图穷匕见,已然是要撕破脸了。

在苏纪时眼里,穆夫人今天所做的一切都只能用莫名其妙四个字来解释。她不想掺和他们穆家人那些是是非非,只想安安静静地度过在娱乐圈的最后一年,哪想到穆夫人自己给自己加戏,平白无故地跑到她面前来,以为她缺这一千万吗?

她缺的是三十亿啊!

穆夫人冷笑:"苏瑾,我倒是没有看出来,你的胃口这么大。"

苏纪时谦虚道:"上次在剧组吃盒饭时,经纪人也这么说。"

穆夫人气得甩了脸色,撞上车门,扬长而去。

望着车尾灯消失在夜色里,苏纪时暗骂:"傻×。"

穆休伦消息灵通,前一日穆夫人刚找了苏纪时麻烦,第二日穆休伦便知道了。

而且他不仅知道她们见面了,甚至还精确地知道了他们都谈了什么,具体到哪一句话用的什么语气,他安插在穆夫人身旁的眼线,都一五一十地做成了文字汇报。

高岭把文件递到穆休伦手里,男人翻了两页,明明想继续看,偏偏非要装作不感兴趣的模样,把它扔到了一边。

高岭问:"穆总,你看苏小姐那里……用不用感谢一下?"

"谢什么?不用。"穆休伦语气平淡,"算她识相。"

识相?

高岭心想，人家苏瑾在你心里可不仅仅是"识相"吧，穆总您看看您的嘴角，都快翘到天上去了。

待高岭走后，穆休伦继续埋头工作了一阵，本以为案前的工作文件能让自己收心，没想到忙着忙着，他的手便不由自主地停下了。

待他反应过来时，他已然拿起手机，拨打了通讯录里那个置顶的电话。

嘟、嘟、嘟。

电话响了三声，便接通了。

电话那边刚说了一个"喂"，男人便开门见山地问："昨日，我养母去找你了？"

苏纪时答："穆先生真是消息灵通。"她笑，"你猜她昨天找我什么事？"

穆休伦甚至连他们说话时的语气、动作都知道，但仍然故作不解，顺着她的话问："她找你什么事？"

苏纪时："她给了我一千万，说我配不上你，让我离开你。"

穆休伦沉默地拿过桌旁的汇报文件，翻了翻，上面白纸黑字的内容和苏纪时的话完全是截然相反的两个意思。

苏纪时只听到电话那端沙沙作响，她没在意，又逗他："你猜我是怎么答的？"

"我猜你说钱太少，没同意。"

"那倒没有。"苏纪时笑眯眯地对着话筒说，"我说你对我一往情深，情根深种，我没办法辜负你的一片真心。"

他低声笑骂："胡说八道。"

只是他的语气，怎么听怎么不像是在"胡说八道"的样子。

两人又嘀嘀咕咕说了一会儿话，天南海北的，也没个固定主题。

苏纪时问他回国没有。穆休伦说没有，问怎么了。

苏纪时："哦，没什么事，我只是想我男朋友了。"

穆休伦："嗯？"

苏纪时提醒他:"锤子。"

穆休伦:"哦……"

苏纪时:"我那柄锤子一直在你那儿,你不回国,怎么还我?"

穆休伦这才隐约想起,苏纪时确实还有一柄小钢锤落在他的车上,他几次说要还她,一直没找到机会归还。

他笑自己想太多,他同苏纪时只是合作关系,即使合约结束后,因为机缘巧合总是能偶遇,那也不代表什么。

穆休伦翻了翻桌上的工作日历,定下了一个时间:"那就下周吧……下周咱们马场见,我也很久没有去探望 Linda Hu 了。"

临近年底,苏纪时忙到飞起。

跨年晚会的邀请像雪花一样飞来,方解帮她筛选来筛选去,最终定下了 A 台与 B 台。

A 台为苏瑾安排的节目是独唱——当然是提前录好,再在台上对口型那种,而 B 台则有点棘手。

B 台是老牌综艺频道,省级卫视,财大气粗,一口气邀请了娱乐圈最炙手可热的四位当红小花,苏纪时身为流量第一人,自然是最先收到邀请函的。

B 台打算弄个《四大美人》的节目,四位当红小花分别扮作西施、昭君、玉环、貂蝉,娉婷出场,轮流献艺,最后共同登台做最终亮相。

而问题在于……分配给苏纪时的美人是"王昭君",企划书上白纸黑字地写了,苏瑾将乘坐吊椅从天而降,怀抱琵琶,弹奏一曲《昭君出塞》。

苏纪时:"谁会弹琵琶啊!"

方解:"令妹会。"

苏纪时这才知道,原来苏堇青曾经主演过一部由知名小说改编的大女主古装历史剧,讲的是一位色艺双绝的江南名妓,被霸道才子、霸道将军、霸道王爷等人争抢的玛丽苏故事。为了那部剧,苏堇青特地拜师苦练琵琶，她颇有天赋，又肯下苦功，得到了剧组上下的一致称赞，后来还在不少场合公开表演过。

而B台编导就是看上了苏瑾这个技艺，才决定把昭君的角色分给她。

苏纪时头疼："这节目就不能不接吗……"

"当然不行！"方解斩钉截铁地道，"其他三位小花都接了，你不接，到时候又要被黑子骂你耍大牌不合群了。"

"那能不能给我换个'美人'？"

"怎么换？"方解恨铁不成钢地说，"玉环唱《贵妃醉酒》，貂蝉表演舞剑，西施则是民族舞，你觉得其他三个哪个能换？"

不巧，苏纪时既不会唱京剧、又不会跳舞和剑术。即使她会，另外三位小花也是当红流量，她们几个若是因为抢角色撕起来，那就闹得太难看了。

方解见她一脸为难，长叹一声："苏姐，如果琵琶太难，换个乐器也可以。你以前学没学过什么乐器？"

苏纪时立即道："尤克里里算不算？"

方解难掩面上的嫌弃。

苏纪时："你别嫌弃啊，好歹都是四弦的。"

苏纪时："我会弹好几首歌呢。"

方解打起精神问："你会弹什么？"

苏纪时得意地道："《生日快乐》《小星星》和《两只老虎》。"

方解没办法了，只能又托人请了一位琵琶老师，手把手教苏纪时入门。距离跨年晚会只有二十天了，虽说是录播，但现场的编导、同台的其他演员又不是聋子，若是苏纪时弹奏水平太低，到时候一定会有风言风语流出去。

他不求苏纪时二十天能弹出一首《昭君出塞》，但好歹也要能弹个一分钟的阳春小调，剩下的时间在台上摆摆造型也能熬过去。

然而弦乐难就难在入门。尤其琵琶指法极为复杂，苏纪时那双手，抡得起锤子写得了论文，可是推、挽、捺、带、撞、滑、扫，无论如何都学不会。

方解给她安排了上午四小时课、下午四小时课，练得苏纪时指腹都磨出血了，可连一首入门的曲子都弹不下来。

苏纪时绝不是个半途而废的人，但遇到这种事，还是难免感到挫败。

她问方解："董青当时用了多久入门？"

方解想了想："谈不上入门不入门的，老师教了一遍，她就会了。"

苏纪时再一次意识到，她和董青虽然是双胞胎，但是在很多地方都差距极大。苏纪时专心于学业，那些外人听不懂搞不清的专业术语，她铭记于心；苏董青则在艺术这条路上颇有天赋，虽然不是科班出身，但演技自然，唱歌跳舞弹琴都是一点就通。

见苏纪时一直不说话，方解怕她被打击到了，赶忙安抚她："苏姐，你别沮丧。术业有专攻，你看，你学不会琵琶，你妹妹也跑不过火山爆发啊。"

苏纪时："谢谢你的安慰，不过火山爆发这种事，还是不要让她遇到了。"

"哎。"想到自己一手带出来的前艺人，方解格外惆怅。也不知苏瑾究竟去哪里了，一转眼她已经消失五个月了，却连个口信都没有捎回来……

苏纪时见他面露忧愁，犹豫了一下，还是没有告诉他自己得到了妹妹的消息。

她这几日白天练琵琶，晚上便躺在床上，静静读完了董青手机里留下的所有日记，也渐渐读懂了这么多年来，压抑在苏董青心头的包袱。

在刚刚被抓回国内时，苏纪时确实责怪过妹妹的任性，可渐渐地，这份怨气逐渐消散了。

当她成为"苏瑾"后，苏纪时才明白"苏瑾"这个身份面临的诸多无奈与困苦。对于经纪公司来说，苏董青的不告而别是极大的不负责任；但是对于她本人来说，这是压抑了数年后终于迎来的一场解脱。

当了这么多年的地质工作者，苏纪时早就学会一个道理——当地质灾害发生时，不应该去责怪自然，而是去问责没有做好防御机制的政府。

火山爆发只是一瞬间的事情，可苏堇青在爆发之前，她的困苦、她的压抑、她的无助、她的迷茫，为什么身边人都没有发现呢？究竟是她掩藏得太好，还是其他人忽视得太彻底了呢？

鉴于此，苏纪时并没有和方解说过，妹妹有可能在北领地的事情。毕竟，方解代表的是经纪公司的立场，如果苏堇青被发现了，那么……

苏纪时的念头在脑中一闪而过，脸上则是不露声色，她依旧认认真真地抱着琵琶和老师学艺。

那位老师用心教了几天，可教来教去，苏纪时依旧只会弹《小星星》《两只老虎》和《生日快乐》。

老师崩溃了，苏纪时崩溃了，方解也崩溃了……

再过几天就要带妆彩排了。前几日的走位彩排，方解借口苏纪时有其他通告，打发小霞去替她走位。艺人在彩排时不出面，只让助理代为走位，这种事在娱乐圈里并不少见，然而那天彩排时，其他三位小花都亲身到场，苏纪时的缺席就显得特别显眼。

和苏瑾颇为不对付的徐雅丹，在《四大美人》这个节目中扮演西施，她从小学习民族舞，功底深厚，这次自然要在场上一展妖娆身段。她见苏瑾缺席，没少在后台嘀嘀咕咕，就差当着所有人面用大喇叭喊："苏瑾不敬业！苏瑾不配当小花No.1！"

偏偏在这么火烧眉毛的时刻，穆休伦发来微信，说自己已经回国，邀请苏瑾去马场赴约。

苏纪时看看自己因为扫弦而肿得透明发红的指腹，二十八年的人生中，头一次升起了逃避的心思。

她从来没有"知难而退"过……但她不得不承认，她确实少了点艺术细胞。

就算只有一天假期也好，她真的很想歇歇了。

　　Mr. 穆：你哪天有空？

　　Mr. 穆：我带上你的男朋友，咱们去马场四人约会。

　　苏纪时一咬牙，准备好了八百条理由，去找方解请假。出乎意料的是，方解居然很爽快地同意了。

　　苏纪时提前准备好的八百条理由，一条都没用得上。

　　苏纪时："你怎么这么好说话？"她狐疑道，"我以为你会说，'琵琶都练不好，你哪里都不准去'！"

　　方解扬起一抹看透生死的微笑："怎么会呢？苏姐，这事都怪我太强求了。你说我要是一早给你推了这个工作，就算被人骂耍大牌又怎么样？你又没和另外三个小花组个少女组合，管其他人怎么看你呢！都怪我太贪心，为了那通告费，拖到现在……"

　　他长叹一口气："我算是看明白了。你呢，就是个电饭煲。你可以开发自己的多功能用途，学会煲汤、炒菜、炖肉、酿酸奶、烤地瓜、蒸馒头、做蛋糕。"

　　方解："但出厂设置不同，你就算再怎么努力，也没办法榨豆浆啊！"

　　方解盯着苏纪时的十根红肿手指，悠悠长叹："去吧，去吧。马场挺好的，要是顺便弄伤了胳膊什么，那不就刚好不用上场了吗？"

　　苏纪时和穆休伦约好直接在城郊的马场见面。

　　穆休伦公事缠身，迟到了二十分钟。他到时，草场上有其他骑师正在带着马儿做日常训练，穆休伦站在练马场旁找了一圈，并没有见到女孩的身影。

　　想了想，他提步走向了马棚。

　　马棚很大，这里是十二匹名贵退役冠军马的家，明亮的阳光透过天窗投在地上，画出一朵朵漂亮的十字花纹。宽敞的马厩比邻而立，室内闻不到一点异味，每日都有专人打扫。马厩的墙上开了扇小窗户，马儿听到脚步声，好奇地把头从窗户中探出来，见到来人并非自己熟悉的骑士，又不感兴趣地缩回了脑袋。

而在马棚的最深处，便是 Linda Hu 的"闺房"了。

它是马棚里唯一一位小姐，闺房装点得格外漂亮，外墙用彩色颜料花了很多花花草草，还有一排装饰用的盆栽被摆在了窗户下。

马厩从不让外人进出，然而现在，有一个纤瘦高挑的背影矗立在马厩前，怀中抱着一捧马草，正与 Linda Hu 小声交谈着什么。

女孩身穿一套笔挺而修身的骑装，卡其色的紧身骑士裤勾勒出漂亮的臀腿线条，她脚下踩着一双及膝长靴，黑色的皮靴擦得闪闪发亮。

她一边给马儿喂食，一边抚摸着马儿的下巴，骨肉匀停的手指划过它浓密的好像扇子一样的睫毛。Linda Hu 颇为不习惯地眨了眨眼睛，赌气似的偏过了头，把下巴搭在了女孩的肩膀上。

穆休伦望着一人一马，怔然，半晌才出声唤她："苏瑾？"

听到她的声音，女孩回过头——她眼眸弯弯，嘴角还噙着笑意，问："你来了？"

"你怎么……"穆休伦的视线落在她身上，顺着那身飒爽利落的骑装缓缓下滑。他的双眼在那双马靴上突兀地停留了几秒，也不知他想到了什么，又迅速移开了。

他错开眼神，故意说："听你这语气，不知道的人，还以为你是 Linda Hu 的主人，我倒像是来作客的。"

苏纪时听他语气生硬，顿时了然，问他："你这是吃醋了？"

穆休伦莫名有些心虚。

苏纪时根本没察觉穆总那点说不清道不明的心思，又笑话他："吃我的醋？"

穆休伦脸色铁青，从嘴角挤出几个字："对，吃你的醋。"

真是荒唐！他不仅有一只马儿女友，现在还嫉妒前女友和现女友关系亲密！

这叫什么，他脚踏两只船，结果两只船百年好合了吗？

穆休伦在马舍有专用的休息室，每隔一段时间都会来这里看 Linda Hu。他去休息室换上了他的骑装，同样的西装、马裤、长靴，穿在他的身上，气质截然不同。

他一手持马鞭，一手抱着头盔，跶步走出马厩。西装略紧，勾勒出他健硕的臂膀，一粒扣系于腰间，仿佛动作一大，就会被他身上的肌肉撑开。

苏纪时原本正在遛马，听到身后动静，回眸一看，见到他的穿着，眼中的惊讶一闪而过。

两人的骑装色调相同，都是深灰色镶着一圈银边，就像是提前商量好了一样。

穆休伦牵了另外一只骝色马儿，那是一匹退役的热血竞速马，它骄傲地打了个响鼻，在原地人立而起，十分兴奋地嚼着口中的铁衔，黝黑的大眼睛盯着草场，目光热切。

穆休伦拍拍马儿的长颈，翻身上马。

苏纪时仰头望去，阳光刺目，可她却舍不得眨眼。

金色的阳光洒在她的发间，而她就像生长在阳光下的一株烈焰玫瑰，正目光炯炯地望着他的方向。

"穆休伦，咱们比赛吧。"她直呼其名。

穆休伦一愣："可 Linda Hu 不是竞速马……" Linda Hu 的长项是盛装舞步，若是和他胯下的竞速马比赛，绝对会吃亏的。

"我知道。"女孩粲然一笑，不见任何玩笑意味，"没关系。"

"那我给你让磅。"

"不用让。"苏纪时一字一顿道，"可如果我赢了，你要答应我一个要求。"

他们并不知道，就在几百米之外，一双加装了高倍镜头的单反相机，记录下来了他们的一切互动。

"刘哥！刘哥！咱们搞到真的了！"

灌木丛后，年轻狗仔兴奋得满面通红，黑色的口罩遮住了他的大半张脸孔，却遮不住他脸上的喜色。

他用牙齿咬着那几个字："这是实锤！苏瑾和富商私会的实锤！"他陷入翩翩幻想之中，开始盘算着今天拍下的视频和照片，究竟可以换来多少流量。

而与他一起埋伏在灌木丛中的人，正是带他的师傅——草莓视频的元老级员工"小刘"，当然，他现在已经荣升为老刘，开始带自己的团队小朋友了。

这几日，苏瑾耍大牌不参加 B 台卫视跨年晚会彩排的消息传得沸沸扬扬。小刘便带了手下的小朋友埋伏在苏瑾的公寓外，想要蹲守八卦，哪想到误打误撞，居然蹲到这么大一个料！

他们秘密尾随苏瑾抵达马场，二十分钟后，穆休伦的座驾也开了进来。两人在马厩里待了很久，又一同牵着马儿去草场骑马。其间，两人说笑打闹，身体时不时就会接触……

这是什么啊？这就是苏瑾和穆休伦"交往亲密"的实锤啊！

这个大料要是爆出去了，他们草莓视频肯定要流量爆炸吧？

一条登天的坦途摆在眼前，然而小刘脸上却没什么喜色。他把照片放大再放大，仔细观察着屏幕上那两个小小的人影。

苏瑾与穆休伦两人各乘一骑，时而策马狂奔、在草场上并驾齐驱；时而下马散步，牵着马儿轻声谈笑。两人都穿着同样的骑装，西装、马裤、长靴，远远望去，仿佛是情侣装一样。

今日阳光正好，艳阳洒落在两人脚下。当苏瑾说话时，穆休伦便望着她的侧脸，默契尽在不言中。

"刘哥，你这图拍得太好了！虽然是抓拍，但表情、动作都这么清晰，苏瑾团队想洗都洗不干净！"摄影助理赶忙拍马屁，"不知道的，还以为这是结婚照呢！"

"行了，少叨叨两句。"小刘摇头，闷声道，"这个不能爆。"

"啊？为什么啊？"小助理懵逼了。

"底下那个富商，是穆家的养子穆休伦。"他打了个寒颤，"你知道穆家有多可怕吗？"

"刘哥，那咱今天在这儿埋伏这么久，都是白做工啊？"小助理有点委屈。现在这年头，狗仔也不好干，这大冬天的，他们在灌木丛里埋伏了这么久，手脚都冻僵了，结果拍的照片居然不能用！

"谁说白做工了？"小刘敲了他脑壳一下，"敢情我刚才说的你小子一句没听进去啊？咱们不能往网上发，但是可以拿着照片去敲苏瑾的经纪公司一把啊。"

说着，小刘又把相机从拍照模式调成摄影模式，推近镜头，继续追逐着苏瑾和穆休伦的互动。照片可以靠P，然而视频可是"铁证"，看看吧，两匹马越走越近，近到马上的两个人，距离就相差短短一臂，只要他们之中的某个人主动一些，就可以轻易地让十指相扣。

可惜，视频中的两人并没有多一步的亲密举动，仿佛很享受这种若即若离的距离感。

"怎么来了帮小孩子！"身旁的摄影助理一惊一乍地喊。

小刘被他吓了一跳，忙说："小点声小点声，你叫什么叫？"

"刘哥，你看那边！"助理指向山坡下一块空地。

这个马场非常大，分为前后两部分，后面是专门为贵宾客户提供养马、驯马的VIP区；前面则开放给公众，每逢周末，都有不少人来这里上马术课。而今天明明是工作日，却有一辆标着学校名字的黄色校车拉来了一群小学生，这群还系着红领巾的小豆丁刚一下车，就叽叽喳喳地散开了。

他们距离太远，光凭肉眼看不清。小刘把镜头当望远镜用，推近一看："哦，原来是师大附小。"

师大附小是北京市位列前三的重点小学，学生们不仅成绩优秀，更讲究德智体美劳全面发展。现在的小学生们可不得了，小小年纪，会英语、会奥数、会编程……学校还会定期带学生们参观博物馆。

今天是师大附小的学生们上自然课的日子。上个月的自然课，老师带他们去了水族馆，给他们讲解了海洋里的秘密；而今天，老师则带领他们来了马场，让他们可以近距离接触这些聪明的动物。

马场场主牵出了几匹温顺的马儿，这些马儿有的飘逸潇洒，有的英武帅气，在骑师的带领下，马匹有序地在从学生面前走过，马蹄声声，清脆地踏在泥土里，溅起一片尘埃。

孩子们被这些漂亮优雅的马儿迷住了眼，几个胆大的孩子，甚至主动伸出手，去抚摸它们的身体。

老师吓了一跳，赶忙制止他们。这是马，可不是小猫小狗，若是让马儿受惊，一蹄子就能把他们踹飞了！

"没事没事。"马场场主说，"这几只马都是我们精挑细选的温血马，服从性高，性格温顺，平常也是开放给普通游客骑乘的。只要有骑师在，孩子们摸它是没关系的。"

老师这才放心。她左右看看，忽然问："咦？不是说有六匹马吗，怎么只见到五匹？"来参观的学生一共是三十六人，他们会在骑师的帮助下，分成六个小组，近距离观察马儿体态，回去还要写出三百字的观察日记，图文并茂，作为本学期的期末作业。可是现在却少了一匹马，每组人数增多，还有一组直接变成八个人，骑师根本照顾不过来。

提到那匹马儿，马场主连连道歉："实在抱歉王老师。我们本来确实准备了六匹马的，可是上周兽医发现有一匹马怀孕了，现在就把它安置在马厩里，让它休息呢。"

母马孕期是十一个月，直到五个月才会显怀。之前这只马儿没有任何怀孕迹象，也不知肚子里的究竟是哪只种马的孩子。

听到原因，王老师点点头表示理解。

然而他们并没有注意到，就在他们谈话时，某个小组多余出来的"第八个"孩子，眼珠一转，悄悄离开了队伍……

清脆的马蹄声落在地上，尘土伴着草籽飞扬。

一白一骝两匹骏马并驾齐驱，在即将抵达终点的那一刻，骝色马儿的脚步一顿，硬生生把冠军让给了对方。

苏纪时拉紧缰绳，调转马头，半嗔半怒地看向了骝色马背上的男人："我早说过，比赛归比赛，不用放水。"

她所骑的 Linda Hu 并非竞速赛马，若论速度，肯定比不过穆休伦胯下的马儿。可是两人试跑了多次，每次两匹马儿的速度都相差无几。而这一次，骝色马干脆全程划水，任谁都看得出来它是故意输掉的。

"不是我放水。"穆休伦拍拍马颈，道，"是它在放水。"

苏纪时美目流转，狐疑的视线落在骝色马的后腿之间。只见两只圆滚滚的枣红色蛋蛋就挂在马腚下，尾巴一撩，格外显眼。

"哦，"苏纪时懂了，笑道，"都说种马多情，这是看上 Linda Hu 了？"

马场里，最常见的就是骝马，其次是母马，万里挑一的便是被选为种马用来配种的公马。这只公马年纪不大，偏偏看上了比它大了好几岁的 Linda Hu，连比赛时都不肯用全力去跑，总是故意往白马身旁凑。

提起爱马，穆休伦颇为自豪："Linda Hu 不仅拿过好几次冠军，更是连续两年被评为赛场最美马匹，她退役后，不知有多少马主发来邮件，希望能和她配种。"

"哦？没想到穆老板这么大气，自己的女朋友被这么多人追求，一点都不生气？"

"为什么要生气？"穆休伦反问，"我的另一半有那么多的追求者，难道不正说明我的眼光好吗？"他的视线先是落在了白马身上，接着，又像是不经意般从苏纪时身上滑过。

两人一边聊天，一边在跑马道上慢慢踱步。Linda Hu 脚步优雅，不紧不慢地绕着跑道走着，然而身旁的那匹小公马特别不老实，频频往它这侧靠，完全不顾背上的骑士——好几次，穆休伦的小腿已经蹭到苏纪时的膝盖了。

两人的距离被迫拉得极近，女孩发丝间的馨香都清晰可闻。汗珠挂在她的额际，她随便用手背擦掉，潇洒又随性。

穆休伦强迫自己收回视线，然而余光却不受控制地落在她那里。

他每天都有很多公事，不知多久没有享受过这般悠闲的时光。可是他回国的第一天，就鬼使神差地主动约苏瑾出来骑马，甚至推掉了所有工作……若是让他的合作伙伴知道，一定会觉得很诧异吧。

两人之间的交谈很少，但气氛却很融洽。

穆休伦忽然间想起："对了，那天之后，我养母没有再找过你麻烦吧？"

"没有。"苏纪时笑着回答，"她出的钱太少啦，我还以为豪门阔太手里至少有金山银山，哪里想到只有轻飘飘一张支票。"

"金山银山是有，不过不在她名下。"穆休伦说，"穆民德很精明，他把最值钱的贵重金属矿放在了亲弟弟手里，我养母一直想插手，可惜没找到机会。"

谈及父母，他语气冷冰冰的，听不到一点亲情存在的痕迹，甚至直呼养父的名讳。他三言两语带过，苏纪时也无意探究他家里的复杂情况，给予他充分的尊重。

她岔开话题，故意夸张："你知道吗，她那天气势汹汹地找上我，说像我这样的女明星，是绝对不可能嫁入豪门的。她这话搞得我很好奇——穆先生，你们豪门到底门槛有多高？"

穆休伦不屑："她注重门户观念，她和穆民德当初也是门当户对，可这么几十年蹉跎下来，不也成了一对怨侣了？"他语气随意，"相比于家庭出身，我更注重思想上的共鸣。"

"哦？"

"我的另一半，我希望她能有足够坚定的信念、足够充沛的勇气；当面对尖锐的指责时，她能选择迎头痛击；当陷入孤立无援的困境时，她能不放弃最后一丝希望……"穆休伦说得很笼统，却又很细致，仿佛他心中已经有了一个身影，只是因为种种原因不能把那个名字说出来。

苏纪时不知听懂没有，故意唱反调："你的择偶标准若是放在婚恋网站上，估计很快就会被刷下来，还不如那些有量化标准的，身高体重样貌工作学历，一个个规定好了，然后在框框里去找那个合适的人。"

"量化标准？"

穆休伦眉头微微皱着，想起几年前他还没开始创业时，他因为一时好奇，被征婚网站的广告"蒙骗"，不仅注册了，还耗费了整整二十分钟填写自己对另一半的要求。结果审核多次都审核不通过，他去信质问原因，客服居然回答"先生，我建议您去梦里找"。

后来？后来那个破网站不出意外地黄了。

苏纪时听了大笑："你到底写的什么标准，把客服气得口不择言？"

穆休伦认真道："简单来讲，就是长得漂亮、身材好、学历高。"

"这可不简单。"

穆休伦："是吗？"他仔细回忆了一下，"可能确实有点高吧，我在'希望对方学历'的那一栏里，填的是博士。"

"想要进入我的公司工作，至少也要国内外知名院校硕士毕业才可以。我要求我的配偶有博士学历，这也是希望我们的思想能达到同一个高度。"

见她表情不对，穆休伦后知后觉地想起，艺人们因为早早进入娱乐圈打拼，学历基本都不高。苏瑾……苏瑾是什么学历来着？本科毕业没有？

他也不知道自己为什么会有些心慌，格外笨拙地补救了一句："那是我几年前的择偶标准，若是现在有一个女博士出现在我面前，我是看都不会看她一眼的。"

苏纪时挑眉："穆先生你放心，你看不上女博士，女博士也看不上你的。"

气氛更僵了。

两人面对面默默无言，倒是那只骝色的小公马抓住机会，又往Linda Hu 身旁贴了贴，很是不要脸地摆了摆尾巴，甚至主动用长长的脑袋去蹭白马的颈子。

他们俩骑在马上，自然也被影响到，穆休伦立即转移话题："说起来，刚刚你说若是你跑赢了我，就要我答应你一个要求——你提吧。"

苏纪时没理他，直接策马转向了一旁，心想，我的要求是你原地变猪，你能变吗？

早知如此，她还不如把时间花费在琵琶课上，就算把手指磨出血泡来，也比现在尬聊好。

就在气氛莫名陷入冰点之际，忽然一道刺耳的嘶鸣声从缓坡下面传来！

"咴——！"

烈马的嘶鸣声响彻草场。

苏纪时和穆休伦现在正站在缓坡之上，这里是 VIP 区，专门为特殊客人服务。而在他们脚下，就是开放给公众的小型马场，低头看去，一片片小蘑菇一样的小学生们正簇拥在老师身边，听驯马师为他们讲述马儿的种种趣味。然而刚刚的那道嘶鸣声，却彻底打乱了草场的宁静。

只见一匹青灰色的骏马撞开马厩的大门，宛如一道飓风，速度快得几乎无法用肉眼捕捉它的身影。

那是一匹十分少见的长毛温血马，身披青灰色背毛，四蹄踏雪，神骏非常。若是仔细看去，便可发现它的腹部呈现出不正常的鼓胀，乳房部分微微凸出，种种迹象都在表明，这匹马儿正处于孕期！

而现在，这匹怀孕的母马正向着人群聚集的地方狂奔而去，骏马奔跑的时速可达几十公里，区区几百米，在它眼里不过是几次奔腾的距离！眼看它距离人群越来越近，然而这只受过良好训练的马儿却没有降低速度！

"惊马了！快让开！"马场场主大叫着疏散人群。

当危险来临时，那些七八岁的孩子们全都吓傻了，他们瑟瑟发抖地站在原地，犹如一群可怜的小鹌鹑，恨不得把脑袋缩到翅膀下面。

危急时刻，随队老师挺身而出，眼疾手快的拽过了几个孩子，给狂奔的马匹让出了一条通路。

那匹青灰色母马去势不减，刺破人群，向着更远方奔驰而去。而就在马匹与人群擦身而过时，眼尖的班主任老师突然发现，一个小小的身影正趴伏在马背上，双手紧紧搂住马儿的脖子，双脚则在半空胡乱扑腾！

"小星！"老师叫出了那个孩子的名字。

小星哭得满脸泪花，鼻涕泡一个接着一个，他一张口，就被迎面而来的风声呛得直咳嗽："老……老师救我哇哇哇哇哇哇……"

小星是班里最淘气的孩子，满脑子都是鬼主意。刚刚他听说马厩里有一匹怀孕的母马，便偷偷离开队伍，钻进马厩里看热闹。他从未见过怀孕的母马，见它肚子又圆又大，还时不时动一下，一时觉得有趣，就凑过去摸了两下马肚子……结果不知道怎么回事，母马一下就受惊了！

最可怕的是，他的小手和马缰缠在一起，当母马飞奔时，他稀里糊涂地就被甩上了马背。幸亏他有一点点骑马经验，知道用双手抱紧马脖子，否则一定会被马儿踩死的！

马的受惊是会传染的。当母马奔驰而过时，原本乖乖列队的其他马儿也开始展现出不同程度的焦躁。守在一旁的骑士们赶快拉住缰绳，努力安抚它们，但是依旧有几匹年轻的马儿人立而起，想要摆脱笼头的控制。

恐慌的情绪在孩子们的眼中蔓延，一时间，根本无人能够分出精力去营救还困在马背上的小星。

"老……老师……"

随着青灰色母马奔驰的速度越来越快，呼啸而至的疾风把小星吹得手脚冰凉。渐渐地，他的手越来越酸，原本合围在马颈上的小胳臂逐渐失去了力气。

他后悔了，真的是太后悔了！他从小就调皮捣蛋，家里人又舍不得打，才把他养成了如今这种无法无天的性格。到了这一刻，他小小的脑袋瓜里，充满了对自己行为的懊悔，如果时间可以倒流的话，他一定会乖乖站在队伍里，绝对不乱跑！

可现在说什么都晚了，眼看马儿向着草场外奔去，小星害怕地闭紧双眼，祈祷着超人能够从天而降，把他救走！

这世上，确实不存在超人。

不过，还是有好心人存在的。

眼看那匹怀孕的母马越跑越远，苏纪时想都未想，立即调转马头冲了过去。穆休伦紧随其后，伏低身子，催促着身下的小公马去追赶前方的身影。

穆休伦起步虽晚，可是速度却快上一步。那匹怀孕的母马身子笨重，后背上还背着一个几十斤的孩子，奔驰的速度根本比不上专业的竞速赛马。穆休伦拉紧缰绳，用公马去拦怀孕的母马，几次试探下来，果然让母马放低了速度。

然而，小公马虽然拦住了它，可它却根本不让小公马靠近，只一味地闪躲着，十分激动地打着响鼻，四蹄在地上不停踩动，每一脚都在地上留下深深一道 U 型蹄印。

可以想象，若是它后背上的男孩抓不住摔下来，绝对会被它踩中，轻则内脏出血、骨裂骨折，重则丧命！

穆休伦几次想靠近把男孩从马背上抱过来，可母马一看到他伸手，就立即机敏地向后退去，穆休伦试了几次，除了让母马越来越激动以外，根本没有任何帮助。

"不行，怀孕的母马本来就对成年公马有敌意。"苏纪时匆匆赶到，拦下穆休伦，同他低声商量对策，"你别靠近了，让 Linda Hu 试试，它们都是母马，而且 Linda Hu 比它年纪大很多，就像它的姐姐一样，说不定能让它安静下来。"

两人早就把刚刚的尴尬抛之脑后了，现在他们唯一要做的，就是抓紧时间把孩子救下来。两人对视一眼，穆休伦颇有默契地拉紧缰绳，让公马后退，苏纪时则缓缓催动 Linda Hu，向着那只怀孕的母马靠近。

靠近时，她刻意伸出一只手，五指张开，表示自己没有敌意："安静……安静。"这一招是她之前骑马下乡勘探时，向当地人学的。她的语气必须格外镇定，不能在马面前表现出任何惊慌、紧张的表情，否则不仅不会安抚到马，还会激怒它。

而 Linda Hu 也配合得非常好，慢慢踱步向着母马靠近，每走一步，都停一停，一点点缩进着它们之间的距离。

正如他们所料，那匹马儿闻到了 Linda Hu 的气味，在意识到面前的也是一匹母马后，原本紧绷的它逐渐放松了身体，高昂的脑袋也放低了高度，表现出了一定的配合性。

就这样慢慢地、逐渐地、一点一点地，Linda Hu 终于来到了母马身边。马背上的小男孩睁开泪汪汪的双眼，鼻涕糊了半张脸。苏纪时一根手指压在嘴唇上，示意他不要喊叫，小男孩赶忙点头，死死咬住牙关，一动不动地伏在马背上。

就在母马放松警惕的那一刻，苏纪时长臂一伸，抓住男孩的胳臂，一举就把他拎到了自己身前！

母马还未反应过来，背上的那份重量眨眼就消失了。让它分心的东西一旦消失，母马迅速安静下来，根本看不出刚刚那副末路狂花的疯样。

男孩只觉得眼前一花、身体一轻，下一秒，他便撞入了一个香香软软的怀抱。他侧坐在马鞍上，两只胳臂死死搂住苏纪时的腰，就像是好不容易找到鸡妈妈的小鸡仔，甚至连大声哭都不敢，只能默默淌着眼泪。

苏纪时之前从未接触过小孩子，遑论这种哗哗掉金豆子的眼泪精了。

她曾经遇到过最危险的哺乳动物便是埋伏在山洞里的棕熊了，哪想到一个熊孩子的威力，抵得过三只熊！苏纪时抱着他，就像抱着一颗随时会爆炸的定时炸弹，至于传说中的"母性"，就更没有感受出来了。

"这……这怎么办？"苏纪时慌了，眼看自己胸口的衬衣被男孩的眼泪打湿，只能把求助的目光投向一旁的穆休伦。

穆休伦也没办法啊，他看着化身水龙头的小屁孩，半晌憋出一句："我不知道怎么和最高学历在小学以下的人沟通。"

别说小学学历了，估计怀里的孩子刚刚脱盲吧。

苏纪时气笑了，挤对他："行了，穆总、穆先生、穆休伦，你刚才问我赛马赢了你有什么要求——我现在想好了。"

她双手穿过孩子腋下，把他举起来，扔到了穆休伦怀里："我的要求是，你现在赶快带着他消失在我面前，快马加鞭把他送回去！"

"卧槽！"远处的树丛中，小刘猛拍大腿，紧紧抱着怀中的高倍摄像头，像是抱着一块能够生财的金砖。他今天跟拍苏瑾真是跟对了，没想到惊喜一个接着一个！相机录下来了刚刚发生的一切，回放视频，可以清楚看到马儿失控受惊后，苏瑾和她身旁的男人，是怎么冲上去救人的！

这么劲爆的大料，可比什么男富豪和女明星秘密交往的绯闻有价值多了！

毕竟，桃色绯闻天天有，不是苏瑾，还有张瑾、王瑾、杨瑾。若是放出去，就会被粉丝控评臭骂；若是不放出去，只能从经纪公司抠点小钱出来，又觉得憋屈。

哪想到居然从天而降这么一个大料落到他们手里！

"知名女星骑马救人"，这种电视剧都编不出的情景，居然活生生出现在他们眼前！可以想象，这个视频放出去，他们草莓视频的瞬间流量绝对会爆炸的！到时，谁还敢说他们草莓视频是不入流的小媒体？

身旁的摄影助理也跟着兴奋起来，忙问他："那刘哥，咱们这个视频今晚就放出去？"

"不，今晚不放。"小刘说，"现在放，人家会觉得咱们是和苏瑾联手炒作。今天发生的事情有这么多双眼睛看着，就算咱们不说，到时候肯定有目击者爆出去，等到关注度提高了，那时候再把视频贴出来，还愁流量吗？"

正如小刘所说，当天晚上，一则名为《师大附小一（3）班全体家长寻找好心骑师》的热帖，迅速在朋友圈发酵。

执笔人自称是某位孩子的家长，今天孩子在老师的带领下，去郊区某马场上自然实践课。结果遇到了一匹受惊的怀孕母马，差点伤到孩子们，关键时刻，一位男骑师和一位女骑师挺身而出，及时拦住了母马，并且救下了马背上的孩子。

同时，闯祸的小男孩小星的家长，也写下了一封声情并茂的亲笔信，反思自己在教育孩子时不够严厉，让他闯下了今日的大祸。同时，她也希望能够找到那两位做好事不留名的骑师，能够让他们表达自己的谢意。

这位家长还引用了小星的话："小星说，那位救了他的仙女姐姐长得非常美丽，很像女明星苏瑾。我想，正是因为她有一颗美丽善良的心，才能做出这么勇敢伟大的事情。我和孩子的父亲特地赶到马场，想要当面谢谢那位女骑师，然而马场场主说那位女骑师和她的男伴都是 VIP 客人，不方便透露他们的姓名。"

正是因为家长的这段话，瞬间引起了吃瓜群众的好奇。

甚至在某匿名论坛开出热帖，讨论那位救人女骑师，有没有可能真的是苏瑾。

有相熟的媒体拿这件事去问方解。

方解正处于矛盾交加的地步，他哪里能料到，苏纪时去骑马散心，居然能遇上这么惊心动魄的事情？

若是换个时间地点，他恨不得给苏纪时买十个八个头条，用大喇叭告诉所有吃瓜群众，苏纪时究竟有多么牛。但若是真承认了那个孩子确实是苏纪时救的，势必牵扯出和她在一起的穆休伦！他要怎么向粉丝们解释，为什么苏瑾会放下工作，偷偷跑到郊区马场，和一位富商骑马约会？

他说穆休伦和苏纪时是拜把子的义兄妹，粉丝们能信吗？

然而，不等方解想好处理办法，由 @ 草莓视频发布的一条微博就展露了事情的全部经过。

【视频】做好事不留名的苏瑾小姐，你的英姿我们帮你都记录下来啦！

这锤，太实。

虽然依旧有人质疑，为什么苏瑾救人时恰好会有狗仔在旁？为什么狗仔隔了一天才发布视频？为什么苏瑾有时间骑马没时间去彩排？为什么这、为什么那……

很快，苏瑾救人的视频连同一个小小的【沸】字空降热搜第一。一同登上热搜榜的，还有【苏瑾身旁的男人是谁】这个充满幻想意味的条目。

十分钟后，号称可以承担三对明星同时结婚、出轨、离婚的微博，宕机了。

人民群众的力量是无限大的。

事情是在白天发生的，光线正好，推近的镜头清清楚楚拍下了苏瑾的面容，除非苏瑾有流离在外的双胞胎姐妹，否则绝对不会"撞脸"撞成这样。

那些潜伏在匿名八卦网站上的黑子们被打脸打得啪啪响，之前他们断言绝对不可能是苏瑾本人，结果视频一出，他们立即装作无事发生的模样，全部销声匿迹了。

数不清的粉丝、路人们涌入苏瑾工作室的官方微博里，给她的义举鼓掌，无数美言铺到了她脚下，若是把那些不要钱的彩虹屁收集起来，足够给苏瑾镀个金身了。

我哭得好大声，哭到方圆十里千山鸟飞绝！我到底粉了一个什么仙女啊？？之前瑾瑾在直播里主动献血，现在又飞马救人，她从来没有刻意炒作过，但黑子却一直怀疑她的善良纯真，黑子们都给我跪下磕头！[刀][刀][刀]

怀疑我的存在意义是给地球增加负担的。怎么同样是人，苏瑾会演戏会弹琵琶会骑马，我只会吃喝拉撒？[疑惑脸][疑惑脸][疑惑脸]

　　仙女下凡是历劫的，苏瑾下凡是让我历情劫的吧？

　　与此同时，也有一票眼尖的吃瓜群众，对苏瑾身旁的另一道身影产生了极大的兴趣。

　　不是苏瑾的粉，只单纯说一句，她和她身旁那个男的好配啊！

　　翻了半天评论终于找到一座楼可以点赞了！真配！

　　救人的时候是那个男人先冲上去的，后来苏瑾来了他也一直在旁边守着！

　　这对 CP 我嗑爆！苏瑾抱着孩子和男人说话的样子太像一家三口了吧？

　　而这番拉 CP 言论，落到唯粉眼里是绝对不认的。

　　苏瑾身为女艺人中的顶流，别说结婚，就算只爆出恋爱消息，对她的个人事业也绝对是毁灭性的打击。粉丝们是绝对不允许有任何臭男人玷污她们的"女儿"的，偏偏视频里，苏瑾和身旁男人之间的暧昧氛围格外明显。

　　虽然有一小部分粉丝硬着头皮说他们只是好友，但是对于绝大部分吃瓜群众来说，这段视频已经算是交往实锤了。否则，两人为什么抛下工作，跑到郊外马场单独骑马？就算是朋友，也知道孤男寡女在一起的时候要避嫌吧！

　　视频拍摄的角度格外巧妙，苏瑾的脸完完全全暴露在镜头里，可是她身旁的男人从始至终只有策马的背影，只有在视频结尾，苏瑾向他求助时，他侧头同她讲话，才露出了小半张冷峻端正的脸庞。

　　但是光是这小半张脸，就足够让人热血沸腾了。

　　男人骑在马上，着一身英式骑装，略紧的西服外套勾勒出他宽肩猿臂的身形，而当他骑马狂奔时，娴熟的技艺更成了大大的加分项。

　　苏瑾身旁的男人究竟是谁？

吃瓜群众翻来覆去地把视频研究了无数遍，要知道，抓"明星的地下恋情"可是网络福尔摩斯们最喜欢玩的推理游戏了！

在那么多双眼睛、那么多双手的同时搜捕下，视频里的蛛丝马迹全部被翻了出来。

报！苏瑾骑的马，是她之前为《真我》拍摄封面时，所骑的那一匹！

报！苏瑾所在的这个马场，除了承接团体参观业务外，还开设马术课，同时也为名流代养马匹！

报！这是江子城影帝今年三月份发的和爱马一起玩耍的视频，这个背景是不是一模一样的？视频里这只路过的马，不就是苏瑾骑的那匹马？江影帝叫它"林大湖"！

报！找到了！不是林大湖，是 Linda Hu！这是网上公开的英国盛装舞步马赛中国香港赛区的得奖资料，冠军马就叫 Linda Hu！

报！这是 Linda Hu 上一任马主的采访，马主说它退役后，被一位做矿产的穆姓年轻富商买走了！

穆？还是做矿产的？难道是 EXP 集团的人？

肯定就是 EXP 集团的人了，国内做矿产的大集团就那么几家，除了国有企业，就是姓穆的了。

不过穆家人很多啊，沾亲带故的一大堆，这位穆先生不知道是本家还是堂兄弟家的了。

等等，年轻矿商？我有一个危险想法……你们记不记得当时印尼受灾时，那个记者去采访时说，有一位来自中国的镍矿商人救了很多人？视频结尾，苏瑾忽然从帐篷里走出来主动献血！原来他们俩从那个时候就在一起了？

楼上老哥挖到大料了！@爱豆恋爱都要死 @爱豆恋爱必须砍头 @爱豆恋爱实锤 bot

等等，苏瑾严格来说不算爱豆吧，偶像派艺人和真正的爱豆还是有区别的。

楼上+1，不过她这种站在流量顶端的小花，恋情一曝光，绝对是轰炸级的消息。问题在于她都二十六岁了，这个年纪的女明星一谈恋爱，都是结婚生子一条龙的，估计事业粉要炸锅了……

你们想得也太美好了吧？不是所有和富商交往的女明星最终都会嫁入豪门的。还有很大一个可能，人家富商就是随便玩玩漂亮小姑娘，等时间一到，拍拍屁股走了，人家一转头和富家千金联姻了。女明星被玩成破鞋，事业也没有，身子也不值钱了，只能找接盘侠喽。

网上掐的一片腥风血雨。

这事看上去像是网友自发行为，但方解一眼就看出来，背后肯定有其他经纪公司下场了。

对于上升期的小花来说，恋爱绝对是最"赶粉"的一件事，尤其女明星"攀高枝"和富商交往，那更会被人用有色眼镜来看。

现在网上各种消息传来传去，在水军和黑子的带动下，居然真的有不少吃瓜众被洗了脑，觉得苏瑾绝对是贪图钱财，才和穆休伦来往密切的。

这是苏纪时成为"苏瑾"以来，遇到过的最大公关危机。

苏瑾现在坐着"当红第一流量"的宝座，在她身后，有无数人虎视眈眈，等着取她而代之。即使她从不刻意交恶，也压不住其他人想要趁机落井下石。

方解的电话都快被媒体打爆了，只不过昨天记者都是在问"苏瑾英勇救人时的心路历程"，而今天却改为"请问苏瑾和穆先生是什么关系"。

方解打哈哈："还能有什么关系？你遛狗的时候遇到其他牵狗的邻居，说了几句话，难道你们明天就要原地结婚了吗？"

他义正词严地挂断电话，对着手机静默半分钟，转眼又变成了一副苦哈哈的模样。

方解凑到苏纪时面前，小眼睛眨啊眨，欲言又止。

苏纪时："你想说什么就直说吧。"

方解叹口气："苏姐，其实之前你妹妹和穆总在一起时，被不少盯梢的狗仔拍到过实锤，只是那时候都被穆总买下来了……可保不齐有谁偷偷留了一份底片，毕竟这个圈子是不讲职业道德的。现在我还能打太极搪塞过去，可我总觉得这件事没完，后面肯定还会有一波更大的。我怕到时候……"

方解苦口婆心地说："几年前，一个女艺人被拍到和一个圈外男性单独吃饭，当时她矢口否认两人之间有情侣关系，只说是老同学。结果没过多久就被爆出两人在大学时就是恋人，秘密交往多年，而那个女艺人一直是以单身形象示人的……这件事因为前后打脸，闹得很大，很多粉丝都因为偶像撒谎，愤怒脱粉……现在那女艺人早不知道 flop 到哪里去了。"

"那你的意思是？"苏纪时听出了他话里有话。

方解压低声音，却没压住那三分好奇："苏姐，咱们也合作小半年了，你就和我讲实话吧，你和穆总到底算是什么情况？你们又去骑马、又经常发微信的，你俩要是真的有什么情况，也和我通通气，我先让公关团队想好怎么应对。"

"我们没在谈恋爱。"苏纪时立即打断他，漂亮的眸子里闪过一丝异色，"以董青和他的关系，我怎么可能和他谈恋爱？"

方解琢磨着，总觉得这话说得有些奇怪。苏董青和穆休伦的包养合约就是做做样子，他们俩又不是真男女朋友，就算苏纪时真和穆休伦发生些什么，这也不算是"横刀夺爱"啊。可苏纪时的态度太过笃定，方解已经习惯被她掌控，只能先压住心底的困惑。

苏纪时烦躁地回到屋里，把自己扔进了床上。

她讨厌这一切。

她讨厌自己迈出的每一步都被无数人盯着；她讨厌她做的任何事，

不管好事还是坏事，都被无限放大；她更讨厌身处娱乐圈里，就连和谁多说几句话，都要被人指指点点。

而最让她感到焦躁的是，直到现在，穆休伦依旧不知道，她并不是"苏瑾"。

所有人都说，穆休伦和苏瑾在交往。

可是，和一个"假人"谈一场"假恋爱"，有什么意思呢？

第十四章 妹妹回来了!

圣诞节当晚,是 B 台新年晚会的最后一次带妆彩排。

苏纪时这次没有缺席,当她走进后台时,她能明确察觉到,有无数双眼睛紧紧地贴了上来,粘在她的身上,观察着她的一举一动。

小霞妄图用她娇小的身躯挡住那些看热闹的视线,苏纪时按住她的肩膀,淡淡道:"他们爱看就看吧,让他们多看几眼,我又不会掉块肉。"

苏瑾的化妆间和其他三位小花在一起,除了和她素来不对付的徐雅丹以外,另外两位小花都笑盈盈地同她打了招呼,装作一副姐妹好的样子,过来同她自拍合影。

娱乐圈里都是人精,尤其爬得越高,越懂得人情往来。她们才不在意苏瑾身上的包养绯闻,在这个圈子里混,谁身上没几个或真或假的黑料呢?

倒是徐雅丹,她和苏瑾的人设太像了,初出道时都是清纯小花,没少为了资源争得头破血流。尤其最近半年,苏瑾开始渐渐转移路线,往更高端的方向迈进了一步,在她的衬托下,原地踏步的徐雅丹就显得格外可怜了。

只听徐雅丹阴阳怪气地说:"苏瑾啊,我听节目编导说,你的琵琶独奏改成放配乐了?"

"是啊。"苏纪时坦荡地举起左手,只见她左手腕上缠着厚厚一圈绷带，散发出一股浓烈的中药味，"不小心伤了手腕，肿起来，动不了了。我的经纪人已经和总导演沟通过了，到时候不切近景，直接放配乐。"

苏纪时不是装病，她那日从马背上把小男孩提溜下来时，因为单手拽人，不小心压伤了手腕。当时只是觉得有点疼，等到第二天就肿成了小馒头。她的伤情严重，确实不能再弹琵琶，她正愁没借口把她从"弹棉花"的恐惧里救出来呢，赶忙借此把琵琶独奏改成了琵琶伴奏。

到时候，她只需要做出弹琵琶的手势，甭管她弹的是《生日快乐》《小星星》还是《两只老虎》，观众们听到的都是《昭君出塞》。

也算是因祸得福了。

服装助理抱来四套衣服，都是罗缎长裙、仙气飘飘，四位小花依次换好，配上叮咚作响的环佩与步摇，转眼便化成了古代画本里的曼妙女子。

徐雅丹扮演的是西施。她今天要跳一曲《浣纱舞》，一袭水蓝色的长裙包裹住她的腰肢，造型师给她挽了一个堕马髻，平添了一份慵懒美感。她本来就走的是清纯路线，这么一描绘，就连工作人员都悄悄拿出手机偷拍她。

徐雅丹心中窃喜，面上却不露声色，谦虚道："希望不会让粉丝失望吧。"

只可惜这份得意只停留了三分钟，当怀抱琵琶的苏纪时自更衣间里款款步出时，那一瞬间，仿佛舞台上的所有灯光都集中在了她的身上。

王昭君最经典的装扮便是一件镶嵌着白色绒毛缀边的披风，毛茸茸的白色绒毛围在苏纪时颈旁，更衬得她容貌精致、气质卓绝。历史上，王昭君就不是一个普通的柔弱女子，她远嫁匈奴，并在边塞生活将近二十年，性子里自有果决坚毅的一面。而苏纪时恰到好处的表现出来了王昭君的美，她的眼神里看不到含情脉脉，而是盛满了大漠的荒凉与广阔。

苏纪时的视线扫过众人，那些为她伴舞的小姑娘都被她看得脸红了，羞涩地垂下了头。

看到苏纪时再一次夺走了众人的注意力，徐雅丹恨得牙痒痒。可在现场工作人员面前，她又不能表现出自己内心的嫉妒，反而要假惺惺地称赞她："苏老师可真漂亮。"

按照"礼尚往来"的规矩，苏纪时按理也该称赞她的装扮。可苏纪时偏偏不按常理出牌，淡定道："是啊，我也觉得我挺漂亮的。"

这话题实在接不下去了……

好在彩排还算顺利。只是他们的这个节目在实际彩排中，遇到一些突发情况，编导和总调度商量了一下，决定让几位艺人先回后台休息，等到所有节目都排完一遍后，最后再和他们细细磨合。

只是这样一来，肯定要熬到后半夜了。

不过拿人钱财，自然要认认真真地工作。几位小花都没有意见，回到休息室抓紧时间闭目养神。

整个休息间非常安静，直到有人敲门，才打破了这片寂静。

离大门最近的小霞跑过去开门，只见外面站着一个面生的工作人员。

那工作人员问："请问苏老师在吗？"

小霞："在的，怎么了？"

工作人员也不顾休息室里还有外人在，直接道："穆总托我给苏老师带句话，他在楼下停车场等她。"

苏纪时无语地想：穆休伦是不是有病，有事不能微信说吗，为什么直接找到电视台来？

其他三位小花也怔住了，掺杂着不同感情色彩的视线同时投驻到了苏纪时身上。他们对于苏瑾和穆休伦的事情都有所耳闻，在这个风口浪尖，苏瑾的一举一动都颇受大众关注，若真是包养关系，那位穆总明明应该划清界限才对啊……为什么会这么高调？

苏纪时问："下一次彩排是什么时候，我能去多久？"

工作人员没想到她会问这个问题，支吾了一下，回答："一两个小时吧……"

苏纪时点点头，表示知道了。

传完话，工作人员就走了。

苏纪时只能皱着眉头，卸下身上叮叮当当的配件。这种节目活动都有规定，不能随便把舞台装穿离后台，她还要费劲辛苦地把身上的红袍大氅脱下来，套上自己的衣服。最后，她又披上了大羽绒服，把自己裹成了一只温暖柔软的蚕蛹。

演播室后台的电梯专为 VIP 服务，可以直通地下车库。

现在已是深夜，除了他们这个演播室外，整座电视台都已陷入了黑夜当中。

电梯间空荡荡的，冷风吹来，苏纪时打了个喷嚏，心里暗骂穆休伦不靠谱。

"苏姐，电梯来了。"小霞殷勤地扶好电梯门，苏纪时裹紧羽绒服，埋头走了进去。

小霞脸微红，瞥瞥苏纪时，好奇地小声问道："苏姐，你和穆总难道真的……哎呀，我是不是不该跟着你啊？"

苏纪时敲了她脑袋一下，啐道："我每天通告有多少，你是我助理，你难道不清楚？我哪有什么闲工夫谈恋爱！"

小霞缩缩脖子，脸上写满"虽然我不信但谁让你是我老板呢"。

苏纪时拿这个古灵精怪的助理没办法，只能把气都撒到穆休伦身上。

她摸出手机，把屏幕按得啪啪响。

> Dr 苏：你是不是脑袋有毛病？

刚一发出去，穆休伦的回复立即到了。

> Mr 穆：啊？
>
> Mr 穆：大晚上为什么突然骂我？

男人的话里带着一种莫名的委屈。

苏纪时噼里啪啦打过去一串话。

> Dr 苏：穆总，您也知道现在是晚上啊。
>
> Dr 苏：咱们的绯闻有多少狗仔盯着？
>
> Dr 苏：有什么事为什么不在微信上说？
>
> Dr 苏：为什么跑来电视台找我？
>
> Dr 苏：还约在车库见面，不知道很冷吗？

最后一句话刚发出去，苏纪时的电话立即响了。

穆休伦的名字在屏幕上跃动，小霞打趣道："穆总可真主动，一会儿就能见到了，还特地打电话来。"

苏纪时嫌他烦，按掉了。

结果三秒后，电话又响起了。

苏纪时蹙眉，接起电话提到耳边，刚说了一声"喂"，就被电话那端穆休伦的声音打断了。

男人完全丧失了原本的沉稳气度，语速极快："苏瑾，你现在在哪里？"

"电梯啊，快到地下车库了。"

"你快回去！"

"什……"

"苏瑾，你听好——我现在正在外地出差，根本不可能去电视台！"

苏纪时的眼瞳猛地扩大，瞬息间，刚刚忽略的一切细节全部涌了上来。

全组人莫名被留下等待第二次彩排，通知她去地库的陌生工作人员，本不该出现在这里的穆休伦……

她立即扑到电梯按键前，拼命地按着其他楼层的数字。然而她终究慢了一步，只听"叮"的一声，电梯已经抵达了地下三楼的车库！

在中控电脑的控制下，电梯门平滑而安静地向两侧滑开，黑洞洞的地下车库向她们展开怀抱，而在这怀抱之中，等待苏纪时的是不可预知的危险！

时间一分一秒过去，休息室里弥漫着一阵沉闷的气息。

时间已过零点，"杨玉环""貂蝉"两位小花靠在各自助理的身上，昏昏欲睡。徐雅丹没有睡觉，而是满脸春色地对着手机，正在调戏前不久遇到的一位小狼狗。她最近和某个男团的门面担当走得很近，小狼狗身材很好，引得她春心大动。

她发那些露骨的话时，向来不避讳身旁的助理。徐雅丹的助理跟了她多年，瞥见她手机上发的那些情话，小声提醒她："徐姐……有些话可以当面说，但是千万不要留下文字记录，万一……"

万一某天，她同小狼狗分手了，这些露骨的内容被截图流传出去，那徐雅丹的清纯形象绝对会一落千丈。

"别瞎说。"徐雅丹瞪她一眼，"就算有'万一'，也是我不要他，他不可能更不敢背叛我的。"

她们正小声说着话，休息室的门被敲响了。

工作人员进来提醒她们，再过二十分钟，她们就可以上台做第二次彩排了。

只不过，这第二次彩排虽然名曰"彩排"，但是会全程录像，若录播当天拍摄效果不好，那就直接用今天的视频替换上。所以说，这次彩排要拿出百分之百的精神，绝对不能随随便便糊弄了事。

工作人员的视线在宽敞的休息室内转了一圈，忽然问："苏老师呢？"

苏瑾的化妆镜前空荡荡，她的舞台服装、配饰全都留在那里，人却不见踪影。

徐雅丹撇撇嘴，皮笑肉不笑："自然是有人找喽……"

工作人员皱眉。他是专门负责这场晚会的主策，除了《四大美人》节目以外，还负责多个节目的统筹。他可不像那些小喽啰一样，会对明星有什么跪舔的情绪。

这是工作，工作就要讲合作、守时间、听调度，像苏瑾这样临上场了却不见人影，究竟像什么话！

他赶快让人给苏瑾还有她的助理小霞打电话，可电话里只"嘟嘟嘟"的响，根本无人接听，再打过去，干脆直接关机了。

主策脾气上来，吩咐助手："给她经纪人打电话，问问苏老师究竟去哪儿了？现在所有人都在等她一个！"

助手唯唯诺诺地应了。

徐雅丹最喜欢看苏瑾出丑，她开开心心收拾好衣冠，对着镜子簪上步摇，在助理的搀扶下走出了休息室。明明只是去候场，可她却走出了贵妃出巡的气场。

后台里来来往往的人很多，地上到处都是杂物，化妆助理、服装助理风一样的跑来跑去。

徐雅丹小心翼翼地走着，无奈，她身上的长裙实在太长了，她一个没留神，脚下一软向前扑去。

"啊！"她惊呼。

就在这千钧一发之际，一双结实而有力的手从旁边伸出来，稳稳扶住了她。

那是一双属于男人的手，手心内全是厚茧。明明是大冬天，可他却只穿了一件薄夹克，像是刚从某个很温暖的地方抵达这里似的。

单薄的外套根本无法遮住男人壮硕的身型，徐雅丹倒在他的臂弯里，隔着一层薄薄的布料，她可以清晰感受到隐藏其下的肌肉线条。

若是能被这样的男人拥抱……

还不等徐雅丹再多多感受一下男人炙热的怀抱，对方已经放开了徐雅丹，把她扶正，后退一步与她隔开距离。

"小心，请站稳。"男人声音沙哑。

若是光论长相，男人在俊男美女集中的娱乐圈里只能排到中等。然而他身上却带着一种少见的气势，像是一支上膛的猎枪，光是与他对视，将让人觉得心中惧怕。

他头发剃得很短，皮肤晒得黝黑。在他身后，有一个比他矮了将近一个头的娇小身影，他一直挡在那个女孩身前，像是一只守卫公主的巨龙。

女孩戴着鸭舌帽，大大的口罩遮住面容。她低垂着头，没去看一身华服的徐雅丹，而是拍拍男人的胳臂，小声道："咱们先去找她。"

男人点点头，护着她继续往后台深处走。

这两人真是奇怪，明明没带工作证，却能在后台畅通无阻。

徐雅丹心下奇怪，难免多看了那女孩几眼。

就在两方交错而过时，徐雅丹忽的伸手拉住了行色匆匆的女孩！

"苏瑾？"徐雅丹皱眉，"你搞什么鬼？在后台还戴着帽子口罩，你以为整个晚会只有你一个大牌明星吗？"

女孩僵在当地，半晌没有言语。若是仔细看去，就可发现她的身体在微微颤抖。

"你哑巴了，怎么不说话？"徐雅丹觉得苏瑾怪怪的。

她的视线落在苏瑾的口罩上，一个大胆的猜测涌上心头：不会是在地下车库里，苏瑾和穆休伦吵起来，被穆休伦扇耳光了吧？

那些富商啊，根本没一个好东西，真以为女明星嫁到豪门里能有什么幸福结局吗？都是骗人的！家暴打人的比比皆是，说不定这次绯闻被爆出来，那位穆总觉得是苏瑾故意设计他，然后就动了手呢。

想到这里，徐雅丹故意提高声音，甚至动手去摘苏瑾面上的口罩："苏老师，别遮遮掩掩的了。要是受委屈了，和妹妹我说……"

她出其不意突然动手，苏瑾根本没有反应过来，便被她夺下了口罩。

令她失望的是，苏瑾的脸上依旧光洁、漂亮，即使在光线昏暗的后台里，苏瑾依旧像是在发光一样，带着令人难以移开视线的风采。

她像是一捧月光，秋水双瞳柔柔递来，光是与她对视，仿佛就要陷入一片无边无际的云海里了。

徐雅丹一愣，恍惚间觉得这个眼神令她陌生又熟悉。而且，苏瑾的头发刚刚有这么长吗？

"你怎么……"

不等苏瑾回应，被徐雅丹一嗓子吸引过来的服化助理就冲过来围住了苏瑾。

"苏老师，您去哪儿了？"

"苏老师，第二次彩排就要开始了！您怎么把妆洗掉了？"

"苏老师，您快点跟我走吧！"

说着，服化助理便把苏瑾往化妆间的方向推。

苏瑾一脸为难，她身旁的男人冲她微微点点头，用口型同她说了一句什么，她这才安心下来。

眼看女孩的背影消失在门板后，徐雅丹立即甩下助理，凑到了男人面前。

到了这时，她早不记得什么家里的小狼狗小奶狗了。谁说只有男人才能花心的？像她这样有钱有貌的女明星，花心一点又怎么了？

她脱下外套，露出身上那一袭绝美的蓝色纱裙，摆出苦练多年的完美笑脸，主动搭话："不知这位先生怎么称呼？"

"林。"男人双手插兜，守在休息室前，一动不动。

"你是苏瑾的保镖吗？"

"保镖？"男人惜字如金，"不是。"

"那你是？"徐雅丹想问男人的身份是不是苏瑾的异性朋友，然而男人却误解了她的意思，以为她在追问他的工作。

只听他答："我只是一个普通的动物饲养员而已。"

因为苏瑾在二次彩排前擅自离开后台，回来后又要重新梳妆，导致《四大美人》的录制受到了影响，往后延迟了整整十五分钟。

熬到后半夜，节目组早就累得人仰马翻。节目主策的黑眼圈一直扩散到下巴，远远看去，简直是熊猫成精一样。

"苏老师化完没有？"后台不能抽烟，他只能叼着烟尾巴，有些烦躁地嚼着烟屁股，"现在全组人都在等她一个，让她快……"

"抱歉，我来迟了。"身后，一道柔柔的声音响起。

裹着红色大氅的身影自化妆间娉婷而出，乌发挽成飞仙髻，簪一支飞雁形状的掐丝发簪，女孩怀里抱着一只琵琶，倒真像是从壁画上走下来的古代仕女，自带一种穿越时空的宁静美好。

她的妆容并不浓艳，清淡地勾勒出她姣好的五官。眼角一点泪痣，随着她的一颦一笑，变得格外动人。

奇怪！主策打量了她好几眼，总觉得有一种说不清道不明的异样感。

距离上一次彩排不过几个小时而已，苏瑾的气质怎么变化这么大？若说之前的她是艳阳下肆意生长的玫瑰，那现在的她就是月光下的一捧幽兰。

说不清哪个她更好一些，不过现在的苏瑾，倒是更像历史上那个"外柔内刚"的王昭君了。

主策只当是自己想多了，他压下心中的违和感，指挥着助理为苏瑾配上夹式麦克风——虽然苏瑾在镜头前只做弹奏的手势，实际会同步播放提前录制好的音频，但为了面子着想，还是会为她戴上麦克风，只是肯定不会开麦了。

别的明星闭麦，是"对口型"，她呢，是"对手型"。

一切准备就绪，四位美人皆准备完毕，苏瑾的出场最为特殊，她将乘坐吊篮从天而降。

很快，第二次彩排正式开始。

这次彩排尤为正式，台下架设着多台摄像机，从不同角度捕捉着台上艺人的一举一动。

林岩就站在台下，怀里抱着苏瑾的外套，手里还拿着水杯，倒真像是她的跟班助理一样。

对于他来讲，这里的一切都是陌生的。他早已习惯和无声的动物打交道的生活，完全没想到，一次意外的相遇，会让他出现在这里，仰头看着舞台上的星光。

有其他工作人员见他眼生，过来询问他是哪个艺人的跟班。

他答："苏瑾。"

"咦？我记得她的助理不是小霞吗？"

林岩没有接话，那人碰了一鼻子灰，只能尴尬地转身离开。

《四大美人》这个节目，根据"沉鱼、落雁、闭月、羞花"的顺序依次上场。最先上场的人，自然是扮演"西施"的徐雅丹了。

传说，西施在湖中浣纱，鱼儿们看到她的美貌，甚至忘了呼吸，渐渐沉入水底……今天徐雅丹穿一身湖蓝色水袖长裙，在舞群的簇拥下翩翩起舞，水袖纷飞，如梦似幻。

她自小练舞，民族舞功底深厚，引得在旁围观的工作人员连连称赞。

待一舞结束，她牵起水袖挡住红唇，似有若无地向着台下的男人送出秋波。可惜，她的眉眼全都抛给了瞎子看，林岩不动声色地往后退了一步，根本不屑与她互动。

徐雅丹暗自咬牙，偏偏这时舞台灯光暗了下来，聚光灯投在舞台顶棚，伴随着淡淡薄雾，一只精巧的仿古吊篮自空中缓缓降下，吸引走了所有人的注意。

"徐老师，咱们下场了。"身旁的伴舞见徐雅丹立在原地，赶忙不着痕迹的推了推她。

徐雅丹只能收回嫉恨的眼神，又挽了个袖花，在伴舞们的簇拥下飘然退场。

离开前，她瞥向那个从天而降的背影，愤愤地想：若是苏瑾摆造型、假弹琵琶的消息传出去，估计粉丝心中的女神形象就要破灭了吧。

仿古吊篮里铺着一层金色软垫，苏瑾怀抱琵琶遮住半张小脸。缥缈的烟尘中，她自天空翩翩落下，轻灵宛如鸿雁。

忽的，只见她素手轻抬，左手按住琵琶身上半，贴着甲片的右手自琵琶弦上一扫而过，动人的声音便随之流淌而出。乐声如水波般悠悠荡开，借着音响，扩散到了演播室的每一个角落。

站在舞台旁的主策一愣，立即拿起对讲机联系导播室："怎么现在就开始放配乐了？不是说好吊篮降到一半才进音乐的吗？"

对讲机里传来对方的叫屈声："祖宗！真不是我们！配乐还没放呢，这是嘉宾那边麦克风的声音！"

主策后知后觉："麦克风没关？不对，这是苏瑾自己弹的？"

今日彩排前，苏瑾的经纪人特地和总导演沟通，说苏瑾救人伤了手，没办法弹琵琶，要求放伴奏。当时，所有人都以为这是一种托词，想要掩饰苏瑾"根本不善弹琵琶"的事实。下面的工作人员没少议论，说苏瑾的"才女人设"立不住了，连一首《昭君出塞》都要假弹，当初就不该厚脸皮发通稿说自己拜了大师学艺……

而今天第二次彩排前，苏瑾又迟到了，这更让主策对她的观感跌至谷底，觉得她耍大牌、没艺德……没想到，这出乎意料的一首琵琶曲，让所有人对她的印象大为改观。

大漠的苍凉、塞外的寂寞、和亲路上的无助与困苦……都伴随着琴声娓娓道出。

乐音自顶棚落下，女孩倚在吊篮里，仿佛真的化身成了千百年前孤身出塞的昭君，她垂目看着怀中的琵琶，把自己的所有感情，都投入到了演奏之中。

"她怎么会弹琵琶？"徐雅丹站在舞台边缘，震惊地看向吊篮中好似仙女下凡一般的苏瑾。

刚开始，她还以为那乐音是提前录制的伴奏带，直到刚刚她亲耳听到身旁工作人员的议论，才知道苏瑾居然真弹！

怎么回事，她的"才女"人设不是假象吗，居然真的会弹琵琶？

轻拢慢捻抹复挑，这娴熟的技艺根本不像是临阵磨枪学来的！

不仅是徐雅丹，为她伴舞的几个小姑娘也探着脖子聚在那里，一脸艳羡地望着吊篮里的人影。

"苏老师真厉害……"

"我小时候也学过琵琶！《昭君出塞》可是五级曲呢，我当时考了两年没考过去，一气之下我妈就让我学舞蹈了。"

"哎，要不然苏瑾能当顶级流量呢，光是这手琵琶就够秒杀圈里不少人了吧？"

你一言我一语，伴舞小姑娘们叽叽喳喳地聚在那里，毫不掩饰对苏瑾的崇拜。这些小姑娘都是从舞蹈院校招来的学生，根本不了解娱乐圈里的"规矩"，更不知道徐雅丹和苏瑾是圈内人尽皆知的死对头。

她们当着徐雅丹的面，大大咧咧地夸奖苏瑾，不就是在打徐雅丹的脸吗！

徐雅丹狠狠瞪她们一面，若这些学生是她公司的后辈的话，那她们永远别想出道了！

"徐老师，退场通道在这边。"工作人员装作没看见徐雅丹脸上的狠色，反正这个圈子嘛，睁一眼闭一眼的时候多了。他指着一旁幽暗的小道，"您直走下去就是后台了。"

徐雅丹连句"谢谢"都欠奉，摆足了架子，一甩水袖，施施然离开——结果呢，聚在通道听琵琶独奏的人太多，她稀里糊涂地踩到了自己的裙摆，只听"嘶啦"一声闷响，她的舞裙居然裂开了一道大口子！

这舞裙可是提前半年找人一针一线定制的！给裙摆绣花的也不是什么普通的手艺人，而是一位非物质遗产继承者！当初服装师把衣服送过来时，千叮咛万嘱咐千万不要把衣服弄脏、弄坏了，等到演出结束后，还要送去全国巡展呢。

徐雅丹看着裙摆上足有巴掌宽的口子，傻眼了。

凌晨三点，乌云遮住明月，寒风送来阵阵萧瑟。

演播室里仍有节目在排演，但苏瑾已经换下舞台服，换上了来时的衣服，在林岩的护送下快步走出电视台。

电视台外停着一辆熟悉的保姆车，车型流畅宽敞，曾经的苏瑾工作强度太大，经常睡不够，只能在车上补觉。

保姆车门洞开，等候在此的方解下车迎了过来。他刚结束应酬，一身的烟酒味道，格外冲鼻。

"苏姐！"方解酒意未散，脑门、耳朵都红彤彤的，他殷勤地问，"我听导演说了，你……你这是故意藏拙要给我惊喜吗？你什么时候练会的琵琶，怎么不提前告诉我？"害得他这段时间吃不好、睡不好，愁掉了一把头发。

可苏瑾却未接话，只轻飘飘地看了他一眼，埋头走向保姆车。

身后的林岩快步跟上，苏瑾沉默地钻进车内，男人便矮下身子，也要上车。

"诶诶诶！你干吗的啊！"方解虽然微醺，但还没到失去理智的地步，他赶忙拦住高壮的男人，厉声问，"这是苏瑾的保姆车，请你离开。"

他把林岩当作尾随的狂热粉丝，立即挺起单薄的胸膛想要推开男人。

偏偏在这时，车内传来苏瑾轻柔的声音："方解，让他上车。"

方解看看男人，又看看苏瑾，没搞明白，"这位是谁啊？"

他是搭顺风车的工作人员，还是同台的其他嘉宾？可看男人的模样打扮，又不像是这两者之一。

可是苏瑾和林岩都没有回答他。

方解只能压下心中的莫名，默默地坐进了车内。

车门关上，昏暗的车厢内只留下头顶的一盏小灯，昏黄的灯光落在苏瑾脸上，给她精致的脸庞增添了一抹婉约的风情。

婉约？

方解赶忙把这个可怕的词从自己脑海里扔出去，这么娘娘腔的词哪里能用来形容一把铁锤走天下的苏姐！

他看看苏瑾，再看看不发一语、正襟危坐的男人，只觉得自己像是被关进了大型猛兽的笼子中，一股危险感从尾巴骨直往天灵盖窜。

太、太奇怪了！

他咽了口吐沫，在摇晃的车厢中小心翼翼地开口："苏姐，你……"

你今天怎么看着有点不一样？

可是他的话还未说完，就被苏瑾打断了。

"方解，你以前从来不会叫我'苏姐'。"

"什……"

只见"苏瑾"露出一个无奈的笑容，迟疑片刻，贝齿轻咬下唇，忽然抬手一鼓作气地摘下了头上的鸭舌帽！如瀑的秀发自女孩肩头披散而下，一直垂落到腰际。

这根本不会是苏纪时拥有的头发！苏纪时偏好利落、潇洒的风格，头发微微及肩而已。

"你，你是……"方解扶着脑袋，怀疑自己晚上的应酬喝了太多酒，才让酒精摧毁了他的神智，让他产生了幻觉。

面前的人有着与苏纪时一模一样的脸庞，有着极为相似的身材，若她不是苏纪时，那唯一的可能就是……

"好久不见。"苏瑾的表情混杂着愧疚与心酸，轻声道，"我是堇青，我回来了。"

方解大惊，一瞬间千头万绪有无数话堵在他胸口，可他却不知道应该先说哪句。

苏堇青居然回来了，她这段时间究竟去哪儿了？为什么大家都找不到她？她为什么突然决定回来，是在网上看到了苏纪时的消息吗？她怎么没在公司等他们？她会怎么看公司这一出狸猫换太子的闹剧？

可在这些问题之前，还有个更重要的问题……

方解喉结滚动，脱口而出："那你姐姐在哪儿？"

哪想到与此同时，苏堇青也问出了同样的问题！

两人面面相觑，三秒后，他们从对方的表情上读到了同样的震惊。

苏堇青回来了，可是苏纪时呢？

突然从彩排现场消失的苏纪时，究竟去哪儿了？

苏纪时在哪儿？

这个问题，苏纪时也想问自己。

荒郊野岭，一片漆黑，苏纪时和小霞搀扶着彼此，深一脚浅一脚地走在树林中。

回忆起几小时前，她们在地下车库经历的一切，苏纪时觉得自己像是做了一场莫名其妙的梦。

谁会想到，借故把苏纪时叫到车库中的"穆总"，会是穆休伦的父亲呢？

穆民德，EXP矿业集团的执掌者，他确确实实是"穆总"，一个字都没错。

苏纪时刚一出电梯，便被两位身高接近两米的壮汉堵住了。他们态度客气，口中称"请苏小姐移步"，只是强硬的态度，却和客气搭不上一点关系。

苏纪时前不久才被这么"请"过，只不过上次请他的人，是趾高气扬的穆夫人。

而这次……是同样趾高气扬的老穆总。

穆民德今年六十五岁，不显老态，头发、胡须都染得乌黑，唯有从眼角的皱纹能窥探出他的年纪。他着一身铁灰色的中山装，端坐在轿车后座，派头十足。

小霞吓坏了，吓得像只小鹌鹑一样瑟瑟发抖，她鼓起勇气挡在苏纪时身前，又被苏纪时怜惜地按回了身后。

穆民德没有做自我介绍，他只掀掀眼皮，傲慢地瞧了苏纪时一眼。

他长得与穆休伦极像，尤其是脸部轮廓与眼睛、鼻子，就像一个模子刻出来的一般。无论是谁见了，都不会否认两人之间的血缘关系。

苏纪时想到传言中，穆休伦和他的"养父子"关系，心中暗暗有了一番猜测。

真不愧是豪门，果然水深……

即使面对这位来势汹汹的不速之客，苏纪时依旧站得笔直，她镇定地看向车内的穆民德，问："不知您找我有什么事？"

穆民德眼神犹如锋利的刀刃，从头至脚，把她一寸寸刮过。那视线，仿佛站在他面前的并未是娱乐圈顶级女星，而是一块放在案板上的肉。

苏纪时动也不动，复道："您要是不想谈，那咱们就没必要浪费时间了。"

说罢，她拽住小霞的手腕，就要往回走。

可惜她刚走了几步，就被那两位人高马大的保镖拦住了。

"站住。"穆民德终于肯出声了，"苏瑾，我叫你来，是有件事情要求你去办。"

穆民德的话说得相当不客气，看样子，不管苏纪时同意不同意，都必须为他卖命了。

苏纪时转身看向他，眉毛一挑，问："什么事？"

"我要你离开我儿子。"穆民德的话掷地有声，"像你这种为了钱可以出卖身体的女人，我们穆家是绝对不会认的！"

等等，豪门老总闲得没事，深更半夜把她从新年晚会彩排现场捞出来，就是为了这种破事？

穆民德根本不管苏纪时的反应，自顾自说："你是不是一直很好奇，为什么最近你的黑料层出不穷？我可以告诉你，这些只是第一波而已，如果你再在休伦身旁纠缠不清的话，不要怪我放出更有力的证据——记住，既然休伦能把你捧红，那我就能把你打入谷底。"

苏纪时真是要气笑了，敢情最近这莫名其妙被泼出来的"包养"脏水，都是这位老穆总直接放出来的啊！她本来还以为是哪个对家经纪公司下场了，没想到居然是这位老先生。

苏纪时觉得这一刻的自己真是弱小可怜又无辜，还有那么一点想锤人脑壳。

上次她被俩黑衣保镖"请"走，是穆夫人找她接近穆休伦当卧底；而这次她又被黑衣保镖"请"走，是老穆总要求她远离穆休伦。

穆休伦、穆休伦、穆休伦……

怎么处处都是他的影子？她想同他划清界限，可所有人都以为他们关系匪浅。

面对老穆总的威胁，苏纪时怒极反笑，道："您要打压我？真是巧了，我正想退出娱乐圈呢。不如这样吧，您要真能让我明天就离开娱乐圈，我立刻雇支锣鼓队，后天就到 EXP 集团门口给您吹唢呐去，纸花铺路、哭声漫天——保证让您这条花路走得顺顺当当，您看怎么样？"

小霞没忍住从她背后冒出脑袋来，拉了拉她的衣袖，提醒她："苏苏苏苏姐，走花路这个词不是这么用的。"

苏纪时想了想，恍然大悟："哦，这不叫走花路，这叫 C 位出殡。"

穆民德在总裁位子上坐了一辈子，早就习惯了别人对他的仰视。他做的每个决定、说出的每句话，自然有无数人前仆后继的去帮他完成。可以说，他已经多年没尝试过被人"忤逆"的滋味了。

他原本以为，被自己儿子包养的苏瑾，一定是个胆小怕事的菟丝花，只要稍微给她点苦头吃，便会让爱慕虚荣的她早日滚蛋。可他却没有料到，苏瑾居然会有这么刚硬的一面。

那个在调查报告里，为了治疗重病的母亲而卖身的女孩子，和眼前的这个真的是同一个人吗？

不行……必须给她些颜色看看。

穆民德从喉咙里挤出一声冷哼，手中的拐杖重重敲击地面。

随侍在旁的保镖立即明白了他的意图，他们迅速向着苏纪时包抄而去，一左一右擒住了她。

苏纪时没料到他会突然发难，她学过一些简单的防身术，然而不等她自救，一只手帕便捂住了她的口鼻。

陷入昏迷前的最后一秒，苏纪时脑中电光火石般闪过了上一次被掳的经历。那次，她摇身一变，从一只普通的"地质狗"进化成金光闪闪的女明星；而这次，她又会从女明星，变成什么呢……

几个小时之后，苏纪时是被小霞的哭声吵醒的。

她的头晕晕沉沉的，是典型被乙醚迷晕后苏醒的症状。好在，她有了上一次的"经验"，这次心中就没有那么慌张了。她甚至还有心思打趣自己，觉得她自从踏入娱乐圈之后，居然变成了脑残小说女主角，动不动就被人绑架。

她睁开眼，先检查了一下身体状态——嗯，手脚俱全，五官俱在，本来她还担心穆民德会不会趁她晕倒就把她剁碎沉塘，这么看来，那老东西还没有那么胆大包天。

她的上半身倚在小霞怀里，小助理哭得双眼红通通，全身止不住地颤抖。见她醒来，小霞太过激动，甚至打了个响亮的哭嗝。

"行了行了，别哭了。"苏纪时勉力撑住自己酸软的手脚，在她的搀扶下站了起来。

她环顾四周，意外发现，她们居然深处一座深山之中。

四周一片寂静，乌云遮住月亮，只有极为缥缈的半扇月光落了下来，勉强照亮了这山林间的环境。

"这是怎么回事？咱们在哪儿？"她蹙眉，却没有表现出一点慌张。

小霞赶忙把她知道的一切都结结巴巴地倒了出来。

原来，那两位保镖在迷晕苏纪时后，就把她抬上了另一辆掩藏在地库里的面包车。小霞护主心切，想打又不过，想跑又跑不了，也被人威胁着一同推上了车。

只不过他们并没有迷晕小霞，而是把她的嘴巴、眼睛都蒙上，把她的双手反捆在身后，又收走了她身上的一切电子设备，连手表、项链都没有留下，看样子是怕她们身上携带有定位设备。再然后，那位从头到脚都充斥着傲慢的老穆总扔下一句话："扔远一点，别让我再见到她。"

他一声令下，司机和保镖立即登上面包车，车子迅速开动。

小霞在黑暗中忍住眼泪，拼命告诉自己冷静，想要记住行车路线。可她又没有受过专业训练，根本搞不清楚她们在路上行驶了多久，东拐西拐的路也让她转晕了方向。她只知道，面包车从电视台出来后，很快就上了高速公路，疾驰了很久后，又拐下公路，改为在颠簸的小路上行驶。接下来，小路变土路，土路变没路，等到小霞的屁股颠成八瓣了，车子才停下。

保镖把小霞和苏纪时扔下车，解开她们的手脚，然后一句话不说便要离开。

四周到处都是黑漆漆的，荒郊野岭没有人烟，山里的温度远远低于零度，小霞冻得手脚发麻，可大脑却要沸腾了。她也不知从哪里来的力气，居然飞扑上去死死缠住保镖，大喊："你们把我们扔在这里，是要我们死在这儿吗？"

保镖一板一眼的复述穆民德的话："既然火山爆发苏小姐都能全身而退，那换个地方，对于她来说就像郊游一样轻松吧。"

穆民德是觉得自己真的很"怜香惜玉"了。

看，他既没有扒光她拍下艳照，也没有泼硫酸让她毁容，只是把她扔到荒郊野外，冻上一冻，给她一个难忘的教训，难道这还不够"文明"吗？

当然，若是她这次不长记性，那下一次，他就不会轻松地放过她了。

保镖走后，这里只剩下小霞与苏纪时两个人。她们身上没有任何工具，只有两件薄薄的羽绒服，保证她们不会被冻死。

在小霞坚持不断的呼唤下，苏纪时终于睁开了双眼。

小霞担惊受怕了一晚上，她死死咬住嘴唇，把自己埋在苏纪时胸口，就像是终于找到了主心骨一样，哭得上气不接下气。

苏纪时揉揉她的头顶，小声安抚："没关系，咱们消失这么久，节目组肯定会发现。他们肯定会通知方解，然后报警、调监控，明天警察就会找到咱们。再不济，出事之前我还在和穆休伦说话，他一定会注意到不对劲的。"

话虽这么说，但她心里却清楚地知道，这事情绝对没有这么好解决。EXP集团是国内排名前十的纳税大户，穆民德既然能选择在电视台里动手，那他肯定有所依仗，根本不担心被人抓到马脚。

至于指望穆休伦——穆民德是他父亲，即使他们父子关系再差，穆休伦会为了她，与他父亲翻脸吗？

苏纪时下意识地避开了这个问题，不去深想。

听到苏纪时提到穆休伦，小霞更气了。人都是会迁怒的，她本来对穆休伦观感很好，甚至真心实意地希望他能和苏瑾步入婚姻的殿堂，但老穆总今天这一套令人窒息的危险操作，却连累穆休伦在小霞心中的分数跌到谷底。

都说勿嫁凤凰男，可谁能想到，像是穆休伦这样的豪门子弟，也会有拖后腿的极品家属呢？

小霞越想越气，她一抹眼泪，开始活灵活现的表演起"CP粉提纯后是怎么回踩对家"的，她一迭声数出了穆休伦的十宗罪，就连某年某月某一天，他载着苏瑾兜风没有关车窗，都被当作了他不体贴的证据。

最后，小霞盖棺定论："我呸！哪里是苏姐你缠着穆先生，明明每次穆先生的眼睛都粘在你身上，离不开你！"

苏纪时根本没有心思讨论这个话题："你声音再大些，就会把狼招来了。"

小霞吓了一跳，赶忙捂住嘴巴，左看右看："这……这有狼？"

北京周边的山区，野生狼几乎没有，这不过是苏纪时拿来吓唬她闭嘴的说辞。

苏纪时休息了一会儿，恢复了一些力气，开始考虑如何自救。

她们脚下根本没有路，面包车直接把她们扔在了深山老林里，山谷气温极低，脚下还能看到皑皑的残雪。

月光昏暗，苏纪时尽力张望，只能看到周围全是宛如复制粘贴一样的山崖，根本无从辨别方向。

"咱们现在应该位于北京的北部或者西部。"

"啊？为、为什么？"

"北京西临太行山、北枕燕山，东部及南部是低矮的平原。咱们现在身处山区，所以绝对不可能在东南，只能在西或者北。"苏纪时最先做的，是要确定自己究竟身处何方。然而，不管是太行山山脉还是燕山山脉都太大了，它们跨越多个省市，而她们身处其中，又该从何推断呢？

她们现在应该位于北京和河北的交接地带，但再细致的东西，苏纪时确实推断不出来了。

若是天上有星辰，她还能靠北极星辨别方位，进一步缩小区域。可抬头看去，层层叠叠的乌云托住天幕，苏纪时凭借基本的气象常识，可以断定，明日这里绝对会迎来一场降雪。

而她们，没有水，没有食物，没有通信设备，真的能在大雪封山前，走出这片山林吗？

第十五章 双倍苏瑾，双倍快乐

"现在必须报警！"

天色微亮，苏瑾的公寓内灯火通明。

苏堇青坐在沙发上，脊背挺得笔直。她左手紧紧攥着右手腕，却止不住右臂的颤抖。她的指甲深深陷入掌心中，留下一串白色的小月牙。

她望着客厅里的另外几个人影，语气是前所未有的坚定："我姐姐失踪了！'苏瑾'失踪了！你们怎么能让我一直坐在这儿等消息？"

她在发现姐姐居然顶替她成为"苏瑾"后，震惊、愧疚、疑惑、痛苦、自责……种种情绪在同一时间翻涌了上来。她完全不明白，这么荒唐的事情究竟是怎么发生的。

她第一时间想要联系苏纪时，可她手里只有苏纪时在美国的联络方式，而那个电话随着苏纪时回国就停机了。接下来，她又试着联系方解、小霞，然而因为卡卡杜的信号太差了，她误被两人拖进了黑名单，斩断了一切联系的可能。

在那段时间里，苏堇青确实有了那么一点点犹豫——这是不是上天对她的暗示，让她离开那个纷乱的圈子后就不要再回头？

她没有办法，只能疯了一样检索着她"消失"后关于苏瑾的所有新闻，结果发现，姐姐做得比她更好。

苏瑾成功转型、苏瑾时尚 icon、苏瑾 slay 全场……在苏纪时的光环加持下，"苏瑾"变成了一个更鲜活的名字。她不再是全民初恋、清纯小花，苏纪时只用了不到半年的时间，就把"苏瑾"活出了自己的模样。

苏堇青看着网上那些赞誉，说不清楚心里究竟是什么滋味。让她骄傲、让她自豪、让她羡慕、让她憧憬、让她嫉妒的双胞胎姐姐……果然，在任何地方，都比她要强。

她曾想过，既然事已至此，而姐姐很适应崭新的身份，那她要不要遵从内心的声音，继续"躲"下去？但是当她在国际新闻里听到印尼火山爆发的消息后，她为自己好不容易建立起的保护膜，突然破碎了。

若不是她逃开了，姐姐怎么会代替她，去印尼那么危险的地方？这明明应该由她承担的！

她突然醒了过来。她发现这么长时间里，她好像一直在做一个虚无缥缈的梦，那个梦里确实有她追求的宁静，可是宁静背后，则是由姐姐为她撑起的一片天地。

于是她回来了。

她辞别了宾妮、伊万诺维奇、艾德文……然而让她没想到的是，林岩居然收拾好了行李，要同她一起回国。

他说他连续工作了这么多年，可以休一个格外漫长的年假，他想把这个年假用在这里。

他们两人特地选择了半夜抵达的飞机，人最少，最不引人注意。落地后，她一刻不愿意耽搁，直接去了电视台想要修正自己的错误。哪里想到，她却同姐姐擦肩而过，再次失去了姐姐的消息！

在发觉苏纪时失踪后，苏堇青立即要求报警。

然而……经纪公司不同意。

公司上层的意思是，一切以不暴露身份为重。既然苏堇青已经回来，那就继续当她的"苏瑾"，公司不会追究苏堇青擅自落跑的违约行为。

至于苏纪时的失踪，只能在私下秘密寻找。

若是去报案，那不就要暴露苏纪时姐妹俩的实际身份，那媒体、粉丝、观众、"甲方爸爸"，不就都能猜出，这半年的苏瑾都是由另一个人代替的吗？

不行、绝对不行！

对于经纪公司来说，这件丑闻的影响太大了，若是爆出去，先不说网上的网民们会怎么说，光是那些"甲方爸爸"就会要了他们的命！

商人，永远是冷血而绝情的。

林岩虽然是第一次来到这个房子，但他像是主人一样，格外自然地走进厨房，烧水沏茶。青绿色的茶叶在沸水的撞击下，很快舒展开来，在通透的玻璃杯里翩翩起舞。

他端起托盘走入客厅，强硬地掰开女孩的十根手指，把那杯温暖人心的热茶塞入了她的手心中。

沙发对面的双人座上，方解、阿山挤在一起，一脸灰败。

阿山挠乱了一头毛茸茸的短发，骂着自己："我今天怎么就没跟苏姐一起去电视台呢！"他是苏瑾的专属化妆师，向来是苏瑾走到哪里他跟到哪里。只是这种省台晚会有官方造型师，苏纪时就大方地让他放假在家躺着。他若早知苏纪时会遇上危险，他说什么也要跟过去！

方解的酒气已经全散了。他的手机扔在桌上，在这几个小时里，不知道打了多少个电话，右上角的电池只剩下一丝血红色的警示。

他扯开领带，颓唐而绝望的情绪笼罩着他。

在这件事上，方解也是站在苏家姐妹这一边的。好好的大活人失踪了，电视台地下车库的监控录像莫名其妙遗失，这绝对是一场有预谋的绑架啊！

他们现在唯一知道的是，苏纪时下楼前，有一位陌生的工作人员来找她，说"穆总"在地下车库等她。

穆总？是哪个穆总？穆休伦吗？可是穆休伦根本不可能绑架苏瑾，这完全说不通啊。

难道是穆休伦的仇家故意绑了苏瑾，想要威胁他？

苏堇青大惑不解："我姐姐和穆先生是什么关系？"

网上那些奇奇怪怪的帖子她都看了，为什么她姐姐会和她的前金主联系密切？

方解和阿山对视一眼，犹豫道："熟人？"

"他们没在谈恋爱？"

方解："应该没有吧……这个问题我问过苏姐，她说她宁可嫁给地质锤子，也不想嫁给大猪蹄子。"

苏堇青又确认了一遍："所以穆先生不知道我和我姐姐是双胞胎？"

"不知道，这件事连小霞都不知道！"阿山赶忙说，"穆总一直没发现苏瑾换人了。"

苏堇青想，穆休伦既然连她们是双胞胎这种事都不知道，那看来他和苏纪时确实只是关系凑合的"熟人"而已。

天色逐渐亮了，已经三十多个小时没睡的苏堇青显得格外疲倦。可她却不愿休息，现在她姐姐生死未卜，她即使躺下了，也无法安心入睡。

就在这时，苏瑾的公寓大门口突然传来一阵急速的拍门声。

这个时间怎么会有人敲门？

他们这个小区是极为注重隐私的私密社区，电梯入户，若没有房卡是连小区大门都进不来的。

众人的动作一瞬间停住了。

拍门声越来越大、越来越急促，仿佛屋内人不答应，门外人就要把门撞开一样。

"苏瑾！"男人声音沙哑，自门外传来，"我看到灯亮了，你在家吗？"

这声音是——

面前的大门突然打开了。

穆休伦拍门的手敲了个空，他赶忙收住动作，却没能收住脸上"松了一口气"的表情。

开门的人是苏瑾——穿一身毛茸茸的居家服、长发披落在肩头的苏瑾。

大门打开，蓬勃的热气与明亮的灯光迎面而来，穆休伦下意识地迷了眯眼，见她好好地站在自己的视线内，紧紧提了一晚上的心终于放下了。

几个小时前，他同苏瑾微信联系时，得知有人假借他的名义约她见面。他赶忙打电话制止她，可电话说到一半就断了，然后不管他再怎么打，都显示已关机。

他急疯了，担心她出意外，立即连夜乘坐私人飞机回京。在机上整整五个小时的煎熬，让他的神经绷到了极致。也正是在那一刻，他终于意识到，自己究竟有多在意苏瑾。

在遇到她之前，他以为自己全部的人生都要奉献给工作了，他唯一的目标就是报复穆家人，为此他可以牺牲他的爱好、他的梦想，变成一个充满铜臭味的商人。

可是在苏瑾身上，他尝到了从未体会过的滋味。

他在意她，他担心她，他想要了解她……他不希望在苏瑾眼中，他只是一个只会约她去骑马的前金主了。

穆休伦想做她的男人。

他紧张了整整一晚，落地后也在不停打苏瑾的电话，然而电话一直关机，他只能赶到苏瑾家中碰运气。

所幸——苏瑾好好地出现在他眼前。

只是……这个苏瑾，怎么感觉那么陌生？

明明她还是她，可是那份让他牵挂的心动感，却突然消失了。

"昨晚究竟是怎么回事？"穆休伦强迫自己冷静下来，先说正事，"怎么话说到一半电话就断了？找你的人是谁？"

苏瑾一愣，半晌，柔柔开口："昨晚一个朋友故意恶作剧。"

"恶作剧？"这个答案却让穆休伦感觉更奇怪了，"那你手机为什么关机？"

"手机没电了，忘了充。"答案规规矩矩。

明明所有的回答都滴水不漏，可一种难以言喻的违和感却在穆休伦的内心挥之不去。

穆休伦的视线落在苏瑾身上，又仔仔细细、认认真真地打量了她几眼，忽然问："你头发怎么变长了？"

苏瑾不慌不忙，轻抬素手挽起耳边散落的发丝，轻声道："节目需要，接的假发。"

她侧头看了看门厅里的钟表，有些为难地说："不好意思穆先生，我正在同我的经纪团队开会，要是没什么事的话，请您离开吧。"

不对。

不对不对！

穆休伦望着面前熟悉而陌生的面孔，觉得他们之间像是隔了一层看不清的薄膜。

他不知道薄膜背后是什么，但那个东西带着一种神奇的魔力，在吸引他去探寻真相。

房门在他面前渐渐合上，就在女孩的面容即将消失在穆休伦面前的那一刻，男人猛地伸出了手，突然强硬的撞开门板，直接攥住了女孩的手腕！

"痛！"苏瑾惊呼。

房门大敞，聚在客厅里的三个男人立即起身看了过来。穆休伦草草瞥了一眼，其中两人是苏瑾的经纪人与化妆师，还有一个陌生而健壮的男人从未见过。

"松手。"那个陌生男人快步冲了上来。

他皮肤晒得黝黑，头发剃得短短的，身上散发着一股危险的气息。穆休伦曾经在那些战乱的国家见过这样的人，他们无一例外都是刚刚退伍的特种兵，手上见过血。

这个危险的男人是谁，是苏瑾新雇的保镖吗？

穆休伦脑中的念头一晃而过，他立即把全部注意力落在面前柔弱的女孩身上。

同样的五官……同样的身形……但是截然不同的气质……

他凝视着她，一句让他自己都觉得荒诞的话，脱口而出："你真的是苏瑾吗？"

"穆总，您这个笑话可不好笑。"回答他的人是经纪人方解。

方解从沙发上站起来，几步走到门旁，和那个初次见面的陌生男人并肩站着。

方解的语速有些快，像是在掩饰什么："她当然是苏瑾啊，如果她不是苏瑾，她还能是谁？"

"她是……"穆休伦卡住了。

是啊，面前的女孩如果不是苏瑾的话，还能是什么人？

苏瑾微微张口像是想说什么，但很快又合上了嘴巴。她重新变成了他最开始认识她时的样子——一个被经纪公司摆布的漂亮布娃娃。

穆休伦觉得自己陷入了迷雾之中，他拼命地想要看清面前人的模样，可是越看，越是看不清。

苏瑾轻声问："如果您不相信我是苏瑾的话，需要我把咱们相识的经过复述一遍吗？"她顿了顿，"咱们是在太阳村相遇的，我去那里做公益，恰巧遇到您去太阳村探望村长阿姨。后来见多了，您得知我母亲病重，就主动提出要……要'资助'我。"

随着她的叙述，穆休伦恍然回忆起三年前的事情，那些原本已经被他扔到记忆深处的回忆，就像是一本突然从书架底层翻出的话本，虽然破破烂烂落满尘埃，但并没有褪色。

他虽然姓穆，但因为上不得台面的"养子"身份，一直不被所有人接受。就连创业，他也顶着极大的压力，稍不谨慎，就会被养母捏死。他那时确实是突发奇想，想要通过包养女明星来麻痹其他人，为自己换得休养生息的机会。

这步险棋……确实成功了。

他是下棋之人，却也是棋盘上的棋子，不知不觉对另一位执棋者产生了感情。

可是现在看来，苏瑾已经完成棋局，准备起身离开了。

面前之人确确实实是苏瑾，穆休伦仔细端详着她的面庞，想要捉住那丝游离的违和感。在此期间，苏瑾一直坦荡地、镇定地回望着他。

可能真的是他多心了吧。

穆休伦松开手，后退到安全距离之外。他用同样淡然的目光望着她，没有告诉她自己连夜赶回来时究竟有多么忧心。

"既然你没事就好。"他只能这么说了。说罢，他不等苏瑾再给他任何回复，转身离开了这间曾经属于自己、后又转赠给她的公寓。

来时沸腾在胸口的火焰莫名熄灭了，他摸摸心脏的位置，觉得那里是空的。

真的太奇怪了。

大门在他身后合拢，在他踏入电梯的一刹那，他听到门内那个陌生的男人用一种冷冰冰的语气问方解："资助？资助是什么意思？"

可穆休伦无暇管那些了。

他的车子就停在外面，他浑浑噩噩地坐进了车内，就那么沉默地待了很久。

东边的天空露出一丝光芒，这光芒越来越大，就像是一只无形的手，缓缓拉开了帘幕。

天亮了。穆休伦眯着眼，适应着由远及近的光芒。他看到阳光慢慢爬过来，一点点照进车内，而温暖也一点点漫入了他的心上。

苏瑾、苏瑾、苏瑾。

穆休伦不自知地把这两个字在唇边反复诵读着，仿佛多念几遍，就能同她距离近一些似的。

他喉结滚动，一阵干渴泛起，他木然地转动眼珠，在车里寻找起上次留在车内的矿泉水。

他记得是放在副驾驶座前的储藏抽屉里的？

他侧过身子，拉开那只抽屉，一抹亮银在阳光下反射着刺目的光芒。穆休伦一愣，下意识地接住了那滚落出来的沉甸甸的东西。

那是一柄地质锤。

被苏瑾开玩笑称作"男朋友"的、一直没能拿回去的地质锤。

突然间，无数记忆翻涌而上。像是春天化冰时被湍急的河流掀翻的冰块一样，穆休伦凝视着手中的"情敌"，终于意识到了曾经被他忽略过的无数细节！

苏瑾是什么样的？如果让半年之前的他回答，他会说，苏瑾是内敛的、羞涩的、低调的。可这半年里，待在他身边的苏瑾根本不是这样。

她热情奔放，她从不受人摆布，她有自己的主见想法，她个性张扬，她一双眼睛里是盛满火焰。她可以策马狂奔，也能机智逃脱火山灾难，她会在他面前放肆大笑，与他若即若离的调情……

正是这样的苏瑾，吸引了他所有的注意力。

可是刚刚出现在他面前的苏瑾，又"变回去"了。

难道他之前爱上的苏瑾，仅仅是太阳下破碎的泡沫吗？

怎么可能？

绝不可能！

她们根本不可能是同一个人！

刚刚开门的人，确实是"苏瑾"，但并不是他爱上的那个"苏瑾"。相同的脸孔可以复制，但个人魅力却很难仿造。

他怎么这么迟钝，直到这时才想通其中的关窍？

如果曾经的苏瑾回来了，而那个与他度过了半年时光的女孩，去哪儿了？

穆休伦立即打通秘书的电话。

被他留在南方主持大局的高岭被他一个电话叫醒，迷迷糊糊问："穆总，有什么事吗？"

穆休伦厉声吩咐："派人调查一下，昨晚穆民德和我养母都做了什么？不光是他们，他们身边的保镖、司机、保姆的动向，我都要掌握！"

他爱的那个"苏瑾"突然消失，一定和这俩人脱不开关系。

"明白。"高岭睡意全无，立即回答。穆总昨晚接了电话就急匆匆坐专机回国，难道是要正式向穆家宣战了？

"还有……"穆休伦坐在车内，眼眸幽幽地望着公寓顶层的那套房子，"你去给我查查，苏瑾出道前究竟都改过什么个人资料。"

"啊？"

"重点查一下，她有没有双胞胎姐妹。"

寒冷的山洞里，苏纪时和小霞抱腿靠在一起，面前是一丛正在燃烧的篝火。

小霞呆呆地望着那丛篝火，虽然之前和苏纪时去录《荒野大赢家》时就发现苏姐样样全能了，可那时候毕竟有那么多人跟着，不像现在，整个山林间只有她们两人。

苏纪时展现出来了绝佳的野外求生能力，她借着微弱的月光，不仅在连绵的山林间找到了一个可以栖身的洞口，又在没有任何现代化工具的帮助下，用藤条和树枝做出了引火的木弓！

只是可惜，可以助燃的树枝有限，小小一丛火光只够温暖她们的手脚。

苏纪时拍拍她的脑袋，轻声安慰："没关系，等天亮了，咱们再找出去的路。"

只可惜，她们枯坐了许久，并没有等来日出，却等来了降雪。

晨光被阻隔在了云层之后，飘飘扬扬的雪花自高空落下，铺满了洞前的道路。

苏纪时心头一紧，在"冒雪出去寻路"和"忍饥挨饿困在山洞里"这两个选项中抉择了一下，最终还是鼓起勇气踏出了岩洞。

目光所及之处，天地都是白茫茫的。

她们走出藏身的洞穴，苏纪时回头看向身后的岩洞，忽然，面上露出惊喜的神色。

放眼望去，只见这片山林生长地格外"奇怪"：地表崎岖，沟壑纵横，杂草填满了缝隙，而远处矗立的青山，也像是被老天爷用砍刀稀里哗啦瞎砍一通似的。

如果用两个词来形容，只能说是"怪石嶙峋""奇峰突起"。

"我知道咱们在哪儿了！"苏纪时伸手摸了摸脚下的怪石，心中的不安消退了三分。

她们面前这片怪石怪山是极为典型的喀斯特地貌，是具有溶蚀力的水流在成千上万年里，对可溶性岩石进行溶蚀作用所形成的一种独特岩溶地貌。而在整个北京，只有西南角的太行山脉周边有这么大片的喀斯特地貌！

就她所知，这一片地区的自然资源开发非常好，配套的旅游资源丰富，她们只要一直走下去，绝对能找到人烟！而且喀斯特地貌从不缺水，只要找到水源，她们就肯定能遇到村庄。

苏纪时立即把自己的推断说给了小霞听，小霞分不清东南西北，也听不懂什么喀斯特不喀斯特的，她只听懂了，这附近有人！而且会有很多人！她们不会在山里冻死了！

有了生还的希望，一股热气立即顺着心头涌入了四肢百骸。

两人各持一支树枝，既可当作拐杖，也能用作探路棒。

好在，深冬的山林里并没有什么足以危害生命的猛兽，蛇类也早早进入了冬眠。她们唯一需要对抗的只有严寒和饥饿。

在野外迷路这种事情，苏纪时在她丰富的野外勘探经验里，也遇到过几次。在无人区里，即使有地图、有指南针，也不代表能够顺利完成任务，迷路是常有的事。

迷路千万不能慌，只要水粮充足，就绝对能生还。

水的话，可以饮冰吃雪；食物的话，就要跟随野生动物寻找他们的储备粮了。

小霞还以为苏纪时会带她去挖野土豆野红薯，哪想到苏纪时左右张望了一阵，忽然甩下羽绒服，用一种违反地心引力的速度，蹭蹭蹭几步工夫，就爬上了一棵高高的树！

小霞看不出来这是什么树，就看它光秃秃的，枝丫上也没几片树叶子。

小霞仰头望着苏纪时的屁股："苏姐，你在做什么？"

苏纪时道："登高看路，顺便找点东西吃。"

野生土豆和红薯绝对是最顶饱的，实在不行还能掏兔子窝、蛇洞。不过现在到处都是雪，找不到地上的食物，她只能努力"往上寻找"。

很快，她便在高高的树干上找到了一个比脑袋小一点的树洞。两只肥嘟嘟的大松鼠窝在洞穴内，吃惊又警惕地望着苏纪时。

苏纪时在心中默念了两声抱歉，然后便伸出手，直捣黄龙！

"吱吱吱！"

松鼠大惊，嗖地一下窜出了树洞，可它们又不敢跑远，只能可怜巴巴地落在别的树枝上，看着这个人类强盗抢夺它们过冬的物资。

这是个非常深的大松鼠窝。苏纪时把手探进去，直到把小半胳臂伸进洞内，才探到了底层的食物。

松鼠有在冬天来临前屯粮的习惯，而且它们屯粮不是"吃多少屯多少"，而是"洞多大屯多少"。一颗颗松子磕得干干净净的，还有不知道从哪里抱来的野花生，一同藏在了洞穴里。苏纪时整整抓了五大把，直到把两个兜都填满了，树洞里的存粮依旧深不见底。

苏纪时见好就收，松仁虽然小小的，但热量高，无须太多，就能够给她们提供足够的能量。最主要的是，松鼠再小也是生命，如果都收走了，那它们就要饿死了。

苏纪时满载而归，小霞被她的找食物能力震惊到，直到被塞了一手松仁，才被唤回了神智。

"苏姐……你怎么这么厉害啊！"她由衷地说，"就算是个男人，也不会比你做得更好了！这世上还有什么是你不会的吗？"

苏纪时想了想："站着尿尿？"

两人一边嗑着松子，一边深一脚浅一脚地在山林间艰难前进。

明明是狼狈又危险的野外求生，可因为两人沿途扔下的松子壳儿，莫名多了几分喜剧效果。

天上没有太阳，她们没办法判断方位，只能找一个参照物，顺着山脊往下走。渴了就吃雪，饿了就吃松子，她们也不知道走了多久，可是预料中的村庄并没有找到。

苏纪时体力不错，然而小霞本就体弱，在雪中坚持前行了一段时间，渐渐地，双腿像灌了铅一样，无论如何都走不动了。

两人找了个背风处休息了一阵，小霞的兴奋劲儿褪去，被压下去的恐惧又一次冒头了。

"苏姐……咱们不会死在这儿吧？"小霞颤抖地说，"我、我还年轻，我粉的 CP 还没结婚，我追的小说还没完结，我买的同人本还没发货，我不能死啊！"

如果这时候有表情包的话，小霞绝对要发送一连串哭脸了。

苏纪时安慰她："没事的，若你死了，我会把同人本烧给你的。"

小霞哭得更大声了。

苏纪时发现自己的玩笑实在太不合时宜了。哭泣会让小霞消耗太多体力，苏纪时赶快捂住她的嘴："别哭了，一会儿雪崩了。"

小霞扒开她的手，呈大字形往雪地里一躺，哭诉道："那就让我冰封在这里吧！这样几十年后，就会有个亿万富翁、花花公子、慈善家、科学天才把我挖出来解冻，还会用超级合金给我做盾牌做制服！"

苏纪时："我好像猜到你买的同人本究竟是什么 CP 了……"

就在两人交谈之际，忽然，从山坳的那一边，传来了一阵模糊的动静！

小霞吓了一跳，立即从雪堆上跳了起来，顶着满头雪花，完全不像刚刚还自暴自弃说要冰封在这里的人。她窜到苏纪时身边，瑟瑟发抖地攥着她的胳臂，小声问："这……这不会是狼吧？"

"不会。"北京山区有狼的可能性太低了，苏纪时也小声回答，"不过有可能是野生哈士奇。"

"哈士奇还有野生的？"

因为这里处处都是怪石，遮住了视线，苏纪时仅能靠声音判断，发出噪音的地方距离她们仅有几百米而已。

渐渐的，那些声音越来越近、越来越清晰——

"班长，我真的听到这个方向有人在哭！"

"你听错了吧，这深山老林的，除了咱们还会有谁跑到这里来受苦？"

苏纪时和小霞对视一眼，皆从对方眼里看到了浓浓的喜色！

是人，真的是人！不是幻听！

她们立即从躲雪的地方跑了出来，跌跌撞撞地向着声音传来的地方跑去。拐过一道又一道的巨石，她们急急刹车，停在了一道陡峭的山崖之前。

那山崖上下落差将近五十米，突出的岩壁成为了天然的攀登点，而现在，正有五六个人扛着大背包、戴着草帽、满身尘土的人扑在岩壁上，他们穿着厚实且挡风的冲锋衣，草帽上落了不少雪花，黝黑的肤色几乎要与岩壁融为一体。

只见他们每个人手里拿着一柄锤子，正对着嶙峋的岩壁，叮叮咣咣地敲打。

小霞呆呆地望着这群"开山工"，不知该怎么打招呼。

那群人年纪看着不大，也就二十岁出头的样子。其中一人用锤子敲下了一块石头，放在嘴边舔了舔，然后"呸呸"了两下，递给了旁边的男孩。

"班长，你尝尝这个？这岩性我分辨不出来。"

被称作班长的男生嫌弃地推开那块石头："滚犊子，你少恶心人了，你小子舔过的还让我舔？"

小霞她下意识地退后一步，看向苏纪时，怯怯地道："他们也是迷路的吧？都饿到吃石头了……"

谁想，苏纪时的脸上却放晴了。

"不。"她笑起来，眼角、眉梢都跟着一起跳动，小霞发誓，这是这几个月以来，她在苏姐脸上见过的最真心的笑容。

苏纪时悠然道："咱们遇到地质勘探队了。"

有一首打油诗一直在地质圈里流传——远看像要饭的，近看像逃难的，仔细一看是搞地质勘探的。

虽然这话说得有点"过"，但搞地质，确实是个一点都不风光的苦活儿。外行人觉得开采石油和挖矿，那就是点石成金的生意啊！但实际上，风采露宿才是地质人的生活常态。比如现在，地质大学研二的几位年轻人，就一手拿着地质锤，一手拿着罗盘，兢兢业业地取样品量产状。

这个小队里都是男生，话题百无禁忌，几人一边敲山一边互怼，只听各种伦理梗满天飞，几分钟的工夫，每个人都当了一遍爹。其中两个男生关系最好，他们本科就是同班同学，读研又跟随同一位导师，住在同一间宿舍，闲暇时推过塔打过球，关系自然亲近。

两人一个是"班长"，一个叫"大头"。

只听班长说："对了，前几天咱导找我谈话，问我想不想直博。"

大头赶忙问："你同意没？"

班长："同意什么啊！你看咱师兄那发际线，读博前在头顶，读博后就到后脑勺了！"

大头："确实挺'秃'然的。"

班长："你再看咱导，头上就三绺头发。你说他梳啥梳，还不如直接剃光呢！"

苏纪时一直想找个合适的机会插话，哪想到站在原地等了半天，居然免费听了一场堂会。那热闹劲儿，若这两位小朋友脱下冲锋衣，换上长马褂，德云社又要多俩台柱子不可。

说着说着，那两人又绕回了原本的话题上。

只见大头举着那块被他左左右右舔了好几口的石头，伸直手臂，往班长面前凑："班长，你看这块露出多大，硬是被我凿下来一块！你就帮我尝尝呗。"

班长虽然嘴巴里嫌弃，但想着没有完成的作业，最终还是接过来，放到嘴巴旁舔了舔。

舔岩石的行为在外人眼里觉得很不可理喻，但对于地质工作者来说，实在太司空见惯了。

世界上的岩石有数千种，其中很多纹路、颜色和硬度都很相似。在这种情况下，就可以通过黏性确认岩性——说白了，就是舔！

比如粉砂岩和泥岩外表很相似，纯靠手摸也摸不出来，只有靠柔软敏感的舌头舔舐，才能发现粉砂岩远比泥岩粗糙。

大头拿在手里的是一块刚敲下来的碳酸盐岩。喀斯特地貌地区绝大部分岩石都是碳酸盐岩，只是他手里这块，他实在分不出来具体是哪一类碳酸盐岩，只能像只狗一样舔来舔去。

苏纪时看他们这样卖蠢，终于忍不住扬声提醒："别舔了，拿回去滴酸吧。起泡明显的就是石灰岩，反应弱的就是白云岩了。"

她一出声，自然吸引了地质采样小队的注意力。

班长舔石头的动作一顿，下意识扭过头，循声望来，结果一下就撞进了苏纪时的双眸中。

苏纪时落落大方地露出一个微笑，心中飞速罗列了两三种搭话方式，无一例外都是从双方都熟悉的地质学领域下手。

哪想到还不等她开口，班长忽然双膝一软，"嗵"一声栽倒在了雪地里。半分钟后，班长挣扎着从雪堆里爬出来，紧紧攥着身旁同学的手，用颤抖的声音问："是这里太冷了我被冻出幻觉了吗！我的瑾瑾怎么会在这儿！她还和我讨论岩性！"

真是巧了，班长不仅是苏瑾的男粉，看样子还是一位虔诚的狂热粉。

不光班长失态，同组的其他几位小伙伴也全都呆住了，手里的锤子、罗盘掉了一地，还有人攥了一捧雪砸在脑门上，想要让自己"清醒清醒"。

清醒的结果是——面前巧笑倩兮的佳人，确实是苏瑾！

班长几乎要晕过去了。

眼看几位小男生要开始向自己抒发连绵不绝的爱意，苏纪时赶忙抢在他们之前开口："你们有吃的吗？我和我的助理已经一整天没怎么吃东西了。"

"有有有！"

地质人的背包里向来不缺补充能量的营养棒，而且他们每人都带了一只保温瓶，里面灌满了热茶水！

五个保温瓶同时递到了苏纪时和小霞面前，五位大男生异口同声地说："多喝热水！"

苏纪时迟疑了几秒，最终还是没能敌过班长的狗狗眼，从他手里接过了那个印着苏瑾照片的后援会保温杯。

班长又一次激动地晕过去了。

喝了热茶、吃了饼干巧克力，苏纪时和小瑾的身体终于暖和起来。

几人找了避雪的地方休息。

大头偷偷看了苏纪时好几眼，见她满身尘土却不显狼狈，气定神闲地坐在一块大石头上，眼波流转，一双美眸落在他们手边的地质锤上，眼神里带着一种莫名的怀念。她很美，美得格外不真实，他到现在也想不明白，为什么一位赫赫有名的大明星，会流落到这种荒郊野岭外。

她是真实存在的吗？不是他们几个挖石头太辛苦，集体产生的幻觉？

他有一肚子话想问，可苏瑾却把话题牢牢掌握在她手里，几个回合，他就把他们自己的情况吐得干干净净。

苏纪时问："对了，你们能把手机借我打个电话吗？"

她失踪了这么久，当务之急是和方解他们联系上。然后，再给穆休伦报个平安。

唰唰唰，五部手机同时递到了苏纪时面前。

结果呢，三部手机没信号，另外两部还没把电话号码输全，居然就被冻关机了！

苏纪时又无奈又着急，没办法，她们只能选择跟随这群小朋友回到他们的大本营——这次他们出野外，是给几位博士师兄师姐打下手；今天冷，他们几个小可怜被打发出来收集样本而师兄师姐则留在营地写报告。

说是营地，其实是个山脚下的小村庄。这里是典型的喀斯特地貌，露出多，产状明显，久而久之就发展成了一个固定营地，每年矿业大学、地质大学、石油大学的学生们出野外考察，都会选择在那个村子落脚。

那村子发展得挺不错，不只电话线，几年前就通网了呢！

事不宜迟，几人立即背起行囊，向着村庄进发。这次有了地图、指南针和活向导，苏纪时和小霞再也不会迷路了！

雪越来越小，渐渐地，云层之间终于露出了一丝缝隙。金色的阳光从缝隙中洒下来，照亮了他们的前路。

突然，一阵刺耳的机械声由远及近，自远处的天空呼啸而来——众人抬头一看，只见一架直升机乘着阳光，在一片金色的光芒中划破天空，从他们的头顶飞过！

"又是哪个傻子叫了救援？"大头仰望着直升机在雪地上投下的一片阴影，语气夹杂着羡慕与嘲笑。

这片地区因为地势独特，所以吸引了不少徒步爱好者来这里登山赏景。按照规定，每年十一月这里就封山了，偏偏总是有不听劝的登山客、摄影师，故意越过警戒线，翻进雪山内，想要找到他们心目中的雪山美景。

结果呢，十个人里有八个人会迷失在荒山中。到最后没办法，只能家属掏腰包叫高空救援，开着直升机从天空俯瞰，寻找他们的踪迹。

要不然他们博士师兄会说，这片荒山盛产三种动物——野猪、游客和"地质狗"。

大头羡慕地望着飞机越飞越远的影子，异想天开道："不知道咱们叫它，它会不会降下来，直接把咱送回营地呢？"

班长作势要用地质锤捶他："你当那是出租车啊？我现在就在你脑壳上敲一锤子，保证你在梦里想坐多久就坐多久！"

苏纪时望着他们举着锤子打打闹闹，恍惚间居然找到了曾经带新生出野外的感受——瞧这些地质人多年轻啊，还有那么多头发可以挥霍。

明明她才离开半年而已，可她都要想不起来上次背着行囊和伙伴们去野外勘探究竟是什么滋味了。

千米高空之上。

驾驶员聚精会神地操控着直升机，在他身旁，一位救援人员正拿着望远镜仔细搜寻着苏瑾的踪影。

这是一辆专业救援飞机，机舱宽敞的足以并排放下两个担架。而现在，两位医护人员严阵以待，紧张地准备着各种药物。他们把治疗冻伤的药物摆在了最上面，心中默默计算着在这么寒冷的天气里，低温冻伤的昏迷病患可以坚持多久。

穆休伦坐在后排座位上，嘴唇紧抿，身上萦绕着一股生人勿近的可怕气息。他身体绷得紧紧的，十指交叉，像是在祈祷，又像是在与自己较劲。

他双眸似狼，落在脚边一个蜷缩着的身影上——只见那人四肢被缚，明明身材高大，可现在却紧紧缩成一团。他满脸青紫，十根手指不正常地扭曲着，鼻血淌的满脸都是，伏在地上，如一只丧家之犬，被教训得毫无反抗能力。

若苏纪时和小霞在这里，见到他的脸一定会惊叫出来——因为这人，就是把她们千里迢迢扔到荒山里的男保镖！

也不知穆休伦使了什么方法，居然在短短几个小时之内，就把穆民德身旁最得力也最肮脏的保镖绑了出来，用尽一切手段，终于逼得他开口，承认了他的所作所为。

穆休伦在动手之前，根本没想要为养父留几分情面。即使是撕破脸，与那个虚伪的老男人图穷匕见，他也甘愿。

他把保镖直接扔上了直升机，带他去"指认现场"。

可保镖却说，昨晚天太黑，这里又下了雪，他已经记不清他把苏瑾扔下车的地方了。

他们一遍遍在天空上兜着圈子，见到了村民、登山客，还有一组又一组的地质勘探小队。

刚刚，他们又飞过了一组七人的勘探队，可苏瑾和她的助理却依旧不见踪影。

苏瑾、苏瑾、苏瑾……

穆休伦在心中默默念着这个名字，他知道，这只是她的"假名"。而她的真实身份，他希望在找到她后，由她亲口告诉自己。

经过半个多小时的跋涉，苏纪时和小霞二人终于在勘探队的带领下，抵达了营地。

营地位于村口。一座独门独户的小院里盖了三间大瓦房，学生们按照男女各分一间，还有一间放外出的工具设备。院前的空地已经被打扫干净了，采集回来的石样整整齐齐地排好，放在阳光下晾晒。一个扎着马尾辫的女生正蹲在一块石头前，拿着纸笔记录着什么。

"那个……苏、苏老师，我们这里有点乱，你别嫌弃啊。"班长殷勤地推开门，恨不得抱来红毯，铺在苏纪时脚下。

在他心里，苏瑾那双美足应该踩着高跟鞋出席宴会！可现在居然踩在他们脏兮兮的营地里！这一切怎能不让他激动？

听到他的声音，那个蹲在地上的马尾辫起身看了过来："你们怎么这么早就回……啊！"

马尾辫猝不及防之下，戴着厚厚眼镜片的双眼便撞进了苏纪时的视线当中。

那个平常只在电视上才能看到的女明星，居然大大方方地走进了农家院里，满脸好奇地向四周张望着。

见马尾辫在看她，苏纪时爽朗一笑，道："你好啊。"

"你好……"马尾辫梦吟似的开口，手一松，手里握着的石块没拿住砸到了脚上。

她在做梦吗？

她悄悄碰了碰藏在衣兜里的手机，硬邦邦的——她在五分钟之前，恰好在八卦网站刷苏瑾的包养黑帖，她还披着马甲酸了一句"娱乐圈水真深"！

哪想到五分钟之后，这位刚被她酸过的女明星，突然出现在她面前！

这不会是什么整蛊节目吧，比如节目组视线偷偷在她手机里植入一个监控软件，发现她黑哪个明星就把哪个明星请过来吓人？！除了这个原因之外，她实在想不出来，还有什么合乎逻辑的理由了。

"你……你真的是苏瑾？"马尾辫喃喃地问。

苏纪时说："对啊。"

她现在越来越习惯苏瑾这个身份，大方任她看，心中却想：我不是苏瑾，我是百分之五十的苏瑾。

苏纪时根本没有解释自己为什么会出现在这里，她气定神闲地走到那个马尾辫女生面前，伸出手问："不好意思，能把手机借我用一下吗？我要打个电话。"

女生被她的气场慑住，满脑子都是"我居然见到活生生的苏瑾了！""苏瑾和我说话了！""苏瑾要借我手机！"的想法，手忙脚乱地掏出自己的手机。

当手机递过去之后，她才赫然想起她的手机页面还停留在那个八卦网站上！

"等……"

可惜苏纪时的速度快上一步，她已经划开了屏幕，看到了网页上的内容。

马尾辫身为手机的主人，真是恨不得直接撞死在脚下那块碳酸盐岩上，好摆脱现在的窘境。

出人意料的是，身为绯闻女主角，苏纪时不仅没有动怒，反而眉毛一挑，手指快速地在屏幕上滑动着，饶有兴趣地浏览起了这个黑帖。

网上八卦帖的内容向来半真半假，而且面对同样一段爆料，解读方式五花八门，明明没有其他含义，硬是能被吃瓜群众编出七八种答案。这让苏纪时不禁感叹这帮网络福尔摩斯，阅读能力不太行，脑补能力倒是很厉害。

平日里，方解、小霞为了保护她，都不让她看黑帖，怕影响她心情。

这还是她入圈半年以来，她第一次直面网友的赤裸恶意。

整个帖子浏览完，苏纪时发现，自己居然有三位干爹、和两位政府高层有染、主动发裸照给导演，又玩弄了一整个鲜肉男团的感情。不仅如此，她为了抢戏直接在后台掌掴同台艺人；喜欢虐待小动物；吃枣都要助理把皮削了；别墅的二层楼改造成三百平方米的淋浴间，因为她"喜欢雨中漫步"的感觉……

厉害，厉害！

她要是喜欢雨中漫步，她干吗不直接去澡堂啊？

帖子里最后一栋楼，刚好是马尾辫发的，回帖内容是"娱乐圈水真深！"，ID 叫"柠檬精本精"。

苏纪时看看这个 ID，再看看站在自己面前、满脸涨红的马尾辫小姑娘，语重心长地说："我看你不是柠檬精，你明明是个西红柿精嘛。"

马尾辫小姑娘臊得抬不起头来。

苏纪时没有为难她。因为她早就认识到，娱乐圈的本质其实就是让观众开心。观众什么时候开心？观众看到八卦的时候，自然会开心。

谁和谁结婚了，谁出轨了，谁被包养了……从古至今，唯有八卦最得人心。

她赚的就是这份被人嚼舌根的钱。

苏纪时关掉页面，熟练地调出拨号页面，快速按下一连串数字。

这个电话号码是方解的工作手机号码，一天二十四小时都会开机。

电话只响了一声，立即被接了起来。

"喂，请问您是哪位？"

出乎意料地，电话那头传来一道陌生而熟悉的女声。

说它陌生，是因为苏纪时仔细翻阅记忆，却想不起来身边有哪个工作人员有着这副嗓音。

"你……"苏纪时一怔，没有贸然多说，而是谨慎地告诉对方，"麻烦把手机交给方解，我是苏……"

"姐？"

"姐？是你吗？"电话那头的女声变得格外急促，混杂着哭腔的声音冲进了苏纪时的耳朵里，"你在哪儿？你还安全吗？"

猝不及防的一场"惊喜"降临，苏纪时呆立小院中，手中捧着滚烫的手机，周围人都关心地看着她，可她却不知道应该做什么表情。

"堇青？"她张开口，嘴唇颤抖着，喃喃地吐出了那个与她血脉相连的名字。这两个字天生带有魔力，当她念出那个名字后，她甚至能感觉到跃动在胸腔中的那个器官紧紧地收缩起来，又在下一秒迸发出无限的动力。

苏纪时霎时忘了自己的安危，一连串的追问脱口而出："你回来了？你什么时候回来的？你和方解在一起？你究竟去哪儿了？你知不知道我有……"有多担心……

是的，担心。

苏纪时嘴上从没承认过，甚至一直自嘲是来给妹妹"收拾烂摊子"的，但她内心深处其实一直在担心着苏堇青的安危。她担心妹妹一气之下做了傻事，也怕她隐姓埋名，再不出现。

好在，她回来了。

苏纪时的一声声疑问还没说完，电话那头的苏堇青早已泣不成声了。

她们终究是姐妹，她们在同一根藤蔓上生长，又盛开出不同颜色的花朵。她们曾经因为父母的恩怨，而天各一方；又因为一场意外，密切地联系在了一起。

苏堇青哭得不能自已，甚至说不出一句完整的话。电波这端，苏纪时倒是比她坚强许多，只悠悠叹着气。

接听电话的人换成了方解。

方解嗓子冒火，声音都急成了唐老鸭："苏姐！你在哪儿？我们现在就去接你！"

"我在……"苏纪时报出自己的坐标。刚刚在回营地的路上，她就和那几个地质采样小队的小朋友打听清楚了，这里位于北京西南角，正好是北京与河北交接之处，距离市中心足有一百公里，就算走高速也要两个多小时。

"好，我们立即去接你！"方解说完，来不及挂电话，立即向身边人说了些什么。

苏纪时耳朵尖，从嘈杂的背景音中，听到方解管身旁人叫"王局"，还说"谢谢您帮忙"。

苏纪时问："你们在警局？"

"没有……那个，苏姐，公司不让报警。"方解说出口都觉得丢人，他尴尬极了，"我们只能自己想其他办法。"

苏纪时又不傻，一听就明白公司是什么意思。第一嘛，就是觉得董青回来了，她不重要了；第二，就是怕有两个"苏瑾"的事情曝光，徒增麻烦。

早知道这家公司浑蛋，没想到浑蛋到这种程度。当初枉顾苏董青的抑郁症状，逼着她继续工作；这次为了所谓的钱和颜面，连她的命都可以不顾！

幸好穆民德把她抛在了荒郊野岭，她可以凭借自己的头脑找到路，若真是遇到什么不可言说的危险，那她还有命回去吗？要不然微博上有个超话，叫作＃苏瑾的经纪公司什么时候倒闭＃呢！她也想知道，这种垃圾领导怎么还不原地暴毙？

没关系，等她回去了，她们姐妹俩一起和他们慢慢清算。

苏纪时转移话题，问："你们不在警局，那你们在哪儿？"

方解答："我们在交通队查监控视频。"

刚开始，他把苏纪时的失踪当成针对明星的一场绑架，最终目的是勒索金钱，这种勒索只要索要的数额不过分，公司完全可以支付。可他们等了许久都等不来赎金电话，无数种猜测涌上心头，谁还能坐得住？

电视台底下车库和大门的监控都"遗失"了，苏董青提议，直接调取电视台所在那条马路上的监控视频。

马路又宽又长，左右各一个路口，监控摄像头虽然拍不到电视台的大门，但可以拍到来往车辆。若是掳人，肯定要驾驶汽车离开的。可问题在于，想要调取马路监控，手续格外复杂。

方解打了一圈电话，求爷爷告奶奶，可身边信得过的人，都没有办法帮他开后门。

令人意外的是，最终，一直沉默不语的林岩打了一个电话，联系上了"他的一位老朋友"。

这位"老朋友"亲自在交通队门口迎接他们，见到林岩时，曲起拳头，狠狠给了他肩头一下："行啊，你小子刚一退伍，就闷不吭声地跑国外去了，我还以为你死在哪个战壕里了，怎么现在又想起回来了？"

在这位"老朋友"的帮助下，他们非常顺利地调取了从昨天下午到今天凌晨长达十个小时的路段视频。

几个人分工合作，通过对比两个路口的往来车辆，终于锁定了目标——昨晚十点，一辆面包车和一辆高级轿车从东路口驶入，直到三个小时之后，才从西路口驶出！

从西路口驶出后，两辆车分道扬镳。那辆面包车向着城外疾驰，那辆轿车则拐向了西山别墅区。只可惜，面包车是套牌车，查不出什么有效资料；但是监控摄像头清晰地录下了轿车行驶的轨迹——它最终驶入了一所豪宅，而那所豪宅，是姓穆的！

方解急问："难不成，把你绑走的是穆家人？"

"没错。"苏纪时恨得牙痒痒，"就是穆民德那个糟老头！我可真没见过这么卑鄙的老家伙了，就因为我和穆休伦走得近，居然能做出这么恶心的事情！"

这次她侥幸逃过了，可下次呢？

"说起穆休伦……"方解颇为尴尬地说，"其实天亮的时候，穆总，我是说穆休伦，来了趟家里。他说和你通电话时，你突然没声，他担心你就过来了。"

一种不妙的预感油然而生，苏纪时问："他见到堇青了？"

"对，不仅见到了，而且还差点发现你们是两个人了！"

"差点？那就是最终没发现？"

方解肯定地说："没有，被我忽悠过去了！"他苦恼地问，"苏姐，现在情况特殊，你和董青的事情随时有可能露馅，小霞那边我会解释，总不能一直瞒着她。至于穆总那边……你怎么看？"

苏纪时微怔，反问道："我怎么看？"

"是啊。你是打算告诉他啊，还是不告诉他啊？"方解夸张地说，"你是没看见，今天早上穆总差点把门踹破了。他们穆家人到底怎么回事，老的那个绑架你，小的这个却为了你直接从外地飞回来……"

苏纪时停了停，这几个月以来，穆休伦和她见面的次数不算少，从初见时的生硬，到他意外来探班，再到之后的骑马拍摄，以及印尼天灾时的种种情形……现在回忆起来，每一幕都清晰地刻在脑海里。

原来，她和他一同经历了这么多的事情。

可她，终究是个"假"苏瑾。她用假的身份接近他，那他们创造出来的回忆，还能算是"真"的吗？

要告诉穆休伦真相吗？要告诉他，这段时间陪伴他的人，并非"苏瑾"，而是另一个女孩？

"算了。"苏纪时大脑还没有想清楚，嘴巴便倔强地代替她做了决定，"就继续瞒着他吧，反正再过不久我就要走了，告不告诉他也无所……"

她话音未落，只听头顶传来一阵震耳欲聋的轰鸣声！

机械声与呼啸而来的风声掺和在一起，瞬间吸引走了院内所有人的注意。

地面投映出一片巨大的阴影，仿佛有一片"乌云"笼罩在头顶的天空上。再仔细一看，原来那片乌云是一架直升机，并且它在以很稳定的速度缓缓下落。看涂装，正是刚刚从他们头顶飞过的那一架救援飞机。而在直升机舱内，一道熟悉而笔挺的身影，正矗立在玻璃窗后，眼神牢牢地黏在苏纪时的身上。

明明他们之间隔着几百米的距离，可苏纪时依旧可以清楚感受到男人身上的疲惫、担忧、紧张……与愤怒。

怒火如有实质，向着苏纪时这个女骗子冲了过来。

电话里，方解还在喋喋不休："苏姐，穆总毕竟算是半个'甲方爸爸'。你要是确实不打算告诉他真相的话，那一定要瞒住了！"

"瞒不住了……"苏纪时眼睛盯着那个越来越近的身影，对着电话低声喃喃，"他逮到我了。"

直升机从天而降，稳稳落在这座农家院前的空地上。

旋转的机翼掀起狂风，把原本堆放在地上的各种石样全部吹开。在场的几位同学却没有余力去关注他们辛辛苦苦收集来的石样，他们一个个皆大张着嘴巴望着天空，就像是第一次看到神祇的凡人一样注视着那个钢铁造物。

虽然直升机从他们头顶飞过很多次了，但这是第一次他们亲眼见到它落下。

飓风太劲，吹得人睁不开眼睛。所有人都不由自主地退后了好几步，唯有苏纪时身姿笔挺地立在原地，动也未动。

不是她不想动，而是她的人生字典里，就根本没有"转身逃跑"这个选项——不管是刀山抑或火海，硬着头皮上就对了！

飞机还未停稳，舱门便从内推开。

他看上去很疲惫，衬衫上满是褶皱，这个向来顾及自身形象的男人，连衣服都没来得及换。细密的胡楂从下巴上冒出来，浅浅的一片青色不仅没有折损他的英俊，反而为他增添了一份成熟魅力。

男人几步便停到苏纪时身前，敛目望着她。目光从她的发丝看到她的脚尖，男人脸上看不出喜怒，苏纪时一时猜测不出对方心里到底在想什么。

不过，既然穆休伦能找到她……这就说明，她的身份已经暴露了。

若是放在电影里，女主遇难，男主开着直升机从天而降——这明明是一场浪漫至极的"英雄救美"。结果呢？"美"不仅不需要他救，甚至这个"美"还是个冒牌货。

男人开口，声音沙哑，说出口的第一句话却令人意外："没有第三个人了吧？"

"什么？"苏纪时一愣，没听懂他的意思。

穆休伦重复一遍："你们是双胞胎，不是多胞胎吧？"

苏纪时哭笑不得，故意答："再多一人，我怕您招架不住。"

闻言，穆休伦点点头，语气平静："也对。两个人就够把我骗得团团转，要真是姐妹三个，我估计到死都不知道自己爱的究竟是谁。"

他说得那样云淡风轻，就像在谈论这场雪一样。然而简简单单的一个"爱"字，却让苏纪时怔在原地，以为自己听错了，一双漂亮的眸子瞪得溜圆。

两人相处时，每次都是苏纪时把他堵得没话说，这还是穆休伦头一次占据上风，让她哑口无言。

这是告白吗？这是告白吧！

然而苏纪时却觉得难以置信。在今天之前，穆休伦甚至分不清她和妹妹，他爱的究竟是什么呢？爱她锤子使得好？

她承认，在和穆休伦的相处过程中，他们确实很合拍，而她也有过些许心动，可苏纪时却认为，这种"心动"距离爱情还是有一段距离的。

在遇到穆休伦之前，苏纪时以为自己的一生都将奉献给她爱的事业，奉献给她脚下这片热土，她从来没有把"爱情"列为人生的必修课。

穆休伦的骤然告白，让她觉得很迷茫。

两人就这样相顾无言，穆休伦不催促，苏纪时也不回应。一种奇怪的氛围在两人之间流转，对于他们彼此而言，这种大眼瞪小眼的举动着实尴尬，但是落在周围的看客眼里，这可就是实锤暧昧了！

因为这里噪音大，其他人站得远，没有人能够听清他们在谈论什么。

众人只看到，一位从头到脚无处不彰显自己是个霸道总裁的男人，乘坐直升机千里迢迢赶到深山，只为了见苏瑾一面！两人刚一见面，就执手相看泪眼、情意绵绵，这种纸笔都写不出来的浪漫，却在所有人眼前发生了。

柠檬树上柠檬果，柠檬树下你和我。

班长"汪"的一声哭了，大头拍拍他的肩膀，劝他："男子汉流血流汗不流泪，你不是一直梦想让苏瑾嫁给你吗，好歹现在你的梦想实现一半了！"

班长泪眼汪汪地问："哪一半？"

大头："她嫁了啊！"

班长哭得更大声了！

小霞作为一个在"唯粉"和"CP粉"之间摇摆不定的墙头，心中被自己亲手浇灭的CP情又死灰复燃了。

这间院子闹出了这么大的动静，自然吸引了村里人的注意。平时，大家没少见救援用的直升机在空中来来去去，可直升机每次都是把游客直接运到山脚下的急救站，这还是第一次落到村子里！

村民们都知道，村北的那间大院租给了来这儿勘探的地院学生，难不成是那群学生出了什么事？

听到这个消息，正在村主任家做客的带队老师坐不住了，小酒吃到一半，急忙忙冲了回去。大门撞开，只见院前空地上确实停放着一辆大型救援用直升机，而在飞机前站着的年轻女郎，正是——

"苏瑾？"带队老师揉揉眼睛，怀疑自己是不是喝太多上头了，"你是那个女明星苏瑾吧？"

不可思议！一位应该出现在广告牌上的女明星，怎么会出现在他们这间破破烂烂的院子里，还和他的学生们站在一起？

而在带队老师身后，还有不少村民们扒在院墙上，向院内张望。

眼看聚集的人越来越多，小霞急得团团转，生怕有人拍下苏瑾的照片视频，发到网上。作为艺人助理，她深知很多发生在艺人身上的事情，不管是好是坏，只能你知我知，绝不能大家知，若传出去了，接下来的影响是不可预估的。

就在这时，穆休伦踏前一步，挡在苏纪时身前，遮住了那些好奇的目光。

"你看错了。"他看向那位带队老师，语气淡淡，"她不是苏瑾。"

接着，他又转头望着身边的女孩，平静地介绍："她是我女朋友。"

穆休伦："她说想来山里看风景，所以我就陪她来了。"

他神色冷穆，气场强大，明明是在睁眼说瞎话，可他笃定的语气，却让周围围观的村民不由自主地信服了。

出现在广告上的苏瑾，都会化全妆、着盛装，拍完照片还要精修 P 图。而现在的她素面朝天，裹着一身羽绒服，再加上在野外摸爬滚打了大半天，她看上去自然没有电视上那么光鲜亮丽。

村民们交头接耳，不知谁说了一句："说不定，她是照着苏瑾整容的！"

另一人道："我看也是，不过她整得可没苏瑾好看！"

"对对对，眼睛没苏瑾大。"

"脸没她小。"

"鼻子有点奇怪。"

"好像比电视上要胖！"

苏纪时想笑又笑不出来，只能趁着周围人没注意，伸手狠狠拧了穆休伦的胳臂一下。

穆休伦立即反手按住她，手腕一转，反客为主，不知怎的，居然把她的手牢牢攥紧了他的掌心。

因为在户外待久了，她的手冰凉，穆休伦的手却是滚烫的。大掌叠在小手上，穆休伦尤不满足，还故意用指尖轻抚她的手背，一寸一寸地把手指侵入到她的指缝之中。

苏纪时想挣脱又挣脱不开，只能愤愤地瞪着他。

可惜，她灼灼的目光落在其他人眼里，倒成了浓情蜜意的注视。围观的村民们看到这一幕，更相信两人只是来山里度假的有钱情侣了，这些有钱人可真奇怪，下雪天，荒郊野岭究竟有什么好看的？

时间不早了，穆休伦牵着苏纪时的手，叫上小霞，三人一起上了直升机。

后排座椅下躺着一个鼻青脸肿的人影，那人昏倒在地，人事不知。

小霞惊呼一声，认出他正是把她们扔在荒山的那个保镖。她死死捂住了嘴巴，看看穆休伦、再看看那个保镖，圆溜溜的眼睛里透着紧张，颤抖着问："他……他还活着吧？"

穆休伦颔首："暂时还活着。"

"暂时？"苏纪时自认为并不是个循规蹈矩的老实人，可她依旧被男人话里透出的危险感惊到了，她赶忙说，"他只是为你父亲办事，他把我们扔到深山老林之后就走了，并没有伤害我们！"

"嗯。"穆休伦眼神毫无温度地落在那人身上，"他该庆幸自己没有对你们动手。若是动了，那我绝对不可能这么轻易地放过他。"

苏纪时这才发现，原来穆休伦身上也有如此不理智的一面。

穆休伦轻笑一声："你放心，我手上不会沾人命。他为穆民德做了很多'脏事'，我留着他有用。"

他早就忍够了穆家对他的欺辱，就连穆休伦的亲生母亲含冤入狱，也和穆家人脱不了干系。若非如此，年纪尚幼的穆休伦根本不会流落到太阳村。

穆夫人和他的便宜兄妹们一直担心他会抢夺穆家的家业——笑话，他恨不得穆氏集团早日倒闭，以祭亡母在天之灵！

这些年，他一直没有停止暗中谋划，本来他还要蛰伏一段时日；但他没想到，穆民德的手居然伸得那么长，妄想以"父亲"的身份，去教训他爱的人！

看来……他安的那些钉子，是时候发挥作用了。

苏纪时虽然不知道他在想什么，但她能感觉到，他周身的温度变得更冷了。想必，和他的豪门爹妈脱不了干系。

穆休伦放缓声音，轻声道："抱歉，把你牵扯进来了。穆家的事情都交给我，我不会让你白白受苦，一定会给你一个交代。"

"还好。"苏纪时耸耸肩，"幸亏遇到这事的人是我，若是我妹妹，恐怕真的困在雪山里出不来了。"

董青身体瘦弱，又没有一点野外求生的知识储备，如果被掳走的人换成她，骤然被扔到冰天雪地的深山中，那就真的是有去无回了。想到这里，苏纪时又忽然觉得那趴在地上奄奄一息的保镖，实在很可恶了。

就在这时，从后排座椅那儿冒出来一声小小的疑惑："苏姐，你有妹妹？怎么从来没听你提起过？"

苏纪时一愣，回头一看，刚好对上小霞懵懂的双眼。她怎么忘了，她还没跟小霞解释过她的身份呢！

一路疾飞。

半个多小时后，直升机稳稳落在大厦顶楼的停机坪。

穆休伦推开舱门，先步出机舱，接着转过身，向着苏纪时的方向递出了手，示意她下机时可以借力搭在自己的胳臂上。

苏纪时故意装作没看见，身体灵活地一跳，稳稳地落在了地上。小霞紧随其后，"嘿咻"一声犹如炮弹落地。

守在停机坪外的几个人立即冲了过来。

小霞一眼便认出了方解和阿山，除了他们之外，还多了两道身影——一个身材壮硕的男人不紧不慢跟在后面，另一个窈窕灵动的身影则跑在队伍最前方。

女孩戴着口罩与鸭舌帽，牢牢遮住自己的样貌。小霞不由自主地多看了她几眼，越看越觉得那个女孩格外眼熟，那个身材轮廓、那种走路姿势，好像在哪里见过似的……

"姐！"

戴着口罩的女孩一声疾呼，泪水哽咽，奔向苏纪时的方向。然而在她即将触碰到苏纪时时，又急急刹住，有些尴尬、有些别扭地停了下来。

都说"近乡情更怯"，这个词也可以用在这对足足有十年未曾相见的双胞胎姐妹身上。她们对彼此的所有了解，全部来自身边人的描述。在今天之前，她们只能对着镜子，猜测另一个自己的喜怒哀乐。

时间仿佛停止了，耳边再也听不到机翼搅动飓风的声音。

两双完全相同的眼眸对望着，一个如春水映梨花，一个如碧海淘砾砂；一双眼睛里有泪，另一双则含着笑的。

苏纪时粲然露齿，张开双臂，大声道："来吧。"

戴着口罩的女孩再也忍不住眼中的热泪，如乳燕投林，飞扑进姐姐的怀抱。

苏纪时被她撞得倒退三步，直到后背撞上直升机，发出"咚"的一声闷响。

滚烫的热泪顺着她的脖子淌进去，苏纪时无奈又怜惜着望着怀里女孩的侧脸，伸手揉揉她的头顶，笑话她："好了小祖宗，你就放心大胆地哭吧，刚好把姐姐那份眼泪都哭出来。"

她有时候都怀疑，当初母亲生她们俩时是不是把所有的泪腺都给了妹妹，所以才导致她眼泪缺失，就连现在，她也没什么喜极而泣的冲动。

不过她真是没想到，一晃这么多年过去，董青居然还是个小哭包。

美人落泪也是很美的。苏董青的不是那种眼泪鼻涕一起下的痛哭，而是不说话，只默默流泪。即使是对她的长相早有免疫力的众人，这时看到她往下掉泪珠，还是会心疼。

苏纪时温柔地搂着她，手掌贴在她的后背一点点往下顺着气，怕她呼吸不过来，还帮她把口罩、帽子都给摘了。及腰的黑发如上好的绸缎，倾斜流下，散落在两人的肩头。

苏纪时无奈地问方解："你来就好了，叫上董青做什么？要是被狗仔拍到了怎么办？"

方解耸肩："没办法，劝不住。"

林岩沉默地递上纸巾，苏纪时道了声谢，好奇地看了他一眼。见他担忧的视线一直落在苏董青身上，苏纪时心里自然有了诸多猜测。

一时间，无限暖意流淌在姊妹俩身边。情绪敏感的阿山更被这煽情的一幕感动到涕泪横流，掏出手绢不停地擦眼泪，简直是水龙头成精。

然而就在这么温情脉脉的时刻，一道煞风景的声音自人群之外响起。

"等等！"小霞一声尖叫，"就没人打算给我解释一下这到底是怎么回事吗？"

阿山："好女孩……"

小霞："小霞不是好女孩！蒙圈小霞在线暴躁！"

半小时后，苏瑾的公寓客厅里，所有人围坐在茶几旁，开始了他们的围炉茶话会。

苏家姐妹自然是坐在一起的，小霞气鼓鼓地坐在她们对面，像极了正在闹脾气的河豚。

苏纪时和苏堇青乃是一母同胞，外表样貌完全相同，唯有身上气质截然相反。除了第一眼会错认她们以外，只要看她们的神态，便能轻易区分出姐妹俩来。小霞回忆起这半年来犯下的傻、卖过的蠢，只觉得眼前一黑，恨不得吐出一口血来。

"给我一个解释！"小霞怒吼，"为什么所有人都知道了，就瞒着我一个人？"她委屈极了，"我知道我是后进公司的，可是我这三年来一直在尽心尽力照顾苏姐，难道我的人品就这么不值得信任吗？"

方解头疼地说："不是不信任你的人品……"

小霞："那是什么！"

方解："我是不信任你的智商。"

方解揉揉太阳穴："之前你陪苏姐——我是说'大苏姐'——去参加《荒野大赢家》，你明明察觉到了她的不对劲，你居然打跨国电话问我！苏瑾是不是被魂穿了！你让我怎么信任你的智商？"

苏纪时这才知道当时还闹过这么一个乌龙。"魂穿"这个词她还是知道的，之前方解给她递过几个本子，其中一个就是魂穿题材，有趣是有趣，但正常人怎么会把小说里的内容当真呢？

苏堇青也被逗笑了，她好久未见小霞，没想到她还是这么有趣可爱。她故意问她："助理可是最熟悉艺人的人了。难道你就没觉得我姐姐和我性格完全不同吗？"

"觉得了……"小霞讷讷地道，"我以为令堂去世后，你太过伤心，被刺激出了双重人格。"

苏纪时、苏堇青对视了一眼，无话可说。

阿山指着苏堇青眼下的小黑痣说："那这里呢？大苏姐是没有泪痣的，小苏姐是有泪痣的。之前我为大苏姐化妆时，每次都要用眼线笔点出泪痣，你难道没注意到吗？"

小霞挠挠头："注意到了，可我以为是苏姐代言的那款美白产品太有效，连泪痣都能去了。"

苏纪时打断他们："我提个建议。你们不要管我们叫大苏姐、小苏姐，听上去我们下一秒就要产生化学反应了。你们不如直接叫我们的名字。"

于是小霞乖乖叫："堇青姐！"

苏堇青笑着点点头。

小霞又转向苏纪时，忽然发现自己并不知道这位同自己朝夕相处了半年的替身姐姐究竟叫什么名。

她小心翼翼地、试探地唤她："堇白姐？"

苏纪时："你当这是演白娘子？我叫她小青，她叫我姐姐？"

小霞被骂得缩回了脑袋，讨好地问："那你叫什么呀？"

不等苏纪时回答，坐在她身旁另一侧沙发上，一直缄默不言的男人开口回答："苏纪时。"

苏纪时眼风扫过，似笑非笑："看来穆总已经把我调查清楚了。"

穆休伦微微颔首："我总不能到了现在，连我女朋友究竟是谁都不知道。"

之前他是没有往"苏瑾是双胞胎之一"这方面想，一旦他有了方向，下面的人很快就把真相呈到了他的面前。现在他不仅掌握了苏纪时的家庭背景，就连她博士跟的哪个导师、去过哪里山野外、发表过什么论文都了如指掌。

女朋友？苏堇青好奇地看看自己的前金主，再看看姐姐，小声问："你们……在交往？"

苏纪时立即否认："不用理他，他自己爱做梦就让他做。我还说金城武是我老公呢，难道金城武需要为我的感情负责吗？"

可是金城武远在天边，而穆休伦近在眼前。苏纪时嘴上说得硬气，却不由自主地偏过身子，躲开了男人灼灼的目光。

气氛一时间陷入了僵局，观战许久的林岩清了清嗓子，终于把话题拉回了正轨。

"各位，咱们今天不是来开茶话会的。"他的声音很沙哑，像是被什么东西熏坏了嗓子，"最重要的问题还没有解决。"

所有人的目光全部转向了他。

林岩语速极慢，一字一句像是打在众人心上："既然董青回国了，那苏姐要去美国继续攻读博士吗？"

这个问题的答案如此显而易见，几乎所有人都在同一时间给出了答案。

姐妹俩就像平行线，看似没有交集，其实齐头并进，在各自领域绽放自己的光彩。因为一场意外，这两条线纠缠在一起，而现在，也是时候把它们捋清楚了。

小霞、阿山很是不舍，两个"苏瑾"他们都打心眼里喜欢。

娱乐圈里，多的是那种两面派艺人：在粉丝面前亲切大方，私底下却挑剔难伺候。可不论是苏董青还是苏纪时，姐妹俩都很好说话，对待工作人员客客气气的，一点没有明星架子。

他们有多喜欢苏董青，就有多喜欢苏纪时。

现在苏纪时要走了，他俩自然很难过。

小霞甚至异想天开地提出建议："要不然……要不然纪时姐也出道吧？"

她越想越觉得这个提议很棒："我看纪时姐这半年在娱乐圈待得也挺开心的呀！你可以和董青姐组成一个组合！以前一个苏瑾就够让粉丝快乐了，现在变成两个苏瑾，那不就是双倍快乐嘛！"

小霞："组合名字我都想好了，就叫'瑾次方'好不好？"

方解："我觉得你可以闭嘴了……"

小霞："嘤……"

阿山插话："我之前看了一个什么什么统计帖，说在中国，本科生学历占所有人口的 4.5%，研究生是 0.55%，至于博士嘛，那就只有研究生的十分之一，也就是每一万个人里头才能出来五个博士！"

他一指苏纪时，语气骄傲地说："娱乐圈里有名有姓的艺人还没有一万个人呢，可你看，这里就有一个博士！你不觉得让一个博士混娱乐圈，实在太大材小用了吗？"

"行了，怎么从来没发现你居然还有学历崇拜。"苏纪时无奈地打断他，"博士也只是普通人而已，我也会说脏话，我也有不擅长的事情，这谈不上'大材小用'，只能说是'术业有专攻'。"

她停下来，望向身旁那张与她一模一样的脸庞："再说，一万个人里可以出五个博士，可是七十亿人里，才能出一个苏瑾啊。"

苏堇青哪想到会听到这种直白的夸奖，脸唰一下红了。

苏纪时得意地捏捏妹妹的脸，笑眯眯道："看，我在娱乐圈混了半年，别的没学会，尬吹彩虹屁的本事倒是学了不少。"

苏纪时想，以前怎么没发现，原来调戏"自己"这么有趣啊，至少她这辈子都做不出这种面红耳赤的表情。只不过，把身份互换回来，可不只是上下嘴皮子一碰这么简单的事情。

方解把行程表铺在桌上，几人围在桌旁，一起讨论在哪个节点换回来最好。

现在苏纪时身上还背着《荒野大赢家》这个综艺节目的合约，第一期印尼之旅中，苏纪时表现抢眼，代领剧组的所有人逃过了火山灰的魔爪。若是现在换回来，之后几期录制就会遇上大麻烦，苏堇青毫无野外求生经验，绝对会露出马脚。

于是经过讨论，姐妹俩决定，等到《荒野大赢家》全部录制完成后再换回身份，而苏堇青也可以借着这个时间，回澳大利亚交接工作。这次回国她匆忙之中没有来得及辞职，只请了一个长假，这次她刚好可以回去继续工作。

不过在苏堇青回澳大利亚之前，还要完成最后一项工作——她要以"苏瑾"的身份登台献艺，参与 B 台新年晚会的录制。

这一次，苏纪时不会再错过妹妹的琵琶独奏。她会乔装改扮坐在台下，以观众身份，欣赏妹妹的演出。

之前，她看过很多次苏堇青的表演，但无一例外是通过电脑、电视。舞台很绚丽、镜头切换很漂亮，但隔着屏幕，总归缺少了一些身临其境的震撼。

她实在很想知道，能让所有粉丝为之痴狂的"苏瑾"，究竟是什么样的。

第十六章 追求

B台新年晚会录制当天，电视台外人山人海。

放眼望去，全都是各个艺人的粉丝，举着手幅、搭起易拉宝、摆出花牌，在给自家偶像摇旗呐喊。

除了粉丝以外，还有无数媒体聚在大门入口处，每来一个明星，就冲上去疯狂拍照。

在这样360度无死角的闪光灯包围中，当一辆奢华的加长轿车缓缓驶近时，立即就所有人注意到了。

"这是哪个明星啊？"有个小狗仔问，"明星不都是坐保姆车来的吗？"

"能坐这种车，感觉不是明星啊，是不是请来的投资人啊？"有人回答

像这种大型晚会，光是赞助商就有十几家，能拿到入场函的公司更是数不胜数。

粉丝们一听来的不是明星，而是某个大老板，顿时失了兴趣。

在所有狗仔之中，来自草莓视频的小刘无疑是最机灵的一个。

这个车型……这个车牌号……难不成是……

他立即从脑海深处翻出了最近的最大八卦，他眼睛一亮，立即扑了上去，一边拼命拍着车窗玻璃，一边把手里的录音笔贴了过去。

"穆先生吗？请问是穆休伦穆先生吗！"他声嘶力竭地喊，"穆先生请回应一下你和苏瑾小姐的绯闻！"

此话一出，所有围观的人皆哗然。

要知道，这位矿业小开和苏瑾之间扑朔迷离的关系最近可是吃瓜群众最喜欢的话题。说是恋爱关系，可两人迟迟没有公开；说是包养关系，可是又不见有任何其他往来……

苏瑾的粉丝群里都不知道掐过多少次了，有人坚信自己偶像还是单身，有人却觉得苏瑾妄想攀高枝，真是看错她了……

狗仔小刘本以为穆休伦不会回应他，哪想到，他面前那扇贴着黑色反光膜的车窗，居然真的降下来了！

在无数镜头的包围下，穆休伦端正笔直地坐在车内，宛如一柄收入剑鞘的利剑，内敛，却没有人会怀疑他的锋利。

狗仔们就像是嗅到血腥味的苍蝇，瞬间扑了上来。

"穆先生！穆先生请问你为什么会来看本次节目直播，和苏瑾有关系吗？"

"穆先生看这里！"

"现在有传言，说苏瑾的一切资源都是你给她的，请问这是真的吗？"

这些问题，正规的娱乐媒体记者羞于启口，只有不要脸不要命的八卦狗仔们才敢这么大声在当事人面前嚷出来。对于这些小媒体来讲，只有耸人听闻的消息才能带来流量，明星的八卦丑闻则是滋养他们的最佳养料。

忽然，穆休伦伸出手，做了个往下压的手势。

他明明没有说话、没有表情，可他身上的气质却在一瞬间压下了周围的所有声音。

"下面的话我只说一遍。"穆休伦声音并不大，但奇异的是，当他开口的一刹那，所有人都安静下来，像是被他慑住，只能低头躲避他的锋芒。

"我和苏瑾并不是男女朋友关系。"

此话一出，周围的狗仔们眼睛全都亮了。他们争相把录音笔递过去，甚至有人直接把手捅进了车窗里。

可不等他们问出下一句话，事情却发生了坐过山车一样的惊人翻转。

男人眼神灼灼，嘴角微调："我现在正在单方面追求苏瑾小姐。"

所有狗仔都不知道这话该怎么接了。

很多守在这里的媒体都开着网络直播，所以穆休伦的这句话立即顺着网络传播了出去，传送到了无数守着电脑的观众面前。

不论是粉丝、黑子还是吃瓜群众，都被这番出人意料的话惊住了！而这番话，不到半个小时之内就已经传遍了所有八卦网站，瞬间空降热帖，盖的楼一座高于一座。

没过多久，正在后台寸步不离守着苏堇青的方解也收到了消息。

方解头疼炸了，心想这位穆总真是秀起恩爱没完没了，怎么不想想会给艺人团队带来多少麻烦啊！

演播室内，人山人海。

穆休伦找了个角落坐下，他的身旁，戴着口罩、帽子的苏纪时瞥了他一眼，想到刚才他当众说的那些话，就心烦意乱得要命。

偏偏穆休伦的手机嗡嗡吵个没完，苏纪时问他："你的电话一直在振动，你不接吗？"

穆休伦淡淡回答："骚扰电话。"一边说着，一边干净利落地把那个电话号码拉进黑名单，完全无视了屏幕上显示的养父的名字。

用脚指头想都知道，这通电话一定是来兴师问罪的。

之前穆休伦直接从穆民德那里劫走了养父最重用的一个保镖，又高调地开着直升机去救苏瑾，现在又当众承认正在追求苏瑾……这些事加起来，估计那老头一定要气得血压飙升了吧！

不过穆休伦并不在意那个糟老头子的感受。

他们终有一天会正面交战的。

舞台上，两位主持人说完了串场台词，念出了下一个节目的名字："下面有请'四大美人'登场！"

苏纪时对这个节目的流程格外熟悉，几天前，她以"苏瑾"的身份乘着那个吊篮从天而降。她毫无艺术天赋，那时候的她，只能笨拙地靠"对手型"糊弄过去，而现在出现在台上的"苏瑾"则全情投入地演奏着那首乐曲。

站在不同的角度去看同一个作品，观感自然不同。

从"剧中人"变成了"剧外人"，苏纪时望着台上那个被聚光灯亲吻的妹妹，再看看舞台下，因为苏堇青的演奏而动容落泪的粉丝们，终于明白了"苏瑾"这个名字所代表的意义。

娱乐圈很复杂，但也很纯粹。

她与有荣焉地挺起胸膛，骄傲地望着舞台中央那个夺目的身影。

这是她的双胞妹妹，是世界上的另一个她！

二十八载人生里，苏纪时与妹妹整整分别了二十年，这是她头一次如此强烈地感受到她们是一个"整体"。

有妹妹真好——有个血脉相连的亲人，可以共同面对荣耀与诋毁，这种感觉真的很不错。

当最后一个音符结束，缥缈的乐音悠悠落下，观众们恍惚间从仙境离开，愣了半晌才想起鼓掌。

苏纪时意犹未尽地舒了口气。她今天特地乔装改扮来到演播室，就是为了听妹妹的独奏，现在妹妹演奏完了，她也要趁着被抓包前赶快离开——哪想到，她一转头，却意外撞进了一对眼眸里。

苏纪时万万没想到，当她望着舞台之上的妹妹时，身旁的穆休伦居然一直在看着自己。

不是偷看，而是光明正大地看。

男人目光灼灼，如有实质。

苏纪时吓了一跳，没好气地问他："你看什么？"

穆休伦答："自然是看你。"

"我有什么好看的？没化妆、没洗头。你要是想看光鲜亮丽的我，那不如直接去看台上的堇青，反正同样一张脸，看她就等于看我喽。"

"可长得再怎么相同，她也不是你。"

苏纪时被他搞得牙酸，想骂他又不知从何骂起。

节目录制结束后，当天晚上，苏堇青就和林岩乘坐夜间航班回到了澳大利亚。为了掩人耳目，他们并没有乘坐普通商务机，穆休伦派了自己的私人飞机送他们回去。

在 VIP 候机室里，苏堇青没忍住又掉了眼泪。她本就多愁善感，到了这种离别之际，更是忧愁满满。

苏纪时紧紧抱住她，安抚道："别哭啦，两个月后就又能见面了。你还是抓紧机会享受最后的假期吧，键盘侠的嘴可比鳄鱼的嘴巴厉害多了，别到时候又被骂得哭鼻子。我一个穷学生，可没钱从美国买飞机票回来安慰你！"

穆休伦听了，主动表示："买什么飞机票？你什么时候需要回国，这架专机直接飞去美国接你。"

苏纪时瞪他一眼："就你话多。"

堂堂穆大总裁，被苏小姐训得不敢多说一个字。

看到两人的互动，苏堇青破涕为笑，她也重重回抱了姐姐一下，趁机在她耳边轻声说："姐，我觉得穆总人不错，你可以考虑。"

苏纪时没答话，也不知有没有听进去。

苏堇青离开后，苏纪时的生活又一次重归忙碌。

不过这一次，她不再是被强迫的"赶鸭子上架"，而是主动挑起了"苏瑾"的重担。每天工作完成后，她都要乐滋滋地在日历上画个叉，就像等待放寒假的学生一样。

艺人是没有休息日的，尤其越到年关，工作越多。

赶在年尾，苏纪时又拍了两个杂志封面、三个内页，推广了一个化妆品，做了一场线上粉丝会，还抽空去参加了一个公益活动。

等到她把这些工作一口气处理完后，新年便来到了。

新年的三天假期，在所有人眼里都弥足珍贵。

就在新年第一天，备受关注的《荒野大赢家》节目组突然在全渠道铺出第一期预告视频。这个短短三分钟的视频，刚刚上线一个小时就屠榜微博热搜，同时在数个娱乐版块里空降第一，连带着几位艺人的新媒体互动量也呈现了爆发式的飙升。

所有正在家里享受来之不易的假期的娱记都被主编打电话叫起来，写新闻、扒资料、采访艺人，在流量数据面前哪还有什么休息日可言！

《荒野大赢家》成功地靠一个预告片就卷走了一多半网友的注意力，等到晚上黄金时段播出加长版预告后，它的热度更是达到了顶峰！

而这，不仅仅是因为它用镜头语言赤裸而冰冷地展示出了最真实的天灾，更是因为节目里那个耀眼的身影。

谁能想到，看上去娇滴滴、柔弱弱的苏瑾，居然成了队伍的核心领导者？

五位艺人里，苏瑾是名气最大，也是看上去最瘦弱的一个。

在预告片最开始的一分钟里，苏瑾神色淡漠地背着一个小小的双肩包行走在原始丛林中。与周围其他几位背着硕大登山包的艺人相比，她看上去是最悠闲的一个。

弹幕里全是一片嘲讽，笑话她"究竟是来野外求生还是来度假的？"

可是半分钟之后，那些曾经嘲讽过苏瑾的键盘侠，全都跪下来喊爸爸了！

攀山、过河、滑下陡坡……镜头里的女孩连眉头都没皱一下，那些在观众眼里的天堑，在她脚下几乎是平地一般。

她未施粉黛，一头及肩短发用头绳随意绑起，穿着颜色老土的冲锋衣、冲锋裤，手里拿着一柄小巧的扁头鸭嘴锤。

小小的锤子看上去毫不起眼，可是在苏瑾手里，那把锤子却化为了世界上最神奇的工具！

凿得了石头、砍得了木材，甚至还能用来剔鱼鳞？

天啦，这是什么锤子？

6666666，这和我见过的锤子不一样！

教练，我也要买锤子！

你们缺的是锤子吗？你们缺的是会用锤子的那双手！

难道是节目组接的赞助广告？

你见过用锤子当赞助的？

编导毫不掩饰自己对她的偏爱，给她的镜头格外多。三分钟的预告片，几乎成了苏瑾个人的秀场。其他几位艺人就是给她当"绿叶"的，自始至终，都用一副"卧槽好牛"的表情盯着她。

这样的镜头分配，自然引发了其他艺人粉丝的不满，觉得节目组偏心偏得太明显了，纷纷涌到微博底下控诉。其中意见最大的，当属秦丘、陈刚玉的粉丝。

陈刚玉早年是偶像女团出道，单飞后一直半温不火，只能辗转一个又一个偶像剧剧组。她的粉丝都是陪伴她一路成长起来的真爱粉，看到爱豆被苏瑾"压"得没镜头，自然咽不下这口气。

而秦丘呢，是最近上升势头很强的一枚小鲜肉，唱跳俱佳，年少爱笑，正是最招"妈妈粉""姐姐粉"的人设。最初秦丘官宣上这个节目后，"妈妈""姐姐"们还担心他被节目组硬凑"姐弟恋"CP，哪想到实际情况比预想的还要糟糕，她们的心肝亲亲宝贝肉，居然连镜头都少到可怜！

一气之下，两边的大粉头勾搭到一起，准备杀到官微底下求个公道。

没想到两边粉丝还没动手，正主居然下场，转发了那条宣传视频！

不仅转发了，还特别认真地写满了字，抒发了对苏瑾的感激之情！

@秦丘V：我身为老幺，总是给各位前辈添麻烦，感谢严老师、伟经大哥、玉玉姐的包容！还要特别感谢苏姐，从她身上，我学到了勇气、信念、责任、能力这四个词汇的真正含义。// 转发微博

　　@秦丘的贴身暖宝宝：丘宝？丘宝你要是被节目组绑架了你就眨眨眼！

　　@丘鹅子的操心老母亲：工作室代发的吧？丘宝之前访谈上说过，他很少玩微博的。

　　@丘丘丘丘比特：我们丘宝太可怜了，三分钟的预告片镜头加起来只有四十几秒，个人镜头只有三秒，剩下都是给苏瑾抬轿！

　　@秦丘V回复@所有人：希望大家不要乱猜。我很敬佩苏姐，火山爆发的时候，如果不是她提前察觉出了危险，果断带领大家下山的话，恐怕我们所有人都会葬身于火海中。

　　@所有人：等等，我们错过了什么剧情？

　　相似的对话在陈刚玉的微博里也出现了。

　　经过印尼的那趟惊险旅途，陈刚玉已经拜倒在苏纪时的个人魅力之下，彻底沦为了她的大龄迷妹。

　　女孩子追爱豆是很可怕的！陈刚玉转了一条微博还不够，一连发了三条，每条都写满一百四十个字，总结起来就是："苏瑾厉害！苏瑾好棒！苏瑾slay全场！我舔舔舔舔舔舔舔……"

　　与此同时，节目里的另外两位艺人也转发道谢。看到这一幕的粉丝和吃瓜群众都很好奇，难道苏瑾的魅力真的有这么大，能让和她合作的四位艺人，都对她赞不绝口？

　　就在这样的超高关注度下，一月中旬，《荒野大赢家》这个综艺，终于抢在春节来临前上映了。

　　这部综艺是苹果台和Discovery亚洲频道联合推出的户外综艺秀，借鉴了类似节目的经验，请来五位艺人玩转亚洲。

　　可惜谁能料到，在第一次开始录制时，居然撞上天灾，又是火山爆发，又是海啸袭岸，稍有不慎，就会命丧于此。等到众人好不容易回国后，节目总策划、总导演，外加副台长，立即被广电总局的有关领导约谈。

因为节目的危险程度远超预期，好不容易拿下来的综艺牌照差点被收回。电视台为了保住这个节目，种种艰辛自不必说，好在有"贵人"出手相助，节目才能在原定开播日登上荧幕，和观众见面。

至于这位"贵人"是谁嘛……苏纪时看破不说破。

《荒野大赢家》选在周五晚上黄金档播出，接档一个老牌选秀综艺。

第一期开播当晚，苏纪时特地邀请自己的经纪团队来到家里，守在电视机前，等待着节目放映。

这是她人生中第一次参与真人秀录制。要知道，这种户外真人秀和那种室内综艺截然不同，室内综艺有台本，而户外真人秀在某种程度上堪称"照妖镜"。

曾有十八线填缺小艺人，通过真人秀一飞冲天，粉丝从十几万翻到上千万；也有大明星在镜头前暴露本性，耍大牌、闹脾气，造成大批粉丝转黑……

苏纪时很想知道，观众们通过这个"照妖镜"，究竟会看到什么样的"苏瑾"？

她们会喜欢自己所扮演的"苏瑾"吗？

小霞坐立难安地在屋里转圈圈，阿山瘫坐在沙发里大把大把地吃零食，方解反而是几人中最轻松的那一个。

小霞问："方哥，你怎么一点都不紧张啊？"

方解没卖关子，主动告诉他们："其实前几天，台里就组织了内部看片会，所有看过成片的工作人员反馈都非常好，你们猜，苹果台内部的预估收视率有多少？"

小霞眼睛一亮："0.8%？不，1.0%！"

1.0%看上去不高，但在电视频道越来越多、网络综艺百花齐放的今天，这个数字已经相当惊人了。要知道，苹果台开播二十年的老牌合家欢综艺，才能保证每期1.3%的平均收视率！

1.0%的收视率，足够它在同档期与其他台的黄金档栏目一争鳌头了。

谁知方解摇摇头，道出了一个惊人的数字："不——内部对它的预测是 1.5%！"

"天，这么高！"

"相信苏姐吧，她值得这么高的收视率。"

就在所有人的殷切期盼中，《荒野大赢家》这部制作过程极为曲折艰难的综艺节目，终于在晚上八点准时开播了。

伴随着激烈热血的背景音乐，一只利爪撕破屏幕，露出了特效制作的节目组 logo。

这次印尼之行，一共被拆分成上中下三期进行播放，而今天播放的就是第一集。节目前半段流程比较俗套，先要向观众们介绍各位艺人以及两位指导教官。每位艺人出场后，后期都会在艺人身上标上各种不同的标签。

当苏纪时从机场走出时，身上贴着数枚粉红色的标签，包括"话题女王""当红流量""国民初恋"等，既笼统又刻板。

这段剧情还蛮无聊的。小霞抽空看了眼平板电脑，果不其然，不管是苏瑾的个人超话还是节目组的超话，观众们都在排队表示"剧情平平不好看"，甚至有人嘲讽节目组是"预告片骗子"，把所有精彩的镜头都剪到预告里了，正片无聊到要睡着。还有人问是不是苏瑾的钱都砸到预告片里了，所以才会让预告片里都是她的镜头，而在正片前半程完全没有存在感？

对于这些挑衅的留言，苏纪时瞥了一眼，根本不会往心里去。她直接把平板电脑倒扣过去，把小霞的脑袋扭向了电视机："别控评了，安静看吧。"

小霞只能暂时放下心里的焦躁，安安静静地继续看下去。

好在，剧情很快进入了丛林之中，节目里的各项对比冲突逐渐升级。

渐渐地，苏瑾在节目中的重要作用终于突显了出来。

当途径一个陡坡时，苏瑾一马当先走在最前面探路。

当需要摘野果解渴解饿时，苏瑾甩下背包几步便蹿上树顶。

当需要停下来休息时，又是苏瑾简单几步便搞定了篝火，接着面无表情地杀鱼、烧烤。

一桩桩一件件，不知不觉中，整个队伍都变成了以苏瑾为核心主导的体系！苏瑾就像鸭妈妈带着一群小鸭子，高效地完成一项又一项的任务。

随着嘉宾们逐渐深入丛林，他们遇到的挑战也越来越大。

与此同时，也有越来越多的观众们通过不同渠道听说了这个节目，打开电视，观看起这档特殊的户外综艺！而一看之下，他们立即被苏瑾非同以往的风姿，吸引了全部注意力！

方解的另一台电脑在监控着实时收视率。

代表着收视率的数字一路飘红，像一支利箭，向着天空射去！

"1.12%了……1.25%……1.41%……"

屏幕上的数字在以惊人的数字逐渐攀升，同一时间，手机里那个名叫"荒野大赢家工作组"的百人微信群里，也在同步直播这个消息。

"1.5%！破了！破了！"

《荒野大赢家》第一期上映，就在开播一个小时后，突破了1.5%的收视率界限！

这个数据，不仅可以碾压同期其他频道的综艺节目，而且在苹果台内部，都是一个极为惊人的数字。

刚开始观众只是抱着猎奇的心态，想来看看这个节目是做什么的，但是他们只要一进来，就会被苏瑾牢牢吸引住。

不管遇上什么艰难的环境，她的适应性都格外强。她每次都能第一个完成教官布置的任务，不矫情，不讨价还价，雷厉风行地做完后还能给其他几人搭把手。而她每完成一个任务，她身上原本的粉红色标签就碎掉一个。到最后，那些禁锢在她身上的奇怪标签，全部碎在风中，只剩下一个金光闪闪的"最强王者"称号，挂在了她的头顶上。

节目组加的特效格外有趣，"最强王者"四个字就像暗夜里的跑马灯，足够闪瞎所有观众的眼睛。

这期节目的最后一幕，停在了苏瑾和秦丘的对话里。

月光正好，篝火冉冉。

苏瑾披着外套起夜，恰巧碰到了坐在火堆旁的秦丘。

少年刚刚度过二十岁生日，身量颀长，初显成年人的体魄，他唇周带着一层毛茸茸的小胡子，眼神干净，像初生的小鹿。男孩双手抱膝，一手拿着一根点燃的木棍，有一搭、没一搭地往火堆里戳，像是在想着什么少男心事。

夜晚的红外线镜头不甚清晰，但好在他们俩距离镜头很近，可以清晰地听到他们在说什么。

苏瑾问："这么晚怎么还不睡？"

秦丘答："地面太硬了，我帐篷里充气床垫坏掉了，睡不着。"

苏瑾便陪着他烤火。

中途，火势渐小，苏瑾便又向火堆里添了两把柴火。

见状，秦丘忽然笑了。

苏瑾问："你笑什么？"

"苏姐，你有没有听过一句台词？"镜头下，少年睫毛忽闪，笑容忽然变得格外挑逗，"——'女人，你这是在玩火！'"

就在弹幕狂刷"丘宝你还是个孩子不能炒姐弟恋 CP 啊！"之时，苏瑾漠然背过手去，从外套的口袋里掏出了一柄银光闪闪的小巧锤子。

银色的锤身在黑夜中亮得夺目，任谁也无法忽略那抹银光。

下一秒，只见苏瑾手起锤落，差点烧到秦丘衣角的那根薪柴应声而裂。

苏瑾看着他的眼睛，平静回答："小朋友，你这是在玩命。"

节目结束后的十分之内，# 小朋友你这是在玩命 # 这个话题，立即搭上了云霄飞车，迅速蹿上了热搜榜的前列。每一次刷新，它在热搜榜上都要往前蹦几位，半小时之后，热搜榜前十里有六个都被《荒野大赢家》占据了。

苏纪时哭笑不得。她和秦丘的这场谈话她自己都没有印象了，而且她真的没注意到竖立在旁边的夜间摄像头。两人在篝火旁坐了十几分钟，大部分时间都是在默默烤火，说过的话一只手都数得过来。哪想到经过后期的剪辑，这一段居然变得笑料十足。

不论是贴吧、论坛还是豆瓣八组，相关的讨论帖一串又一串。点开一看，全是"哈哈哈哈哈哈哈哈"。

《点击视频收获快乐，小鲜肉套路不成被反杀》
《一锤定江山，苏瑾"瑞思拜"》
《追完这期节目，恍惚间看到自己一拖多写小组作业的时候》
《刚开始以为苏瑾是最强王者，后来才发现她是野图BOSS》

吃瓜群众的追星黑话层出不穷，苏纪时看不懂，只能隐约猜到，这个节目——火了。

没错，《荒野大赢家》是真的火了。

第一期收视率破1.5%，收视份额破6%，作为苹果台开年的第一部综艺节目，便已经预定了今年的年度综艺冠军。只要后期质量不崩，这个节目的收视率绝对能突破3%！

节目组乘胜追击，在官网上又放出了加长版的幕后花絮。出于"增加话题度"的考虑，加长花絮里，节目组特地放了几段苏瑾和秦丘相处的片段。简单来讲，就是苏瑾在前面"勇闯天涯"，秦丘跟在她后面寸步不离。男孩几次主动表示要帮忙，可他还没动手呢，苏瑾已经轻轻松松把事情都完成了。

其实在七天录制中，苏纪时和陈刚玉最常待在一起做任务。但剪辑师功力了得，硬是摘出七天内苏纪时和秦丘所有的同框片段，做出了这么一期"高糖高甜"的互动小合集。

就在花絮放出的第二天，"玩火CP"便空降微博热门CP榜第三名！

苏纪时莫名其妙："玩火CP是什么东西？"

小霞讷讷地说："就是苏姐你和秦丘的CP啊……"

苏纪时瞪大眼，不可思议地问："我？和秦丘？她们粉什么，粉我俩'母子情深'吗？"

小霞："苏姐你不懂啦！现在早就不流行'霸道总裁爱上我'了，大家都转去喜欢'霸气御姐配年下男'。虽然在你看来秦丘傻乎乎的，但他围着你团团转的样子，多像一只想要讨主人欢心的笨拙小奶狗呀。"

苏纪时没养过狗，不过她平常很喜欢在视频网站上刷宠物视频。她把秦丘的形象套入小哈士奇、小阿拉斯加、小萨摩耶，经过郑重思考，决定如果未来某天她要养狗，一定要先送去做绝育。

一周后，第二期《荒野大赢家》在万众期待下上线了。

在这期开播前，已经有业内营销号信誓旦旦预测本期节目绝对能突破2%，哪想到真实情况远超预期！

开播半小时，CSM（索福瑞媒介研究）48座主要城市收视率便突破2.5%。收视份额，更是达到惊人的两位数！

除此之外，还有很多观众在通过网络电视直播收看节目。等到第二天录播节目在官网上线后，点击量24小时突破一亿，弹幕多达十几万条。

一时间，大街小巷的每个角落，人们几乎都在谈论这个综艺、谈论五位出镜艺人。而苏瑾，绝对是五人组里最让人刮目相看的那一个。

在节目上映之前，谁能想到当红流量小花居然会表现出如此娴熟的野外求生技能？镜头前的苏瑾英姿飒爽，不拖延不矫情不柔弱，一支小巧玲珑的锤子用得格外顺手。搞得观众们议论纷纷——这么好用的锤子，到底是什么来头？

很快，有个名为"@苏瑾的小衣橱"的穿搭同款博，通过视频截图，神通广大地找到了这支锤子的信息。

网友们这才知道，原来苏瑾拿在手里的并非普通五金锤，而是一支专业的地质锤！

这支锤子由加拿大最负盛名的五金生产商出品，除了地质锤以外，还有地质镐、户外斧、铁锹等一系列"硬核"产品。

有商家机灵地搞起代购。在购物App上一搜"苏瑾同款"，第一个跳出来的不再是她的衣服包包鞋子首饰，而是那支大放异彩的锤子！毕竟，苏瑾都在节目里说了："男人哪儿有锤子可靠？"

别的女明星"带货"，是带化妆品、护肤品，而苏瑾带货，居然是带锤子。

《荒野大赢家》这档综艺节目，绝对是开年黑马、年度爆款。而且所有人都心知肚明，若没有苏瑾撑住整个节目，它根本不可能有现在的爆炸性讨论度。

接踵而来的采访邀约如雪片一样扑到方解的工作邮箱内，苏纪时每天忙得连轴转，有一天晚上，她和妹妹视频连线到一半，居然累得直接睡了过去。

苏堇青心疼她，干脆把电话打给方解，让他少给姐姐安排点工作。

方解无奈说："祖宗！你这才离开娱乐圈几个月，怎么就忘了你当年也是这么过来的？"

苏堇青道："我当时是要趁着热度赶快赚钱给妈妈治病，现在姐姐又不需要这些热度，保持健康的身体才是最重要的。我不想她带着一身病回国美国读书。"

方解只得同意了。

方解问："你看《荒野大赢家》了吗？"

"看了，只是卡卡杜这里信号太差，我断断续续刚看完第一集。"苏堇青笑着说。现在的她，褪去了原本的忧愁，逐渐显出了这个年纪的女孩子应有的幸福感，"原来姐姐的工作状态是那个样子的啊……其实我一直挺遗憾，没能跟着姐姐出一次野外，这次能在屏幕里看到那么厉害的她，也算是圆梦了。"

方解："其实这个综艺台本去年年初就递过来了，但是当时正好赶上你母亲……我想你肯定没心思接综艺，而且和你路线不符合，我就给拒绝了。没想到兜兜转转一整圈，最后成就了苏姐。"

"不。"苏堇青自豪道，"是我姐成就了这个节目。"

"行。"方解笑了，心想果然是姐妹，听这小语气，比她当年拿到最佳新人奖还自豪呢。

《荒野大赢家》炒 CP 炒得风生水起，不管是节目组还是艺人团队都乐见其成，毕竟 CP 就是热度的代名词嘛。

可这样一来，前不久还霸占新闻头条的苏瑾绯闻男友穆休伦如今沦落为明日黄花，根本没有人关注可怜的穆总了！

穆总气呀，穆总恨呀，穆总让秘书收集了网友的评论动向，发现前不久还嚷嚷"霸道总裁 × 国民小花这个 CP 锁了！"的人，居然现在倒栽葱式掉入"玩火 CP"的大坑了！

果然粉丝的嘴，骗人的鬼！

穆休伦恨不得现在就宣誓主权。

他给苏纪时打电话，酸溜溜地问："你对小的男人什么看法？"

苏纪时没听懂，想偏了，反问："哪方面小？"

穆休伦一阵沉默。

苏纪时恍然大悟："你是说自己小？"

穆休伦明明是兴师问罪来的，结果被苏纪时揶揄得接不上话了。

不过穆休伦虽然搞不定苏纪时，但是他能轻易搞定秦丘。

他找到秦丘的经纪人，让他给秦丘带个笑话。

这个笑话是这么说的："从前有个淘气的男孩叫兵兵，有一天，他被人打断了腿，就变成丘丘了。"

听完笑话的秦丘："穆总好可怕，我以后再也不和苏姐炒 CP 了！"

第十七章　可可托海

　　在第三期节目播出之前,《荒野大赢家》节目组又要启程了,这次他们的目的地不是国外,而是中国西北地区的壮美河山。只是时间不凑巧,整个春节都要在外面度过了。

　　穆休伦问苏纪时:"这次你去哪里?"

　　苏纪时顿了顿,狐疑道:"不会我说了地点后,你就要飞过来找我吧?"

　　穆休伦似笑非笑:"我还没说,你倒是替我安排好了。怎么,你就这么想见我?"

　　苏纪时想,刚认识穆休伦的时候,怎么不知道他这霸道总裁的外皮下面居然有着自恋的本质呢?

　　这次,《荒野大赢家》的目的地是可可托海——新疆最负盛名的矿藏区,拥有举世闻名的"三号矿坑",出产多达八十六种矿产,更有非常丰富的地质构造形态,是中外地质学者心目中的"麦加"。

　　当然,随着最近几十年经济腾飞,工业结构调整,可可托海的矿藏不再做进一步的开发。当地政府转而大力发展本地的自然景观资源,于去年年底,设立了可可托海地质公园,并在周边兴建了配套的滑雪场等游乐设施。

　　苏纪时还在学校时,每次翻看可可托海的资料,都恨不得立即背上行囊飞过去，抱着她的锤子在矿脉里待上一个月。可惜这个愿望一直没能成真。

而这次《荒野大赢家》的第二期目的地，就是皑皑白雪覆盖下的可可托海！最让她意料不到的是，穆休伦要去的地方，居然也在那附近。

这，不会就是缘分吧？

第二日中午，苏纪时一行人抵达机场，与等候在那里的其他几位嘉宾汇合。

五位艺人聚在 VIP 休息室里，每个人都裹得严严实实，身旁的行李箱内塞满了御寒的衣物。

陈刚玉玩笑似的抱怨："节目组真是太狠了，上个月才去的印尼，这个月就要去新疆。这温差足有六十度！"

秦丘挠挠头，心有余悸地说："上次咱们在印尼碰到了火山和海啸，这次不会在可可托海遇到雪崩吧？"

"小孩子不要乱讲话！"原本正闭目养神的伟经吓得赶忙睁开眼，双手合十，紧张地向天空拜拜，"上天保佑、上天保佑，我辛苦挣份奶粉钱，还要平平安安回家见老婆！"

可惜头顶没有什么神仙，只有一盏亮晃晃的大灯，闪瞎人眼。

严长辉老神在在地喝了口茶水，打趣他："伟经老师啊，我记得上次录完节目后，你可是和节目组说，绝对要退出，再也不来了！"

伟经哈哈一笑，厚脸皮道："那时候哪想过这个节目会流量爆炸？幸亏当初没有退出，要不然我老婆肯定要气死了。"

伟经的老婆就是他的经纪人，怀孕八个月后就一直在家安胎。现在宝宝半岁了，她也出来继续活动，伟经能接下《荒野大赢家》这个综艺，全靠她老婆人脉广、面子大。

说到节目流量，陈刚玉来了精神，拖着沙发椅，往大家身旁凑过去。

只听她说："你们听说没有，第二期节目播出后，就有不少艺人工作室向电视台询问第二季的消息呢。"

她向苏纪时挤挤眼，悄声道："我得到的消息，说徐雅丹的经纪人正在接触副台长，想拿到第二季的合约。而且，她开的价格特别低。"

圈里谁不知道苏瑾和徐雅丹关系不和？这种不和，不光是艺人之间、公司之间的，更是粉丝之间的。

她们两人刚出道时路线相近，是媒体评出来的"四朵小花"之二，但经过这么几年的发展，苏瑾早就稳坐流量女王的宝座，稳稳压了徐雅丹一头。有句话说得好，苏瑾的黑子千千万，其中百分之七十都是徐雅丹的唯粉。

现在徐雅丹要对着苏瑾盘中的蛋糕下手，甚至不惜自降酬劳，用意赤裸。

苏纪时听了，内心毫无波动，懒懒掀起眼皮，无所谓道："她能拿就让她拿去。"

这节目一年一季，明年这个时候苏瑾都退出娱乐圈了，她才懒得管第二季卡司是谁呢。别说是徐雅丹了，就算是刘雅丹王雅丹都和她没关系。

但这话听在其他人耳朵里，那就是另外一个意思了。

——瞧瞧苏瑾这气场！根本不把徐雅丹的挑衅放在眼里！

但仔细想想也对，这节目的流量全都是苏瑾一个人带来的。谁能想到看似柔弱的苏瑾，居然能把一柄锤子舞的虎虎生风，不管条件有多艰苦、任务有多刁钻，她都能顺利解决。

现在第三期还未播出，本次印尼之行的"精华"——也就是天灾部分——全部集中在第三期，等到那期播出后，可以想象节目的收视率和网络话题讨论度，绝对会迎来新的高峰！

第一期破 1.5%、第二期破 2.5% 算什么？有苏瑾在，这个节目的收视率最终突破 5% 了，他们都不会感到惊讶。

苏瑾才是《荒野大赢家》的核心。没有苏瑾，也就没有《荒野大赢家》。就算徐雅丹的酬劳再低又怎么样？电视台要的是流量，是话题度，是号召力，在这些数字面前，苏瑾几千万的出场费又算得了什么？

其他四位艺人对视一眼，心中都坚定了一个想法——这期录制，一定要抱紧苏瑾的大腿,她去哪儿,他们就跟去哪儿。一定要尽量争取镜头,绝对不能在第二季被换下去!

他们心中的算盘,苏纪时自然是不知道的。

经过数个小时的飞行、转机,再飞行,当天晚上,飞机终于缓缓降落富蕴机场。

富蕴机场极小,每天起降的飞机两只手就数得过来。刚一落地,冰冷的空气便迎面而来,大家打了个哆嗦,争先恐后地冲向换衣间,把能套上的最厚的衣服全部套在了身上。

新疆虽然用的也是北京时间,但因为地理位置在西边,故而和北京有两个小时的时差。晚上八点多钟天色依旧很亮,当地负责接待的工作人员说,这里都是晚上九点左右吃晚饭,若有谁早上八九点钟就起床,那真是了不得的壮举。

小霞听了双眼放光,她是个不折不扣的夜猫子,熬夜赖床是家常便饭。她真恨不得现在就扎根在新疆,以后天天享受晚睡晚起的福利。

前几天,可可托海刚下过一场大雪,从富蕴机场到可可托海镇上还有一百公里的车程。天晴时都要开两个小时,遇到雪天,恐怕这一路更是难开。

待众人准备妥当,他们立即登上车,向着目的地进发。

冬天的新疆是极美的。千里冰封,万里雪飘,银装素裹,分外妖娆。

大巴车在路上飞驰,一路走来,雾凇、冰瀑等美景数不胜数。这纯天然的不加雕琢的壮美景观,引得众人不住惊叹。

一路上,大家吃吃喝喝玩玩手机,就连晚饭都是在车上解决的。

雪天路滑,司机开得很慢,车轮碾过积雪,留下深深的车辙。路两旁积雪最厚的地方将近一米深,众人眼睁睁地看着一只野兔一头跳进雪里,留下一道垂直的深坑。

最终,节目组一行人终于在晚上十一点抵达了营地。

刚下过雪,天空晴朗,漫天星子洒满夜空,映衬着脚下的雪地。

原本,几位艺人还在担心节目组会让他们在冰天雪地中住帐篷,没想到节目组准备的住宿环境远远超出他们的预想——只见在避风的山坳里，数十顶毡房连成一片，每一顶的面积都足有二三十平方米！远远望去，这一整片白色毡房就像一座巨大的行宫，气势恢宏。

"这是……蒙古包？"严长辉饶有兴趣地说，"我之前在蒙古拍戏时，住过蒙古包，还挺有趣的！"

"严老师你这话可不要当着主人家的面说。"苏纪时笑道，"这是哈萨克族的'宇'，外表看上去确实很像蒙古包，但房顶和外墙装饰都有一定区别。"

不熟悉新疆风土人情的游客，总是会弄混这两种毡房的区别。但苏纪时作为一位地质老人，每次出野外前，都会事先做好功课，避免触犯当地群众的忌讳。

留给五位嘉宾的毡房是其中最华丽的一座。外表看上去普普通通，但进去后，每个人都没忍住"哇——"了起来。

地面上铺着华丽而厚重的羊毛地毯，赤脚踩上去，略微有些扎脚，但格外舒服。墙上悬挂着长宽皆超过两米的墙毡，每一块都颜色各异，既可保暖，又可用来作为装饰。除此之外，还有一些他们叫不出来名字的乐器、器皿悬挂在墙上，看得所有人目不暇接。正中间的地面上摆放着一张圆形的小桌子，五块小地垫放置在桌子旁，旁边已经架好了摄像机。

看到这个阵势，大家当然明白这间毡房就是他们未来几天的主要内景场地。

因为天太晚了，原定的"发放任务"环节便挪到了第二天再拍摄，今晚留给艺人们好好休息。

冬季的可可托海，九点半才日出。如果减去时差，相当于内陆地区的七点半左右。新疆的冬天太冷了，几乎没有人会在日出之前起床。即使起床了，还要再和被窝缠绵一会儿。

但苏纪时从来没有赖床的习惯。她生物钟很准时，天还未亮她便睁开了眼，等到天边露出了一抹嫣红的晨光，她已经收拾好，精神奕奕地出门散步了。

她起床时，不小心把小霞吵醒了。见她要出门，小霞睡眼蒙眬地从床上爬起来，明明困得东倒西歪，却执拗地像个小尾巴一样跟在她身后。

苏纪时伸手揩掉她眼角的脏东西："困的话就继续回去睡，不用跟着我，我就在附近转转。"

小霞摇头："不行！我可是你的助理！这荒郊野外的，要是遇到狼了怎么办！"

一边说着，小霞一边打了个寒战，仿佛已经预见到了苏纪时被群狼环伺的模样。

苏纪时实在甩不开这个小尾巴，只能带着她一同踏出房门。

推开毡房厚重的帘门，白蒙蒙的冷空气迎面而来。这里气温极低，零下三四十度是家常便饭，这种冷意里还夹杂着冰雪的湿气，深呼吸时，甚至能感受到冷空气顺着气管流入肺部，浸透整个身体。

小霞打了个寒战，仅存的最后一丝睡意也被冻掉了。

营地里一片寂静，地上布满车辙与脚印，这是他们昨天来时走过的路。

苏纪时裹紧身上的两层羽绒服，戴好帽子、面罩、墨镜，找准方向，向着营地外走去。

晨光虽暗，但是在雪地的反射下，四周依旧亮得耀眼。

两人在雪地里深一脚浅一脚地走了二十多分钟，小霞茫然问："苏姐，你要去哪儿啊？"

她原本以为苏纪时只是在营地旁边转悠转悠，哪想到她一路走得笔直，很明显已经锁定了目的地的方向。雪地赶路，这让小霞回忆起了之前被老穆总丢到郊区挨冻的悲惨经历，小霞打了个寒战，觉得自己可怜弱小又无助。

"到了。"

苏纪时忽然开口。

转过最后一道山坳，眼前豁然开朗。

小霞惊讶地望着眼前的景色，不知该用什么语言来形容才好。

重峦叠嶂，绵延无限。但在山峦之间，有一道极为突兀的沟槽，贯穿在每一座山体之上。仿佛有一个看不到的巨人，挥起巨斧，劈开了山峦。

那道沟槽极为狭长，如果乘坐直升机从上空俯瞰的话，便会发现它绵延将近两百公里。在它的作用下，河流改道、盆地塌陷，巨石崩落、水漫成湖。

这，就是苏纪时此行的目的地——可可托海地震断裂带。而在地面上撕开这么大"伤口"的地震，足有八级强度。

"八级地震？！"小霞瑟瑟发抖，"咱们上个月刚经历了海啸和火山爆发，不会这么倒霉撞上地震吧？"

苏纪时笑她胆小："这个地震都是一九三几年的事情了，距今将近九十年。你啊，就别瞎操心了。"

小霞依旧怕怕地望着那片山崖。

要说可可托海最负盛名的两个地质奇观，"地震断裂带"还要排在"三号矿脉"之前。

因为新疆地广人稀，降水也少，故而这个断裂带经历九十年风霜，依旧保存得非常完整，在世界都算是独一无二的奇观。它具有极大的地质科考价值，如果不是场合不对，苏纪时恨不得掏出纸笔开始画"产状图"了。

小霞问："其实我一直很奇怪，地震到底是上下晃，还是左右晃啊？"

苏纪时答："既有上下晃，也有左右晃，还有上下左右一起晃，这和地震波有关。"

小霞的提问，一下激起了苏纪时当老师的热情。她读书时，也是给教授当过助教，解答过新生问题的！

苏纪时耐心地解释："你知道，地震的核心都在地下几千米处，它的震动会从地底传到地表。这种震动波被称作'体波'，体波又分为横波和纵波两类。横波就是左右晃，纵波就是上下晃。因为纵波的传播速度最快，所以每次地震时，地面上的人都是先感受到房子上下晃动，然后过几秒开始左右晃动。

"当两种波都到达地面后，威力就会混合加强再加强，成为'面波'。面波就是震塌房子的罪魁祸首。不过面波的种类就很多了。常见的有'勒夫波''瑞利波'等。"

苏纪时兴致勃勃地解释了一大堆，结果当她转过身时，却发现小霞瞪着一双茫然的眼睛，正无辜地看着她，小霞头顶无数问号，简直是"我是谁我在哪儿"的绝佳表情包。

苏纪时真不想承认自己是在对牛弹琴。

没办法，隔行如隔山。小霞的优势和兴趣都不在此，硬是把她按在这里听地质讲座，完全是在浪费彼此的时间。

苏纪时作为一个地质工作者，能够亲眼见到如此震撼如此完整的巨大断裂带，她实在很想找人倾诉她内心的激动。就像你看到了一丛灿烂的花、吃到了一个很甜的橘子、偶遇路边一只胖胖的猫咪……当生活中的幸福悄然到来时，总会想要与人分享。

只是苏纪时茫然四顾，却找不到一个可以听她讲述这些事情的人。毕竟一片丑巴巴的石壁，在外行人眼里，实在没什么值得观赏的地方。她再怎么对着这片岩壁兴奋尖叫，别人也无法理解她内心激动的心情。

不，不对，还是有一个人，能够懂她的。

穆休伦的名字忽然从她脑海深处跳了出来。他学过地质学，他知道她的身份，他理解她的追求……

苏纪时实在心痒，没忍住拿出手机，拍下岩壁的照片，手指在发送键上犹豫了足足两分钟，最终还是点击了微信里那个置顶在所有联系人之上的冰山头像。

Dr. 苏: 【分享图片】×9

她想，现在是早上九点，正好是穆休伦最忙的时候。

就等一分钟吧，如果一分钟之后没有回复，她就撤回所有照片，装作无事发生的样子。不就是没人能够陪她观赏这片岩壁嘛，她一个人也可以独自欣赏。

哪想到，照片刚发出去，短短几秒钟后，穆休伦的回复立即跃然屏幕上，仿佛他一直在等着她联系。

    Mr. 穆：你平安抵达可可托海了？

    Dr. 苏：你没在工作？

    Mr. 穆：没有。

    Mr. 穆：在主宅，来见穆民德。

苏纪时知道他家里的那些糟心事，略略有些担忧。

    Dr. 苏：他骂你了？

    Mr. 穆：他舍不得。

    Mr. 穆：我现在是他最有出息的孩子。

    Mr. 穆：不过，他在骂你。

    Dr. 苏：骂我什么？

    Dr. 苏：算了，猜都能猜到。不用跟我说，我懒得听。

    Mr. 穆：嗯，我已经帮你都骂回去了。

苏纪时没有注意到，两人你一言我一句地闲聊了很久，才进入正题。

    Mr. 穆：照片终于加载完了。

    Mr. 穆：你这是在可可托海的地震断裂带？

看，他果然懂她！仅凭几张照片，就一眼看到了她想让他看懂的

莫达维的秘密 MODAWEIDEMIMI

东西。

苏纪时的嘴角微微上扬。

　　Dr. 苏：对，很壮观吧。

　　Dr. 苏：虽然之前就听说过这个断裂带保存得很完整，但亲眼见到后才能感受到它的恢宏。

　　Dr. 苏：自然的力量，真是太伟大了。

苏纪时很少会一口气说这么多话，平时和穆休伦对谈时，也是言简意赅，尽量用最简短的话语。可今天她实在是太兴奋了，一不小心，就暴露了她这地质人的本性。

不过，穆休伦很喜欢她的“本性”。

　　Mr. 穆：看来你真的很喜欢地质学。

　　Dr. 苏：那当然。

　　Dr. 苏：唯一可惜的是，因为年代太久远，科学水平所限，我查不到当时的地震波检测记录。

　　Mr. 穆：哦？

　　Mr. 穆：我倒是知道它是什么波。

苏纪时一愣，不知道穆休伦从哪里搞来了九十年前的地震波资料。

　　Dr. 苏：什么波？

　　Mr. 穆：是‘勒夫波’。

他说第一遍时，苏纪时并没有听懂。

直到五秒钟之后，一条语音消息出现在屏幕正中。

苏纪时冰凉的指尖轻轻触碰那条音频，男人低沉磁性的嗓音通过扬声器传递出来，在山谷间蓦然回荡。

勒夫波，属于地震波中的"面波"。而它的英文是——

"It's LOVE WAVE."

这是什么地质学土味情话啊！

就在苏纪石在可可托海认真录制节目时，《荒野大赢家》印尼之旅的第三期，终于在万众期待中播映了。

在播映前，节目组的营销团队没少为这期造势，甚至打出了"第一例让国内观众直面火山灾难的综艺节目"的宣传语，据说这一期光是后期剪辑就返工五遍，台里大小领导一遍遍审核，力求尽量真实地还原这场沉重天灾，同时又不能打乱娱乐节目本身的叙事节奏。为了找到这之中的平衡点，所有幕后工作人员都愁秃了头。

艺人们也在很多采访场合，提到了这场令人胆战心惊的火山灾难。唯有苏瑾没有接受过相关采访，她不愿夸大自己的作用，干脆避而不谈。而她的这份低调，反而更让观众们好奇了。

周五晚，原本应该是年轻人享受周末时光、外出聚会的好时候。可今天，无数人赶回家中，草草吃完晚饭，打开电视或者网络直播软件，开始等待着节目的播映。

八点零一分，节目片头曲准时响起。一只逼真的利爪撕破屏幕，伴随着激昂紧张的鼓点，预示着一场大戏已经拉开了帷幕。

开篇即达到了 2.8% 的收视率！

这个收视率，很多综艺节目的季终集都无法达到！而《荒野大赢家》仅用了三期，就达到了这个惊人的数字！

电视节目的档期安排是非常紧凑的，甚至精确到几点几分几秒播放什么节目、插播什么广告。原本《荒野大赢家》一期为一个半小时，可是这第三期足足延长了三十分钟，苹果台不惜压后原定九点半播出的黄金档二档节目。

而这期的内容，值得如此郑重对待。

最先出现在屏幕上的，是清晨的细雨。细雨纷纷，落在帐篷上，又随之滑落进泥土中，滋养着绿草茵茵。

忽然，一顶帐篷被掀了起来，一道纤瘦高挑的身影从帐篷内步出。

因为苏拉威西岛地处热带，即使是晨间，温度也很高，故而那道身影穿得很清凉，露出劲瘦有力的四肢。

紧跟在苏瑾之后被打了一脸马赛克的小霞："苏姐，这雨真舒服！热了这么多天，终于降温了。"

苏瑾没有回复她，而是背对着镜头，望向远处的火山顶。

小霞："苏姐？"

苏瑾终于转过了身，而这时她脸上已经没有了刚开始的轻松惬意，只剩下满满的戒备，光是看着她的眼神，屏幕外的观众就能感受到那种致命的紧张——

"叫醒所有人。"苏瑾一字一顿地说，"这不是普通雨，这是火山雨。"

火山，要醒了。

接下来的两个小时，是格外惊心动魄的两个小时。

从刚得知危机来临时，艺人和节目组的互相指责，再到紧急避难时有条不紊地撤退……这一切，都是因为有苏瑾在。

那个纤瘦的、在很多观众眼里只能当花瓶的女孩，却以一己之力撑起了整个队伍。

她临危不乱，镇定地调动起整个节目组几十人，她就像狼群里的头狼，指引着所有人的方向。

她肩负着那么多条性命、牵动着几十个家庭的未来……难道她不怕吗？

这个问题不约而同地出现在了每个观众的心里，他们情不自禁地把自己带入苏瑾，去想象自己有没有能力承担那份重任，而答案是显然易见的。

——如果换个人站在苏瑾的位置上，也不可能做到更好了。

在天灾面前，一切钱财都是身外之物。没有人去拿行李，只带了基本的水和能量棒，便飞快地往山下奔去。

可山上的地势并不平缓，遇到急坡只能躬身从坡顶"滑"下来，有时候失去重心，只能变"滑"为"滚"。很多人身上都被磕伤了，可就连最娇气的陈刚玉和最年轻的秦丘也没有叫一声苦。这一刻，大家心里只有一个念头——活下去！

撤退时，导演狠心下令丢下所有的机器设备，只带走储存卡。毕竟，价值几百万的设备完全无法和人命相提并论。

但是在"逃亡"途中，大家自发用手机记录下了这一路的跌跌撞撞。

手机摄影很不稳定，能够记录下来时间也不长。然而正是这种最原始的琐碎片段，构成了节目里最让人心颤的内容。

电视机前的观众急得抓耳挠腮，恨不得穿越到电视中去，帮助他们逃脱危难！

> 我的丘宝脚肿成那样，真想背着丘宝跑！
>
> 玉玉一边哭一边跑的样子太惹人怜爱了吧……
>
> 对伟经改观了。撤退的时候第一个装上老婆孩子的照片，看得我眼泪流个不停！
>
> 必须感叹一句苏瑾牛了，这调动能力太强了。
>
> 路人表示看了这个节目路转粉，要是没有苏瑾，他们根本不可能逃出来吧？
>
> 真的，队伍里有这么一个人太安心了！而且苏瑾野外求生的能力真强，本来以为她是来拖后腿的，结果她比俩教官气场还强！
>
> 火山爆发太可怕了！那个浓烟！我两条腿绝对跑不过啊！
>
> 快跑啊，你们倒是跑得再快一点啊啊啊啊啊啊啊！
>
> 求求你们别放弃啊……

随着节目的播放，无数直播讨论贴在各大网站建起了高楼。

节目组非常巧妙地把国际新闻里取得的素材，以资料形式穿插到了综艺节目中。而这，更突显了节目团队的不易。

随着节目播到后半程，越来越多的人在网友的自发安利下，走到了电视机前，他们也想亲眼见证这场奇迹！

节目的最高潮，是苏瑾把撤退的机会先让给别人，而自己被浓烟吞没，掉入沟渠的那一幕。

这个片段，节目组直接用了大巴上的监控摄像，虽然不够清晰，但足够惊险。在苏瑾的身影消失的那一瞬间，电视机内外所有目睹这一切的人，都失语了……

短短几分钟内，瞬时收视率逼近 4%！而在第二日、第二周，乃至未来的网络复播中，这一段的点击率荣升网络冠军，成为圈内传说，直到五年后，才有节目打破。

在第三期节目放送结束后，节目组打出字幕："苏瑾、严长辉、秦丘、陈刚玉、伟经，以个人名义捐助善款共三百万元，以帮助苏拉威西岛的受灾民众。"

此举，再次把这个节目送上热搜，霸占娱乐新闻头条几天。也让他们的名气，达到了最高点。

"炒作！都是炒作！苏瑾这个女明星，真是不要脸！"穆民德狠狠地用手中的拐杖敲击地面，"给我关掉！我不想看到她！"

穆家老宅内，明明是晚饭时间，可餐厅里却没有一点人声。长桌上摆放着十几道精美佳肴，然而坐在餐桌两旁的人，全无胃口，完全没有动筷的欲望。

餐厅里摆放着一台大液晶电视，方便穆家人一边吃饭一边观看节目。

不知是谁把电视调到了娱乐新闻频道。女主播嗓音尖细，格外兴奋地叙述了最近围绕《荒野大赢家》发生的一系列事件。

收视率逆天、海外电视台争相购买播映权、天价捐款、印尼苏拉威西岛政府颁发官方感谢函、艺人档期爆满……但最引人关注的，当属话题女神苏瑾身上，谜一般的感情故事！

女主播语气八卦："现在正在新疆录制新一期《荒野大赢家》的苏瑾，最近真是桃花朵朵开哦！先是与搭档的小鲜肉秦丘擦出火花，'玩火'CP屡上热搜；又有青年实业家穆休伦高调示爱，直言自己对苏瑾一片真心……

"一定有观众好奇，这位穆休伦穆总究竟是哪家豪门继承人？今天我们就来给各位观众们介绍一下，国内矿业巨擘EXP集团的嫡庶之争！

"亲生儿女不堪重用，而唯一的养子穆休伦手腕卓绝，但来历成谜。究竟选择养子还是选择亲生子，老穆总的选择，可真让人猜不透呢……"

像穆家这样的人家，最忌讳登上娱乐八卦，被普通人在背后议论。

穆夫人赶快让人关上电视，心里觉得晦气得很。可当着满屋子下人的面，她偏要摆出大夫人的气度，装作浑不在意的模样。

"你消消气。"她温声对穆民德说，她姿态端庄，任谁也看不出来她才是最恨不得捏死穆休伦的人。

穆民德已经气得七窍生烟，整张脸涨得通红。

"我看休伦那小子，完全被这个苏瑾迷住了！"穆民德怒道，"上次给她的教训还不够吗？还敢来穆家招惹？"

他却忘了，他所谓的"教训"，最终让他身边最得力的一位私人保镖落入穆休伦手里，到现在都杳无音讯。而那个保镖，平常可没少给他处理"脏事"，落在穆休伦手里，不知道会有多少麻烦。

穆夫人自然知道他这些破事，心中冷笑。

夫妻俩貌合神离，仅能维持明面上的相敬如宾而已。即使穆休伦几次三番为了苏瑾挑战穆民德的权威，可穆民德依旧沉浸在幻想当中，觉得自己的儿子就应该听自己的话。

他低下头想了想，突然对穆夫人说："对了，我记得你有个什么表弟，就排行第二的那个，最近在做什么？"

穆夫人心里一跳。她最近越发觉得男人靠不住，开始学着为自己打算——具体来讲，就是背着穆民德，偷偷把财产转移给娘家人。这个没什么脑子但是非常听话的二表弟，则是她手下最得力的棋子。

穆夫人含糊道："二表弟？应该和以前差不多吧，最近没有和他见面。"她镇定地望向身旁的丈夫，"怎么，找他有事？"

"是有点事。"穆民德点头，"我记得，他有个女朋友刚好也是明星？"

"明星算不上，也就是个没名没姓的小艺人。"

"没名没姓？可我记得她长得还蛮漂亮的，还和苏瑾拍过戏。"

穆夫人心道，就见过一面的小丫头你可记得真清楚。

她答："好像是有这么一回事吧，怎么了？"

穆民德皮笑肉不笑地咧开嘴："这个什么鬼节目不是在新疆拍吗？那就把她送过去，送到苏瑾身边——让她替我好好教训教训那个苏瑾。"

穆夫人心里一跳，说："你要怎么教训？"

"明星最注意长相……若是苏瑾没了那张漂亮脸蛋，穆休伦还会再看她一眼吗？"

穆家人在背后打的小算盘，苏纪时自然不可能知道。这时的她正和其他几位队员一起，坐在摇摇晃晃的大巴车上，从可可托海地质公园前往临县的乌伦古湖取景。

这期《荒野大赢家》增加了录制时长，上次去印尼录了七天，而这次计划录十二天，现在录制时常已经过半，再过六天，他们就要离开这片壮美的冰雪世界了。

这一片属于北疆，很多人只知道新疆夏天的美景，却不知道这里的冬天一样迷人。可北疆第一太冷，第二太远，一进入十月份，客流量萧条得要命。当地政府急于发展冬季旅游，当听说现在收视率爆炸的《荒野大赢家》要来拍摄时，全县上下立即拿出了百分之一千的力气，争取把最美的一面呈现给全国乃至全世界的观众。

嘉宾们一早从营地出发，导演告诉他们要去临县取景。哪想到大巴车一连开了几个小时，中途在休息区停留了二十分钟，其他时候都是在路上狂奔。

严长辉坐不住了，忙问导演："不是说去临县吗？"

导演说："是啊。"

严长辉："这都开了多久了，怎么还没到啊？"

导演终于露出了狐狸尾巴，狡猾道："因为临县距离这儿有三百公里啊！"

新疆怎么这么大？三百公里，能从北京开到山西去了！

本来以为一天就能录完的行程，算上路上的耗时，其实要辗转三天！嘉宾们被这通突然袭击弄得措手不及，因为他们根本没有准备外宿的行李。看来，到了当地如何解决住宿，将会成为接下来的考验。

坐长途汽车是最容易犯困的了，苏纪时昏昏欲睡，忽然微信一响，穆休伦的头像跳了出来。

Mr. 穆：最近穆家人在调查你的事情。

Mr. 穆：还好当初你妹出道时，公司给她重做了一套属于苏瑾的新身份，刚好和你们本人的身份信息区分开了。

Mr. 穆：我已经通知林岩那边注意保护你妹妹，你在节目组里也要小心。"

Dr. 苏：放心吧，这么多双眼睛盯着呢。

Dr. 苏：他们再厉害，难道能在节目里直接动手吗？

Mr. 穆：你小看了穆家人的无耻。

Mr. 穆：我的亲生母亲是被诬陷入狱的，进去没多久，就意外在监狱里"病故"了。

Mr. 穆：我因此才成了"孤儿"，在太阳村长大，又被穆民德收养。

苏纪时静静望着这串文字，不知该怎么安慰男人。

穆休伦发来一段语音，苏纪时点开。

只听男人声音低沉，缓缓道："纪时，我已经失去了我生命中最重要的一个女人了，我不能再失去第二个了。"

待穆休伦去工作后，苏纪时心里沉甸甸的，顿时失去了玩手机的兴致。那感觉就像是冷锋过境后，胸口闷闷的，连呼吸都是一种负担。

她把手机插上充电宝，往小霞的怀里一扔，就要睡觉。

小霞拉拉她衣角，小声道："苏姐，你去和其他嘉宾聊聊天嘛。"

苏纪时不解地问要聊什么。

小霞："聊什么都行。做真人秀综艺嘛，不要和大家太有距离感，要不然做任务的时候，会显得太生疏。"

苏纪时不懂娱乐圈的游戏法则，既然小霞这么说了，她就老老实实听了。于是她从座位上站起身，走向了后排。

其他几位艺人正聊得热火朝天，见她来了，自然很开心地让出了一个位置。苏纪时坦荡地坐下了，问他们在聊什么。

陈刚玉压低声音，神神秘秘地开口："我刚刚打听到一个消息，说节目组突然把咱们送到临县，其实是因为，在临县有一个临时插进来的'飞行嘉宾'！"

"什么？"伟经问，"这才第二个地点啊，就有飞行嘉宾了？"

严长辉："不是说，之前徐雅丹想来，节目组都没同意吗？"

陈刚玉摇头："具体的我也不清楚。但刚才在服务区休息时，我听到策划接了个电话，说飞行嘉宾已经到了。但具体那个嘉宾是谁，我就不清楚了。"

几人围着那位神秘"飞行嘉宾"的事情分析了好久，但他们掌握的情报有限，只能暂时按兵不动，等待真相揭露。

苏纪时听不懂他们在说什么，回到自己座位后，她悄声问小霞："什么是飞行嘉宾？难道出场时是从天上跳伞落地？"

小霞总是会被苏纪时打败："不是啦。一般这种户外真人秀里，除了固定卡司以外，还会请一些助演艺人。有时候是节目太烂，请大牌艺人过来客串，提升节目名气；有时候是节目太火，艺人们各种找门路、塞钱，想要进来蹭热度。"

像《荒野大赢家》这样，仅凭三期就创下综艺记录的热门真人秀，肯定属于第二种情况。

小霞问："苏姐，你听懂我的解释没？"

"听懂了。"苏纪时淡定道，"什么飞行嘉宾，不就是说法好听些的'临时工'嘛。"

不过一想到那位未知的临时工，苏纪时不知怎的，想起了穆休伦叮嘱她的话。

这位临时工，不会和穆家有什么关系吧？

第十八章　姑娘追

经过一路颠簸，一行人终于在下午三点抵达了乌伦古湖。

放眼望去，白雪堆叠下，整片湖水冻结成厚厚的平层，在阳光下就像是一整片打磨成镜子的水晶宝石。

乌伦古湖，是国内十大淡水湖之一。它虽身处荒漠，但烟波浩渺、生云涌雾，是新疆最负盛名的野生鱼渔区。它被称为"天赐之海"，每年一、二月份，这里都会举行盛大的冬捕活动，人们凿开冰面，以网捕鱼。

而这次节目组就安排几位艺人来当地体验乌伦古海的冬捕节。

越靠近湖区，体感温度就越冷。

苏纪时刚一下车，寒风裹挟着冰碴，立即吹醒了她的大脑。

再看周围工作人员，更是全副武装，follow PD 把摄像机贴满了暖宝宝，担心电子设备经不住大自然的考验。

待架设好摄像机，五位艺人哆哆嗦嗦地站成一排，喊出了节目slogan（口号）——"荒野大赢家，与自然共舞！"

话音未落，镜头后的总导演就笑眯眯说："乌伦古湖这一站，将要迎来一位新朋友。大家可以猜猜看是谁哦！"

来了，果然来了一位飞行嘉宾！

伟经本来就是综艺咖出身，最会接梗："哎哟，导演你这么说，我们哪里猜得到了啦？你先缩小一下范围，性别、年龄，是演员还是歌手、和我们几人有没有过合作？"

导演道："是一位美女演员，芳龄二十二岁，和苏老师合拍过一部电影哦。"

突然被 cue（点）到的苏纪时一脸茫然。

镜头紧紧追着苏瑾的脸，推了一个大特写，捕捉到了她的表情。其他几位艺人也在旁"煽风点火"，让她好好回忆一下。

但苏纪时确实猜不出来。她妹妹拍过的电影那么多，她又不能把所有和她妹妹合作过的女演员资料都背下来。

苏纪时成为"苏瑾"以来，只拍过一部电影，叫《神秘笔记》，还是补录镜头。她记得那个女配特别爱作妖，而且还和穆家人有千丝万缕的关系，她记得那人是叫……叫……叫什么晶来着？吴晶？郑晶？王晶？

见苏纪时实在猜不出来，导演不再卖关子，请出了这位神秘的飞行嘉宾。

只见一道娉婷的身影自人群后缓缓走出，待看清她身上的装扮，所有艺人都倒吸一口凉气！

当地气温接近零下四十度，五位嘉宾从头到脚都裹着厚重的羽绒服、羽绒裤，就连耳朵脖子都护得严严实实的。但是这位突然加入的飞行嘉宾，居然只穿了一身油光水滑的短款貂皮大衣，配上刚刚包住屁股的小皮裙和肉色打底裤，完全是"要风度不要温度"的充分体现。

严长辉牙齿打战："光是看到她，我的老寒腿就要犯了……"

"这是谁啊？"伟经小声问，"我没合作过。"

秦丘默默加一："我也没有，这人我见都没见过，她演过什么？"

"我倒是见过……"陈刚玉迟疑道，但声音也透着一丝不确定，"这人好像之前演过不少偶像剧女二号、女三号的，可最近半年没听过她消息了。"

苏纪时强忍住翻白眼的冲动，她万万想不到，这位飞行嘉宾，居然真的是她合作过的艺人！

飞行嘉宾被冻得满脸通红，向他们挥挥手，甜甜道："各位老师好，我是你们的新朋友，也是苏老师的老朋友——周晶。"

苏纪时可没她这份睁眼说瞎话的本领。老朋友？她怎么从来不知道，她会和穆休伦的二舅妈成为老朋友？再说，导演不是说这次来客串的是一位"美女演员"吗？这四个字，周晶只和其中的"女"字有关系吧？而且最主要的是……这才短短半年不见，周晶怎么变样了？

第一次见周晶时，她是煤老板会喜欢的那种典型蛇精脸。欧式平行大双眼皮、尖下巴，还有高上云霄的可怕鼻子。因为年纪轻轻就往脸上注射了太多东西，导致拍戏时周晶脸部非常僵硬，很多表情都做不出来，连皱眉都很费力。

苏纪时自嘲是"塑料演技"，那周晶就是"回收塑料演技"。

可现在呢，周晶的脸……已经"垮"掉了。

最为明显的就是她的鼻子。原本她的鼻梁是又挺又窄的，可现在山根塌下去，鼻梁也变宽了不少。这是典型玻尿酸隆鼻后期逸散的症状，她为了挽救自己的鼻子，便刻意在山根两侧打了很重的"死亡鼻影"。猛地看过去，就像是一张假面贴在她脸上一样。

就在苏纪时打量周晶时，周晶也在偷偷打量她。周晶心里犹如小锤擂鼓一般，咚咚咚咚响个不停。

她被金主从温暖的海南小别墅被扔到零下三十度的新疆，其实是带着"任务"来的。

最近这半年，她的日子极其不好过。

她之前花钱那样大手大脚，又颐指气使的，不过是仗着金主宠爱罢了。可那位二舅家里有一个厉害老婆，不知道通过什么渠道知道他在外面养小三、小四、小五的事情，大闹一通，逼得二舅不敢再拈花惹草。

离开二舅后，周晶哪里还回得去之前抠抠索索的小日子？没过多久，她就把之前攒下的那些钱都花光了。她没了金主给的资源，小剧组又不屑去，只能一天天躺在家里蹉跎时间。

哪想到几天前，她意外接到了前金主的电话，说要让她参加现在最火的综艺节目《荒野大赢家》！

她开心疯了！《荒野大赢家》的收视率有多高，是个人就知道。只要去网上一搜，各个论坛上到处都是讨论帖。能去录制这么厉害的综艺节目，是不是说明她大红大紫的一天终于要来了？至于金主提出的那个小小"附加任务"，又算得了什么呢？

周晶确实不是一盏省油的灯。

苏纪时之前在拍《神秘笔记》时，已经领教过周晶有多能作。明明是个靠金主上位的十八线，却硬是在片场摆出了一线流量的架势。还是苏纪时气场全开，狠狠磋磨了她一顿，才把她压住。

原以为这么长时间不见，周晶应该有所长进了，没想到她身上的戏比往常更多了。

她和苏纪时拉关系失败，又跑去其他艺人那里套近乎。她是个自来熟，特别会给自己加戏，几乎一眨眼的工夫，她就给每个人都取了个昵称，和大家（单方面）打得火热。

虽然到现在为止，她还没有表现出任何不对劲的举动，但苏纪时断定，周晶绝对是冲着自己来的。否则，这么热门的一个综艺节目，为什么会莫名其妙空降一个十八线，而且这个十八线，还和穆家人有关系？

苏纪时也懒得试探她，反正就算试探，对方肯定不会这么快露出狐狸尾巴的。

当天下午，几位艺人在当地工作人员的带领下，踏上了乌伦古湖的冰面。

每到冬天，乌伦古湖的冰面能结冻一米有余，经得起几万人在冰面上蹦迪。除了捕鱼之外，冬捕节还开设了专门的游乐摊位、美食摊位，这一个下午，六位艺人便一边吃美食，一边欣赏美景。

"咦，那是什么？"周晶矫揉造作的声音响起。

顺着她手指的方向看去，只见湖边雪地中央有一块偌大的场地被圈了起来。围栏外竖着几个帐篷，几位身穿盛装的少数民族同胞正在帐篷里取暖聊天。距离帐篷不远处，则是一个开放式的马圈。一匹匹高大健壮的长毛马正懒洋洋地站在雪地上，嘴里嚼着草料，吃得正香。

生在极寒之地，这些马匹与内陆马相比，骨骼更粗壮，背毛也更厚。工作人员介绍，它们具有苏维埃重挽马的血统，所以才能生的这么高壮。

苏纪时本来就喜欢马，这让她想起远在北京的 Linda Hu，她望着这些马儿，眼神也带上了一分温度。

严长辉好奇地问："一会儿是有赛马比赛吗？"

工作人员先是摇摇头，又点点头："赛马比赛谈不上——一会儿要在这里表演'姑娘追'。"

"姑娘追？"

这个奇特的名词，引起了所有人的好奇心。

工作人员乐陶陶地解释起来。原来"姑娘追"是哈萨克族的传统赛马游戏。简单来讲，就是马背上的"来呀来呀来追我"。只是与常见的"男追女"不同，"姑娘追"的核心之处，在于男人骑马在前面跑，女孩子骑马在后面追。

这个游戏，表现了敢爱敢恨的哈萨克族姑娘对包办婚姻的反抗和对自由爱情的向往。如今，在很多大型节日甚至婚宴上，都会有"姑娘追"的表演马赛。

工作人员话音刚落，正愁没处表现自己的周晶，立即嚷嚷开了："哎呀，这个游戏好有意思啦！要不然咱们也玩吧？"她一边看向其他几位艺人，一边对着镜头眨眨眼，模样娇憨可爱，"来嘛，一起骑马嘛！"

这种真人秀节目，导演、策划其实和隐形人差不多，不能过多干预嘉宾的选择，要不然就会失去节目的趣味性。

几位嘉宾商量了一下，大家都觉得周晶的提议还蛮有意思的。只要拍过古装戏的艺人，基本都会骑马。

六位嘉宾，刚好三男三女，组成三对组合赛马，绝对看点十足。

只是……

"抱歉啊。"年纪最大的严长辉举手致歉，"之前拍戏的时候我伤到了腰，不能骑马，这游戏就不参与了，你们几个年轻人玩吧。"

他的退出，导致三位女嘉宾中势必有一人要"落单"，需要和工作人员组队。而剩下的两位男艺人，一个是新手奶爸伟经老师，一个是二十岁人气小鲜肉秦丘，用脚指头想，都能猜到和谁组队更有话题！

周晶眼珠一转，心道绝对不能放过这个炒 CP 的大好机会！

她立即凑到秦丘身边，像是根本看不到秦丘脸上的尴尬一样，甜甜地问："丘丘，我和你一队可以吗？"

像秦丘这样上升期的小鲜肉，最怕的就是绯闻了！周晶来势汹汹，今天他要是和她一起骑马了，明天微博上他俩就要秘密交往三年，后天估计隐婚隐育都要炒出来了！

他吓得立即往后退，惊慌之下，根本不过脑子地说出一句话："我也腰痛，我不骑马了！"

这一听就是借口，周晶也不知道是真没听懂还是故意装作不懂，追问他："丘丘，你也腰疼？这么巧，难道你也在剧组伤了腰？"

话已出口，秦丘反而没之前那么慌了。他定了定神，故意做出一副娇羞的样子，耍宝搞怪："哎呀，男人每个月都有那么几天不舒服，你懂的，大姨夫嘛！"

就连工作人员都被他逗笑了，其他几位艺人也是被逗得前仰后合，只有周晶一个人气的脸色发白，连假笑都要撑不住了。

她心里有一股怒火在燃烧，她当然知道其他几位嘉宾都看不起她，她辛辛苦苦用热脸贴了这么久的冷屁股，却换来了所有人的嘲笑！等任务完成离开这个鬼地方，她一定要向金主好好诉诉苦！

她咬牙咽下心里的酸涩，再次把视线投向了场内最后一位男艺人——虽然和奶爸伟经组队不好炒话题，但总比分配给路人或者工作人员好吧？！

哪想到，不等她开口，一道清亮果决的女声就打断了她的表演。

"玉玉姐和伟经老师一组，就这么定了。"苏纪时红唇一抿，说出口的话根本不容任何人反驳，"至于周晶……我看，你就和我一组吧。"

苏纪时想，既然周晶这家伙是因为自己而来的，那这个麻烦，自然要由自己解决。

她说得轻松，可这句话引起了在场所有人的震惊。

负责当导游的当地工作人员，更是急得抓耳挠腮，连连摆手："不行不行，从来没有这样的！"

苏纪时挑眉："哦？"

工作人员："'姑娘追'这个游戏，从来都是女孩和男孩比赛，从没见过两个女孩比赛的！"

"没见过？那正好。"苏纪时最喜欢做的事，便是打破常规了。她伸手拍拍身旁高壮的骏马，骏马垂下长颈，驯服地望着这位神采飞扬的女武神。她洒脱一笑，脚踩马镫，翻身便跃上了马背！

她在马上坐稳，腰杆笔挺。顾盼间，眼神似刀，足以割裂空气："既然所有人都没见过，那今天就让他们都见识见识吧。"

说罢，她低头，俯视着被她一席话镇住的周晶。

"别浪费时间了。"苏纪时马鞭一甩，在空中呼啸而过，鞭声炸响，"二舅妈，你策马先跑，我让你三十个马身。你敢不敢比？"

监控屏幕后，总导演和总策划俩人揣着袖笼，哆哆嗦嗦地挤在一起。机身上贴着七八个暖宝宝，透过小小的屏幕，可以看到工作人员正在给参加"姑娘追"游戏的四位艺人更换民族服饰。

总策划瞄了眼镜头里面沉如水的苏瑾，向身旁的老搭档问出了心中的疑问："老郑，你说……这苏瑾到底是什么意思？"

"嗯？什么'什么意思'？"总导演掀了掀眼皮，赤黑的面庞上写满了不耐烦。俩人是老搭档，十几年前一同进的苹果台，这么多年打拼下来，制作了不少耳熟能详的综艺节目，而这次的《荒野大赢家》更成为苹果台开年强作，收割的赞誉一波又一波。

"别装傻。"总策划用胳臂肘怼了怼他，"就刚才苏瑾那句话那么多人都听见了——她叫周晶'二舅妈'，又硬逼着周晶和她赛马，你说这什么意思？"

郑导"切"了一声，翻着白眼说："你还看不出来嘛，俩人肯定有矛盾呗。俩人之前拍过戏，以周晶那样子，得罪苏瑾也是必然的。"

"那为什么叫她二舅妈？周晶我记得才二十二岁啊。"

"那我哪儿知道！"天寒地冻，郑导一说话，腾腾的热气就化成白雾从嘴巴里冲出来，看上去就像是在体内装了个加湿器一样，"说不定是觉得周晶长得很慈祥吧。"

总策划算是听出来了，"老郑，没想到你屁股这么偏啊！"

郑导哼了哼："咱和苏老师可是过命的交情！当初要不是苏瑾，咱所有人都得折在印尼！不像你，这么没原则。什么飞行嘉宾啊？我看是金钱嘉宾、后台嘉宾、潜规则嘉宾吧，说加人就加人！"

总策划也没办法，道："我找谁说理去啊，副台长一个电话打过来，我不加也得加啊！"

他们搞不清楚这周晶到底是走通了什么关节，硬是以一个十八线身份，成了他们这个节目的第一个飞行嘉宾！而且刚一来，就和其他嘉宾的关系处得这么僵。到时候收视率受影响，挨骂的还是他俩！

真是晦气！

哈萨克族人热情奔放，能歌善舞，他们的传统服饰也以亮色为主，红色、粉色、橘色、蓝色、绿色……纱制的裙摆一层压一层，像层层盛开的花苞，配上收腰的小马甲，这么一身不知有多亮眼。

可周晶挑来挑去，一会儿觉得橘色饱和度高，一会儿觉得蓝色不够正，一会儿又嫌弃粉色太土……最后，她从衣架上挑出来一套纯白的衣裙罩在身上，顿时觉得镜子里的自己就像是踏入教堂的新娘，要多美就有多美。

待换好白裙，她撩开帐篷大门。接近零下四十度的气温，她在裙子下面浑身贴满了暖宝宝，这才没让自己丢脸的发抖。

马圈外，已经换好民族服装的陈刚玉和伟经等在那里，正在工作人员的指导下选马。不远处，有看热闹的路人围在那里，正好奇地盯着周围的相机。

陈刚玉穿了一身粉裙，颜色艳丽，周晶不屑地想：三十多岁的人了还装嫩呢，真不愧是偶像剧专业户！

陈刚玉根本懒得同她打招呼，聚精会神地听着工作人员的讲解。

原来，"姑娘追"这个比赛，有个很有意思的传统——若女孩追不上男人，就算男人赢；若是追上了，女孩是可以用马鞭抽男人的！男人可以在马背上闪躲，闪躲不过，只能硬生生挨下鞭子。当然，这个游戏发展到现在，抽鞭子不会真用力气，大多是情侣间的嬉闹。

伟经听得冷汗直冒，赶快让助理又给自己多拿了一件皮坎肩，套在了外衣下面。

陈刚玉见他一副如临大敌的模样，捂嘴轻笑："伟经老师，您可真看得起我的骑术。您放心，就算我追上了你，我肯定轻轻甩鞭子，绝对不会伤到您的！"

两人说说笑笑，完全把周晶晾在了一旁。

而周晶也根本没注意他们两人的态度，她现在所有心神都凝在了工作人员的话上——女孩是可以用鞭子抽男人的？！

那两个女孩比赛，是不是她也可以攻击苏瑾了？既然这是比赛允许的规定，那她合理利用一下也没有问题吧？皮鞭无眼，谁又能料到，那鞭子会抽到什么位置呢？

她兴奋不已，一股子坏水从心底往上涌。

她四处张望，寻找着苏瑾的身影："咦，苏老师呢？"

恰在此时，不远处的帐篷门帘被撩开，一道傲然挺立的身影迈步而出。寒风料峭，可那女孩红裙灿如烈阳，仿佛一团熊熊不灭的火焰。

被周晶嫌弃"土气""辣眼"的红裙，却和苏纪时本人的气质极为搭调。裙摆一层层散开，黑色的皮质马甲紧紧勾勒出她的曲线，头顶的帽尖插着一捧白羽，令人完全不舍得移开视线。

在场的所有人乃至监控屏幕后的工作人员，都被苏纪时的亮相惊艳到了——可以想象，当这期播出后，苏瑾的这身红裙、这次雪地赛马，会引发多少讨论度！

从北京来的大明星，要在这里表演两场"姑娘追"！——这个消息很快就传到了周围所有群众的耳中。本来冬捕节就聚集了不少客流，这下子，越来越多的人向着马场聚集，就连正在冰面上摆摊的渔民都放下了摊子，围过来看热闹。

这里不只有少数民族，也有很多汉族人，他们很快就认出了苏瑾、秦丘等人，再看看旁边的摄像机，立即反应过来，他们这是在录《荒野大赢家》！

观众们兴奋着挥舞起手臂，给几位艺人鼓劲儿。

比赛第一局，由伟经和陈刚玉开场。

圈出来的这片马场很宽阔，纵横都有八百米，地势平坦，但积雪很厚。

伟经策马先跑，陈刚玉紧随其后追逐。无奈，陈刚玉骑术有限，而且也不习惯穿这种长裙骑马，所以她歪歪扭扭跑得很慢，伟经都跑到围栏那一头去了，她还在原地打转呢！

马场外，围观的观众响起了善意的哄笑声。陈刚玉听后更急了，她使劲拉着缰绳，结果越使劲，马越容易原地转圈。

伟经哈哈大笑，故意跑回来，在距离她十米以外的地方陪她一起转圈，嘲笑她："陈老师，你是陀螺转世吗？"

这一局，陈刚玉根本没追上伟经，遑论扬鞭子了。

待俩人从马背上下来，都累得满头大汗，体弱的陈刚玉一头倒在助理肩膀，被助理用厚厚的羽绒服紧紧裹住。

"比我想象中的难多了！"陈刚玉对着镜头做了个鬼脸，"我怀疑自己骑得不是马，是驴，要不然它怎么一直原地打转？"

待他们这组结束后，接下来的重头戏，便落在了苏瑾和周晶身上。

临上场前，小霞亦步亦趋地跟在苏纪时身后，殷勤地给她揉肩捶背。

趁着 follow PD 不注意，她捂住苏纪时身上的麦克风，小声道："苏姐，你要小心！那个周晶一看就是垃圾三流网文里那种典型坏女配，你可千万不要着了她的道！"

她忧心忡忡地说："要不……苏姐，咱们别比了！她一看就是穆总他爸派来的，肯定不怀好意！我看咱们还是给穆总打电话吧。"

苏纪时抬手弹了弹她的额头，促狭地问："给穆休伦打电话？难不成他能插上翅膀，直接飞过来，把周晶捉走？"

"可……"

"没什么可不可的。"苏纪时打断她，"穆休伦有他的战场，没必要让他分神；而这里是我的战场，既然我主动邀她上马比赛，那我就是有把握赢她。"

苏纪时粲然一笑："你记住，'打脸'这种事，自己亲自动手，总比等男人替我出气要爽多了。"

小霞能说什么呢？只能把所有的担忧都塞回肚子里了。

在得知第二场"姑娘追"居然由两个女明星完成时，围观的群众立即开始了激烈的讨论。所有人都没见过这种比赛，不禁议论纷纷。更有无数人举起手机，不顾手指被冻得僵硬，也要在朋友圈、微信家人群里直播这场比赛。

出发处，马背上，两个同样高挑的女孩手握缰绳，眼神碰撞间，火光四射。

周晶娇滴滴道："苏老师，一会儿可要手下留情呀。"

苏纪时挑眉："手下留情？难道不是马下留情吗？"

不远处的监控屏幕后，总导演和总策划带着几个工作人员聚在那里，对着屏幕嘀嘀咕咕。

总策划："啧，火药味现在就出来了。"

郑导皱眉："火药味我没看出来，我只看出这个周晶今天出门忘吃健脑药了。"

"哦？怎么说？"

郑导敲敲监控屏幕："她是不是脑子进水了？这大雪天，穿一身白色的裙子，让我怎么拍？你看看陈刚工，再看看苏瑾，都知道捡艳色穿，白雪衬美人，多好看！就她特立独行，非穿白色的裙子！"

周晶完全是聪明反被聪明误，觉得白色纯洁、清雅，却忘了雪天最不适宜穿的就是白裙。在漫反射下，镜头很难对焦，她原本想多搏几个镜头，哪想到在监控屏幕里，她几乎整个人都是失焦的。

总策划见自己的老搭档说着说着直冒火，赶快劝："行了，不值得为她生气，咱们还是……啊！她出发了！"

镜头里，周晶策马狂奔，很快就甩开苏瑾一段很远的距离。

她的骑术不错，要不然也不会主动提出要参加这个游戏。短短二十秒，马儿就向前奔袭了很远的一段距离。而就在她甩下苏瑾一百米后，那个红裙女孩，终于动了！

骝色的马儿健壮神勇，四蹄踏雪，碾碎一片冰凉。

苏瑾双腿夹紧马身，伏低身子，策马急追。红裙如火，在身后拖曳出一道灿烂的弧线。

固定在马笼头上的迷你相机第一时间传递回了苏瑾的特写，只见她眉头微皱，精致的眉眼透着一阵令人心悸的坚定，牢牢锁定着百米外的身影。

马场外，欢呼声一浪高过一浪，所有观众挤在围栏前，不管认识苏瑾的还是不认识苏瑾的，这时候都在为她加油，希望她能赢得漂亮！

雪地行马，雪的厚重掩盖了马蹄落地的声音。周晶伏在马上，耳边除了呼啸的风声，只有自己仓皇的喘息声。

为什么周围人都在喊？他们在喊什么？在喊苏瑾的名字吗？为什么左右人都喜欢她，却不把目光投在我身上呢？明明我们是一类人，若不是有穆休伦捧着她，她怎么会有今天的成就？

纷纷扰扰的杂念涌上心头，周晶胸口翻涌的妒意越演越烈，而在这妒意之后，则是迷茫、焦虑，与她自己都没有注意到的深深自卑。

她扬起马鞭，连连几下抽在马身上，希望身下的骏马能够甩开苏瑾。然而这么强硬的鞭打，不仅不会让马儿听话，反而会激起马儿的怨怼！

余光中，周晶清晰地看到，那抹赤红色的倩影距离自己越来越近，越来越近，直到两人并驾齐驱！

就在一臂之远的地方，苏瑾侧头看向她，红唇黑发，美艳惑人。

苏瑾明明一句话未说，可周晶却觉得，她是在嘲笑自己！

周晶薄得像纸片一样的自尊心，便在那一笑之中，碎成了粉末。

她哪里忍得了——她也根本不想忍——只见她扬起手臂，马鞭在空中甩过一道醒目的弧线！

然而这次马鞭的落点不再是她身下的骏马，而是苏瑾的脸庞！

眼看皮鞭向着自己甩来，苏纪时一个拧身，险之又险地与皮鞭擦肩而过！

皮鞭甩空，自空中呼啸而过，发出一声刺耳的异响。原本冰冷的空气徒然升温，鞭尾甩过之处，苏纪时甚至能感觉到一阵热流从肌肤上淌过。

面对徒然降临的鞭子，苏纪时惊怒交加。若不是她经常锻炼，身体素质极佳，要不然根本不可能躲过这一鞭！

幸亏参加录制的人是她，若骑在马背上的人是苏堇青，那这一鞭之下，皮肤绝对会皮开肉绽！

对于艺人来说，脸永远是最需要被保护的。苏纪时之前只觉得周晶很蠢，现在才发现，周晶明明是又蠢又坏！

周晶一鞭未中，立即策马拉开了两人的距离。她一边跑，还一边假惺惺地说："哎呀，苏老师真抱歉，刚才我太害怕了，没注意到分寸，我是无心的，你不会和我计较吧？"

这一切发生得太快了，围在马场外的人自然不知道两人说了什么，他们只见周晶甩了鞭子而苏瑾侧身避开了。

围观游客可不知道她们两人不对付，还以为这是表演赛之中的一环，是两人商量好、故意做出的惊险动作。顿时，叫好声响彻场外，当地的少数民族同胞甚至吹起哨子、鼓起掌，以表达他们对"姑娘追"游戏的热爱。

苏纪时心里碎碎念，哈萨克族真不愧是马背上的民族，这什么硬核游戏啊，真的有情侣会通过这个游戏结缘吗？

她试探着又向着周晶冲去，果不其然，这次周晶再次抡圆鞭子，向着苏纪时打来。

苏纪时早有准备，她双脚紧紧勾住马镫，身子向后倒去，几乎整个上半身都躺倒在了马背上，这才躲过了周晶的攻击。红色的纱裙自马背上流淌而下，就像一朵盛开的带刺玫瑰，只能远观，不可靠近。

而这次，场外观众的欢呼声更大了。

苏纪时重重吐出一口气，直接从马背上坐起来，冷冷的目光直接钉在了周晶身上。

"甩够了吗？"她音色极冷，"要是甩够了，那就轮到我了。"

都说"事不过三"，但在苏纪时这里，能给别人第二次机会，已经是天大的恩赐了。她允许周晶攻击她两次，不过是为了了解这个游戏的底线在哪里。因为顾忌现在还在拍摄中，所以她尽力克制，不想"黑脸"。可伴着她脸上神秘莫测的微笑，她整个人的气场显得尤为可怕，光是与她对视，就让人遍体生寒！

周晶即使再蠢，到了这一刻，她也意识到不对劲了——苏瑾，恐怕根本不是她能随随便便欺负的人。

她紧握缰绳，两只脚重重踹马腹，嘴里不停地喊："驾！驾！走啊，你给我走啊！"

可她身下的马却不知怎么回事，在雪中奔跑的速度越来越慢，到最后几乎像是散步一样，直接停下来了！

都说老马最有灵性，它明白这个不停踹它、抽它的女人绝不是什么好人，它也不想被她随意驱使。

几乎眨眼间工夫，苏纪时已经策马追了上来！女孩红唇勾起一抹轻蔑的笑容，她扬起手中的长鞭，直直向着周晶甩下，鞭声尖啸，破空声清晰可闻。然而不知是苏纪时有意放水还是周晶狗屎运够强，第一鞭几乎是擦着周晶的肩头落下，虽然惊险但未伤到她分毫。

可急速甩过的鞭子还是吓了她一跳，响亮的甩鞭声在耳边炸响，周晶抖若筛糠，还不等她消化掉这份惊吓，第二鞭紧随其后，再次落下！

这一次，鞭尾则顺着她的鼻尖落下，连她的发丝也被劲风吹了起来。

一次比一次更近的危机感，让周晶就像一只独自面对母狮的小小土拨鼠，浑身上下只剩下嘴巴这唯一的器官了。

"啊！"

苏纪时被她吵得头痛，手上不停，第三鞭接踵而至。

惊慌之中，周晶的第一反应就是闭上眼伸手去挡。她清楚知道，这一鞭若是落在身上，轻则见血重则破相！

然而令她震惊的是，她意料之中的疼痛并未来临。风声擦着耳尖，呼啸而过。她僵在马背上，迟迟不敢睁眼。黑暗里，她失去了对外界的感知能力。她看不到、听不到，只有超速的心跳声自胸腔内传出。

苏瑾……苏瑾是放过她了吗？

马场内外，一片肃静，只剩下冰冷而湿润的空气，浸透了她的衣衫。

然而这分安静未能持续几秒。半分钟过后，场外突然爆发出了一阵极强的欢呼声，声浪如潮，足以吵醒脚下沉睡的冰面。

"苏瑾！苏瑾！苏瑾！苏瑾！"

不知由谁起头，苏瑾的名字出现在每一个人口中。在场有多少观众？几百人？抑或上千人？他们齐声呼喊着她的名字，呼喊着这位赛场上的王者。

周晶噤若寒蝉，终于鼓起勇气悄悄睁开眼睛……

就在苏纪时的马蹄下，一顶白色塔状高帽落在雪地里。那高帽上绣着精致的花纹，冒尖处一尾长羽高高挺立，造型格外精巧。

"啊！"周晶恍然，赶忙伸手去摸自己的头顶——果不其然，原本戴在她头上的帽子不见了！

原来刚刚那一鞭，苏纪时虽然看似用了全力，但最终只用鞭子抽掉了周晶的帽子以示警告。

周晶不可置信地看着她，过度切割开的眼角几乎包不住她那双滚圆的眼睛。

"你……你为什么……"

"怎么，很惊讶？"苏纪时挑眉，嘲讽地看向她，"你以为我是心软吗？不，我只是不想让你的血弄脏我的鞭子罢了。"

苏纪时甩下失魂落魄的周晶，在围观群众的欢呼声，施施然骑马回了休息区。

整个休息区里聚集着节目组足有几十口人，然而现在这里鸦雀无声。上到郑导、总策，下到几位艺人和助理，每个人都像是被点了穴道一样，闭嘴惊艳地看着她。

在将近零下四十度的寒风里，几乎每一个人都满面赤红，激动得仿佛他们刚刚从马背上下来一样。

"怎么了？"苏纪时好笑地叫醒他们，"冻死了，我的羽绒服呢？"

翻身从马背上翩然落下，拿了马草喂给它吃，感谢它刚刚和自己配合默契。它打了个响鼻，并没有第一时间去衔马草，而是侧过头，亲昵地用脑袋蹭了蹭苏纪时的侧脸，大马撒娇控制不住力气，苏纪时头上的尖帽都要被蹭掉了。

小霞猛然回神，赶忙抖开羽绒服，急急忙忙迎上来，披在了苏纪时身上。

她红光满面，叫得鸡笼都要关不住了："你刚才太厉害了！你是怎么想出最后那一招的？"一边说着，她一边模仿起刚刚苏纪时挥鞭的动作，上蹿下跳起来，"你就那样唰——然后唰——接着唰——最后她的帽子就被你抽到地上去了！我们在监控这里都看到她的表情了，她气得鼻子都歪了！不对，她的鼻子本来就是歪的！"

苏纪时赶忙止住她的吹嘘："行了，我本来就没想伤她，只是想给她个教训。毕竟是录节目，搞出流血事件也不好看。"

秦丘大小也算个流量，不怕事儿，直言道："苏姐，你不想伤她，可她想伤你啊。"

那周晶前面两鞭子都是向着苏瑾要害抽的，如果说先撩者贱，那周晶就是贱中之贱。

事情发生得极快，当郑导在监控器里看到周晶的作死举动后，吓得魂飞魄散。他立即叫人赶快叫停游戏，无奈围在栏杆边的游客太多了，工作人员根本挤不进去，才没能第一时间阻止事态继续恶化。

苏纪时转向总策划，直言："我相信大家也都看出来了，我和周晶有过节。我知道身为艺人，既然接了工作，就要好好完成。可她若说老老实实地在节目里当个壁花也就罢了，现在直接向我动手，就算我能忍，我的锤子也忍不了。"

众人想起苏瑾一柄锤子用得出神入化，在印尼时能打怪能开荒，而这次来新疆，"宝锤"还没出鞘过呢……思及此，大家都神色一凛，视线若有似无地落在她身上，像是在寻找锤子的踪迹。

苏纪时根本没理睬众人的视线，霸气道："周晶我不想再看到她了，我希望明天的录制，她有多远滚多远。"

她之前从来没行使过一线流量的"特权"，可现在发现，若她一直不行使她的"特权"，合作方就会觉得她好说话、好商量。

苏瑾才是这节目数据的唯一保证，即使周晶背后站的是穆家，那又怎么样呢？电视台可要掂量一下，到底谁才是不能得罪的那一个。

郑导和总策划对视一眼，点头如捣蒜："好好好，苏老师你放心。台长那边，我们会如实交代的。"

周晶并不知道，带着"任务"千里迢迢跑来的她，就在苏纪时的几句话之间，还没开始她的表演，就要被轰下场了。

"那您看，今天这段需不需要直接删掉？"

"不用删。"苏纪时牵起裙摆，一层层的红纱在雪地里堆砌出一朵盛放的花，"我穿得这么好看，自然要让所有观众都看看。"

现在，可是全民皆媒体的时代。虽然节目组的工作人员用广播形式通知观众们，不要在节目上映前"剧透"这次赛马比赛的结果，但真正遵守的人又有几个呢？

伴随着口口相传及各种照片、视频的佐证，这期新疆之行还未播出，就赢得了无数粉丝的关注。

很快，苏瑾和周晶比赛"姑娘追"的视频就传得漫天都是，而周晶率先扬鞭打向苏瑾、苏瑾回击的片段也成为所有人热议的话题。

从论坛到微博，这个爆炸性八卦吸走了所有关注。

节目组下榻的宾馆内，周晶抖着手点开微博后台，瞬间就被无穷无尽的私信、评论给淹没了。

她微博一共才一百万粉丝，活粉不到百分之一，剩下都是她的金主花钱帮她搞定的。然而那些活粉如何和浩浩荡荡的八卦群众对抗？而且有视频作为佐证，是她最先攻击苏瑾的，证据确凿，她根本无法洗干净。

再加上，她以前实在太爱秀，微博上明里暗里秀游艇、别墅、钻石、包包，八卦群众仿佛置身一片瓜田，顺藤摸瓜、左右开瓜，没过多久，就把她调查得明明白白。除了暂时没扒出她的金主是哪一位以外，连她去哪个医院垫的下巴都被他们找出来了！正可谓求瓜得瓜、瓜满意足。

周晶大惊失色，她很想发条微博解释一下，没想到刚一动作，屏幕上就弹出提示，显示密码不对——她，无法登录自己的微博账号了！

周晶慌了。

谁有她的微博账号？谁可以直接修改她的密码？

周晶夺门而出，敲开隔壁助理的大门，把手机直接怼到了他的鼻子下面。

"为什么？你们为什么把我的密码改了？"周晶歇斯底里地问。

助理尴尬地推开她："周姐……不，周晶，这是经纪人的意思，我就是一个小助理，我做不了主的。"

助理见她一副失魂落魄的模样，也有些反思自己这话说得太过，刺激到她。他小声道："机票是后天的，您明天在宾馆好好休息吧。"

说罢，助理把周晶推出门外，不忍地关上了门。

周晶犹如魂魄出窍一般，哪还有初来时那股"天大地大老娘第一苏瑾第二"的气势？

她好似丧家之犬，跌跌撞撞地回到了自己的房间。恰在此时，她掌心里的手机忽然响了起来。

屏幕上，"A老公【心】"这几个甜腻的字在微微振动，而这甜腻又熟悉的音乐是她专门为金主设置的！

金主——没错，她还有金主，这是她的最后一根稻草了！

想到这里，周晶手忙脚乱地接起了电话，话未出口，眼泪先落了下来。

"老公……"她抽泣着说，而电话那头的人，正是穆夫人的表弟——那位二舅了。

可谁想，向来宠她哄她把她当成金丝雀那样爱护的金主，这次语气却像掺了冰碴。

"周晶！"二舅劈头就骂，"你是不是傻！我把你送过去，让你找机会让苏瑾毁容！可我没让你用这么愚蠢的方法！你的脑子呢？你要动手，什么时候动不好，为什么要在这种时候！几百双眼睛在旁边看着，摄像机就在旁边立着，你有没有想过如果你那一鞭子抽到苏瑾脸上，这件事要怎么收场？"

周晶本想找金主撒娇，哪想到话还没出口，就被二舅骂得狗血淋头。

她吓坏了，大脑一片空白："可是……可是……"

"没什么可是了！你浪费了这么好的机会，绝对会让苏瑾警惕！"

"请再给我一次机会……"周晶想到即将见底的存款，胆子又大了起来，"再让我试一次吧。即使不能让苏瑾破相，我也会给她留下教训的！”

"求您了……"周晶抽泣起来。

"那好吧。"二舅恶狠狠道，"最后再给你一次机会，如果你再搞砸，就别想再从我这里拿到一分钱！"

现在根本不是怜香惜玉的时候。毕竟在二舅身后，还有穆民德、穆夫人等一大群老虎在虎视眈眈呢！

在周晶和二舅谋划恶毒诡计的时候，宾馆顶层的套房里，苏纪时正在和穆休伦打电话。

网上传播的视频穆休伦第一时间看到了，他根本无法用语言形容自己的愤怒——如果周晶那一鞭真的伤到苏纪时一根头发丝，他绝对会想尽一切办法让周晶陪葬的。

男人沉沉的声音自电波那端传来："周晶的事情我都知道了。没想到穆民德会把她派出去……抱歉，让你牵扯进来了。"

苏纪时嗤笑一声："不过是个虚张声势的小老鼠，被我抽了几鞭子，现在早不知道缩去哪里发抖了。"她问，"你打算什么时候对穆家人动手？"

"我现在已经掌握了不少关键证据。"谈及此，穆休伦心情甚好，"反正春节休假闲来无事，就用穆家这些'佐料'，给大家拜个年吧。"

"穆总，"苏纪时难得升起了一份悲悯，"大过节的你就不能让记者们歇歇吗？舞了一整年了，人家就盼着这七天假期呢。"

"那可不行，我就没打算让穆家平安度过这个年。"

穆休伦拿着手机，走到落地窗前站定。

他的公寓位于城北，站在顶楼向下俯瞰，整片北京尽收眼底。他知道，穆家的别墅在西山，穆家的工厂在京郊，穆家的公司在CBD……

而他就要在穆家"阖家团聚"的日子里，摧毁这一切。

他可以吗？他当然可以，他必须可以！他等待这个机会已经许久了，而现在正是下手的最佳时刻。

穆休伦静静听着听筒里传来的呼吸声，眼前浮现出女孩明媚的模样，他忽然道："纪时，在我执行计划之前，我想见你一面。"

苏纪时微愣，她回忆着节目组递过来的台本，这几天的工作量爆棚，从早到晚都被排得满满当当……

"可以。"苏纪时却控制不住自己的嘴巴，不假思索地说，"你随时都可以来。我会把每天晚上的时间都空出来的。"

第十九章 三行情书

　　为了协调时间，苏纪时亲自去和郑导请假，希望能把未来几天晚上的时间空出来。

　　穆休伦工作忙，什么时候能到并不清楚。即使到了，肯定也是打"飞的"来回，匆匆见一面就离开。为了防止见不到面，所以苏纪时干脆所有晚上都请假。

　　她平时拍摄卖力，私下也很仗义，再加上她是节目组的最大咖，所以她一请假，导演立即就同意了。

　　关于苏瑾和穆休伦的关系，大家早就嗅到了端倪。

　　郑导笑着打趣："再过几天就要回京了，没想到穆总连这几天都等不了，千里迢迢跑来探班呀。"

　　苏纪时得意道："班有什么好探的？他是来探我。"

　　郑导心想，他这是造了什么孽，干吗接这个话茬？

　　小霞见郑导一脸柠檬酸气，心想你这才吃了几口狗粮啊，我这天天看他俩视频语音，把她小霞提溜起来拧一拧，都能榨柠檬汁了！

　　另一边，穆休伦提前叫回了正在休假中的高岭，本来高岭还想踏踏实实过个好年，结果年货都没来得及买，就被穆休伦一个电话叫回来了。

　　高岭怒气冲冲地冲到总裁办公室，把笔记本电脑往穆休伦桌上一扔，愤而发怒："我辛辛苦苦在公司做了这么多年，难不成我连年假都不能拥有吗？"

穆休伦懒得理他，反问："加薪重要还是年假重要？"

"加薪！"高岭眼都不眨，抄起刚刚被他扔开的电脑，一把抱进怀里，"年假？年假是什么？老子这条命都是公司的！"

他又不傻，现在公司有多赚钱，没人比他这个秘书更清楚啦！公司名下运营良好的矿产一座接着一座，现在又进军新能源，生产镍中间品……他可要抱紧穆休伦大腿，就算加班加到死，那他也能含笑入葬！

两人又闲聊了几句，穆休伦说："叫你回来是有正事要做的。穆家的证据我已经全部掌握了，未免夜长梦多，我打算春节就动手。"

高岭摩拳擦掌，他跟在穆休伦身边这么多年，自然知道他一步步走来有多么不易。现在穆休伦终于可以重创穆氏，作为朋友和下属，他自然替他开心。

远在千里之外，《荒野大赢家》节目组还在乌伦古湖取景。

鉴于上次在印尼遭遇的意外，上级领导下了指示。节目组整改了剧本，稍稍改变了节目形式，从单纯的野外探险，变成了半野外探险、半风景旅游的形式。中间夹杂着几个剧本任务，兼顾趣味性和冒险性。

节目组预计在这里停留三到四天，拍摄冬捕节的美景美人。本来周晶是这一站的"飞行嘉宾"，哪想第一天就得罪了节目组里的最大咖，后面几天的镜头都别想要了。可她毕竟是副台长开后门送进来的人物，总策划不能直接下逐客令，只能拐弯抹角排挤她。

在一档真人秀里，给嘉宾穿小鞋这种事情，操作起来难度系数真是太低了。

具体来讲，就是在其他嘉宾们做节目时，直接把周晶支走，美其名曰"单人任务"，派一个 follow PD 随便拍两个镜头，等到后期剪辑时，只给她两分钟的露脸时间。这样一来，既完成了苏瑾"让她滚远点"的要求，也没得罪台里领导。

可怜周晶根本没发现自己得罪了不该得罪的人，还真以为自己倒霉抽到了单人任务呢，在镜头前可劲儿地表现自己，一心希望节目播出后，能靠真人秀吸一波粉，拉一拉岌岌可危的口碑和人气。

这边厢，苏纪时等人在当地"鱼把头"的带领下，踏上了坚实的冰面。

今天，他们要来体验冰下捕鱼。

乌伦古湖冬季极寒，冰面最厚将近一米。节目组给几位艺人下达了任务，要求他们一人钓一条鱼。

鱼把头经验丰富，找了个冰面最薄、鱼群聚集的地方，给了他们两把冰锛，让他们凿冰眼。冰锛是一种 T 字形的简易凿冰工具，上面为把手、下面为铁铸的锛头。一把冰锛重达二十公斤，每次都需要全身力气提起来，再重重落地，才可凿开一层薄冰。

这东西在老渔民手里，六七分钟就能钻出一个洞。可艺人们哪里用过这么原始的工具，大家轮流努力，花费了将近一个小时，才勉强在冰面上开了一个洞口。激起的冰碴落了满身，很快又滑落在地，和冰面牢牢冻在一起。

这其中，苏纪时是出力最大也是速度最快的一个。如果没有她帮忙，估计其他人用两个小时也不一定能凿开冰层。

就连鱼把头都啧啧称奇，问她："苏老师，你以前用过冰锛子？"

苏纪时睁大眼，无辜地说："没用过。"

伟经说："苏老师没用过这个，但是她锤子使得很好！天下兵器，一通百通！"

大家跟着笑起来。

其实苏纪时确实用过冰锛，之前她跟老师去加拿大五大湖区考察过，冬季严寒，出野外格外辛苦。大家只能吃随身携带的干粮、罐头，有时实在撑不住想吃点新鲜野味，大家就向当地渔民借来工具，颠颠地跑去凿冰。

只是，她可以用过冰锛，但女明星苏瑾没理由用过。

冰凿开后，冰下水在压力作用下迅速上涌，咕咕地冲出冰面。不仅如此，还有大胆的鱼儿直接从洞口里探出脑袋，扑腾着呼吸氧气！

"天！这么多鱼！"秦丘惊呼。

这洞口不到篮球大，可有七八条傻鱼聚在这里，扑腾着往外跳。

大家赶快下了鱼钩，一会儿的工夫，每人都有不小收获。

冰面下的鱼又肥又大，最小也有五六斤重，一甩上冰面，离水的鱼立即被低温冻晕过去，一条条摞成小山，格外震撼。

众人满载而归，鱼把头用草绳把鱼唇穿上，各人拿了一大溜鱼拖在身后，浩浩荡荡奔回了营地的方向。

按理说这一天满载而归，本应该好好庆祝，哪想到在大巴车前，苏纪时却看到了一个根本不想看到的人。

只见周晶依旧穿着她的小貂配皮裙，手里端着一个托盘，摆着几杯热茶，正笑盈盈地等着他们。

原来，她今天一大早就被导演支走去做单人任务，要给周边打渔的渔民送热茶。她忙乎了一上午，可镜头没拍几个，她不甘心，偷偷摸摸绕来其他艺人的工作地，打算给自己"加戏"。

见五位艺人回来了，她赶忙招呼："大家辛苦了，喝杯热茶吧！"

她算盘打得很好，只要大家接了她的茶，彼此聊上几句，这镜头不就有了吗！

哪想到苏纪时根本不肯做面上功夫，直接冷脸，拖着一串鱼立在原地，动也不动。她一停，其他几人也停了。

没一人伸手拿水，场面瞬间变得极为尴尬。周晶脸皮厚，仿佛看不到大家的排斥，端着热茶走了过来。

天寒地冻，冻得里外透心凉，谁不想喝一杯热茶呢？

周晶先找最好说话的奶爸伟经下手。他是中国台湾艺人，最近才来大陆发展，不想得罪人，左右想想，还是经不住周晶的温声套近乎，端起来喝掉了。

他喝了，年纪最大的严长辉就也跟着喝了。

毕竟在这个圈子里，人脉才是第一位，切忌贸然站队。这个周晶能空降节目，想必背后有大老板撑腰，就算他们私心站在苏瑾这一头，也不想和周晶的关系搞得太僵。

他们喝下一杯茶，说"背叛"有点过了，但苏纪时看着确实很不舒服。她眼里容不得沙子，最讨厌的便是娱乐圈里左右逢源的行为。

好在还是有人和她站在一边的。秦丘和陈刚玉都没动那杯茶，秦丘说不渴，陈刚玉举了举手里的保温杯表示自带了。

最终，周晶一步一步走到了苏纪时面前。

她停下，笑盈盈举起托盘，声音甜腻："苏老师，那天骑马是我不对。我不懂事，你就原谅我吧，像你这样的大明星，没必要和十八线的我计较。你大人有大量，你让我下跪、磕头，甚至抽我鞭子都可以，你看行不？咱们之后还有合作呢，你总不想电影路演的时候，搞得太僵吧？"

她指的是半年前两人合拍的那一部《神秘笔记》，现在后期制作完成，龙标也拿到了，预计在情人节上映。上映之前肯定会有主创路演，两人身为女一女二，绝对会一起到场。

果然，她说完后，苏纪时的态度有所软化。

苏纪时盯着面前那一杯热茶，腾腾热气在凛冽冬意里缓缓扩散。她的表情不再如刚才那样冷凝，只见她两侧唇角微微扬起，笑容就如春花般层层绽放。

"你说得对。"苏纪时伸手，拿起那杯热茶。细白的手指在寒风下冻得通红，她收紧五指，握住滚烫的杯壁，"电影路演的时候，若是咱们在台上闹僵，确实不好看。"

周晶大喜，瞪大眼，仔仔细细盯着那杯茶水。只见那茶杯被苏瑾稳稳举着，从托盘上一直拿到了她唇边。

她要喝了！

周晶心里狂跳——没人知道，她其实打着一石二鸟的算盘。金主勒令她给苏瑾好看，她便在这杯茶水里加了"料"，她每次伺候金主前，都会偷偷使用这种助兴小药丸，吃后刚开始没什么感觉，但很快就会浑身发热、腰肢酥麻，逐渐大脑混沌，不知今夕何夕了……她甚至咬咬牙自掏腰包，雇了几位专业男公关，千里迢迢从上海飞过来！

到时候，人证物证俱在，明天"苏瑾夜御八男"的花边新闻，就会刷爆所有媒体！苏瑾因此身败名裂，而她拍拍屁股拿着酬金离开，大不了再换一张脸喽。

这是她最后一次机会了，只要苏瑾喝下这杯茶，那之后的事情就可以全屏自己的操控了！

思及此，周晶脸上的笑容越发灿烂。

然而下一秒，她的笑容凝固在了脸上——

只见苏纪时手腕一翻，那杯热茶便全数倾倒，直接浇在了地上！因为气温极寒，茶水刚一接触冷空气，便骤然化为水雾四散。

而苏纪时就在这片水雾之中，抬眸看了过来。

"既然路演的时候女一女二不能闹僵，"她道，"那我看女二就不需要到场了。"

语毕，她一甩手，杯子便砸落在地，碎成一地残渣。

她转身离开，根本不管周围有无数摄像机。因为她知道，即使借节目组一百个胆子，他们也不会让这段视频流出去。

人群之中，只剩下周晶在众人的视线下瑟瑟发抖，脸色青白交加。

"苏瑾！"望着苏纪时决然离开的背影，周晶大叫，"我已经道歉了，你还想让我怎样？都是娱乐圈里人，抬头不见低头见，你连个面子都不肯给我吗？"

苏纪时停步，回头看她。

"周晶，你以为你还在幼儿园吗，你道歉了我就要接受，敬个礼握握手，咱们还是好朋友？"苏纪时嗤笑一声，"再说，谁说我是娱乐圈里的人了？"

苏纪时带着小霞回到了下榻的宾馆。

她今天的录制任务已经完成，晚上时间都是她一个人的。一进屋，热气迎面而来，苏纪时舒服的喟叹一声，刚才在外面冻久了，她浑身上下僵得要命，就像一个移动冰雕。现在进了暖房，顿时觉得"活"了过来。

她里三层外三层套了好几件，穿的时候费劲，脱的时候也艰难。还是有小霞从旁协助，她才把最后一件衣服扒光。蕾丝内衣包裹住她凹凸有致的蜜色身体，纤腰盈盈，马甲线顺着平滑的小腹，一路隐没在窄小的丁字裤中。

苏纪时抖了抖，赶忙穿上浴袍，打算一会儿就去洗个热水澡。

她见小霞一直心不在焉、满面凝重，敲了她脑门一下："怎么了，想什么呢？"

小霞犹豫道："苏姐，刚才你发飙的时候，旁边那么多台摄像机对着，我怕视频流出去，影响你形象。"

苏纪时说："没关系，郑导他们知道什么能剪、什么不能剪。"

"不、我不放心。"小霞又匆匆披上羽绒服，"我现在就去和郑导他们聊聊，最好能把母带拿到。"

她是艺人助理，艺人考虑不到的事情，她必须全部考虑到。即使这件事是苏姐占理，但如果被有心人散布出去，不明白前因后果的人看了，肯定会对苏瑾的人品产生质疑。

没办法，苏纪时只能把爱操心的助理送出了门。

"苏姐你先洗澡吧，我一会儿就回来！"说完，小霞就匆匆离开了。

哪想到刚关上门，门就被敲响了。

苏纪时狐疑地顺着猫眼向外看，门外，小霞不好意思地挥了挥手："苏姐是我，我忘了带手机了。"

苏纪时无奈地打开门，把手机递出去。

三分钟后，门又响了。

打开门，还是小霞，她忘了带工作证。

五分钟后，门第三次响了。

这次依旧是小霞，她觉得不能空手去找导演，准备回来取两条好烟，再拿一瓶好酒。

苏纪时："祖宗，你要不然就别去，要不然就一次把东西拿齐了！"

小霞红着脸道："去去去，去是肯定要去的！这次我绝对把所有东西拿齐了！苏姐你就放心洗澡吧！"

苏纪时瞪眼："这可是你说的啊，你再敲门，我就肯定不给你开了！"

"你放心，在你洗完澡之前，我绝对不回来了！我再回来我就是小狗！"小霞举起手，对天发誓。

热水盛满浴池，淡粉色的浴球缓缓化开，变成了浪漫的泡沫。澎湃的热气模糊了镜子，让一切都变得影影绰绰。苏纪时手指轻勾，三角形的蕾丝布片顺着双腿曲线慢慢滑落，落在踝上，被她脚腕一挑，就准确地落在了旁边的脏衣篓里。

"Bingo！"她得意道。

她探手试了试水温，偏烫，是她喜欢的温度。

然而就在她即将迈进池水中的那一刻，门铃——又响了。

吴！丹！霞！说好的再回来就是小狗呢！

苏纪时打定主意不理她。

她给自己洗脑：门外是狗、门外是狗、门外是狗。

可门外的狗……不对，门外的人极有耐心，一次又一次地按响门铃，好像苏纪时要是不开门，对方就能天荒地老地等下去。

苏纪时还没有练出两耳不闻窗外事的本领，她只想好好泡个澡，可现在，她这唯一的兴致都被绵绵不断的铃声搅没了。

苏纪时咬牙切齿地裹上浴袍，怒气冲冲地离开浴室，站定在大门前。

她心里腹诽：怎么早不回晚不回，偏偏在她要泡澡的时候回来？

越想越气，苏纪时一把拉开大门，怒极反笑："我看你别走了，就留下来和我一起洗澡……"

最后一个字，被她惊讶地咽回了肚中。

站在门外的人，一身西装挺括，铁灰色呢子大衣搭在臂间，孑然鹤立。

男人眉头高挑，滚烫似火的目光从苏纪时身上一寸寸移过，在女孩笔直的双腿和稍稍裸露的肌肤上停留了两秒，最终又重新回到了她的眼眸中。

"一起洗澡？"穆休伦欣然回答，"这主意不错。"

苏纪时望着门外的不速之客，第一反应就是关门躲起来。

可穆休伦比她动作更快，他抬手抵住门板，略一使力，便侧身钻进了屋内。

紧接着男人关门落锁，整套动作行云流水，不慌不忙。看他那副气定神闲的模样，仿佛他不是夜闯闺房，而是堂堂正正下榻某六星级酒店。

昏暗的暖黄色灯光笼在两人身上，他们挤在玄关处，呼吸相融，距离近到甚至足够让苏纪时数清他下巴上的胡楂。

穆休伦冒雪而来，身上带着一股凛冽的冰霜味道。和他相比，苏纪时是热气腾腾的。玫瑰味的浴球在水中化成了一团泡沫，连带着她也染上了那股奔放而热烈的气味。

男人站定，抬眸间，便把这窄小的套间瞧得清清楚楚。

他挑剔地皱眉："这房间怎么这么小？"

苏纪时哪想到她进门后的第一句话会是这个，微微愣了两秒，笑骂："穆休伦，你当这是什么一线大城市吗？这已经是方圆三百公里内最好的宾馆了。在可可托海，我们甚至连这种自带卫浴的宾馆都住不上，只能住毡房。"

"毡房？"穆休伦不知想到了什么，喃喃道，"若是毡房的话……也不错。"

苏纪时没听清，含糊地问了一句："什么？"

声音出口，她才发现自己的嗓子仿佛被粘住了一样，腻得连自己都听不清。

穆休伦却没有重复，他随手把臂弯里的大衣扔在一旁，接着一手扯开领带。白色的衬衫原本规整地贴在男人身上，扣子一直禁欲地扣到了最顶端，可现在，却被男人粗暴地解开了。男人喉结滚动，苏纪时不由自主地盯着他的下巴，细细数着上面冒出的胡楂。

"从机场到这里的路比我预料中的难走,我只能在这里待五个小时。"穆休伦抬腕,看了眼手表,"咱们要抓紧时间。"

苏纪时茫然问:"抓紧时间做什么?"

"不是你说的吗?"男人挑眉,迈步向前,逼近,"一起洗澡。"

他忽的展臂搂住女孩的纤腰,她一个趔趄,便撞入了他的怀抱中。两人身体紧紧贴在一起,没有一丝空隙。

男人的身体变化是骗不了人的。苏纪时又不是什么纯情小女孩,自然明白他要做什么。

穆休伦低头望着她,暧昧的吐息喷在她的耳垂上,深邃的眸中盛满她的身影。

还不等他说话,怀中的女孩突然膝盖一曲,抬脚便踹向他的身下!

可苏纪时却忘了,她贴身的衣服已经除尽,之前从浴室离开时,她只匆匆罩了一件浴袍。那件薄若蝉翼的浴袍松松垮垮拢在身上,仅靠一根细带束在腰间。她一抬腿,下一秒,他的大手便擒住了她的腿,勾起她的一只脚,缠在了自己的腰间。

"你给我放手!"苏纪时双眸圆瞪,只觉得全身上下的血液全部涌到了脸上。

她知道她现在这个姿势有多怪异,全身上下的重量全部依靠另一条腿在支撑。身上的浴袍哪里禁得住这般拉扯,早就从肩膀上滑落下来。男人的视线滚烫,扶在她腰间的手搂得更紧了。

他的目光从她身上的每一片肌肤上划过,就像是一位战无不胜的王者,在巡视他的疆域。

"苏纪时……"他低声念了一遍她的名字。喉结颤动,磁性的嗓音里蕴含着沉沉的感情,"你穿成这样给我开门,有没有想过接下来会发生什么?"

苏纪时浑身一僵,顿时不敢再动了。她说不出来是窘是怒,只觉得浑身上下每个毛孔都往外冒着热气。偏偏穆休伦还得寸进尺,大手顺着她光裸的大腿前后游移。

苏纪时即使平时表现得再怎么强硬，可她毕竟是个女孩子。她紧张得脚趾绷紧，身体一半冰冷一半滚烫——然而出乎她意料的，男人居然停下了，没有再进一步。

苏纪时讶异地抬头看去，却发现穆休伦眉头微锁，额际带着点点汗珠，这让他带着一种难以言喻的性感。他的眼眸里盛满了澎湃的感情，苏纪时恍然发现——他在"忍"。

男人是容易被欲望支配的动物，他的女孩活色生香地倚在他怀里，他内心的野兽在叫嚣着把她吞吃入腹。可他知道，若是他今天擅自打破了那层界限，苏纪时绝对不会原谅他。

曾经穆休伦以为，不论是外貌还是身家，他都能够让全世界的女人为他倾倒。直到他认识了苏纪时——苏纪时是骄傲而独立的，他引以为豪的一切她都看不上眼，而他唯一能够给予她的，只有"尊重"。

"算了……"他低下头，用汗额头抵住她的。呼吸间，气息相融，滚烫浓烈。

他轻声道："在你接受我的追求之前，我不会再进一步。"说着，他从浴袍下抽出手，指尖尚残存着她身上的香气。

苏纪时并没有说话。

他抬手拢起她滑落的衣领，本想为她整理好浴袍，可掌心却无意间碰到了她的身体。一闪而过的欲望从男人眼底划过，穆休伦嘲笑自己，原来他内心里也住着一只禽兽。

可就在这时，苏纪时忽然抬起芊芊五指，搭在了他的手腕上。

视线焦灼。

苏纪时正要开口说什么，可话未出口，便被大门外一连串的敲门声打断了。

"苏姐！我回来啦！"

门外的人，是小霞。

她终于搞定了导演，从他那里要走了那一段母带，欢欣雀跃地打算和苏纪时分享这个好消息。可她站在走廊上等了一会儿，房间内静悄悄的，没有一点动静。

于是她又抬起手，咚咚咚。

这次终于有回应了。

只听一声闷响在室内响起，她面前的套房大门猛地一颤，仿佛有什么重物砸在了门后似的。

小霞吃惊地望着大门，试探地问："苏姐，是你吗？"

而回答她的，是更加激烈的门板颤动。

这时的她根本不会知道，就在一门之隔的室内究竟发生了什么——

苏纪时在穆休伦即将抽身离开的那一秒，一把拽住了他的西装领口，把他拉向了自己！

穆休伦的重量压了下来，苏纪时向后倚靠在门板上，主动把自己置身在男人的身影之下。

她的指尖轻轻点在他的额头，划过他高挺的鼻梁、紧抿的薄唇，最终，落在了他滚动的喉结之上。她望着他，眼眸半合，舌尖调皮地从红唇上一点点滑过。

"穆休伦。"她意有所指地反问，"我什么时候说过让你停下了？"

穆休伦一怔，随即失笑。他双手撑在她两侧，把她困在自己与房门之间的狭小空间内。

头顶昏暗的灯光洒在他们的肩膀上，浴室内热水漫着玫瑰花香。苏纪时懒懒展开双臂，拥住了他的颈子。视线里，彼此的倒影越来越清晰——直至四片唇瓣，亲密的融为一体。

他终于在苦涩的人生中，品尝到了甘甜。

门外，小霞疑惑地看着房门，有些担心苏纪时一个人在房内是不是发生了什么。她清了清嗓子，提高了音量，再次问道："苏姐？苏姐！苏姐你洗完澡了吗？"

在她"孜孜不倦"的骚扰下，这次，门内终于传来了回复声。

"小霞，"苏纪时的声音模糊又沙哑，还带着一种……说不出来的性感，"你……唔……你今晚自己开间房休息吧。"

小霞不知怎的，觉得脸有点热——苏姐的声音好奇怪，她光是听着，就觉得耳朵烫烫的。

室内，一片活色生香。

当苏纪时被拽进欲望的深渊时，脑中突兀地升起一个念头：看来男人做那事时，和地质灾害差不多——

积蓄在内部的压力急于释放，压抑得越久，释放的后果就越严重。

刚开始，是P波和S波接踵出现，先上下轻摇，再左右微晃。

随着振幅越来越大，震感也愈发强烈。紧接着，两者叠加起来，混合成了威力更强大的波动，而每一次波动，都正好震在了那最脆弱之处。即使是经验再丰富的地质学家，也无从判断，下一次突击会冲向哪里，幅度又有多强。

待终于云收雨歇、雨过天晴，苏纪时被男人从水里捞起，擦干净身上的水珠，把她抱回了卧室里。

她滚入层层叠叠的被褥中，正要合眼休息，身后忽然贴来一个热源。穆休伦自后面拥着她，让她光裸的背脊贴在自己的胸口，头枕在自己的臂弯里。而男人另一只手则搭在她的腰际，顺着她的身体曲线，慢慢地，温柔地，上下轻抚。

这般温存，苏纪时却无力享受。她强撑着最后一丝力气，抓过枕头下的手机看了眼时间——结果发现，说好的"五个小时"，居然已经超时好久了！

她忙说："你再不走，就会错过回程飞机了吧？"

穆休伦却笑："没关系，为了你，误机也没关系。"

她愤愤想，你是没关系，可我有关系啊！

她累到沾枕就睡，等到再醒时，天光大亮。

苏纪时茫然地躺在保姆车后排，完全想不起自己是怎么从宾馆的床上，挪到这里来的。

她腰肢酸软，一股乏力自骨头缝里漾出来。她回忆起昨晚的疯狂，没忍住又骂了穆休伦两声。

“苏姐，你醒了？”小霞听到她的声音，赶忙迎了过来。

车厢略微有些晃动，苏纪时撑起酸软的身子，看向窗外。只见窗外艳阳高照，车轮轧过一片白茫茫的细雪，溅起无数冰碴。而在保姆车前方，则是她熟悉的那辆节目组大巴车。

“怎么回事？”苏纪时刚睡醒，再加上昨晚一夜疯狂，导致她现在脑子昏沉沉的。

小霞赶忙给她端来热牛奶和早饭，给她迅速解释起来龙去脉。

昨天，节目组就在乌伦古湖拍完了他们原定的内容。根据计划，今天早上趁着天色好，节目组要补几个镜头，下午就要打道回府，回可可托海继续接下来的拍摄。

小霞昨晚晕晕乎乎被苏纪时赶走，一晚上都没睡踏实。她后知后觉地察觉出不对劲来，今天天还没亮就冲到苏纪时房门外狂敲。哪想到门铃响了三遍——开门的，居然是穆休伦穆总！

而穆休伦开口的第一句话，就是“苏纪时身体不舒服，上午的补拍就不去了”。

回忆到这里，小霞悠悠地看了苏纪时一眼。

那眼神明晃晃写着：我“皮皮霞”阅片无数，昨晚在我走后你们都发生了什么，我都猜到了！

不过嘛，苏纪时向来不知“羞涩”为何物，她迎着小霞揶揄的目光，平静问：“后来呢？”

“后来也没什么。”小霞见她反应这么冷淡，噘嘴，“请假倒是挺好请的。你知道，郑导和总策都特别喜欢你，反正你镜头多，质量好，不补拍也不影响。我本来以为穆总要跟着咱们一起去可可托海，哪想到吃完早饭他就走了——哦，这车是他临走前调来的。他知道你不想搞特殊待遇，所以给每个艺人都配了一辆。”

若是在大一些的城市，调辆保姆车实在是太容易不过。可是在偏僻的边疆，为了方便运输，最常见的只有皮卡翻斗车。保姆房车实在太难找了。艺人们来回两地，只能和节目组一起挤大巴。也不知穆休伦是通过什么渠道，硬是连夜调来这么多辆保姆车，只为了让苏纪时休息得好一些。

"对了，还有件事儿！"说起八卦，小霞格外兴奋，"穆总很低调。其他艺人都不知道这五辆保姆车是穆总的手笔，还以为是节目组的安排呢！周晶自然是分不到车子的，她居然跑去找郑导耍脾气，觉得节目组不重视她！她也不想想自己就是一个十八线飞行嘉宾，还有脸在宾馆大吵大闹呢，闹得整个楼道都听得见。结果她刚好撞上穆总离开——穆总就隔着人群，远远瞥了她一眼，吓得她立刻夹紧尾巴滚了！"

"滚了？"

"对！本来她厚脸皮想蹭车到可可托海，再混几个镜头。结果穆总瞪她一眼，她收拾行李，一声不吭地就跑了！还是刚才出发前，艺管去叫她，才发现她房间都空了！"

小霞早就看周晶不顺眼了，总觉得她浑身上下每个毛孔都散发着"我是反派恶毒炮灰"的气息，在她看过的那些小说里，这种炮灰一定会凭借自己的负智商，成天跑到主角面前恶心人，最后被主角一把捏死。

不过呢，周晶这么麻利滚了也挺好。小霞双手合十，诚心祝她走路劈叉、喝凉水塞牙、吃饭咬舌头、扶老太太被讹、菜里的每块土豆都是姜、乘坐的所有交通工具都延误好啦！

她自顾自地开心着，没有注意到苏纪时恹恹地躺在座椅上，一直有些提不起精神。

虽然，在这次见面之前，苏纪时便知道穆休伦是额外抽出时间飞来新疆看她；在温存时，也是她主动催促他离开……可在初次激情过后，醒来身边见不到伴侣的身影，这滋味确实有些怪异。

说酸涩，称不上；说寂寞，远远不到。

苏纪时从来不会撒娇，可在这一刻，她忽然很想听听穆休伦的声音。

她的手指在拨打电话的按键上迟疑着，心中却在想：这种情况，明明应该是他主动打给我吧？

"啊，差点忘了！"小霞忽然拿过自己的斜跨小包包，"穆总见你一直在睡，就没叫你。临走前留了封信在我这儿，说你醒了之后交给你。"说着，她打开小背包，取出了一张便笺。

那张纸是淡淡的米黄色，印着横条纹，也不知穆休伦是从哪个便签本上随手撕下来的。它的四角被规规整整地对齐，折好，叠在一起。透过纸背，隐约可见书写的痕迹。

苏纪时完全没想到，穆休伦会用这种最原始的方法，给她留下一道信息。

小霞挠挠头，大大咧咧地卖蠢："穆总给我的时候，我问他，难道不怕我偷看吗？穆总说不怕，因为他说我绝对看不懂……苏姐苏姐你快打开，我实在太好奇了！"

"哦？"

苏纪时挑眉，她也很想知道，"只有她才能看懂"的文字究竟是什么样的。

于是她接过，打开。

出乎意料的，这封信的内容很短。

短到只有寥寥三句话。

没有抬头，没有落款。

字迹洒脱快意，又力透纸背，可以想象男人写下这串字时，倾注了多少感情——

　　　　于我而言，

　　　　你是淌过摩尔曼斯克的暖流，

　　　　亦是填满亚马孙拗陷的长河。

苏纪时微怔。

这没头没尾的三行情诗，旁人看不懂，但苏纪时再理解不过。

摩尔曼斯克——俄罗斯极北的一座港口城市。它位于北极圈内，一年中有一个半月的极夜现象，在此期间，太阳会一直沉落在地平线以下，北极星则近乎垂直地悬挂在高空。

按理说，在这样的地理位置下，这里应该寒冷无比。可实际上，它是俄罗斯唯一的一座"终年不冻港"，盖因北大西洋暖流自此经过。正是那条途经的洋流改变了这座城市的命运，带给它温暖与希望。

而诗的第三句，则指的是世界上第一大平原"亚马孙平原"。

所有冲积平原都在河流出海口形成：亿万年来，河流来回扫荡，削平山岳，填满沟壑。

河流的力量，既是强大的、猛烈的，也是细腻的、和缓的。而在穆休伦心中，苏纪时便是融化他的暖流、改变他的长河。

按照计划，节目组回到可可托海后，还要再待上几天，完成最后一个拍摄任务再回京。只是这样一来，所有人都要在新疆度过大年三十了。

不过对于艺人和七七八八的工作人员来说，大小节日在剧组里度过，实在是很常见的经历。节目组上下几十口人，大家聚在最大的一座毡房里，一起吃手抓饭、烤肉串，热热闹闹，一点不寂寞。

陈刚玉更是直言："还是在节目组里过春节更好！省得大过节回家，要被一堆亲戚催问什么时候结婚。"她今年三十有二，出道十几年，自从几年前和圈内男友分手后，一直单身到现在，真是要愁死家中的亲戚了。

催婚催育催二胎，真的是过春节必备话题，即使是女明星也逃不过。

众人聊着聊着，又把话题转到了苏纪时身上，探问她的感情经历。

苏纪时一笑，大大方方道："我？短时间内不打算结婚，我的首要重点还在事业上，若是早早成家生子，就会有所顾虑，所以我打算把这些事情都往后放一放。"

秦丘敬佩地说："苏姐你可真了不起。你现在已经坐到很多艺人坐不到的位置了，还这么有拼搏心。"

苏纪时没接话，心想，我的事业心可和娱乐圈没一点关系，说出来怕吓到你。

"不过……"秦丘眼睛闪亮亮地注视着她，半晌，大胆飚出一句话，"结婚可以过几年再结，但是恋爱可以先谈一谈吧？"

他手里抱着一只酒杯，座位只与苏纪时隔着一个人。他耳朵通红，也不知是被灌了太多酒，还是被火炉烤出来的颜色。

他说完后，整个节目组都静了几秒——他才二十岁，出道没多久，还没学会如何伪装成另一个人。他以为自己的这份心意掩藏得很好，可实际上，导演看出来了，follow PD 看出来了，他随行的助理看出来了，同组的艺人看出来了……苏纪时，自然也看出来了。

不过大家都比他年纪大，都比他会装模作样，故而人人都装作没发现的样子。哪想到今晚，小伙子多喝了几杯，实在憋不住心里话了。

面对这样近乎明示的暗示，所有人的视线都挪到了苏瑾身上，想看看她是会接受，还是会把话题岔开。

结果出乎所有人的意料。

只见她莞尔一笑，大大方方道："你说的没错，婚可以晚结，但是恋爱需要早谈——前几天，我刚谈了一个。"

秦丘的脸顿时垮了，一脸灰暗地望着苏纪时，那模样仿佛不是梦中女神宣布恋情，而是梦中女神宣布出家，真是哀莫大于心死。

他张张嘴想说些什么，可话到嘴边，又觉得自己没有任何立场说。

苏瑾是什么人？是他可望而不可即的一颗明星。

他只怪自己痴心妄想，明知道苏瑾那么优秀，有无数人追求，还妄想自己能够跳出"姐弟"的界限……

越想越难过，秦丘突然拿起手边的烈酒，不顾一切地要往嘴边送！

越是寒冷的地方，酒越烈。这一瓶白酒足有六十多度，要是真让他吞这么多进肚，还不得把肠胃烧坏了！周围的人吓了一跳，赶忙扑过来按住他。伟经、严长辉一个抱住他胳膊，一个抢下他酒瓶，不停地劝着这位小弟弟冷静些。

可陷入恋爱中的少年人，哪有什么冷静可言呢？

他赤红着眼，委屈巴巴地望着苏纪时，就像是一只惨遭抛弃的小野狗。

秦丘问："是……是'他'吗？"

这个"他"指的是谁，不言而喻。

苏纪时点头，干脆利落："是'他'。"

除了穆休伦，她身旁再没出现过第二个男人。

秦丘只和穆休伦有过一面之缘，但仅仅是那一面之缘，穆休伦周身萦绕着的矜贵高冷的气质，便给他留下了极深的印象。即使现在回忆起来，他依旧有些胆战。

可他偏不服输，借着酒意，咬牙问道："我哪里不如他了？"

苏纪时见他实在要问个清楚，只能实话实说："他比你大。"

秦丘眼泪将掉未掉："年纪有这么重要吗？我只比你小六岁，你喜欢小奶狗我就是小奶狗，你喜欢小狼狗我就是小狼狗……"

"唔——"苏纪时委婉道，"我喜欢各方面都大的。"

秦丘"汪"的一声就哭了。

众人闹到零点才散去。秦丘最后是被他助理扛回去的，一个人扛头，一个人抬脚，秦丘抱着酒瓶不撒手，像条寂寞的死狗。

苏纪时颇为无奈，她摇摇晃晃从毡房里离开，踩着积雪，慢慢悠悠走回了自己的毡房。

新的一年已经到了。在这偏僻的小镇里，没有新年钟声，也没有鞭炮齐鸣，陪伴他们的，只有漫天的星子，以及苍穹下绵延的阿尔泰山。

清冷的空气吸入肺里，唤醒了困倦的头脑。

苏纪时想了想，给妹妹打了一通视频电话。当视频接通的那一秒，姐妹俩看清彼此的衣着，同时愣住了。

她们一个人在北半球感受严寒，一个在南半球感受酷暑。两边温差足有八十度，镜头内外明明是同一张脸，可衣服却是两个季节。

苏堇青看到姐姐裹得像只北极熊，笑得停不下来。

苏纪时没好气说："别再笑了，再笑我就把你抓过来受苦。"

苏堇青赶快闭上嘴，可惜在孪生姐姐面前，她实在没有那么强大的忍笑功力。

卡卡杜的员工宿舍条件不太好，没有空调，只有几个老旧的电风扇。视频里，她只穿了一件清凉的吊带连体裤，及腰的长发用簪子盘在脑袋后，当她凑近镜头时，苏纪时才发现那根簪子居然还带着绿芽——也不知是从哪颗树上折下来的。

一段时间不见，苏堇青的气色又好了很多。因为经常在户外工作，故而她的皮肤不再是那种不健康的雪白，逐渐变成了漂亮的小麦色，她脸蛋红润，配上星星点点的小晒斑，看上去活力四射。

苏纪时羡慕地感叹："这才多久，咱俩的肤色居然互换了！"

不过半年的时间，曾经的野外达人苏纪时被圈养出了一身细皮嫩肉，白雪公主苏堇青则成长为一位探险者。可以想象，当姐妹俩"换回来"的那一天，阿山又要陷入"给苏瑾全身涂粉底"的地狱当中了。

"姐，春节快乐……还有，谢谢。"苏堇青诚挚地说，"这段时间辛苦你了。如果没有你替我扛起苏瑾的身份，我真的不知道，现在的自己会是什么样。"

说不定她会早早被经纪公司抓回去，在心理问题还没有得到缓解的时候，被迫继续扮演那个光鲜亮丽的女明星。

"有什么好谢的？"苏纪时笑骂，"对着同样一张脸，你也好意思说这么肉麻的话。"

她是她的妹妹，这是镌刻在骨血里的亲情，她们血脉相连，即使间隔二十年的时光，也无法斩断这份羁绊。

远隔重洋，两个女孩借着电波遥遥对望。一人温婉，一人洒脱，但脸上的笑容是同样的灿烂美好。

苏纪时正要和妹妹说再见，忽然听到镜头那边传来一道粗犷沙哑的男声："堇青，饺子熟了，趁热吃吧。"

熟悉的寸头在屏幕前一晃而过，只见林岩手里端着满满一盘饺子，另一手夹着筷子、醋瓶，稳稳走到苏堇青面前停下。他见到屏幕这段的苏纪时，很淡定地打了声招呼："姐，春节好。"

他这声"姐"叫得极为顺口，苏纪时觉得有点奇怪。但转念一想，他是妹妹的同事，他管自己叫"姐"，好像也挑不出什么错来。

苏堇青脸有些红，欲盖弥彰道："整个园区只有我们两个中国人，所以这个大年夜，只能我们俩一起过。"

苏纪时没多想，还真以为他俩人是"搭伙"呢。

苏堇青不会包饺子，这一锅饺子，从调馅儿到包再到下锅，都是林岩一个人做的。

林岩从锅里盛出热腾腾的饺子，在桌上摆好碗盘，倒好醋、辣椒油，然后把其中一双筷子递给苏堇青，自己则直接端着盘子埋头苦吃起来。他话不多，吃饭的速度倒是飞快。从这点来看，他确实像是从军营出来的。

苏堇青尝了一个饺子，眉头微皱，然后又吃了一个，眉头皱得更厉害了。

这口感，怎么这么奇怪……

苏堇青实在忍不住，问："这饺子什么馅儿的？"

"肉啊。"林岩简明扼要的答。

"我知道是肉。"苏堇青追问，"我是问什么肉。"

"袋鼠肉啊。"

苏堇青："袋鼠肉？"她蒙了，"为什么要用袋鼠肉做饺子？"

林岩比她更懵："你不是说不想吃鳄鱼肉吗？"

苏堇青无语地想：这究竟哪里来的24K金直男啊！

第二十章　穆家倒台

本来说好大年初一早上睡到自然醒，等到中午再开机录节目——可这天早上，没有人能安稳睡个回笼觉。

当他们打开手机时，赫然发现，从微博到微信，从官媒到自媒，都被同一条热点新闻刷屏了。

而这条热点新闻，既是国家大事，更是和每个人息息相关的小事！

官媒这样写——"EXP集团旗下多家炼钢厂涉嫌篡改产品数据，有关部门已正式介入此事件"

新闻App这样写——"EXP集团造假门：劣质钢材涉及二十六个汽车品牌"

论坛这样写——"水深，这瓜我不敢再吃了。帝都某新楼盘，主体钢筋的供应商也是EXP？"

八卦杂志这样写——"穆家外包建材惊险质量问题，美国飞机制造商雷霆维权"

人生在世，离不开衣食住行这四项。然而大年初一的这一声惊雷，却接连炸翻了"住"与"行"这两项。

EXP矿业集团由穆氏家族控股，是国内规模最大的私有制矿业集团。很多人对矿业集团会有误解，觉得他们就是一群开矿、卖矿的"煤老板"，但实际上，EXP矿业集团的业务涉及繁多，他们开采的矿石会做进一步的加工，合成钢、铁、铝、铜等金属建材，供给到各个下游公司。然后经由下游公司的再加工，再售卖到再下游的公司。

而上下游企业的关系，很多都是"一"对"多"的。

打个比方，EXP 集团出产的钢材，会送到 A 公司做成汽车底盘、B 公司做成轴承、C 公司做成液压杆。而 A 公司和八家国内车企有合作，B 公司是军工企业，C 公司专做外贸……这样一对多地扩散下去，EXP 集团出产的金属建材，在国内有着极高的市场占有率，仅次于前两位国有控股集团！

说不定，你新买的摩托车、你出门乘坐的公交、你家房子里的钢筋……都打上了 EXP 矿业集团的烙印！

而现在，赤裸裸的铁证摆在面前：EXP 集团出产的各项金属建材，都有不同程度的弄虚作假行为。他们擅自修改产品出产数据，根本达不到正规产品的挤压胚密度。若是使用了他们提供的材料，产品的安全系数会大大降低。

而踢爆这一切的，是一个署名叫"@ 良心发现的中层员工"的微博账号。

长长的剖白中，他多次忏悔，表示 EXP 集团近几年因为承受不住上涨的原料和人力价格、担心竞争不过其他厂商，故而在利益驱使下，降低了自己的产品品质！同时，他们贿赂相关人员，为他们的残次商品大开方便之门。这些有问题的金属建材很难靠肉眼辨别，就这样堂而皇之地流入了社会，影响甚广。

这个账号在大年初一早上，在微博、论坛、贴吧等社交网站上，一鼓作气公开了一百多页的证据。证据主体被整理成了 PDF 文档，目录清晰，内容翔实，图文并茂，表格里清晰列出了修改前后的数据。不仅如此，博主还提供了视频、音频文件，声称他从多个下层员工和上级领导嘴里秘密取证，才收集到了这十几个 G 的证据……

在文档最后，他一鼓作气列出了两百多家下游企业的名字，很多赫赫有名的公司榜上有名。

这份档案一出，立即引爆了所有社交媒体！

大年初一，本应该是忙碌了一年之后好好休息的日子，有哪个公关公司会这么早上班呢？自然，EXP 集团的舆情监控员们错过了这个大料。等到他们意识过来想要按住消息时，已经完全来不及了！

这件事情牵扯的面实在太广太大了。那份名单上，被牵扯到的不仅有国内企业，还有很多境外公司；不仅有私有制公司，更有国企、军企……甚至有神通广大的网友扒出，在高铁集团网站公示的招标书内，EXP 集团居然也参与竞标了！——幸好没有中标，否则又会是一场牵扯甚广的血雨腥风。

年味还没褪去，风雨便扑面而来。

短短一天而已，这件事发酵极快，立即演变为重大的公共安全事件，引发了社会各界以及政府机关的关注。每一次刷新，都会有更多更新的消息蹦出来，真真假假的流言混在一起，令人的心情都跟着一起起伏。

在这种情况下，谁还能踏实过好春节啊？

"苏姐苏姐，你听说没有！"小霞兴冲冲跑来苏纪时的毡房，同她讲，"周晶被抓了！"

苏纪时问："她？她为什么被抓？"

"EXP 集团出这么大事，底下的几十个子公司一个都逃不了，都要立案调查。二舅也在调查之列，周晶被他包养，自然脱不了干系。警察给她发了传唤函，让她去警察那里协助调查。结果她做贼心虚，坐飞机出逃了！"小霞手舞足蹈，"结果她倒霉，遇上航空管制，飞机还没飞到太平洋呢，在天上转了一圈就下来了！刚一下来就被警察按住啦！"

好事不出门，坏事传千里。周晶一被带走调查，连带着节目组里人也人心惶惶起来。

还是导演拿了主意，大手一挥，说："咱们怕什么？周晶横竖只有几个镜头而已，到时候把镜头一删，不会牵扯到咱们的！"

节目组里的人这才放心。

别人都在担心节目，苏纪时则在担心穆休伦。

局外人可能真的会相信，这一切都是那位匿名中层人员"良心发现"，揭露了这一切。但苏纪时知道，这些绝不可能是区区一个员工自行收集来的，他身后必然有幕后推手。而那个推手，自然就是穆休伦了。

他在穆家蛰伏了这么久，身上背着生母的血海深仇，承受着穆家人明里暗里的讽刺与试探，全靠自己，一步步走到了今天。

如今，终于是他颠覆穆家的时候了。

穆氏大宅里，乱成一片。

穆家原本是个大家族。现在的掌权人穆民德，上有二兄、下有一妹，而他们各自结婚后，旁支更是多到数不清。每逢春节，都有浩浩荡荡一群人来穆民德面前拜年，小辈为了讨他欢心，还要磕头要红包。

可如今，书房内气氛沉沉，穆家数得上名号的人全都聚在书房内，每个人脸上都透着一股灰沉沉的死气。原本几十口人的大家族，可现在转眼就剩下不到二十个人了。

穆夫人在旁哭个不停，一双眼睛已经肿成了烂桃子。她的一双女儿聚在她身边，一个为她擦眼泪，一个给她拍背顺气。

小女儿小声劝她："妈，你不要哭坏了身子。"一边说着，她一边从佣人手里接过热茶，想要让母亲喝口水润润喉咙。可她的劝慰适得其反，不仅没能让穆夫人平静下来，甚至刺激到了她。

穆夫人又急又怒："你的几个舅舅都被带走调查，我哪有什么心思喝茶？"

而且那几位弟弟当中，还有她最器重的一位二表弟。那位二表弟，最听话、最老实、最没有主见，向来以她马首是瞻，是她最得心应手的一个棋子。她转移婚内财产时，可都是以那位二表弟当跳板的！

哪想到现在二表弟居然被直接带走，他那么懦弱，谁知道他会在警察面前说些什么？

她的担忧，只能说给自己听，万万不能让这群姓穆的人知道。

众人只当她是替自己娘家犯愁，哪里会知道她的手格外不干净？

"你给我闭嘴，要哭滚回屋里哭去！"穆民德正心烦意乱，听她像是哭丧一样嚎个不停，更是气得血压飙升。手里的拐杖碰碰撞着地面，打断了穆夫人的表演，更让屋里所有人的视线都集中在了自己身上。

"好了，闲话少说——这都几点了，怎么才来了这么几个人？"他拿出大家长的威严，厚重犹如沥青一样的视线从屋内每个人身上淌过。

当事情刚被爆出、还没有完全发酵之时，他们本想立即找到那个爆料者，控制住他。哪想到当保镖赶到他家时，早就人去楼空了！原来，那爆料者早趁春节假期的名义申请了年假，不仅自己离开了国内，还带着所有亲戚一起出国"度假"。

到了这一刻，他们哪还猜不到对方身后有幕后推手？

可穆氏树大招风，他们根本推测不出究竟是谁下了如此狠手，筹划出这么大的陷阱。他们做亏心事向来隐蔽，这些资料没有几年的深入调查，是根本拿不到的！

穆民德向平日里经常一起打高尔夫球的"朋友"求助，可大家哪敢在这个关头和穆氏扯上关系？甚至有人怒骂："老穆，亏我把你当朋友！你提供给我们公司的钢材全部是问题产品！涉及几十万辆刚下线的汽车！现在要把这些汽车召回销毁，你还是回去等着接我们公司的诉讼书吧！"而穆夫人那些牌友也纷纷划清了界限，没人会在这个风口浪尖，再同她装什么闺密！

穆民德急得焦头烂额，偏偏在此时，十几家子公司的负责人被公安机关连夜带走，根本没来得及留下一句话！穆民德哪还坐得住，立即召集穆家所有人来老宅议事。可一直等到中午，才来了十几个人。即使有些旁支被警察带走，但剩下的穆家人也不止这么几个啊。

"人呢？"他吹胡子瞪眼，"人都去哪儿了？"

他儿子脸色阴沉，手里紧紧攥着发烫的手机，眉头紧皱："爸，大伯和小姨一家人都联系不上了。"

穆民德瞪目。联系不上？这背后有两个可能：他们究竟是被有关部门的人带走，还是临阵脱逃，自己逃难去了？

两个截然不同的猜测在所有人心里升起。不少人当即心里打起了退堂鼓，后悔不该过来，应该多多为自己谋划才对。

穆民德血压上升，急急叫来家庭医生为了打了一针。

"要我说，还是赶快自首了吧。"有人撑不住压力，说，"这种事情推出去一个替罪羊就好了。咱们穆家家大业大，底下员工数十万，哪个人弄虚作假，咱们怎么会知道？！只要咬死这一点，一定能顺利脱罪的！"

可这个替罪羊……究竟由谁来当？

现在这件事可是惊动了不少有关部门的大领导，若是随便抓个底层员工出来，绝对不可能平息这件事。即使要抓替罪羊，也绝对要是一个在穆氏集团"有分量"的人才可以。

想到这里，众人的视线不自觉落在了穆民德和他的三个婚生子女身上。

穆民德的三个孩子，实在是不堪大用，早就沦为了父亲的应声虫，完全是扶不起的阿斗……若推一个出去顶罪，分量绝对够重了！

穆民德敏锐地察觉到了这些上不得台面的心思，冷哼道："现在不是内讧的时候。咱们穆家人都是一条绳上的蚂蚱。前几年利润下降、市场萎缩，你们拿到财报后，一个个都跟死了娘一样！是我把利润重新升上来的！如果不压缩质量，那利润从何而来？现在装什么无辜，拿分红的时候，怎么不见你们手软？"

金属建材全线作假，这件事情确实是穆民德授意的。可穆家人没有一个人洗得干净，所有人对他的所作所为，都睁一只眼闭一只眼，只关注到手的那些钱。说起"昧良心""贪婪无耻"，在座的没有一个人是无辜的。

可一只鸡落进水里还知道扑腾两下呢，他们怎么能眼睁睁看着穆家这艘大船沉了？但他们要从哪里，找到一只合适的替罪羔羊呢？

"民德，"穆夫人擦净眼泪，极力拿出她豪门夫人的气派来，"你别忘了，你还有一个儿子呢。"

穆民德微怔。

没错，他还有一个儿子。一个被他从太阳村领回来的"孤儿"，而他的真实身份，是自己并不光彩的私生子！

穆休伦——那个长了一身反骨的孩子，确实具有很强的商业头脑，手腕也强。他毕业后，没有拿穆家的一分钱，自己另起炉灶创办了一家公司。经过这么多年的运营，年利润逐年上升，在海内外都有不少资产。

穆民德曾经有那么几个瞬间动过念头，想把偌大的家业交给他。但最终，他还是压下了这个心思。

"休伦？"穆民德脸色凝重，"恐怕他不会答应。"

穆休伦是个什么性子，他再清楚不过了。前几年还能装得对他毕恭毕敬，最近两年，翅膀硬了，根本不把他的话放在眼里……甚至为了一个演戏的女明星，穆休伦居然敢顶撞他！穆休伦根本对穆氏没有任何感情，想让他给穆氏顶罪，几乎不可能。

谁想，穆夫人忽然露出了一个颇为诡异的笑容。

"他不想顶罪？那可由不得他……"只听穆夫人道，"如果他不想让他小女朋友的秘密暴露出去的话，就必须乖乖替咱们解决麻烦。"

穆民德皱眉："你说的都是什么乱七八糟的？"

穆夫人冷笑："他不是和那个叫苏瑾的女明星浓情蜜意吗？我也见过她一面，伶牙俐齿、目中无人，和传闻中的完全不一样。我就派人去调查那个苏瑾——哈！果然被我抓到了一个惊天大秘密！若这个秘密暴露出去，那苏瑾和她的经纪公司可有大麻烦了！"

她的语气阴阳怪气的，却没有得到她想要的反应。

她的亲生女儿甚至埋怨她："妈，这都什么时候了？你还有时间管那些明星八卦？你以为一个女明星的丑闻就能扭转乾坤，让穆休伦替咱们顶罪？就算是艳照门，也没有这么大的威力！"

"谁说的？"穆夫人抢白，"你们可知道，苏瑾她……"

可惜她话没说完，书房门便被人从外撞开，刚刚还被他们挂在嘴边的男人就这样光明正大地出现在他们面前！

在座的每个人都满脸憔悴，然而穆休伦却衣衫笔挺，嘴角紧抿，视线如刀。

他昂首阔步走入书房里，站稳，立于众人的视线之中。包裹在西装裤的笔直长腿微微岔开，他一手插兜，看向了坐在一旁的穆夫人。

"您倒是说说看。"他言辞冰冷，嘲讽地问，"我也想知道，您手里到底掌握了苏瑾的什么大秘密，足以让我心甘情愿的为穆家顶罪？"

跟在他身后的高岭，无奈地揉了揉太阳穴——穆家这群蠢货，不仅没发现穆休伦才是举报他们的幕后高手，现在还妄想穆休伦给他们顶罪？这根本不是大脑发育不完全，这是根本就没长大脑吧？

正如穆休伦所料，穆夫人嘴里所谓的"大把柄"，指的正是苏瑾姐妹俩李代桃僵的事情。

说实话，苏纪时代替妹妹进入娱乐圈，这个计划细究起来，处处都是破绽。姐妹俩虽然外貌相同，但是性格、生活习惯都有极大区别。

这个大消息若是爆出去，苏瑾的名声绝对会一落千丈，姐妹俩不仅要面对天价违约金，更有可能面临广告商的诈骗指控。

而穆夫人是怎么发现这个秘密的呢？

那日她在墓园堵住苏纪时，本想把苏纪时拉来自己的阵营，结果反被苏纪时狠狠讽刺。她咽不下这口气，越想越觉得意难平，便差人去调查苏瑾。

私家侦探从墓园下手，把那片墓碑都调查了一遍，结果并没有找到署名"苏瑾"的墓碑，倒是看到了苏纪时、苏堇青的名字。这两个名字让私家侦探产生了怀疑，于是他顺着这条线调查下去，发现娱乐圈内最火的流量女星苏瑾居然是双胞胎，之前的苏瑾是妹妹，现在的苏瑾变成了姐姐！

私家侦探立即意识到，这个大消息绝对价值千金！原本穆夫人只打算花点小钱打发他，结果他临时加价，敲诈了一大笔，然后拍拍屁股立即逃出了国。

那个价钱让穆夫人肉痛不已，但想到能以此威胁穆休伦，她便觉得这钱花得很值!

而今天,便是她扬眉吐气的日子。

她把证据摆在穆休伦面前。那私人侦探确实有两把刷子,他居然特地飞到北领地,偷偷跟踪苏堇青,拍下了她的视频。至于苏纪时在学校读书时的相关资料、博士延毕申请,也被他一并拿到了。

"铁证如山",穆夫人得意扬扬地看着穆休伦,心想,由不得他不就范!

穆民德也看到了这些资料,责怪地看了妻子一眼,觉得她有些胡闹。但转念一想,若不是穆休伦和"苏瑾"情深似海,恐怕穆休伦也没那么容易被摆布。

夫妻俩炙热的目光同时落在他身上,仿佛已经看到他主动担当替罪羊的模样。可惜,他们的算盘终究是要落空了。

穆休伦从桌上捡起那几张"铁证",一张张慢慢翻阅。

这些照片里,既有女孩身穿迷彩服、带领游客坐汽船参观鳄鱼河;也有她换上硕士服,在台上等待院长拨穗……

一模一样的脸孔同时出现,曾经的穆休伦分不清,可现在,他可以从两个人里,轻而易举地找到他爱的那一个。

他望着照片里苏纪时的笑颜,慢慢把它们合上、折好,收进了衣兜里。

"真是了不起。"穆休伦淡淡道,语气仿佛是在评价路边的一棵树、一棵草,"你们若是把这份心思用在事业上,穆家也不会走歪路,这么轻易就倒塌。"

他的嘲讽显而易见,穆夫人眼瞳猛缩,听出了他话外的拒绝之意。

"你!"穆夫人怒道,"你不管你女朋友的死活了吗?"

"管,当然管。"他淡淡道,"说实话,我今天来这里,是想看看你们究竟有没有悔改之意,可是现在来看,穆家早从根上就烂掉了。"

本来他还觉得,在这场婚姻中,穆夫人也是一个"受害者"。她的丈夫不仅出轨,还把私生子接回来,在她眼皮子底下抚养长大,她因此产生的一切愤懑与偏激都是可以理解的。故而这么多年以来，她对他的百般试探、千般挑衅，他都视而不见。

但是他没想到，其实穆夫人早就被穆家侵蚀了。她想维护的并非自己的婚姻、爱情、家庭，她眼中只有自己的利益。她只想着把穆休伦推出去当替罪羊，然后把穆家清清白白地摘出来，这样她还是那个高高在上的豪门夫人。只可惜，她低估了苏纪时在他心中的重要性。

若是她没有用苏纪时的事情做威胁，他还会给她留一条退路。可惜……

穆休伦给身后的高岭使了一个眼色。

高岭心里叹气，心想穆夫人惹谁不好非要惹这位太岁，只能在心底给穆夫人点一根蜡烛了。

他从公文包里拿出一沓文件，走到穆夫人面前，递到了她手里。

穆夫人不接，反而"啪"一声把他手打开，向穆休伦怒骂："你什么意思，故弄玄虚？"

穆休伦冷冷地说："我是不是故弄玄虚，你看看这份资料再说吧。"

穆夫人皱眉看去，结果当她看清纸上所写的是什么后，一声惊呼，下意识地就想把文件抢过来。

她这般夸张表现，自然吸引了穆民德的注意，他闻声望向那几页纸，眉头先是紧皱，接着瞳孔怒张，劈手便把文件抢了过来！穆夫人想拦没有拦住，穆民德抢过文件，迅速翻阅起来，越翻，他的手就抖得越厉害！

"你……你！好呀，我为了这个家辛辛苦苦这么多年，你却背着我做这种事！"穆民德心里一阵绞痛，他伸手捂住胸口的位置，大口喘气。

原来，高岭递给他们的正是一份起诉书——穆休伦以继承人身份，起诉穆夫人转移近百亿元的婚内财产！

根据现行法律，不管穆休伦是养子还是私生子，都有着与其他婚生子相同的继承权。穆休伦早知道穆夫人手脚不干净，若起诉成功，穆夫人不仅要归还所有钱财，还有可能面临牢狱之灾。

穆休伦的威胁摆在了明面上——若穆夫人把苏瑾的事情咽回肚子

里,那他也把这份起诉书拿回去;若穆夫人决意把苏瑾的事情闹大,那么他也可以直接把她送上法庭。

两相比较,穆夫人终究是更关注自己利益。

她狠狠咽下满嘴苦涩,怒骂:"你这个小畜生!我早该在你进门的第一天,就把你掐死!"可她话没说完,穆民德就抡起手臂,狠狠地给了她一个耳光!

旁边的亲戚看了这么一出大戏,早就呆住了。现在看到穆民德动手,还是他们的儿女最先反应过来,扑过去劝他冷静。

可穆民德怎么冷静得下来?穆家企业风雨飘摇,股价狂跌,多位成员被警局带走;而他的妻子又偷偷转移婚内财产,他哪里咽得下这口气?

两人貌合神离的感情正式破裂。穆休伦看着他们俩闹成一团,哪里还有什么豪门世家派头,简直像是市井里的泼妇与渣男!

他们越是内讧,穆休伦越是开心。

他毫不掩饰自己的大好心情,毕竟,他等这一天,已经很久了。

见他一副看戏人的模样,他的便宜哥哥大怒,居然直接冲过来,想要对他动手。

"穆休伦!你是个什么玩意儿!我告诉你,若是穆家没了,你根本拿不到一分钱!"

穆休伦退后一步,侧头避过了对方毫无章法的拳头。

"我看你搞错了一件事。"穆休伦挑眉,"从我踏进穆家的第一天起,你和你妈妈都一直在防着我,担心我拿穆家一分钱——可是我从来没想过拿你们的钱,我只想……"他眼中的恨意一闪而过,"让你们死。"

"什么?"众人大惊。

穆休伦见他们如此愚蠢,叹道:"你们怎么还不明白,把那些证据披露在网上的人——正是我啊。"

他的生母,本来是一个生于小城的幸福姑娘,来大城市务工,却被穆民德看上。她在痛苦中诞下了一子,她本来想控告他,却被势力滔天的穆民德诬陷送入监狱，最终魂断狱中。这份血海深仇，穆休伦一天都没忘记。

而就在他话音落下的下一秒，穆家老宅的大厅里，忽然传来一阵刺耳的喧闹声。

不等穆家人反应过来，书房大门便被撞开，佣人跌跌撞撞地跑进来，惊声道："老爷，夫人！外面，外面来了好多警察！"

佣人一句话还未说完，多位荷枪实弹的警察便闯进了屋内，为首的一位警官手拿逮捕令，面色冷峻。

"穆民德，根据警方掌握的证据，你涉嫌强奸、谋杀等多项罪名。不要抵抗，跟我们走一趟吧。"

冰冷的手铐铐走了穆民德。留在书房内的其他人，就如一群惶然的蚂蚁，溃不成军。

穆休伦望着这群令他恶心到骨子里的穆家人，感觉在心头燃烧的那团复仇之火，终于熄灭了。

——穆家，真的倒了。

一切仿佛发生在一眨眼之间。

当《荒野大赢家》剧组从新疆回来时，穆家上下几十口人，一多半都被穆休伦投进了监狱。没进监狱的人全部战战兢兢地缩在家里，曾经叫嚷着要揭露苏瑾姐妹俩身份的穆夫人，也没了声音。

穆休伦饶了她一命，把她手里的所有证据都清缴之后给了她一笔钱，把她送到了某不知名小国。

从始至终，穆休伦都没有把这件事告诉过苏纪时，而是全凭自己的手腕默默压下。

穆家一夕之间覆灭，EXP集团供应的问题金属建材波及很大，和他们有供应关系的公司人人自危，开始进行内部纠察，问题产品能召回的立即召回，召回不了的便进入索赔程序。

这件事闹了好一阵子，好几个国字头媒体进行跟踪报道，加上国家质量监督检验检疫总局下了红头文件，这才勉强安抚住民心。

曾经风光无限的 EXP 集团宛如秋风里的小白菜，被其他几个矿业集团分割，穆休伦自然也没放过这个大好机会，吞并了其中几家子公司。

刚吞并那阵子，穆休伦几乎没睡过一个整觉，连续一个月都在办公室里度过。

他加班，高岭也跟着辛苦。不过有股权作为激励，高岭恨不得能再多辛苦辛苦。

这种商战范畴的事情，网上的吃瓜群众只能跟着看个热闹。很快，大家的视线就被其他新闻转移了。

而在此期间，《荒野大赢家》新疆篇进行了放映。正如郑导当初所说，周晶的所有戏份都被删得一干二净，好在她本就是客串，即使删掉她的出镜，也不影响。

节目播出前，网络路透的雪地赛马比赛就吊足了观众胃口。等到正式播出时，收视率瞬间突破了 4%，而这已经是绝大多数综艺收官集也无法企及的高度了。

在新疆之行中，吸引观众的不仅仅是可可托海的壮美风景，苏瑾在节目里贡献的无数绝佳镜头，也成了大家茶余饭后的谈资。

苏瑾工作室里负责宣传的小妹妹，刚开始还熬夜监管超话、控评热搜，到后来她已经麻木了，要是哪天苏瑾没上热搜，那才稀奇呢。

借着这股东风，《荒野大赢家》节目组踏遍亚洲的好山好水。他们深入丛林，也入过沙漠……不论是去什么地方，苏纪时都表现得格外老练。

追节目的人不仅有普通观众，还有很多户外爱好者。无数人对苏瑾的表现大为赞叹，称她技巧娴熟，让人刮目相看。

这档节目不仅在国内火爆，同时很快登顶了 Discovery 亚洲频道的榜首。无数雪花般的邀请飞了过来，苏瑾的名气一时间达到了顶峰。

苏纪时和穆休伦两人都忙于工作，明明刚确定关系，却聚少离多。好在两个人都不是那种纠结于一时情爱的人，平时工作时各忙各的，一有假就尽量凑到一起。等到两人的工作告一段落，穆休伦挤出半天时间，邀请苏纪时去马场踏青。

苏纪时很久没有见到 Linda Hu 了，自然开心。

只不过她有些愧疚："我抢了它的男朋友，它会不会不开心？"

穆休伦哭笑不得。为此，苏纪时特地带了它最爱吃的水果胡萝卜，打算好好讨好它。好在 Linda Hu 是位大度的姑娘，她见到苏纪时后，依旧亲亲热热地蹭她，还把长长的下巴放在她肩头，等着她摸。

苏纪时翻身上马，牵着缰绳绕着草场转了数圈，跑到大汗淋漓才停下。

她停到穆休伦面前，俯下身子伸出手来，主动邀请道："要不要上马？"

穆休伦的回答是拉住她的手掌，借力起身，翻上了马背。

Linda Hu 不愧是最优秀的温血赛马，即使背上驮着两个人也不觉得吃力。它悠闲地一边吃草，一边在草场里溜达，苏纪时便靠在穆休伦怀里，享受这来之不易的悠闲时光。

他们两人都知道，等到苏纪时回美国后，他们就要正式开始异国恋了。就算两个人都不是"恋爱脑"，在热恋期就要分开，还是会有些舍不得。

苏纪时忽然道："对了，你七月份有空吗？"

像穆休伦作为一个事业处于上升期的总裁，一天二十四小时恨不得劈成四十八小时用，苏纪时担心他七月份有安排，故而提前数个月就要"预约"。

穆休伦问她怎么了。

苏纪时在马背上半转过身，看向他："我的毕业典礼就在七月，我希望你能来。"

她语气平静，就像是在叙述别人的事情，可话里透出的寂寥，却让穆休伦很心疼。

"我高中毕业后就去美国读书，没管我爸要一分钱。他说，他不会给我学费，我也不需要给他养老。所以自从我成年后，我就再没和他联系过。本科的毕业典礼上，同学们都有亲人在场，只有我一个人。硕士的毕业典礼上，依旧只有我一个人。现在我博士毕业了，我不想只有一个人了。"

苏纪时抬眸看向他，笑容恰似春光明媚。

"穆休伦……你愿意来参加我的毕业典礼吗？"

男人喉结滚动，明明只是一个再简单不过的问题，他开口时，却郑重的像是在许下一生的承诺。

"我愿意。"

《荒野大赢家》拍摄接近尾声，距离苏堇青回来的日子越来越近了。

苏纪时在娱乐圈待了半年多，当初她刚踏入这个圈子时，心中有着诸多不确定；而现在，她不仅有了一段绝妙的经历，还遇到了很多重要的人。

她没有遗憾。

在离开之前，她又去母亲坟前扫了一次墓，只不过这次，她叫上了穆休伦。

陵园很安静，春天已经来了，道路两旁都长出了细碎的嫩芽。两人手牵着手拾级而上，苏纪时嘴里哼着歌，音调轻快。

穆休伦问："你唱的是什么歌？"

"其实我也说不出来。"苏纪时语气怀念，"在我八岁之前，每天晚上，妈妈都会哼着这首歌陪伴我们姐妹俩入睡。自从她离开后，我再没听过。我曾经以为自己已经忘了这首歌了，但是当我踏上这里时，这个曲调忽然就在我脑海里出现了。"

她和堇青的妈妈是一位小学老师，不是什么重点名校，只是小城里一个不起眼的小学。在那种学校里，副科老师很多都是兼任的，苏妈妈教美术、手工，还教音乐。

小的时候，她一直以拥有这样的妈妈为傲。

妈妈会为她们弹琴、为她们唱歌。姐妹俩便在琴声里扭动四肢，翩翩起舞。

苏堇青胆小，明明很有天分，可若是有外人在旁观看，她就不敢跳了，即使再怎么鼓励，她也怕得缩成一团，胆子小得像一只小白兔。而她不一样，她从小就天不怕地不怕，若是有人看，她反而更勇敢，即使跳得糟糕，也很乐于表现自己，那模样像极了张牙舞爪的小猫咪。

那时候还有人说，姐妹俩能歌善舞，长大后一定能当明星。

只是没想到，最终是内向的苏堇青踏入了光怪陆离的娱乐圈；而看上去活泼开朗的苏纪时却背着书包、拿着地质锤，一路读到了博士。

不过，那人的"预言"也算是准确。谁能料到，最后苏纪时也稀里糊涂地当上明星了呢？

两人一边聊着小时候的趣事，一边迈步走向了苏母的墓碑。

苏母因为一生教书育人，故而她的墓碑被雕琢成了一本摊开的书。书的左侧写着她的名讳，右侧则是并排的苏家姐妹的名字。

他们并肩站在墓碑前，矮身放下了怀里的菊花。

"妈，我来看您了。"苏纪时拿出一张手帕，一边擦拭墓碑，一边轻声为她介绍，"我身旁的这个人是我现在的男朋友。"

穆休伦轻咳一声，提醒："我建议你把'现在'两个字去掉。"

苏纪时狐疑地看了他一眼："所以你想当我'以前的男朋友'？"

穆休伦忙说："我的意思是。我不只想当你'现在的'男朋友，还想当你'一辈子的'男朋友。"

"我懂了。你打算和我谈一辈子恋爱，永远不结婚？"

真是多说多错。

明明应该是满怀沉痛的扫墓时间，但两人聚在一起，仿佛有说不完的笑话、谈不完的话题。

这一点，也是苏纪时万万没想到的。

明明两个人都不是爱开玩笑的性格，可光是彼此对视着，就止不住地想笑。若苏妈妈还在世，能够亲眼看到苏纪时找到了一生所爱，一定很开心吧。

祭拜完苏母之后，两人又一同去了穆休伦长大的地方——太阳村。

太阳村是专门给无人照料的犯人之子提供庇护的地方，穆休伦的母亲冤死狱中后，他便被送来了这里，直到上小学，才被穆民德接走了。

穆休伦成年后，一直定期捐助太阳村，为这群同他一样无家可归的孩子带去希望。

孩子们对穆休伦非常熟悉，他一去，大家就叽叽喳喳地围上来。而当他们的目光落在穆休伦身后的苏纪时身上时，原本喧闹的氛围瞬间一静。

小一点的孩子认不出她，但是太阳村里还有很多十三四岁的小孩子，他们又是惊喜又是胆怯地呆立当场，结结巴巴问："你……你是苏瑾吗？那个电视上的女明星苏瑾？"

苏纪时今日没化妆，和电视上的她稍有区别。

于是她睁眼说瞎话，拿出她的巅峰演技，忽悠这群可怜的小豆丁们："不是，我不是苏瑾。"

有个胆大的孩子问："那你是谁呀？"

苏纪时大方挽住穆休伦的胳膊："我是你们穆叔叔的女朋友。"

谁想，穆休伦忽然打断她："什么穆叔叔，我是'哥哥'，热心企业家'穆哥哥'。"

苏纪时："穆休伦，你都三十多岁了，还好意思叫自己'哥哥'？"说着，她故意伸手摸了摸他下巴上的胡楂。男人下巴细密的胡楂扎在她手心，痒痒的，很舒服。

穆休伦振振有词："太阳村是一个大家庭，新来的孩子管我叫哥哥，有什么问题吗？"

苏纪时说不过他。

他们中午留在了太阳村吃饭。太阳村有一个足够数百人一起用餐的大食堂，虽然吃的是最普通的大锅饭，但油水充足，一顿饭有荤有素，营养均衡。

在这里，一切都要自己动手。吃完饭后，穆休伦主动拿着两人的餐盘去水龙头那里洗，苏纪时则晃到操场上，坐在秋千里晒太阳。

这时，有个小朋友磨磨唧唧地晃了过来，在她身边绕来转去。苏纪时看他一眼，他赶忙把头转到一边。过一会儿，他又把头悄悄转回来，见苏纪时还在盯着他看，他羞得又把头转过去了。

苏纪时问："你找我有什么事吗？"

那小孩红了脸，屁颠屁颠跑到苏纪时面前，两只脏兮兮地小爪子撑到她腿上。

"我悄悄告诉你哦，"小朋友说，"我们其实从来没有管他叫过'哥哥'，因为穆叔叔年纪太大啦！"

"噗！"

"不过呢，"小朋友望着她，又黑又大的瞳仁像是两颗葡萄，"你又年轻又好看，我们都觉得你是姐姐！"

苏纪时开心地给他抓了一把糖果。

下午，苏纪时找了一间空教室，给小朋友们上了一节地理基础课。她给他们讲洋流，讲板块运动，讲地震的成因，小朋友们听得津津有味，几个小时的时间一晃而过。

孩子们都叫她"苏老师"，这个"老师"可和娱乐圈里的"老师"不一样，苏纪时私心觉得，还是前者更让她开心。

苏纪时又给孩子们捐了十几套地质学科普读物，孩子们一个个乐得直蹦跶，当她走时，一个个拽着她的裙摆舍不得她离开。

穆休伦看到了，酸溜溜地道："我来过这么多次，他们怎么就不对我这么亲密？"

苏纪时说："因为你太严肃，几乎不对他们笑。"

穆休伦皱眉。

苏纪时："对对对，就是这个表情！"

车子启动，驶出太阳村，如一叶轻舟，向着夜色划去。

苏纪时倚在车座位上，望着渐行渐远的太阳村，不知想到了什么，忽然笑了起来。

穆休伦问她笑什么。

苏纪时说："你知道吗？今天中午的时候，有个小朋友偷偷跑来告诉我，说你看上去太成熟，没有小朋友会叫你穆哥哥，都在心里偷偷叫你穆叔叔。"

穆休伦默默地把车停在了僻静的路边，四周一片漆黑，路灯影影绰绰，天上的星星都躲进了云里。

苏纪时尚不知自己"大难临头"，傻傻问："怎么突然停车了？"

穆休伦解开安全带，降下车座，回答："没什么，穆叔叔累了，不想开这辆车了，想换辆车开了。"

第二十一章 回到美国

这天下没有不散的宴席，苏堇青回来了，苏纪时就要走了。

经过这段时间的接触，苏纪时和方解、阿山、小霞的关系都处得很好，她的离开，大家都恋恋不舍。

小霞问她："苏姐，你回去之后，会不会被人认出来啊？"

"不会。"苏纪时斩钉截铁地说，"你知道我们学院研究生博士生加起来有多少亚洲人吗？"

"呃……"小霞卡壳。"不知道。"

"只有五个，会说中文的包括我只有两个，另外一个还是ABC。"

地质学可是个穷苦学科，如果研究生向工程方向发展还好，像她这样理论方向的，基本上没有什么"钱"途。

别看海外留学这么热，但大部分学生还是会选择能学以致用的专业，地质学属于偏门科目，研究所一年招收的人数有限，苏纪时是他们院系极少数的女生，还是个黑发黑眼的中国人，珍贵得像——大熊猫一样。

后来她的导师、同学，干脆都叫她潘达苏了。

苏纪时丝毫不担心自己回到美国后会被人认出来。

本来外国人看亚洲人都是一个模样，她卸掉妆，换上普通的T恤衫，谁能再把她和屏幕上光鲜亮丽的苏瑾联系在一起？

正如她所料，她回学校后，重新回归了研究室、家、野外、教授办公室"四点一线"的平静生活。每天一睁眼就奔赴研究室写论文，晚上等明月高挂再乘着夜色回家。

她的导师只带了两个博士生，另外一位黑人大哥已经读了六年还没毕业。

见她销假回来了，导师问她："潘达苏，你家里的事情解决了？"

她当时申请回国时，和导师说了"实话"——母亲病逝，妹妹失踪，留下大笔欠债等她处理——导师连声惊呼"Oh my gosh"，赶快批了她的假。

苏纪时答："谢谢您的关心。妹妹散心回来了，债务问题也解决了。"

导师说："那就好那就好。对了，你的工作怎么考虑的？如果你需要的话，我可以为你写推荐信。"

像他们这样的专业，如果未来不进地质队的，那么就要进研究院做研究了。不管苏纪时想往什么方向发展，在这个时候就该往外投简历了。

苏纪时："这个还不急。我这次回国，认识了一位富豪，他有意向资助我的研究。"

五十多岁的导师眼中迸发出火花："哪位富豪，这么有钱……我是说，有远见？"

做研究，自然是资金越多越好，导师现在的项目正是烧钱的关键时机，很需要赞助。

苏纪时谦虚道："那位富豪恰好是我男朋友。"

导师扼腕。

黑人师兄得知这个消息，很惊讶地跑来同她八卦："你不是说要为事业奋斗终生，不想花费时间谈恋爱吗？怎么突然就坠入爱河了？"

苏纪时想了想："其实遇到他之前，我确实没想过谈恋爱。但这次回国，因为一些机缘巧合和他认识了，渐渐就被他打动了，而且我们很合拍，我就决定先相处看看。"

黑人师兄："哦，你们是经人介绍认识的吗？"

苏纪时："也不算吧。我遇到他时，他还是我妹妹的男朋友。"

"我和我妹妹是双胞胎，他一直没认出来，我就将错就错了。"

黑人师兄目瞪口呆地为她鼓掌。

"你妹妹呢？你妹妹就没有意见吗？"

"她？她没有意见啊。她不爱他，和他在一起只是为了他的钱。"

苏纪时不知怎么叙述三个人之间的复杂关系，干脆捡出最主要的关键点来说。

结果听在黑人师兄耳朵里，却被他脑补了一整篇波澜壮阔的大戏。

他想，谁再说中国人保守？潘达苏姐妹俩的故事要是改编成美剧，今年的艾美奖就是她们的了！

过了一段时间，导师通知苏纪时，有一个中国官方组织的地质交流团要来他们院做交流，这个交流团里除了有中国地质科学院的一线研究者，也有一些高校教授，还有一同来考察的几位投资人。

因为苏纪时是院系里唯一的中国人，所以导师希望苏纪时能帮忙接待。

苏纪时随口应下了。

访问团的年龄都是四十五岁起步，如果苏纪时和张曼玉林青霞撞脸，她还会慌张。可是她和当红小花苏瑾撞脸，她料定他们认不出她来。

接待团抵达的那天下午，苏纪时被导师从研究室提出来，被推出去当翻译。

苏纪时这几天为了论文的最后数据，几乎扎根在研究室里，她完全忘了导师给她分配的任务。被推出来时，头发随便扎成丸子头，甚至没来得及换身正装。

苏纪时匆匆赶到大门外，只见一队三十多位访问学者聚在那里，他们都是黑眼睛黄皮肤，全是她的同胞。

苏纪时定睛一看，突然发现在人群之中，居然有一位熟人——和她有过一面之缘的地质学院张院长！之前苏纪时拍《恋爱笔记》时曾去那所学校取过景，张院长和穆休伦一起来探班，苏纪时还同他聊了很久，还和他签名、合影！

苏纪时开始慌了。

她把头帘放下挡住眼睛，又向路过的一位学妹借了平光眼镜，整了整衣服，故作镇定地走了过去。

苏纪时安慰自己：她最近为了赶论文，昼夜颠倒，连头发都懒得洗，更别提用护肤品了。每天她出门前照镜子时，都会怀疑自己是不是和电视上光彩照人的女明星共用一张脸，在这种情况下，老眼昏花的张教授绝对不可能认出她的！

她定了定神，停在访问团面前，大方地做起自我介绍。

"各位老师好，我是学校派来的中文志愿者，第四纪地质学方向的博士生，我叫苏……"

"苏瑾？"人群之中的张院长惊呼出声，"你怎么在这儿？"

苏纪时停顿了几秒，眨了眨眼睛，扔出了灵魂三连问："苏瑾是谁？是中国的女明星吗？我和她长得很像吗？"

在关键时刻，苏纪时斩钉截铁地否认三连，确实起到了很重要的作用。

张院长被她镇定的语气所迷惑，他左右看看，并没有看到他意料中的隐藏摄像头，再看看苏纪时堂堂正正站在他面前，不闪不避。

张院长想，难道真的是他老眼昏花了？不可能啊，这脸，这体型，这眼神，不管从哪儿看就是苏瑾啊！

张院长怀疑地问："你刚才说你也姓苏？"

苏纪时："不，您听错了，我姓潘。"

张院长一头雾水。

苏纪时："我叫潘达苏。"

张院长说："这名字一听就好假，你就算想骗我老头子，也没必要这么敷衍吧！"

苏纪时镇定的拦下从旁经过的黑人师兄,问他:"我叫什么?"

黑人师兄古怪地看她一眼,夸张地说:"你叫潘达苏啊!"

因为亚洲人名字难念,所以大家善意地给每个人起了个方便称呼的昵称,比如苏纪时有个日本学妹,被大家称为"撒库拉"。

苏纪时在学院里待了十年,就被叫了十年"潘达苏",就连她去给本科生当助教,也自我介绍叫潘达苏,久而久之同学们全都默认了她的名字。她发 paper(论文)时,导师看到她的原名都要愣一下,才能确认苏纪时是自己的学生。

有"证人"作证,张院长被迷惑了,可怜他年纪大了,好不容易记住自己孙子偶像的脸,现在被她三言两语地忽悠住了,又开始疑心起自己的记忆力了。

见他一直纠结"小潘""小苏",访问团里的其他教授问:"老张,你说的苏瑾是谁?"

张院长说:"女明星呀!之前还去我们学校拍过戏呢!"

"没想到老张你年纪一大把还追星啊。"有个同校的教授笑话他。

张院长忙说:"我不是,我没有!是我孙子很喜欢她……"

可无论他怎么解释,大家都不信了。

苏纪时笑眯眯道:"我来美国十年了,不知道国内流行什么,如果我真和那个女明星撞脸,说不定我们是失散已久的双胞胎姐妹呢。"

可怜的张院长,明明已经触碰到了真相,却被轻而易举地忽悠住了。

苏纪时带领他们参观校园时,张院长心神不宁,频频盯着苏纪时的脸看,甚至故意抛出几个专业问题,想"确认"她究竟是不是真的学生。

苏纪时见招拆招,不仅回答得完美漂亮,还深入其中,和其他几位教授认真请教了一些工作学习中的问题。

所有人都对她赞不绝口,甚至有人主动向她抛出橄榄枝,说可以为她介绍国内优秀的科研团队。

苏纪时笑着婉拒了,说毕业后已经确定了发展方向。

在大家其乐融融地聊天时，张院长给远在国内的孙子打了个电话。

他孙子是苏瑾的粉丝，手机屏幕、电脑壁纸全是苏瑾。之前他孙子抱回家两箱酸奶，苏瑾代言的；某某视频网站一口气开了八年会员，因为是苏瑾代言的；还送给家里的姨、姑、堂姐、表妹一人一支口红，居然还是苏瑾代言的！

有一次张院长晚上起夜，凌晨三点看到阳台上有个人影，吓得他心脏病差点犯了，警察到了撩开窗帘一看——居然是苏瑾的人形立牌！

张院长想，潘达苏究竟是不是苏瑾，看来只有让他孙子出马辨认了。

他偷偷摸摸给自己远在中国的孙子打了个视频电话。

两边有时差，电话接通时，中国这边正是晚上。

视频那边人头攒动，孙子把脑袋高高仰着，像是一只正努力吸氧的鱼。

"爷爷！"孙子说，"您到美国啦！"

"孙子！"爷爷说，"你在外面啊？"

孙子："是呀，今天瑾瑾录节目，我在后援会抢到了票，来给瑾瑾应援！"

一边说着，他一边晃了晃手里的灯牌、手幅。

"苏瑾？"张院长惊讶问，"你见到她了？"

"见到了啊！"孙子把手机镜头转过去，舞台上，一个小的还没有指甲盖大的女孩正在接受主持人的采访。

张院长看了半天，实在看不出来那个人是苏瑾。

张院长伸出手比画了一下："你确定那是苏瑾？"

"是啊，不是苏瑾还能是谁？"

张院长想，我看她那么丁点大，像是拇指姑娘。

不过他孙子说是，那就是吧。

张院长："你离舞台好远啊！"

孙子："没办法，这是'山顶'票！"

山顶？

　　张院长茫然地想：他老张一辈子带着学生爬过那么多山，凭借工作证畅行无阻，从来没买过票。没想到如今，他孙子去山顶也要买票了。

　　孙子问爷爷还有什么其他事吗？

　　张院长想了想，谨慎地说："苏瑾有没有双胞胎姐妹啊？"

　　"没有！"孙子吹起彩虹屁，"瑾瑾是上天赐下的宝物，这种稀世珍宝只要有一个就足够了！珠玉在此，其他都是鱼目！"

　　张院长想，行吧。说不定真的是他年纪太大，想太多了呢。

　　苏纪时带着访问团在学校里转了一天，回家时累得骨头都要散架了。

　　晚上她和穆休伦视频时说了这件事。

　　穆休伦现在在英国，两人之前隔着一个太平洋，现在隔着一个大西洋。因为两人都忙，又有时差，他们平常开视频都很少闲聊，大多是自己做自己的事情，偶尔抬头看一眼对方。

　　不过今天，苏纪时积了满肚子话要说。

　　穆休伦听完她的叙述，问她："需不需要我帮忙？"

　　苏纪时："怎么帮？"

　　穆休伦："我刚好新收购了一家公司，做北极圈地质研究的，分公司就在你们州，我可以直接向官方下邀请函，请他们莅临指导。"

　　苏纪时："你什么时候收购的？"

　　穆休伦："你不是之前提过你研究生的时候想去他们公司实习，结果面试官看你是中国人，就很敷衍吗？"

　　这事儿苏纪时自己都要忘了，那个面试官很刻薄，明里暗里嘲讽她的国籍，她一气之下就离开了，当然，她离开后没忘了给 HR 写邮件说明此事，不过到最后也没收到回复，看样子对方公司的风气就是这样排外的。她说："他们不想要中国雇员。"

　　"嗯，所以我直接给了他们一个中国老板。"

　　苏纪时："行吧，有钱就是了不起。"

　　很快，那家公司发来了邀请函，盛情相邀访问团去他们那里莅临指导。

原本访问团计划在本市待一周，现在时间缩减，只待三天。

苏纪时压力倍减。

这三天，他们都在实验室里转悠，双方分享经验、交流成果。张院长也不再当福尔摩斯了，再没用那种探究的目光看过苏纪时。

苏纪时终于长舒一口气。

第三天晚宴结束，大家热热闹闹地说要合影留念。

苏纪时哪里敢合影，生怕照片流出去被人发现端倪。

她赶忙主动接过照相机，说："我今天没化妆，太不上镜了。我还是负责给大家拍照吧。"

考察团男多女少，苏纪时指挥大家站成两排，女老师在前、男老师在后。结果在站位时，一男一女两位老师产生了摩擦，说什么也不站在一起。

最后，还是张院长出面调停，才让两人没有当场吵起来。

苏纪时一脸茫然，实在不懂合影怎么能合出这么多爱恨情仇来。

张院长好心为她解释："哪里是拍照的缘故？他们俩是老对头了，你抢我学生，我抢你课题，这么打了几十年了，到如今也没打明白！"

苏纪时头疼道："没想到在学校里当老师也这么麻烦。"

"可不是吗？"张院长提点她，"苏瑾，我觉得以你的性格不适合进高校教书。你就踏踏实实地做学问、搞研究，挺好的。"

苏纪时点点头："我也这么觉得。"

谁想，她话没说完，张院长就露出了"看，你露馅了吧"的笑容。

苏纪时脑内迅速重播了一遍两人刚刚的对话——张院长叫她苏瑾时，她居然直接就答应了！

张院长凭借一通犀利的操作，轻而易举地扒掉了苏纪时的马甲，让她不得不感叹一句：姜，还是老的辣。

事情到了这般田地，苏纪时也不愿再装下去，她抓了抓凌乱的头发，一不做二不休，把她的和妹妹互换身份的事情原原本本道来。

张院长听得目瞪口呆，伸出大拇指："你们年轻人真会玩。"

苏纪时叹气："娱乐圈水太深，我们只能出此下策。"

她忙说："还希望您能替我保密，现在一切都已经回归正轨。我妹妹继续当她的女明星，而我在这里念书，说实话，如果不是您恰巧接触我本人，这个秘密本来是可以一直瞒下去的。"

然而张院长并不这么认为。

"你们还是太年轻，要是你们到了我这个年纪，就会知道这世上根本没有什么秘密会'绝对不露馅'。"张院长笑她思虑不够周全，摇摇头说，"今天是我被派来交流，明天就可能是其他人被派来交流……就算你以后不在学校搞科研，跑去北极圈研究极地了，那儿也有中国科考团啊？"

苏纪时说："可我之前从来没被人发现过。"

"之前是之前，现在是现在。之前你们姐妹俩是平行线，没有交集。现在有了交集，那事情可就不一样了。"

张院长点到为止，其他的都要苏纪时自己去琢磨。

第二天，张院长就跟着访问团去临市了。

苏纪时一下清闲下来，本该投入到论文里好好工作，但一直心神不宁，总惦记着张院长的忠告。

她打点起精神努力冲论文，紧赶慢赶，终于在死线前顺利完成。

当她上答辩台时，已经连着好几天没睡超过三个小时了。

最终答辩结束，苏纪时回到宿舍，手机一关电脑一扔，睡了个昏天黑地。再睁眼时，已经到了第二天下午——足足睡了二十多个小时。

她蓬头垢面地从床上爬起来，先胡吃海塞地吃了一顿好的，这才迷迷糊糊地打开手机，铺天盖地的消息涌入。既有亲朋好友询问她答辩结果的，也有学校发来的通知邮件。

苏纪时想了想，第一个电话打给了妹妹。

苏堇青正在拍戏，她的手机拿在林岩手里。自从她回国后，林岩也跟着回来，以保镖身份跟在旁边。他面容冷酷，不苟言笑，一眼扫过去，甭管是八卦记者还是私生黄牛都不敢往前凑，威震四方。

前不久还闹出一档子事儿——苏堇青去上海拍戏，结果被私生粉围了，三辆五菱宏光里居然冲下来五十多人！人越聚越多，疯狂的私生粉们把各种镜头、自拍杆往苏堇青脸上怼，然而苏堇青穿着高跟鞋，闪躲不便。她脱下高跟鞋提在手里，打算赤足逃跑，结果林岩突然抱起了她！

她一声惊叫，周围的私生粉也被搞蒙了。林岩趁着他们愣神之际，让她趴伏在自己肩膀上，就这么扛着人一路狂奔两公里，硬是把那些私生粉全都甩没了！

因为当天苏堇青穿了一条短裙，林岩怕她走光，于是一只手抱着她，另一只手一直贴在她大腿上，压着她的裙子。

这一幕被人拍下，上传到各大社交媒体。有人称赞苏瑾的男保镖"很 man""A 爆"，也有人骂他"故意揩油"，当然更多人站出来指责私生粉不要脸……总之粉粉黑黑一通大战，引得苏瑾的名字又在热搜上挂了好几天。

不过娱乐圈嘛，向来是这样，没有热点，也要给你硬炒出热点。

方解在工作室的官方账号上发了一封公告书，警告私生粉不要过分侵扰艺人生活。等到热度散去，苏堇青终于可以享受几天清静日子，安安静静拍戏。

苏纪时的电话打过去时，苏堇青正在镜头前和人搭戏。

她合约即将到期，没有再续约的意向，经纪公司把这个消息紧紧捂着，想在到期前再从她身上多榨点"油水"出来。

这就导致她最近每天忙得连轴转，一人轧三戏，不仅被同剧组的其他演员在背后腹诽，还要忍受黑子们的嘲讽。

若不是方解尽力护着，经纪公司还想让她再接两档综艺节目呢！

苏纪时见妹妹这么忙，也没耽误时间，简单说了一下自己答辩已经通过，毕业典礼就在一个月后，问她有没有时间来参加。

苏堇青的笑容一下黯淡了，轻声说："对不起。"

苏纪时心里明白，妹妹这是走不开了。不过这也是意料之中的事情，苏纪时见她愁眉不展，还哄她，"没事，到时候我让穆休伦举着手机，直播给你看。"

姐妹俩又说了会儿闲话，工作人员来催苏董青拍戏了。她们只能匆匆挂了电话，约好下周再聊。

接着，苏纪时又给穆休伦打了一个电话，把自己顺利通过答辩的事情告诉他，又把自己毕业典礼的举办日期说了。

穆休伦早就答应过苏纪时，等到她毕业时，一定亲自到现场观礼。为此，他特地把七月前后的工作都给排开了。

两人聊天时，苏纪时身上的衬衫空荡荡地罩着她，宽松的衣摆下，女孩胴体撩人，无时无刻不在吸引着男人的目光。

穆休伦本想说正事，但是没说两句，就有些心猿意马起来。

苏纪时装作没看见，故意同他东拉西扯聊一些没营养的话题。

忽的，屏幕里的她眉毛一皱，表情凝在了脸上。

穆休伦立即收起了那些旖旎心思，忙问她发生了什么事。

苏纪时没顾得上回复，唇角紧抿，拿起手机迅速操作起来，两只手指飞快地在屏幕上跃动，看样子是在回复什么邮件。

待回复完邮件，苏纪时的脸色更不好了。

"真的是好的不灵坏的灵。"苏纪时头痛道。

穆休伦："发生什么事了？"

苏纪时："我和你说过吧，张院长走之前，让我不要抱着侥幸，小心身份暴露，我当时有些不以为意……"她苦笑道，"恐怕这次真的要暴露了！"

"怎么回事？"

苏纪时头疼道："刚才导师给我发了邮件，说既然答辩完了，我也没什么事做，就把我发配到黄石公园去带'宝宝'——一周后，中科院地质所组织了一个学生团去黄石出野外。"

虽然同样都是访问团，但是"学生团"和"教授团"可是不一样的。

教授团嘛，平均年龄五十多岁，一大群人里，唯有张院长一个人认出了苏纪时的身份。

可是学生团平均年龄二十出头，男多女少——在这个人群中，苏瑾的魅力可是绝杀的！

苏纪时心存侥幸，给方解打了电话，问他："现在苏瑾的知名度在国内年轻人之间是怎么样的？"

方解说："你觉得，泰勒·斯威夫特走在美国大街上，有多少年轻人认不出她？"

苏纪时不可思议地问："这么夸张？"

"就是这么夸张！"方解说，"这还要多亏你，你离开前拍的《荒野大赢家》太圈粉了，现在哪个年轻人要是没看过那个综艺，都不好意思和同学打招呼！"

方解不是在说笑。《荒野大赢家》确确实实创下了近年来的年度收视纪录。在新疆取景结束后，节目组又去了韩国、菲律宾、印度等地，共拍摄了十八期节目。收官集的收视率超过 6%，市场份额逼近 30%，24 小时网络播放量破亿……投资商乐得眉开眼笑，电视台更是大出风头，提前锁定了年度收视桂冠。

在节目播出之前，不少年轻人还对苏瑾抱有偏见，觉得她是娇滴滴的小白花，上这种节目只会给大家拖后腿。然而节目播出之后，苏瑾利落、帅气的身手，不知道迷倒了多少人，观众们纷纷发出"真香！"的感叹。

别看节目早在几个月前就播完了，可余韵一直持续至今。有些错过直播的人，在节目收官后才"跳坑"，到现在，《荒野大赢家》的播放量仍然位列视频网站的前两名。它的主题曲深受观众喜爱，不管是超市、小卖店、购物中心，走到哪里都能听到。

拜这个节目所赐，苏瑾的知名度又翻了一番。现在她不仅在国内稳坐流量宝座第一位，甚至有数不清的通告从亚洲国家飞过来。

可以预见，当那群学生团落地美国后，见到苏纪时的第一眼就会看破她的身份。

苏纪时越想越头疼，干脆跑到导师面前请假，说自己实在没办法接这个工作。

导师问："怎么了？你现在答辩完了又没什么事，而且之前你也带过中国来的学生团，不是很顺畅吗？"

苏纪时硬着头皮说："我……我不方便带学生团。"

"哪里不方便？"

"哪里都不方便。"苏纪时说，"我病了，头重脚轻，失眠多梦，心慌盗汗，浑身都没力气。"她力求戏做的真，还故意捂住胸口，干呕了几下，表达自己已经"病入膏肓"了。

谁想导师一脸震惊地站起身，立即伸手扶住她，焦急问："潘达，你是不是怀孕了？"

"对，没想到被你发现了。"苏纪时一不做二不休，"虚弱"地说，"我怀孕了，还是双胞胎呢。"她拿出她在娱乐圈里锻炼出来的演技，尬演起来，"医生说双胞胎容易不稳，让我这段时间静养，不要东奔西跑。"

于是凭借这个假得不能再假的理由，苏纪时顺利甩锅，得了导师的允许，不用再去黄石带"宝宝"，可以安安稳稳地躲清静。

可她没想到消息会传得这么快，第二天下午，黑人师兄就打来电话，祝贺她有了宝宝。

苏纪时震惊了，问他是从谁那里听说的。

黑人师兄说："这件事全学院都知道啦！"

果不其然，苏纪时当天陆陆续续接到了很多同学的祝福电话，甚至校医院的护士也给她发来邮件，催促她去医院做怀孕早期的体检。她有学生保险，可以报销很大一部分费用。

苏纪时赶忙说不用不用。

护士说："单亲妈妈并不是什么可耻的身份，你能够孕育两个小生命，应该感到骄傲。"

苏纪时说："我有男朋友的。"

护士喜出望外："恭喜你！你知道孩子的爸爸是谁，这已经比很多稀里糊涂生孩子的单亲妈妈要幸运多了！"

苏纪时挂了电话，觉得自己头更痛了。

她把这件事告诉了穆休伦，抱怨道："我当时一定是脑子进沙子了，理由千千万，怎么就非要说自己怀孕了呢？"

男人的视线隔着屏幕，落在她小腹上，沉吟许久，道："这确实是件麻烦事。"

"对啊，现在根本没法圆了。"

穆休伦意有所指地说："不是，我是指……我还不知道用什么姿势，能够一举得双。"

苏纪时恨不得顺着网线冲过去捶他。

玩笑开完，还要继续谈正事。

苏纪时反省："以前总听人说，'说了一个谎话之后，就要用更多的谎话去圆'，现在就是如此。"

谎言一个套一个，她自己就被这么套进去了。

"其实有一件事，你妹妹一直瞒着你没和你说，怕影响你学业。"穆休伦叹口气，最终还是决定把事情和盘托出，"就在几周前，有记者接到爆料，说'苏瑾'其实是双胞胎。爆料人拿出了很多证据，包括你和你妹妹的合影、两个人完全不同的人生履历……结合过去半年里，'苏瑾'前后大变的性格，足以证明你们曾经互换身份。当然，这个消息被我们压住了。"

苏纪时大惊。

"怎么会？我和我妹妹根本没有合照！"她急切地说，"我们八岁那年就分开了，这二十年见面不超过三次！"

穆休伦神色肃然："你们八岁之后没有合影——那八岁之前呢？"

苏家姐妹出生的时候，家用照相机还没普及。仅有的几次家庭合照，还是在她们生日时，一家四口去照相馆拍摄的。后来父母频繁吵架，合照的机会越来越少……

二十年前的事情，在她记忆里已经斑驳了。她皱眉苦思，只能回忆起在父母离婚后，妈妈带走了几张姐妹俩的照片，剩下的照片，全被他爸爸从墙上摘下来扔到箱底，不允许她再看。

现在母亲已经去世，那剩下的照片……

苏纪时嘴唇动了动，苦笑道："爆料人是我爸？"

穆休伦默然无语。

苏纪时抬起头望着天花板，深吸气，强迫自己压下心头的怒火。

呼——吸——呼——吸——

苏纪时勃然大怒，一捶桌子，手边的水杯都跳了一下："我忍不了了！当初说好了我考上大学之后就断绝父女关系，那龟孙现在跳出来干吗啊！"

穆休伦："说是投资失败，要钱。"他说，"其实他两个月前就找到你妹妹的经纪公司去了，敲诈了一笔之后，胃口越来越大。寰宸的老板不想惯着他，后面几次就没有给他钱，哪想到他这么贪心，直接找到了媒体，说要爆料。"

他藏得很深，穆休伦派人去找，也没有找到他的踪迹。

虽然这次爆料，被穆休伦压下来了，可他就是个隐形炸弹，不知道什么时候就会跳出来，再从背后捅她们一刀。

当时苏纪时正在答辩前的关键时候，大家不想让她分心，于是把这个消息瞒了下来。

可千日做贼容易，千日防贼太难。

这么一个大秘密放在别人手里，终归是不放心的。

苏纪时在学校待不住了，向导师请假，说要回国探亲。

导师问："那你毕业典礼还参加吗？"

苏纪时："肯定参加！参加毕业典礼的时候，我男朋友也会来。如果进展顺利的话，我妹妹也会来。"

于是等到苏纪时上飞机时，全学院都知道潘达苏回国"安胎"，顺便"结婚"去了。

现在苏纪时出行全靠穆休伦的私人飞机，就连进出关都走VIP通道，避免了被人围观。

方解派了小霞来接她，熟悉的保姆车、熟悉的助理、熟悉的一声"苏姐"，苏纪时恍惚间，觉得时光倒流，回到了一年前刚回国的日子。

苏纪时上车后，身体里自带的记忆全被唤醒了，她熟练地推下座椅、拉起遮光帘、从小霞手里接过咖啡，舒舒服服地躺在了椅子上。

小霞双手托腮，眼巴巴地瞅着她，一声声叫："苏姐。"

苏纪时："诶。"

小霞："苏姐。"

"诶。"

"苏姐。"

"诶诶诶！"苏纪时无奈地问，"叫了这么多遍，叫魂呢？"

小霞笑嘻嘻地说："好久没见了，想你了嘛。"她仔细打量了苏纪时几眼，惊讶地说，"苏姐你变化好大啊！"

"那是！"苏纪时得意道，"我之前回来，是一个延毕的女博士；我现在回来，是一个有学位的女博士——有没有觉得我现在气场两米八，让你远远一看，倒头就想拜？"

虽然只有短短几个月没见，但苏纪时肉眼可见地胖了几斤，原本及肩的短发已经长到了肩胛骨，现在已经可以梳成一个精神的小马尾辫了。

而苏堇青正好相反，归来那天，她把一头青丝剪短，代表新生，代表重新出发。她现在头发刚刚过耳，利落的短发刚刚好中和了她过于温柔的气质。

苏纪时问妹妹最近在忙什么。

小霞掰着手指头算："之前轧了三部戏，一部杀青了，一部快拍完了。经纪公司又派下来一个新工作，让堇青姐去一个综艺节目当特邀导师。"

苏纪时闻言大怒:"董青身体刚好就给她派这么多工作!"

小霞愁眉苦脸地说:"没办法啊……董青姐的合约你也见过,她是没有权力拒绝公司派下来的工作的。"

当初苏董青为了钱,走投无路选择出道,她签的合约格外霸道,是圈里最差的"倒二八",即公司拿八,她拿二,还附加了一系列的霸道条款。后来她名气逐渐起来了,又有穆休伦在背后,合约便改了一次,但依旧有一些很不合理的地方。

所以别看苏瑾是娱乐圈里最当红的小花,然而她对于工作的选择权是非常小的。

苏瑾再过不久即将退圈,寰宸公司打定主意要榨干她身上的最后一分价值,给她拼命安排工作。方解尽量护着她,为她拒绝了不少不合理的工作,可他毕竟是寰宸的签约经纪人,要想拿钱,就不能和上层对着干。

这段时间,苏董青忙得连轴转,今天还在北京录综艺节目,明天就要飞到上海拍戏,后天又去广州参加活动……这个工作强度,远不是一般人能够承受的。

提起这事,小霞就头痛:"董青姐的性格你也知道,她向来是有什么事都放在心里,对谁都笑盈盈的。我听岩哥说,她最近经常失眠,一晚只能睡一两个小时。"

保姆车在公路上静静驶着,很快就抵达了苏瑾的公寓。

踏入熟悉的电梯,苏纪时环顾四周,颇有恍如隔世的感觉。

像这种豪华公寓,都是凭借门卡去往固定楼层,一梯一户。当电梯门打开后,直接就是公寓的玄关。

而当她们踏入玄关时,刚好听到几句争吵从客厅里飘了出来。

"董青,你现在需要休息!"林岩声音沙哑,"你看看这段时间你瘦了多少斤,抱起来还没一个沙袋重,我都嫌硌手!"

紧接着是阿山的声音随之飘出:"是啊小苏姐,你皮肤太白了,黑眼圈我根本压不住……要不你再睡两个小时再化妆吧?"

面对两人的联手进攻，苏堇青摇摇头，语气和缓："再有两个小时就要开始彩排了，我是节目导师，不能缺席。"她语气虽柔，但是透着一股不容置疑的坚定。

在这点上，她们姐妹俩很相似——即使心里对这个工作有再多不满，也要竭力完成。

林岩见她枉顾身体健康，还坚持要去录那什么狗屁节目。他顿时脸色一沉，干脆把她从沙发上抱了起来，要把她押回卧室睡觉。

一时间，客厅里乱哄哄闹成一团。明明只有三个人，可喧闹程度抵得过一场大戏。

"行了！都给我安静！"

就在此时，一声清亮的女声压住满室嘈杂，震得三人都愣在原地。

众人循声望来，只见风尘仆仆的苏纪时站在大门口，手里还提着行李。

"姐？"苏堇青望着那张与自己相同的脸庞，惊喜道，"你这么快就……"

"堇青，你给我乖乖回屋睡觉。"苏纪时打断了她的话，声音里带着不容反驳的霸气，"今晚的那个什么鬼导师，我替你当。"

苏纪时一回国，就给自己揽了个大工作。

她强硬地把妹妹交到了林岩手里，叮嘱他"寸步不离地守着她睡觉"，这一天除了吃饭上厕所，其他时间决不允许许苏堇青下地，让她安安静静地休息。

至于今晚录制的那个综艺节目，就由她代替妹妹上阵。

十分钟之后，保姆车驶出地下车库，向着城外的演播室飞速驶去。

一路上，阿山负责给苏纪时化妆，小霞则负责把这个综艺的情况简略地告知苏纪时。

苏瑾受邀担当导师的综艺，是一档名叫《毕业大戏》的全新综艺。

"毕业大戏"，顾名思义，指的是艺术表演类院校的大四毕业生，在毕业之际，汇集全系之力排演一部作品。这部作品会面对公众演出，即使是校外人士，也可进场观看。

毕业大戏的形式有很多种。可以是话剧，可以是音乐剧，可以是戏曲，可以是舞蹈……

而这个名为《毕业大戏》的综艺节目，就是把国内四所著名的表演院校的高才生汇聚在一起，进行学校与学校间的对抗。

这个综艺节目采取了最近很流行的"半真人秀"+"半演播室点评"的模式。先由摄制组跟随学生们拍摄真人秀，记录下他们排演节目时的种种情形，包括他们的汗水、痛苦、光芒、争吵……然后加以剪辑，再在演播室内播出。

演播室内的嘉宾导师一边观看真人秀，一边评判四所学校的毕业生，最终通过场内投票和观众投票，评选出最优秀的集体。而这个集体排演出来的毕业大戏将会得到在国家大剧院正式登台表演的宝贵机会。

这节目预计十二期，现在录制已经进入尾声，节目内的斗争越发激烈起来。

苏瑾并非科班出身，她能够成为这些专业学子的"嘉宾导师"，盖因她名气够大，节目组急需一个流量明星来替这个节目拉收视率。

"苏姐你不用担心。"小霞说，"学生们胸口都贴着名牌，绝对不会'脸盲'的。等到点评环节，不需要说太专业的内容，随便说说感想就好。"

苏纪时拿起一旁的 iPad，熟练地点开微博超话，开始"补课"——要想知道节目的风吹草动，看超话绝对最有用。

一个小时的路程一晃而过，苏纪时运用她超绝的记忆力，很快就把超话里讨论度最高的几个梗记在了脑中，防止被问到时无法接话。

当她在超话里冲浪时，阿山忙前忙后，为她化妆打扮。

苏纪时回美国的这段时间，不是在野外采样，就是在实验室里写报告，每天连睡觉的时候都没有，哪里顾得上护肤？

阿山对着她的脸长吁短叹，一会儿说"苏姐你毛孔大了"，一会儿问"女孩子怎么能不修眉毛"。

当他终于为她化完妆,又迎来了新的问题——姐妹俩头发长度不一样。

苏纪时现在是中长发,苏堇青则是文静又不失利落的短发。

不过这个问题,用一顶假发就能解决。

可阿山在保姆车里翻找半天,也找不到一顶适合的短假发。

苏纪时伸手一指一团黑漆漆东西,问:"你找什么假发?你眼皮子底下不就是吗?"

阿山说:"这假发太长了,是按照小苏姐以前的头发长度订制的,到腰呢。"

一边说着,阿山一边把那顶假发撑开了。

正如他所说,这顶假发和曾经的苏堇青的发型一模一样,又黑又长的头发垂落下来,足有八十厘米长。

苏纪时心里一动,鬼使神差地说了句:"就这顶吧,让我试试。"

她这么说了,阿山就帮她戴上了。

转眼间,镜子里的那个人便变了一个模样。黑发如瀑,直达腰际,精致的空气刘海蓬松自然,配上委婉细腻的妆容,这时的苏纪时比任何时候都要像"苏瑾"。就连小霞都倒吸了一口冷气,拿起手机拍个不停,说要存下来给苏堇青看。

苏纪时望着镜中人,半是好奇半是好笑地,尝试着露出了一个"妹妹式"的笑容——不得不说,就连她自己都被自己骗到了。

恰在此时,她的手机响了。

拿过一看,是穆休伦打过来的视频电话。

苏纪时眼珠一转,示意四下安静,然后才接起了电话。

在电话接通的那一瞬间,苏纪时抢在穆休伦之前开口:"姐夫!"

一边说着,还一边含羞带怯地冲穆休伦挥了挥手。

视频那端的穆休伦被她这句话惊到,原本即将出口的话全部咽了回去。

他无意识地抿了抿唇，因为惊吓，眼睛也微微睁大了。

苏纪时照旧甜甜的模样："姐夫，我姐姐刚落地，她很累正在补觉。"

她眨眨眼，说："你不用担心啦，有什么事告诉我，我替姐夫转达。"

穆休伦闻言，双眼慢慢地眨了眨，落在镜头这边的女孩身上："那你替我告诉她，这一路辛苦了，让她多多休息，好好安胎。"

阿山、小霞闻言猛地挽住彼此的胳臂，表情扭曲又狂乱。他们听到了什么！苏姐有宝宝了！小霞咬着牙憋住惊叫，右手握拳猛捶阿山的肩膀，阿山被她捶得摇摇晃晃，脸上是同样的狂喜与震惊。

镜头那边，穆休伦的话还未说完。

他含笑，一副傻爸爸的模样："我这边工作快结束了，过几天就回国看她和宝宝们。"

说完这句，穆休伦干脆利落地挂断了视频。

镜头骤黑，下一秒，小霞和阿山的尖叫声撕裂车顶，吓得前面开车的司机手都抖了。

小霞："苏姐苏姐，你什么时候怀孕的？小苏姐知不知道这个消息？"

阿山仰着脖子，用两只手给自己扇风，担心自己激动得哭出来："天啊我好激动，我要哭了，我不行了！我还说你怎么从美国回来后，肚子上怎么多了游泳圈，原来这都是'婴儿肥'啊！"

苏纪时的假发都要炸起来了。她推开两人，没好气地说："别盯着我肚子看——我肚里的孩子不是穆休伦的。"

阿山和小霞目瞪口呆。

小霞缩成一团："那、那孩子是谁的？穆总知道吗？"

苏纪时道："是比萨、炸鸡和奶茶的。"

小霞、阿山瞬间冷静下来，失望地想，原来苏姐不是怀孕了，是真胖啊。

穆休伦既然能开这种"玩笑"，这就说明他认出了苏纪时，故意逗她。

然而苏纪时左思右想，实在想不通自己究竟是怎么露馅的。镜中人像极了妹妹，就连她自己都快分不清了。

只能说，穆休伦火眼金睛，熟知恋人的一切细节。

车子很快开到了摄影棚。

这个综艺并不上星，而是某视频网站的原创综艺。这家视频网站的摄影棚在城郊，左边一个练习生训练营，右边一个练习生训练营，堪称造星工厂。

训练营外有不少迷妹扛着相机在等爱豆，现在正是酷暑，迷妹们为了见爱豆，穿得漂漂亮亮，还化了全妆，她们守在栅栏外，就像一群小企鹅。

这其中，还有几个穿着校服的小姑娘举着苏瑾的手幅，年纪不大，不过十七八岁的模样。

苏纪时让车停下，降下车窗，同她们打了声招呼。

小迷妹本来只是来蹲点碰运气，万万没想到会见到爱豆本人，激动的不知道说什么好，一时结巴，急得直掉金豆子。

"苏苏苏苏苏苏瑾！"小迷妹跟着车子走走停停，话没说几句，眼泪流个不停，"我……我会永远支持你的！"

一边说着，她一边把自己精心准备的礼物向车窗里塞。小霞赶忙拦住："不收礼物，不收礼物。"

"那信可以收吗？"小姑娘眼巴巴地瞅着她。

苏纪时心里一软，说可以。小姑娘赶忙从兜里掏出一个粉色信封，上面精心打了个蝴蝶结，还用香水喷得香香的。

苏纪时接过的同时，又握住了她的手，上下摇了摇。

她注视着那双浸满眼泪的双眸，一字一字地说："谢谢你喜欢苏瑾。"

小姑娘瞬间哭得像吞了个扩音器。

苏纪时的车子很快驶进了园区，她回首望去，只见栅栏外，那个刚刚被她拉过手的姑娘，已经被她的小伙伴们包围了。大家艳羡地围着她，还有人争先摸她的手，想和苏瑾"间接握手"。

苏纪时低头看向手中的信封，半晌没有言语。

小霞问："苏姐，你不拆开吗？"

"拆开做什么？"苏纪时低声道，"你说，若她知道苏瑾其实是两个人，那她还会再喜欢苏瑾吗？"

她心里总有一种不好的预感——不知她们的渣爹联系了多少媒体，而且现在苏瑾的合约即将到期，经纪公司还会管她的死活吗？即使穆休伦能压下来一时，难道还能压一世？

若粉丝和广告商们知道了姐妹俩狸猫换太子的把戏，该引发多大的震动啊……

苏纪时到演播室时，其他嘉宾已经就位了。除她之外，现场还有三位常驻导师、两位嘉宾导师，五个人围绕在圆桌旁，见她来了，都热情地向她打招呼。

那三位常驻导师里，有一位是苏纪时曾经合作过的严长辉。他年纪已到三十后半，演技没得说，三次提名影帝，不出两年，绝对能捧回来一座大奖。

见到苏纪时出现，严长辉热情地同她打招呼："小苏来了？怎么今天戴了顶假发？"

苏纪时得见故人，也是心情很好。

她撩了下长发，答："戴长发转换一下心情，也让大家转换一下审美。"她故意问，"严老师，我是短发好看、中长发好看，还是现在好看？"

旁边一个面生的嘉宾说："苏老师什么样都好看，各有各的美。"

苏纪时大方地把这个赞誉收下了。

很快，节目开始录制了。

四所院校，要筹备四场毕业大戏。每所院校都有一个小队的摄影师跟踪拍摄一周，浓缩剪辑成一个小时的成片。

加起来成片共有四个小时，演播室里的嘉宾一边观看一边随时点评，这一期节目就要录十个小时，妥妥是要通宵了。

好在苏纪时在飞机上休息得不错,手边又有咖啡提神,所以她还蛮期待能够在演播室里连看四场真人秀的。

这四所院校呈现的作品,分别是一场音乐剧、一场古典舞剧,以及两场话剧。

苏纪时怀着"少说少错"的念头,老实地当一个花瓶。苏瑾本身就是半路出家的偶像派演员,虽然演技还不错,但是和其他有影后、视帝头衔的大咖导师比起来,她更像是节目组拉来提升收视率的吉祥物。所以苏纪时点评有些"水",并没有引起工作人员的注意。

时间一分一秒走过,零点,一点,两点,三点……

等到四点时,困意翻涌。演播室内外,到处都泛着一股沉默的倦意。不论是工作人员还是嘉宾,每个人眼里都布满血丝。可是透过摄像机的取景屏幕,大家依旧神采奕奕,根本看不出丝毫疲惫。

苏纪时又灌下一杯美式咖啡,感觉自己整个胃里都是苦意。

她向其他五位嘉宾投去敬佩的目光,心想这种工作强度,也就在她赶论文的时候才会有了。

她打起精神,看向了面前的屏幕。

现在屏幕上正播放着第四所学校的视频。视频里,一个意气风发的男孩站在高高的课桌上,手里拿着卷成话筒模样的剧本,正在组织所有同学排练。

他是这个综艺里的明星选手,石阳。

《毕业大戏》这部综艺,明面上是"学校"与"学校"间的对抗,但实际上还偷偷蹭了把选秀综艺的热度,号召观众进行场外投票,从八十八位学生中,票选出八位"明日之星"。

而这个叫石阳的选手,就是这档综艺的人气学员。他长相帅气俊朗,实力也强,在校内风评相当好,是学生会的骨干成员,在班级活动中很有号召力。

实话实说,他的"人设"虽然优秀,但不够突出。

真正让他脱颖而出的是另一点——石阳其实是双胞胎之一!

他的弟弟石星也在他们班里，只是和热情外向的哥哥相比，弟弟石星沉默寡言，内敛安静，几乎没有存在感。石星的所有镜头，全都是靠蹭哥哥得来的。

同学们踊跃讨论时，弟弟石星从不发言，他就如一丛长在墙角的蘑菇，默默地站在人群之中，注视着其他同学。

面对不合群的弟弟，石阳每次都要含辛茹苦地去"带"他，分给他角色、台词，时不时把话题抛给他，尽可能地给他在镜头前展示自己的机会。然而石星并不领情，他话很少，即使是哥哥抛过来的梗，他也只用点头、摇头来应答。

对于这对反差极大的兄弟，网上的观众几乎是一面倒地倾向哥哥。

苏纪时来的路上，恶补了《毕业大戏》的超话，自然知道这对传奇兄弟。

因为同是双胞胎，苏纪时确实对他们充满了天然的兴趣。

外向的哥哥、内向的弟弟，这样的搭配像极了苏纪时与苏堇青。

然而这对双胞胎组合，所有的骂名全部给了沉默寡言的弟弟。苏纪时内心唏嘘，不禁联想到自身的种种事情。

若有朝一日，她公布了自己的身份，那她们姐妹俩是否也会陷入他们如今的境地呢？

就在苏纪时出神之际，屏幕上的录影很快进入了后半程。

这一次，班级的所有同学聚在排练厅里，进行不带妆的全程彩排。

因为是不带妆彩排，所以同学们都穿着练功服，衣服外罩着"班服"，统一定制的 T 恤又肥又大，即使是男生穿也显得邋遢。

有机灵的女生把班服下摆系在腰上，勾勒出杨柳似的小腰，很夺人眼球。

石阳很聪明，他在外面罩了一件西服外套——他饰演男主角，一位意气风发的创业者。

他是全场唯一一个穿了戏服的演员，再加上他身量高挺，样貌俊美，不管站在舞台上的哪个角落，都很吸引视线。

至于他弟弟石星嘛……啧，几个镜头扫过去，他缩在角落里，根本找不到人影。

几位导师一边看，一边对石阳赞誉连连，说他年纪轻轻就颇有台风。

苏纪时毕竟是个"外行人"，说不出这么专业的评价，不过她也认可，石阳的演技确实很好，不愧是科班出身。他在大学期间，就在几部电视剧里露过脸了，演技确实比其他人强一大截。

舞台剧进展过半，一直缩在人群中的石星终于走上了舞台。

他扮演的是一位刚愎自用的投资人，台词不超过三句话。他在拿到男主的投资申请书后，放肆嘲笑，甚至当着他的面，直接把申请书撕碎了！

这个角色是个彻头彻尾的脸谱化反派，是男主成功路上一个微不足道的绊脚石。可就算这个只有三句话台词的小角色，也是石阳"拼命"为弟弟争取来的。为此，石阳的粉丝对石星骂声连连，说他是吸血鬼、寄生虫。

然而正是这个吸血鬼、寄生虫，在他踏入舞台的那一秒，突然变成了另外一个"人"。

"他"就那样懒散地靠在桌子旁，低下头，两只手做了一个点烟的手势，然后把那支不存在的烟叼在嘴里，眼神微眯，像是隔着朦胧的烟雾在审视着面前不自量力的创业者。

"他"一手插在裤兜里，一手夹着"烟"，熟练地掸了掸烟灰，一抹轻蔑的笑容挂在了唇边。

"他"懒散而倨傲地开了口。

"你谁啊？

"野心不小啊。

"就凭你这几页破纸，就想让我投资？滚吧你。"

"他"仅有这三句台词，当最后一个话音落下，他已经把手中纸撕碎，扬了漫天，然后在这漫天纸屑中潇洒退场了！

苏纪时倒吸一口凉气，感觉像是有一只手，紧紧攥住了她的心脏！

她万万没想到，在超话里被粉丝"掘祖坟"的石星居然有这么优秀的演技！

石阳的演技已经算是同龄人中的佼佼者了。可是石星的演技水平，甚至比他哥哥还要出色一分！兄弟俩对戏时，石阳隐隐落于下风，光芒完全被遮住了。

到了点评环节，苏纪时毫不吝啬自己的溢美之词，全部送给了"只出场几分钟却艳压全场"的石星，大赞他演技了得，反差强烈。

她因为太过兴奋，并没有注意到，当她开口点评时，其他五位导师皆沉默不语，没有附和。

当四部视频播完，节目也到了最后环节——每位导师都要在自己面前的小白板上写下自己挑选的班级和学员，这个投票结果最终会和场外观众的投票加在一起，计入总分之中。

苏纪时大笔一挥，很快写完了她最看好的"明日之星"。

石星，自然位列第一。

六位导师写完后，就到了最终高潮——八位导师同时亮出白板，宣布这一场的优胜者。

然而当六人亮出白板后，苏纪时赫然发现，全场只有她一个人，把票投给了石星！

每个导师可以写八个人名，六个人就能写四十八个人名，可石星的名字仅仅出现在了苏纪时的白板中。

苏纪时愣住了。

以她一个外行人的欣赏水平，都能看出石星的出色，她不相信其他几位影视圈内人，会看不出石星的优秀。

在场的工作人员也对这个结果很诧异，编导紧急叫停，急匆匆赶过来，商量本局的赛果。

"苏老师……"工作人员赔笑，"您看，您的投票最好改一下。"

苏纪时问："改什么？"

工作人员指了指石星的名字："这个名字……不合适。"

苏纪时冷笑反问:"有什么不合适的?"

"那个,您第一次作为嘉宾导师录制我们的节目,可能不清楚我们这个节目的投资人背景。"工作人员压低声音,解释道,"那对双胞胎里,哥哥已经签了经纪公司。"

他说的那家经纪公司在圈内极为有名,公司内影帝、影后四只手都数不过来。只是他们公司的风气比较"开放",旗下的年轻艺人经常出没各大饭局,经纪人都特别擅长拉关系。

苏纪时眼神一凛,反问:"所以呢,你想说什么?哥哥签了经纪公司,弟弟没签,所以弟弟就要被打压、被无视,被当成哥哥的踏脚石?"

她说得太直白,这几句反问简直像一个个巴掌,响亮地扇在了节目组脸上。

那工作人员脸色青青白白,一时接不下去话:苏瑾到底怎么回事?今天简直像个炮仗,一点就着!这么隐晦的娱乐圈潜规则,向来是天知地知你知我知的,她为了一个和自己毫无关系的年轻学生,就和节目组撕破脸,有必要吗?

到最后,连总策划都来劝,可苏纪时脾气死拧,就是不肯改一个字。

她冷笑道:"我苏瑾就把话放在这儿了,这对双胞胎,我喜欢哪个我就写哪个,谁都没理由让我改!你们有种试试继续逼我,反正我下周还有三个专访、两个杂志,刚好缺话题呢。"

她这话一出,节目组瞬间成了锯了嘴的葫芦,你看看我、我看看你,只能硬着头皮认下。

最终,苏纪时艰辛无比地把这票投了出去——大屏幕实时显示出了所有学员的排名,石阳和石星两兄弟,一个位于龙头,一个位于末尾,遥遥相对,对比鲜明。

待录影结束,苏纪时离开演播室,可不等她走进停车场,她就被人叫住了。她回头一看,发现是严长辉。

她和严长辉一同录过《荒野大赢家》,关系不远不近。

严长辉说:"小苏,前几天《荒野大赢家》给我递了第二季的邀请函,但是他们说你拒绝了，你是有什么不方便的吗？”

苏纪时没兜圈子，直接说：“严老师，有什么事你直说吧，不要扯那些没用的。”

严长辉默默打量了面前的女孩几眼，越看越是心惊。

在录完上一个综艺节目后，他和苏瑾在几个公开场合也见过面，大多是颁奖仪式或者商业活动。那时的苏瑾，明明剪短了头发，却意外多了几分温婉。他总觉得苏瑾变了，可具体哪里变了，他又说不出来。明明脸还是那张脸，但气质却截然相反。

可现在的苏瑾——突然又“变”了回来。

她变回了那个说一不二、霸气十足又自信满满的她，这让严长辉瞬间回到了半年前，仿佛又一次置身在严酷的自然环境中。

他下意识地晃晃头，把回忆扔开。

“小苏，听我一句劝。你真的没必要为了一个学生，和节目组闹这么僵。”他叹气，“那个弟弟性格太内向，根本不适合娱乐圈。而他哥哥正是现在娱乐圈里最欢迎的那类人，有演技、有脸、会‘来事儿’，经纪公司砸钱捧哥哥是必然的。”

苏纪时并不认同：“谁说性格内向的人就不适合娱乐圈了？你也看到了，石星上台后演得有多好！我看那经纪公司就是没眼光，签一个也是签，签两个也是签，干吗不把兄弟俩都签了？”

谁想，她的话却换来了严长辉的大笑。

“不是……小苏，你在圈子里也待这么久了，怎么会有这么天真的想法？”严长辉说，“现在娱乐圈里，最怕的就是‘同质化’。可以演的戏只有那么多，两个艺人如果路线相似，争起资源来就会头破血流。而那对双胞胎兄弟，不仅长得一样，他们的演技也一样优秀！”

严长辉叹道：“你仔细想想，若现在有一部能冲奖的电影，你是给哥哥还是给弟弟？把资源给了一个，那另一个还能等到这么好的本子吗？”

苏纪时无言以对。

“这个道理，连农民都知道。一根树杈上若长了两个芽，那就势必要掐掉一个，把所有养分供给到其中一个芽上。"

　　"苏瑾，你记住这句话——娱乐圈，是不需要双胞胎的。"

　　资本不需要，粉丝更不需要。

第二十二章 人渣父亲

严长辉离开后，苏纪时一个人想了很久很久。

回程的路上，小霞见苏纪时一直缄默不语，便问她怎么了。

苏纪时就把严长辉说给她的道理又复述了一遍。她问小霞："娱乐圈就这么不欢迎双胞胎吗？"

"因为谁都喜欢'独一无二'的感觉啊！"小霞在圈子里待得久，倒是比她看得更透彻，"追星之所以叫追'星'，就是因为它高悬于空中，可望而不可即，对于粉丝而言，这颗星星可以让他们在黑夜里辨别方向——如果同样优秀的人有两个，那这两颗星星还怎么给你指路啊？"

苏纪时道："可两颗星星并肩生辉，不也很美吗？"

"那可不行！别说双胞胎了，圈内有两个男星，长得特别像，从出道就开始争资源、争番位。刚开始还合作过几次，到后来就王不见王了。你演武侠那我就要玄幻；你演霸道总裁，我就要演毒舌律师；你提名影帝，那我就要走国际红毯……粉丝日常三件事，吹彩虹屁、辱骂对家、互相'掰头'。"小霞长叹一口气，陷入回忆之中，"当年我还萌过他俩CP呢，上学那会儿还给他们激情写小作文，谁想进圈之后才知道，俩人互相捅刀，黑料全都是对家放的。"

苏纪时默然无语。

她尤不死心，又问："难道娱乐圈里，就没有真正的双胞胎艺人吗？

就像石阳和石星那样，在同一领域出道？"

这个问题可问住了小霞，她冥思苦想好一阵，才隐约想起来，几年前中国香港那边推过一个女子偶像团，当时主打就是"三胞胎"。

不过那个团最终糊了，糊的原因是，最小的妹妹总被两个姐姐的毒唯辱骂，嫉恨在心，结果在某颁奖礼后台，为了一件礼服，三姐妹大打出手……

苏纪时大惊："她们可是亲姐妹啊，为什么会离心？"

小霞说："如果十个粉丝跟她说'你姐妹对你不好'，你肯定不信；可如果一千个人、一万个人都这么说呢？再比如，有个亲妈粉在你家楼下等你二十天，就为了见你一面，等到好不容易见到了，哭着拉着你的手跟你说'崽，你那两个姐妹都不是好人，网上那些人骂你，她们都不帮你说话，现在你只有我们这群粉丝了'……"

可苏纪时并不赞同小霞的论点。

苏纪时认为，那对三胞胎会离心，归根到底并非因为粉丝说了什么，而是她们自己不够坚定。只要动摇了一次，被别人抓住了，问题就会越来越严重——如果从始至终保持本心，相信和自己血脉相连的亲人，她相信结局会不一样的。

不过这些话她并未出口。

保姆车很快驶进地下车库，苏纪时下车，改乘电梯。

电梯门刚一开，正在客厅的苏堇青便听到了动静，她连拖鞋都顾不上穿，兴奋地迎了出来。

"姐！"

她一口气睡了十几个小时，现在的气色可比昨天好太多了。若不是晚上还有活动，她甚至可以一觉睡到明天。

她张开双臂，像只乳燕般急切地飞了过来。

姐妹俩几个月没见，苏堇青想她想得不得了，今天起床后，她恍惚以为自己做了个梦，直到现在看到姐姐，才敢确信。

苏纪时问："你不再休息会儿了吗？"

"不用了。"苏堇青挽住她，撒娇着说，"我现在恢复过来了，姐你已经帮了我一次了，晚上那个活动我还是自己搞定吧。"

林岩和阿山这时才从客厅里匆匆赶来，两个人一个为她提着拖鞋，一个手里拿着口红、粉扑，都催她赶快回去化妆。

苏堇青是个大忙人，苏纪时见状没再和她寒暄，只叮嘱她好好工作，等她回来，姐妹俩再好好聊聊。

苏纪时刚下飞机就录了一宿节目，这时困劲儿也范上来了，她困得东倒西歪，草草卸了妆，摆摆手道："我先去休息了——对了，我住哪间？"

这套房子她之前住过半年多，对屋内的一切摆设都很熟悉。不过这次进门后，她发现屋内多了一些眼生的东西：玄关的男鞋、挂在门后的夹克外套、窗户上用子弹壳做的风铃……这一个个微不起眼的变化，足以说明一些事情。

房子虽大，但其他几个房间都被改成了书房、健身室，只有一间主卧和一间次卧。于是苏纪时进屋前，特地问清楚自己的住处。

苏堇青没敢看她，耳朵却红了："姐，咱俩住主卧。林岩他一直都住次卧的。"

听到这个意料之外的回答，苏纪时有些诧异地看了男人一眼。可男人的视线一直落在她妹妹身上，一刻都没有离开。

苏纪时太累了，没有多想。她打着哈欠和妹妹说了一声再见，甚至没能撑到妹妹出门工作，她就一头栽倒在主卧的大床上，沉沉睡去了。

苏纪时这个觉，睡得格外不安稳。

她睡眠质量一向不错，很少做梦，可今天却不知怎么了，陷入古怪的梦中，无论如何也挣脱不出来。

她梦见……自己变成了一只猫。

两只前爪是黑的，两只后爪也是黑的，就连脸上也黑乎乎一片。

梦里的她盯着自己的爪子，舔了又舔，想，自己为什么身上干干净净的，爪子却这么黑啊？

她背上背着小竹筐，腰上挎着她的小锤锤，兴高采烈地走进了一个山洞中——只见崖壁四周全部都是等待采的矿石结晶，她"喵"了一声，甩了甩尾巴，心想：原来我是一只挖矿猫啊！

于是她兢兢业业地挖起矿来。

某天她正在努力工作时，却被一条特别能吠的八哥犬和一条拥有少女心的杜宾犬绑走了。

他们说，她的双胞胎猫妹妹失踪了。他们要给她一个机会，让她从挖煤工，变成猫界最著名的扛把子艺人！

从那天开始，苏纪时就变了一个人……不对，变了一只猫。她披上了柔软雪白的长毛，开始模仿起那只失踪的鸳鸯眼波斯猫来。

她拥有很多很多粉丝，有一天，一个粉丝拦下她，递给她一封信，羞答答地告诉她，他会永远支持她。

可就在这时，苏纪时的伪装突然消失了！

她不再是那个拥有鸳鸯眼的白美猫，她变回了挖矿猫。

粉丝们吓坏了，生气了，用吃剩的鱼骨头砸她。而这个时候，那只被她冒名顶替的波斯猫也跳了出来，挡在她的面前，替她承受了许多攻击。最后，漂亮的波斯猫也被弄得脏兮兮了。

"滚出去！"可粉丝们尤不停手，"你们两个大骗子！娱乐圈是不需要双胞胎的！"

然后……

然后，苏纪时就醒了。

她猛地睁开眼睛，失神地望着天花板。

双眼焦距逐渐变得清晰，窗外已是夕阳西下，阳光的余韵洒在地板上，晒得屋里暖洋洋的。苏纪时头痛地揉了揉额角，大脑里仍是一片混沌。

都说日有所思，夜有所梦……她就这么稀里糊涂的，把之前听到的那些话，混合进了梦里。

她懊恼地揉乱了一头长发，真是想不到向来自信爆棚的自己，也有瞻前顾后的一天。

她一觉睡到黄昏，醒来时，苏堇青还没有回来。

苏纪时迷迷糊糊从双人床上爬起来，先伸手从床头柜上摸手机，结果手机没摸到，只摸到一只男士手表。

苏纪时下床洗漱，结果她在主卫的洗手池上，看到了一对电动牙刷和剃须刀。

苏纪时想，即使她妹妹没和林岩住在一起，也绝对睡在一起了！

她回来可不是打算当电灯泡的，左思右想，还是搬出去比较好。恰好穆休伦在同小区也有几套房子，她到时候向高岭要一下门卡，随便挑一套离得近的住下就好。

苏纪时打算今晚再凑合一宿，和妹妹聊聊天，明天再搬走。

她一个人在空荡荡的大房子里转了几圈，闲来无聊，便打开电视收看节目。

结果呢，A台在插播苏瑾的广告，B台是苏瑾主演的黄金档热播电视剧，C台在点评当红小花……苏纪时拿着遥控器选了一圈，对苏瑾的名气到底有多响亮，有了更充分的概念。

苏纪时又上网搜索了一下，发现苏瑾的超话里，正讨论前不久公布的某奖项名单。苏瑾凭借一部收视率三网破2的电视剧，提名了视后。这是她第一次拿到如此有含金量奖项的提名，不管最终能不能折桂，她能够以候选人身份踏上红毯，已经足够让粉丝们开心了。

与此同时，苏瑾出演的综艺《荒野大赢家》也被多家海外电视台抢购版权。其实在综艺界也有一个国际奖项，被称为"综艺奥斯卡"，每年亚洲地区唯有韩国综艺能被提名。可今年，《荒野大赢家》杀出重围，在网络投票阶段，就把韩国综艺踩在了脚下。

在这种节骨眼，但凡网上有一点关于苏瑾的黑料，都会被公关团队迅速扑灭，粉丝们也会自发控评。

苏纪时没有开灯，她坐在越来越黑的客厅里，静静地看着电脑屏幕。

到现在为止，她还没有和妹妹以及经纪人商量过，她想"脱掉马甲"、和粉丝们道歉的决定。

苏纪时一时冲动回了国，大家都以为她是回国度假，只有穆休伦知道她的决定。

可现在她又踌躇了——一方面，脱掉马甲，固然可以一劳永逸，堂堂正正出现在太阳下，不用再担惊受怕，担心某一天被人捅刀；但另一方面，她完全无法预估，粉丝怎么想、公众怎么想、赞助商怎么想。

最坏的结果，便是声誉狂降，还要面临广告主的巨额索赔。

苏纪时和穆休伦通电话时，向他说了自己的担忧。

穆休伦安慰她："若是真要赔钱，我来掏。"

"穆总真大方，三十亿呢。"苏纪时无奈道。

穆休伦笑："我哪次没给够你三十亿？"

苏纪时的脸皮终归没有他的厚，只能选择无视他的调戏。

天越来越黑了。

苏纪时坐在空荡荡的家里，电视调到静音，抱着腿默默看完了上周录制的《毕业大戏》。

正如她所料，节目刻意贬低了石星，只给他最少的镜头。他绝大部分时间是在背景中一晃而过，剩下时间就是和石阳一起，作为石阳的陪衬，对比出兄弟俩的"云泥之别"。

苏纪时看的心烦，等到片尾字幕出来了，她啪一声关掉了电视。

暮色罩了下来，北京雾霾严重，到处都灰蒙蒙的。

苏纪时不禁想起了在野外时，那浩渺如波的星海。

眼看时钟已经走向了十点，见妹妹还没回家，她便想给她打个电话——恰巧，她的电话同一时间响了。

只是电话上显示的名字不是苏堇青，而是方解。

苏纪时接了起来，刚说了一声"喂"，之后的话就全部咽回了肚里。

"苏姐，我和堇青在电视台外面，被你爸爸堵住了。"

苏纪时手里的电话咚的一声掉到了沙发上，她头晕目眩，下意识地掐了自己大腿一下。

难道，她还陷在噩梦里没有出来吗？

苏纪时接到方解的求助电话，立即下楼开车，向着电视台奔驰而去。

路上，她又给高岭打了个电话，让他给自己派三个值得信赖的人手，直接去电视台汇合。

高岭这段时间驻守国内，忙得脚不点地，今天好不容易可以早早上床补觉，结果被老板娘一个电话就从床上抓了起来。

高岭困得上下眼皮粘在一起，哈欠连天地问："人手是有的，不过苏小姐你做什么用啊？"

苏纪时答："揍人用！"

"什么人？"

"渣男！"

高岭瞬间醒了："你要聊这个那我可不困了啊！"

苏纪时没时间同他解释，她一脚踩在油门上，风驰电掣，大脑几乎完全放空。

而在她白茫茫的脑海中，正反复播放着一句话——那个男人，怎么有脸回来？

年轻时，苏父和苏母是郎才女貌、人人称羡的一对儿。不过他们并非自由恋爱，而是在家长的撮合下走到一起的。

苏母是小学副科老师，性格烂漫天真。苏父在那个年代就捧起了铁饭碗，在国企当了一个不大不小的中层领导，每月工资是苏母的三倍，人又长得帅气俊朗，倒追他的小姑娘不知有多少。

两人只约会了三次就领证了，当时觉得幸福，可组建家庭之后，矛盾越来越明显。

苏纪时还记得，爸爸不回家时，妈妈会带她们姐妹俩去公园唱歌、跳舞；可爸爸回家后，家中的气压便瞬间降到最低，就连顺畅呼吸都是件奢侈的事情。

父母离婚之后的那几年，苏纪时过得浑浑噩噩，好像时间停滞了，只剩下阴暗逼仄的小房间。可同时，时光转瞬即逝，一眨眼她就插上了翅膀，飞到了美国。

苏纪时讨厌父亲，她迫切地想要逃离他的身边。她还记得她收到录取通知书的那一刻，她渴求已久的光，终于重新照到了她身上。

可是苏父在得知女儿要去国外读什么"地质学"时，气得把家里的锅碗瓢盆摔了个干净，怒骂："学学学，学个狗屁！我培养你不是让你去国外挖矿的！这才能赚到几个钱？你给我老老实实复读，正正经经高考，读个师范——女孩儿当老师最好了，就像你妈妈那……"

"闭嘴！"

他不提母亲还好，一提到苏母，苏纪时的怒气完全被点燃了。苏纪时从小就是个硬骨头，她和她爸打了一宿，第二天早上她就收拾行李离开。

踏出门前，苏父指着她鼻子骂："你有种踏出这个门，你以后就别回来！你别管我要学费，我以后也没你这个女儿！"

苏纪时会怕吗？

她当然不怕！于是从那天开始，十八岁的苏纪时只剩下她一个人了。

苏纪时从来不后悔自己的决定，她甚至认为，逃离苏父身边，是她这辈子做过的最正确的一件事。

那个男人的影子在她的记忆里已经逐渐淡去了——可偏偏在她的生活向着光明迈进时，他又从地沟里钻了出来，如附骨之疽，粘在了她们姐妹俩的脚边。

电视台外的停车场内，方解张开双臂，像是鸡妈妈护着小鸡仔一样，挡在了那个落拓的中年男人面前。

"苏先生，苏先生……你冷静一下！"方解警告着，"你再靠近的话，我们是可以叫保安的！"

然而苏父根本不受他威胁，如一头蛮牛一样，双眼圆瞪，鼻孔兀自喷着气，嘴里胡乱吼着，冲了过来。

方解苦不堪言，因为苏父并非单枪匹马而来。在他身后，还有他特地叫过来的狗仔队，正高举着相机等着拍下苏瑾经纪人对苏父动手的照片。他们就像嗅着肉腥味而来的鬣狗，迫切地想要从苏瑾身上啃下一块肉，好去妆点自己的版面。

方解心里骂娘，可脸上却要给苏父赔笑，力求能用文明的手段，把这个老瘪三赶走。

说实话，苏父本人相貌堂堂。他五十多岁，身材消瘦，背一点不驼，穿一套有些破旧的衬衫、西裤，领口已经泛黄了。他思路清晰、能言善道，眼神里泛着精明的光。

光看外表，他很像是个"文明人"，可他的内心却阴暗的连臭水沟里的老鼠都不如。

十年前，他被人几句话胡诱，丢了体制内的工作，跑去下海经商，结果把一辈子的积蓄全都折在了坑里。他跑到鸟不拉屎的乡下躲了好几年债，直到最近，他才在电视上看到了苏瑾的新闻。

他虽然已经多年没见过女儿，但是身为父亲，他还是一眼就辨认出电视上的"苏瑾"是由两个人轮流扮演的！

他不知道也不想知道其中的原委，他只知道，通过这个秘密，他绝对能捞到不少钱！

几个月前，苏父第一次踏入寰宸经纪公司。他在会客室坐下，平平静静地拿出一家四口的合照、苏家姐妹的出生证明摆在桌上，要求见苏瑾的经纪人一面。

方解诚惶诚恐地去了，刚开始以为苏父是来认亲的——结果这浑蛋玩意儿喝了口茶，开口就索要两百万元封口费。

方解气倒。

经纪公司同他讨价还价半天，最终只给了他一百万元。两方谈好条件，苏父拿钱后不能再向任何人透露苏家姐妹的事情，苏父答应得很爽快。

哪想到一周之后，苏父又来了！他把自己说过的话当放屁，张口便是五百万元，还威胁如果他们不能满足他的要求，他就会这个料爆到媒体去！他可是她们的亲生父亲，只要他向公众公开这个秘密，所有人都会相信的！

苏堇青没想到她的亲生父亲会做出这么下作的事情，特地与他会面，想要平心静气地谈一谈这件事。

结果苏父根本不用正眼瞧她，甚至往她心窝子捅刀："你一天是我女儿，那你一辈子就是我的女儿！你赚钱不给我花，还能给谁花？难道是给你那个短命的妈？"

苏堇青万万想不到他如此不要脸，甚至辱骂她的生母！她坚决不同意经纪公司再给他一分钱，可是苏父远比她想象的无耻，直接叫来狗仔队，把她堵在了电视台外。

苏父当着狗仔的面，悲痛控诉："你们看看、你们看看，这可是我的亲女儿啊！现在出名了就不认我了！"

狗仔队们兴奋地按响快门，把男人落魄的模样和苏瑾礼服加身的倩影一同摄入了镜头。

苏瑾从出道到现在，形象很正面，几乎没有什么丑闻。而今天这个新闻，就是白白送上门的流量！"女神苏瑾黑脸对生父""成名之后六亲不认？苏瑾经纪人掌掴苏父""学艺之前先学做人！苏瑾为什么不承认父亲？"——这些标题绝对会吸引很多读者的关注。

苏父又从兜里掏出了一张合影，高高举到了镜头下。

泛黄的旧照片下印着时间，正是十年前的某日。照片中，苏父和女儿并肩站在一起，只是父女俩的表情都绷得紧紧的，看上去关系并不亲密。

照片上的女孩没有化妆，但她天生丽质，五官精致，眉眼间已经可以看出今日的模样。

苏父指着那照片，对着狗仔们嚷嚷："看，这就是苏瑾！这是十年前我和我女儿的合影！"

苏堇青急了，她自从八岁以后，再没和他见过面，怎么会有合照？她下意识脱口而出："你胡说，照片上的人不是我！"

照片上的人确实不是她——而是她姐姐苏纪时。

苏父立刻抓住了她的话尾，扬声问她："这照片上的人如果不是你，那还能是谁？"

苏堇青这才意识到，原来苏父是故意下套给她跳的！

闪光灯连绵不绝，苏堇青手脚冰凉，如坠冰窟。

眼看苏父又要冲过来，林岩眼疾手快地把苏堇青抱在了怀里，用自己坚实的后背挡住了苏父的冲撞。

苏父情急之下，胡乱捶打林岩后背，想让他赶快滚开。

林岩忍到现在，早已濒临爆发的临界点。苏父完全没有意识到自己惹怒了一尊煞神，直到林岩猛地转过身，一把攥住他的手腕，猛地向后一折——

"啊嗷嗷——！"刺骨的疼痛从腕骨处传来，苏父忍不住痛呼，双腿一软，差点跪下。但偏偏他的胳臂又被林岩拎在手里，所以他只能以一个十分屈辱的姿势，半跪半蹲在林岩面前。

林岩冷酷的眼神落在苏父身上。眼神里，带着警告，带着血腥，带着狠决。他从来不是良善之辈，在卡卡杜时，他的双手不知道沾染了多少鲜血。

苏父被他眼神里的狠辣吓到，可是紧接着，铺天而来的闪光灯却打断了这场单方面的虐打。

只见周围的狗仔们一个个面露喜色，手指猛按，不怕死地围上来，想要近距离拍下这场暴行。

方解面无血色，立即扑过来按住林岩的手："松手、你快松手！你不能当着媒体的面打人！"

记者手里的笔，往往是最锋利的刀。仅凭一张照片，他们就能吹出一个天花乱坠的故事！大部分网友不会费心判断故事的起因经过，他们只要看到照片就会知道：苏瑾的保镖打人了！打的还是苏瑾的爸爸！

意识到这一点，林岩的脸色也变得铁青。

苏堇青抬手，芊芊五指搭在他的手腕上："林，松手。"

林岩的手却攥得更紧了。苏父痛得人鬼不分，嘴里溢出一声又一声的呻吟。

苏堇青又催促了一遍："林，松手吧，让我和他谈。"

林岩重重吐出一口浊气，大手一扔，就把苏父推出了一米远。

苏父跌跌撞撞地站稳了，低头看去，只见自己的右手手腕上多了一圈青紫色的瘀血抓痕，而他的右手手掌也因为流血不畅变成紫红色了！

他痛得直甩手，嘴里不依不饶地骂："哈！果然是被你妈那个婊子教坏了！想从我身边逃走？门都没有！我要把你们的秘密全部曝光，我要让所有人都知道，你们这种忘恩负义的烂货，根本不配……"

"咻——"

破空之声传来。

余光中，只见一抹夺目的银色划破黑暗，在空中划出一道惊人的抛物线，呼啸着、旋转着，向着苏父飞去。

苏父瞪大了眼睛，死死盯着那抹银色，近了、再近了——银色的重物重重捶打在他肩膀上，他顿觉半边身体一麻，仿佛整个肩膀都被震碎了一般！

他痛得连叫都叫不出来，捂着肩膀摔倒在地，全身抽搐。

那个击中他的东西也随之落在了地上，这次，他终于看清了袭击他的究竟是什么东西——

那是一柄亮银色的钨钢地质锤！

锤头一边扁平、一边方正，可以轻易破开岩石。它被人凌空掷来，重重击打在苏父左肩，这份力道，不死也要半残！

而在他所认识的人里，能够随身携带地质锤作为武器的人，唯有……

苏父咬牙，抬头看向远处。

不知何时，一位年轻女郎出现在了那里。路灯把她的影子拉得极长、极大，大得犹如一头猛兽，张口就能把他吞下！

一旁的狗仔们完全被这突如其来的发展震惊住了，原本连绵不绝的快门声瞬间消失，就像是被人按住了暂停键一样。

可当他们的目光落到那位凭空出现的女郎身上，他们又陷入了更深的云雾之中！

"你……你是……你不是……"

一个狗仔喃喃出声。他的大脑已经变得一片混乱了，他怀疑自己才是那个被飞来横锤击中的人！

否则、否则……否则他为什么会看到两个苏瑾？

狗仔猛地回头望去，只见一个"苏瑾"正站在保镖身后，表情犹疑，不胜凉风；他又猛地把头转回来，只见另一个"苏瑾"一脸轻蔑地俯视着苏父，双手抱胸，神色冷厉……

狗仔想不通这世上为什么会有两个苏瑾，可他却下意识地举起了相机，想把这一幕拍下来。

可惜，他的愿望不会成真……

不知从哪里冲出来几名肌肉虬结的外籍保镖，他们冲到狗仔面前，一句话不说，直接抢过相机就开始砸！砸完相机，又把储存卡抽出来全数掰断！然后外籍保镖们便一手拎着一个狗仔，就像拖着真正的小狗一样，把他们一个个全都拖走了……

可怜的狗仔要被吓坏了。他拼命地挣扎着，口里胡乱尖叫着F打头的英文单词，然而那群外籍保镖根本不为所动。

他勉力回过头去，看向了身后的停车场——

只见第二个"苏瑾"踏着自己的影子，停在了苏父面前。

中年男人浑身颤抖，左肩以一个诡异的角度脱力地垂在身侧。他恐惧地仰头望着面前的女儿，可只换来了女儿一声轻蔑至极的笑。

"这是哪里来的老王八，一句人话不会说，怎么先学起狗叫了？"

苏父深知小女儿个性柔弱，所以才故意找这个软柿子捏，趁她刚录完节目最疲惫的时候跳出来，想要狠狠炒个大新闻。

哪想到，他的如意算盘刚打了一半，就被横空跳出来的苏纪时给一锤打翻！

苏纪时那一锤子扔得又狠又准，苏父痛得冷汗直冒。他试探性地动了动胳臂，可稍微一动，肩膀就钻心地疼——绝对是骨折了！

苏父仰头望着苏纪时的身影，待目光触及她嘴角轻蔑的笑意时，只觉得一阵彻骨的凉意自后背蔓延。

"你怎么在这里？"苏父咬牙问道。这个时间，苏纪时不应该在美国写论文吗，她是什么时候回来的？

"我在这儿与你何干？你可别忘了，早在十八岁那年，我就和你断绝父女关系了！"苏纪时冷笑道，"就算我回来是给你出殡的——可你受得起吗？"

苏父被她呛住，可偏偏他还要摆出父亲的派头，骂她："苏纪时！你别忘了你是在和谁说话！我就算和你断绝了父女关系，那我也是你们爸爸！"

苏纪时却没有理睬他。

她弯腰捡起掉在一旁的锤子，轻轻吹去上面的灰尘，那副珍惜爱护的模样，若是让穆休伦看到了，指不定要怎么吃醋呢。

苏父嚷嚷了两句，却像是在唱独角戏，完全没得到回应。

恰在此时，一道细细柔柔的声音响起。

只见苏堇青自林岩身后探出头来，细声细气地说："既然你这么想给我们当爸，怎么不见你去给妈妈殉葬啊？"

"你……你你你……"苏父连一句完整的话都说不出来。他哪想到看上去最没脾气的苏堇青，居然也有如此伶牙俐齿的一面！

他一时怒极攻心，居然白眼一翻，直接晕过去了！

苏纪时用脚尖怼了怼他，分不出来他是装死还是真晕，只能唤来那几个外籍保镖，把他抬走。

保镖忠心耿耿，对于穆总的女朋友突然由一变二的事情，不关注、不好奇、不议论。

保镖问："苏小姐，我们把这个男人放到哪里比较好？"

苏纪时想了想："你问问高岭吧，最好找个荒郊野外的小仓库。每天给他吃、给他喝，就不要给他自由，让他老老实实待一阵子，待我把所有事情解决了，再把他放出来。——哦对了，再给他一台电视，每天播放苏瑾的新闻、花絮、电视剧，尤其是粉丝剪的苏瑾得奖集锦，24 小时不间断，务必让他日日眼红，日日求不得！"

这精神打击真是格外精准。

保镖领命而去，一转眼，偌大的停车场，瞬间变得空旷而安静。

方解在刚才和苏父的冲突中，被误伤到了侧脸。他嘴角青红一片，茫然四顾，问："这就结束了？"

"当然没结束。"苏纪时摇头，淡定指出，"我没戴口罩，那几个狗仔肯定看到我的脸了。"

"这……"

即使是方解这样的金牌经纪人，到了这一刻，也不知该怎么办好了。

那些狗仔可没什么职业操守，他们一个个就像村委会的大喇叭，即使被保镖们摔了相机也学不会安静如鸡。方解不是没想过用其他方法收买他们，可这次遇到的麻烦，绝不是用钱就能解决的。

只要给了他们一次钱，他们就会变成第二个苏父、第三个苏父，越来越贪心；若是找来大佬武力胁迫，他们只会嚷嚷得更大声，第二天满世界都是"××女星勾结黑社会威胁记者"的新闻。

苏纪时又没办法把那么多人绑起来共同囚禁，干脆甩甩手，让保镖们把那群小狗仔放回狗群。

反正他们手里又没留下什么真凭实据，他们乐意写，就写去吧。看究竟会有几个人信！

苏堇青愁眉不展，说："姐，你可真是'破罐子破摔'。"

"不。"苏纪时的语气洒脱，也不知是在劝自己、还是在劝别人，"我这是'船到桥头自然直'！"

经过苏父这件事，大家一晚上都没睡好觉。

本以为第二天就会有相关消息见诸报端，哪想到方解翻遍了各大媒体、论坛，都没见到一字一句关于苏瑾和她爸爸的消息。

倒是翻出个古早帖子，有人问为什么苏瑾入圈这么久，从没在公众面前提过一句家人？别的明星都爱宣传自己"家庭和睦"，秀妈秀爸秀伴侣秀宝宝，只有苏瑾特立独行，仿佛是一个人孤零零来了这世上，从不在任何场合提及家人一句。

底下有资深粉丝回答，说苏瑾从小父母离异，和妈妈相依为命。她妈妈未进娱乐圈，是"素人"，又身患重病，苏瑾不想把妈妈的事情拿出来说，所以每次都保持沉默。

提问人又追问了一句，那她妈妈是什么病啊，病好了吗？

可这次，无人回答了。

方解盯着这个帖子出了神。

他想，若不是苏母病重，苏堇青不会进入娱乐圈；若不是苏堇青进入娱乐圈，苏瑾这个名字就不会像今天这样响亮；若不是苏瑾声名大噪，他们也不会把苏纪时拉过来冒名顶替……

若没有姐妹俩这一段李代桃僵的经历，就不会发生苏父上门勒索的事情了。

这一桩桩一件件，事情进展到今天这个地步，也不知该从何说起了。

方解把舆论的监测结果说给姐妹俩听。

"到现在为止，还没有媒体爆料关于你们的事情。"

苏纪时舒了一口气："看来他们也知道分寸，被砸了相机，又被几个健壮保镖恐吓了一通，就知道我是不好惹的了。"

苏堇青却忧虑重重，她同狗仔打了这么多年的交道，知道他们的劣根性："我看未必。事出反常必有妖，这第二只鞋不落下来，我心里不踏实。"

姐妹俩性格截然相反，这时更是展现得淋漓尽致。

林岩也赞同苏堇青的观点："今天不爆料，明天也会爆；明天不爆，后天也会爆。他们手上确实没有证据，可狗仔们只要有笔、有嘴，那就够了。"

一时间，整个屋里都蔓延着一股凝重的气息。小霞和阿山帮不上忙，只能焦虑地大眼瞪小眼。

苏纪时看看这个、再看看那个，心中的斗争愈发激烈。

她想，既然都到了这步，那不如就把她的决定说出来吧。

"董青、方解。"她靠在沙发里，语气沉静，"你们有没有想过，把真相说出来？"

此话一出，满室皆惊。

众人先是耗费了几秒钟去理解她的意思，方解是最先反应过来的。

他瞬间就从椅子上跳起来，连连摇头："不不不，苏姐你在说什么傻话！如果咱们坦承你和董青两个人都是'苏瑾'的话，那……那苏瑾的名声……"

苏纪时却说："只有千日做贼，没有千日防贼的道理。我总不能囚禁我父亲一辈子，只要他出来一天，他就有无数办法可以去联系媒体爆料。而且现在很多狗仔已经察觉出不对劲了，难道咱们要坐以待毙，等着他们先爆料吗？"

她无奈地摇摇头："虽然我们父母离婚后，就转去不同学校读书，从此人生轨迹大不一样。但再往前推，我们幼儿园甚至小学前两年，都是在一起上学的，当时也留下了不少影像。在我父亲跳出来之前，没有人会往'苏瑾是双胞胎'这个方向去考虑，可现在窗户纸被捅破，以那些狗仔们的能力，想要挖出我们八岁以前的事情，并不是什么难事。"

只要有心顺着这两条线继续追查，苏纪时博士延毕回国、苏皇青去澳大利亚当志愿者……这些事情很快就会公之于众。

所以，苏纪时想要先发制人，抢在媒体爆料前，先公布真相。

小霞听了，也赞同她的观点，语速飞快地说："苏姐说得对！现在那些狗仔们之所以隐而不发，肯定是准备憋一个大招！现在都讲究'求锤得锤'，他们绝对是在准备实锤呢！"

"锤"是粉圈术语，简单来讲，就是"证据"的意思。

可方解却站在了她们的对立面："不行，绝对不行！苏姐，你要想想苏瑾是什么身份！她现在是娱乐圈最当红的流量艺人，一年三百六十五天至少有三百天在热搜上挂着！她的商业价值、发展潜力根本无法估量！"

苏纪时一句话顶回去："商业价值？发展潜力？若真的被媒体抢先爆出来替身的事情，那苏瑾就成了一个骗子，会被一直钉在耻辱柱上的！"

"即使现在承认苏瑾是由两个人分别扮演的，那苏瑾还是个骗子，只不过是个'诚实的骗子'！你让投资人怎么看？你让喜欢她的粉丝怎么看？"

两方各持己见，苏纪时有她的道理，方解也有他的立场。

他们你一言、我一语，唇枪舌剑，寸步不让，吵到激烈时，双方都面红耳赤。阿山按住方解，小霞抱住苏纪时，生怕他们两人一句话不合，就动起手来。

就在战况变得越发焦灼之时，一直静静坐在一旁，默然聆听的苏堇青忽然开口了。

"我赞同姐姐的决定。"她声音虽轻，但带着一股一往无前的坚决，"公布吧，为了那些爱着'苏瑾'的粉丝。"

苏堇青侧头看向姐姐，轻轻把自己的手掌放入了姐姐的手心里。

苏纪时收紧五指，把自己的勇气传递到妹妹身上。

苏堇青道："这一切都是因我而起，若没有我当初的溃败逃脱，我们就不会陷入今天的境地。方哥，说得没错，'苏瑾'确实是个'骗子'，欺骗了粉丝的感情。但我不想让粉丝从别人嘴里听到真相，我想亲口告诉大家。"

姐妹俩主意已定，任方解磨破了嘴皮子，也无法扭转她们的想法。

方解觉得她们太冲动、太理想化，她们想对粉丝"诚实"，可粉丝真的需要这份"诚实"吗？她们坦承后，肯定会有大批粉丝脱坑回踩的！

苏纪时反问："我现在跑去酒吧，抽烟、酗酒、跳艳舞，也会有人脱坑回踩的。"

方解："这性质能一样嘛！"

他想寻求外援，可看了一圈，小霞、林岩都站在姐妹俩身后，至于阿山那家伙，看着健壮英武，其实最没主意的就是他了，被小霞一瞪，立即投奔了苏家姐妹的阵营。

方解气得直翻白眼，想到将如雪花片一样飞到手里的广告商违约函，他就头痛。

"我是管不了你们了！"他气急败坏道，"我是经纪人，又不是哆啦A梦！"

扔下这句话，他直接甩门离开了。

两边不欢而散，苏堇青和方解合作多年，头一次见他发这么大的火，她心有余悸地望着犹在颤动着的门框，张了张口想说什么，最终还是咽回了肚中。

苏纪时仿佛读出了她内心的顾虑，她握紧她的手，问："你后悔了？"

"没有。"苏堇青摇摇头，语气落寞，"就是觉得……对不起你们大家。若我当初不离开，咱们所有人都不会陷入今天的两难境地。"

可她的自责，苏纪时并不认同。

"那照你这么说，妈妈不该得病；再往前推，爸妈就不该分开；再再往前推，爸妈还是各自安好，结什么婚生什么孩子啊，一别两宽吧！"苏纪时霸气地一挥手，"事情发生了，咱们应该想办法解决它；问题出现了，咱们要尽力补救。短暂的'自省'是必要的，但没必要一直陷在里面。你还是把所有的'对不起'都留下来，等到和粉丝见面时，说给他们听吧。"

因为心里惦记着事情，这天晚上，姐妹俩都没睡好。

俩人和衣睡了个囫囵觉，睡醒后，脸色一个比一个差。

苏堇青做了个光怪陆离的梦。梦中，各种张牙舞爪的怪物都扑了上来，而那些怪物，既有捧着大笔金钱的投资商，也有举着相机的媒体，还有拿着荧光棒手幅，追在她们身后，大声说爱她的粉丝。

都说日有所思，夜有所梦，对于她们两人而言，这个决定实在太艰难了。

当天下午，穆休伦的专机落地——他推掉了欧洲的工作，匆匆赶了回来。

苏纪时接到穆休伦的电话，有些诧异更有些感动。

她声音里带着一抹少见的柔软："你工作这么忙，特地回来做什么啊？"

穆休伦笑起来："我要回来给你付三十个亿啊。"

他一语双关，明明是温情脉脉的氛围，瞬间被他破坏了干净。

苏纪时无语，心想，这男人看着仪表堂堂，怎么脑子里都是这些东西呢？

但转念一想，穆休伦做的就是有色稀土生意，脑袋里成天惦记着"有色废料"，也算是情有可原吧。

穆休伦下机后，直接赶来同她们汇合。他风尘仆仆，因为舟车劳顿，他身上的西服略有些皱了，下巴上也冒起了胡楂。

但不知为什么，苏纪时却觉得现在的他性感得要命。

自进屋那一刻起，男人的视线便准确地落在了苏纪时身上，苏纪时也同时张开双臂向他迎去。

她投入他的怀里。

他搂住她的腰肢。

他和她就像是两块注定相吸的磁铁，紧紧地贴合、拥抱，融为一体。

男人把鼻子埋入女孩的发间，呼吸着她发丝上的玫瑰香气。滚烫的鼻息喷吐在她的头顶，苏纪时觉得自己几乎要被他烫化了。

苏纪时已经记不清楚他们究竟多久没见面了。

穆休伦的公司在急速扩张阶段，总是要出差。苏纪时则一直待在实验室里，埋头写论文。他们之间，隔着十二小时的时差，隔着一片大洋，隔着两个板块，隔着半个地球。

曾经苏纪时以为，两人通过每天的视频连线就可缓解相思之情，可当她真正陷入男人的环抱中，感受到他臂弯里的热度与力量感时，她才惊觉内心的思念早已漫出谷底。

"我好想你。"穆休伦在她耳畔轻声说。

苏纪时的回答，是收紧手臂，把自己埋入了他的衬衫里。

一声清咳，唤回了这对鸳鸯的理智。

苏纪时踮起脚尖，越过穆休伦的肩膀一看，只见一年内要上班三百六十五天的高秘书，正一脸尴尬地站在玄关那里。

高岭问："那个……咱们现在，是不是该商量正事了？"

而正事简单来讲就一句话——苏家姐妹该用什么方法，把事情的真相和盘托出呢？

苏纪时建议召开发布会，把所有媒体请过来，开现场直播，线上线下同步公布。

苏堇青希望小范围聚集核心粉丝，先向粉丝们坦承错误，再逐步向媒体披露。

林岩和高岭则认为，当务之急是先和广告商们通通气，不能坐以待毙，等着对方发索赔函。

各有各的理由，其实这三者最好能同步进行，避免消息不同步，在误传中产生差错。

就在众人绞尽脑汁思考能通过什么办法把媒体、粉丝、广告商聚在一起时，门口传来了一阵熟悉的脚步声。

大家循声望去，只见一个意想不到的身影出现了那里。

"咳。"方解尴尬地推了推眼镜，向众人说了声"Hi"。

苏纪时眉眼弯弯，笑问："哆啦A梦，你回来啦？"

方解无奈叹气："谁让你们是我手下的艺人，不为你们操心，我还能替谁操心啊。"

他就是个天生劳碌命，明明他的立场是站在苏家姐妹对面的，但这几晚他并没睡好，躺在床上闭上眼，翻来覆去都是想着该用什么办法来帮助她们渡过难关。

"苏瑾"是他一手发掘出来的好苗子。他还记得几年前，苏堇青推开经纪公司的大门，稚嫩的脸上满是憔悴，可顾盼间的春情无人能敌；他也记得，他斗胆把苏纪时绑入娱乐圈，她夺目璀璨，满身光华令人侧目……

"苏瑾"是假的，可苏纪时和苏堇青是真的。

作为经纪人，作为引路者，作为朋友……方解无法眼睁睁地看着这对双子星黯淡下去。就算苏瑾的合约即将期满，很快就要退圈，他也希望她们离开时是干干净净、披着华彩离开的，而不是被千夫所指，带着一身伤痕离开。

所以，方解回来了，回到了她们之间，决定亲自出手帮她们度过这次公关危机。

至于方法嘛……

"苏姐，堇青，"方解从公文包里掏出他连夜做的企划案，"既然再过几天就是你们的生日了，我看不如就办个生日宴吧。"

第二十三章 真相揭露

最近几天，有个莫名其妙的八卦帖不知从哪个犄角旮旯冒了出来，在水面之下传播。

——据某知情人士爆料，知名女星苏瑾有个替身！

这个替身，可不是拍戏时用的文替、武替、光替、裸替，而是说，有一个长得和苏瑾很像的人，直接代替苏瑾在娱乐圈里活动！

最初听到这个消息，苏瑾的粉丝都怀疑爆料者脑袋被驴踢了。这是天方夜谭，还是聊斋志异啊，就算是编料也编得敬业一点好不好，这世上除了双胞胎以外哪有一模一样的人，能够代替她还不露馅？就算照着苏瑾那张脸整，也很难整得那么完美无瑕吧？

再说，明星这个职业很特殊。若是小说作家或者游戏主播，前者可以请"枪手"，后者可以找"代打"，可明星找替身能做什么啊？替她拍戏拍广告，而她本人在家躺着数钱？

对于这样的无稽之谈，苏瑾的粉丝们非常愤怒，吃瓜群众则非常好奇。越来越多的人涌入爆料帖里，想要一探究竟。

那楼主声称，自己邻居的同学的前同事，现在正在一家八卦小报工作，某天，一个落魄的中年男人找上门来，说自己是苏瑾的父亲，苏瑾成名后却不赡养他，要求媒体曝光！

这位小哥跟着其他几家野鸡媒体一起去了，本来只想随便写几笔搏个版面，哪想到意外遇到了大料——一个长得和"苏瑾"一模一样的女孩子横空出世，带着一群保镖砸碎了记者的相机，据说"凶神恶煞"，简直是一尊女煞神！

这料说得煞有其事，楼主文笔极佳，起转承合，烘托得刚刚好。为了证明自己的论点，他还贴出了不同时期苏瑾的照片视频，对比签名字迹、走路姿势、神情态度，想要佐证自己的料。

楼里有人披马甲回复，自称是××台新年晚会的工作人员，说在彩排时，苏瑾刚开始"不会弹琵琶，需要后台放伴奏"；但是在录制时，忽然又会了。

还有人贴出陈年旧料，说在澳大利亚曾经有人目击到苏瑾，但因为没有照片作证，楼主被"瑾衣卫"掐得魂飞魄散。

若是光看这些，还不能算"盖棺定论"，最终实锤，是有人贴出了苏瑾参加综艺时的特写镜头——她眼角的泪痣，在《荒野大赢家》录制期间消失了！

原本不少吃瓜路人抱着看热闹的态度点进了帖子，可看完之后，却稀里糊涂被楼主洗脑了，觉得楼主的分析非常在理。

难道这世上真的有"另一个苏瑾"？

那么真正的苏瑾，在消失的这段时间究竟去哪里了？

帖子越盖越高，各种脑洞大开的阴谋论也越来越多。

粉丝团内部乱成一团，有些刚入圈不久的小粉丝，拿着网友扒出来的"证据"去问圈内大粉，想听听她的意见。

大粉坚定地回答："我们现在要做的，是相信苏瑾！"

说她自欺欺人也罢，说她痴心不改也好。追星就像谈恋爱，这种深刻的感情联系，是不局限于性别的。她不希望自己的迷恋、自己的热爱、自己的付出，只是经纪公司和"苏瑾"鼓掌间玩弄的数据。

就在这风口浪尖之时，有一个重磅消息在圈内炸裂开来——

苏瑾将在本周末，举办生日宴！

苏瑾进圈四年半，也在圈中度过了四个生日。她不像其他明星，每次生日都要铺张大办，她每次在生日前后都要消失两天，说是享受难得的生日假期，陪伴家人。每年生日，都是爱她的粉丝们自发组织应援活动，海、陆、空都要配齐，为她铺开阵势。

可今年，苏瑾突然要举办生日会！

没有提前宣传，没有铺天盖地的通稿，工作室微博、论坛和经纪公司官网同一时间挂出了公告，诚邀八百位粉丝与相关媒体、广告商出席。

而在公告挂出的几小时之后，工作室就通过 roll 点（类似掷骰子）的方式，在官方论坛筛选出达到要求的资深粉丝，以实名制邀请他们参加活动。对于外地粉丝，甚至都统一安排了来回机票和住宿！

很多人只不过睡了个懒觉，再睁眼时，就发现变天了！

在这种风口浪尖上，苏瑾突然决定召开生日宴会，究竟是何意？

周六，天晴。

生日会原定日暮时分召开，但提前数个小时，场地外已经聚满了无数粉丝。就连没有入场券的粉丝，也聚集在场馆外，希望能"碰碰运气"。

举办生日会的地方位于京郊的一座私人花园，风格典雅。现在正值花期，郁郁葱葱的花树从花园栅栏里探出头来，远远看去，就像一丛丛花朵组成的瀑布。

生日会的主场地在花园正中心的玻璃花房，上千平方米的花房足以容下近千观众。媒体拿到票后，特地上网查了一下这个花园的所有人——不出所料，正是苏瑾的绯闻男友，穆休伦。

花房外，苏瑾的粉丝个站、不同地区的粉丝后援会支起一个个易拉宝，引来小粉丝们叽叽喳喳地议论和合影。还有擅长画画的粉丝手绘了明信片，正在和其他粉丝交换物料。

当然，有乐观的粉丝，也有忧心忡忡的粉丝。

网上的爆料帖"证据确凿"，有些年纪大的粉丝看完后，越看越觉得是真的。她们这次带着疑问而来，就想亲眼见证一下，自己爱了这么久的人究竟是谁。

时间一分一秒过去，就在大家的翘首期盼中，玻璃花房的大门，终于打开了。

人流前进，粉丝们抛下外界纷杂的声音，踏入了苏瑾为他们构筑的这片梦幻场地。

上千平方米的玻璃花房内，数不清的鲜花围拢着，娇艳欲滴。这就像是一个童话王国，在这里可以放下一切烦恼。

在花房最深处，则是一个高高的台子，幕布围拢，看不清里面的场景。

粉丝们有序坐下，媒体架起设备，在进行直播测试——这是苏瑾工作室要求的。

媒体同行压低声音，刚一对上眼神，便把对方想说的话猜出个大概。

"苏瑾真有替身啊？"

"应该不会吧？"

"圈子里的事，什么都有可能发生！之前不还有一个女星假怀孕假安胎假生产，其实是找的代孕嘛！"

"我觉得锤不够真，泪痣说明不了什么，粉底往狠了抹，别说泪痣了，胎记都能抹平了！"

"不过听说她爸的事情是真的……好几个狗仔被她爸找过呢。"

"什么'罪名'？不赡养他？"

"对啊，女儿出名了，想咬一口肉呗。"

"你说苏瑾突然说要开一个生日会，到底想宣布什么？"

"这阵仗……不会是要结婚吧？"

而粉丝们、媒体关注的事情，拿着 VIP 邀请函的广告商并不关心——他们只关心"钱"，不管是真苏瑾还是假苏瑾，只要能赚钱的，就是好苏瑾！若有一天，苏瑾名声败了，广告商在她身上花的钱不能收回来，那么苏瑾的存在也就没意义了。

观众席里，暗潮汹涌。每个人都翘首看着台上，期待着苏瑾的到来。

随着日暮落下，夜色笼罩住这片土地。坐在玻璃花房内，可以清晰地看到太阳垂落在地平线以下。不知何时、不知从何处，烟雾缥缈漾开，如梦似幻的花房更似仙境。

粉丝们惊喜低呼，纷纷掏出手机记录下这一刻的美好。记者们也打开了直播设备，把场内的一切都同步传递到网上。

这时，台上的帷幕突然拉开，聚光灯从顶部落下。

而就在聚光灯的怀抱中，一抹白色的倩影飘然而至。

是苏瑾！

今天的舞台，设计的格外别致。明明是生日会，可舞台上并没有见到主持人，只摆放着五面相连的等身高镜子。

五面镜子如屏风一样，呈半圆形围绕在苏瑾身侧，每一面镜子里，都是她的倒影。

她今天穿了一身及地的白色纱裙，裙摆蓬松，点点星辰散落在她裙摆上，像是倒映着头顶的夜空。

就在她出现的一刹那，粉丝们情不自禁地喊出了她的名字。这是他们抑制不住的爱意，他们追随着她的脚步，就如夜晚的旅人追着指明星。

"苏瑾！"

"苏瑾！"

"瑾瑾！我们爱你！"

这一声声、一句句，代表着不悔的信任，代表着无尽的爱意。

声浪一声高过一声。花房的隔音效果并不好，就在花房外，很多没有门票的粉丝久久不愿散去，他们听到花房内的欢呼声，便也跟着呼喊起苏瑾的名字。

一时间，整片花园内外全是连绵不绝的声音。这些声音汇聚成海，托起苏瑾。

舞台上，苏瑾强忍泪水，抬起头，注视着台下那一双双眼睛。她在他们的眼中，看到了自己。

"我……"苏瑾开口，说出了这次生日会的第一句话，"谢谢大家来参加我的生日宴会。"

苏瑾笑着，可眼里却含着泪。

"我已经出道四年半了，而今天是我第一次和你们共同度过我的生日。这四年多的时光里，你们给我带来了无尽的力量。我之前在采访里曾经说过，我之所以选择艺人这条路，并不是因为有'大舞台梦'，我只是为了给母亲看病筹钱而已。

"和别人相比，我想成名的原因，沾染了不少'铜臭味'和'功利心'，我曾以为做明星只是一项赚钱很多的工作，是你们让我知道，原来艺人并不只是一个称谓。这条闪闪星途，既是自我追梦，也是一场不期而遇的邂逅。

"在踏入这行之前，我一直是人群中最黯淡的那个人，我内向、无趣，不善表达自己。是你们的喜欢与支持，成就了今天的我。

"有时候我会想，像我这样的人，怎么配得到这么多的爱意呢？"

说到后来，苏瑾的声音已经哽咽起来。

她身后挂着一个硕大的直播屏幕，镜头推近，女孩眼中的泪花清晰可见。可她一直在笑着，把泪水憋了回去。

见到她的眼泪，无数粉丝焦急地站了起来，他们声声喊着："瑾瑾，你不要这么说自己！你很好，你真的很好！"

苏瑾冲他们笑笑，继续说道："我想要成长，想要配得上你们的支持。我希望你们走在外面，向别人介绍自己的偶像时，可以挺直腰板，大声说：'我喜欢苏瑾！她是一个很厉害的艺人，她戏演得很好，她的综艺感十足，她热心公益，她待人亲切！'我一直严格要求自己，不敢踏错一步，我怕有人对我的粉丝指指点点，管你们叫'脑残粉'。

"我希望你们对我的爱，是出于理智的欣赏；而我也可以拿出同等的爱意，回馈你们。"

说到这里，苏瑾的眼泪夺眶而出，她再也抑制不住心内蔓延的愧疚感，声音颤抖着吐出一句话。

"可是……对不起。"她垂头，眼泪如珍珠洒落，"我失败了。我并不是一个坚强的人，当压力来袭时，我选择了逃避。"

她的话像是一种预示，花房内寂静至极，仿佛连蝴蝶扇动翅膀的声音都清晰可闻。

苏瑾身后的五面等身镜子，像是在预示着她破碎的内心。五面镜子里反射着五个不同方向的背影，当苏瑾颤抖时，镜中的她也跟着一同心碎了。

隐隐的不安在每个人心里蔓延：广告商正襟危坐，拧眉倾听；媒体推近镜头，举起录音笔；而满心满眼都是苏瑾的粉丝们，则交换着不安的眼神，如一群颤抖着的小草；后台里，所有人聚在直播镜头前，仰着头，屏息等待着即将到来的宣判。

苏瑾缓缓地，一字一顿地，吐出了接下来的这句话。

她顶着万丈压力，就像是以一己之力，逆潮而行。

"我是'苏瑾'——可'苏瑾'不只是我。"

就在她话音落下的那一秒，她身后的镜子突然同时碎裂！

大片碎裂的镜子自镜框脱落，坠落在地，发出一片声响。可苏瑾眼睛都未眨，裹在白裙里的身影依旧笔直挺拔。

伴随着镜子的破碎，她身后的倒影也在那一刹那消失了——

不！等等！那个正对着苏瑾后背的倒影，并未消失！

它还存在着——镜中的"苏瑾"，还存在着！

或者说，那是另一个"苏瑾"！

场内所有人，皆被这出乎意料的发展惊住了。他们失神地望向舞台，怀疑这是一场光怪陆离的梦。

可梦境最终变为了现实，镜中的"苏瑾"缓缓转过了身。

那个"苏瑾"穿着一模一样的白色纱裙，有着一模一样的精致脸孔。

"她"提起裙摆，迈步踏出镜框，坚定而果敢。

就在她踏出镜框的那个瞬间，她身上的白裙变为了黑色，一黑一白两条裙子遥相呼应，就如白日与黑夜不分彼此，也如最深的海与最浅的溪，终会汇聚到一起。

"大家好，容我替你们解释一下。"黑裙女孩的视线落向台下，她像是在看每个人，又像是没在看任何人。"你们没看错。我身旁的人，就是你们的苏瑾。"

她顿了顿，轻笑。

"刚巧，我也是你们的'苏瑾'。"

就像虚空中突然出现了一个巨大的黑洞，吞噬了所有声音。

舞台下，空洞、茫然、震惊等表情定格在每一位来宾的脸上。

广告商手里的香槟洒了；媒体记者举着设备的手僵直了；后排的所有粉丝仿佛忘记了如何用鼻子呼吸，保持着嘴巴大张的样子，失神地望着台上那两个犹如复制粘贴一样的身影。

聚光灯汇聚在台上，两个女孩并肩站立，承受着这极致的静默与压力。

两人之中，苏堇青一身白纱，圣洁高贵，而苏纪时黑裙加身，同样的剪裁，却被她穿出了不同的风情。

身后的大屏幕也一分为二，一左一右两个镜头正对着姐妹俩，把她们两人最细微的表情都捕捉了下来。

在这样的对比之下，两姐妹之间的气质差异，显露无遗。一个顾盼间如朗朗朝阳，一个则似迢迢月光。

所有有眼睛的人都能看出来——之前参加《荒野大赢家》录制，靠一柄地质锤打出一片天的，那是"黑衣苏瑾"；而满面和气温柔好说话的，则是"白衣苏瑾"！

单纯的整容肯定不能整得这么相似，所以，她们俩是……双胞胎？

女神苏瑾……居然是双胞胎？

与寂静一片的现场不同，网络上所有的直播频道全部爆掉了！

无数弹幕似流星雨般飞过，每秒钟都有数百条留言弹出，守在屏幕前的人根本无暇细看。

不管是论坛、贴吧、豆瓣小组抑或微博，每刷新一次，就有数不清的相关讨论内容跳出来。

很多网友原本对苏瑾的生日会没有兴趣，并没有观看直播，但是当他们打开常去的网站时，看到无数个名为"啊啊啊啊啊苏瑾啊啊啊啊啊啊"的帖子浮在首页上时，还是会抱着好奇心点开——然后，他们也变成了只会"啊啊啊"叫唤的怪物，一脸蒙圈地进入直播链接，想要搞明白这一切究竟是怎么发生的。

马路上，有人走着走着路突然停下，站在原地刷手机；校园里，补课的学生们同时低下头，借着袖子和课桌的遮掩，小心翼翼地上网看帖；咖啡店里、快餐店里、公交上、地铁上……不论走在哪里，都能听到有人在议论这件事！

一时间，"苏瑾"的名字插上了翅膀，飞遍了每一个角落！

生日宴的后台里，工作人员盯着面前的几个屏幕，语速飞快地向方解汇报舆论方向，提前联系好的水军工作室也立即下场控评。

方解脸色肃穆，放在一旁的手机响个不停，小霞偷偷看了一眼，只见屏幕上一个接一个的电话打进来，微信更是一瞬间就刷出来上百条消息。而这些消息，既有媒体想要采访的，也有其他经纪人跑来探消息的，更有圈内制作人、导演等表达关心的……

方解被吵得心烦，直接把手机拿过来关掉。

结果他那边安静了，小霞身上的几个手机又滴滴滴地吵起来了。她手机里上千联系人，十分之八都在给她发消息、打电话。

小霞抱着不停振动的手机，就像抱着一个即将爆炸的定时炸弹，战战兢兢问："方……方哥，你说我接吗？"

方解还未回答，阿山就急吼吼抢答了："接个屁！不接，让这群凑热闹的都一边凉快去！"

小霞吃惊地看着阿山。

阿山："怎么了？"

小霞："你不是说，好女孩不能说脏话吗？哦不对，你不是女孩！"

阿山无语地看着她。

小霞："你的年龄，可以做少妇了！"

阿山恼羞成怒，不理她了。

他们俩故意在插科打诨、一唱一和，想要调节压抑沉闷的气氛，可惜收效甚微，大家只给面子的干笑了两声，就立即把视线投注在了前边的舞台上。

花房内的寂静持续了很久很久。

久到……台上的苏堇青身子微颤，仿佛随时都会倒下。

关键时刻，苏纪时果断牵住妹妹的手，牢牢握住，把源源不断的力量传递给她。

苏堇青侧头看向身旁的姐姐，她记得二十年前，在父母每次吵架的夜晚，姐姐都是这样紧紧握住她的手，告诉她：没事的、没事的。

而现在，她已经长大，不能再缩在姐姐身后了。

可苏堇青并不知道——其实，苏纪时也是会害怕的。

在这么多双眼睛的注视下，站出来承担责任，承认错误，苏纪时远不像表面上表现的那样轻松。

在决定坦承的这几天里，她每个夜晚，都在反复思考着未来她的路在哪里、堇青的路又在哪里。

今天之后，她们还能回到原本的人生轨迹，苏纪时去做她的地质学者，苏堇青退隐山林吗？

可如果不坦承，即使苏瑾淡出娱乐圈了，三年后、五年后、十年后、二十年后，这件事依旧会成为她们的心结，提醒着她们，她们曾经欺骗了多少粉丝的真心。

所以，她们站在了这里。

所以，她们把自己刨开，把最真实的想法拿出来给所有爱着她们的人看。

苏纪时深深呼出一口气，开口，面向台下的观众，语气坚定："正如你们看到的，我们是双胞胎——二十年前因为父母离异，我们走上了不同的人生道路。我在美国读书，而我的妹妹堇青因为母亲重病踏入娱乐圈筹钱，然而……"

"然而，"苏堇青接上了姐姐的话，埋在心底的那股力量，终于战胜了她的怯懦，"我母亲于去年病逝，我出现了极为严重的抑郁症状，当时情绪几度崩溃，无法再继续娱乐圈内的工作。在我离开后，我姐姐从美国回来，代替我……成为苏瑾。"

简简单单的几句话，概括了苏纪时波澜壮阔的娱乐圈生活。可在这背后发生的事情，根本不是寻常人可以想象的艰辛复杂。

姐妹俩在生日当天，把这么一个惊天真相摆放在所有人面前，抱着孤注一掷的念头，不奢望得到所有人的原谅、理解，只是为了不辜负这群可爱的粉丝。

然而，她们的坦诚，却引起了极大的反弹。

最先反应过来的是媒体。

受邀前来的媒体少说有二十家，每个记者都在拼命把自己的录音笔递到前面，无数的问题压了下来。

"苏瑾……不，我是指白衣服的苏瑾小姐，这是你的真名吗？另外一位是你的姐姐还是妹妹？她怎么称呼？"

"请问，你的抑郁症是在哪家医院确诊的，又是去哪里做的治疗？"

"你们互换身份，是经纪公司授意的吗？你们知道这是商业诈骗吗？"

"你现在回来，是康复了吗？你为什么选择把真相说出来？"

"不久前，有媒体接到爆料，说你不赡养父亲，并且在采访现场和令尊发生冲突，请问在场的是哪位苏瑾？还是说你们都参与了？"

"苏瑾，你为什么要提及你母亲的逝世，你这是在博取粉丝的同情吗？"

"你有没有想过今天承认之后，粉丝们和广告商们的看法？"

"苏瑾，你真的是生病了吗？网上有猜测说你实际是出国生子去了，请问你打算怎么解释？你的姐姐或者妹妹，为什么抛下学业回来帮你？"

"苏瑾……"

"苏瑾……"

"苏瑾……"

记者们的问题一个连着一个，有些问题，她们提前做过预测，应对起来还算游刃有余，但还有更多问题刁钻至极，仿佛是为了故意激怒她们姐妹一样。

可是向来暴脾气的苏纪时并没有动怒，她拿出十足的耐心回答记者们的提问，因为她知道，有无数粉丝和网友正在观看直播，这些问题也是他们迫切想要知道的。

正如她所料，网上已经炸开了。

就像是一颗炸弹被投入了水中，炸翻无数惊鱼。微博早在这种流量冲击下崩溃了，每个人都在讨论着这件事情，热搜榜单完全被姐妹俩屠榜。在苏瑾的官方论坛、网络直播间内，管理员把发言间隔扩充到1000秒，依旧每秒都有无数新讨论帖被顶上来。

她是疯了吗？

感觉自己爱错了人，喜欢她多变的形象，结果告诉我这居然是两个人？

这就是彻头彻尾的欺骗！

苏瑾也是很可怜的好不好，同为抑郁症患者，我真的太理解她了！瑾瑾相依为命的母亲去世了，她进入娱乐圈的动力消失了，姐妹情深代替她，我能接受。

作为《荒野大赢家》入坑的粉丝，表示一脸蒙圈。

理性讨论，录野外求生的苏瑾，可比小白花苏瑾招人喜欢一万倍吧？

黑装粉的某些人就别浑水摸鱼踩一捧一了，谢谢！

我要把最近一年所有苏瑾的视频都翻出来慢慢看一遍，有福尔摩斯一起来吗？

就在网上网下逐渐失控之时，一声刺耳的悲鸣划破了花房内的空气。

"为什么？究竟为什么要承认？"

一个坐在前排的女孩站了起来，还未开口说话，眼泪就成串地落了下来。

在场不少的粉丝都认识她——她是苏瑾后援团里一位赫赫有名的"大粉"，微博粉丝超过十万。她能剪会P，是后援团里的标杆性人物，吹起彩虹屁一串连着一串，很多小粉丝私下开玩笑，说这位大粉一定是"新华字典转世成精"，才能找到那么多精妙的语句来形容苏瑾的美好。而现在，她哭得全身颤抖，几次试图张口，却泣不成声。

偌大的花房安静下来，没有人催促她，工作人员悄悄靠过去，想把纸巾递给她，却被她一把推开。

她通红着双眼，望向舞台的方向。

舞台上，黑裙与白裙相映成辉；但舞台下的她，被那两张一模一样的脸刺伤了。

"苏瑾……你……"伴随着眼泪，她开口了，"你为什么要说出来呢？我宁可你们骗我一辈子！"

她大口大口地吸着气，就像一条搁浅的鱼："苏瑾，我喜欢了你这么多年！我从你刚成名时就一直在关注着你，你的所有影片我都十刷起步；你的所有代言产品我全都掏钱买买买，自己用不了的就送我身边的亲戚；你的那些黑料我从来不信，努力净化超话；每次有活动，我都抱着相机冲在最前面，回家后连夜修图，只想抓住你最美的光辉……可你现在却告诉我！我在这世上最最喜欢的人，居然是个骗子！

"你生病了，我理解，你若要离圈修养，我绝对每天吃斋念佛给你祈福——可你为什么要让一个假苏瑾代替你？！即使代替了，你为什么要承认，我宁可被你永远蒙在鼓里，永远当个追逐星星的瞎子！"

她的话并不是偏激，而是真情实感的爆发。

粉丝与明星之间的关系，有时候极远，有时候极近。

这种受骗的感觉，就像一个在沙漠里赶路的人，终于发现了一汪碧波，她向着碧波奔跑着，终于跑出了沙漠，并且在人生中的每一天，都把碧波当成自己的精神救赎——可突然有一天，她却得知，碧波已经干涸，而碧波干涸后留下的丑陋石坑则由别的什么液体填满……

这一瞬间的信仰坍塌，让她承受不住地痛哭出声。

在她的带动下，原本寂静的粉丝群里，陆陆续续地响起了哭声。她们在哀悼，哀悼自己的一片真心。

能够收到邀请函的粉丝们，都很看重这次生日会。一想到今天就能见到偶像，每个粉丝都打扮得漂漂亮亮的，化了最精致的妆……可现在，每个人都哭花了眼妆，变得狼狈不堪。

粉丝当面给苏瑾"难堪"，所有媒体都屏息凝神，想要看看苏瑾会怎么回答。

镜头缓缓移动，摄影师想要拍下那位粉丝崩溃大哭的身影，可镜头刚一动，台上的苏纪时突然开口了。

"不要拍她的正脸，只能拍背影。"她制止台下的记者，"我们姐妹俩你们想怎么拍怎么写都可以，但是你们不要把镜头对准粉丝。"

粉丝的伤心痛苦与难过，不该成为其他人茶余饭后的消遣。

被她一喝，那位摄影师手一抖，顿时不敢再动了。至于其他在场记者也不敢多动一下——这个"黑裙苏瑾"，看起来太不好惹了！

就在场面僵持之际，苏堇青提起裙摆，居然出乎意料地从舞台上走了下来！

观众席抑制不住的骚动起来，尤其那位哭得上气不接下气的女粉丝，这时更是瞪着一双烂桃子般的眼睛，迷茫地望着她的女神，一步步走近。

灯光追随着她。每迈出一步，苏堇青的背脊便更挺拔一分，她眉梢拢着轻愁，可眼神里却带着坚定，就这样一步接着一步，最终她停在了那位粉丝面前。

与盛装打扮的苏堇青不同，她面前的粉丝看上去是那样平凡；可她身上的后援会制服、脖子上挂着的"大炮"、缠在腕上的手幅，又彰显着她的不同寻常。

苏堇青望着她，像是要把这位粉丝的模样深深印刻在心里。

半晌，她才微启红唇，缓缓开口："'对不起'——我知道这三个字，在这种时候显得太单薄了，但是这是我欠你、欠所有爱我的粉丝的一句道歉。其实除了这句道歉之外，我也想不出什么可以补偿你们，因为你们为我付出的精力是无限的。和你们投注在我身上的爱意相比，一句'对不起'确实太轻飘飘了。

"你问我为什么不选择欺骗到底，而是要把真相告诉你们？那是因为，我认为你们有权知道，你们喜欢的究竟是一个什么样的人。我知道你们都是在网上怎么称赞我的，可实际上，我远没有镜头里的那么完美，我也会疲倦，我也会烦躁。我更不是综艺节目里的开心果，什么话题都接得上……我就是一个很普通的女孩，一直在扮演'苏瑾'——一个非常完美的、存在于你们的幻想及我自己幻想中的角色。"

原本的"苏瑾"，是善良而温柔的，但也有着一些懦弱与忧郁，是苏纪时的到来，为"苏瑾"的形象，增添了勇敢与果断。她让"苏瑾"变得更立体，更惹人爱了。

不论姐妹俩少了哪一个，那都不是完整的苏瑾。

"我欺骗了你们，你们有充足的理由不接受我的道歉。但我想让你们知道，在我心里，你们不光是粉丝，更是支持我一路前行的朋友……朋友之间，是不应该有谎言的，对吗？"

待苏堇青的话说完，那位粉丝潸然泪下，泣不成声。

苏堇青也是泪眼蒙眬，她坦然地看着她，平静地等待着对方的宣判。她从不奢求得到所有粉丝的谅解。

那位粉丝越哭越大声，连带着在场的八百位受邀出席的粉丝也哭成了一片。

每个人心里都在想，我该原谅苏瑾吗？我可以原谅苏瑾吗？这个答案，是无解的难题。

苏堇青张开双臂想要抱抱她，可是不等苏堇青的手碰到她，那位伤心欲绝的粉丝忽然浑身脱力，软软地倒了下来！

原来，这位粉丝为了赶赴今天的生日宴，一天都没来得及吃饭，现在又太过伤心，情绪激动之下，居然就这么昏过去了！

苏堇青条件反射地伸手接住了她。

可晕倒的人根本没有控制身体的能力，顺着苏堇青的身子沉重地滑了下去。苏堇青哪里撑得住，眼看要摔倒，周围粉丝惊呼出声，脑子木然，一时间完全来不及反应。

此时，一道黑色的倩影自舞台上一跃而下，迈开长腿，三步并作两步冲了过来！

长发在空中纷飞，苏纪时动作敏捷如猎豹，不过几秒的工夫，就冲到了妹妹身边。

只见她半蹲下身子，把那名失去意识的粉丝搂进怀里，另一只胳膊抄起她的双腿，猛地起身——就把那位粉丝"公主抱"起来了！

突如其来的发展，惊住了在场的所有人。

"姐，你……"

"还愣着做什么！"苏纪时抱起粉丝向着花房外跑去，"快叫救护车！"

一场精心准备的生日宴会，就在这混乱之际的场景下宣告结束了。

苏纪时没等来救护车，最后由穆休伦亲自开车，把她和粉丝一同送到了最近的医院。

经过一番仔细检查，医生表示，这位粉丝只是低血糖又情绪激动才昏了过去，待苏醒后补充营养就能痊愈。苏纪时听后，终于舒了一口气。

她直接从会场赶来，身上还穿着黑色礼服长裙，脚下一双又细又高的高跟鞋，也不知道她刚刚是爆发了怎样的小宇宙，才能穿着这么累赘的衣服、踩着这么高的"高跷"，还抱着粉丝一路狂奔的。

待得知粉丝无碍后，那股疲倦刹那间涌了上来。

她疲倦地坐在诊室外的等候处，她太过显眼，以至于人来人往的医院里，每个经过她的人都要多看她几眼。

"这是苏瑾吧？"

"是啊是啊，刚才那个直播吓了我一跳！"

"没想到居然这么快就能见到本人！"

"这是姐姐还是妹妹？"

"这是那个'黑苏瑾'！"

"姐妹俩可真厉害，把这么多粉丝都耍了，现在跑到医院里装好心。"

"人家道歉很有诚意，我觉得姐妹俩都挺好的！"

"这又不是什么原则问题！又没吸毒又没嫖娼又没出轨又没家暴的。"

"你说现在去要签名，她能给吗？"

议论声越来越大，穆休伦有些心疼地看了苏纪时一眼，脱下西服外套，搭在了她的肩膀上，用自己的身体挡住了那些或是善意或是恶意的视线。

"纪时，你先回去休息吧。方解一会儿就派人过来守着她，我怕你继续在医院里待下去，会出危险。"

苏纪时颇为疲倦地"嗯"了一声，在穆休伦的搀扶下，摇摇晃晃地离开了医院。

当她走出医院，呼吸到新鲜的空气、看到漫天的星子时，忽然悠悠地、悠悠地长叹了一口气。

"终于说出来了。"苏纪时轻声道，"秘密没说出来之前，觉得特别沉重，像有一个罩子压在我们头上，就连呼吸都不痛快。现在说出来了，不管未来是要毁灭还是要重塑，我都觉得挺轻松的。"

她懒得去想象网上的议论——当声浪太大，那就不去注意声浪。

生死在我，是非由人。

苏瑾姐妹的事情，在娱乐圈内引发了轩然大波。

当天晚上，方解就在苏瑾工作室的官方微博上，发表了整场生日会的录播，同时发布了姐妹俩的亲笔道歉信。

平时苏瑾有什么风吹草动，最先蹦蹦跳跳爬起来做数据的人，永远是苏瑾的各大后援团，大家齐心协力，不到几小时，就能凑够九十九万转发。

可这一次，在道歉信刚发出的四十八小时之内，苏瑾的各大粉丝账号保持了绝对的安静，不转、不评、不赞、不议论，所有圈内大粉都选择闭麦，仿佛人间蒸发了一样。

不过即使这些粉丝们拒绝下场，吃瓜路人们的热情，就足够把微博的流量冲爆！

一般来讲，如果其他明星除了什么负面消息，工作室都会删除微博下的评论，只筛选出对自己有利的评论。可这一次，方解特地嘱咐小霞不要删评，不管是好的还是坏的，不管是看热闹的还是真关心的，把所有评论都留下来，留给所有人说！

那封道歉信一出，当天微博就瘫痪了数个小时，评论里吵成一片。各种观点层出不穷，有让人看着火冒三丈的，也有细细读完心生感慨的。

苏纪时和苏堇青穿着睡衣，披着同一条毛毯，挤在沙发里，默默翻看着那些评论，两人谁都没有说话。

最让人感动的是，居然有很多她们合作过的艺人和工作人员，站出来声援她！

　　@秦丘 V：苏姐现在由一变二，下次荒野求生，咱们就可以三人一起出动了！

　　@陈刚玉 V：现在回忆起来，看来我很幸运的和"两位"苏瑾都有合作过。一位爽快，一位婉约，刨除那些尴尬的因素，两位都是人品能力俱佳的优秀艺人。如果有机会的话，下次咱们一起喝茶啊！

　　@伟经 V：靠天，苏瑾你真的吓死我们啦！

　　@严长辉 V：前不久，我和苏瑾（之一）曾经在一档综艺节目里合作过。当时，她力排众议，要把宝贵的一票投给节目里的双胞胎弟弟。那时我对她的选择很不理解，现在我明白了。祝好。

　　有他们力挺，很多吃瓜路人们也逐渐接受了这种荒诞的故事，网络上难听的声音也越来越小了。

　　姐妹俩在微信里一一回复，表达了对这些老朋友的谢意。

　　当然，圈里的反应不都是正面的，还有不少和苏瑾本身就不对付的人，这时候自然要落井下石。

　　比如同为四小花但流量总是被苏瑾压一头的徐雅丹，这几天就没少在公开场合阴阳怪气地影射这事，借机衬托自己的"真实""不做作"。

　　苏纪时怜惜地眨了眨眼："徐雅丹难道以为，苏瑾倒了，她就能坐上第一女星的宝座了？"

　　可问题在于，看徐雅丹那副刻薄模样，她就没那个命啊！

　　沉寂了两天，微博上，苏瑾的那几个有名有姓的粉丝大号，终于有了行动。

　　她们内部经过了无数次商量、无数次争吵、无数次重组，最终，走向了不同的方向。

　　有人发现自己更喜欢温柔和善的苏瑾，有人发现自己更喜欢霸气外露的苏瑾，于是她们打了一架，成为苏姐 / 苏妹粉。

　　有人觉得姐妹两个都很喜欢，不分哪个更好，于是就成了团粉。

　　当然，还有很多人无法接受苏瑾的谎言，也无法原谅她的所作所为。这些人迅速脱粉转黑，不仅转黑，还要恶狠狠地在苏瑾身上狂踩几脚，甚至把姐妹俩的照片 P 成遗照，挂在微博头像上，天天辱骂……

　　对于最后一类转黑的粉丝，苏纪时和苏堇青早有预想，她们平静地接受了那些人的离开，并且祝愿他们未来会遇上更值得他们喜欢的艺人。

　　至于那个在会场晕倒的粉丝，姐妹俩点开她微博看了一下——她既没有转唯粉、团粉抑或转黑，而是直接清空了微博，删掉了这几年来追逐苏瑾的所有足迹。

　　原本，她有超十万粉丝、上万条微博，可现在，她的微博只剩下空荡荡一片，连头像都改回原本默认的形象了。

她在离开前，更改了自己的微博签名。

"苏瑾，祝你们前程似瑾。只是这段前程，我就不陪你们走了。"

后来，小霞用自己的私人关系打听了一下，那个妹子在经过一段时间的萎靡不振后，被小姐妹拉去了韩娱圈，每天热热闹闹地追男团，逐渐走出了阴影，找到了新的情感寄托。

苏纪时想，这也不失为一种好结局。

当这些粉粉黑黑下场后，论坛和微博就更热闹了。很多人顺藤摸瓜，挖出了姐妹俩的真实信息。自然，苏堇青出道前，改名、改年龄的事情也藏不住了。

但除此之外，苏家姐妹俩身上再无黑点。

苏堇青待人和善，虽然不是专业出身，但胜在富有灵性，能够举一反三。她在圈里口碑极好，很多和她合作过的人都交口称赞，否则也不会有这么多人在事情发生后站出来力挺她。

至于苏纪时……那就更不得了！

有人查到了苏纪时在美国读博期间的成功，三篇 SCI、五篇 EI，光凭这个成功就足够申请"青基"了。在这种强度的工作下，她居然挤出时间当了一年明星，综艺首秀收视率就创纪录地破了 6%！这哪里是仙女下凡，这明明是文曲星下凡吧！

恰巧在不久之前，娱乐圈出了一起明星博士论文抄袭造假事件，一时间，很多艺人都不敢再立什么学霸人设了，怕被揪出把柄。可苏纪时不一样，她的博士学位绝非"水"来的，那一篇又一篇的一作（第一作者），那一次又一次的野外勘探，足以证明她的能力，让所有看热闹的人闭嘴惊叹！

到最后，苏纪时的粉丝讨论来讨论去，不知哪一楼起的头，居然转去 diss 穆休伦去了！而他们 diss 的方向，并不是因为"穆休伦抢走了他们的女神"，而是因为"穆休伦哪里配得上他们的女神"！

高岭挤眉弄眼地把这件事汇报给穆休伦听。

穆休伦看看镜中的自己，仪表堂堂；想想名下的财产，富可敌国；再审视了一下自己的姿势水平，腰好肾也好。

他不满地问："我配不上苏纪时，这世上还有人谁配得上？"

高岭两手一拍，得意道："穆总，这您就不知道了吧？她们姐妹俩CP粉可多了！"

穆休伦："你给我解释清楚，谁和谁的CP粉？"

高岭："哎呀，'双倍苏瑾、双倍快乐'嘛！"

穆休伦想，什么双倍苏瑾？为什么把他这个正牌男友弄得这么不快乐？

苏家姐妹俩的生日宴会声势浩大，直到半个月后，声浪也未平息。不论何时打开电视、网页，都能看到相关的讨论。

在苏瑾光环的碾压下，未来一段时间，不管是哪个明星结婚离婚怀孕生子的新闻，都没能激起一点水花。

一切看似在向着好的方向发展，可方解却如临大敌，每熬过一天，脸色就更难看一分。

苏纪时问他在担心什么。

方解捂着心脏说："还能是什么？我在等广告商的起诉书！"

苏瑾身负多个代言，钻石、快消品、化妆品、服饰……当初的签约金是天价，违约金亦是天价！要不然，当初方解也不会千里迢迢跑到美国，把苏纪时绑过来履行合约。

姐妹俩在生日宴中自揭马甲，粉丝和网友们的争吵其实都算不得什么，真正的大招都攥在广告商手里！苏瑾姐妹俩李代桃僵，绝对没那么好糊弄过去。

穆休伦特地提供了自己的律师团给方解，又准备了大笔现金——若是有起诉书发过来，尽量争取庭外和解，和解不了，那就打官司！

可方解等啊等啊等啊，等了好久……终于等来了钻石品牌"兴师问罪"。

这家国际钻石品牌于去年年初邀请苏瑾成为其大中华区代言人，合约期限两年。在合约期间，苏瑾每个季度都要为这家钻石品牌拍摄一系列新广告，并且出席相应的线下活动。其中，苏堇青拍了三期广告，苏纪时拍摄了两期。

而现在，这家钻石品牌的大中华区总裁笑眯眯地喝着茶，提出了一个在方解看来有些"匪夷所思"的要求——他们希望，最新一季的广告，由苏瑾姐妹来拍摄。

方解："您的意思是……俩人一起拍？"

"对。"那位大中华区总裁说，"我签的是苏瑾，既然两个人都是苏瑾，那就都来拍吧。"

方解："可是合约不是这么写的啊，上面白纸黑字只写了苏瑾一个人啊！"

"你要和我谈合约？"对方瞬间变了脸孔，"那咱们不如先谈谈违约？"

方解立即站定："行，没问题，苏姐那边我去劝！保证两人圆满完成任务！"

送走这位钻石品牌的大中华区总裁后，方解又接连迎来了洗发水品牌、服饰品牌、口红品牌的广告邀请。他们都想赶着这波热潮褪去之前，让苏家姐妹俩登上户外所有广告牌！

现在苏瑾的流量迎来一连串的爆炸，而且经过这段时间的沉淀，网友的印象偏向正面。她不算是"劣迹艺人"，姐妹俩同上广告，反而充满看点！

同样的想法，不仅出现在广告商的脑袋里，甚至时尚四大刊的编辑都抛来橄榄枝，诚邀姐妹俩登上它们的封面！

在这之中，最有诚意的便是《真我》了。之前苏纪时效仿《马背上的戈黛娃夫人》的那套裸身骑白马的写真，收获了无数赞誉，创下了近年来的杂志销量纪录。《真我》的总编嗅觉敏锐，一个电话就打到了方解手机上，亲自邀请苏家姐妹拍摄封面。

而他们拿出的筹码格外诱人——居然是九月刊的封面！

要知道，时尚圈向来有"金九银十"的说法，每年九月、十月的封面，都硝烟弥漫。杂志社使尽浑身解数邀请大牌明星参与拍摄，艺人们更是要削尖了脑袋往上冲。即使上不了四大刊，那也要上个副刊封面、二线刊物封面，谁若是沦落到内页里，绝对要被娱乐圈嘲笑死的！

每年的"金九"封面历来是留给圈内最负盛名的实力派女艺人的，这些人之中，不乏国际影后、国际超模。可现在，《真我》总编直接拿出了"金九"的封面，若苏瑾接了，那么她（们）就是新生代里最先登上四大刊金九封面的艺人！

这让方解怎能不激动！

他立即把这个消息说给了苏纪时和苏堇青听，可两人听后，却不约而同地露出了踌躇的表情。

苏堇青说："可我年底合约期满，就要离开了。这时候还'霸占'一个金九封面，这么好的资源给了我，我也没有上升的空间了，这有点浪费吧？"

"有什么浪费的！你啊，就是太厚道，事事总为别人着想，你什么时候能为自己着想一下？"方解恨铁不成钢，"你想想看，你在圈里也待了这么多年了，临走之前，你难道不想留下一个最深刻、最辉煌的回忆吗？"

苏堇青没说话，可脸上的表情明显软化了。

攻克了一位小祖宗，方解立即把视线投到另一位大祖宗身上。

他和颜悦色地问："那苏姐，你又是什么原因不同意呢？"

苏纪时问："金九什么时候出刊？"

方解掐指一算："八月十五号。"

为了抢占市场，时尚圈向来都要提前一个月出刊。

苏纪时："八月中旬出刊，算上排版下印的时间，再算上采访、后期排版的时间，七月份就要拍摄，对吧？"

方解点头："对啊，上次你拍《马背上的戈黛娃夫人》，完全是抢时间，差一点就要开天窗了！不过那期不是什么重要刊，这期金九，肯定七月份就要开拍了！"

苏纪时一摊手，遗憾地说："那我真拍不了——七月份，我还要回美国参加博士毕业典礼呢！"

对于她来讲，学业的事情可是永远大于娱乐圈的事情的！

没办法，方解只能回绝了《真我》杂志的总编。

总编在发出邀请时，就根本没觉得自己会被拒绝。这可是金九！四大刊的金九！其他几刊早就提前半年开始筛选选题了，这次她力挺苏瑾姐妹上封，居然被拒绝了！

总编怒极反笑，问："是哪家刊？"

"啊？"方解反应了一下，意识到总编误会了，忙说，"真不是真不是……我们怎么会拒绝您，转投别家呢？可这次真的没办法，苏姐——我是说双胞胎里的姐姐——实在是排不开时间……"

"哦？她有什么大事？"

方解没办法，只能实话实说："她要回去领毕业证书。"

总编："回美国？领博士证书？"

方解："嗯。"他想，看来总编也很八卦，网上的讨论帖没少看。

"那巧了！"总编一拍大腿，站起来说，"我看今年金九，就别去什么欧洲拍了，就去美国吧，拍姐妹俩的毕业旅行！"

方解：还能这么操作？

当穆休伦好不容易从繁忙的工作中调出整整一个月的假期，打算以家属身份，陪苏纪时回美国领毕业证书，顺便度过一个甜蜜的蜜月旅行时……他却在出发前两天被苏纪时告知，这次的美国之行居然多了无数个大灯泡！这群灯泡不仅是组团来的，而且亮度一个比一个强！

见他的不满写在脸上，苏纪时哄他："乖啦，拍摄撑死了三天，他们就在校园里取取景。等拍完封面，我妹妹就跟他们一起回国了。"

穆休伦长叹："以前，我只有锤子一个情敌；现在可好，你妹妹居然也算我情敌了……"

苏纪时笑他爱吃醋。

穆休伦故意卖可怜，问她："那咱们说好的公路旅行呢？"

苏纪时："放心，开车自驾游，我当向导，绝对不亏待你。"

穆休伦问："那车子你准备好了吗？"

"你想要什么车子？ SUV 宽敞舒服还能放行李，跑车又拉风速度又快。你放心，这些车子在那边都能很方便地租到。"

穆休伦却摇头："不，我说的不是这种车。"

苏纪时仍未发现自己落进了圈套，难得迟钝地问："那你说的是什么车？"

穆休伦终于露出了狼爪："当然是震源车了。"

男人搂住女孩的细腰，双手往上一举，把她抱到了一旁的餐桌上。

他目光带着滚烫的温度，从她身上一寸寸抹过。

他低头在她耳边轻唤："纪时，你今天不如试试自驾吧？"

【正文完】

番外一 苏纪时的石

事情发生在苏纪时还是"苏瑾"的时候。

有个厂商活动邀请苏瑾出席，活动地在南京，苏纪时出差三天，有两天时间都耗费在了雨花台——去那儿捡石头。

她捡的可不是普通石头，而是南京最负盛名的雨花石。

雨花台是南京近郊最有名的砾石沉积区，在亿万年前，这里曾有频繁的火山活动，火山岩岩脉富含丰富的玛瑙、玉髓、蛋白石，再经过河水打磨，最终形成了一颗颗花纹别致的雨花石。

未经打磨的雨花石，表面粗糙，布满干痕，可把它放入水中"养"着，水立浸润其表面，使其呈现出圆润剔透的花纹。

只是现在雨花台的雨花石都被捡拾得差不多了，苏纪时翻找了两天，才在一个土堆下翻出了两颗品相还不错的雨花石。

收集雨花石是很多地质爱好者的兴趣。而给雨花石取名，则是一项雅趣，可以让观赏者结合名字，更好地观赏、想象。

苏纪时捡到的这两枚雨花石，一枚璀璨似金，纹路好似河水，在石面上缓缓淌过，被她取名为"流沙河畔"。

另一枚红似枫叶，霜霜点点的红色与"绿草花"底色交替出现，她想了个热情奔放的名字，叫"日出江花红胜火"。

穆休伦拿起那枚"日出江花红胜火"，看了半天，挑剔说："这个名字不好。"

苏纪时："哪里不好？"

穆休伦："你这块雨花石，有花，有红胜火——可是没有'日'啊。"

苏纪时翻了个白眼，问："那你觉得叫什么好？"

他答："我看不如用杜牧的《山行》来命名。"

她想了想："哪句？"

穆休伦："停车坐爱枫林晚。"

他特地强调了其中两个字。

苏纪时哪还不懂他的意思，气笑了，大骂他无耻。

苏纪时回京后，把"流沙河畔"送给了方解，又把"枫林晚"送给了阿山。

穆休伦得知后，大为吃味，问她："你怎么能把石头随便送人？"

苏纪时反问："我凭自己本事捡的石头，为什么不能随便送人？"

穆休伦见她如此"理直气壮"，更生气了。

他拉开身旁抽屉，拿出一个巴掌大的锦布小盒子，推到了苏纪时面前。

苏纪时退后一步，划清界限："咱们刚刚谈恋爱，你就求婚？我是不会接受的！"

他道："不是戒指，你打开看看。"

苏纪时讪讪，她这才勉强接过那个神神秘秘的小盒子，打开。

那里面确实不是戒指——深蓝色的天鹅绒上，静静躺着一块石头。那是一块通体漆黑却又通透无比的矿石，看似玻璃，触感却似石头。

苏纪时认得它。这是她在印尼火山爆发后，亲手捡拾的一块"火山玻璃"，作为纪念，被她亲手交到了穆休伦手中。

穆休伦明明是位霸道总裁，可这时他语气却透着浓浓的醋意："原来你的石头，都是随便送人的吗？"

苏纪时理亏："呃……"

本来穆休伦只是诈一诈她，哪想到苏纪时居然结巴了！

穆休伦吃味："你究竟送过多少人石头？"

苏纪时狡猾地说："咱们谈恋爱归谈恋爱，翻旧账就没意思了吧？你没听过一个成语叫'既往不咎'吗？"

她态度遮遮掩掩，穆休伦绝对不可能"既往不咎"。但他知道从苏纪时嘴里，定然问不出什么了，他决定自己调查。于是他先从她身边最亲近的人下手。

他先问了苏堇青："苏小姐，请问，你知道你姐姐送过谁石头吗？"

苏堇青睁大了一双清澈见底的眸子，从衣领里抽出一根项链："她送过我啊！这是姐姐送我的玻陨石，你看，好不好看？"

穆休伦又去问了小霞："吴小姐，你知道纪时都送过谁石头吗？"

小霞眨巴眨巴眼，不知从哪个犄角旮旯翻出了一块黑黝黝的石头："这是我们上次去新疆，她捡的戈壁泥石！"

穆休伦受不了了，向自己秘书抱怨："苏纪时究竟怎么回事，怎么走到哪里都要捡石头、送石头！谁都能拿到她送的石头，亏我还把她送我的火山玻璃仔细珍藏！"

高岭摸摸鼻子，掏出钥匙串，上面赫然连着一块玉白的石头！

穆休伦终于发现，苏纪时就是喜欢捡石头、送石头，而她捡石头、送石头都是没有什么特别含义的，只要是她看得顺眼的人，都会得到她的石头。

穆休伦心想，苏纪时可真是个四处留情、劣迹斑斑的"渣女"。

可没办法。

穆休伦认命，谁让他就爱这个"劣迹斑斑"的人呢？

番外二 拉斯维加斯

苏纪时博士毕业那阵子，《真我》杂志浩浩荡荡一群人来美国取景。因为姐妹俩配合默契，故而原定的拍片时间没用完，两人就完成了所有拍摄。

余下两天假期，几个人商量一下，决定去拉斯维加斯转一圈。

拉斯维加斯是赌城，但拉斯维加斯这座城市的标签，又不仅仅是赌博。

这里有着世界上最奢侈的享受方式，顶级酒店、华丽大秀、世界美食……

他们的假期时间不足，两天只够走马观花。

在离开拉斯维加斯之前，苏纪时看到街边广告牌宣传，说今晚有最负盛名的"猛男脱衣舞秀"。

苏纪时立即举双手表示要去，小霞爱凑热闹，也蹦跶着要一起去。

穆休伦大为头疼："你要想看脱衣舞秀，回酒店，我给你脱行不行？"

苏纪时振振有词道："不行！你每天都脱，我都看腻了，人生总要有些新惊喜！"

最后实在没办法，穆休伦黑着脸，亲自开车把苏纪时和小霞送到猛男秀门口。

穆休伦站在广告牌面前，指着广告牌上只穿着丁字裤的肌肉猛男，问她："纪时，难道我的身材不比他好吗？"

苏纪时见他吃醋，笑着靠过去，伸手拦住他的肩膀，红唇微启，在他喉结处印下轻轻一吻："乖，我最爱你啦。"

可惜她的甜言蜜语只持续了短短一秒，小霞就挥舞着门票蹦出来说："苏姐苏姐咱们要入场啦，再不进去就迟到啦！"

苏纪时立即抛下自己的男朋友，挽着小霞的胳臂，闺密俩雄赳赳气昂昂地踏进了脱衣舞俱乐部，连声再见都没跟穆休伦说。

被抛弃的男人捂着喉结上的咬痕无语望天。

那场秀长达两个小时，穆休伦在旁边的酒吧要了杯酒，意外发现这间酒吧里居然有不少同病相怜的男人，都在等待着女朋友／老婆从猛男脱衣舞秀里出来。

大家对视一眼，长叹："哎，女人啊……"

算了，喝酒喝酒。

这可真是穆休伦经历过的最长的两个小时了。

待表演散场，他逆着人流走回俱乐部大门，因为他仪表堂堂，又一身西装笔挺，吸引了不少女观众的视线。

他注意到，在散场的观众里，有几位女观众头顶系着彩色丝巾，长长的丝巾尾垂落在肩头，引人瞩目。

有两位系着彩色丝巾的白人女孩子同他擦肩而过，她们的议论声飘进了穆休伦的耳朵里。

"俱乐部真是太会赚钱了，开场前向观众兜售丝巾，说只要加购丝巾，就有更大概率被叫上舞台互动……"

"白花了几十刀，结果最后被选到舞台上的居然是个亚洲人。"

"没办法，你看那富婆多有钱，别人丝巾只买一条，她一口气买了五条，身上都系满了！"

"真羡慕，我也想坐在笼子里，让猛男在我身上蹭来蹭去！"

"谁不想摸摸他们的电动马达臀呢！"

俩人一边聊天一边远去，可议论声却留在了穆休伦耳边，久久没有散去。

穆休伦不自觉地把手放进裤兜里，用僵硬的动作掩饰住内心的不自在。

来看猛男秀的都是游客，不分老少，每个人脸上都容光焕发。只不过，黄皮肤的亚洲脸孔很少，可能是因为亚洲文化更内敛，所以很多女孩子不好意思来这种场地。

穆休伦下意识地把目光投在一个又一个的亚洲女观众身上，想要搜寻那个熟悉的身影。女观众感受到他灼灼的注视，不少人都红了脸，甚至还有年轻女孩大胆凑过来想搭讪，都被穆休伦彬彬有礼地拒绝了。

直到观众陆陆续续走光，他寻找了许久的身影才终于出现在他视线里。

只见苏纪时头上系着一条丝巾，左右手腕各缠着一条，还有一条挂在颈上、一条系在腰间——上上下下加起来五条，可不正是刚刚被人议论的"买了五条丝巾被选上台和猛男互动的亚洲女富婆"嘛！

穆休伦想，他头顶上的帽子，颜色可真鲜艳啊。

可惜小霞和苏纪时根本未注意到他的脸色，小霞挂在她胳臂上，胖胖的小圆脸上满是兴奋："苏姐，你运气真好！当主持人选中你的时候，我的喉咙都要叫破了！"

苏纪时道："哪里是我运气好？明明是我花的钱够多。"

他脸更臭了。

但他想：我是绅士，我是男人，我要大度，我女朋友不是我的附属品，她也有自己的精神需求，只是去看看秀，又不是真发生了什么，我要是为了那些剧场里的狂蜂浪蝶吃醋我就输了！

在回酒店的路上，两位意犹未尽的大龄少女坐在后排，叽叽喳喳地讨论着刚才猛男秀上的见闻。

俩人又是比画又是演练，笑闹的声音都要掀翻车顶了。

穆休伦自后视镜里悠悠看了后排一眼，问她们："在聊什么，这么开心？"

小霞抢答："哎呀穆总你没看到，那些猛男好会玩啊！"

小霞摆出一个大鹏展翅："这是动作一！"

小霞摆出一个猴子偷桃："这是动作二！"

小霞摆出一个仙女下凡："这是动作三！"

苏纪时立即打断她："不对不对！你记错了，你那个是动作四，动作三是这个！"说着，苏纪时摆出了一个观音坐莲。

穆休伦只得默念：我是男人，我很有气度，我不生气……

他们的酒店在拉斯维加斯城内最繁华的主干道上，最下面三层便是最负盛名的赌场。只不过他们几个都对赌博没什么兴趣，穆休伦倒是小赌怡情地玩了几局，筹码没有用完，带走当作纪念。

他们住的是一个超大的双主卧公爵套房，足有三百平方米，一晚上的费用就相当于很多工薪阶层一年的薪资。不过大房间有大房间的好处，所有人都可以住在一起，中间还有客厅、餐厅等。

他们回房时，其他几人也回来了。

只见阿山喜气洋洋，方解表情纠结，高岭正在开香槟，而苏堇青和林岩手挽手坐在一起，对视间眼角眉梢都是爱意。

苏纪时看看这个，再看看那个，明显觉得气氛有些诡异。

她停住笑，问："发生什么事了？"

方解抬起眼皮瞅了她一眼，脸上的笑容扭曲："没什么，是好事。"

"你这语气可不像是好事……"

"真是好事。"方解举起三根手指对天发誓，"我真的很开心，就是在开心之余，还有点心累罢了。"

苏纪时正要细问，旁边的小霞突然猛用胳臂肘捅她腰，声音又尖又低："苏姐你快看……"她手指向苏堇青和林岩两人，"快看他们的手！"

苏纪时仔细看去，顿时吓了一跳。

只见苏堇青和林岩两人的无名指上各戴着一枚戒指！

　　戒指很朴素，是最低调的铂金素圈，没有什么耀眼的装饰，就那样低调地缠绕在两人的指间。而在两人身后的桌上，则摆着一纸结婚证书。

　　拉斯维加斯是自由之城，这里可以允许任何人结婚，不论你是何种肤色，何种国籍，何种性别，只要走进教堂，在神父的见证下交换戒指，你就可以获得一纸具有法律效力的婚书。

　　苏纪时揉揉额角，忽然明白为什么方解又高兴又心累了。

　　苏纪时问："这……我才走了三个小时，堇青，你们不是说去赌场开开眼界吗？赌场还管发结婚证书？"

　　苏堇青颇有些不好意思，她脸上带着羞涩的笑意，说："我们最开始是去了赌场，但我不敢赌，只敢看别人赌。"

　　"然后呢？"

　　林岩接上："于是我俩就想了另外一个方法，赌某某游客能不能赢。比如一个游客去玩骰子，我们就赌这个人这局能不能赢。如果我们赌对了，输的人就要答应赢的人一件事。"

　　苏纪时明白了："所以你赌赢了？"

　　林岩："没有，赢的是她。"

　　苏纪时无言以对。

　　她还能说什么呢？她抓乱了一头长发，背过身去捂住脸长叹一口气。

　　她的妹妹啊……在三个小时之内，因为一时的冲动，居然把自己嫁出去了！

　　不过谁又能断言，这种冲动是错误的呢？

　　毕竟很多时候，爱就是需要这种冲动的。

　　苏纪时笑了。

　　她转过身，张开手臂，走过去给了自己的孪生妹妹一个拥抱。

　　她把头压在她肩膀，在妹妹耳边轻声说："堇青，你知道吗？当初我曾经想过，我妹妹又胆小又害羞，动不动就哭鼻子，我以后要保护她一辈子。但是没想到一转眼，咱们都变大了，而你很多时候做出的选择，勇敢得让我惊讶。"

苏堇青也紧紧回抱住姐姐，眼泪不知不觉淌了下来。

她把同样的祝福送还给姐姐——"姐姐，你和穆总也要抓紧啊。"

苏纪时："再议吧。"

她可不像妹妹这样容易为了爱变得奋不顾身，她在答应穆休伦之初，可就准备好"打持久战"了。先谈个十年八年恋爱，等事业稳定了，感情也打磨成熟了，再谈领证吧。

在离开拉斯维加斯的最后一晚，所有人在客厅里通宵畅饮，庆祝那对新婚恋人。

直到天空初亮，大家都喝得迷迷糊糊了，这酒局才散场。

苏纪时酒量还算不错，理智尚存，就是头重脚轻。她在穆休伦的搂抱下，像飘一样回到了卧室。

她今天玩闹了一晚上，正是疲倦上涌的时候，她沉沉地倒在大床上，踢掉高跟鞋，嘟囔着："困死了……"

哪想，她的话却引来了一个意料之外的答案——

"困？那就做做运动清醒一下吧。"

苏纪时迷糊地睁开眼，只见穆休伦俯趴在她身上，膝盖以一种霸道的方式顶开了她的双腿。

苏纪时瞬间清醒。

她哭笑不得地问："我一身酒臭味，你就不嫌弃？"

"怎么会嫌弃？"穆休伦解下领带，慢条斯理的动作里，带着充斥着荷尔蒙的性感，他低头，在苏纪时耳边轻声道，"纪时，你看你妹妹都结婚了……咱们的进度，可不能比她们慢啊。"

苏纪时顿觉大事不妙，狼狈地问："那……那你想怎么做？"

"也没什么。"男人把那领带牢牢系在女孩的手腕间，把她的双手压在了头顶，"咱们不如先练习一下你今天学习的新动作吧，从'动作一'到'动作四'，还请苏老师多多指教了。"

男人……可真是禽兽啊!

客厅里,喝到兴起的小霞,一手攥着酒瓶,一手拉着阿山,絮絮叨叨。

小霞:"苏姐……嗝!苏姐太够意思了!今天那个猛男秀,本来主持人选了……嗝!选了苏姐上台。但是苏姐说,自己有男朋友……她,嗝!她不想让男朋友不开心……最后,她让我代替她上去摸猛男了……"

阿山捶胸顿足:"天啊,我为什么没去?我可以,我真的可以!"

小霞醉醺醺道:"主持人也劝她,说:'你真的要放弃上台的机会吗?没……没关系,反正你男朋友又不在现场,没人会说出去的!'"她摆了摆手,惟妙惟肖地学,"可是苏姐说……正是因为男朋友不在场,所以她才更要尊重他——因为,爱是相互的!"

阿山也喝大了,一边抱着酒瓶一边哭:"爱情万岁!爱情万岁!"

小霞:"爱情万岁!"

"爱情万岁!"

爱情……万岁!

番外三　北极

　　时间像是坐上了加速器，在所有人还来不及反应之时，便迅速跳转到了下一阶段、下下阶段、下下下阶段……

　　苏堇青在合约期满后，淡出了娱乐圈。她没有大张旗鼓地召开什么发布会，而是逐渐少接工作，减少在圈里露面的机会。

　　娱乐圈向来健忘。即使当年苏家姐妹的生日会震翻了整个娱乐圈，但几年过去，吃瓜群众越来越少提到苏瑾的名字。倒是有些营销号在盘点"圈里那些让人过目难忘的美人"时，还是会把她们姐妹花的照片放上。

　　苏纪时毕业后，在穆休伦的资金援助下，收拢人才，成立了自己的地勘队，她挂靠在一个知名科研所下面，而研究方向选择了北极圈。

　　极地研究——神秘、危险，却又充满魅力。

　　北极与南极不同。南极有广阔无垠的南极冰盖，北冰洋却是一片浩瀚的冰封海洋，众多岛屿围绕在周围，苔原、泰加林带分部广泛。

　　她招聘时，本不想大张旗鼓，刚开始只恳请她的导师为她介绍人才。

　　只可惜，这个行业有些人带着根深蒂固的刻板成见，觉得她是女老板，还是个中国人，注定不会出什么研究成果。再一听她的研究居然是私人资助的，那就更不敢来了！

　　在极地研究领域，中国因为起步最晚，确实落后俄罗斯、美国、加

278

拿大等国家一大截。而且到现在为止，极地研究可创造的实际经济价值
有限，更多是政治含义和军事价值，很多研究都是在烧政府的经费。

苏纪时招来招去，小队人员仍然空着一大半。

没办法，她只能把招聘启事挂在了网站上，开始向社会公开招聘。

哪想到一觉睡醒，她的邮箱居然被塞满了！

她这才知道，虽然她已经离开了娱乐圈，但娱乐圈还有她的传说。

苏瑾的官方粉丝团里，还有不少人关注着她的一举一动。她从不用
社交软件，可她的同学、老师、同事都在用，网络福尔摩斯们无孔不入，
翻墙关注了她身边人，一有风吹草动，就能立即传到国内！

故而，短短十几个小时过去，她的招聘邮箱就被近千封邮件塞满了。

她先粗略筛选了一番，发现有五分之四的邮件都是"告白信"。

有人表示太想她了，希望她能回国继续在娱乐圈发展；有人祝她实
现自己的地质梦想，为她加油鼓劲；还有一些信则打着为她好的旗号，
对她的梦想指手画脚，"北极圈的寒风根本不适合仙女生活"！

苏纪时无奈，本想把这些信全都塞进垃圾箱，但想了想，最终还是
单独弄了一个文件夹，把这些信转移了进去。

剩下的五分之一求职信里，达到她要求的人也不多。

毕竟，地质是个苦专业。想赚钱的，都转去学石油勘探、地质工程
了；想造福百姓的，则转去学地震防治、学水文治理……

挑挑拣拣了一番，苏纪时最终敲定了十个候选人，逐一面试。

巧合的是，这十个候选人里，有三个人都是熟面孔。

有两位，是她当初被穆民德在大雪天扔去北京郊区时，遇到的地质
采样小队的成员！

苏纪时还记得，他们一个叫大头、一个是班长。俩人凑在一起，活
像在说相声。

至于第三位，也和她有一段渊源。苏纪时还在读博时，曾经带着一
群港大地科系的新生去黄石公园出野外，在她摘下蒙面的防沙面巾时，
有个男孩认出她长得很像他的偶像"苏瑾"，结果当天晚上，苏纪时就

被绑走了……

没想到兜兜转转，她居然有朝一日，收到了他们三个人的简历。

苏纪时用了一个星期时间和几位候选人面试，最终敲定了其中五位。大头、班长拿到了正式offer，那位中国香港男孩因为本科还未毕业，所以只拿到了实习生的资格。至于剩下两位，则是两位同她一样，心怀天地的女生。

这样一来，苏纪时的队伍里，一多半都是中国人面孔了。

而且这一多半，还都是她的粉丝……

队伍刚组建时，苏纪时还挺困扰的，因为她不管做什么、不管摆出什么表情，那五个人都用一副花痴的样子看着她……

"苏老师，您用显微镜的样子太令人着迷了！"

"苏老师，您的锤子使得真好！"

"苏老师，您这个论文数据引用的太棒了！"

有时候苏纪时正在分配任务，余光注意到有人偷偷举起了手机在偷拍……若不是这五个人确实表现得还不错，苏纪时绝对要把他们赶走了！

好在，这种新鲜感只持续了不到半个月，苏纪时就用她严厉的御下手段，把他们都治得服服帖帖的了。

她是个格外较真、格外严格的老板，她从来是研究室里第一个来、最后一个走的人。她招聘的其他员工，年纪偏大，都是三四十多岁的老研究员，之前在其他研究所干过，早已习惯了这种高强度的工作。而因为她慕名而来的几位小粉丝，在短短一个月里，不管男女，每个人都至少哭了三回。有的是被她骂哭的，有的则是因为工作压力太大，承受不住哭的。

苏纪时没想到这群娃娃兵居然这么脆弱。

她也很无奈啊，她把他们聚在一起，开诚布公地谈了一次："你们要是觉得我太严格，要是觉得和我工作打破了你们的'追星梦想'，我可以给你们一次机会离开。"

结果所有人都摇头说不愿意。因为在"粉丝"之上，他们还有一个身份，是"地质人"。

他们最初确实是因为明星效应前来的，但更多的，是他们心怀梦想，也想用自己的双脚，去征服神秘的极地。

做好先期的准备工作后，一行人终于收拾好了所有设备、资料，准备奔赴北极了。未来的十个月里，他们都将生活在北极圈内，那里信号微弱，工作任务又重，几乎等同于和现实世界告别了。

他们先飞抵俄罗斯，破冰船将从北极圈内唯一一个终年不冻港摩尔曼斯克出发，把她们送到被北极冰盖和苔原覆盖的格陵兰岛，那里既是他们的研究基地，也是他们未来十个月将要生活的地方。

上船前，每个队员都拨打电话，依依告别。

一位女队员把电话打给了妈妈。她妈妈非常不放心她，觉得这份工作太辛苦。她好不容易读完了博士，完全可以进学校当老师，为什么非要一门心思做什么野外极地研究呢？又辛苦又危险，还不好找对象。

她回答："谁说女孩子就只能在家老老实实等着家人，我学了这么多知识，就是为了学以致用的！再说，这条路上我不是一个人，我的偶像也在这个领域奋斗，我想去走走她走过的路，去看看她看过的风景。"

电话那头，她妈妈迟疑地问："你的偶像？你的偶像不是那个叫苏瑾的女明星吗？"

"我的偶像是苏瑾没错。不过她不是女明星！"女队员骄傲回答，"她是一位地质学家！"

时间有限，苏纪时的电话打给了孪生妹妹。苏堇青嘱咐她一番，让她千万小心，注意安全。

离开娱乐圈后，苏堇青又回到了卡卡杜国家公园。姐妹俩一个在北，一个在南，一个研究极地，一个保护湿地，可谓殊途同归。

当苏纪时挂下电话后，登船时间就到了。

两个小队员小声议论："真奇怪……苏老师怎么不把电话打给穆总啊？"

他们是苏瑾的资深粉丝，自然知道苏纪时和穆休伦交往的消息。只不过穆休伦只来过他们研究所一次，匆匆待了一会儿，就离开了。

另一人也觉得奇怪："是啊，我看人家异国恋，每天至少要打三个电话聊不停。可苏老师每天加班，有时候直接在实验室里睡下了，哪有什么时间联系感情啊。"

"他俩不会是分手了吧？"

"闭嘴！你净瞎说！你也不看看咱研究室一个月要烧多少钱，七位数打底！你没听过吗，嘘寒问暖不如打笔巨款——巨款打了这么多了，你怎么还没看透穆总有多爱咱苏老师啊！"

两人没控制住音量，苏纪时无奈地看了他们一眼，摇摇头，任他们猜测。

她和穆休伦都不是那种以爱情为天的"恋爱脑"。当热恋期那种无时无刻不想腻在一起的激情褪去后，剩下的便是更深刻的东西——彼此信任、全然支持与永远的思念。

就像现在——

穆休伦因为公事繁忙，经常要出国商谈业务。很少有人知道，其实从中国到美国、从美国到欧洲等航线，都是要跨越北极圈飞行的。所以他们曾经约定，当彼此想念，又无法通过电波交流感情时，苏纪时只要抬头望望天空、穆休伦只需低头看看云朵，便足够了。

登船时，苏纪时特地拍下了港口的照片，设为手机屏保，细细珍藏。

只不过，摩尔曼斯克的景色并不好，港口光秃秃的，一点也没有欧洲那些城市的鸟语花香。

可苏纪时看着手机里的照片，却露出一个深入眼底的笑容。

要知道，在研究所的苏纪时，专注于工作，可是很少笑的，遑论这种璀璨夺目的笑容了。

昵称叫大头的男队员凑过来，问她为什么笑得这么开心。

苏纪时说："没什么。"

有些爱情，是不需要让旁人知道的。

番外四　实习爸妈

　　当远在北极圈的苏纪时得知妹妹怀孕时，她的锤子差点砸在脚面上。

　　真是奇怪，明明苏纪时才是先谈恋爱的那个人，可是结婚、怀孕，苏堇青都走在了她前面。

　　这对双胞胎里，姐姐风风火火说一不二，然而在感情大事上，反而是妹妹想得更清楚、做得更多。

　　苏纪时八卦问："现在能看出来是几个孩子吗？"

　　有科学研究表明，母亲如果是双胞胎之一，孩子是双胞胎的可能性就要大得多。

　　果不其然，苏堇青笑答："刚去医院查了孕囊，两个。"

　　两个孕囊，说明苏堇青肚子里的，是异卵双胞胎！异卵双胞胎，有可能是性别相同，也可能性别不同，不过两个孩子的长相是注定不一样了。

　　"太好了！"苏纪时有些可惜，若妹妹能生一对同卵双胞胎——就像她们姐妹俩一样——那该有多好啊！但转念一想，异卵也有异卵的好处，一对龙凤胎肯定很有趣。

　　哪想到又过了一阵子，苏堇青的电话第二次打了过来。

　　只不过这次，她的声音里满是带着甜蜜的烦恼。

　　"姐……"她声音轻得像树梢上的小鸟，"我今天又去做了一遍 B 超，医生说，其中一个孕囊自我复制了一遍……"

苏纪时有些没听懂："什么意思？"

"意思是——"苏堇青不知是该开心还是该犯愁，"我怀的是三胞胎！一对同卵，一个异卵！"

医生表示，怀这种同异卵三胞胎对母体负担太重，如果苏堇青愿意的话，可以做减胎手术，拿掉其中一个宝宝。

苏堇青哪里舍得，坚持把三个宝宝都留住了。她养得起，又喜欢孩子，肚里的三颗小豆芽是她与林岩爱情的结晶，一个都不能少。

只不过，怀宝宝太辛苦了，而且还天降三个，苏堇青孕早期反应格外严重，腹部膨胀成一轮满月，全凭她咬牙坚持，才跑完了这场人生马拉松。

孩子比预计出来得要早，苏纪时的飞机刚一落地北领地，就接到妹夫的电话，告诉她妹妹已经安然从产房出来。剖宫产很顺利，不过三个孩子因为早产体重太轻，要先在保温箱里待一段时间。

穆休伦在机场外等她，见她一脸坐立难安的模样，默默伸出手，把她冰冷的五指攥入了掌心。

两人赶到医院，先去看了妹妹。

只见苏堇青沉沉睡在病床上，短短的头发铺散在枕头上，林岩坐在床旁，小心拿棉签沾水涂在她唇上。

怀胎八月，又经历过剖宫产这种大手术，苏堇青的脸色很疲惫。这一刻的她，根本不像是曾经在娱乐圈里引得万人追逐的女神"苏瑾"，而是一个再普通不过的妈妈。

林岩放下水杯，轻轻地拨开她的碎发，在她额头落下一吻，然后顺着她挺翘的鼻梁下滑，最终把这个吻落在了她的唇角。

隔窗望着这一幕，苏纪时想，妹妹果然没有嫁错人啊。

探望完妹妹，她和穆休伦又去保温箱那里去看宝宝。

早产儿专用病房禁止家属进出，不过有一整面墙改造成了玻璃，孩子的亲人可以隔着玻璃探望。

保温箱里最引人注意的，就是刚刚被送进来的三胞胎了。

护士告诉他们，先出来的是两个双胞胎哥哥，第三个宝宝则是小妹妹。两个小哥哥都很健壮，粗胳臂粗腿，在保温箱里踹来踢去，活力十足；小妹妹体弱，委委屈屈地含着奶嘴，哭声也像小猫一样。

苏纪时感叹道："以后两个哥哥，一定要好好保护妹妹。"

林岩说："那当然，两个浑小子如果敢欺负她，我一定狠狠揍他们屁股！"

好在，三个孩子发育良好，器官健全，在保温箱里一天一个样，半个月的工夫，三个小宝宝就接连出院了。

这是苏堇青第一次拥抱自己的孩子，亲亲这个、吻吻那个，根本舍不得松手。

苏纪时一双眼睛好奇地打量着妹妹，在这一瞬间，她觉得妹妹突然就从她印象里那个爱哭鼻子的小女孩，变成一个了不起的母亲了。她孕育了三个小生命，将来也将送这三个孩子走上不同的人生。

穆休伦问："给孩子取好名字了吗？"

林岩点头："已经想好了。三个孩子分别叫林漫冬、林灿秋、苏芷夏，小名就是冬冬、秋秋、夏夏。"

苏纪时好奇："为什么不从"春"开始命名？"

苏堇青笑意盈盈地抬起头，一双美目在姐姐和姐夫之间流转："因为，我要把春天留给你们啊。"

仿佛只眨了几下眼睛，三个襁褓里的小豆丁就长高了、长壮了，长成了三个调皮捣蛋的小东西。

这三个小家伙，有时候淘气得像恶魔，有时候又贴心得像天使。

苏堇青偶尔会打电话给姐姐，向她抱怨养育孩子的种种困难之处。

比如某天，两个哥哥叫妹妹去爬树，结果妹妹从树上摔下来，扭伤了脚。

比如某天，两个哥哥带妹妹去逗邻居家的大狗，结果三个孩子被狗撵得嗷嗷叫。

比如某天，两个哥哥骗妹妹寿司芥末是抹茶酱，结果妹妹吃了一大口，哭得上气不接下气。

比如……比如……再比如……

苏纪时听明白了："原来你说的'困难'，就是那两个浑小子本身啊！"

苏堇青头痛不已："本来还以为两个哥哥能照顾妹妹，结果两个哥哥才是最爱欺负妹妹的人！"

苏纪时说："揍他们！"

"揍过了。"苏堇青说，"记吃不记打。"

苏纪时说："那就饿他们！"

"饿过了。"苏堇青说，"结果他们跑去镇上快餐店，摆出一脸可爱无辜的模样，骗了比萨、汉堡、奶酪薯条，还有两杯可乐。"

苏纪时也没办法了，她实在没和这种幼年体灵长类生物打过交道。

她唏嘘道："看了你的'惨状'，我顿时觉得，还是工作更可爱一些。我那些组员，虽然有时候白痴得像幼儿园刚毕业，但他们不会因为我不给他们吃冰激凌，就委屈得哭一整天。"

哪想苏堇青顺着她的话说下去："姐姐你是事业型女强人，不愿意生孩子可以不生。但是婚，可以先结一个吧？"她试探道，"你看，你和穆总也交往了这么多年了，也是时候给穆总一个名分了。"

苏纪时听懂了，笑骂："原来你是来当说客了。"

她和穆休伦稳定交往多年，两人工作都很忙，虽然聚少离多，但感情一直很好。只要一有假期，两人立即飞到一起，度过甜蜜的假期。

苏堇青一直觉得，姐姐和姐夫如此恩爱，肯定好事相近。哪想到，她等啊等，等到自己怀孕了，生宝宝了，宝宝会走路了，宝宝会闯祸了……还没等到姐姐结婚。

是穆休伦不求婚吗？

正相反，穆休伦暗示明示过多次，可都被苏纪时轻描淡写地绕过了话题。几次之后，穆休伦便知道她无意步入婚姻殿堂，就不再提了。

苏堇青实在搞不懂姐姐是怎么想的。

她问："你和穆总只差那一本结婚证了。他的保险受益人是你，你的保险受益人是他，他投资你的研究，你用研究成果支持他的公司，你俩名下还有共同的财产……那为什么，你就不愿领证呢？"

苏纪时狡猾反问："是啊，既然领证之后和现在毫无区别，那我为什么非要领证呢？"

苏堇青被她绕了进去，说不过她，只得无奈挂了电话。

不久，苏堇青接到一个好消息。

她离开娱乐圈后，除了操持小家以外，一直没有放下保护湿地的工作。

她依旧在卡卡杜国家公园服务，只不过现在成为正式签约员工。闲暇之余，她开始自学摄影，在她的相机里，湿地呈现出不同风貌。既有宽阔长河映衬晚霞，也有细雨丛丛搅乱落叶……湿地里栖息着数千种生物，黑颈鹳，咸水鳄，水牛，水鸟……

苏堇青把她的这些作品整理投稿，她天生具有艺术天赋，很快就在自然摄影界崭露头角。

去年，她获得了世界知名的国家地理杂志社举办的摄影比赛一等奖，立即有出版社找上门来，要为她出版影集，还想为她做巡回摄影展。

为了更好地宣传湿地、保护湿地，募集资金，苏堇青同意了。

三个孩子年纪还小，苏堇青和林岩商量了一下，两人决定把孩子带出去见见世面。可问题在于，巡回摄影展有一站在中国，苏堇青虽然离开了娱乐圈，但仍然对国内娱乐圈的八卦力颇为忌惮，她不敢贸然把三个孩子暴露在媒体和粉丝面前。

苏堇青先给方解打了个电话。

几年过去，方解已经荣升为经纪公司的艺人总监，小霞也从助理走向执行经纪。方解把之前在《毕业大戏》里默默无闻的双胞胎弟弟石星签到了公司，分给小霞带，不过石星无意拍电视剧和电影，一直在专注出演舞台话剧。倒是他的哥哥石阳进了某家大公司，混得风生水起，在最新的"娱乐圈小生"盘点里，他的名气都可以和秦丘打擂台了。只不过，石阳在经纪公司的授意下做了几次微调，现在两兄弟的面貌差别愈发明显了。

电话接通后，苏堇青开门见山地把事情告诉方解，问他："如果我带着三个孩子回国，会有什么后果吗？"

"别！祖宗，可别！"方解赶忙制止她，"'苏瑾'虽然离开了娱乐圈，但是娱乐圈内一直不缺少你们的传说！你要是带着孩子回来了，肯定第二天酒店门口就被人围着出不去了！"

既然方解都这么说，苏堇青只能歇了心思。思来想去，三个孩子若是托给别人，她不放心，即担心保姆不能照顾好他们，也担心他们年纪太小会认生。她只能把求助电话打给了姐姐。

苏纪时听了，先问："若是不听话，我能教训他们吗？"

"当然可以。"

"那好，赶快把他们送过来，我迫不及待要见到三个小家伙了！"

刚巧，这段时间苏纪时的研究告一段落，得了宝贵的一周假期。而穆休伦也完成了新一轮的扩张任务，得到了喘息的时间。按照以往，他们将飞去穆休伦名下的私人小岛，在沙滩上晒太阳、享受慵懒假期。

不过现在多了三个孩子，一切都变得不一样了。

三个孩子今年五岁，正是对一切有着充足好奇心的年龄。

刚一见到苏纪时，三个人就好奇地围上去，这个拉着她的手，那个挽着她的胳臂，围着她不停转圈圈，想看看她究竟和妈妈有什么不同。

"你……你真的不是妈咪吗？"年纪最小的妹妹细声细气地问。

她长得最像苏堇青，乖顺的娃娃头，根本看不出来她会胆大包天地跟着两个哥哥调皮捣蛋。

苏纪时弯下腰，点了点她鼻子："夏夏，我是纪时姨姨啊，你们三岁生日时，咱们见过面的。而且我上个月还和你们视频过呢。"

性子最古灵精怪的冬冬说："我们可是小孩子！小孩子怎么会记得

三岁以前的事情呢！"

他说得理直气壮，实在让人无从反驳。

秋秋看向一旁英俊高大的男人，眼珠一转，说："我知道你！你是纪时姨姨的男朋友对不对！我妈妈总是提起你！"

穆休伦十分好奇，便问："你妈妈怎么说我的？"

秋秋答："我妈妈说，见到你之后不能叫'姨丈'，要叫'叔叔'，因为叫你'姨丈'的话，会触到你的伤心事的！"

穆休伦沉默了。

真是鬼灵精。

穆休伦小声对苏纪时说："你看，现在连小孩子都知道，无所不能的穆老板直到现在都没名没分地跟着你。"

穆休伦："我名誉受损了，你有没有想好晚上怎么补偿我？"

苏纪时捂住他的嘴，面红耳赤地警告他："闭嘴，当着孩子的面你瞎说什么？"

穆休伦拉下她的手，挑眉："你在想什么？我是说晚上咱们可以去海洋馆吃龙虾大餐。人均是贵了些，可苏老师研究经费这么足，不会请不起吧？"

苏纪时还没开口，三个耳尖的孩子已经蹦起来，欢呼着要去海洋馆玩了。

两个成年人带三个五岁小毛头，能有多累？

苏纪时表示，累，很累，超级累！

真是不明白这三个鬼家伙怎么有这么多精力，上天入地无所不能，一个不留神，就从餐桌上翻到了椅子下面！而原因，不过是餐厅地板上画着各种各样的海洋生物，三个小家伙头碰头，正在比赛谁认识的海洋生物最多。

吃一顿饭，苏纪时就从桌子底下把孩子抱出来七八次！

儿童餐的餐盘是卡通螃蟹形状，既然是卡通螃蟹，自然有一定的夸张成分在。

夏夏问:"这是什么螃蟹啊,为什么钳子一只大一只小?"

秋秋答:"你真笨,它一定是残疾螃蟹,一只钳子坏掉了,才会一只大一只小。"

冬冬打了秋秋一下:"你才笨,它一定是天生的!让你看书你不看,很多螃蟹都是这样的!"

秋秋生气:"你才笨,你看它两只爪子颜色都不一样,它一定是残疾螃蟹!"

然后兄弟俩就打起来了!你捶我一下,我踹你一脚,儿童座椅被弄得叮叮咣咣直响。

妹妹夏夏不仅没有劝架,反而拍着小手,进入了看戏模式。

苏纪时崩溃了,受不了了,她只和他们相处了几个小时,就觉得像是过了几年一样!

天啊,她妹妹平常是怎么管教这三个小家伙的啊!

倒是穆休伦不慌不忙,用三只剥好的大虾堵住他们的嘴,趁他们安静咀嚼时,同他们耐心讲道理。

"你们三个若能乖乖吃完碗里的饭,一会儿我带你们去找海洋馆的工作人员,让他为你们仔细讲解一下,螃蟹的钳子为什么会一只大一只小,好不好?"

三个小家伙眼前一亮,立即安静下来,开始风卷残云地吃饭了!

穆休伦轻而易举地安抚了三个宝宝,转过头,恰好对上苏纪时敬佩的眼神。

苏纪时说:"真没想到,你居然这么会哄小朋友。"

穆休伦笑笑:"我看了不少育儿书。"

苏纪时问:"为了他们吗?"

"不。"穆休伦眼神温柔,"为了你。"

他知道苏纪时工作太忙,研究重担一直压在身上,即使未来有了孩子,以她的工作狂性格,恐怕也无暇照看。他不想像那些豪门夫妻一样,把孩子扔给育儿嫂,故而闲暇时看了一些育儿书籍,作为提前准备。

只是没想到，他们俩的孩子迟迟没出现，苏堇青的孩子倒是先到了。

苏纪时看着他，没有说话。

她知道穆休伦等了这么多年，究竟在等什么。可她心中还有那么一点点似有似无的疑虑，正是这一份她自己也说不清的疑虑，制止她迈出那关键一步。

妹妹结婚了，妹妹生宝宝了。

她不是不羡慕，可在羡慕之外，还有个声音在问她——同样的幸福，我真的可以拥有吗？

她亲眼见证过父母婚姻的破裂。她疑惑不解，妹妹作为那场婚姻的另外一个受害者，她是怎么勇敢地踏入婚姻殿堂的呢？

一顿晚餐吃完后，穆休伦信守承诺，带着孩子们去找海洋馆工作人员。当时已经闭馆了，不过在金钱的力量面前，即使闭馆也能重开。三个孩子独享海洋馆，又如痴如醉地听了讲解员的讲解。

离开前，工作人员送了他们纪念品绒毛玩具，又对苏纪时、穆休伦说："你们真是幸福的一家人。"

苏纪时颇有些尴尬。

倒是穆休伦坦然道："谢谢。"

之后的几天，孩子们每天都会产生新问题，给这对实习爸妈带去了不少麻烦。不对，准确来讲，他们负责给苏纪时添麻烦，穆休伦则负责解决他们造成的麻烦。

比如有一次，苏纪时给兄弟俩洗完澡，赫然发现，她分不清秋秋和冬冬了！

兄弟俩是同卵双胞胎，不仅长得一模一样，就连神态都一模一样！

苏纪时狐疑地看着两个光屁股小男孩，问："你们谁是哥哥，谁是弟弟？"

"我是冬冬！""不，我才是哥哥！""呸，我才是我才是，我认识五十种恐龙，还能背一百首古诗！""我会背元素周期表，还能算一千以内的加减乘除法！"

苏纪时想：她妹妹这是生了俩爱因斯坦吧。

见苏纪时犯难，穆休伦拿着浴巾走过来，淡淡道："秋秋，洗完澡快点穿衣服，待会夏夏看到，又要笑话你光屁股了。"

其中一个男孩立即嚷起来："她敢！"

穆休伦立即捉住他，把他往苏纪时怀里一扔，说："这是秋秋，快给他穿衣服吧。冬冬我负责。"

高，实在是高！

还有一次，两人带着三个小朋友去逛超市。

在白人为主的地方，一家五口亚洲面孔，再加上夫妻二人相貌俊美、三个小朋友玉雪可爱，自然吸引了很多人的关注。

有和善的老夫妻向他们打招呼，夸赞小朋友长得机灵漂亮，问两个男孩子是不是双胞胎。

苏纪时解释："其实他们是三胞胎。"

"啊，祝你们幸福。"

购物时，两个小兄弟在货架前上蹿下跳，这个零食想吃，那个零食想拿。他们一边往购物车里扔，穆休伦一边往外拿。

只听男人道："你已经拿过葡萄味的饼干了，为什么还要拿葡萄味的磨牙棒？酸奶保质期没那么长，咱们喝不完，你们只能拿两桶。冰激凌放回去，家里的还没吃完……"

恍惚间，苏纪时甚至真的要以为，她已经和穆休伦结婚，正在过最普通的家庭生活。

就在这时，腼腆的夏夏拉了拉她的手，小声说："姨姨，我想吃……"

苏纪时立即回过神，俯下身，问："你想吃什么？不用害羞，大声和姨姨说。"

"我想吃……"夏夏比画了一下，"我想吃红皮的蒜。"

苏纪时又确认了一遍："你想吃红皮的蒜？"

夏夏点头，扭捏地说："我在家的时候，爸爸总买来给我吃。"

天啊，林岩果然是个北方汉子，不仅自己吃饭时要配蒜，居然让这么小的女孩跟着他一起吃蒜！

但苏纪时转念一想，人家的生活习惯没必要纠正，而且毕竟吃生蒜可以杀菌，对健康有益。夏夏吃蒜，总比有些小朋友挑食好。

于是苏纪时让夏夏在购物车旁边等一会儿，她一个人去了蔬菜区去找蒜，可她找了半天，并没有看到国内常见的红皮蒜，只能讷讷拿了两头白蒜回来。

穆休伦见她手里举着两头大蒜，狐疑地问："你买蒜做什么，你不是不爱吃吗？"

苏纪时道："夏夏想吃。"

穆休伦不可思议地问："夏夏？"

苏纪时点点头："对，我刚听到的时候也很不可思议。但是她说自己想吃红皮蒜，说林岩在家时经常买给她吃。"

穆休伦："你把蒜放回去吧，夏夏想吃的不是蒜。"

苏纪时："啊？那是什么？"

穆休伦："是山竹。北领地的达尔文地区，盛产山竹。"

山竹是一种热带水果，外皮是坚硬的红色外壳，里面的果肉就像蒜瓣一样，一瓣瓣，味道甜美多汁。

穆休伦笑她傻："小孩子怎么会闹着要吃蒜呢？孩子都喜欢吃甜甜的东西。"

苏纪时在这三个小鬼头身上接连碰壁，已经抬不起头来了。

好在七天时间一晃而过，就在孩子们刚刚适应了美国的生活时，他们就要离开了。

离别前的那天晚上，夏夏没忍住掉了眼泪。她真是太像董青了，情绪敏感，是个天生的艺术家。

她一哭，冬冬秋秋两个小哥哥也跟着哭起来，三个小朋友争相掉眼泪，每一滴泪仿佛都掉在了苏纪时心上。

苏纪时哄了这个又哄那个，一时情急，居然也红了眼眶。

奇怪呀奇怪！苏纪时和苏董青分开、重聚，再分开、重聚，她都没有掉过一滴眼泪，还有心思笑话妹妹是小泪罐。可当她面对这三个小家伙的眼泪，她居然舍不得了。

穆休伦走过来，忽然一手抱起夏夏，对双胞胎兄弟抬了抬下巴："擦擦眼泪，今晚你们三个小家伙和我们一起睡。"

夏夏、秋秋、冬冬惊讶地瞪大了眼睛。

苏纪时同他们一样惊讶。

三个小朋友有专门的小房间，他们睡在一起，根本不需要家长陪睡。没想到穆休伦会在今晚主动提及，让三个小家伙进主卧。

当初布置主卧时，穆休伦并没有选择那种kingsize帷幕大床，他觉得那种床虽然看上去很气派，但太大了，不能伸手触摸到爱人。故而他们只选择了一个普通尺寸的双人床，让两人可以相拥而眠。

现在，他们之间多了三个五岁孩子。十分拥挤，但是拥挤之外，也多了一层温馨。

穆休伦把被子为他们盖好，调暗光线，哄他们睡觉。

苏纪时轻声问："你们今晚想听什么故事？"

结果，众口难调。

夏夏想听冰雪女王艾尔莎，秋秋想听蝙蝠侠大战超人，冬冬想听科学家的传奇故事。

她为难地说："要不然，我给你们讲一讲地壳运动吧？"

三个孩子沉默了。

苏纪时："或者，鲍文反应？冰碛现象？火山与海啸？"

孩子们哪里会对这个感兴趣，他们闹起来，咕噜咕噜地在床上滚来滚去。

穆休伦把他们安抚好，拍了拍他们身上的被子，提议："你们想不想听我念诗？"

"什么诗呀？"

"情诗。"

他拿起床头柜上的那本书，把封面给他们看。

这是穆休伦最近的床前读物，是聂鲁达的《二十首情诗和一首绝望的歌》。

小朋友们怔怔看着书皮，忽然同时安静下来，老老实实地躺在他们的怀抱里，睁着明亮的大眼睛，望着他。

穆休伦翻开第一页。

台灯是温暖的淡黄色，投在他身上，又落在墙上。

男人声音低沉，又温柔。

"你每天都同宇宙之光嬉戏，

"你乘着鲜花与流水而至，

"你赛过我掌中可爱的小白花。

"……

"自从我爱上你，你就与众不同。

"是谁用烟云般的字体，在南方的群星间写下你的名字？

"……

"很早以前我就爱上了你那闪烁珍珠光泽的玉体，

"甚至我认为你是宇宙的女主人。

"……

"我要在你身上去做，

"春天在樱桃树上做的事情。"

他们年纪还小，尚不能体会聂鲁达情诗里的眷恋爱意。

但苏纪时能听懂。

男人声音富有磁性，他慢慢地翻动书页，一句句读着，当最后一个话音落下时，孩子们已经陷入了梦乡之中。

他们哭累了，他们在大人的爱与怀抱中睡去，第二天醒来后，他们就要飞回父母的身旁。

穆休伦也很喜欢他们。冬冬、秋秋、夏夏……他会永远记得和这三个小家伙生活在一起时的点点滴滴。

他合上书，动作轻柔地为他们掖好背角。当他低头时，暖黄色的灯光拢在他的头顶，碎发在额头投下一片阴影，遮住了他眼中的神色。

但是苏纪时知道，他的表情，一定是极温柔的。

像是有一只无形的手，搅乱了苏纪时的心弦。她忽然觉得口干舌燥，像是有什么话聚在喉咙处，下一秒就要出口——

"我们也要个孩子吧。"

男人顿住了动作。

过了数秒，他才抬头看向她。

"纪时，你说什么？"

苏纪时望着男人的双眼，她从那双眼睛里，看到了男人抑制不住的狂喜，以及被那片喜悦包围住的自己的倒影。

"我说——"她勇敢地伸出手去，与男人十指紧扣，说出了这几年来她一直在思考、在犹豫，让她摇摆不定却每时每刻都萦绕在她心头的事情，"我们孕育一个'春天'吧。"

她笑着说出这句话，忽然发现，做出这个决定并没有她想象中的那么艰难。

"在拉斯维加斯，在北京，在苏拉威西岛，在磁极中心……在任何春天存在的地方，只要和你在一起，都可以。"

她爱他，正如他爱她一样。

她想同他组建家庭，组建一个不只有他们两人，还有一个小小的"春天"的家庭。

穆休伦已经等了她很久很久，而现在，她不想再让他等下去了。

番外五 醒春

在春天来临之际，苏纪时胎动了。

直到现在，她躺在 VIP 病房里，低头望着自己圆溜溜的肚子，还是有些回忆不起来，这一切究竟是怎么发生的。

九个月……不，准确地来说，是八个半月之前，妹妹把家里的三胞胎宝贝送来美国，让苏纪时帮忙照看一周。

正是在那一周，苏纪时忽然萌生了一个想法，那就是"若能和穆休伦有一个孩子，那也不错"。

这可真是历史性的进展！要知道，在此之前，苏纪时虽然享受恋爱，但是她却对婚姻一直抱有疑虑，也有些害怕一个新生命的诞生。在刚知道自己怀孕后，她看着验孕棒上那鲜明的两道线痕迹，她第一个反应是和穆休伦约法三章。

"我很开心这个孩子的到来。"苏纪时说，"但是我希望，他或者她，或者他们，不会改变我现在的生活。"

穆休伦笑道："我也没打算你会像个豪门贵妇一样，刚怀孕就辞掉工作在家安胎，生完孩子第二天就召开新闻发布会。我甚至怀疑，你可能直到临产前一天，还待在实验室里写报告。我只希望，你能多注意身体，至少这段时间，就不要出野外了，如果实在要出，采矿、取样的工作能交给下面的人，你就别亲力亲为了，行吗？"

"不……我指的不是这个。"苏纪时迟疑了一会儿，终于说，"我不想结婚。"

是的，他们已经在一起这么多年了，甚至苏纪时的肚子里也有一个宝宝了，可他们直到现在也没有领取那一纸证书。

他们住在一起，他们财产共享，穆休伦支持苏纪时的所有研究，而苏纪时会在自己论文的最后一页注明"感谢我的爱人穆休伦"。

可他们没有结婚。

穆休伦并没有生气，只是拉住她的手，问她："为什么？"他早就被她磋磨得没有脾气了，"刚开始你不同意结婚，说是结婚后，你的论文署名就要改变，影响你的研究成就——可咱们是中国人，根本不牵扯婚后改姓的问题，我知道你那时在敷衍我，但我想你可能没有准备好。但是现在呢？你还没有准备好吗？"

"这和有没有准备好无关。"苏纪时下意识地把手放在自己肚子上，"我不知道……抱歉，我真的不知道。我知道我爱你，正如你爱我一样，可婚姻和别的不同。就像我肚里这个宝宝，他是精子和卵子的结合，他将在我的身体里孕育，在我的身边长大……我知道他是属于我的，即使他长大成人，也是我身体的一部分。可是你呢？穆休伦，你会永远属于我吗？"

她脑袋里的知识，永远属于她。她多年的人生经历，永远属于她。她的宝宝，也永远属于她。

可是穆休伦呢，会如她见过的那些丘陵、平原、雪山与湍急的河流一样，亘古不变吗？

有时候，苏纪时觉得自己也挺"渣"的，白白睡了穆大总裁这么久，可却连一个名分都没有给他。

好在，像她和穆休伦这样的同居伴侣在国外非常常见，很多著名影星、知名学者、金融巨擘，都只选择和爱人以男女朋友的身份相处，甚至同居十几年、几十年，孩子都生了好几个了，也不迈入婚姻的殿堂。

和他们相比，苏纪时的选择也不算突兀了。

转眼，又到了一年春天。

苏纪时怀孕已经八个多月了，早在三个月时，她就去医院做了 B 超，确定肚子里只有一个宝宝。

对此，苏堇青还挺遗憾的。都说双胞胎有一定概率遗传，像苏堇青就一口气怀了三个，而苏纪时却只有一个宝宝。

不过苏纪时还蛮庆幸，他和穆休伦工作都很忙，能有一个宝宝共同养育长大，已经很不容易了，若是多来一个，他们两个人肯定分身乏术——毕竟，他们都是在缺少父母关爱的环境中长大，他们肯定不会做出把自己的宝宝丢给保姆照料的事情。

苏堇青的三个宝宝，分别叫漫冬、灿秋、芷夏，她曾说过，她要把"春"留给姐姐。故而，苏纪时和穆休伦的宝宝，名字里就应该有个春字。

可是"春"字之前，要放个什么字才好听呢？

苏纪时实在没有妹妹的浪漫文艺细胞，她就是个纯粹的理科女，她甚至想用矿石的名字给孩子命名！

苏纪时说："叫'穆镍春'怎么样？反正咱俩是在镍矿结缘的。"

穆休伦："我觉得实在不怎么样……"

苏纪时又说："或者叫'苏拉春'？跟我姓，刚好你的矿在苏拉威西岛上。"

穆休伦："咱能暂时别想矿的事情了吗……"

反正孩子还没出生，他们还有很长的时间可以想新生儿的名字。

谁能想到，就在第二天，苏纪时在实验室做研究时，坐了太久，结果一起身——突然肚子里传来一阵尖锐的绞痛，她大脑瞬间空白，等几秒钟后反应过来时，她的长裙便被羊水打湿了！

手下的员工瞬间慌了手脚，有尖叫的，有手忙脚乱要拨急救电话的，还有人像被火烧了屁股的母鸡，在屋子里跑来跑去的。

苏纪时一手扶着桌子，一手捧着肚子，大声道："你们慌什么？是我生又不是你们生！"

所有人瞬间安静下来。

苏纪时让两个女实习生扶着她，语速飞快地安排工作："我刚编写的东西已经保存好了，不要动我的电脑。实验继续，新来的石样按照之前分配下去，三天之内出结果。我不在的这段时间，实验室的钥匙我会交给助手，实验室的规章制度不用我重复了吧？我应该未来一周都不会来这边，有什么进展直接给我发邮件，我每天都会 check……嘶！"

又是一阵剧痛袭来，苏纪时站不住了。

俩女实习生都快给她跪下了，赶快借了个轮椅，推着她往停车场冲。还好他们实验室距离医院不远，等到苏纪时带着她的产妇包入住医院时，她的宫缩已经很频繁了。

她入住的自然是 VIP 病房，全程有温柔和善的护士安抚她的情绪，为她做各种术前检查。

自从她怀孕后，穆休伦渐渐把工作重心转移到了美国，他的公司选址特地选在了苏纪时的实验室旁边，他开会开到一半，突然从秘书那里得知苏纪时胎动入院的事情，他当即放下工作，立刻驱车到了医院。

宫缩痛苦很大，苏纪时又是因为意外引起的早产，穆休伦最担心的就是母子俩的健康。好在，医生检查了各方面的数据，确定她肚子里的宝宝很健康，虽然八个半月有些早，但发育得很好，随时都可以手术。

苏纪时推入产房前，按照规定，需要她的亲属签写手术知情书与手术同意书。

穆休伦板着脸说了声"好"。

可当他接过笔时，手一抖，笔却掉在了地上。

秘书机敏极了，赶忙又递过来一支笔。

可穆休伦握着那支笔，笔尖悬停在签名的地方，无论如何也下不去笔。

"'穆'字怎么写来着？"他茫然地问，"我怎么突然忘了我叫什么名字了。"

说好的霸道总裁呢？这哪里来的蠢爸爸！居然临阵慌了手脚！

手术非常顺利，不过两个小时，苏纪时就从产房里推了出来，而她的身旁，就是已经洗白白、用襁褓包裹起来的、睡在专用小睡篮里的宝宝。

这实在太不可思议了。

苏纪时尚未从麻醉的那种晕眩感里苏醒，她看着身边那小小的一团皱巴巴的婴儿，那种成就幸福和意外的感觉，甚至比她第一次在《NATGEOSCI》发表论文还要巨大。

而穆休伦一直守在她身边，一边牵着她的手，一边望着宝宝。他眉头完全舒展开来，那双深邃而饱含爱意的眼睛落在她和孩子身上，嘴角止不住地上翘。

"我现在终于明白，那些富豪、明星，为什么要在生下宝宝的当天就召开新闻发布会了。"他说，"因为实在太开心了，实在太想炫耀给所有人看了！"

"不准。"苏纪时疲惫地说，"你要敢召开新闻发布会，我就现场表演一个铁锤砸场。"

好吧，穆休伦想，就算不召开新闻发布会，他也有无数种方法可以昭告天下！

苏纪时因为生子后的疲惫，沉沉地睡去了。

穆休伦牵着她的手，端详着她的掌心。

这是一双属于地质工作者的手，没有女明星的秀丽纤细，掌心充满老茧，指甲剪得短短的，指节也不够细腻。

可这是一双穆休伦非常喜欢的手。

他牵起她的手，低头，在她的无名指的最后一个指节，虔诚的印下了一吻。

等到苏纪时再苏醒时，已经是第二天早上了。

她第一时间看向了自己的肚子——那里平平的，已经没有沉甸甸的重量了。

　　她觉得这八个多月好似做梦，肚里的孩子很乖，孕前期没有一次害喜，孕后期也没有各种产妇常见病，除了容易腰酸以外，她没有任何不适，甚至还能拿着锤子开着车，载着学生们驰骋在黄石公园的土地上。

　　宝宝就睡在旁边的摇篮里，护士已经喂过了，宝宝打着幸福的小瞌睡，眼睛没有睁开。

　　"你醒了？"守在一旁的穆休伦注意到她睁眼，立刻走了过来，亲自喂她喝水，又帮她摇起了床。

　　苏纪时躺在那儿，脑袋里怔怔的。

　　穆休伦说："你顺利生产的事情我已经告诉董青了，她很开心，买了最近的机票，一家五口一起来看你。至于你国内的朋友，方解、阿山、小霞他们也都知道了，你的电话都要被他们打爆了。"

　　他没说的是，他实在按捺不住心中的喜悦，在自己的社交账号上po了一张照片。

　　照片里，是一只婴儿紧握的小拳头。

　　照片配文是："此生，我又多了一个挚爱。"

　　他未多说一个字，但所有人都知道，穆氏企业的总裁穆休伦此生第一挚爱是传奇女星苏纪时，那这第二个，难道是……

　　虽然苏纪时和苏董青姐妹俩早已急流勇退离开了娱乐圈，但圈里依然流传着她们的传说。穆休伦的照片一放出来，国内所有社交媒体全部瘫痪，所有人都在讨论这件事！那些营销号都要疯了，觉也不睡了，加班加点写文，细数这对情侣的种种传奇。

　　文章一般分为三大部分，先说苏纪时和苏董青怎么瞒天过海以"苏瑾"的身份出道；再说姐妹俩退出娱乐圈后各有什么惊人成就；最后再回忆苏纪时和穆休伦的爱情之路……编得头头是道，仿佛他们都在现场亲历一样。

　　不过，不管网上再怎么吵闹，这些事情，也不是苏纪时和穆休伦需要在意的了。

　　穆休伦把孩子轻轻抱进了苏纪时怀中。

苏纪时抱着她，她是那样轻，像是一只小猫，却比小猫还要柔软。

婴儿贴在她怀里，仿佛天生就知道，抱着她的人是她的母亲。

这是个女孩子——他们直到孩子生下后，才得知了她的性别。

苏纪时望着她，望着她此生最出众的杰作，轻声说："休伦，我做妈妈了，你做爸爸了。"

她以为自己早就能平静地接受此事，可当她说出这句话，忽然觉得眼眶发热。

她知道，这是荷尔蒙的作用——但她更相信，这是爱的作用。

"是的，你做妈妈了，我做爸爸了。"

穆休伦在她病床旁坐下，伸手把她，以及她怀里的怀里一同揽进了臂弯里。

病房里非常安静，只有他们一家三口，只有他们渐渐融为一体的呼吸声。

就在此时，穆休伦忽然从兜里掏出了一个东西。

那是一个红色的缎面小方盒，小巧精致，苏纪时在看到它的第一眼，就意识到里面装载的是什么东西。

她的呼吸几乎停滞了。

穆休伦起身，牵着她的左手，在床前跪了下来，然后缓缓地展开那只小盒子。

盒中的钻石熠熠生辉，却不及男人眼中的光芒。

"苏纪时，"穆休伦温柔地说，"你愿意嫁给我吗？"

你愿意嫁给我吗？

在这个孕育了新生命的春天，在这个阳光微熏的清晨，在他们爱情结晶的见证下。

你愿意嫁给我吗？

苏纪时轻轻呼出一口气，与此同时，她眼角的泪水终于滚落了下来。

在这一秒，那些曾经让她犹豫不定的担忧忽然全部飞走了，她从未像此刻一样坚定。

"我愿意。"

她愿意。

她想嫁给穆休伦,成为他的妻子。

太阳渐渐升起,天色大亮,阳光顺着窗户缝照射进来,落在了苏纪时无名指上。那里,有着一枚闪闪发光的戒指。

阳光经过钻石的反射,变成了一道七彩光芒,落在了孩子的摇篮上。

尚处在睡梦中的宝宝蹬了蹬小腿,慢慢苏醒了过来。

她睁开了眼睛,好奇地看向这个世界,也看向了守在摇篮旁的父母。

宝宝笑了。

"我忽然想到给她取什么名字了。"苏纪时道。

"哦?"

"就叫'醒春'吧。"

醒春。

他和她的春天,醒了。

图书在版编目（CIP）数据

莫达维的秘密 / 莫里著 . -- 南京 : 江苏凤凰文艺
出版社 , 2020.4
ISBN 978-7-5594-4597-1

Ⅰ . ①莫… Ⅱ . ①莫… Ⅲ . ①长篇小说 – 中国 – 当代
Ⅳ . ① I247.5

中国版本图书馆 CIP 数据核字 (2020) 第 030575 号

莫达维的秘密

莫里 著

责任编辑	王昕宁	
特约编辑	马春雪 苗玉佳	
装帧设计	ABOOK– 安柒然	
责任印制	刘 巍	
出版发行	江苏凤凰文艺出版社	
	南京市中央路 165 号，邮编：210009	
网 址	http://www.jswenyi.com	
印 刷	北京永顺兴望印刷厂	
开 本	880 毫米 × 1230 毫米 1/32	
印 张	19.75	
字 数	550 千字	
版 次	2020 年 4 月第 1 版 2020 年 4 月第 1 次印刷	
书 号	ISBN 978-7-5594-4597-1	
定 价	58.00 元（全二册）	

江苏凤凰文艺版图书凡印刷、装订错误可随时向承印厂调换